DEAN KOONTZ/SURVIVOR

DEAN KOONTZ

Survivor

DIE ÜBERLEBENDE

Roman

Aus dem Amerikanischen
von Uwe Anton

GUSTAV LÜBBE VERLAG

Zum Andenken an Ray Mock,

meinen Onkel,
der vor langer Zeit in eine bessere Welt hinüberging.
Als ich in meiner Kindheit
von Sorgen und Verzweiflung geplagt wurde,
haben Dein Anstand, Deine Freundlichkeit und Deine Heiterkeit
mich alles darüber gelehrt, wie ein Mann sein soll.

DANKSAGUNG

Die richtige Barbara Christman
hat einen Preis gewonnen:
Ihr Name wird in diesem Roman verwendet.
In Anbetracht der Tatsache,
daß sie eine von hundert Buchhändlerinnen
und Buchhändlern war,
die an dieser Lotterie teilnahmen,
überrascht es mich,
daß ihr Name in dieser Geschichte genau den
richtigen Klang besitzt.
Barbara hatte damit gerechnet,
als psychotische Mörderin dargestellt zu werden;
statt dessen muß sie sich nun damit abfinden,
eine stille Heldin zu sein.
Tut mir leid, Barbara.

Der Himmel ist dunkel, der Himmel ist kalt,
das Licht der Sterne ist trübe und alt.
Schaue ich auf, ist alles so leer.
Haben wir hier denn wirklich nicht mehr
als diese eine so einsame Welt,
die keinen Menschen am Leben erhält?
Dann seh' ich keinen vernünftigen Grund,
um noch einmal zu öffnen den Mund,
um zu weinen oder zu lachen,
um zu schlafen, um zu erwachen.
Trotzdem schau' ich des Nachts noch auf,
sehe der Sterne rastlosen Lauf,
das Gewölbe droben, so kalt wie Stein.
Bist du dort, Gott? Sind wir allein?

Das Buch der gezählten Leiden

ERSTER TEIL

Phantomschmerz

KAPITEL 1

Um halb drei am Samstagmorgen erwachte Joe Carpenter in Los Angeles, wie er sich ein Kissen an die Brust drückte und in der Dunkelheit den Namen seiner verstorbenen Frau rief. Der gequälte und gehetzte Tonfall seiner eigenen Stimme hatte ihn aus dem Schlaf gerissen. Träume fielen von ihm ab; nicht alle zugleich, sondern wie wogende Schleier, als würde auf dem Dachboden Staub von Sparren fallen, wenn das Haus von einem Erdbeben erschüttert wird.

Als ihm klar wurde, daß er nicht Michelle in den Armen hielt, ließ er das Kissen trotzdem nicht los. Er war mit dem Geruch ihres Haars aus dem Traum erwacht. Nun hatte er Angst, mit jeder seiner Bewegungen könne diese Erinnerung verblassen und nur der säuerliche Geruch seines nächtlichen Schweißes zurückbleiben.

Doch keine Unbeweglichkeit verlieh ihm ein solches Gewicht, daß er die Erinnerung in all ihrer Lebendigkeit festhalten konnte. Der Geruch ihres Haars wich von ihm wie ein Ballon, der in den Himmel stieg, und war kurz darauf außerhalb seiner Reichweite.

Nachdem Joe ihn endgültig verloren hatte, stand er auf und ging zum nächsten der beiden Fenster. Sein Bett, das lediglich aus einer Matratze auf dem Boden bestand, war der einzige Einrichtungsgegenstand, so daß er nicht befürchten mußte, im Halbdunkel über Hindernisse zu stolpern.

Das Studioapartment im oberen Laurel Canyon bestand aus einem großen Zimmer mit Kochnische, begehbarem Wandschrank und einem engen Bad; das Erdgeschoß war eine leerstehende Doppelgarage. Joe hatte keine Möbel mitgenommen, nachdem er das Haus in Studio City verkauft hatte, da Tote solche Annehmlichkeiten nicht brauchen. Er war hierher gekommen, um zu sterben.

Seit zehn Monaten bezahlte er die Miete und wartete auf den Morgen, an dem er nicht mehr aufwachen würde.

Das Fenster gewährte den Blick auf die ansteigenden Wände der Schlucht und die zerzausten schwarzen Umrisse von immergrünen

Sträuchern und Eukalyptusbäumen. Im Westen war ein fetter Mond zwischen den Bäumen zu sehen, eine silberne Verheißung hinter den öden Wäldern am Stadtrand.

Es verwunderte Joe, daß er nach so langer Zeit noch nicht tot war. Andererseits lebte er auch nicht. Er befand sich irgendwo zwischen Leben und Tod, auf halber Strecke. Da es für ihn niemals eine Rückkehr geben konnte, mußte er eine Endstation finden.

Nachdem Joe sich eine eiskalte Flasche Bier aus dem Kühlschrank in der Kochnische geholt hatte, kehrte er zur Matratze zurück. Er lehnte sich mit dem Rücken an die Wand.

Bier um halb drei in der Nacht. Ein Leben auf dem absteigenden Ast.

Er hatte den Wunsch, sich zu Tode saufen zu können. Würde er in einem betäubenden Alkoholnebel aus dieser Welt treiben, wäre es ihm gleichgültig, wieviel Zeit sein Abschied erforderte. Aber zu viel Fusel führte bei ihm unausweichlich zu Erinnerungslücken, und seine Erinnerungen waren ihm heilig. Joe erlaubte sich gelegentlich allenfalls ein paar Gläser Bier oder Wein.

Abgesehen vom schwachen Schimmer des Mondscheins auf dem Fensterglas, der überdies von den Blättern der Bäume gefiltert wurde, stammte das einzige Licht im Zimmer von den indirekt beleuchteten Knöpfen des Tastenfelds am Telefon neben der Matratze.

Joe kannte nur einen Menschen, mit dem er mitten in der Nacht – oder auch am hellichten Tag – offen über seine Verzweiflung sprechen konnte. Obwohl er erst siebenunddreißig war, waren seine Eltern längst tot. Er hatte keine Geschwister. Nach der Katastrophe hatten Freunde ihn zu trösten versucht; aber für Joe war es zu schmerzhaft, über das Geschehene zu sprechen, und er hatte sich die Freunde dermaßen aggressiv vom Leibe gehalten, daß er die meisten von ihnen verschreckt hatte.

Nun griff er nach dem Telefon, stellte es sich auf den Schoß und rief Michelles Mutter an, Beth McKay.

Im mehr als viereinhalbtausend Kilometer entfernten Virginia hob sie nach dem ersten Klingeln ab. »Joe?«

»Hab' ich dich geweckt?«

»Du kennst mich doch, Junge – früh in die Federn und vor dem Morgengrauen wieder raus.«

»Henry?« erkundigte er sich nach Michelles Vater.

»Ach, das alte Scheusal würde sogar den Weltuntergang verschlafen«, sagte sie liebevoll.

Beth war freundlich und gütig, voller Mitgefühl für Joe, wenngleich sie selbst noch kämpfen mußte, mit dem Verlust fertigzuwerden. Sie war eine ungewöhnlich starke Frau.

Bei der Beerdigung hatten sowohl Joe als auch Henry sich auf Beth stützen müssen; für beide Männer war sie wie ein Fels in der Brandung gewesen. Doch Stunden später, lange nach Mitternacht, hatte Joe sie auf dem Patio hinter dem Haus in Studio City entdeckt. Sie saß in ihrem Pyjama auf einer Hollywoodschaukel, zusammengekauert wie eine uralte Frau, von Trauer gepeinigt. Sie dämpfte ihr Schluchzen mit einem Kissen, das sie aus dem Gästezimmer mitgenommen hatte, denn sie wollte weder ihren Mann noch ihren Schwiegersohn mit ihrem Schmerz belasten. Joe setzte sich neben sie, doch Beth wollte nicht, daß er ihre Hand hielt oder ihr einen Arm um die Schultern legte. Sie zuckte bei seiner Berührung zusammen. Ihre Qual war dermaßen intensiv, daß ihre Nerven bloß lagen, so daß schon eine gemurmelte Beileidsbekundung wie ein Schrei für sie war und eine liebevolle Hand sie wie ein heißes Eisen versengte.

Joe zögerte, sie allein zu lassen, griff nach dem Netz an dem langen Holzstil und schöpfte den Swimmingpool ab: Mit kreisförmigen Bewegungen zog er das Netz durchs Wasser, fischte um zwei Uhr in der Frühe nach Stechmücken und Zweigen, die auf der schwarzen Oberfläche trieben. Er konnte nicht einmal sehen, was er tat; er zog nur in stummer Verzweiflung Kreise um Kreise, schöpfte und schöpfte, während Beth in das Kissen weinte, zog Kreise um Kreise, bis es nichts mehr von der Oberfläche des klaren Wassers zu entfernen gab, nur noch die Reflexionen kalter, gleichgültiger Sterne.

Nachdem Beth schließlich die letzten Tränen vergossen hatte, erhob sie sich von der Hollywoodschaukel, ging zu Joe und wand ihm das Netz aus den Händen. Sie führte ihn nach oben und steckte ihn ins Bett, als wäre er ein Kind, und zum erstenmal seit Tagen hatte er tief und fest geschlafen.

Als Joe nun über diese beklagenswerte Entfernung hinweg mit Beth telefonierte, stellte er seine zur Hälfte geleerte Bierflasche beiseite. »Dämmert es bei euch schon, Beth?«

»Hat vor einem Augenblick angefangen.«

»Sitzt du am Küchentisch? Beobachtest du die Dämmerung durch das große Fenster? Ist der Himmel schön?«

»Im Westen ist er noch schwarz, über mir indigoblau, und drüben im Osten ist er wie ein Fächer aus Rosa und Korallenrot und Saphirblau, wie japanische Seide.«

So stark Beth auch sein mochte – Joe rief sie nicht nur regelmäßig an, da sie ihm Kraft geben konnte, er hörte ihr auch gern zu. Das eigentümliche Timbre ihrer Stimme und ihr schwacher Virginia-Akzent klangen genauso wie damals bei Michelle.

»Du hast sofort meinen Namen gesagt, als du den Hörer abgehoben hattest«, sagte er.

»Wer hätte sonst am Apparat sein können, Junge?«

»Bin ich der einzige, der so früh anruft?«

»Nein, da gibt's noch ein paar wenige andere. Aber heute morgen ... da *konntest* nur du es sein.«

Das Schlimme war auf den Tag genau vor einem Jahr geschehen und hatte auf ewig ihr Leben verändert. Heute war der erste Jahrestag ihres Verlusts.

»Ich hoffe, du ißt jetzt besser, Joe«, sagte sie. »Nimmst du noch immer ab?«

»Nein«, log er.

Im vergangenen Jahr war ihm das Essen nach und nach so gleichgültig geworden, daß er seit drei Monaten an Gewicht verlor. Bislang neun Kilo.

»Wird's bei euch ein heißer Tag?« fragte er.

»Drückend heiß und schwül. Der Himmel ist zwar leicht bewölkt, aber Regen werden wir wohl nicht bekommen – keine Erleichterung. Die Wolken im Osten sind golden gesäumt und voller Rosa. Und die Sonne ist jetzt ganz aufgegangen.«

»Es kommt einem nicht so vor, als wär's schon ein Jahr her, stimmt's, Beth?«

»Meistens. Aber manchmal kommt es mir vor wie eine Ewigkeit.«

»Ich vermisse sie so sehr«, sagte Joe. »Ohne sie bin ich schrecklich einsam und verloren.«

»Oh, Joe, mein Junge. Henry und ich haben dich lieb. Du bist wie ein Sohn für uns. Du *bist* ein Sohn für uns.«

»Ich weiß, und ich habe euch auch lieb, sehr sogar. Aber das reicht nicht, Beth, das ist nicht genug.« Er atmete tief ein. »Dieses Jahr zu überstehen ... das war die Hölle auf Erden. Noch so ein Jahr verkrafte ich nicht.«

»Mit der Zeit wird es leichter.«

»Ich fürchte, nein. Ich habe Angst. Allein bin ich zu nichts zu gebrauchen, Beth.«

»Hast du noch mal darüber nachgedacht, wieder zu arbeiten, Joe?«

Vor dem Unfall war er Polizeireporter der *Los Angeles Post* gewesen. Seine Tage als Journalist waren gezählt.

»Ich kann den Anblick der Leichen nicht ertragen, Beth.«

Er brachte es nicht mehr fertig, die Opfer zu betrachten, die durch Schüsse aus einem vorbeifahrenden Wagen oder bei einem Autodiebstahl getötet worden waren, ganz gleich, wie alt oder welches Geschlechts die Toten sein mochten – er konnte sie nicht anschauen, ohne Michelle oder Chrissie oder Nina mit blutigen, zerschmetterten Körpern vor ihm liegen zu sehen.

»Du könntest über andere Dinge berichten. Du kannst hervorragend schreiben, Joe. Schreib doch Storys, in denen das Menschliche im Vordergrund steht. Geschichten aus dem Leben. Du mußt wieder arbeiten. Du mußt irgendwas tun, damit du dir wieder nützlich vorkommst.«

Statt ihr zu antworten, sagte Joe: »Allein *funktioniere* ich nicht. Ich will nur bei Michelle sein. Ich will bei Chrissie und Nina sein.«

»Eines Tages wirst du das auch wieder«, sagte Beth, die trotz allem eine gläubige Frau geblieben war.

»Ich will aber jetzt bei ihnen sein.« Joes Stimme brach, und er hielt inne, um sie wieder unter Kontrolle zu bekommen. »Mit dem Beruf bin ich fertig, und mit dem Leben auch, aber ich hab' nicht den Mumm, den letzten Schritt weiter zu gehen.«

»Sag nicht so was, Joe.«

Er hatte nicht den Mut, seinem Leben ein Ende zu machen, denn er glaubte nicht fest daran, daß nach dem Abschied aus dieser Welt noch irgend etwas kam. In Wirklichkeit war Joe nicht davon überzeugt, daß er seine Frau und Töchter in einem Reich des Lichts und der liebevollen Geister wiedersehen würde. Wenn er in letzter Zeit zum Nachthimmel emporschaute, sah er nur ferne Sonnen in einem sinnlosen Nichts. Doch er konnte es nicht ertragen, seinem Zweifel

Ausdruck zu verleihen, denn damit hätte er indirekt zugegeben, daß auch Michelles Leben und das der Mädchen sinnlos gewesen wäre.

»Wir alle sind aus einem bestimmten Grund auf Erden«, sagte Beth.

»Sie waren der Sinn meines Lebens. Sie sind tot.«

»Dann bist du für einen anderen Zweck bestimmt, und es ist nun deine Aufgabe, herauszufinden, worin er besteht. Es gibt einen *Grund*, daß du noch hier bist.«

»Es gibt keinen«, widersprach er. »Erzähl mir, wie der Himmel jetzt aussieht, Beth.«

»Die Wolken im Osten leuchten nicht mehr so, als wären sie vergoldet. Und das Rosa ist auch fort. Es sind weiße Wolken. Regen gibt's wohl nicht. Keine dichte Wolkendecke, eher ein Filigranmuster vor dem Blau.«

Er lauschte, als Beth die Morgendämmerung beschrieb, die am anderen Ende des Kontinents heraufzog. Dann sprachen sie über Glühwürmchen, die Beth und Henry am vergangenen Abend voller Freude von ihrer Veranda aus beobachtet hatten. In Südkalifornien gab es keine Glühwürmchen, doch Joe erinnerte sich aus seiner Kindheit in Pennsylvania an sie. Sie sprachen auch über Henrys Garten, in dem zur Zeit die Erdbeeren reiften, und nach und nach wurde Joe schläfrig.

»Hier ist jetzt hellichter Tag«, waren Beths letzte Worte an ihn. »Der Morgen zieht an uns vorbei in deine Richtung, Joe. Wenn du ihm eine Chance gibst, wird der Morgen dir den Sinn ins Leben bringen, den du brauchst. Er wird dir irgendeine Aufgabe zeigen. Das hat der Morgen so an sich.«

Nachdem Joe aufgelegt hatte, streckte er sich auf der Seite aus und schaute zu dem Fenster, hinter dem das silberne Mondlicht verblichen war. Der Mond war untergegangen. Joe befand sich nun in den schwärzesten Tiefen der Nacht.

Als er wieder einschlief, träumte er nicht von irgendeinem glorreichen neuen Sinn des Lebens, der mit der Dämmerung näherrückte, sondern von einer unbekannten, undefinierbaren, sich bedrohlich abzeichnenden Gefahr. Wie eine gewaltige Masse, die vom Himmel auf ihn fiel.

KAPITEL 2

Als Joe Carpenter am späten Samstagmorgen nach Santa Monica fuhr, erlitt er einen Angstanfall. Die Brust wurde ihm eng, und er bekam nur noch mit Mühe Luft. Er nahm eine Hand vom Lenkrad; seine Finger zitterten wie die eines alten Mannes, der einen Schlaganfall erlitten hatte.

Ihn überkam das Gefühl, aus großer Höhe zu fallen, als wäre sein Honda vom Freeway in einen unerklärlichen und bodenlosen Abgrund gefahren. Die Straße dehnte sich glatt und eben vor ihm, und die Reifen sangen auf dem Asphalt, doch Joe brachte es einfach nicht fertig, wieder klar und deutlich zu sehen.

Das Gefühl, haltlos zu stürzen, wurde schließlich so stark, daß er den Fuß vom Gaspedal nahm und auf die Bremse trat.

Hupen schmetterten, und schleudernde Reifen quietschten, als die anderen Wagen hinter ihm bremsten und dem plötzlichen Hindernis schlingernd auswichen. Als Pkws und Lastwagen an dem Honda vorbeizogen, warfen die Fahrer Joe mörderische Blicke zu, formten mit den Lippen unhörbare Beleidigungen oder machten obszöne Gesten. Dies war der Großraum Los Angeles in einem Zeitalter der Veränderung, einer Epoche, die knisterte vor der Energie des Verderbens, die sich nach der Apokalypse sehnte – eine Zeit, in der eine unbeabsichtigte Behinderung oder die versehentliche Verletzung der Privatsphäre eines anderen zu einer thermonuklearen Reaktion führen konnte.

Das Gefühl zu fallen ließ nicht nach. Joe drehte sich der Magen um, als säße er in einer Achterbahn und würde das steilste Gleisstück hinunterrasen. Obwohl er allein im Wagen war, hörte er die Schreie der Mitfahrer, zuerst schwach, dann lauter – nicht das ausgelassene Kreischen von Vergnügungssuchenden auf einem Rummelplatz, sondern Schreie voller panischer Angst.

Wie aus einiger Entfernung hörte er sich selbst flüstern: *»Nein, nein, nein, nein.«*

Für einen Augenblick entstand eine Lücke im Verkehr, so daß Joe den Honda von der Fahrbahn und aus der Autoschlange lenken konnte. Der Seitenstreifen des Freeway war schmal. Joe blieb so nahe wie möglich an der Leitplanke stehen, über der sich üppige Oleanderbüsche wie eine hoch aufwogende grüne Flut abzeichneten.

Er legte den Hebel der Automatikschaltung in die Parkstellung, ließ den Motor aber laufen. Obwohl er in kalten Schweiß gebadet war, brauchte er den frostigen Atem der Klimaanlage, um Luft zu bekommen. Der Druck auf seine Brust nahm zu. Jedes stotternde Einatmen war ein Kampf, und jedes heiße Ausatmen brach mit einem explosiven Schnaufen aus ihm hervor.

Obwohl die Luft im Honda sauber war, konnte Joe Rauch riechen und schmeckte ihn auf der Zunge: die beißende Mischung aus brennendem Öl, schmelzendem Plastik, schwelendem PVC, verbranntem Metall.

Als er zu den dichten Büscheln der Blätter und den tiefroten Blüten des Oleanders schaute, die sich auf der Beifahrerseite gegen die Fenster drängten, verwandelte seine Vorstellung sie in wogende, fette Rauchwolken. Die Seitenscheibe wurde zum rechteckigen Fenster in einem Passagierflugzeug mit abgerundeten Ecken und dicken Doppelglasscheiben.

Vielleicht hätte Joe jetzt geglaubt, den Verstand zu verlieren, hätte er seit einem Jahr nicht schon ähnliche Angstanfälle erlitten. Manchmal verstrichen bis zu zwei Wochen zwischen den Attacken, manchmal aber hatte er drei Anfälle an einem Tag, die zwischen zehn Minuten und einer halben Stunde dauerten.

Er hatte einen Therapeuten aufgesucht. Die Behandlung hatte nicht geholfen.

Sein Arzt empfahl Medikamente gegen die Angstanfälle. Joe hatte das Rezept abgelehnt. Er wollte den Schmerz fühlen, denn er war alles, was ihm noch geblieben war.

Er schloß die Augen, bedeckte das Gesicht mit eiskalten Händen und versuchte, sich wieder unter Kontrolle zu bekommen, doch die Katastrophe schien sich unaufhaltsam um ihn herum zu entfalten. Das Gefühl des Fallens wurde stärker, der Geruch von Rauch intensiver. Und die Schreie der Phantompassagiere wurden lauter.

Alles erzitterte. Der Boden unter seinen Füßen. Die Kabinenwände. Die Decke. Ein schreckliches Rasseln und Vibrieren und Scheppern begleitete die unentwegten Erschütterungen.

»Bitte«, sagte er.

Ohne die Augen zu öffnen, nahm er die Hände vom Gesicht. Zu Fäusten geballt lagen sie neben seinen Schenkeln.

Ein Augenblick verstrich; dann umklammerten die kleinen Hände verängstigter Kinder die seinen, und Joe hielt sie fest.

Natürlich saßen die Kinder nicht im Wagen, sondern auf ihren Plätzen in dem zum Untergang verurteilten Passagierflugzeug. Joes Geist tat einen Sprung durch Raum und Zeit, zurück zum Absturz des Fluges 353. Solange sein Anfall anhielt, würde er sich nun an zwei Orten gleichzeitig befinden: in der wirklichen Welt in seinem Honda, und in der 747 der Nationwide Air, wie sie sich den Weg von der reinen, klaren Stratosphäre hinab durch einen bewölkten Nachthimmel auf eine Wiese suchte, die so unversöhnlich war wie Stahl.

Michelle hatte zwischen den Kindern gesessen. In ihren letzten langen Minuten der unvorstellbaren Furcht ergriffen Chrissie und Nina ihre Hände, nicht Joes.

Als das Schütteln schlimmer wurde, flogen Geschosse durch die Luft. Taschenbücher, Laptops, Taschenrechner, Geschirr und Bestecke – denn einige Passagiere waren noch nicht mit dem Abendessen fertig, als es zu der Katastrophe kam –, Plastikgläser, kleine Schnapsflaschen, Bleistifte und Kugelschreiber wirbelten durch die Kabine.

Hustend im dichten Rauch, hatte Michelle den Kindern mit verzweifeltem Nachdruck befohlen, die Köpfe gesenkt zu halten. *Köpfe runter! Schützt eure Gesichter!*

Solche Gesichter. Geliebte Gesichter.

Die sieben Jahre alte Chrissie besaß die hohen Wangenknochen und die klaren grünen Augen ihrer Mutter. Joe würde niemals das freudige Erröten vergessen, das Chrissie ins Gesicht stieg, wenn sie eine Ballettstunde hatte, oder die vor Konzentration zusammengekniffenen Augen, wenn sie sich bei einem Baseball-Spiel der Little League dem Schlagmal näherte, sobald sie als Schlagmann an der Reihe war. Nina, erst vier, der stupsnasige Schatz mit Augen so blau wie Saphire, verzog ihr süßes Gesicht stets vor unverfälschter, kindlicher Freude, wenn sie einen Hund oder eine Katze sah. Tiere wurden von ihr angezogen – und sie von ihnen –, als wäre sie die Reinkarnation des heiligen Franz von Assisi, eine Vorstellung, die nicht weit hergeholt erschien, wenn Nina staunend und liebevoll sogar eine häßliche Eidechse aus dem Garten in ihren kleinen, behutsamen hohlen Händen hielt.

Köpfe runter! Schützt eure Gesichter!

In dieser Aufforderung lagen Hoffnung, das unausgesprochene Versprechen, daß sie alle überleben würden, daß ihnen schlimmstenfalls ein herumfliegender Laptop oder ein zerbrochenes Glas das Gesicht verunstaltete.

Die furchterregenden Turbulenzen wurden stärker. Der Abstiegswinkel der Maschine wurde steiler und nagelte Joe auf seinem Sitz fest, so daß er sich des Andrucks wegen kaum mehr nach vorn beugen und sein Gesicht schützen konnte.

Vielleicht waren die Sauerstoffmasken aus ihren Fächern über den Sitzen heruntergefallen, vielleicht hatte die Beschädigung des Flugzeugs auch zu einem Versagen der Systeme geführt, und nicht jedem Passagier stand eine Maske zur Verfügung. Joe wußte nicht, ob Michelle, Chrissie und Nina hatten atmen können oder ob sie an dem aufsteigenden Rauch erstickt waren, als sie verzweifelt um Luft rangen.

Der Rauch wogte nun dichter durch das Passagierabteil. In der Kabine konnte man so schreckliche Platzangst bekommen wie in einem Kohlebergwerk tief unter der Erdoberfläche.

In den Rauchschwaden, die einem die Sicht nahmen, streckten und ringelten sich schlangengleiche, gewundene Feuerzungen. Unsichtbar, doch spürbar. Das fürchterliche Erleben, wie die Maschine unkontrolliert in die Tiefe raste, war beinahe ebenso schlimm wie das Entsetzen, nicht zu wissen, wo diese Flammenzungen leckten oder wann sie mit größerer Hitze und Heftigkeit durch die 747 zucken würden.

Tragflächen, Leitwerk, Rumpf, ja die gesamte Struktur des Passagierflugzeugs wurden inzwischen so gewaltigen Kräften ausgesetzt, daß die Maschine auseinanderzubrechen drohte. Der Rumpf erzitterte unter dröhnenden Vibrationen. Die riesigen Tragflächen trommelten, als würden sie abreißen. Der stählerne Aufbau ächzte wie ein lebendes Tier in Todesqualen, und wahrscheinlich rissen kleinere Schweißnähte mit Geräuschen, die so laut und scharf wie

Schüsse waren. Ein paar Nieten sprengten ab, jedesmal mit einem durchdringenden Kreischen.

Vielleicht hatten Michelle und Chrissie und die kleine Nina in diesen Augenblicken das Gefühl, die Maschine würde während des Fluges auseinanderbrechen, so daß sie in den schwarzen Himmel hinausgeschleudert, voneinander fort gewirbelt und auf ihren Sitzen in den Tod stürzen würden, eine jede im Augenblick des Aufschlags erbärmlich allein.

Doch die riesige 747-400 war ein Wunder an struktureller Stabilität, ein Triumph der Technik, brillant entworfen und solide gebaut. Trotz des geheimnisvollen Versagens der Hydraulik, welches das Flugzeug unkontrollierbar machte, rissen die Tragflächen nicht ab, und der Rumpf brach nicht auseinander. Während die starken Pratt-&-Whitney-Triebwerke heulten, als wollten sie der Schwerkraft trotzen, hielt die Maschine des Fluges Nationwide 353 bei ihrem letzten Abstieg durch.

Irgendwann mußte Michelle begriffen haben, daß es keine Hoffnung mehr gab, daß sie sich in einem tödlichen Sturzflug befanden. Mit dem für sie typischen Mut und ihrer Selbstlosigkeit würde sie jetzt nur noch an die Kinder denken, sich darauf konzentrieren, sie zu trösten und, soweit möglich, von Gedanken an den Tod abzulenken. Zweifellos beugte sie sich zu Nina hinüber, zog sie an sich und sprach trotz der Dämpfe, die ihr den Atem raubten, dem Mädchen ins Ohr, um sich über das Getöse hinweg verständlich zu machen: *Alles in Ordnung, Schatz, wir sind zusammen, ich hab' dich lieb, halt dich an Mami fest, du bist das tapferste kleine Mädchen, das es je gab.* Während sie in der zitternden Maschine immer tiefer durch die Nacht über Colorado stürzten, hatte Michelle mit einer Stimme voller Gefühl und ohne jede Panik gewiß auch versucht, Chrissie zu trösten: *Es ist alles in Ordnung, ich bin bei dir, Schatz, halt meine Hand, ich hab' dich ganz lieb und bin sehr stolz auf dich, wir sind zusammen, es ist alles in Ordnung, wir werden immer zusammensein.*

Im Honda neben dem Freeway konnte Joe Michelles Stimme fast wie aus dem Gedächtnis hören, als wäre er bei ihr gewesen, als sie die Kinder tröstete. Er klammerte sich verzweifelt an die Hoffnung, daß seine Kinder von der Kraft der außergewöhnlichen Frau hatten zehren können, die ihre Mutter gewesen war. Er mußte wissen, daß die Mädchen als Letztes auf dieser Welt gehört hatten, daß Michelle ihnen sagte, wie lieb und wert sie ihr waren.

Das Flugzeug schlug mit einem so verheerenden Aufprall auf die Wiese, daß das Geräusch noch über dreißig Kilometer entfernt in der Weite des ländlichen Colorado zu hören war. Es scheuchte Falken und Eulen aus Bäumen auf, und müde Rancher schreckten aus ihren Sesseln oder Betten, falls sie früh schlafen gegangen waren.

Im Honda stieß Joe Carpenter einen erstickten Schrei aus. Er klappte zusammen, als hätte man ihm einen harten Schlag in die Magengrube versetzt.

Der Aufprall war katastrophal. Flug 353 explodierte bei der Bodenberührung und zerspritzte über die Wiese, wurde in Tausende von versengten und verbogenen Trümmerstücken zerlegt, spuckte orangefarbene Tropfen brennenden Flugbenzins aus, die immergrüne Büsche am Rand des Feldes in Brand setzten. Dreihundertunddreißig Menschen, sämtliche Passagiere und Besatzungsmitglieder, waren auf der Stelle tot.

Michelle, die Joe Carpenter das meiste von dem beigebracht hatte, was er über Liebe und Mitgefühl wußte, wurde in diesem gnadenlosen Augenblick zerschmettert. Chrissie, die siebenjährige Ballerina und Baseballspielerin, würde nie wieder eine Pirouette drehen oder um die Schlagmale laufen. Und falls Tiere dieselbe übernatürliche Verbindung zu Nina hatten, wie das Mädchen sie zu ihnen besessen hatte, dann kauerten sich in dieser frostigen Nacht in Colorado auf den Wiesen und bewaldeten Hügeln zahlreiche kleine Geschöpfe elend in ihren Bauten zusammen.

Joe Carpenter war der einzige Überlebende seiner Familie.

Er hatte sie auf dem Flug 353 nicht begleitet. Jede Menschenseele an Bord war auf dem Amboß der Erde in Fetzen gehämmert worden. Wäre Joe bei ihnen gewesen, hätte man auch ihn nur anhand der zahnärztlichen Unterlagen identifizieren können, oder am Abdruck von einem oder zwei Fingern, an denen man noch Abdrücke nehmen konnte.

Joes geistige Rückblenden zu dem Absturz waren keine Erinnerungen, sondern kraftraubende Fieberstöße der Phantasie, die sich häufig in Träumen und manchmal in Angstanfällen wie diesem äußerten. Von Schuldgefühlen gepeinigt, weil er nicht zusammen mit seiner Frau und den Töchtern ums Leben gekommen war, quälte Joe sich mit diesen Versuchen, das Entsetzen nachzuvollziehen, das sie erlebt haben mußten, und es mit ihnen zu teilen.

Zwangsläufig verschafften die imaginären Reisen in dem zur Erde stürzenden Flugzeug Joe nicht die heilende Wirkung, die er sich ersehnte. Statt dessen streute jeder Alptraum und jeder Anfall während des Wachzustands Salz in seine Wunden.

Er schlug die Augen auf und betrachtete den an ihm vorbeirasenden Verkehr. Wenn er sich den richtigen Augenblick aussuchte, konnte er die Tür öffnen, aus dem Wagen steigen, auf den Freeway gehen und sich von einem Lastwagen überrollen lassen.

Joe blieb im Honda sitzen. Nicht weil er Angst vor dem Tod hatte, sondern aus Gründen, die ihm selbst nicht klar waren. Vielleicht verspürte er – zumindest noch für eine gewisse Zeit – das Bedürfnis, sich mit mehr Leben zu bestrafen.

Ein übergroßer Oleanderbusch, der sich gegen die Fenster auf der Beifahrerseite drückte, wurde unablässig vom Wind des vorbeifahrenden Verkehrs bewegt. Die Reibung der Zweige auf dem Glas rief ein unheimliches Geräusch hervor, das sich wie das Flüstern verlorener und verzweifelter Stimmen anhörte.

Joe zitterte nicht mehr.

Der Schweiß auf seinem Gesicht trocknete allmählich in dem kalten Luftstrom, der aus den Schlitzen im Armaturenbrett strömte.

Er wurde nicht mehr vom Gefühl des Fallens gepeinigt. Er hatte den Boden erreicht.

Durch die flirrende Augusthitze und einen dünnen Smogdunst schimmerten vorbeifahrende Autos und Lastwagen wie Luftspiegelungen, die sich zitternd nach Westen bewegten, in Richtung Meer, wo es kühler und die Luft sauberer war. Joe wartete auf eine Lücke im Verkehr und strebte dann erneut dem Rand des Kontinents entgegen.

KAPITEL 3

Der Sand war im grellen Licht der Augustsonne weiß wie Gebein. Das Meer rollte kühl und grün heran und verstreute die winzigen Schalen toter und sterbender Geschöpfe am Strand.

In Santa Monica wimmelte der Strand von Menschen, die ein Sonnenbad nahmen, sich mit Strandspielen vergnügten und auf Decken und großen Handtüchern Picknick machten. Obwohl an diesem Tag im Landesinneren eine Bullenhitze herrschte, war es hier dank der Pazifikbrise angenehm warm.

Da Joe nicht für einen Tag am Strand gekleidet war, betrachteten ihn einige Sonnenanbeter neugierig, als er sich durch die vor Kokosöl glänzende Menge den Weg nach Norden bahnte. Er trug ein weißes T-Shirt, eine braune Stoffhose und Laufschuhe ohne Socken. Er war nicht hierher gekommen, um zu schwimmen oder ein Sonnenbad zu nehmen.

Während Rettungsschwimmer die Leute im Wasser im Auge behielten, beobachteten Frauen, die in Bikinis spazieren gingen, die Rettungsschwimmer. Ihre rhythmischen Rituale lenkten sie völlig von den Baumeistern der Muscheln ab, welche die schäumende Flut zu ihren Füßen spülte.

Kinder spielten in der Brandung, doch Joe konnte es nicht ertragen, sie zu beobachten. Ihr Gelächter, ihre Rufe und ihr Freudengejauchze schabten an seinen Nerven und entfachten einen irrationalen Zorn in seinem Inneren.

Mit einer Styropor-Kühltasche und einem Handtuch unter dem Arm ging Joe weiter und betrachtete die versengten Hügel von Malibu hinter der Krümmung der Bucht von Santa Monica. Endlich fand er ein weniger dicht belagertes Strandstück. Er breitete das Handtuch aus, setzte sich mit dem Gesicht zum Meer darauf und nahm eine Dose Bier aus ihrer Eisumhüllung in der Kühltasche.

Hätte er sich eine Villa mit Blick aufs Meer leisten können, hätte er sein Leben am Ufer beendet. Das unaufhörliche leise Gemurmel der Brandung, die von der Sonne vergoldete und vom Mond versilberte Unaufhörlichkeit der anrennenden Brecher und die glatte, flüssige Krümmung bis zum fernen Horizont bescherten ihm zwar kein Gefühl von Frieden oder Gelassenheit, aber eine willkommene Betäubung.

Joe erwartete nicht, über Gott und die Ewigkeit jemals mehr zu erfahren, als die Rhythmen des Meeres ihm mitteilten.

Wenn er ein paar Bier trank und sich von dem therapeutischen Ausblick auf den Pazifik durchströmen ließ, wurde er vielleicht so ruhig, daß er auf den Friedhof gehen konnte. Auf jener Erde stehen konnte, die seine Frau und Töchter bedeckte. Den Stein berühren konnte, auf dem ihre Namen standen.

Heute, ausgerechnet heute, hatte er eine Verpflichtung den Toten gegenüber wahrzunehmen.

Zwei Teenager, unwahrscheinlich dürre Jungs, deren ausgebeulte Badehosen tief an ihren schmalen Hüften hingen, schlenderten aus nördlicher Richtung den Strand entlang und blieben in der Nähe von Joes Handtuch stehen. Der eine trug sein langes Haar zu einem Pferdeschwanz zusammengebunden, der andere hatte einen Ultrakurzhaarschnitt. Beide waren von der Sonne tief gebräunt. Sie drehten sich um, schauten auf das Meer hinaus, wandten Joe die Rücken zu und nahmen ihm die Sicht.

Gerade als Joe sie bitten wollte, zur Seite zu gehen, sagte der Junge mit dem Pferdeschwanz: »Hast du was dabei, Mann?«

Joe antwortete nicht, weil er zuerst glaubte, der Junge würde mit seinem Freund sprechen, dem Stoppelhaarigen.

»Hast du was dabei, Mann?« fragte der Junge erneut. Er schaute noch immer auf das Meer hinaus. »Willst du was verkaufen, oder bist du mit dem Stoff bloß unterwegs?«

»Ich hab' nur Bier dabei«, sagte Joe ungeduldig und schob seine Sonnenbrille hoch, um die Jungen besser sehen zu können, »und das ist nicht zu verkaufen.«

»Na ja«, sagte der Junge mit dem Igel, »wenn du keinen Süßwarenladen hast, dann laß dir gesagt sein, daß du von ein paar Typen beobachtet wirst, die anderer Meinung sind.«

»Welche Typen? Wo?«

»Sieh nicht hin«, sagte der Junge mit dem Pferdeschwanz. »Warte, bis wir weitergegangen sind. Wir haben sie beobachtet, wie sie dich beobachten. Ich muß echt staunen, daß du die Kerle nicht riechen kannst, so sehr stinken die nach Bullen.«

»Fünfzehn Meter südlich«, sagte der andere, »neben dem Turm der Rettungswacht. Zwei Knilche in Hawaiihemden. Sehen aus wie Friedhofskomiker auf Urlaub.«

»Der eine hat ein Fernglas. Der andere ein Walkie-talkie.«

Verwirrt schob Joe die Sonnenbrille wieder herunter. »Danke«, sagte er.

»Nun überschlag dich nicht gleich«, sagte der Junge mit dem Pferdeschwanz. »Wollen dir nur 'nen Gefallen tun. Wir hassen diese selbstgerechten Arschlöcher.«

»Scheiß auf das System«, sagte der Junge mit dem Kurzhaarschnitt mit einer nihilistischen Verbitterung, die sich aus dem Mund eines so jungen Menschen absurd anhörte.

So arrogant wie junge Tiger gingen die Jungs weiter den Strand entlang und betrieben Fleischbeschau. Joe hatte keinen einzigen vernünftigen Blick auf ihre Gesichter werfen können.

Als er einige Minuten später das erste Bier intus hatte, drehte er sich um, öffnete den Deckel der Kühltasche, warf die leere Dose hinein und ließ den Blick gleichgültig über den Strand schweifen. Zwei Männer in Hawaiihemden standen im Schatten des Rettungsschwimmerturms.

Der größere der beiden, in einem bunten, hauptsächlich grün gemusterten Hemd und weißer Baumwollhose, betrachtete Joe durch ein Fernglas. Als der Mann den Eindruck hatte, bemerkt worden zu sein, drehte er sich gelassen um und schaute mit dem Fernglas in die andere Richtung, als wäre er nicht an Joe, sondern an einer Gruppe Teenager in Bikinis interessiert.

Der kleinere Mann trug ein Hemd, das hauptsächlich rot und orange war. Seine braune Hose war an den Knöcheln aufgerollt. Er stand barfuß im Sand, die Schuhe und Socken in der linken Hand.

In der Rechten, die an seiner Seite baumelte, hielt er einen anderen Gegenstand, bei dem es sich um ein kleines Radio oder einen CD-Player handeln konnte. Allerdings auch um ein Walkie-talkie.

Der größere Bursche war bereits krebsgefährdet gebräunt und hatte sonnengebleichtes blondes Haar. Der kleinere Mann dagegen war bleich; er hielt sich offenbar nicht regelmäßig an Stränden auf.

Joe zog die Lasche einer weiteren Bierdose auf, atmete den angenehm schäumenden Nebel ein, der aus der Dose spritzte, und wandte sich wieder dem Meer zu.

Obwohl keiner der beiden Männer den Eindruck machte, als hätte er an diesem Morgen das Haus mit der Absicht verlassen, einen Tag am Strand zu verbringen, wirkten sie nicht stärker fehl am Platz als Joe. Die Jungs hatten gesagt, die Kerle wurden nach Bullen riechen, doch obwohl Joe vierzehn Jahre lang Polizeireporter gewesen war, konnte den Gestank nicht wahrnehmen.

Aber es gab sowieso keinen Grund, daß die Polizei sich für ihn interessierte. Die Mordrate schnellte in schwindelnde Höhen, Vergewaltigungen waren fast so häufig wie Romanzen und Raub so weit verbreitet, daß die eine Hälfte der Bevölkerung die andere zu bestehlen schien. Da würden Bullen wohl keine Zeit damit verschwenden, sich einen Mann wie Joe vorzuknöpfen, weil er an einem öffentlichen Strand ein alkoholisches Getränk zu sich nahm.

Hoch am Himmel, auf lautlosen Schwingen, flogen drei leuchtend weiße Seemöwen vom fernen Pier nach Norden, zuerst parallel zur Uferlinie. Dann schossen sie über die funkelnde Bucht hinweg und kreisten.

Schließlich schaute Joe wieder zum Turm der Rettungswacht hinüber. Die beiden Männer waren nicht mehr da.

Er blickte wieder aufs Meer hinaus.

Die Flutwellen brachen und überschütteten den Sand mit Gischtfetzen. Joe beobachtete sie, wie ein bereitwilliger Patient das an einer Silberkette schwingende Pendant eines Hypnotiseurs beobachten mochte.

Doch diesmal hatte die Flut keine beruhigende Wirkung auf ihn, und er konnte seinen gequälten Geist nicht in stillere Wasser führen. Wie ein Mond von seinem Planeten wurde Joe vom Kalender in einer Umlaufbahn gehalten, und er konnte nicht verhindern, daß seine Gedanken ständig um ein Datum kreisten: 15. August, 15. August, 15. August. Der erste Jahrestag des Absturzes hatte eine überwältigende Anziehungskraft, die Joe hinunter in die Erinnerungen an seinen Verlust zerrte.

Als nach der Ermittlung der Absturzursache und der sorgfältigen Katalogisierung sowohl der organischen als auch der anorganischen Trümmer die sterblichen Überreste seiner Frau und Kinder zu Joe überführt wurden, hatte er nur Teile ihrer Leichen bekommen. Die versiegelten Särge besaßen eine Größe, wie sie normalerweise bei der Bestattung von Kleinkindern verwendet wurde. Joe nahm sie entgegen, als erhielte er die geweihten Knochen Heiliger, die von Reliquiaren umgeben waren.

Obwohl ihm klar war, welch verheerende Wirkung der Aufprall des Flugzeugs gehabt hatte, und obwohl er wußte, daß sich ein erbarmungsloses Feuer durch die Trümmer gefressen hatte, war es ihm höchst seltsam erschienen, daß die Überreste Michelles und der Kinder so klein waren. Doch für sein Leben hatten sie eine sehr große Bedeutung gehabt.

Ohne sie kam Joe die Welt wie ein fremder Ort vor. Jeden Morgen brauchte er nach dem Aufstehen mindestens zwei Stunden, um das Gefühl zu bekommen, hierher zu gehören. An manchen Tagen drehte die Erde sich vierundzwanzig Stunden lang, ohne daß Joe einen Platz im Leben fand.

Heute war einer dieser Tage.

Nachdem er das zweite Coors getrunken hatte, legte er die leere Dose in die Kühltasche zurück. Er war noch nicht bereit, zum Friedhof zu fahren, hatte aber das Bedürfnis, die nächste öffentliche Toilette aufzusuchen.

Er stand auf, drehte sich um und erhaschte einen Blick auf den großen Blonden in dem grünen Hawaiihemd. Der Mann, der nun kein Fernglas mehr trug, befand sich nicht mehr in der Nähe des Turms der Rettungswacht, sondern ungefähr zwanzig Meter entfernt und saß allein im Sand. Um sich vor Joe abzuschirmen, hatte er zwischen zwei jungen Pärchen auf Decken und einer mexikanischen Familie Stellung bezogen, die ihr Territorium mit Klappstühlen und zwei großen, gelb gestreiften Strandsonnenschirmen abgesteckt hatte.

Unauffällig suchte Joe den umliegenden Strand ab. Der kleinere der beiden möglichen Cops, der mit dem vorwiegend roten Hemd, war nicht zu sehen.

Der Typ in dem grünen Hemd vermied es geflissentlich, direkt in Joes Richtung zu schauen. Er hielt eine Hand ans rechte Ohr, als trüge er einen Ohrstöpsel und müsse die Musik aus den Radios der Sonnenbadenden fernhalten, um sich auf etwas anderes konzentrieren zu können, das er hören wollte.

Aus dieser Entfernung konnte Joe zwar nicht sicher sein, glaubte aber zu sehen, daß die Lippen des Mannes sich bewegten. Er schien in ein Gespräch mit seinem verschwundenen Begleiter vertieft zu sein.

Joe ließ Handtuch und Kühltasche liegen und ging zu den öffentlichen Toiletten. Er mußte nicht zurückschauen, um zu wissen, daß der Typ in dem grünen Hawaiihemd ihn beobachtete.

Als Joe erneut darüber nachdachte, gelangte er zu dem Schluß, daß es selbst in einer Zeit wie dieser tatsächlich noch ein Gesetzesverstoß war, sich am Strand einen anzusäuseln. Schließlich mußte eine Gesellschaft, die Korruption und Brutalität gegenüber eine so aufklärerische Toleranz an den Tag legte, wenigstens bei kleinen Vergehen hart durchgreifen, um sich selbst davon zu überzeugen, daß sie noch ein gewisses moralisches Niveau hatte.

In der Nähe des Piers hatte die Zahl der Besucher seit Joes Ankunft zugenommen. Im Vergnügungszentrum polterte die Achterbahn. Fahrgäste kreischten.

Als Joe den stark frequentierten Sanitärbereich betrat, nahm er die Sonnenbrille ab.

Die Herrentoilette stank nach Urin und Desinfektionsmittel. In der Mitte zwischen den Toilettenkabinen und den Waschbecken krabbelte eine große Küchenschabe, halb zerquetscht, aber noch am Leben, immer wieder im Kreis über den Boden. Sie hatte jede Orientierung und Zielstrebigkeit verloren. Alle machten einen Bogen um sie – einige mit Erheiterung, andere mit Abscheu oder Gleichgültigkeit.

Nachdem Joe ein Urinal benützt hatte und sich die Hände wusch, betrachtete er die anderen Männer im Spiegel und hielt nach einem Mitverschwörer Ausschau. Er entschied sich für einen langhaarigen Vierzehnjährigen in Badehosen und Sandalen.

Als der Junge zu dem Spender mit den Papiertüchern ging, folgte Joe ihm und zog unmittelbar nach ihm ein paar Tücher heraus. »Könnte sein«, sagte er, »daß draußen zwei Bullen rumhängen und auf mich warten.«

Der Junge schaute ihn an, sagte aber nichts, trocknete sich bloß weiter die Hände mit den Papiertüchern ab.

»Ich geb' dir zwanzig Mäuse«, sagte Joe, »wenn du für mich die

Lage peilst. Dann kommst du zurück und sagst mir, wo die Heinis sind.«

Die Augen des Jungen hatten den violettblauen Farbton einer frischen Prellung, und sein Blick war so direkt wie ein Faustschlag. »Dreißig.«

Joe konnte sich nicht entsinnen, daß er es als Vierzehnjähriger gewagt hatte, einem Erwachsenen so kühn und herausfordernd in die Augen zu blicken. Hätte ein Fremder ihm damals ein solches Angebot gemacht, hätte er den Kopf geschüttelt und wäre getürmt.

»Fünfzehn sofort«, sagte der Junge, »und fünfzehn, wenn ich zurückkomme.«

Joe knüllte die Papiertücher zusammen und warf sie in den Abfalleimer. »Zehn sofort, zwanzig, wenn du zurückkommst.«

»Abgemacht.«

»Der eine Kerl ist ungefähr eins fünfundachtzig«, sagte Joe, als er sein Portemonnaie aus der Tasche zog. »Knallrot. Blond. Trägt ein grünes Hawaiihemd. Der andere ist so etwa eins fünfundsiebzig. Bleiche Haut. Braunes Haar mit Glatzenansatz. Trägt ein rot und orange gemustertes Hawaiihemd.«

Der Junge nahm den Zehndollarschein, ohne den Blickkontakt zu unterbrechen. »Vielleicht ist das 'ne Anmache, und draußen ist gar keiner, der so aussieht, und wenn ich zurückkomme, wollen Sie, daß ich mit Ihnen in eine Kabine gehe, damit ich die anderen zwanzig Mäuse kriege.«

Joe war verlegen – nicht, weil der Junge ihn für einen Pädophilen hielt, sondern weil er in einer Zeit und an einem Ort aufgewachsen war, der von ihm verlangte, schon in so jungen Jahren dermaßen abgefeimt und gossendurchtrieben zu sein. »Keine Anmache.«

»Auf so was fahr' ich nämlich nicht ab.«

»Alles klar.«

Zumindest ein paar der anwesenden Männer mußten den Wortwechsel mitbekommen haben, doch keiner schien sich dafür zu interessieren. In diesem Zeitalter galt die Devise: Leben und leben lassen.

»Die Burschen warten nicht direkt vor der Tür«, sagte Joe, als der Junge sich umdrehte und gehen wollte. »Du wirst sie nicht auf den ersten Blick sehen. Wahrscheinlich haben sie sich zurückgezogen, an eine Stelle, von der aus sie das Klo beobachten können, ohne daß man sie so leicht entdecken kann.«

Ohne zu antworten, ging der Junge zur Tür. Seine Sandalen klatschten auf den Bodenfliesen.

»Wenn du die zehn Mäuse einsackst und nicht zurückkommst«, warnte Joe ihn, »suche ich dich und tret' dich in den Arsch.«

»Ja, klar«, sagte der Junge verächtlich; dann war er verschwunden.

Joe kehrte zu einem der rostfleckigen Waschbecken zurück und wusch sich erneut die Hände, damit niemand den Eindruck bekam, er würde hier herumlungern.

Drei Männer in den Zwanzigern hatten sich zusammengefunden, um die verstümmelte Küchenschabe zu beobachten, die noch immer auf einem kleinen Teil des Bodens im Kreis herumkroch. Die Bahn des Insekts hatte einen Durchmesser von dreißig Zentimetern. Die halb zermatschte Schabe ruckte mit dermaßen insektenhafter Stumpfsinnigkeit die Kreisbahn entlang, daß die Männer, Dollarscheine in den Händen, darauf wetteten, wie lange das Tier pro Runde brauchte.

Joe beugte sich über das Becken und spritzte sich zwei, drei Handvoll kaltes Wasser ins Gesicht, das den beißenden Geschmack und Geruch von Chlor hatte, ohne ihm jedoch das Gefühl von Sauberkeit zu vermitteln, denn aus dem offenen Abfluß drang ein schaler, salziger Gestank.

Das Gebäude war unzureichend belüftet. Die stehende Luft war wärmer als draußen unter freiem Himmel, roch nach Urin und Schweiß und Desinfektionsmitteln und war so giftig dick, daß das bloße Atmen Joe allmählich Übelkeit bereitete.

Der Junge schien ziemlich lange zu brauchen.

Erneut spritzte Joe sich Wasser ins Gesicht und betrachtete dann seine tropfnasse Reflexion im streifenverschmierten Spiegel. Trotz seiner Bräune und des frischen Rosatons, dem er der vergangenen Stunde in der Sonne zu verdanken hatte, sah er ... krank aus. Seine Augen waren grau, wie schon sein Leben lang. Doch einst war es das helle Grau von poliertem Eisen oder nassem Indulin gewesen; nun war es das schwache, tote Grau von Asche, und das Weiß war blutunterlaufen.

Ein vierter Mann hatte sich zu den Küchenschaben-Wettern gesellt. Er war Mitte Fünfzig, dreißig Jahre älter als die drei anderen, versuchte aber, zu ihnen zu gehören, indem er sie an Begeisterung für sinnlose Grausamkeit noch übertraf. Die Wetter waren zu einer Behinderung für die anderen Besucher des Waschraums geworden. Sie machten Krawall, lachten über das Insekt, das sich krampfartig vorwärts bewegte und feuerten es an, als wäre es ein Vollblut, das auf einer Rennbahn der Ziellinie entgegenpreschte. *»Los, los, los, los, los!«* Sie diskutierten lautstark darüber, ob die beiden zitternden Fühler Teil des Orientierungssystems der Schabe seien oder Organe, mit denen das Tier den Geruch von Nahrung oder anderen Küchenschaben aufnahm, die kopulationsbereit waren.

Joe versuchte, sich vor den Stimmen der randalierenden Gruppe zu verschließen, blickte in das Spiegelbild seiner aschfahlen Augen und fragte sich, was ihn dazu getrieben hatte, den Jungen zu beauftragen, nach den Männern in den Hawaiihemden Ausschau zu halten. Wenn sie hier eine Überwachung vornahmen, mußten sie ihn fälschlicherweise für einen anderen gehalten haben. Sie würden ihren Irrtum schnell erkennen, und er würde sie nie wiedersehen. Er hatte keinen vernünftigen Grund, sie anzusprechen oder Informationen über sie zu sammeln.

Er war zum Strand gefahren, um sich für den Besuch auf dem Friedhof vorzubereiten. Er mußte sich den uralten Rhythmen der ewigen See unterwerfen, die an ihm scheuerten wie Wellen an einem Felsen, die scharfen Kanten der Angst in seinem Verstand glätteten und die Splitter in seinem Herzen abschliffen. Das Meer überbrachte ihm die Botschaft, daß das Leben bloß aus bedeutungsloser Mechanik und stumpfsinnigen Gezeitenkräften bestand – eine triste Botschaft der Hoffnungslosigkeit, die Joe gerade deshalb so beruhigte, weil sie so brutal erniedrigend war. Überdies brauchte er noch ein oder zwei Bier, um seine Sinne stärker zu betäuben, damit die Lektion, die das Meer ihm erteilte, nicht von ihm abfiel, wenn er nachher durch die Stadt zum Friedhof fuhr.

Er *brauchte* keine Ablenkungen. Er brauchte keine Therapie, keine Ziele, keinen Zweck. Er brauchte kein Geheimnis. An dem Abend, als das Leben auf einer stillen Wiese in Colorado, über die plötzlich Donner und Feuer hinwegfegten, für Joe jede Bedeutung verlor, hatte es auch jedes Geheimnis verloren.

Sandalen klatschten auf Fliesen; der Junge kam zurück, um die noch ausstehenden zwanzig Dollar zu kassieren. »Hab' keinen großen Typ in einem grünen Hemd gesehen, aber der andere ist da draußen und verbrennt sich gerade die Pläte.«

Hinter Joe johlten einige Küchenschaben-Glücksspieler triumphierend. Andere stöhnten, als das sterbende Tier eine weitere Runde entweder ein paar Sekunden schneller oder langsamer zurücklegte als die vorherige.

Neugierig reckte der Junge den Hals, um zu sehen, was da los war.

»Wo?« fragte Joe und zog einen Zwanziger aus seinem Portemonnaie.

Der Junge versuchte noch immer, zwischen den Leibern der im Kreis stehenden Spieler hindurchzuschauen. »An 'ner Palme. Vielleicht fünfundzwanzig Meter von hier. Da stehen ein paar Klapptische im Sand, auf denen diese Scheiß-Koreaner Schach spielen.«

Obwohl stark mattierte Scheiben harten weißen Sonnenschein durchließen und schmutzige Neonröhren unter der Decke ein bläuliches Licht verbreiteten, kam Joe die Luft gelb vor, wie saurer Nebel.

»Sieh mich an«, sagte Joe.

»Was?« sagte der Junge, abgelenkt vom Küchenschabenrennen.

»Sieh mich an!« Überrascht vom stillen Zorn in Joes Stimme tat der Junge wie geheißen, schaute Joe aber nur kurz ins Gesicht. Dann richtete der Blick seiner Augen, diese Pupillen in der Farbe von Prellungen, sich wieder auf den Zwanzigdollarschein.

»Der Typ, den du gesehen hast, hat ein rotes Hawaiihemd getragen?« fragte Joe.

»Es waren noch andere Farben drin, aber hauptsächlich rot und orange, ja.«

»Was für eine Hose hatte er an?«

»Hose?«

»Damit du mich nicht reinlegst, hab' ich dir nicht gesagt, was der Kerl sonst noch trägt. Wenn du ihn wirklich gesehen hast, kannst du's mir sagen.«

»He, Mann, keine Ahnung. Ob er Shorts oder 'ne Badehose oder 'ne normale Hose getragen hat – woher soll ich das wissen?«

»Sag's mir.«

»Weiß? Braun? Ich kann's nicht genau sagen. Konnte ja nicht

ahnen, das ich Ihnen erzählen soll, wie der Typ angezogen ist, verdammt. Er stand einfach da, wie bestellt und nicht abgeholt. Und er hielt seine Schuhe in der Hand – die aufgerollten Socken steckten drin.«

Es war derselbe Mann, den Joe mit dem Walkie-talkie in der Nähe des Turms der Rettungswacht gesehen hatte.

Die Glücksspieler feuerten die Küchenschabe wieder lautstark an, lachten, fluchten, brüllten Geldsummen und schlossen Wetten ab. Sie waren mittlerweile so laut, daß ihre Stimmen grell von den Betonblockwänden zurückgeworfen wurden und mit solcher Stärke in den Spiegeln widerhallten, daß Joe beinahe damit rechnete, ihre silbrigen Oberflächen würden zerplatzen.

»Hat der Kerl die Koreanear beim Schachspielen beobachtet? Oder hat er so getan?« fragte Joe.

»Er hat dieses Scheißhaus hier beobachtet und mit den Cremetörtchen gesprochen.«

»Mit den Cremetörtchen?«

»Zwei super Weiber in Tangas. Mann, Sie müssen sich mal die rothaarige Muschi in dem grünen Fummel angucken. Auf 'ner Skala von eins bis zehn ist sie 'ne Zwölf. Da fallen dir die Augen aus dem Kopf, Mann.«

»Hat der Mann sie angemacht?«

»Weiß nicht, was der Typ sich denkt«, sagte der Junge. »Aber so 'n Loser wie der kann bei keiner von den beiden Muschis landen.«

»Nenn sie nicht Muschis«, sagte Joe.

»Was?«

»Sie sind Frauen.«

In den zornigen Augen des Jungen schienen plötzlich die Spiegelbilder von Messerklingen zu funkeln. »He, cool bleiben. Sind Sie der Papst, oder was?«

Die saure, gelbe Luft schien sich zu verdicken. Joe hatte das Gefühl, ihm würde die Haut weggefressen.

Das wirbelnde Geräusch abspülender Toiletten bewirkte, daß sich ihm der Magen umdrehte. Er bemühte sich, eine plötzliche Übelkeit zu unterdrücken.

»Beschreib die Frauen«, sagte er zu dem Jungen.

»Affengeil«, sagte der Junge, und in seinem Blick lag mehr Herausforderung denn je zuvor. »Besonders die Rothaarige. Ich würde über Glasscherben kriechen, um sie mal durchfiedeln zu können, auch wenn sie taub ist.«

»Taub?«

»Ja, die muß taub sein oder so was«, sagte der Junge. »Hat ein Hörgerät oder irgend so 'n Ding in ihr Ohr gesteckt, hat's rausgenommen und wieder reingesteckt, als würd's nicht richtig sitzen. Sieht wirklich geil aus, die Muschi.«

Obwohl Joe fünfzehn Zentimeter größer und zwanzig Kilo schwerer war als der Junge, hätte er ihn am liebsten an der Kehle gepackt und gewürgt. Ihn gewürgt, bis er versprach, dieses Wort nie wieder zu benützen, nicht einfach so. Bis der Junge begriffen hatte, wie abscheulich es war und wie sehr es ihn beschmutzte, wenn er den Begriff so beiläufig wie ein Bindewort benützte.

Sein kaum zu bändigender Wunsch nach Gewalttätigkeit jagte Joe Angst ein. Er spürte, wie er die Zähne zusammenpreßte, wie an Hals und Schläfen die Adern pochten, wie das Sehfeld abrupt von einem blutdunklen Druck an der Peripherie eingeschränkt wurde. Seine Übelkeit wurde stärker, und er atmete tief ein, und noch einmal, um sich zu beruhigen.

Offensichtlich sah der Junge irgend etwas in Joes Augen, das ihn innehalten ließ. Auf einmal war er nicht mehr auf Provokation aus. Er richtete den Blick wieder auf die schreienden Spieler. »Geben Sie mir die zwanzig Mäuse. Ich hab' sie mir verdient.«

Joe ließ den Schein nicht los. »Wo ist dein Dad?«

»Wie bitte?«

»Wo ist deine Mutter?«

»Was geht Sie das an?«

»Wo sind sie?«

»Die leben ihr eigenes Leben.«

Joes Zorn verwandelte sich in Verzweiflung. »Wie heißt du, Junge?«

»Wieso wollen Sie das wissen? Halten Sie mich für 'n Muttersöhnchen, das nicht allein zum Strand gehen darf? Sie können mich mal. Ich gehe, wohin ich will.«

»Du gehst, wohin du willst, aber du kannst nirgendwo sein.«

Der Junge stellte den Blickkontakt wieder her. In seinen Augen, deren Pupillen die Farbe von Prellungen besaßen, lag ein so tiefer Ausdruck von Schmerz und Einsamkeit, daß Joe schockiert war, ihn bei einem Kind im zarten Alter von vierzehn Jahren zu entdecken. »Nirgendwo sein? Was soll das denn heißen?«

Joe spürte, daß sie eine Verbindung auf einer tiefgründigen Ebene geschaffen hatten, daß sich für ihn und diesen gepeinigten Jungen unerwartet eine Tür geöffnet hatte und ihrer beider Zukunft zum Besseren verändert werden konnte, wenn er nur zu begreifen vermochte, wohin sie gehen konnten, nachdem sie diese Schwelle überschritten hatten. Doch sein Leben war so leer – und sein Vorrat an Philosophie dermaßen verbraucht – wie die toten Muschelgehäuse, die auf den nahen Strand gespült wurden. Joe hatte keinen Glauben mehr zu teilen, keine Weisheit mehr kundzutun, keine Hoffnung mehr anzubieten. Er hatte nicht mehr genug Substanz, sich selbst aufrechtzuerhalten, geschweige denn andere.

Er war ein Verlorener, und die Verlorenen können nicht führen.

Der Augenblick verstrich, und der Junge pflückte den Zwanzigdollarschein aus Joes Hand. Sein Ausdruck war eher ein Schnauben als ein Lächeln, als er spöttisch Joes Worte wiederholte. »Sie sind Frauen.« Er wich zurück. »Aber wenn man sie heiß macht«, sagte er, »sind sie trotzdem bloß Muschis.«

»Und wir alle sind bloß Schwänze?« sagte Joe, doch der Junge war schon aus der Toilette geschlüpft und hörte die Frage nicht mehr.

Obwohl Joe sich zweimal die Hände wusch, kam er sich schmutzig vor.

Er drehte sich wieder zu den Waschbecken um, kam jedoch nicht mehr an sie heran. Sechs Männer drängten sich nun eng um die Küchenschabe; einige andere standen im Hintergrund und warteten.

In dem überfüllten Waschraum war es glühend heiß. Joe war schweißüberströmt, und die gelbe Luft brannte in seinen Nasenlöchern, verätzte seine Lungen mit jedem Atemzug, brannte in seinen Augen, kondensierte auf den Spiegeln und verwischte die Reflexionen der aufgeregten Männer, bis es sich nicht mehr um Geschöpfe aus Fleisch und Blut zu handeln schien, sondern um gequälte Geister, die man durch ein Schlachthausfenster sah, naß vor Schwefeldampf, in den tiefsten Abgründen der Verdammten. Die aufgeregten Glücksspieler schrien die Küchenschabe an und rissen Fäuste hoch, die Dollarscheine hielten. Ihre Stimmen verschmolzen zu einem einzigen schrillen, sinnlosen Geheul, zu einem irrwitzigen Schnattern, das immer lauter und höher wurde, bis es für Joe wie ein Kreischen klang, das Glas zerspringen lassen konnte, das sich in sein Hirn bohrte und gefährliche Schwingungen in seinem Innersten auslöste.

Er drängte sich zwischen zwei Männern hindurch, trat auf die verstümmelte Küchenschabe und tötete sie.

In dem Augenblick der verblüfften Stille, der auf seine Einmischung folgte, wandte Joe sich zitternd von den Männern ab. Das erschütternde Geräusch bebte noch in seinem Fleisch, vibrierte in seinen Knochen, staute sich auf. Er strebte dem Ausgang zu, wollte hier raus, bevor er explodierte.

Wie auf ein Kommando schüttelten die Glücksspieler ihr lähmendes Erstaunen ab. Sie schrien wütend auf – so rechtschaffen in ihrer Empörung, wie Kirchgänger es sein mochten, wenn ein schmutziger und betrunkener Penner in den Gottesdienst taumelte, vor dem Geländer des Altarraums zusammenbrach und sich auf den heiligen Boden übergab.

Einer der Männer packte Joe am Arm. Sein Gesicht war von der Sonne so gerötet, daß es wie ein Stück fettiger Schinken aussah, und die von der Hitze aufgesprungenen Lippen waren gefletscht und entblößten Zähne, die fleckig von Kautabak waren. Der Mann riß Joe herum. »Verdammte Scheiße, was hast du dir dabei gedacht, Freundchen?«

»Lassen Sie mich los.«

»Ich hab' hier bares Geld gewonnen, Freundchen.«

Die Hand des Fremden lag feucht auf Joes Arm, seine schmutzigen Fingernägel waren stumpf, gruben sich aber ins Joes Haut, als der Mann den schlüpfrigen Griff verstärkte.

»Lassen Sie los.«

»Ich hab' hier bares Geld gewonnen«, wiederholte der Mann. Sein Mund verzog sich zu einer dermaßen zornigen Grimasse, daß seine aufgeplatzten Lippen noch stärker aufrissen und Blutfäden aus den Wunden liefen.

Joe packte den wütenden Wetter am Handgelenk und bog einen der schmutzigen Finger zurück, um den Griff des Mistkerls zu lösen. Noch während die Augen des Mannes sich vor Erstaunen und Furcht weiteten, noch während er vor Schmerz aufschreien wollte, drehte Joe ihm den Arm auf den Rücken, riß den Mann herum und stieß ihn vor, schleuderte ihn nach Rausschmeißerart kopfüber gegen die geschlossene Tür einer Toilettenkabine.

Joe hatte gedacht, seine seltsame Wut schon zuvor abreagiert zu haben, bei dem Gespräch mit dem Teenager, und daß nur Verzweiflung zurückgeblieben sei – doch da war dieser Zorn wieder, und er stand in keinem Verhältnis zu dem Zwischenfall, der ihn ausgelöst zu haben schien. Die Wut war so heiß und explosiv wie zuvor. Joe wußte nicht genau, warum er so handelte, warum die Gefühllosigkeit dieser Männer ihm so nahe ging, doch bevor ihm klar wurde, daß er überreagierte, hämmerte er das Gesicht des Burschen gegen die Tür, und noch einmal, und ein drittes Mal.

Der Zorn verrauchte nicht, und trotz des blutdunklen Drucks, der sein Sehfeld verengte, der primitiven Raserei, die ihn durchfuhr wie tausend Affen, die mit gellendem Pfeifen durch einen Urwald aus Bäumen und Schlingpflanzen jagten, erkannte Joe, daß er jede Beherrschung verloren hatte. Er ließ den Mann los, der vor der Toilettenkabine zu Boden fiel.

Joe zitterte. Er war zornig auf seine Wut und fürchtete sich davor. Er trat zurück, bis die Waschbecken jede weitere Bewegung verhinderten.

Die anderen Männer im Waschraum waren vor ihm zurückgewichen. Es war totenstill.

Der Glücksspieler lag rücklings auf dem Boden, inmitten verstreuter Ein- und Fünfdollarscheine, seinem Gewinn. Auf seinem Kinn schien das Blut, das aus seinen aufgeplatzten Lippen strömte, einen roten Bart zu bilden. Er drückte eine Hand gegen die linke Gesichtshälfte, die dreimal Bekanntschaft mit der Tür geschlossen hatte. »Das war doch nur eine Küchenschabe, um Gottes willen, nur eine widerliche Küchenschabe.«

Joe wollte dem Mann sagen, daß es ihm leid tat. Er bekam kein Wort heraus.

»Sie haben mir fast die Nase gebrochen. Sie hätten mir die Nase brechen können! Wegen einer Küchenschabe! Wegen einer Küchenschabe brechen Sie mir die Nase?«

Joe bedauerte nicht, was er diesem Mann angetan hatte. Der Kerl hatte anderen zweifellos schon Schlimmeres angetan. Joe tat sich selbst leid. Er bedauerte, was für ein elendes wandelndes Wrack aus ihm geworden war, und daß sein unentschuldbares Verhalten das Andenken an seine Frau und Töchter beschmutzte. Dennoch konnte er nicht das leiseste Bedauern äußern; statt dessen wäre er an seinem Abscheu vor sich selbst beinahe genauso erstickt wie an der übelriechenden Luft. Er verließ das stinkende Gebäude und trat hinaus in eine Meeresbrise, die ihn nicht erfrischte, in eine Welt, die so abscheulich war die in der Toilette.

Eine kalte Spule der Reue wickelte sich in seiner Brust auf, und trotz der Sonne zitterte er.

Er nahm kaum Notiz von den Sonnenbadenden, als er sich zwischen den Leibern zu seinem Badetuch und der Kühltasche hindurchschlängelte. Auf halbem Weg fiel ihm der bleichgesichtige Mann in dem roten und orangenen Hawaiihemd wieder ein. Joe blieb nicht stehen, schaute nicht mal zurück, sondern schlurfte durch den Sand weiter.

Es interessierte ihn nicht mehr, wer ihn überwachte – falls es sich überhaupt um eine Beschattung handelte. Er wußte nicht einmal mehr, weshalb es ihn je interessiert hatte. Falls die Kerle Polizisten waren, dann waren es Stümper, die ihn mit einem anderen verwechselt hatten. Hätte der Junge mit dem Pferdeschwanz Joe nicht auf die Burschen aufmerksam gemacht, hätte er sie nicht einmal bemerkt. Sie würden ihren Fehler bald erkennen und ihr echtes Opfer suchen. Und bis dahin konnten sie ihn mal.

Es zog immer mehr Leute zu dem Strandabschnitt, an dem Joe sein Lager aufgeschlagen hatte. Er überlegte kurz, ob er seine Sachen packen und aufbrechen sollte, doch er war noch nicht bereit, zum Friedhof zu fahren. Der Zwischenfall im Waschraum hatte den Absperrhahn seines Adrenalinvorrats aufgedreht und die Wirkung der beruhigenden Brandung und der zwei Bier, die er getrunken hatte, neutralisiert.

Als Joe wieder auf dem Badetuch saß, griff er mit einer Hand in die Kühltasche, holte aber kein Bier, sondern ein halbmondförmiges Eisstück hervor. Er drückte es sich auf die Stirn und schaute hinaus aufs Meer. Der graugrüne, stoßweise Wellengang schien eine unendliche Aneinanderreihung mahlender Getriebe eines riesigen Mechanismus zu sein, und dahinter glitzerten helle, silberne Funken aus Sonnenlicht wie elektrische Ladungen auf einem Gitterstromkreis. Die Wellen flossen so monoton heran und wieder zurück wie die Pleuelstangen, die in einem Motor vor und zurück pumpten. Das Meer war eine ewig arbeitende Maschine, die keinen anderen Sinn hatte, als ihre Existenz beizubehalten. Auch wenn das Meer von unzähligen Dichtern romantisch und hingebungsvoll geschildert worden war, konnte es keine menschliche Leidenschaft, keinen Schmerz und keine Versprechung kennen.

Joe erkannte, daß er lernen mußte, die tristen Mechanismen zu akzeptieren, da es keinen Sinn hatte, mit einer geistlosen Maschinerie zu hadern. Man konnte eine Uhr schließlich nicht dafür verantwortlich machen, daß die Zeit zu schnell verstrich. Einem Webstuhl konnte man nicht vorwerfen, daß auf ihm der Stoff hergestellt wurde, den man später zur Kapuze eines Scharfrichters vernähte. Joe hoffte, Frieden zu finden – falls er sich je mit der mechanistischen Gleichgültigkeit des Universums und der bedeutungslosen Natur von Leben und Tod abfinden konnte.

Eine solche Annahme wäre in der Tat ein öder Trost, ein Abstumpfen des Herzens. Doch Joe wollte jetzt nur noch ein Ende der Qualen. Er wollte Nächte ohne Alpträume. Er wollte keine Gefühle mehr empfinden müssen.

Zwei Neuankömmlinge breiteten etwa sechs Meter links von Joe ein weißes Badetuch auf dem Sand aus. Es waren zwei Frauen – die eine ein hinreißender Rotschopf in einem Tanga, der so knapp war, daß sogar eine Stripperin errötet wäre, die andere brünett und fast so attraktiv wie ihre Freundin.

Die Rothaarige trug ihr Haar in einem spitz zulaufenden Kurzschnitt. Das Haar der Brünetten war länger, um das Mini-Funkgerät besser verbergen zu können, das sie zweifellos in einem Ohr trug.

Für Frauen in den Zwanzigern waren sie zu albern und kindisch, so ausgelassen, daß sie die Aufmerksamkeit auf sich gelenkt hätten, selbst wenn sie nicht so gut ausgesehen hätten. Sie rieben sich gemächlich mit Sonnenöl ein, wechselten sich ab, als sie den Rücken der jeweils anderen eincremten, und berührten einander mit schmachtendem Vergnügen, als würden sie die Eröffnungsszene eines Pornovideos drehen und wollten das Interesse eines jeden heterosexuellen Mannes am Strand auf sich lenken.

Die Strategie war klar. Niemand wäre darauf gekommen, daß Joe von Einsatzkräften beschattet wurde, die so wenig von sich und darüber hinaus sich selbst so schlecht verbargen. Sie wollten so unwahrscheinlich sein, wie die Männer in den Hawaiihemden offensichtlich gewesen waren. Doch durch Ermittlungsarbeiten für dreißig Dollar und die triebhaften Beobachtungen eines geilen Vierzehnjährigen war ihre Strategie durchkreuzt worden.

Mit ihren langen, gebräunten Beinen, tiefen Dekolletés und festen runden Hüften sollten die Frauen vielleicht auch Joes Interesse auf sich ziehen und ihn in ein Gespräch verwickeln. Falls dies zu ihrem Auftrag gehörte, hatten sie kein Glück. Ihr Charme erzielte bei Joe keine Wirkung.

Seit einem Jahr hatte jede erotische Vorstellung, jeder erotische Gedanke ihn nur einen Moment lang erregen können, worauf ihn dann überwältigende Erinnerungen an Michelle überkamen, an ihren liebgewonnenen Körper und ihre gesunde Begeisterung für die Lust. Zwangsläufig dachte Joe dann auch an den schrecklich langen Sturz von den Sternen bis zum Erdboden von Colorado, den Rauch, das Feuer, dann den Tod. Das Begehren löste sich schnell im Gefühl des Verlusts auf.

Diese beiden Frauen erregten Joes Aufmerksamkeit und seinen Zorn lediglich durch ihre stümperhafte Arbeitsweise. Er überlegte, ob er zu ihnen gehen und sie auf ihren Fehler aufmerksam machen sollte, ob er ihnen sagen sollte, daß sie ihn verwechselt hätten, um sie endlich loszuwerden. Doch nach den Gewalttätigkeiten im Waschraum bereitete Joe die Aussicht auf eine weitere Auseinandersetzung Unbehagen. Zwar war sein Zorn verraucht, doch er vertraute seiner Selbstbeherrschung nicht mehr.

Auf den Tag genau ein Jahr.

Erinnerungen und Grabsteine.

Er würde es durchstehen.

Die Brandung rauschte, sammelte ihre schäumenden Bruchstücke ein, stahl sich davon und rannte erneut an. Beim geduldigen Studium dieses endlosen Kommens und Gehens beruhigte Joe Carpenter sich allmählich.

Eine halbe Stunde später war er bereit, den Friedhof aufzusuchen, ohne ein weiteres Bier getrunken zu haben.

Er schüttelte den Sand aus dem Badetuch, faltete das Tuch einmal der Länge nach, rollte es fest zusammen und nahm die Kühltasche auf.

So seiden wie die Meeresbrise, so butterweich wie das Sonnenlicht taten die geschmeidigen jungen Frauen in den Tangas so, als wären sie von der dummen Anmache zweier Freier fasziniert, deren Körper von anabolen Steroiden aufgetrieben waren – die bislang letzten einer ganzen Reihe von Beachboy-Casanovas, die bei den Ladys zu landen versuchten.

Da die Sonnenbrille verbarg, in welche Richtung Joe schaute, sah er, daß das Interesse der Strandschönheiten an den Muskelprotzen nur gespielt war. *Sie* trugen keine Sonnenbrillen, und während sie plauderten und lachten und ihre Bewunderer ermutigten, blickten sie verstohlen zu Joe hinüber.

Er ging davon, schaute nicht zurück.

Während er einen Teil des Strands in den Schuhen mit sich nahm, versuchte er, in seinem Herzen auch die Gleichgültigkeit des Meeres mitzunehmen.

Dennoch fragte er sich unwillkürlich, welche Polizeibehörde sich rühmen konnte, zwei so erstaunlich schöne Frauen in ihren Reihen zu haben. Er hatte ein paar Polizistinnen gekannt, die so schön und sexy wie Filmstars waren, doch die Rothaarige und ihre Freundin übertrafen sogar das Zelluloidniveau.

Als Joe den Parkplatz erreichte, rechnete er beinahe damit, daß die Männer in den Hawaiihemden seinen Honda beobachteten. Falls sie ihn überwachten, war ihr Beschattungsposten gut verborgen.

Joe fuhr vom Parkplatz. Als er auf dem Pacific Coast Highway rechts abbog, schaute er in den Rückspiegel. Er wurde nicht verfolgt.

Vielleicht hatten die Burschen ihren Fehler erkannt und suchten nun hektisch nach dem richtigen Mann.

Joe fuhr vom Wilshire Boulevard zum San Diego Freeway, dann in nördliche Richtung zum Ventura Freeway und schließlich nach Osten, aus dem kühlenden Einfluß der Meeresbrisen in die Backofenhitze des San Fernando Valley. Im grellen Licht des Augusts wirkten diese Vorstädte so heiß und hartgebacken wie im Trockenofen gebrannte Töpferware.

Dreihundert Morgen sanfter Hügel, flacher Täler und breiter Wiesen umfaßte der Friedhof, eine Stadt der Verstorbenen, das Los Angeles der Toten, von sich anmutig windenden Zufahrtsstraßen in

Bezirke unterteilt. Berühmte Schauspieler und ganz normale Vertreter lagen hier begraben, Rock-'n'-Roll-Stars und Familienangehörige von Reportern, Seite an Seite in der intimen Demokratie des Todes.

Joe fuhr an den beiden Beerdigungen vorüber, die gerade stattfanden: Autos standen am Straßenrand, Reihen von Klappstühlen waren auf dem Gras aufgestellt, und frisch aufgeworfene Erdhügel waren mit hellgrünem Kunstrasen bedeckt. An jeder Grabstätte saßen die Trauergäste zusammengekauert da, wurden von ihren schwarzen Kleidern und Anzügen beinahe erstickt. Nicht nur die Hitze, auch die Trauer und das Gefühl der eigenen Sterblichkeit machte ihnen schwer zu schaffen.

Zum Friedhof gehörten einige kunstvoll gearbeitete Grüfte und Familiengrabstätten, die von niedrigen Mauern umgeben waren, doch es gab keine Betonwälder aufrecht stehender Monumente und Grabsteine. Einige Leute hatten die Urnen mit der Asche ihrer geliebten Verstorbenen in Nischen beisetzen lassen, die sich in den Mauern städtischer Mausoleen befanden. Andere zogen den Schoß der Erde vor, auf dem die Gräber allerdings nur mit flachen, in den Boden eingelassenen Bronzeplatten gekennzeichnet waren, um die parkähnliche Umgebung nicht zu stören.

Joe hatte Michelle und die Mädchen auf einem sanft ansteigenden Hügel zur Ruhe gebettet, dem ein paar einzeln stehende Nußkiefern und Lorbeerbäume Schatten spendeten. An milderen Tagen als dem heutigen huschten Eichhörnchen über das Gras, und in der Dämmerung kamen Kaninchen hervor. Joe war der Ansicht, daß seine drei geliebten Frauen diese natürliche Umgebung der sterilen eines Mausoleums vorgezogen hätten, wo es nicht das Geräusch des Windes gab, der abends die Bäume rascheln ließ.

Weit hinter der zweiten Gruppe von Trauergästen parkte Joe am Bordstein, stellte den Motor ab und stieg aus dem Honda. Dann verharrte er neben dem Wagen in der Hitze von fast vierzig Grad und nahm seinen Mut zusammen.

Als er den sanften Hang hinaufstieg, schaute er nicht auf ihre Gräber. Würde er sie aus der Ferne sehen, würde der Anblick ihn entmutigen, und er würde umkehren. Selbst nach einem Jahr war jeder Besuch für ihn so aufwühlend, als wollte er sich nicht ihre Grabstätten ansehen, sondern ihre zerschmetterten Leichen in der

Gerichtsmedizin. Während er sich fragte, wie viele Jahre vergehen würden, bis sein Schmerz nachließ, machte er sich mit gesenktem Kopf an den Aufstieg, den Blick zu Boden gerichtet, die Schultern in der Hitze zusammengesunken, wie ein alter Klepper, der auf dem Nachhauseweg einer wohlbekannten Strecke folgte.

Deshalb sah Joe die Frau an den Gräbern erst, als er nur noch vier oder fünf Meter von ihr entfernt war. Erstaunt blieb er stehen.

Sie stand im Schatten einer Nußkiefer, an der Grenze zum Sonnenlicht, und hatte Joe halb den Rücken zugewandt. Mit einer Polaroidkamera machte sie Fotos von den nebeneinander aufgestellten Grabsteinen.

»Wer sind Sie?« fragte er.

Sie hörte ihn nicht, vielleicht, weil er leise gesprochen hatte, vielleicht, weil sie sich so sehr auf das Fotografieren konzentrierte.

Er trat näher. »Was tun Sie da?« sagte er.

Erschrocken drehte sie sich zu ihm um.

Sie war zierlich, nur knapp eins sechzig groß, und wirkte athletisch. Doch auf Anhieb machte sie auf Joe den Eindruck, daß sie wesentlich bedeutender war, als ihre Größe oder Erscheinung erklären konnten. Es schien, als würde sie nicht schlichte Jeans und eine gelbe Baumwollbluse tragen, sondern als wäre sie von einem starken Magnetfeld umgeben – wie ein gewaltige Masse, die den Raum krümmte und Materie anzog. Die Haut besaß den Ton von Milchschokolade. Die großen Augen waren so dunkel wie der Satz auf dem Boden einer Tasse armenischen Espressos und besaßen eine ausgeprägte Mandelform, die auf einen Hauch asiatischen Blutes hindeutete; der Ausdruck dieser Augen war schwerer zu deuten als die Omen in Teeblättern. Das Haar war nicht afro-gewellt oder nach afrikanischer Mode frisiert, sondern kurz geschnitten, dick und natürlich glatt und so glänzend schwarz, daß es fast blau aussah – was Joe ebenfalls asiatisch vorkam. Ihre Knochenstruktur jedoch war eindeutig afrikanisch: glatte, breite Stirn, hohe Wangenknochen, fein gemeißelt, stark, stolz, aber elegant. Sie war vielleicht fünf Jahre älter als Joe, Anfang Vierzig, doch eine gewisse Unschuld in ihren wissenden Augen und ein schwacher Ausdruck kindlicher Schutzlosigkeit in ihrem ansonsten starken Gesicht ließen sie jünger als Joe wirken.

»Wer sind Sie? Was tun Sie da?« wiederholte er.

Die Lippen öffneten sich, als wolle sie etwas erwidern, doch sprachlos vor Erstaunen starrte sie ihn nur an, als wäre er ein Gespenst. Sie hob eine Hand zu seinem Gesicht empor. Joe zuckte nicht vor ihr zurück.

Zuerst hatte er den Eindruck, Verwunderung in ihren Augen zu sehen. Die außergewöhnliche Zärtlichkeit ihrer Berührung veranlaßte Joe, noch einmal hinzuschauen. Ihm wurde klar, daß er keine Verwunderung, sondern Traurigkeit und Mitleid sah.

»Ich bin noch nicht bereit, mit Ihnen zu sprechen.« Ihre weiche Stimme war musikalisch.

»Warum haben Sie Fotos gemacht … warum Fotos von ihren Gräbern?«

Sie umklammerte die Kamera mit beiden Händen. »Bald«, sagte sie. »Ich komme zurück, sobald es an der Zeit ist. Verzweifeln Sie nicht. Sie werden es sehen, genau wie die anderen.«

Für einen Augenblick überkam Joe eine beinahe übernatürliche Empfindung, die ihn davon überzeugte, daß die Frau nur eine Erscheinung war und ihre Berührung sich deshalb so schmerzlich sanft angefühlt hatte, weil sie irreal gewesen war, nur eine ektoplasmische Liebkosung.

Doch die Frau war körperlich zu stark präsent, als daß sie ein Geist oder eine von der Hitze hervorgerufene Illusion sein konnte. Winzig, aber dynamisch. Und wirklicher als alles andere an diesem Tag. Wirklicher als der Himmel und die Bäume und die Augustsonne, realer als Granit und Bronze. Sie hatte eine so bezwingende Ausstrahlung, daß sie sich ihm zu nähern schien, obwohl sie still dastand, und die Illusion erweckte, daß sie hoch über ihm aufragte, obwohl sie fünfundzwanzig Zentimeter kleiner war als er. Sie schien im Schatten der Nußkiefern heller beleuchtet zu werden als Joe im direkten grellen Sonnenlicht.

»Wie werden Sie damit fertig?« fragte sie.

Verwirrt antwortete er, indem er bloß den Kopf schüttelte.

»Nicht gut«, flüsterte sie.

Joe schaute an ihr vorbei zu den Grabsteinen aus Granit und Bronze. Wie aus sehr weiter Ferne hörte er sich sagen: »Für immer verloren«, womit er ebenso sich selbst wie seine Frau und Töchter meinte.

Als er seine Aufmerksamkeit wieder auf die Fremde richtete,

schaute sie an ihm vorbei in die Ferne. Als das Geräusch eines hoch drehenden Motors erklang, zeigte sich Besorgnis in ihrem Gesicht, indem sie die Stirn runzelte und sich Fältchen um ihren Augen bildeten.

Joe drehte sich um, wollte feststellen, was die Frau beunruhigte. Auf der Straße, die auch er genommen hatte, näherte sich ein weißer Ford-Lieferwagen und überschritt bei weitem die zulässige Höchstgeschwindigkeit.

»Mistkerle«, sagte sie.

Als Joe sich wieder zu der Frau umdrehte, rannte sie bereits davon, den Hang hinauf zur Kuppe des niedrigen Hügels.

»He, warten Sie«, sagte er.

Sie hielt nicht inne, und sie schaute nicht zurück.

Joe lief ihr hinterher, doch er war nicht so fit wie die Frau. Sie schien eine geübte Läuferin zu sein. Nach ein paar Schritten blieb Joe stehen. Bei der drückenden Hitze würde er nicht mit ihr mithalten können.

Während Sonnenlicht sich auf der Windschutzscheibe spiegelte und auf den Linsen der Scheinwerfer aufflackerte, raste der weiße Kastenwagen an Joe vorbei. Er fuhr parallel zu der Frau, die die Grabreihen entlang lief.

Joe ging den Hügel hinab zu seinem Wagen. Er wußte nicht genau, was er jetzt tun sollte. Vielleicht sollte er hinterherfahren. Verdammt noch mal, was ging hier vor?

Fünfzig oder sechzig Meter hinter dem Honda hielt der Lieferwagen mit kreischenden Bremsen schlitternd am Bordstein und hinterließ dabei zwei Gummistriche auf dem Straßenpflaster. Beide Vordertüren wurden aufgestoßen, und die Männer in Hawaiihemden sprangen heraus und stürmten der Frau hinterher.

Verdutzt verharrte Joe. Die Kerle hatte ihn von Santa Monica nicht bis hierher verfolgt, weder mit dem weißen Lieferwagen, noch mit einem anderen Fahrzeug, da war er sicher.

Irgendwie hatten die Männer gewußt, daß er zum Friedhof fahren würde. Und da sie keinerlei Interesse an Joe zeigten, sondern wie Kampfhunde hinter der Frau herhetzten, mußten sie ihn am Strand beobachtet haben, nicht weil sie *per se* an ihm interessiert waren, sondern weil sie hofften, daß die Frau irgendwann am heutigen Tag Kontakt mit Joe aufnehmen würde.

Die Frau war ihr einziges Ziel.

Verdammt, die Typen mußten auch seine Wohnung beobachtet haben und waren ihm von dort zum Strand gefolgt.

Vielleicht hatten sie ihn schon seit Tagen beschattet. Oder sogar seit Wochen. Er hatte so lange in einem solchen Dunst der Verzweiflung gelebt, war durch das Leben geschritten, wie ein Schlafender durch einen Traum schwebt, daß er diese Leute, die am Rande seines Sehfelds herumschlichen, schlichtweg nicht bemerkt hatte.

Wer ist die Frau, wer sind diese Leute, warum hat sie die Gräber fotografiert?

Hügelaufwärts, mindestens hundert Meter vor ihm, flüchtete die Frau unter den weit ausgebreiteten Ästen der Nußkiefern, die sich am Rand des Friedhofs drängten, über im Schatten liegendes Gras, das nur an einigen Stellen von Sonnenschein gesprenkelt wurde. Ihre dunkle Haut verschmolz mit den Schatten, doch ihre gelbe Bluse verriet sie.

Die Männer aus dem Lieferwagen mußten viel Boden wettmachen, falls sie die Frau einholen wollten. Der Große in dem grünen Hemd schien besser in Form zu sein als sein Partner, und seine Beine waren beträchtlich länger als die der Frau. Er verringerte die Distanz. Dennoch schien der Kleinere nicht aufzugeben, obwohl er immer weiter zurückfiel. Er spurtete wild entschlossen den langen, von der Sonne versengten Hang hinauf, stolperte über einen Grabstein, dann über einen anderen, gewann das Gleichgewicht zurück und stürmte weiter, wie in tierischer Raserei, wie im Blutrausch, von wilder Gier gepackt, dabei zu sein, wenn die Frau zur Strecke gebracht wurde.

Hinter den sorgsam gepflegten Hügeln des Friedhofs gab es weitere Erhebungen, allerdings im Naturzustand: bleicher Sandboden, Flächen mit kargem, braunem Gras, Mauerrampen, Mesquitesträuchern, verkümmerten Bärentrauben, vereinzelten niedrigen und knorrigen Zwergeichen. Trockene Schluchten führten zum unbebauten Landstrich über dem Griffith-Observatorium, östlich vom Zoo von Los Angeles, ein von Klapperschlangen verseuchtes Buschland im Herzen des riesigen urbanen Einzugsgebietes.

Wenn die Frau das Buschland mit ausreichendem Vorsprung erreichte, und falls sie sich dort auskannte, konnte sie ihre Verfolger abschütteln, indem sie im Zickzack von einer schmalen Senke zur nächsten lief.

Joe rannte auf den weißen Lastwagen zu, den die Männer einfach stehengelassen hatten. Vielleicht konnte er dort irgend etwas herausfinden.

Er wollte, daß die Frau entkam, wenngleich er nicht genau wußte, warum er auf ihrer Seite war.

Er kannte sie nicht. Sie konnte durchaus eine Verbrecherin sein, mit einer ganzen Latte schlimmer Delikte auf ihrem Vorstrafenregister. Aber sie hatte nicht wie eine Kriminelle ausgesehen und auch nicht wie eine geklungen. Doch dies hier war Los Angeles, wo glattrasierte junge Männer ihre Eltern brutal niederschossen und dann, als Waisen, die Geschworenen unter Tränen anflehten, Mitleid zu haben und Gnade zu zeigen. Niemand war, was er zu sein schien.

Doch ... die sanfte Berührung ihrer Fingerspitzen an seiner Wange, das Leid in ihren Augen, die Zärtlichkeit in ihrer Stimme, das alles kennzeichnete die Fremde als mitfühlende Frau, ob sie sich nun dem Gesetz entzog oder nicht. Joe *konnte* ihr nichts Schlechtes wünschen.

Ein boshaftes Geräusch, hart und kurz, knallte über den Friedhof und ließ in der heißen Stille eine kurz pochende Wunde zurück. Ein weiterer Knall folgte.

Die Frau hatte fast die Kuppe des Hügels erreicht. Sie war zwischen den letzten beiden borstigen Kiefern zu sehen. Blaue Jeans. Gelbe Bluse. Sie lief mit weit ausholenden Schritten. Die braunen Arme pumpten dicht neben ihrem Oberkörper.

Der kleinere Mann, der in dem roten und orangenen Hawaiihemd, war weit hinter seinem Kollegen zur Seite ausgewichen, um ungehinderten Blick auf die Frau zu haben. Nun blieb er stehen und hob die Arme. Er hielt irgend etwas in beiden Händen. Eine Waffe. Das Arschloch *schoß* auf die Frau.

Cops versuchten nicht, unbewaffneten Flüchtigen in den Rücken zu schießen. Keine anständigen Cops.

Joe wollte der Frau helfen, wußte aber nicht, was er tun sollte. Falls die Kerle Bullen waren, hatte er kein Recht, ihr Vorgehen zu kritisieren. Waren sie *keine* Bullen, würden sie ihn wahrscheinlich eher niederschießen, als seine Einmischung hinzunehmen, falls er die Burschen überhaupt einholen konnte.

Peng!

Die Frau erreichte die Kuppe.

»Lauf«, drängte Joe sie mit heiserem Flüstern. »Lauf.«

Er hatte kein Handy in seinem Wagen, daher konnte er nicht die Polizei rufen. Als Reporter hatte er ein Mobiltelefon gehabt, doch seit Monaten rief er auch von seinem Apparat zu Hause kaum noch jemanden an.

Der scharfe Knall eines weiteren Schusses durchdrang die bleierne Hitze.

Wenn diese Männer keine Polizisten waren, dann waren sie entweder verzweifelt oder verrückt, oder beides, daß sie sich an einem so öffentlichen Ort auf eine Schießerei einließen, selbst wenn dieser Teil des Friedhofs zur Zeit verlassen war. Das Geräusch der Schüsse war noch in einiger Entfernung zu vernehmen und würde die Aufmerksamkeit des Friedhofspersonals erregen, das lediglich das beeindruckende Eisentor am Eingang schließen mußte, um zu verhindern, daß die Bewaffneten das Gelände verließen.

Offensichtlich unverletzt verschwand die Frau über die Hügelkuppe ins dahinter liegende Buschland.

Die beiden Männer in den Hawaiihemden folgten ihr.

KAPITEL 4

Während sein Herz so heftig hämmerte, daß sein Blick mit jedem heftigen Blutschwall verschwamm, spurtete Joe Carpenter zu dem weißen Kastenwagen.

Der Ford war kein Freizeitmobil, sondern ein geschlossenes Fahrzeug, wie er normalerweise von Firmen benützt wurde, um kleine Lieferungen zuzustellen. Weder auf dem Heck noch auf einer Seite des Fahrzeugs war ein Firmenname oder -zeichen zu sehen.

Der Motor lief. Beide Vordertüren standen offen.

Joe rannte zur Beifahrerseite, kam auf einem nassen Rasenstück um einen undichten Sprinklerkopf ins Rutschen und beugte sich ins Fahrerhaus, in der Hoffnung, dort ein Handy zu finden. Falls es eins gab, lag es nicht offen herum.

Vielleicht im Handschuhfach. Joe ließ es aufspringen.

Jemand, der sich im Laderaum hinter den Vordersitzen befand, hielt Joe anscheinend für einen der Männer in den Hawaiihemden. »Habt ihr Rose erwischt?« fragte er.

Verdammt!

Das Handschuhfach enthielt ein paar Rollen Life Savers, die auf den Boden fielen – und einen Fensterbrief von der Zulassungsstelle.

Laut Gesetz mußte in Kalifornien jedes Fahrzeug eine gültige Zulassung und einen Versicherungsnachweis dabei haben.

»He, verdammt, wer sind Sie?« fragte der Typ im Laderaum.

Joe packte den Umschlag und wandte sich vom Lieferwagen ab.

Er sah keinen Sinn darin, einfach loszurennen. Dieser Mann mochte genauso wenig zögern, andere Leute in den Rücken zu schießen, wie die zwei Burschen in den Hawaiihemden.

Mit einem Scheppern und Kreischen der Scharniere wurde die Tür am Heck des Wagens aufgestoßen.

Joe ging direkt auf das Geräusch zu. Ein Mann mit einem Gesicht, das mehrmals mit einem Vorschlaghammer in Berührung gekommen zu sein schien, Popeye-Unterarmen und einem so dicken

Hals, daß er einen Kleinwagen tragen konnte, kam um die Seite des Lieferwagens herum. Joe entschied sich, das Überraschungsmoment zu nutzen und unvernünftige Angriffslust an den Tag zu legen, und rammte dem Burschen ein Knie zwischen die Beine.

Würgend und pfeifend nach Luft ringend, klappte der Mann nach vorn, und Joe versetzte ihm mit dem Kopf einen Stoß ins Gesicht. Er brach bewußtlos zusammen und atmete geräuschvoll durch den geöffneten Mund, da aus seiner gebrochenen Nase Blut floß.

Obwohl Joe als Kind keiner Prügelei aus dem Weg gegangen und durchaus ein Unruhestifter gewesen war, hatte er, seit er Michelle kennengelernt und geheiratet hatte, gegen niemand mehr die Hand erhoben. Bis heute. Nun hatte er in den letzten zwei Stunden zweimal Gewalt angewendet und war selbst darüber erstaunt.

Aber diese primitive Wut verwunderte ihn nicht nur, sie bereitete ihm auch Übelkeit. Er hatte einen solchen Zorn nie zuvor erlebt, nicht einmal während seiner schlimmen Jugendzeit, und nun mußte er sich erneut bemühen, seine Wut wieder in den Griff zu bekommen, wie schon in dem öffentlichen Waschraum in Santa Monica. Im vergangenen Jahr hatte der Absturz des Fluges 353 ihn mit schrecklicher Niedergeschlagenheit und Trauer erfüllt; nun aber wurde ihm allmählich klar, daß diese Gefühle wie Ölschichten auf anderen – dunkleren – Emotionen lagen, die er verleugnet hatte. Was die Kammern seines Herzens nun bis zum Rand füllte, war eindeutig Zorn.

Falls das Universum ein kalter Mechanismus war und das Leben eine Reise von einer leeren Schwärze zu einer anderen, konnte er nicht gegen Gott wettern, denn das wäre nicht wirkungsvoller gewesen, als im Vakuum des Alls um Hilfe zu rufen, wo der Schall sich nicht fortpflanzen konnte, oder zu versuchen, unter Wasser zu atmen. Doch nachdem Joe nun einen Vorwand bekommen hatte, seinen Zorn auf *Menschen* zu richten, hatte er die Gelegenheit mit beunruhigender Begeisterung ergriffen.

Er rieb sich die Stirn, die von dem Stoß schmerzte, den er dem Burschen ins Gesicht versetzt hatte, und schaute zu dem bewußtlosen Brecher mit der blutenden Nase herunter. Er verspürte eine Befriedigung, die er nicht verspüren wollte. Eine wilde Freude erfüllte ihn, die ihn zugleich begeisterte und abstieß.

Der Bewußtlose, der mit einem T-Shirt, das Werbung für das Computerspiel *Quake* machte, einer ausgebeulten schwarzen Hose und roten Turnschuhen bekleidet war, schien Ende Zwanzig zu sein, mindestens zehn Jahre jünger als seine beiden Kollegen. Seine Hände waren groß genug, um mit Gartenmelonen zu jonglieren, und er hatte sich je einen Buchstaben auf das jeweils erste Fingerglied tätowieren lassen, die Daumen nicht eingeschlossen, die das Wort ANABOLIC bildeten, wie in ›anabolic steroid‹.

Diesem Mann war Gewalt nicht fremd.

Doch wenngleich Selbstverteidigung einen Präventivschlag rechtfertigte, störte Joe dennoch das animalische Vergnügen, das diese explosive Brutalität ihm bereitet hatte.

Der Bursche sah zwar ganz bestimmt nicht wie ein Polizeibeamter aus, doch der Eindruck konnte täuschen – vielleicht war der Kerl ja doch ein Cop. In diesem Fall konnte der Angriff ernste Konsequenz für Joe haben.

Zu Joes Erstaunen schmälerte nicht einmal die Aussicht auf den Knast die verquere Befriedigung an der animalischen Wildheit seiner Attacke. Er war einerseits angewidert, anderseits wie von Sinnen – fühlte sich aber lebendig wie seit einem Jahr nicht mehr.

Joe war wie belebt, hatte aber auch Angst vor den moralischen Tiefen, in die dieser neue, beflügelnde Zorn ihn führen könnte. Rasch schaute er links und rechts die Friedhofsstraße hinunter. Es herrschte nicht der geringste Verkehr. Joe kniete neben seinem Opfer nieder.

Der Atem pfiff naß durch den Hals des Mannes, und er gab ein leises, kindliches Seufzen von sich. Seine Lider flatterten, doch er kam nicht zu Bewußtsein, als Joe ihm die Taschen durchsuchte.

Er fand lediglich etwas Kleingeld, eine Nagelschere, ein Schlüsselbund und ein Portemonnaie, das die üblichen Ausweise und Kreditkarten enthielt. Der Typ hieß Wallace Morton Blick. Er trug keine Polizeimarke und auch keinen Polizeiausweis bei sich. Joe behielt nur den Führerschein und schob das Portemonnaie wieder in die Tasche, aus der er es gezogen hatte.

Die beiden Bewaffneten waren noch nicht aus dem unwegsamen Buschland hinter dem Friedhofshügel zurück. Sie waren vor kaum einer Minute bei der Verfolgung der Frau über die Kuppe gekraxelt; selbst wenn die Unbekannte ihnen rasch entwischen sollte, würden sie nicht sofort aufgeben und nach einer kurzen Suche zurückkehren.

Während Joe sich noch über seine Kühnheit wunderte, zog er Wallace' Blick schnell von der hinteren Ecke des weißen Lieferwagens zurück. Er legte ihn dicht neben die Seite des Fahrzeugs, so daß jemand, der auf der Straße vorbeifuhr, Blick nicht so leicht sehen konnte. Joe rollte ihn auf die Seite, damit er nicht an dem Blut erstickte, das ihm von den Nasenwegen in den Hals lief.

Joe ging zur geöffneten Hecktür und stieg in den hinteren Teil des Wagens. Das leise Rumpeln des im Leerlauf drehenden Motors ließ das Bodenblech vibrieren.

Der enge Laderaum des Lieferwagens war auf beiden Seiten mit elektronischen Kommunikations-, Lausch- und Ortungsgeräten vollgepackt. Zwei kompakte, auf dem Boden verschraubte Drehstühle ermöglichten den Zugriff auf die Phalanx der Geräte zu beiden Seiten.

Joe zwängte sich am ersten Stuhl vorbei und setzte sich auf den zweiten, der vor einem eingeschalteten Computer stand. Der Lieferwagen verfügte über eine Klimaanlage, doch die Sitzfläche war noch warm, weil Blick sich erst vor kaum einer Minute davon erhoben hatte.

Auf dem Bildschirm war eine Karte zu sehen. Die Straßen darauf trugen Namen, welche Gefühle von Frieden und Ruhe hervorrufen sollten. Joe erkannte sie als die Wege, die über den Friedhof führten.

Ein blinkendes Licht auf der Karte erregte seine Aufmerksamkeit. Es war grün, behielt seine Position bei und befand sich in etwa dort, wo der Lieferwagen stand.

Ein zweites blinkendes Licht – rot, aber ebenfalls stationär – befand sich auf derselben Straße, aber ein Stück hinter dem Lieferwagen. Joe war sicher, daß es seinen Honda darstellte.

Das Ortungssystem verwendete zweifellos eine CD-ROM mit umfassenden Straßenkarten des Großraums Los Angeles, vielleicht des gesamten Bundesstaats Kalifornien oder sogar sämtlicher Staaten von der einen Küste bis zur anderen. Eine einzige CD verfügte über ausreichend Speicherkapazität für detaillierte Straßenkarten sämtlicher aneinandergrenzender Bundesstaaten einschließlich Kanada.

Jemand hatte einen starken Sender am Honda angebracht. Er strahlte ein Kurzwellensignal aus, das man aus einiger Entfernung empfangen konnte. Der Computer nützte Funkverbindungen mit Überwachungssatelliten, um das Signal zu triangulieren, und speiste die Position des Honda dann relativ zu der des Lieferwagens in die Karte ein, damit die Jungs den Honda verfolgen konnten, ohne Blickkontakt halten zu müssen.

Als Joe Santa Monica verlassen hatte und ins San Fernando Valley gefahren war, hatte er im Rückspiegel kein verdächtiges Fahrzeug bemerkt. Der Lieferwagen hatte dem Honda folgen können, während er sich ganze Straßenzüge oder sogar kilometerweit hinter ihm befand und nicht zu sehen war.

Als Reporter hatte Joe einmal Bundesagenten bei einer mobilen Überwachung begleitet, eine Gruppe temperamentvoller Cowboys vom Amt für Alkohol, Tabak und Feuerwaffen, die ein ähnliches, wenn auch keineswegs so modernes System wie dieses benützt hatten.

Joe riß sich aus seinen Gedanken. Der zusammengeschlagene Wallace Blick oder einer der beiden anderen Männer konnten ihn überraschen, falls er sich zu lange hier aufhielt. Er drehte sich mit dem Stuhl und hielt im hinteren Teil des Lieferwagens nach irgendwelchen Anzeichen Ausschau, die ihm verraten konnten, welche Behörde in diese Operation verwickelt war. Die Burschen waren ordentlich. Joe fand nicht den geringsten Hinweis.

Zwei Zeitschriften lagen neben dem Computerterminal, an dem Blick gearbeitet hatte: jeweils eine Ausgabe von *Wired*, die wieder einmal einen großen Artikel über die visionäre Herrlichkeit von Bill Gates brachte, und ein Magazin für ehemalige Offiziere der Special Forces, die als Queraussteiger aus dem Militärdienst gut bezahlte Jobs als Söldner suchten. Das Magazin war aufgeschlagen; in einem Artikel wurde über Messer berichtet, die am Gürtel getragen wurden und scharf genug waren, um einen Widersacher auszuweiden oder Knochen zu durchtrennen. Offensichtlich war das Blicks Lektüre während der Ruhepausen bei der Überwachungsoperation gewesen, zum Beispiel, als er darauf gewartet hatte, daß Joe es leid wurde, vom Strand von Santa Monica aus das Meer zu betrachten.

Der Typ mit der Anabolika-Tätowierung war nicht nur ein Technik-Freak, sondern auch ein höllisch gefährlicher Bursche.

Als Joe aus dem Lieferwagen stieg, stöhnte Blick zwar, hatte das Bewußtsein aber noch nicht wiedererlangt. Er pumpte mit den Beinen, trat kräftig aus, wie ein Hund, der davon träumte, Kaninchen zu jagen, und seine coolen roten Turnschuhe hackten kleine Stücke aus dem Rasen.

Die beiden Männer in den Hawaiihemden waren noch nicht aus dem verlassenen Buschland hinter dem Hügel zurück.

Joe hatte keine weiteren Schüsse gehört, doch das Terrain konnte die Geräusche gedämpft haben.

Er rannte zu seinem Wagen. Den Türgriff hatte die Sonne ausgiebig geküßt, und Joe preßte vor Schmerz den Atem zwischen den Zähnen hervor, als er den Griff berührte.

Das Wageninnere war so heiß, daß es an der Schwelle der Selbstentzündung zu stehen schien. Joe kurbelte die Seitenscheibe herunter.

Als er den Honda anließ, warf er einen Blick in den Rückspiegel und sah, daß sich ein Lastwagen mit einer bretterverkleideten Ladefläche aus dem östlichen Bereich des Friedhofs näherte. Wahrscheinlich handelte es sich um ein Fahrzeug der Verwaltung, dessen Insassen entweder den Schüssen auf den Grund gehen wollten oder mit einem Routineauftrag unterwegs waren.

Joe hätte der Straße bis zum westlichen Ende des Friedhofsbereichs folgen und dann über die lange Schleife zum Osteingang fahren können, doch er hatte es eilig und wollte den direkten Weg zurück nehmen, den er gekommen war. Von der plötzlichen Furcht erfüllt, sein Glück schon zu sehr beansprucht zu haben, konnte Joe beinahe ein Ticken wie von einer Zeitbombe hören. Er fuhr los, schlug das Lenkrad voll ein und versuchte, den Honda direkt zu wenden, doch die Straße war zu schmal.

Er legte den Rückwärtsgang ein und trat so hart aufs Gaspedal, daß die Reifen auf dem heißen Straßenbelag kreischten. Der Honda schoß nach hinten. Joe bremste und hebelte wieder den Vorwärtsgang ein.

Tick, tick, tick.

Sein Instinkt hatte ihn nicht getrogen. Noch während er beschleunigte und sich dem Lastwagen der Verwaltung näherte, explodierte unmittelbar hinter seinem Kopf das hintere Fenster auf der Fahrerseite und überschüttete den Rücksitz mit Glassplittern.

Joe brauchte den Schuß nicht zu hören, um zu wissen, was passiert war.

Als er nach links schaute, sah er den Mann im roten Hawaiihemd, der in Schußhaltung auf halber Höhe des Hügels stand. Der Typ war bleich wie eine auferstandene Leiche.

Jemand rief heisere, undeutliche Flüche. Blick. Er kroch auf Händen und Knien von dem Lieferwagen davon und schüttelte wie ein Pitbull, der bei einem Hundekampf verletzt worden war, benommen den Klotzkopf, daß ihm blutiger Schaum vom Mund spritzte: Blick.

Eine weitere Kugel schlug hart und dumpf in die Karosserie des Wagens, gefolgt von einem kurzen, nachhallenden Vibrieren.

Mit einem Ansturm heißen, fauchenden Windes, der durch das geöffnete und das zersplitterte Fenster fuhr, trug der Honda Joe außer Reichweite. Er jagte so schnell an dem Lastwagen der Verwaltung vorbei, daß der ihm auswich, obwohl nicht die geringste Gefahr eines Zusammenstoßes bestand.

Joe flüchtete an einer Beerdigung vorüber, bei der schwarz gekleidete Trauergäste wie verlorene Geister von dem offenen Grab davontrieben, dann vorbei an einer anderen, bei der die Trauernden zusammengesunken auf Stühlen kauerten, als wollten sie auf ewig bei dem bleiben, den sie verloren hatten, und vorbei an einer asiatischen Familie, die einen Teller mit Obst und Kuchen auf ein frisches Grab stellte. Er fuhr an einem ungewöhnlichen, weißen Gotteshaus vorbei – ein Kirchturm auf einer Kuppel mit palladianischen Bögen, die von Säulen getragen wurde, die auf einem Uhrenturm standen. In der Frühnachmittagssonne warf das Bauwerk einen seltsamen Schatten. Er raste an einem Leichenschauhaus im Südstaaten-Kolonialstil vorbei, das in der kalifornischen Trockenheit wie Alabaster funkelte, aber geradezu nach Sumpfland schrie. Joe fuhr rücksichtslos, denn er rechnete damit, unbarmherzig verfolgt zu werden, was aber nicht geschah. Außerdem war er sicher, daß plötzlich ganze Schwärme von Streifenwagen heranrasen und ihm den Weg versperren würden, doch sie waren immer noch nicht zu sehen, als er durch das geöffnete Tor und vom Friedhofsgelände raste.

Er fuhr unter dem Ventura Freeway her und entkam ins Vorortgewimmel des San Fernando Valley.

Als er an einer Ampel wartete, vor innerer Spannung zitternd, beobachtete er eine Prozession von einem Dutzend Oldtimer, die über die Kreuzung krochen, gelenkt von Mitgliedern eines Autoclubs auf einer Spazierfahrt am Samstagmorgen: ein perfekt erhaltener Buick Roadmaster, Jahrgang '41, ein '47er Ford Sportsman Woodie, kastanienbraun lackiert und mit Ahornholzvertäfelungen, ein '32er Ford Roadster im Art-Deco-Stil mit gewölbten Schutzblechen und Chromzierleisten. Jeder der zwölf Wagen war ein Bekenntnis für das Auto als Kunstwerk: aufgemotzt, mit verbreiterten Kotflügeln und allen möglichen Extras, manche tiefergelegt, mit spezialgefertigten Kühlergrillen, umgebauten Motorhauben, hohen, geschwungenen Scheinwerfern, speziell gefertigten Felgen und handgeschmiedeten Stoßstangenverkleidungen. Lackierte, mit Zierstreifen versehene, auf Hochglanz polierte Leidenschaft, die über die Straßen rollte.

Als Joe die Oldtimer beobachtete, verspürte er ein seltsames Gefühl in der Brust, ein Lockern und Dehnen, das schmerzhaft und erhebend zugleich war.

Einen Augenblick später kam er an einem Park vorbei, in dem eine junge Familie mit drei lachenden Kindern trotz der Hitze mit einem sehr lebhaften Golden Retriever Frisbee spielte.

Mit hämmerndem Herzen verlangsamte Joe das Tempo. Beinahe hätte er am Straßenrand gehalten, um die Familie zu beobachten.

An der Ecke warteten zwei hübsche blonde Collegemädchen, offensichtlich Zwillinge, in weißen Shorts und frisch gebügelten weißen Blusen, die Straße überqueren zu können. Sie hielten sich an den Händen und wirkten in der Backofenhitze so kühl wie Quellwasser. Mädchen aus einer Fata Morgana. Ätherisch in der smogbefleckten Betonlandschaft. So sauber und elegant und strahlend wie Engel.

Hinter den Mädchen waren neben einem Apartmenthaus im spanischen Stil zahlreiche Zauschneria zu sehen, mit prächtigen Büscheln rohrförmiger scharlachroter Blüten beladen. Michelle hatte Zauschneria geliebt. Sie hatte sie im Garten ihres Hauses in Studio City gepflanzt.

Der Tag hatte sich verändert. Undefinierbar, aber fraglos verändert.

Nein. Nein, nicht der Tag, nicht die Stadt. Joe selbst hatte sich verändert und veränderte sich noch immer. Er spürte, wie diese Umwandlung ihn durchflutete, unwiderstehlich wie die Gezeiten des Meeres.

Seine Trauer war noch immer so groß wie in der schrecklichen Einsamkeit der Nacht, seine Verzweiflung so tief wie eh und je, doch obwohl er den Tag in Melancholie versunken begonnen hatte, von Todessehnsucht erfüllt, wollte er nun verzweifelt leben. *Mußte* leben.

Der Motor, der diese Veränderung bewirkte, war nicht der Umstand, daß der Tod ihn gestreift hatte. Daß man auf ihn geschossen und ihn fast getroffen hatte, hatte ihm nicht die Augen für die Wunder und Schönheit des Lebens geöffnet. So einfach war das nicht.

Zorn war der Motor dieser Veränderung. Joes bittere Wut galt nicht so sehr dem Verlust geliebter Menschen, den er erlitten hatte, als dem Umstand, daß Michelle diese Parade der Oldtimer nicht mit ihm beobachten konnte, oder die Massen der roten Zauschneria, oder hier und jetzt diesen farbenprächtigen Aufruhr der purpurnen und roten Bougainvillea auf dem Dach eines Bungalows im Künstlerstil. Er war wütend, rasend vor Wut, daß Chrissie und Nina nie mit einem eigenen Hund würden Frisbee spielen können, nicht mehr aufwachsen konnten, um die Welt mit ihrer Schönheit zu zieren. Daß sie nie die Freude kennen würden, in ihrem Beruf – welcher es auch gewesen wäre – etwas erreicht zu haben, oder die Freuden einer harmonischen Ehe, oder die Liebe eigener Kinder. Der Zorn veränderte Joe, nagte an ihm, biß so tief, daß er aus seiner langen Trance des Selbstmitleids und der Verzweiflung erwachte.

Wie werden Sie damit fertig? fragte die Frau, die die Gräber fotografierte.

Ich bin noch nicht bereit, mit Ihnen zu sprechen, sagte sie.

Bald. Ich komme zurück, sobald es an der Zeit ist, versprach sie, als hätte sie Enthüllungen zu machen, Wahrheiten preiszugeben.

Die Männer in den Hawaiihemden. Der computerverrückte Schläger im *Quake*-T-Shirt. Die Rothaarige und die Brünette in den Tangas. *Teams* von Agenten, die Joe beschatteten und offensichtlich darauf warteten, daß die Frau Kontakt mit ihm aufnahm. Ein Lieferwagen, der mit satellitenunterstützten Ortungsgeräten vollgepackt war, mit Richtmikrofonen, Computern, Kameras mit höchster

Auflösung. Bewaffnete, die bereit waren, ihn kaltblütig zu erschießen, weil …

Warum?

Weil sie dachten, die Schwarze bei den Gräbern habe ihm etwas gesagt, was er nicht wissen solle? Weil er schon deshalb gefährlich für die Burschen war, weil er von ihrer Existenz wußte? Weil sie glaubten, er habe in dem Lieferwagen genug Informationen gefunden, um ihre Identitäten und Absichten zu erfahren?

Natürlich wußte Joe praktisch nichts über sie – weder, wer sie waren, noch, was sie von der Frau wollten. Dennoch konnte er eine zwangsläufige Schlußfolgerung ziehen: Was er über den Tod seiner Frau und Töchter zu wissen glaubte, war entweder falsch oder unvollständig. Irgend etwas an der Geschichte des Fluges Nationwide 353 stimmte nicht.

Er brauchte nicht einmal journalistische Instinkte, um zu dieser ernüchternden Erkenntnis zu gelangen. Irgendwie hatte Joe es von dem Augenblick an gewußt, als er die Frau an den Gräbern gesehen hatte. Als er sah, wie sie Fotos von den Grabsteinen machte, als er in ihre zwingenden Augen schaute, das Mitgefühl in ihrer weichen Stimme hörte, vom geheimnisvollen Inhalt ihrer Worte erschüttert wurde – *Ich bin noch nicht bereit, mit Ihnen zu sprechen* –, in diesen Augenblicken hatte ihm schon der gesunde Menschenverstand verraten, daß irgend etwas faul war.

Als Joe nun durch das ruhige Burbank fuhr, brodelte das Gefühl von Ungerechtigkeit und Verrat in seinem Inneren. Über ihre bloße mechanische Grausamkeit hinaus stimmte irgend etwas nicht mit der Welt, und das erzeugte tiefen Haß in Joe. Täuschung. Betrug. Lügen. Verschwörungen.

Er hatte sich eingeredet, daß es sinnlos war, auf die Schöpfung wütend zu sein, daß nur Resignation und Gleichgültigkeit ihm Erleichterung von seinem Schmerz verschafften. Und er hatte recht gehabt. Es war vollkommen sinnlos, auf den imaginären Inhaber eines Himmelsthrons wütend zu sein, so sinnlos, als würde man mit Steinen werfen, um das Licht eines Sterns zu löschen.

Menschen hingegen waren ein lohnendes Ziel seiner Wut. Die Leute, welche die genauen Umstände des Absturzes von Flug 353 verborgen oder verzerrt hatten.

Michelle, Chrissie und Nina konnten nicht mehr zurückgeholt

werden. Joes Leben würde nie wieder vollständig sein. Die Wunden in seinem Herzen konnten nicht geheilt werden. Welche verborgene Wahrheit auch immer darauf wartete, aufgedeckt zu werden – sie würde ihm keine Zukunft geben. Sein Leben war vorbei, doch er hatte ein Recht zu erfahren, wie und warum Michelle und Chrissie und Nina gestorben waren. Er hatte eine heilige *Verpflichtung* ihnen gegenüber. Er mußte erfahren, was mit der abgestürzten 747 wirklich geschehen war. Unbedingt.

Seine Verbitterung war ein Dreh- und Angelpunkt, und sein Zorn ein langer Hebel, mit dem er die Welt bewegen konnte, die ganze verdammte Welt, um die Wahrheit zu finden, ganz gleich, welchen Schaden er verursachte oder wen er dabei zugrunde richtete.

Auf einer von Bäumen gesäumten Wohnstraße hielt er am Bordstein an. Er stellte den Motor ab und stieg aus. Vielleicht blieb ihm nicht viel Zeit, bis Blick und die anderen ihn einholten.

Der Wind erzeugte nicht das leiseste Geräusch in den Palmen. Sie hingen tot und schlaff in der Hitze herab, die im Augenblick so dick und schwer war wie flüssiger Bernstein, in dem sich eine Fliege gefangen hatte, oder wie ein Mittel zum Einbalsamieren.

Joe sah zuerst unter der Motorhaube nach, doch dort war der Sender nicht. Er kauerte sich vor dem Wagen nieder und tastete die Unterseite der Stoßstange ab. Nichts.

In der Ferne erklang das klopfende Geräusch von Hubschrauberrotoren. Es wurde schnell lauter.

Joe tastete blindlings in der Vorderradaufhängung auf der Beifahrerseite, dann an der Stoßdämpferabdeckung, fand aber nur Straßenschmutz und Schmieröl. Auch in der Hinterradaufhängung war nichts verborgen.

Der Helikopter schoß aus dem Norden heran und flog in extrem niedriger Höhe, höchstens fünfzehn Meter über den Häusern, direkt über Joe hinweg. Die langen, anmutigen Wedel der Palmen zitterten und peitschten in der Falluft.

Joe blickte beunruhigt auf und fragte sich, ob die Besatzung des Hubschraubers nach ihm suchte, doch seine Furcht war reine Paranoia und ungerechtfertigt. Ohne innezuhalten, flog der Chopper über die Häuser nach Süden weiter.

Joe hatte keine Polizeimarkierung gesehen, keine Beschriftung, keine Zeichen.

Die Palmen zitterten heftig, beruhigten sich dann und standen wieder reglos in der Hitze.

Joe tastete erneut und entdeckte den Sender unter dem Aufprallschutz der hinteren Stoßstange. Das Gerät funktionierte offenbar ohne Batterien und war so groß wie eine Zigarettenschachtel. Das Signal, das es ausstrahlte, war unhörbar.

Es sah ganz harmlos aus.

Joe stellte das Gerät auf die Straße, um es mit seinem Wagenheber zu zertrümmern. Als der Lastwagen einer Gärtnerei mit einer angenehm riechenden Ladung von Zweigen beschnittener Sträucher und in Sackleinen gebündeltem Gras vorbeifuhr, warf Joe den noch unversehrten Sender kurz entschlossen auf die Ladefläche.

Vielleicht würden die Arschlöcher etwas Zeit und Arbeitskraft damit verschwenden, den Laster zur Müllkippe zu verfolgen.

Als er wieder im Wagen saß und weiterfuhr, erspähte er den Hubschrauber ein paar Kilometer südlich von ihm. Er flog in engen Kreisen. Schwebte dann an Ort und Stelle. Flog dann wieder in Kreisen.

Joes Angst vor dem Helikopter war doch nicht grundlos gewesen. Er befand sich jetzt entweder über dem Friedhof oder, was Joe für wahrscheinlicher hielt, über dem trockenen Buschland nördlich des Griffith-Observatoriums und hielt nach der flüchtigen Frau Ausschau.

Sie hatten ein verdammt beeindruckendes Arsenal.

ZWEITER TEIL

Suchverhalten

KAPITEL 5

Die *Los Angeles Times* hatte das höchste Anzeigenaufkommen sämtlicher Zeitungen in den Vereinigten Staaten und brachte ihren Besitzern selbst in einer Epoche, in der die meisten Printmedien im Niedergang begriffen waren, ein Vermögen ein. Die *Times* war in einem Hochhaus in der Innenstadt untergebracht, das den Besitzern des Blattes gehörte und eine ganze Querstraße einnahm.

Die *Los Angeles Post* dagegen befand sich genau genommen nicht einmal in Los Angeles. Sie vereinnahmte ein ziemlich altes vierstöckiges Gebäude in Sun Valley, in der Nähe des Flughafens Burbank, der zwar im Großraum Los Angeles lag, nicht aber innerhalb der eigentlichen Stadtgrenzen.

Statt einer Tiefgarage mit mehreren Ebenen bot die *Post* ihren Mitarbeitern einen ebenerdigen Parkplatz mit Maschendrahtzaun, auf dem Spiralen aus Stacheldraht angebracht waren. Statt eines uniformierten Angestellten mit einem Namensschild und einem freundlichen Lächeln bewachte ein verdrossener junger Mann von etwa neunzehn Jahren die Einfahrt, deren Tor geöffnet war. Der Junge saß auf einem Klappstuhl unter einem schmutzigen Sonnenschirm mit dem Cinzano-Logo, der früher vor irgendeinem Café gestanden hatte, und hörte sich Rapmusik aus dem Radio an. Mit kahlgeschorenem Kopf, einem goldenen Ring im linken Nasenflügel, schwarz lackierten Fingernägeln und in ausgebeulten schwarzen Jeans mit einem sorgfältig aufgerissenen Knie und einem schwarzen T-Shirt mit den Worten FEAR NADA in roten Blockbuchstaben auf der Brust sah er aus, als würde er jedes eintreffende Fahrzeug darauf abschätzen, welches Teil das meiste Bargeld bringen würde, wenn er es klaute und an einen Hehler verscherbelte. Der Bursche achtete allerdings sorgfältig auf die Mitarbeiteraufkleber an der Windschutzscheibe und wies Besucher an, am Straßenrand zu parken.

Die Aufkleber wurden alle zwei Jahre erneuert, und Joes war

noch gültig. Zwei Monate nach dem Absturz des Fluges 353 hatte er seine Kündigung eingereicht, doch sein Redakteur, Caesar Santos, hatte sich geweigert, sie anzunehmen. Statt dessen hatte er Joe in unbezahlten Urlaub geschickt und ihm einen Job garantiert, sobald er bereit war, zur Zeitung zurückzukehren.

Joe war noch nicht bereit. Er würde niemals bereit sein. Aber im Augenblick mußte er die Computer und Verbindungen der Zeitung benützen.

Für den Empfangsraum hatte man nicht viel Geld ausgegeben: ein behördenbeiger Anstrich, stählerne Stühle mit blauen Vinylsitzflächen, ein Beistelltisch mit stählernen Beinen und einer kunststoffbeschichteten Platte, die nach Granit aussehen sollte, und zwei Ausgaben der jeweils neuesten *Post*.

An den Wänden hingen schlicht gerahmte Schwarzweißfotos von Bill Hannett, dem legendären, mit mehreren Preisen ausgezeichneten Pressefotografen der Zeitung. Schnappschüsse von Rassenkrawallen, eine Stadt in Flammen, grinsende Plünderer, die aus Läden stürmten. Von Erdbeben aufgerissene Straßen, in Trümmern liegende Gebäude. Eine junge Latino, die aus dem sechsten Stock eines brennenden Gebäudes in den Tod sprang. Ein bewölkter Himmel und eine Villa an der Pazifikküste, die auf einem regengetränkten, ins Rutschen gekommenen Hügel buchstäblich am Rand des Abgrunds schwebte. Im allgemeinen baute kein journalistisches Unternehmen – egal ob Fernseh- oder Radiosender, Zeitung oder Illustrierte – seinen Ruf oder seine Einnahmen auf guten Nachrichten auf.

Hinter dem Empfangsschalter saß Dewey Beemis, der Empfangschef und Wachmann in Personalunion, der seit über zwanzig Jahren für die *Post* arbeitete, seit ein überzogen selbstsüchtiger Milliardär die Zeitung mit der naiven und hoffnungslosen Absicht gegründet hatte, die *Times* mit ihren politischen Verbindungen vom Podest des Ruhms und Ansehens zu stoßen. Ursprünglich war die *Post* in einem neuen Gebäude in Century City untergebracht, dessen der Öffentlichkeit zugängliche Räume vom *Über*designer Steven Chase entworfen und eingerichtet worden waren. Damals war Dewey nur einer von mehreren Wachmännern und kein Empfangschef gewesen.

Doch selbst ein megalomanischer Milliardär, der entschlossen ist, seinen Ruhm nicht austrocknen zu lassen, wird es leid, Geld in ein Faß ohne Boden zu schütten. Daher war die Redaktion aus diesen großartigen Büros in bescheidenere im Tal umgezogen. Der Mitarbeiterstab war reduziert worden, und Dewey war nur dabei geblieben, weil er der einzige stiernackige, breitschultrige Wachmann von einem Meter und neunzig war, der einhundertvierzig Anschläge in der Minute schreiben und sich erstaunlicher Computerkenntnisse rühmen konnte.

Im Laufe der Zeit war die *Post* in die schwarzen Zahlen gekommen. Der brillante und visionäre Mr. Chase hatte in der Folgezeit zahlreiche bemerkenswerte Räume eingerichtet, wurde im *Architectural Digest* und anderen Zeitschriften gefeiert und war dann trotz seines Genies gestorben, wie auch der Milliardär eines Tages trotz seines riesigen Vermögens sterben würde, und auch Dewey Beemis trotz seiner lobenswerten Vielfalt an Fähigkeiten und seines ansteckenden Lächelns.

»Joe!« sagte Dewey grinsend und erhob sich von seinem Stuhl, ein bärenhafter Mann, der nun seine gewaltige Pranke über den Schalter ausstreckte.

Joe gab ihm die Hand. »Wie geht's, Dewey?«

»Carver und Martin haben beide im Juni an der UCLA ihren Abschluß *summa cum laude* gemacht, der eine in Jura, der andere in Medizin«, sagte Dewey begeistert, als wäre es erst vor ein paar Stunden geschehen und würde morgen auf der Titelseite der *Post* erscheinen. Im Gegensatz zu dem Milliardär, der ihn eingestellt hatte, galt Deweys Stolz nicht seinen eigenen Leistungen, sondern denen seiner Kinder. »Und meine Julie hat ihr zweites Jahr in Yale mit einem Stipendium absolviert und einen Punktedurchschnitt von drei Komma acht. Diesen Herbst übernimmt sie die Redaktion des literarischen Studentenmagazins. Sie will Autorin werden wie diese Annie Proulx, deren Bücher sie immer wieder liest ...«

Die plötzliche Erinnerung an den Flug 353 glitt so offensichtlich durch Deweys Augen wie eine verdunkelnde Wolke vor einen leuchtenden Mond. Er verstummte, beschämt, daß er sich vor einem Mann, der seine Kinder für immer verloren hatte, der eigenen Söhne und Tochter brüstete.

»Wie geht es Lena?« erkundigte Joe sich nach Deweys Frau.

»Gut ... ihr geht's gut, ja, gut.« Dewey lächelte und nickte, um sein Unbehagen zu verbergen, und hielt seine natürliche Begeisterung für seine Familie im Zaum.

Joe verabscheute diese Unbeholfenheit bei seinen Freunden, ihr Mitleid. Deshalb mied er alle Bekannten aus seinem früheren Leben. Das Mitleid in ihren Augen war echtes Mitgefühl, doch hat Joe zugleich das Empfinden – auch wenn er wußte, daß es unfair war –, daß seine alten Bekannten das traurige Urteil fällten, einen Mann vor sich haben, der sein Leben nicht mehr in den Griff bekam.

»Ich muß mal kurz rauf, Joe, ein paar Dinge nachsehen, wenn du nichts dagegen hast.«

Deweys Miene hellte sich auf. »Kommst du wieder zu uns, Joe?«

»Vielleicht«, log Joe.

»Zurück in die Redaktion?«

»Ich denke darüber nach.«

»Mann, wie gern Mr. Santos das hören würde.«

»Ist er heute hier?«

»Nein. Er hat Urlaub, ist in Vancouver fischen.«

»Mich interessiert da eine bestimmte Sache«, sagte Joe, erleichtert darüber, daß er Caesar nicht belügen mußte, was seine wahren Motive betraf, »eine schrullige Geschichte aus dem Leben. Nicht das, worüber ich normalerweise schreibe. Ich dachte mir, ich könnte ein paar Recherchen anstellen.«

»Es wäre bestimmt in Mr. Santos' Sinn, daß du dich wie zu Hause fühlst. Geh nur rauf.«

»Danke, Dewey.«

Joe stieß eine Schwingtür auf und trat in einen langen Flur mit einem abgetretenen, schmutzigen grünen Teppich, vom Alter gesprenkelter Farbe an den Wänden und einer verfärbten Decke mit schalldämpfenden Fliesen. Nachdem man die prunkvollen Insignien abgelegt hatte, welche die Jahre der *Post* in Century City charakterisiert hatten, zog man nun das Image des Guerillajournalismus vor: karg, aber rechtschaffen.

Links befand sich die Nische mit den Fahrstühlen. Die Türen beider Schächte waren verkratzt und verbeult.

Auf dem Erdgeschoß – das größtenteils den Archiven, Schreibbüros, dem Kleinanzeigenverkauf und der Vertriebsabteilung vorbehalten war – lastete das Schweigen des Samstags. In der Stille kam Joe sich wie ein Eindringling vor und hatte das Gefühl, daß jeder, dem er begegnete, sofort erkannte, daß er sich unter einem Vorwand eingeschlichen hatte.

Während Joe darauf wartete, daß eine Fahrstuhltür sich öffnete, wurde er von Dewey überrascht, der vom Empfangsraum herbeieilte, um ihm einen verschlossenen weißen Umschlag zu reichen. »Das hätte ich fast vergessen. Vor ein paar Tagen kam eine Dame vorbei und meinte, sie hätte Informationen für eine Story, die wie geschaffen für dich wäre.«

»Was für eine Story?«

»Hat sie nicht gesagt. Nur, daß du was damit anfangen könntest.«

Joe nahm den Umschlag entgegen, als eine Fahrstuhltür sich öffnete.

»Hab' ihr gesagt«, fuhr Dewey fort, »du würdest seit zehn Monaten nicht mehr hier arbeiten. Da wollte sie deine Telefonnummer haben. Ich hab' ihr natürlich erklärt, ich dürfte die Nummer nicht rausgeben. Oder deine Adresse.«

»Danke, Dewey«, sagte Joe, als er in den Fahrstuhl trat.

»Hab' ihr gesagt, ich würde dir den Umschlag schicken oder dich anrufen. Dann hab' ich herausgefunden, daß du umgezogen bist und eine neue Nummer hast, die nicht im Telefonbuch steht. Wir hatten die Nummer leider auch nicht und konnten dich nicht erreichen.«

»Kann nichts Wichtiges sein«, versicherte Joe und zeigte auf den Umschlag. Schließlich hatte er ja gar nicht vor, zum Journalismus zurückzukehren.

Als die Fahrstuhltüren zuglitten, steckte Dewey das Bein in die Lichtschranke, und die Türen blieben stehen. »Es geht nicht nur darum«, sagte er stirnrunzelnd, »daß deine Personalakten nicht mehr auf dem neuesten Stand sind, Joe. Niemand hier, keiner deiner Freunde, kann dich erreichen.«

»Ich weiß.«

Dewey zögerte, dann sagte er: »Du warst ziemlich am Boden, was?«

»Ziemlich«, gestand Joe. »Aber so langsam geht's wieder aufwärts.«

»Freunde könnten dir die Leiter halten und es dir einfacher machen.«

Gerührt nickte Joe.

»Denk dran«, sagte Dewey.

»Danke.«

Dewey trat zurück, und die Türen schlossen sich.

Der Fahrstuhl fuhr nach oben und nahm Joe mit.

Der zweite Stock wurde hauptsächlich von der Nachrichtenredaktion eingenommen, die in einen Irrgarten einzelner Arbeitsplätze nach dem Baukastensystem unterteilt war, so daß man die gesamte Bürofläche nicht mit einem Blick zu überschauen vermochte. Hier konnte einem schon ein wenig klaustrophobisch zumute werden. Jeder Arbeitsplatz verfügte über einen Computer, ein Telefon, einen Drehstuhl und die anderen grundlegenden Hilfsmittel dieses Gewerbes.

Diese Etage war der viel größeren Nachrichtenredaktion der *Times* sehr ähnlich. Die einzigen Unterschiede bestanden darin, daß die Möbel und die verschiebbaren Trennwände in der *Times*-Redaktion neuer und eleganter als die bei der *Post* waren. Dort waren die Räume zweifellos auch vom Asbest und Formaldehyd gereinigt, die der Luft hier ihren beißenden Geruch verliehen. Doch selbst an einem Samstagnachmittag war in der Redaktion der *Times* mit Sicherheit mehr los als jetzt bei der *Post*.

Im Laufe der Jahre hatte man Joe zweimal einen Job bei der *Times* angeboten, doch er hatte abgelehnt. Obwohl die »Graue Eminenz«, wie das Konkurrenzblatt in manchen Kreisen genannt wurde, eine hervorragende Zeitung war, war sie auch die vom fetten Anzeigenertrag beherrschte Stimme des Status quo. Joe war der Ansicht gewesen, bei der *Post* würde man ihm nicht nur erlauben, sondern ihn geradezu ermutigen, eine bessere und aggressivere Berichterstattung zu betreiben. Zwar kam man sich hier manchmal wie in einer Irrenanstalt vor, doch die *Post* legte auf eine mutige Haltung und einen forschen Stil wert und stand im Ruf, die Presseerklärung eines Politikers niemals für bare Münze zu nehmen und stillschweigend davon auszugehen, daß jeder öffentliche Beamte entweder korrupt oder unfähig, sexbesessen oder machtgeil war.

Vor ein paar Jahren, nach dem Erdbeben in Northridge, hatten Seismologen unvermutete Verbindungen zwischen einer geologischen Verwerfung unter dem Herzen von LA und einer anderen entdeckt, die unter einer Anzahl von Gemeinden im San Fernando Valley verlief. Daraufhin fegte der Witz durch die Nachrichtenredaktion, welche Verluste die Stadt erleiden würde, wenn ein Beben die *Times* in der Innenstadt und die *Post* im Sun Valley dem Erdboden gleichmachte. Ohne die *Post*, spöttelte man, würden die Bewohner von Los Angeles nicht erfahren, welche Politiker und öffentliche Beamte sie schamlos bestahlen, Schmiergelder von bekannten Drogendealern kassierten und Geschlechtsverkehr mit Tieren betrieben. Die größere Tragödie jedoch wäre der Verlust der fünf Pfund schweren Sonntagsausgabe der *Times*, ohne die niemand wissen würde, in welchen Läden es gerade Sonderangebote zu ergattern gab.

Wenn die *Post* wirklich so hartnäckig und unerbittlich wie ein auf Ratten abgerichteter Terrier war, der die Witterung von Nagetieren aufgenommen hatte – und das war sie –, fand sie Gnade vor Joes Augen, da die Natur ihres Zorns nicht parteiisch war. Überdies war ein hoher Prozentsatz der Leute, über die diese Zeitung berichtete, tatsächlich so korrupt, wie man allgemein annahm.

Außerdem war Michelle Kolumnistin und Leitartiklerin der *Post* gewesen. Hier hatte Joe sie kennengelernt, hier hatte er ihr den Hof gemacht und das gemeinsame Gefühl genossen, für eine Zeitung zu arbeiten, die zu Unrecht nur die zweite Geige spielte. Michelle hatte ihre beiden Babys während zahlreicher Arbeitstage in ihrem Leib hierher getragen.

Nun stellte Joe fest, daß dieses Gebäude von Erinnerungen an Michelle heimgesucht wurde. Für den unwahrscheinlichen Fall, daß er irgendwann sein gefühlsmäßiges Gleichgewicht zurückerlangte und sich einreden konnte, wieder zu glauben, das Leben habe einen Sinn, der der Mühe wert sei – das Antlitz dieses einen lieben Geistes würde ihn jedesmal erschüttern, wenn er es sah. Deshalb konnte Joe nie wieder für die *Post* arbeiten.

Froh, daß keine alten Freunde ihn sahen, ging er direkt zu seinem ehemaligen Arbeitsplatz in der Metro-Sektion. Sein Platz war Randy Colway zugeteilt worden, einem prima Kerl, der sich nicht in seiner Privatsphäre verletzt fühlen würde, wenn er Joe auf seinem Stuhl sitzen sah.

An der Pinnwand hingen Fotos von Randys Frau, ihrem neunjährigen Sohn Ben und der sechs Jahre alten Lisbeth. Joe betrachtete sie lange – und dann nicht mehr.

Nachdem er den Computer eingeschaltet hatte, griff er in die Tasche und zog den Umschlag von der Zulassungsstelle hervor, den er aus dem Handschuhfach des weißen Lieferwagens stibitzt hatte. Er enthielt die bestätigte Zulassung. Zu Joes Erstaunen handelte es sich bei dem Besitzer weder um eine staatliche Einrichtung, noch um eine Polizeibehörde, sondern um eine Organisation namens Medsped, Inc.

Großer Gott, mit einer eingetragenen Handelsgesellschaft hatte Joe nun wirklich nicht gerechnet. Wallace Blick und seine schießwütigen Kollegen in den Hawaiihemden waren ihm zwar nicht unbedingt wie Bullen oder Bundesagenten vorgekommen, rochen jedoch weitaus stärker nach Behörde als nach leitenden Angestellten irgendeines Unternehmens.

Joe griff auf das riesige Archiv der *Post* an digitalisierten älteren Ausgaben zurück. Hier war jedes Wort einer jeden Ausgabe nachzulesen, die die Zeitung seit ihrem Bestehen veröffentlicht hatte. Lediglich die Comics, Horoskope, Kreuzworträtsel und dergleichen fehlten. Fotos dagegen waren im Archiv erfaßt.

Joe nahm eine Suche nach *Medsped* vor und entdeckte sechs Erwähnungen. Es handelte sich um kleine Meldungen auf der Wirtschaftsseite. Joe las sie vollständig durch.

Medsped, eine Firma aus New Jersey, hatte als Flugambulanz in mehreren Großstädten angefangen. Später hatte das Unternehmen sich vergrößert und auf die bundesweite Expreßbeförderung medizinischen Notfallbedarfs spezialisiert, wozu gekühltes oder auf eine andere komplizierte Weise präpariertes Blut gehörte, Gewebeproben, aber auch teure und empfindliche wissenschaftliche Instrumente. Die Firma beförderte sogar Proben höchst ansteckender Bakterien und Viren zwischen kooperierenden Forschungslabors sowohl im privatwirtschaftlichen als auch militärischen Bereich. Für diese Aufgaben unterhielt sie eine bescheidene Flugzeug- und Hubschrauberflotte.

Hubschrauber.

Und anonyme weiße Lieferwagen?

Vor acht Jahren war Medsped von Teknologik, Inc., aufgekauft worden, einer Firma aus Delaware mit ungefähr zwanzig hundertprozentigen Tochtergesellschaften im Medizin- und Computersektor, wobei die im Computerbereich tätigen Holdinggesellschaften der Teknologik allesamt auf Produktentwicklung spezialisiert waren – hauptsächlich Software für Firmen, die in der Medizin und der medizinischen Forschung tätig waren.

Als Joe eine Suche nach Teknologik vornahm, wurde er mit einundvierzig Artikeln belohnt, hauptsächlich auf den Wirtschaftsseiten. Die ersten beiden Artikel waren jedoch so trocken und mit dermaßen vielen Investment- und Börsenbegriffen gespickt, daß die Belohnung Joe schon bald wie eine Bestrafung vorkam.

Er ließ Kopien der vier längsten Artikel ausdrucken, um sie später zu lesen.

Während die Blätter in den Auffangkorb des Druckers fielen, rief Joe eine Liste der Stories auf, welche die *Post* über den Absturz des Fluges Nationwide 353 veröffentlicht hatte. Auf dem Bildschirm erschienen die Schlagzeilen mit den dazugehörigen Daten.

Joe mußte sich zusammenreißen, um diese Dateien zu überfliegen. Er saß eine oder zwei Minuten mit geschlossenen Augen da, atmete tief durch und versuchte in seiner Vorstellung das Bild der Brandung am Strand von Santa Monica heraufzubeschwören.

Schließlich biß er die Zähne so fest zusammen, daß seine Kiefermuskeln unablässig zuckten, rief einen Artikel nach dem anderen auf und überflog den Inhalt. Er suchte den Bericht, der – gesondert abgesetzt – eine vollständige Passagierliste enthielt.

Rasch übersprang er die Fotos der Absturzstelle, auf denen Trümmer zu sehen waren, die zu so kleinen Stücken zerfetzt und zu derart surrealen Formen verdreht waren, daß das verwirrte Auge aus diesen Bruchstücken nicht einmal ansatzweise ein Flugzeug rekonstruieren konnte. Im öden Zwielicht, in dem diese Fotos aufgenommen worden waren, und dem grauen Nieselregen, der etwa zwei Stunden nach der Katastrophe eingesetzt hatte, liefen Ermittler des NTSB, der Nationalen Untersuchungsbehörde für Sicherheitsfragen im Transportwesen, in bakteriensicheren Schutzanzügen über die verbrannte Wiese, die Visiere in den Schutzhauben geschlossen. Im Hintergrund erhoben sich versengte Bäume, deren knorrige schwarze Äste sich in den bewölkten Himmel zu krallen schienen.

Joe suchte und fand den Namen der Teamchefin des NTSB, die damals die Ermittlung leitete – Barbara Christman – und der vierzehn Spezialisten, die unter ihrem Kommando gearbeitet hatten.

Einige Artikel zeigten Fotos der Crew und der Passagiere – lächelnde Gesichter auf Porträtfotos. Nicht alle dreihundertdreißig Seelen an Bord wurden abgebildet. Die Tendenz ging dahin, Bewohner Südkaliforniens zu zeigen, die nach Hause zurückkehrten, statt solche aus den Ostküstenstaaten, welche die Westküste besuchen wollten. Da Michelle und die Mädchen zur Familie der *Post* gehörten, wurden sie besonders häufig abgebildet.

Als Joe vor acht Monaten in das kleine Apartment gezogen war, hatte er als Reaktion auf eine morbide und zwanghafte Beschäftigung mit Familienalben und einzelnen Schnappschüssen sämtliche Fotos in einen großen Karton gepackt, da ihm klar war, daß es die Heilung verzögerte, wenn man ständig Salz in die Wunde rieb. Er hatte den Karton zugeklebt und ganz nach hinten in den Schrank gestellt.

Als er nun die Artikel überflog und die Gesichter Michelles und der Kinder auf dem Bildschirm sah, konnte er nicht mehr atmen, obwohl er geglaubt hatte, darauf vorbereitet zu sein. Michelles Publicityfoto, aufgenommen von einem angestellten Fotografen, fing zwar ihre Schönheit ein, aber nicht ihre Zärtlichkeit, ihre Intelligenz, ihren Charme, ihr Lachen. Ein bloßes Foto war sehr, sehr unzulänglich, aber es war trotzdem Michelle. Trotzdem. Chrissies Foto war bei einer Weihnachtsfeier der *Post* für die Kinder der Angestellten aufgenommen worden. Der Schnappschuß hatte sie bei einem Grinsen eingefangen, mit strahlenden Augen. Wie sie strahlten. Und die kleine Nina, die ihren Namen manchmal *Nie-na* und manchmal *Nei-na* ausgesprochen haben wollte, lächelte ihr leicht schiefes Lächeln, das zu besagen schien, daß sie magische Geheimnisse kannte.

Ninas Lächeln erinnerte Joe an ein Kinderlied, das er ihr manchmal vorgesungen hatte, wenn er sie zu Bett brachte. Bevor es ihm bewußt wurde, was er tat, fand er seinen Atem wieder und hörte, wie er die Worte flüsterte: *»Nei-na, Nie-na, wo ist die da? Nie-na, Nei-na, Du bist meina.«*

Etwas schien in ihm zu zerbrechen, bedrohte seine Selbstbeherrschung.

Er klickte mit der Maus, um die Bilder Michelles und der Mädchen vom Monitor zu löschen. Doch das schaffte ihre Gesichter nicht aus seinem Kopf – klarer, als er sie gesehen hatte, seit er die Fotos weggepackt hatte.

Joe beugte sich auf dem Stuhl vor, bedeckte zitternd das Gesicht und dämpfte seine Stimme mit seinen kalten Händen. »Oh, Scheiße. Oh, Scheiße.«

Die Brandung gischtete über den Strand, jetzt wie zuvor, morgen wie heute. Uhren und Webstühle. Sonnenaufgänge, Sonnenuntergänge, Mondphasen. Klickende und tickende Maschinen. Ewige Rhythmen, bedeutungslose Bewegungen.

Die einzige vernünftige Reaktion ist Gleichgültigkeit.

Er nahm die Hände vom Gesicht. Setzte sich wieder gerade. Versuchte, sich auf den Computerbildschirm zu konzentrieren.

Er befürchtete, daß er Aufmerksamkeit auf sich lenken würde. Wenn ein alter Bekannter in die dreiwandige Kabine schaute, um nachzusehen, was los war, mußte Joe vielleicht erklären, was er hier tat, möglicherweise sogar all seine Kraft zusammennehmen, um sich überhaupt unterhalten zu können.

Er fand die Passagierliste, nach der er gesucht hatte. Die *Post* hatte ihm Zeit und Mühe erspart, indem sie getrennt jene Toten aufführte, die in Südkalifornien gelebt hatten. Joe druckte alle ihre Namen aus, denen jeweils der Name der Stadt folgte, wo der Verstorbene gewohnt hatte.

Ich bin noch nicht bereit, mit Ihnen zu sprechen, hatte die Frau, welche die Gräber fotografiert hatte, zu ihm gesagt. Daraus folgerte Joe, daß sie ihm später etwas zu sagen hatte.

Verzweifeln Sie nicht. Sie werden es sehen, genau wie die anderen.

Was sehen? Er hatte keine Ahnung.

Was konnte sie ihm sagen, das seine Verzweiflung abschwächen würde? Nichts. Nichts.

... wie die anderen. Sie werden es sehen, genau wie die anderen.

Welche anderen?

Nur eine Antwort erschien Joe plausibel: andere Menschen, die auf dem Flug 353 ebenfalls geliebte Familienangehörige verloren hatten, die so verzweifelt wie er gewesen waren, Menschen, mit denen die Frau bereits gesprochen hatte.

Er würde nicht warten, bis sie sich wieder an ihn wandte. Falls Wallace Blick und seine Kollegen hinter ihr her waren, lebte sie vielleicht nicht mehr lange genug, um ihm einen Besuch abzustatten und seine Neugier zu stillen.

Nachdem Joe die Ausdrucke sortiert und zusammengeheftet hatte, schaute er wieder auf den weißen Umschlag, den Dewey Beemis ihm unten an der Fahrstuhltür gegeben hatte. Joe hatte ihn gegen eine Schachtel Kleenex rechts neben dem Computer gestellt und prompt vergessen.

Als Polizeireporter, dessen Name oft in der Zeitung stand, hatte er gelegentlich von Lesern Hinweise auf Geschichten bekommen, an denen meist nicht viel dran war, um es nachsichtig auszudrücken. Diese Leute behaupteten allen Ernstes, die verängstigten Opfer boshafter Schikanen durch einen geheimen Satanskult zu sein, der im Garten- und Forstamt der Stadt aktiv war, oder daß sie von finsteren leitenden Angestellten der Tabakindustrie wüßten, die Säuglingsmilchpräparate mit Nikotin versetzen wollten, oder daß sie in der Nachbarschaft eines Nests spinnenähnlicher Außerirdischer wohnten, die versuchten, sich als nette Familie koreanischer Einwanderer auszugeben.

Als ihn einmal ein Mann mit flammenden Augen in die Enge getrieben hatte, der immer wieder behauptete, der Bürgermeister von Los Angeles sei kein Mensch, sondern ein Roboter, der von der Audioanimatronik-Abteilung von Disneyland gesteuert wurde, hatte Joe die Stimme gesenkt und mit nervöser Aufrichtigkeit geantwortet: »Ja, das wissen wir schon seit Jahren. Aber wenn wir auch nur ein Wort darüber schreiben, werden die Disney-Leute uns alle umbringen.« Er hatte mit solcher Überzeugung gesprochen, daß der Spinner auf der Stelle kehrt gemacht hatte und abgehauen war.

Folglich rechnete Joe mit einer Buntstiftschmiererei über böse, übersinnlich begabte Marsianer, die als Mormonen unter uns lebten – oder etwas in der Art. Er riß den Umschlag auf. Er enthielt ein dreifach gefaltetes weißes Blatt Papier.

Die drei ordentlich getippten Sätze kamen ihm anfangs wie eine einzigartig grausame Variation des üblichen paranoiden Kreischens vor: *Ich habe versucht, Sie zu erreichen, Joe. Mein Leben hängt von Ihrer Diskretion ab. Ich war an Bord von Flug 353.*

Sämtliche Passagiere waren umgekommen. Joe glaubte nicht an Geisterpost von der anderen Seite – womit er in dieser New-Age-Stadt der Engel wahrscheinlich allein dastand.

Unten auf der Seite stand ein Name: *Rose Tucker.* Unter dem Namen war eine Telefonnummer mit einer Vorwahl verzeichnet, die zu Los Angeles gehörte, aber keine Adresse.

Während in Joes Innerem ein Anflug jenes Zorns aufwallte, der zuvor so heiß in ihm gebrannt hatte und leicht wieder zu einer Feuersbrunst werden konnte, griff er nach dem Telefon, um Miss Tucker anzurufen. Er wollte ihr sagen, was für ein geistig gestörtes und verdorbenes Dreckstück sie sei, in ihren schizophrenen Phantasien zu schwelgen, ein seelischer Vampir, der das Leid anderer aufsog, um sein krankhaftes Bedürfnis zu befriedigen …

Und dann hörte er im Gedächtnis die Worte, die Wallace Blick auf dem Friedhof zu ihm gesagt hatte. Joe hatte nicht gewußt, daß sich jemand in dem weißen Lieferwagen aufhielt, als er den Kopf durch die offene Beifahrertür gesteckt und auf der Suche nach einem Handy das Handschuhfach geöffnet hatte. Blick hatte ihn kurz für einen der Männer in den Hawaiihemden gehalten und gesagt: *Habt ihr Rose erwischt?*

Rose.

Da Joe Angst vor den Bewaffneten gehabt hatte, Angst um die Frau, die sie verfolgten, und da er verblüfft war, eine andere Person im Lieferwagen zu entdecken, hatte er anfangs gar nicht begriffen, wie wichtig Blicks Worte waren. Und danach hatten die Ereignisse sich überschlagen. Erst jetzt waren ihm Blicks Worte wieder eingefallen.

Rose Tucker mußte die Frau mit der Polaroidkamera gewesen sein, die die Gräber fotografiert hatte.

Wäre sie bloß eine ausgeflippte Irre, die in einer schizophrenen Phantasiewelt lebte, hätte Medsped oder Teknologik – oder um wen auch immer es sich handelte – nicht so viel Personal und Geld eingesetzt, um die Frau zu suchen.

Joe dachte daran, was für eine außergewöhnliche Erscheinung die Frau auf dem Friedhof gewesen war. Ihre Direktheit. Ihre Selbstbeherrschung und außergewöhnliche Ruhe. Die Kraft ihres unerschütterlichen Blicks.

Sie war ihm nicht wie eine Exzentrikerin vorgekommen. Ganz im Gegenteil.

Ich habe versucht, Sie zu erreichen, Joe. Mein Leben hängt von Ihrer Diskretion ab. Ich war an Bord von Flug 353. Ohne es zu bemerken, hatte Joe sich vom Stuhl erhoben. Er stand mit hämmerndem Herzen da, wie elektrisiert. Das Blatt Papier raschelte in seiner Hand.

Er trat in den Gang hinter dem Modul-Arbeitsplatz und hielt in jenen Bereichen des unterteilten Redaktionsraums, in die er Einblick hatte, nach jemandem Ausschau, dem er seine Entdeckung mitteilen konnte.

Sieh mal, hier. Lies das, lies das. Hier ist irgendeine schreckliche Schweinerei passiert, mein Gott, hier stimmt was nicht, man hat uns was ganz anderes erzählt. Jemand ist von der Absturzstelle davongegangen, hat den Absturz überlebt. *Keine Überlebenden, haben sie gesagt, keine Überlebenden, schrecklicher Absturz, alle umgekommen, eine Katastrophe. Welche Lügen hat man uns noch erzählt? Wie sind die Leute in diesem Flugzeug in Wirklichkeit gestorben? Warum sind sie gestorben?* Warum *sind sie gestorben?*

Bevor irgend jemand sah, wie Joe in wütendem Kummer dort stand, bevor er sich auf die Suche nach einem bekannten Gesicht machte, kamen ihm Bedenken, etwas von dem weiterzugeben, das er erfahren hatte. Rose Tuckers Mitteilung besagte, daß ihr Leben von seiner Verschwiegenheit abhing.

Außerdem hatte er das verrückte Gefühl, das gerade *wegen* seiner Verrücktheit unglaublich überzeugend war, daß die Mitteilung sich als wertlos erweisen würde, falls er sie anderen zeigte, und daß Blicks Führerschein sich als sein eigener erwies, falls er ihn einem anderen in die Hand drückte; daß keine leeren Patronenhülsen auf dem Friedhof lagen, falls er jemanden dorthin mitnahm, und daß es keine Reifenspuren von dem weißen Lieferwagen gab und niemand dieses Fahrzeug gesehen oder die Schüsse gehört hatte.

Dieses Geheimnis hatte man ihm offenbart, und nur ihm, keinem anderen, und plötzlich war ihm klar, daß es nicht nur seine Pflicht, sondern seine *heilige* Pflicht war, Antworten zu suchen. Dieses Geheimnis aufzudecken war seine Mission, der Zweck seines Daseins und vielleicht sogar eine nicht erkennbare Erlösung.

Joe wußte nicht einmal genau, was er damit meinte. Er spürte die Wahrheit dieser Erkenntnis lediglich tief in den Knochen.

Zitternd kehrte er zum Stuhl zurück.

Er fragte sich, ob er noch ganz bei Verstand war.

KAPITEL 6

Joe rief unten am Empfangspult an und erkundigte sich bei Dewey Beemis nach der Frau, die den Umschlag abgegeben hatte.

»Eine ziemlich kleine Lady«, sagte Dewey.

Aber er war ein Riese, dem selbst eine einsachtzig große Amazone winzig vorgekommen wäre.

»Würdest du sagen, eins fünfundsechzig oder kleiner?« fragte Joe.

»Vielleicht eins fünfundfünfzig, eins sechzig. Aber mit Power. Eine von diesen Ladies, die ihr Leben lang wie ein Mädchen aussehen, aber Berge versetzt haben, seit sie von der Grundschule abgegangen sind.«

»Eine Schwarze?« fragte Joe.

»Ja, sie war 'ne Schwester.«

»Wie alt?«

»Vielleicht Anfang Vierzig. Hübsch. Haar wie Rabenflügel. Stimmt was nicht, Joe?«

»Nein. Nein, alles in Ordnung.«

»Du klingst so aufgeregt. Macht diese Lady dir Ärger?«

»Nein, sie ist okay, alles in Ordnung mit ihr. Danke, Dewey.«

Joe legte auf.

Er hatte eine Gänsehaut im Nacken. Er rieb ihn mit einer Hand.

Seine Handflächen waren feucht. Er trocknete sie an seinen Jeans.

Nervös griff er nach dem Ausdruck der Passagierliste des Fluges 353. Um keinen Namen zu übersehen, arbeitete er sich mit Hilfe eines Lineals Zeile um Zeile die Liste hinab, bis er auf *Dr. Rose Marie Tucker* stieß.

Doktor!

Sie mochte ein Doktor der Medizin oder Literatur sein, eine Biologin oder Soziologin, Musikwissenschaftlerin oder Zahnärztin, doch in Joes Augen wurde ihre Glaubwürdigkeit allein durch die

Tatsache größer, daß sie einen akademischen Grad besaß. Die armen Leute, die den Bürgermeister für einen Roboter hielten, waren eher Patienten als Doktoren irgendwelcher Fachrichtungen.

Der Passagierliste zufolge war Rose Tucker dreiundvierzig Jahre alt und wohnte in Manassas, Virginia. Joe war nie in Manassas gewesen, aber ein paarmal daran vorbeigefahren; es war ein äußerer Vorort von Washington und lag in der Nähe der Stadt, in der Michelles Eltern wohnten.

Joe drehte sich mit dem Stuhl wieder zum Computer um, ließ die Seiten mit den Berichten über den Absturz über den Bildschirm laufen und schaute sich die etwa dreißig Fotos der Passagiere an, in der Hoffnung, das von Rose Tucker wäre darunter. War es aber nicht.

Deweys Beschreibung zufolge waren die Frau, die diese Mitteilung abgegeben hatte, und die Frau auf dem Friedhof – die Blick *Rose* genannt hatte – ein und dieselbe Person. Wenn diese Rose tatsächlich Dr. Rose Marie Tucker aus Manassas, Virginia, war – was ohne ein Foto nicht bestätigt werden konnte –, war sie in der Tat an Bord von Flug 353 gewesen.

Und hatte überlebt.

Zögernd kehrte Joe zu den beiden größten Fotos von der Unglücksstelle zurück. Das erste war die unheimliche Aufnahme mit dem stürmischen Himmel, den versengten Bäumen, den pulverisierten und zu surrealen Skulpturen verbogenen Trümmern, zwischen denen die NTSB-Ermittler, gesichtslos in Schutzanzügen, wie betende Mönche oder ominöse Geister in einer kalten und flammenlosen Kammer auf einer vergessenen Ebene der Hölle zu wandeln schienen. Das zweite war eine Luftaufnahme, die dermaßen zerschmetterte und weit verstreute Trümmer zeigte, daß der Ausdruck »katastrophaler Unfall« eine jammervoll unzureichende Beschreibung war.

Niemand hätte diesen Flugzeugabsturz überleben können.

Und doch hatte Rose Tucker, falls sie *dieselbe* Rose Tucker war, die an diesem Abend in die Maschine gestiegen war, offensichtlich nicht nur überlebt, sondern die Unglücksstelle aus eigener Kraft verlassen. Ohne ernsthafte Verletzungen. Sie war nicht vernarbt oder verkrüppelt gewesen.

Unmöglich. Nachdem die 747 einen Sturzflug aus sechs Kilometern Höhe im Griff der planetaren Schwerkraft hinter sich hatte, von sechs langen *Kilometern*, und beschleunigend und mit voller Wucht auf harte Erde und Felsen geprallt war, war sie nicht nur zerschmettert, sondern verspritzt worden wie ein Ei, das man gegen eine Steinwand geworfen hatte, und dann explodiert, und schließlich vom verheerenden Zorn der Flammen verzehrt. Es wäre ein weniger großes Wunder gewesen, unversehrt aus den von Gott verwüsteten Ruinen Gomorrhas zu entkommen oder wie Schadrach unverbrannt aus dem glutheißen Feuerofen des Nebukadnezar zu treten oder wie Lazarus nach vier Tagen im Grab aufzuerstehen, als sich unverletzt von *diesem* abgestürzten Flugzeug zu entfernen.

Doch hätte Joe es wirklich für unmöglich gehalten, wäre sein Geist nicht vor Zorn und Sorge so aufgewühlt gewesen, vor einer seltsamen Ehrfurcht und drängender Neugier. Er verspürte die verrückte Sehnsucht, Unglaubliches zu umarmen und an Wunder zu glauben.

Er rief die Auskunft in Manassas an und bat um Dr. Rose Marie Tuckers Telefonnummer. Er rechnete mit der Mitteilung, daß eine solche Nummer nicht eingetragen oder das Telefon abgemeldet worden sei. Schließlich war Rose Tucker ja offiziell tot.

Statt dessen bekam Joe eine Nummer.

Sie hätte nicht von der Absturzstelle davongehen, nach Hause zurückkehren und ihr Leben wieder aufnehmen können, ohne daß es eine Sensation hervorgerufen hätte. Außerdem machten gefährliche Leute Jagd auf sie. Sie hätten Rose Tucker gefunden, wäre sie je nach Manassas zurückgekehrt.

Vielleicht wohnten noch Familienangehörige im Haus und hatten den Anschluß weiterhin unter ihrem Namen bestehen lassen, aus welchen Gründen auch immer.

Joe wählte die Nummer.

Nach dem zweiten Klingeln hob jemand ab. »Ja?«

»Bin ich mit Tucker verbunden?« fragte Joe.

Es war die Stimme eines Mannes, forsch und ohne regionalen Akzent: »Ja, sind Sie.«

»Könnte ich bitte mit Dr. Tucker sprechen?«

»Wer spricht denn da?«

Die Intuition riet Joe, nicht seinen richtigen Namen zu nennen. »Wally Blick.«

»Wer, bitte?«

»Wallace Blick.«

Der Mann am anderen Ende der Leitung schwieg. Dann: »Worum geht es?« Seine Stimme hatte sich kaum verändert, doch nun lag Wachsamkeit darin, ein Anflug von Mißtrauen.

Joe spürte, daß er sich mit seiner vermeintlichen Cleverness selbst ein Bein gestellt hatte, und legte den Hörer auf.

Wieder trocknete er sich die Handflächen an den Jeans ab.

Ein Reporter, der hinter Joe vorüberging und Notizen auf einem Block studierte, begrüßte ihn, ohne aufzublicken: »Hallo, Randy.«

Joe schaute auf die mit der Maschine geschriebene Mitteilung von Rose und wählte die Nummer in Los Angeles, die unter ihrem Namen stand.

Nach dem fünften Klingeln hob eine Frau ab. »Hallo?«

»Könnte ich bitte mit Rose Tucker sprechen?«

»Hier gibt's keine Rose Tucker«, sagte die Frau mit einem Akzent aus dem tiefsten Süden. »Sie haben 'ne falsche Nummer gewählt.«

Trotz ihrer Worte legte sie nicht auf.

»Sie hat mir diese Nummer selbst gegeben«, beharrte Joe.

»Schätzchen, lassen Sie mich mal raten – Sie haben auf 'ner Party eine Lady kennengelernt. Und die hat Ihnen die Nummer gegeben, um Sie freundlich abzuwimmeln.«

»Ich glaube nicht, daß sie so etwas tun würde.«

»Oh, ich will damit nicht sagen, daß Sie häßlich sind, Süßer«, sagte sie mit einer Stimme, die Magnolienblüten und Pfefferminzjuleps und schwüle Nächte mit dem schweren Geruch von Jasmin in Erinnerung rief. »Ich will damit nur sagen, Sie waren nicht ihr Typ. Das kommt bei den besten Kerlen vor.«

»Ich heiße Joe Carpenter.«

»Schöner Name. Ein guter, biederer Name.«

»Wie heißen Sie?«

»Nach was für einem Namen höre ich mich denn an?« fragte sie frotzelnd.

»Was meinen Sie damit?«

»Vielleicht nach Octavia oder Juliette?«

»Eher nach Demi.«

»Wie Demi Moore, der Filmstar?« sagte sie ungläubig.

»Ihre Stimme hat diesen sexy, rauchigen Klang.«

»Schätzchen, meine Stimme besteht nur aus Haferschleim und Grünkohl.«

»Unter dem Haferschleim und Grünkohl ist aber Rauch.«

Sie hatte ein herrliches, übertriebenes Lachen. »Der glattzüngige Mister Joe Carpenter. Na schön, mir gefällt Demi.«

»Hören Sie, Demi, ich würde wirklich gern mit Rose sprechen.«

»Vergessen Sie diese alte Rose doch mal. Schmachten Sie nicht nach ihr, Joe, wo sie Ihnen doch eine falsche Nummer gegeben hat. Auch andere Mütter haben hübsche Töchter.«

Joe war sicher, daß diese Frau Rose kannte und seinen Anruf erwartet hatte. Doch wenn man bedachte, wie brutal die Feinde vorgingen, die auf der Suche nach der rätselhaften Dr. Tucker waren, war Demis Umsicht verständlich.

»Wie sehen Sie denn aus, wenn Sie ehrlich zu sich sind, Süßer?« sagte sie.

»Eins achtzig groß, braunes Haar, graue Augen.«

»Stattlich?«

»Na ja ... vorzeigbar.«

»Wie alt sind Sie, vorzeigbarer Joe?«

»Älter als Sie. Siebenunddreißig.«

»Sie haben 'ne süße Stimme. Verabreden Sie sich schon mal mit einer Unbekannten?«

Demi wollte also doch ein Treffen vereinbaren.

»Verabredungen mit einer Unbekannten?« sagte Joe. »Hab' ich nichts dagegen.«

»Wie wäre es denn mit der sexy-rauchigen kleinen Demi?« schlug sie mit einem Lachen vor.

»Klar. Wann?«

»Haben Sie morgen abend schon was vor?«

»Ich hatte gehofft, es geht eher.«

»Haben Sie's so nötig, vorzeigbarer Joe? Man braucht Zeit, um so was richtig auf die Reihe zu bringen, damit's vielleicht auch klappt, damit keinem weh getan wird, damit es keine gebrochenen Herzen gibt.«

Joe verstand Demis Bemerkung so, daß sie Wert darauf legte, daß das Treffen sorgfältig vorbereitet und der Treffpunkt abgesichert und sondiert werden mußte, damit Roses Sicherheit gewährleistet war. Und vielleicht konnte Demi sich auch erst innerhalb der nächsten vierundzwanzig Stunden mit Rose in Verbindung setzen.

»Außerdem, Süßer, fragt ein Mädchen sich unwillkürlich, warum Sie's gar nicht abwarten können, wo Sie doch vorzeigbar sind.«

»Na gut. Wo morgen abend?«

»Ich gebe Ihnen jetzt die Adresse eines Gourmet-Cafés in Westwood. Wir treffen uns um sechs Uhr vor dem Eingang, gehen rein, trinken eine Tasse und finden heraus, ob wir uns mögen. Ich schätze, wenn Sie wirklich vorzeigbar sind und mich für so sexy-rauchig wie meine Stimme halten ... na ja, dann könnte es ein strahlender Abend der goldenen Erinnerungen werden. Haben Sie einen Zettel und Papier in der Nähe?«

»Ja«, sagte er und schrieb den Namen und die Adresse des Cafés auf, während Demi sie ihm nannte.

»Jetzt tun Sie mir einen Gefallen, Süßer. Sie haben da ein Blatt Papier mit dieser Telefonnummer drauf. Zerreißen Sie's in kleine Fetzen und spülen Sie's das Klo runter.« Als Joe zögerte, sagte Demi: »Hier können Sie sowieso nie wieder jemanden erreichen.« Und sie legte auf.

Die drei mit der Maschine geschriebenen Sätze würden nicht beweisen, daß Dr. Tucker den Flug 353 überlebt hatte oder irgend etwas an dem Absturz nicht koscher war. Joe hätte die Zeilen ja selbst geschrieben haben können. Dr. Tuckers Name war ebenfalls getippt, so daß Joe nicht mal eine beweiskräftige Unterschrift besaß.

Trotzdem brachte er es nicht fertig, die Nachricht zu vernichten. Obwohl er keinem anderen etwas damit beweisen konnte, wurden diese phantastischen Ereignisse für *ihn* dadurch glaubhafter.

Er rief Demis Nummer erneut an, um herauszufinden, ob sich trotz ihrer Worte jemand meldete.

Zu seiner Überraschung bekam er eine aufgezeichnete Nachricht der Telefongesellschaft zu hören, die ihn darüber informierte, daß es unter der Nummer, die er gewählt hatte, keinen Anschluß mehr gab. Man riet ihm, sich zu vergewissern, daß er die richtige Nummer gewählt hatte, und dann die Auskunft anzurufen. Er versuchte es noch einmal, mit demselben Ergebnis.

Toller Trick. Er fragte sich, wie Demi das angestellt hatte. Sie war eindeutig spitzfindiger, als ihre Haferschleim-und-Grünkohl-Stimme vermuten ließ.

Als Joe den Hörer wieder auf die Gabel legte, klingelte das Telefon und erschreckte ihn dermaßen, daß er den Hörer losließ, als hätte er sich die Finger verbrannt. Beinahe schämte er sich seiner Nervosität, als er nach dem dritten Klingeln abhob. »Hallo?«

»Los Angeles Post?« fragte ein Mann.

»Ja.«

»Ist das der Apparat von Randy Colway?«

»Richtig.«

»Sind Sie Mr. Colway?«

Die Verblüffung und das Zwischenspiel mit Demi hatten bewirkt, daß Joe vorübergehend nicht geschaltet hatte. Nun erkannte er die nüchterne Stimme als die jenes Mannes, der in Rose Marie Tuckers Heim in Manassas, Virginia, ans Telefon gegangen war.

»Sind Sie Mr. Colway?« fragte der Anrufer erneut.

»Ich bin Wallace Blick«, sagte Joe.

»Mr. Carpenter?«

Ein Frösteln kletterte Joes Rückgrat hinauf, von einem Wirbel zum nächsten, und er knallte den Hörer auf die Gabel.

Sie wußten, wo er war.

Die Dutzende von Arbeitsplätzen im Baukastensystem kamen ihm plötzlich nicht mehr wie angenehm anonyme Nischen vor. Mit einem Mal waren sie ein Labyrinth mit zu vielen Ecken, die man nicht einsehen konnte.

Rasch sammelte Joe die Ausdrucke und die Nachricht ein, die Rose Tucker für ihn hinterlassen hatte.

Als er sich vom Stuhl erhob, klingelte das Telefon erneut. Er hob nicht ab.

Als er die Nachrichtenredaktion verließ, begegnete er Dan Shavers, der mit einem Papierstapel in der linken und einer nicht angezündeten Pfeife in der rechten Hand gerade vom Fotokopierzentrum zurückkam. Shavers, völlig kahlköpfig, aber mit einem üppigen schwarzen Bart, trug eine schwarze Anzughose mit scharfer Bügelfalte, rot und schwarz gemusterte Hosenträger über einem grau und weiß gestreiften Hemd und eine gelbe Fliege. Seine Lesebrille mit den Halbgläsern baumelte an einem schwarzen Gummiband an seiner Brust.

Shavers war Reporter und Kolumnist der Wirtschaftsredaktion.

Er hielt sich zwar für überaus charmant, redete jedoch geschwollen und unbeholfen, wenn man mit ihm plauderte. Allerdings blieb er dabei stets freundlich, und seine irrige Annahme, er sei der geborene Anekdotenerzähler, mutete manchmal geradezu rührend an. »Joseph, lieber Junge«, sagte Shavers ohne Vorbemerkung, »ich habe letzte Woche eine Kiste von dem vierundsiebziger Mondavi Cabernet aufgemacht, eine von zwanzig, die ich als Kapitalanlage gekauft habe, als der Wein auf den Markt kam, obwohl ich damals nicht in Napa war, um mich bei den Winzern umzuschauen, sondern um eine antike Uhr zu kaufen, und ich kann dir sagen, dieser Wein ist so hervorragend gereift, daß ...« Er verstummte, als ihm einfiel, daß Joe seit fast einem Jahr nicht mehr für die Zeitung gearbeitet hatte. Nach Worten suchend, versuchte er, sein Beileid über »diese schreckliche Sache, diese fürchterliche Sache, all diese armen Leute, deine Frau und Kinder« auszusprechen.

Als Joe hörte, daß Randy Colways Telefon hinten in der Nachrichtenredaktion wieder klingelte, unterbrach er Shavers, um ihn abzuwimmeln; dann aber sagte er: »Hör mal, Dan, kennst du eine Firma namens Teknologik?«

»Ob ich sie kenne?« Shavers runzelte die Stirn. »Sehr witzig.«

»Kennst du sie? Wer steckt dahinter, Dan? Gehört die Firma zu einem Großkonzern? Ich meine, hat sie wirtschaftliche Macht?«

»Oh, ein sehr profitables Unternehmen, Joseph. Es ist schier unheimlich, was für eine Nase diese Leute haben, wenn es um revolutionäre Technologien geht, die von neuen Firmen entwickelt wurden. Die kaufen sie dann auf – oder unterstützen Unternehmer, die Geld brauchen, um ihre Ideen in Produkte zu verwandeln. Im allgemeinen Technologien im medizinischen Bereich, aber nicht nur. Ihre leitenden Angestellten sind berüchtigt dafür, daß sie Geld nur so scheffeln. Sie halten sich für eine Art Geschäftsadel, sind aber nicht besser als wir. Auch sie sind dem verantwortlich, dem man gehorchen muß.«

»Der, dem man gehorchen muß?« fragte Joe verwirrt.

»Wie wir alle, wie wir alle«, sagte Shavers, lächelte und nickte und hob seine Pfeife, um sich das Mundstück zwischen die Zähne zu stecken.

Colways Telefon hörte auf zu klingen. Die Stille machte Joe nervöser, als das beharrliche Schrillen es vermocht hatte.

Sie wußten, wo er war.

»Ich muß los«, sagte er und ging davon, als Shavers ihm erzählen wollte, wie vorteilhaft es sei, jetzt Teknologik-Aktien zu erwerben.

Joe begab sich direkt zur nächsten Herrentoilette. Zum Glück befand sich niemand im Waschraum, kein alter Bekannter, der ihn aufhalten konnte.

In einer der Kabinen zerriß Joe Roses Nachricht in kleine Stücke. Wie Demi es verlangt hatte, spülte er sie die Toilette hinunter, wartete, bis auch der letzte Fetzen verschwunden war, und betätigte die Spülung ein zweites Mal, um sich zu vergewissern, daß nichts im Abflußrohr hängen blieb.

Medsped. Teknologik. Firmen, die anscheinend eine Polizeiaktion durchführten. Ihr langer Arm, der von Los Angeles nach Manassas reichte, und ihre nervenaufreibende Allgegenwärtigkeit ließen darauf schließen, daß es sich um Firmen handelte, die beeindruckende Verbindungen besaßen, die über die Geschäftswelt hinaus vielleicht bis zum Militär reichten.

Doch was auch auf dem Spiel stehen mochte – es war einfach nicht logisch, daß eine Firma ihre Interessen mit Hilfe von Killern schützte, die so dreist waren, daß sie an öffentlichen Orten auf Menschen schossen – oder auch sonstwo, was das betraf. Ganz gleich, wie profitabel Teknologik sein mochte, dicke schwarze Zahlen unter dem Strich der Bilanz stellten Firmenangehörige oder Geschäftsführer nicht außerhalb des Gesetzes, nicht einmal hier in Los Angeles, wo der *Mangel* an Geld als Wurzel allen Übels bekannt war.

Die Männer, denen Joe begegnet war, *mußten* Militärangehörige oder Bundesagenten gewesen sein, wenn man bedachte, wie selbstverständlich sie Schußwaffen benutzt hatten. Als hätten sie keine Konsequenzen zu fürchten. Doch Joe hatte noch zu wenig Informationen, um auch nur mutmaßen zu können, welche Rolle Medsped oder Teknologik bei dieser Operation spielte.

Während er im zweiten Stock durch den Korridor zum Fahrstuhl ging, rechnete er die ganze Zeit damit, daß jemand seinen Namen rufen und ihm befehlen würde, stehenzubleiben. Vielleicht einer der Männer in den Hawaiihemden. Oder Wallace Blick. Oder ein Polizeibeamter.

Falls es sich bei den Leuten, die auf der Suche nach Rose Tucker waren, um Bundesagenten handelte, konnten sie sich der Hilfe der örtlichen Polizeibehörde vergewissern. Vorerst mußte Joe jeden Uniformierten als potentiellen Feind betrachten.

Als die Fahrstuhltüren sich öffneten, spannten seine Muskeln sich an; er rechnete halbwegs damit, hier in der Nische festgenommen zu werden. Doch der Lift war leer.

Auf dem Weg zum ersten Stock rechnete Joe damit, daß der Strom abgeschaltet wurde. Als die Türen sich im Erdgeschoß öffneten, war er überrascht, den Eingangsbereich vor dem Lift verlassen vorzufinden.

Noch nie in seinem Leben hatte die Paranoia Joe dermaßen im Griff gehabt. Er reagierte unangemessen heftig auf die Ereignisse des frühen Nachmittags und darauf, was er erfahren hatte, seit er die Büros der *Post* betreten hatte.

Er fragte sich, ob seine übertriebenen Reaktionen – Anfälle äußerster Wut, sich rapide steigernde Angst – eine Reaktion auf die emotionalen Entbehrungen des vergangenen Jahres waren. Er hatte zugelassen, daß er am Ende nur noch Trauer, Selbstmitleid und die schreckliche Leere des unbegreiflichen Verlusts empfand. Ach was, er hatte sich sogar sehr bemüht, nicht einmal das zu spüren. Er hatte versucht, seinen Schmerz abzuschütteln, sich wie ein matter Phönix aus der Asche zu erheben, nur mit der Hoffnung, den kalten Frieden der Gleichgültigkeit zu finden. Nun, da die Ereignisse Joe zwangen, sich wieder der Welt zu öffnen, wurde er von Gefühlen überschwemmt, wie ein Anfänger im Surfen von jedem neuen Wellenkamm überspült wurde.

Als Joe die Empfangshalle betrat, telefonierte Dewey Beemis gerade. Er lauschte so konzentriert, daß sein normalerweise glattes, dunkles Gesicht zerfurcht war. »Ja, hm-hm«, murmelte er, »hm-hm, ja.«

Joe ging zur Eingangstür und winkte ihm zum Abschied.

»Joe, warte«, sagte Dewey, »warte mal einen Augenblick.«

Joe blieb stehen und drehte sich um.

Obwohl Dewey wieder dem Anrufer zuhörte, war sein Blick auf Joe gerichtet.

Um anzudeuten, daß er es eilig hatte, tippte Joe mit einem Finger auf seine Armbanduhr.

»Augenblick mal«, sagte Dewey in den Hörer; dann zu Joe: »Da ruft jemand wegen dir an.«

Joe schüttelte unnachgiebig den Kopf.

»Er will mit dir sprechen«, sagte Dewey.

Joe ging wieder zur Tür.

»Warte, Joe! Der Mann sagt, er ist vom FBI.«

An der Tür zögerte Joe und schaute zu Dewey zurück. Das FBI konnte nichts mit den Männern in den Hawaiihemden zu tun haben, nicht mit Männern, die auf unschuldige Menschen schossen, ohne Fragen zu stellen, nicht mit Männern wie Wallace Blick. Oder? Ließ er sich wieder von seiner Furcht überwältigen? Unterwarf er sich der Paranoia? Vielleicht würde er vom FBI Antworten und Schutz bekommen.

Natürlich konnte der Mann am Telefon auch lügen. Vielleicht war er gar nicht vom FBI. Möglicherweise hoffte er, Joe so lange aufhalten zu können, bis Blick und seine Freunde – oder andere, die mit ihnen verbündet waren – hier hereinplatzten.

Mit einem Kopfschütteln wandte Joe sich von Dewey ab. Er stieß die Tür auf und trat in die Augusthitze.

Hinter ihm sagte Dewey: »Joe?«

Joe ging zu seinem Wagen. Er widersetzte sich dem Verlangen, einfach loszulaufen.

Am anderen Ende des Parkplatzes, neben der offenen Einfahrt, saß der Parkwächter mit dem rasierten Kopf und dem Goldring in der Nase und beobachtete ihn. In dieser Stadt, in der Geld manchmal wichtiger war als Treue oder Ehre oder Tugend, zählte der Stil mehr als Geld; Moden kamen und gingen noch häufiger als Prinzipien und Überzeugungen, und übrig blieben nur die unveränderlichen Signalfarben der Jugendbanden als Kleidungstradition. Die Aufmachung dieses Jungen – Punk, Grunge, Neopunk oder was auch immer – war bereits so unmodern wie Gamaschen und ließ ihn weniger bedrohlich aussehen, als er glaubte, und erbärmlicher, als er je begreifen würde. Doch unter diesen Umständen wirkte sein Interesse an Joe beunruhigend.

Selbst bei niedriger Lautstärke hämmerte der harte Schlag der Rapmusik durch die mörderisch heiße Luft.

Im Inneren des Honda war es warm, aber nicht unerträglich. Das Seitenfenster, das auf dem Friedhof von einer Kugel zerschmettert worden war, verschaffte Joe gerade genug Belüftung, um nicht zu ersticken.

Dem Parkwächter war die zerbrochene Scheibe wahrscheinlich aufgefallen, als Joe auf den Platz gefahren war. Vielleicht hatte er sich seine Gedanken darüber gemacht.

Was für eine Rolle spielt es, wenn er sich wirklich *Gedanken gemacht hat? Es ist bloß eine zerbrochene Scheibe.*

Joe war sicher, der Motor würde nicht anspringen, doch er sprang problemlos an.

Als Joe aus der Parklücke zurücksetzte, öffnete Dewey Beemis die Tür der Empfangshalle und trat auf die kleine, über Treppen erreichbare Terrasse unter der Markise mit dem Logo der *Post*. Der großgewachsene Mann wirkte nicht beunruhigt, aber verwirrt.

Dewey würde nicht versuchen, ihn aufzuhalten. Schließlich waren sie Freunde, oder einmal Freunde gewesen, und der Mann am Telefon war nur eine Stimme.

Joe legte den Gang ein.

Dewey lief die Treppe herunter und rief irgend etwas. Er klang nicht beunruhigt. Er klang verwirrt, besorgt.

Joe beachtete ihn trotzdem nicht und fuhr auf die Ausfahrt zu.

Unter dem schmutzigen Cinzano-Sonnenschirm erhob der Parkwächter sich von dem Klappstuhl. Er befand sich nur zwei Schritte vom Rolltor entfernt, mit dem er den Parkplatz zusperren konnte.

Über dem Maschendrahtzaun funkelten silberne Reflexionen des Nachmittagslichts auf den Spiralen aus Stacheldraht.

Joe warf einen Blick in den Rückspiegel. Dewey war stehengeblieben und hatte die Hände in die Hüften gestemmt.

Als Joe an dem Cinzanoschirm vorüberfuhr, trat der Parkwächter nicht mal aus dem Schatten hervor. Er beobachtete den Honda mit schwerlidrigen Augen, so ausdruckslos wie ein Leguan, und wischte sich mit einer Hand, an der die schwarzlackierten Fingernägel funkelten, Schweiß von der Stirn.

Joe fuhr viel zu schnell durch das offene Tor und dann nach rechts auf die Straße. Die Reifen quietschten und schmatzten naß auf der von der Sonne aufgeweichten Asphaltdecke, doch Joe hielt das Tempo bei.

Er fuhr auf der Strathern Street nach Westen, und als er nach Süden auf den Lankershim Boulevard abbog, hörte er Sirenen. Doch

Sirenen zählten Tag und Nacht zur Musik dieser Stadt und mußten nicht unbedingt etwas mit ihm zu tun haben.

Trotzdem schaute Joe immer wieder in den Innenspiegel, ob ihn Wagen verfolgten – ob nun als Polizeifahrzeuge gekennzeichnet oder nicht –, während er zum Ventura Freeway, unter ihm hinweg und dann auf der Moorpark nach Westen fuhr.

Er war kein Krimineller. Er hätte sich nicht gefährdet fühlen dürfen, den Behörden die Vorfälle auf dem Friedhof zu melden, ihnen von der Nachricht Rose Marie Tuckers zu berichten und seinem Argwohn bezüglich Flug 353 Ausdruck zu verleihen.

Andererseits lief Rose zwar um ihr Leben, hatte anscheinend aber keinen Schutz von den Cops gesucht, vielleicht, weil man ihr keinen geben konnte. *Mein Leben hängt von Ihrer Diskretion ab.*

Joe war lange genug Polizeireporter gewesen und hatte mehr als nur ein paar Fälle gesehen, bei denen das Opfer zur Zielscheibe geworden war – nicht, weil es irgend etwas getan hatte, nicht wegen Geld oder anderer Besitztümer, die sein Angreifer begehrte, sondern lediglich seines Wissens wegen. Ein Mensch, der zuviel wußte, konnte gefährlicher sein als einer mit der Pistole in der Hand.

Doch das Wissen, das Joe über den Flug 353 hatte, erschien ihm jämmerlich unzureichend. Wenn er lediglich zur Zielscheibe geworden war, weil er wußte, daß es Rose Tucker gab und sie behauptete, den Absturz überlebt zu haben, mußten die Geheimnisse, die *sie* kannte, so explosiv sein, daß man ihre Sprengkraft nur noch in Megatonnen messen konnte.

Als Joe in westliche Richtung nach Studio City fuhr, dachte er an die roten Blockbuchstaben, die auf dem schwarzen T-Shirt prangten, das der Parkwächter auf dem Parkplatz der *Post* getragen hatte: FEAR NADA. »Fürchte nichts« war eine Philosophie, die Joe niemals zu seiner eigenen machen konnte. Er fürchtete sehr viel.

Mehr als alles andere quälte ihn der Gedanke, daß der Absturz vielleicht gar kein Unfall gewesen war, daß Michelle und Chrissie und Nina nicht aus einer Laune des Schicksals heraus, sondern durch Menschenhand gestorben waren. Obwohl die Untersuchungsbehörde, das NTSB, sich nicht auf eine wahrscheinliche Absturzursache hatte einigen können, war ein Ausfall der hydraulischen Kontrollsysteme im Zusammenspiel mit menschlichem Versagen eine mögliche Erkärung – eine, mit der Joe hatte leben können, weil sie so unpersönlich, so mechanisch und kalt wie das Universum selbst war. Doch es würde ihm unerträglich sein, wenn Michelle und die Kinder wegen eines feigen terroristischen Anschlags oder eines persönlichen Verbrechens gestorben waren, wenn man ihre Leben menschlicher Gier oder Neid oder Haß geopfert hatte.

Er fürchtete sich davor, was solche Entdeckung ihm antun würde. Er fürchtete sich, was aus ihm werden konnte, und vor seinem Potential an Brutalität und der schrecklichen Selbstverständlichkeit, mit der er Rache nehmen und sie Gerechtigkeit nennen würde.

KAPITEL 7

In der Atmosphäre des erbitterten Wettbewerbs, der in der heutigen Zeit für die kalifornische Industrie charakteristisch war, hatten die Banken am Samstag geöffnet, manche sogar bis siebzehn Uhr. Joe traf zwanzig Minuten vor Geschäftsschluß in der Filiale seiner Bank in Studio City ein.

Als er hier das Haus verkauft hatte, hatte er sich nicht die Mühe gemacht, sein Konto auf eine Zweigstelle in der Nähe seines Einzimmerapartments im Laurel Canyon zu verlegen. Wenn Zeit keine Rolle mehr spielte, spielten auch Annehmlichkeiten keine Rolle mehr.

Joe ging zu einem Schalter, hinter dem eine Frau namens Heather Papierkram erledigte, während sie auf Kunden wartete, die noch kurz vor Toresschluß kamen. Heather hatte schon in dieser Bank gearbeitet, als Joe hier vor zehn Jahren ein Konto eröffnete.

»Ich muß Geld abheben«, sagte er nach den üblichen Begrüßungsfloskeln, »aber ich habe mein Scheckheft nicht dabei.«

»Das ist kein Problem«, versicherte sie ihm.

Es wurde jedoch zu einem kleinen Problem, als Joe um zwanzigtausend Dollar in Hundertdollarscheinen bat. Heather ging zum anderen Ende der Bank und sprach mit dem Chefkassierer, der sich dann an den stellvertretenden Filialleiter wandte, ein junger Mann, der mindestens so stattlich wie der gefragteste aktuelle Filmstar war. Vielleicht war der Junge einer aus der Legion der Möchtegern-Stars, der in der wahren Welt für seinen Lebensunterhalt arbeitete, während er auf den Ruhm wartete, der wahrscheinlich niemals kommen würde. Sie blickten zu Joe hinüber, als würden sie plötzlich anzweifeln, daß es sich wirklich um den guten alten Joe Carpenter handelte.

Wenn Banken Geld kassierten, waren sie wie Industrie-Vakuumstaubsauger. Wenn sie es auszahlen sollten, waren sie wie verstopfte Wasserhähne.

Heather kehrte mit einer reservierten Miene und der Nachricht zurück, daß sie Joe gern gefällig wären, aber natürlich gewisse Verfahrensvorschriften einhalten müßten.

Am anderen Ende des Raumes telefonierte der stellvertretende Filialleiter, und Joe vermutete, daß er das Gesprächsthema war. Er wußte, daß er sich wieder von der Paranoia unterkriegen ließ, doch der Mund wurde ihm trocken, und sein Herz schlug schneller.

Das Geld gehörte ihm. Er brauchte es.

Daß Heather Joe seit Jahren kannte – ja sogar Mitglied derselben lutherischen Gemeinde war, in der Chrissie und Nina in die Sonntagsschule und mit Michelle in den Gottesdienst gingen – hinderte sie nicht daran, seinen Führerschein sehen zu wollen. Die Zeit des allgemeinen Vertrauens und gesunden Menschenverstands lag so weit in der Vergangenheit der USA, daß sie nicht bloß Geschichte war, sondern zur Geschichte eines ganz anderen Landes zu gehören schien.

Joe bewahrte die Geduld. Alles was er besaß, lag hier auf dieser Bank, darunter fast sechzigtausend Dollar, die er für das Haus bekommen und in Aktien angelegt hatte. Daher konnte man ihm dieses Geld nicht verweigern, das er für seinen Lebensunterhalt brauchen würde. Denn falls dieselben Leute, die auf der Suche nach Rose Tucker waren, auch nach ihm suchten, konnte er nicht in das Apartment zurück und mußte vorerst in Motels wohnen.

Der stellvertretende Filialleiter hatte seinen Anruf beendet. Er starrte auf einen Notizblock auf seinem Schreibtisch und klopfte mit einem Kuli darauf.

Joe hatte mit dem Gedanken gespielt, mit seinen wenigen Kreditkarten zu bezahlen und zusätzlich kleine Summen Bargelds, die er benötigte, an Bankautomaten abzuheben. Doch die Behörden konnten einen Verdächtigen durch die Benutzung von Kreditkarten und Geldautomaten aufspüren – und würden ihm ständig auf den Fersen sein. Sie konnten seine Karten sogar von jedem Geschäft einziehen lassen, in dem er etwas kaufte.

Auf dem Schreibtisch des stellvertretenden Filialleiters klingelte ein Telefon. Der Mann riß den Hörer hoch, warf Joe einen Blick zu und wandte sich mit seinem Drehstuhl ab, als befürchtete er, daß Joe von seinen Lippen lesen konnte.

Nachdem nach den gewissen Verfahrensvorschriften verfahren

worden war und alle davon überzeugt waren, daß Joe weder sein böser Zwillingsbruder noch ein dreister Betrüger mit einer genial gefertigten Gummimaske über dem Gesicht war, holte der stellvertretende Filialleiter, der sein Telefonat beendet hatte, langsam die Hundertdollarscheine aus den Schubladen eines anderen Kassierers und aus dem Safe. Er brachte Heather die geforderte Summe und schaute mit einem starren und unbehaglichen Lächeln zu, wie sie Joe die Scheine vorzählte.

Vielleicht war es Einbildung, doch Joe glaubte zu spüren, daß es den Bankleuten nicht gefiel, daß er so viel Geld bei sich trug. Nicht, weil es ihn in Gefahr brachte, sondern weil heutzutage Menschen, die bar bezahlten, stigmatisiert wurden. Die Banken waren gesetzlich verpflichtet, Bargeldtransaktionen von fünftausend Dollar und mehr der Regierung zu melden, vorgeblich, um Drogenhändlern die Geldwäsche durch legitime Finanzinstitute zu erschweren. In Wahrheit bereitete dieses Gesetz keinem Drogenboß die geringsten Unannehmlichkeiten, doch die finanziellen Aktivitäten der Normalbürger ließen sich nunmehr leichter überwachen.

Seit es das Geld gab, waren Bares oder Gleichwertiges – Diamanten, Goldmünzen – die beste Garantie für Freiheit und Mobilität gewesen. Genau das und nichts weiter bedeutete Bargeld für Joe. Doch von Heather und ihren Vorgesetzten mußte er weiterhin verstohlene Blicke ertragen, die auf der Annahme zu beruhen schienen, er sei in irgendeine kriminelle Aktivität verstrickt oder, bestenfalls, auf dem Weg nach Las Vegas, um sich ein paar Tage lang unsäglichen Ausschweifungen hinzugeben.

Als Heather die zwanzigtausend Dollar in einen braunen Briefumschlag steckte, klingelte erneut das Telefon auf dem Schreibtisch des stellvertretenden Filialleiters. Er murmelte in die Sprechmuschel, beobachtete Joe jedoch weiterhin interessiert.

Als Joe die Bank fünf Minuten nach Geschäftsschluß als letzter Kunde verließ, waren ihm vor Angst die Knie weich geworden.

Die Hitze war noch immer drückend, und der Fünf-Uhr-Himmel war noch wolkenlos und blau, aber nicht mehr so strahlend blau wie zuvor. Nun war es seltsam tiefenlos, ein flaches Blau, das Joe an irgend etwas erinnerte, das er einmal gesehen hatte. Was es war, fiel ihm erst ein, als er in den Wagen gestiegen war und den Motor angelassen hatte: Die Farbe des Himmels erinnerte ihn an die toten blauen Augen der letzten Leiche, die er im Leichenschauhaus auf einer Rollbahre gesehen hatte, an dem Abend, als er den Beruf des Polizeireporters für immer an den Nagel gehängt hatte.

Als Joe vom Parkplatz der Bank fuhr, sah er, daß der stellvertretende Filialleiter hinter der Glastür stand, fast verborgen vom reflektierten Schein der im Westen stehenden Sonne. Vielleicht merkte er sich, wie der Honda aussah, und prägte sich das Nummernschild ein. Vielleicht schloß er auch einfach nur die Tür ab.

Die Riesenstadt schimmerte unter dem blinden blauen Starren des toten Himmels.

Als Joe in einem Wohnviertel an einem kleinen Einkaufszentrum vorüberfuhr, sah er über drei Fahrspuren hinweg eine Frau mit langem rötlichbraunem Haar, die soeben aus einem Ford Explorer ausstieg, den sie vor einem kleinen Lebensmitteladen geparkt hatte. Vom Beifahrersitz sprang ein kleines Mädchen mit zerzaustem Blondschopf. Ihre Gesichter konnte Joe nicht sehen.

Er zog den Wagen rücksichtslos auf die rechte Spur und wäre beinahe mit einem älteren Mann in einem grauen Mercedes zusammengestoßen. Als an der Kreuzung die Ampel von gelbem auf rotes Licht umsprang, wendete er verbotenerweise.

Er bedauerte jetzt schon, was er tun würde. Aber er konnte es genauso wenig verhindern, wie er das Ende des Tages herbeiführen konnte, indem er der Sonne befahl, vorzeitig unterzugehen. Ein verrückter Zwang hielt ihn gepackt.

Erschüttert von seinem Mangel an Selbstbeherrschung, stellte Joe den Honda neben dem Ford Explorer der Frau ab und stieg aus. Seine Beine waren wie Pudding.

Er stand da und schaute zum Supermarkt hinüber. Die Frau und das Kind waren darin, doch die Plakate und Waren, die in den großen Schaufenstern ausgestellt wurden, versperrten die Sicht auf die beiden.

Joe wandte sich vom Laden ab, lehnte sich gegen den Honda und versuchte, sich zu sammeln.

Nach dem Absturz in Colorado hatte Beth McKay ihn auf eine Gruppe namens *The Compassionate Friends* aufmerksam gemacht, eine bundesweite Hilfsorganisation für Menschen, die Kinder verloren hatten. Mit Hilfe der »mitfühlenden Freunde« in Virginia hatte Beth allmählich gelernt mit ihrem Verlust zu leben; deshalb besuchte Joe einige Treffen der örtlichen Zweigstelle, ging aber bald nicht mehr hin. In dieser Hinsicht war er wie die meisten Männer in seiner Situation: Mütter, die Kinder verloren hatten, gingen gewissenhaft zu den Treffen und fanden Trost darin, mit anderen zu sprechen, deren Kinder ebenfalls gestorben waren, doch fast alle Väter wandten sich nach innen und behielten ihren Schmerz für sich. Joe wollte einer der wenigen sein, die Erlösung finden konnten, indem sie anderen Menschen die Hand reichten, doch die männliche Biologie oder Psychologie – oder reine Starrköpfigkeit oder Selbstmitleid – bewirkte, daß er Distanz wahrte und allein blieb.

Zumindest hatte er bei den *Compassionate Friends* erfahren, daß dieser verrückte Zwang, der ihn nun gepackt hielt, nicht nur bei ihm auftrat. Das Phänomen war so weit verbreitet, daß es sogar eine Bezeichnung dafür gab: *Suchverhalten.*

Bei jedem, der einen geliebten Menschen verloren hatte, trat dieses Suchverhalten in gewissem Maße auf, wenngleich es bei denen, die Kinder verloren hatten, stärker ausgeprägt war. Einige Trauernde litten schlimmer darunter als andere. Joe hatte es sehr schlimm erwischt.

Vom Verstand her konnte er akzeptieren, daß die Toten unwiederbringlich fort waren. Gefühlsmäßig, auf einer primitiven Ebene, war und blieb er davon überzeugt, daß er sie wiedersehen würde. Manchmal rechnete er damit, daß seine Frau und Töchter durch eine Tür kamen oder am Telefon waren, sobald es klingelte. Wenn er Auto fuhr, konnte es geschehen, daß er plötzlich ganz sicher war, Chrissie und Nina säßen hinter ihm im Wagen. Dann drehte er sich um, atemlos vor Aufregung – und war tiefer geschockt, die leeren Rücksitze zu sehen, als hätten die Mädchen tatsächlich im Wagen gesessen.

Manchmal sah er sie auf der Straße. Auf einem Spielplatz. In einem Park. Am Strand. Immer in einer gewissen Ferne, und stets gingen die Mädchen von ihm fort. Manchmal ließ er sie gehen, doch mitunter verspürte er den Zwang, ihnen zu folgen, ihre Gesichter zu sehen und zu sagen: »Wartet auf mich, wartet, ich gehe mit euch.«

Nun wandte er sich vom Honda ab und ging zum Eingang des Lebensmittelladens.

Als er die Tür öffnete, zögerte er. Er quälte sich selbst. Die unausweichliche gefühlsmäßige Implosion, die erfolgen würde, wenn sich herausstellte, daß diese Frau und dieses Kind nicht Michelle und Nina waren, würde ihn wie ein Hammerschlag gegen das Herz treffen.

Die Ereignisse des Tages – die Begegnung mit Rose Tucker auf dem Friedhof, ihre Worte an ihn, die schockierende Nachricht, die sie bei der *Post* für ihn hinterlassen hatte, waren so außergewöhnlich gewesen, daß Joe zu seinem Erstaunen tief im Inneren den Glauben daran entdeckt hatte, daß unheimliche, ja unmögliche Dinge geschehen konnten. Wenn Rose einen Absturz aus sechs Kilometern Höhe überleben und unverletzt auf das Felsgestein von Colorado schmettern und davongehen konnte ... Die Unvernunft wies Fakten und Logik zurück. Ein kurzer, süßer Wahn streifte die Rüstung der Gleichgültigkeit ab, in die Joe sich mit so viel Mühe und Entschlossenheit gehüllt hatte, und in sein Herz strömte so etwas wie Hoffnung.

Er ging in den Laden.

Die Kasse befand sich links von ihm. Eine hübsche Koreanerin in den Dreißigern füllte ein Regal mit einzeln verpackten Slim-Jim-Würstchen. Sie lächelte und nickte.

Ein Koreaner, vielleicht ihr Ehemann, stand hinter der Kasse. Er begrüßte Joe mit einer Bemerkung über die Hitze.

Joe beachtete ihn nicht und ging durch den ersten, dann den zweiten von vier Gängen. Er sah die Frau mit dem rötlichbraunen Haar und das Kind am Ende des dritten Ganges.

Sie standen, ihm die Rücken zugewandt, an einer Kühltruhe mit nichtalkoholischen Getränken. Joe blieb für einen Moment am Kopf des Ganges stehen und wartete, daß die Frau und das Mädchen sich zu ihm umdrehten.

Die Frau trug weiße Riemchensandalen, weiße Baumwollhosen und eine limonengrüne Bluse. Michelle hatte ähnliche Sandalen und Hosen besessen. Nicht die Bluse. Nicht die Bluse, das wußte Joe genau.

Das kleine Mädchen, Ninas Alter, Ninas Größe, trug wie ihre Mutter weiße Sandalen, dazu rosa Shorts und ein weißes T-Shirt. Es stand da, hatte den Kopf auf die Seite gelegt und schwenkte mit den Armen, wie Nina es auch manchmal tat.

Nei-na, Nie-na, wo ist die da?

Joe hatte die Hälfte des Ganges zurückgelegt, bevor ihm überhaupt klar wurde, daß er sich in Bewegung gesetzt hatte.

Er hörte das kleine Mädchen sagen: »Bitte, Dunkelbier, ja?«

Dann hörte er sich selbst »Nina« sagen, weil Ninas Lieblingsgetränk Dunkelbier gewesen war. »Nina? Michelle?«

Die Frau und das Kind drehten sich zu ihm um. Es waren nicht Nina und Michelle.

Er hatte gewußt, daß es nicht die Frau und das Mädchen sein würden, die er so geliebt hatte. Nicht die Vernunft bestimmte sein Handeln, sondern ein wahnsinniger Drang des Herzens. Er hatte es gewußt, hatte es *gewußt*. Doch als er sah, daß es Fremde waren, hatte er den Eindruck, tief in der Brust einen Schlag bekommen zu haben.

»Sie ...«, stammelte er hilflos, »ich dachte ... als Sie da standen ...«

»Ja?« sagte die Frau verwirrt und mißtrauisch.

»Lassen ... lassen Sie die Kleine nicht gehen«, sagte Joe zu der Mutter und war dabei überrascht, wie heiser seine Stimme klang. »Lassen Sie sie nicht aus den Augen, lassen Sie sie nicht allein fort, sie verschwinden, sie sind einfach weg, wenn Sie nicht bei ihnen bleiben.«

Beunruhigung huschte über das Gesicht der Frau.

»Mister«, ließ das kleine Mädchen sich mit der unschuldigen Ehrlichkeit einer Vierjährigen vernehmen, in einem gleichzeitig betroffenen und hilfsbereiten Tonfall, »du mußt Seife kaufen. Du riechst. Die Seife ist da drüben, ich zeig's dir.«

Die Mutter nahm ihre Tochter schnell bei der Hand und zog sie an sich.

Joe wurde klar, daß er tatsächlich stinken mußte. Er hatte einige Stunden am Strand in der Sonne gelegen und war danach auf dem Friedhof gewesen, und mehr als einmal war ihm der Angstschweiß ausgebrochen. Er hatte den ganzen Tag nichts gegessen; deshalb mußte sein Atem nach dem Bier stinken, das er am Strand getrunken hatte.

»Danke, Schatz«, sagte er. »Du hast recht. Ich rieche. Ich sollte mir lieber Seife kaufen.«

»Alles in Ordnung?« sagte hinter ihm jemand.

Joe drehte sich um und sah den koreanischen Ladeninhaber. Auf dem zuvor gelassenen Gesicht des Mannes lag nun Besorgnis.

»Ich dachte, es wären Bekannte von mir«, erklärte Joe. »Leute, die ich ... früher mal gekannt habe.«

Ihm fiel ein, daß er das Apartment an diesem Morgen verlassen hatte, ohne sich zu rasieren. Stoppelbärtig, schmierig vor abgestandenem Schweiß, mit zerknitterter Kleidung, saurem, nach Bier stinkendem Atem, der Blick irre vor verdorrter Hoffnung, mußte er einen verheerenden Anblick bieten. Nun verstand er das Verhalten der Bankangestellten besser.

»Alles in Ordnung?« fragte der Inhaber die Frau.

Sie war unsicher. »Ich glaube schon.«

»Ich gehe ja«, sagte Joe. Es hatte das Gefühl, als würden seine inneren Organe sich verschieben, als würde der Magen sich heben und das Herz statt dessen hinuntergleiten. »Ist schon gut, alles klar, war nur eine Verwechslung, ich gehe.«

Er trat an dem Besitzer vorbei und ging schnell zum vorderen Teil des Ladens.

»Alles in Ordnung?« fragte die Koreanerin besorgt, als Joe an der Kasse vorbei zur Tür eilte.

»War nichts, war nichts«, sagte er und lief hinaus in die sedimentäre Hitze des Spätnachmittags.

Als er sich in den Honda setzte, sah er den braunen Umschlag auf dem Beifahrersitz. Er hatte die zwanzigtausend Dollar unbeaufsichtigt in einem unverschlossenen Wagen liegen lassen. Wenn schon im Lebensmittelladen kein Wunder geschehen war, dann hier draußen, weil das Geld noch im Wagen lag.

Joe wurde von schrecklichen Magenkrämpfen gequält und verspürte ein Gefühl der Enge in der Brust, daß er kaum Luft bekam. Er war keineswegs sicher, fahren und dem Straßenverkehr dabei die angemessene Aufmerksamkeit zukommen lassen zu können. Doch er wollte nicht, daß die Frau den Eindruck bekam, er würde auf sie warten, ihr auflauern. Er ließ den Motor an und fuhr vom Parkplatz des Einkaufszentrums.

Er schaltete die Klimaanlage ein und drehte die Schlitze der Belüftung so, daß der Luftzug genau auf sein Gesicht gerichtet war. Er rang nach Atem, als wären seine Lungen kollabiert und er würde versuchen, sie durch bloße Willenskraft wieder aufzupumpen. Die

Luft, die er einatmen konnte, lag schwer in ihm, wie eine brühheiße Flüssigkeit.

Auch das hatte er von den *Compassionate Friends* gelernt: Nicht nur für ihn, sondern für die meisten Menschen, die Kinder verloren hatten, äußerte der Schmerz sich manchmal körperlich und geradezu betäubend.

Schwitzend und benommen, fuhr Joe halb über das Lenkrad gebeugt, und sein Atem ging pfeifend wie bei einem Asthmatiker.

Er dachte an seinen zornigen Schwur, jene zu vernichten, die möglicherweise die Verantwortung für das Schicksal des Fluges 353 trugen, und lachte kurz und bitter über seine Torheit, über den wahnwitzigen Gedanken, er könne sich zu einer Rachemaschine entwickeln, die nicht aufzuhalten war. Er war ein wandelndes Wrack, das niemandem gefährlich werden konnte.

Falls er tatsächlich herausfinden sollte, was wirklich mit der 747 passiert war, und falls er erfuhr, wer die Schuld daran trug, würden die Übeltäter ihn töten, bevor er auch nur eine Hand gegen sie erheben konnte. Sie waren mächtig, verfügten offensichtlich über gewaltige Hilfsmittel. Er hatte nicht die geringste Chance, sie vor Gericht zu bringen.

Trotzdem würde er es versuchen. Er *konnte* diese Jagd nicht aufgeben. Ihn trieben Zwänge. Suchverhalten.

In einem Supermarkt kaufte Joe einen Rasierapparat und eine Flasche Aftershave, eine Zahnbürste, Zahnpasta und Toilettenartikel.

Das grelle Licht der Neonbeleuchtung schnitt ihm in die Augen. Ein Rad seines Einkaufswagens wackelte und klapperte laut, in Joes Vorstellung lauter als in Wirklichkeit, und machte seine Kopfschmerzen noch schlimmer.

Er kaufte schnell ein: einen Koffer, zwei Jeans, eine graue Sportjacke – Kordsamt, denn der Herbst kündigte sich bereits im August an –, Unterwäsche, T-Shirts, Sportsocken und ein Paar Nikes. Er wählte die Sachen strikt nach der angegebenen Kleidergröße und probierte nichts an.

Nachdem er den Supermarkt verlassen hatte, nahm er in einem bescheidenen, sauberen Motel in Malibu ein Zimmer, am Meer, wo er später vielleicht beim Grollen der Brandung schlafen konnte. Er rasierte sich, duschte und zog frische Sachen an.

Um halb acht – ihm blieb noch etwa eine Stunde Tageslicht – machte er sich auf den Weg nach Culver City, wo Thomas Lee Vadances Witwe wohnte. Thomas hatte auf der Passagierliste des Fluges 353 gestanden, und seine Frau, Nora, war von der *Post* zitiert worden.

In einem McDonald's erstand Joe zwei Cheeseburger und eine Cola. Im Telefonbuch, das mit einem Stahlband am öffentlichen Münzfernsprecher im Schnellrestaurant befestigt war, fand er Nora Vadances Nummer und Anschrift.

Aus seinem vorherigen Leben als Reporter hatte er einen *Thomas Brothers Guide* behalten, die unentbehrliche Straßenkarte des Los Angeles County. Doch er glaubte die Gegend zu kennen, in der Mrs. Vadance wohnte.

Beim Fahren aß Joe beide Burger und spülte sie mit der Cola hinunter. Es überraschte ihn, wie hungrig er plötzlich war.

Das einstöckige Haus besaß ein Zedernschindeldach, Schindelmauern, weiße Tür- und Fensterrahmen und Schlagläden. Es war eine seltsame Mischung aus einem kalifornischen Ranchgebäude und einem Ferienhaus an irgendeiner Küste Neuenglands, doch mit dem Steinplattenweg zur Tür und den ordentlichen Springkraut- und Schmucklilienbeeten wirkte es bezaubernd.

Der Tag war noch warm. Hitze flimmerte über den Steinplatten.

Während der Himmel im Westen orange und rosa leuchtete und sich im Osten purpurnes Zwielicht am Horizont ausbreitete, stieg Joe zwei Stufen auf die Veranda hinauf und drückte auf die Klingel.

Die Frau, die ihm öffnete, war etwa dreißig Jahre alt und hatte ein hübsches, frisches Gesicht. Obwohl sie brünett war, besaß sie den hellen Teint einer Rothaarigen, einschließlich der Sommersprossen und der grünen Augen. Sie trug Khakishorts und ein abgetragenes weißes Männeroberhemd mit aufgerollten Ärmeln. Ihr Haar war unordentlich und feucht vor Schweiß, und auf ihrer linken Wange war ein Schmutzfleck.

Sie sah aus, als hätte sie im Haus geputzt. Und geweint.

»Mrs. Vadance?« fragte Joe.

»Ja.«

Obwohl er als Reporter nie Schwierigkeiten gehabt hatte, sich bei einem Interviewpartner einzuschmeicheln, kam er sich nun unbeholfen vor. Für die ernsten Fragen, die er hier stellen wollte, war er zu leger gekleidet. Seine Jeans waren zu weit, so daß er den Hosenbund mit einem Gürtel zusammenhalten mußte, und da es noch sehr warm war, hatte er die Jacke im Honda gelassen. Joe wünschte, er hätte nicht nur T-Shirts, sondern auch ein Hemd gekauft.

»Mrs. Vadance, ich wollte kurz mit Ihnen sprechen ...«

»Ich bin im Moment sehr beschäftigt.«

»Ich heiße Joe Carpenter. Meine Frau ist bei dem Flugzeugabsturz gestorben. Und meine beiden kleinen Mädchen.«

Sie hielt den Atem an. Dann: »Vor einem Jahr.«

»Ja. Heute abend.«

Sie trat von der Tür zurück. »Kommen Sie herein.«

Er folgte ihr in ein freundliches, vorherrschend in weiß und gelb gehaltenes Wohnzimmer mit Vorhängen und Kissen aus Chintz. Ein Dutzend Porzellanfiguren von Lladró standen in einer beleuchteten Eckvitrine.

Sie bat Joe, Platz zu nehmen. Als er sich in einen Sessel setzte, ging sie zu einer Tür. »Bob?« rief sie. »Bob, wir haben Besuch.«

»Es tut mir leid, Sie an einem Samstagabend zu belästigen«, sagte Joe.

»Sie belästigen uns ganz und gar nicht«, sagte die Frau, als sie von der Tür zurückkam und sich aufs Sofa setzte. »Aber ich fürchte, ich bin nicht die Mrs. Vadance, die Sie sprechen wollen. Ich bin nicht Nora. Mein Name ist Clarise. Nora war meine Schwiegermutter. Sie hat ihren Mann bei dem ... bei dem Unfall verloren.«

Aus dem hinteren Teil des Hauses kam ein Mann ins Wohnzimmer, und Clarise stellte ihn als ihren Gatten vor. Er war vielleicht zwei Jahre älter als seine Frau, groß, schlaksig, mit einem Bürstenschnitt und freundlichem, selbstbewußtem Auftreten. Sein Händedruck war fest, sein Lächeln liebenswürdig, doch unter seiner Bräune lag Blässe, in seinen blauen Augen Leid.

Als Bob Vadance neben seiner Frau auf dem Sofa Platz nahm, erklärte Clarise, daß Joes Familie bei dem Absturz ums Leben gekommen war. »Wir haben Bobs Dad verloren«, sagte sie dann zu Joe. »Er kam von einer Geschäftsreise zurück.«

Die Vadances hätten alles mögliche sagen können, begannen das Gespräch aber ausgerechnet damit, wie sie die schrecklichen Nachricht aus Colorado erhalten hatten.

Clarise und Bob, ein auf dem Luftwaffenstützpunkt Miramar, nördlich von San Diego stationierter Jagdflieger, hatten mit zwei anderen Piloten und ihren Frauen in einem gemütlichen italienischen Restaurant zu Abend gegessen. Anschließend waren sie hinüber in die Bar gegangen, wo ein Fernsehgerät stand. Die Übertragung des Baseball-Spiels wurde von einer Meldung über den Flug Nationwide 353 unterbrochen.

Bob hatte gewußt, daß sein Dad an diesem Abend von New York nach LA flog, und daß er oft mit Nationwide reiste, hatte aber die Flugnummer nicht gekannt. Von der Bar aus rief er Nationwide in LAX an und wurde sofort mit einem PR-Mann verbunden, der ihm bestätigte, daß Thomas Lee Vadance auf der Passagierliste stand. Seine Mutter Nora rief Bob nicht an: Falls sie noch nicht wußte, was geschehen war, wollten er und Clarise es ihr lieber persönlich sagen als am Telefon.

Als sie kurz nach Mitternacht bei Nora eintrafen, war das Haus hell beleuchtet und die Tür nicht abgeschlossen. Nora war in der Küche und kochte Maiseintopf, einen großen Topf Maiseintopf, weil Tom ihren Maiseintopf so gern aß, und backte Schokoladenplätzchen, weil Tom auch die Plätzchen so gern aß. Sie wußte von dem Absturz, wußte, daß Tom tot war, irgendwo direkt im Osten der Rockies abgestürzt, doch sie mußte irgend etwas für ihn tun. Sie hatten geheiratet, als Nora achtzehn gewesen war und Tom zwanzig, und sie waren seit fünfunddreißig Jahren verheiratet, und Nora mußte einfach irgend etwas für ihn tun.

»Ich habe es erst erfahren, als ich am Flughafen eintraf, um sie abzuholen«, sagte Joe. »Sie waren in Virginia gewesen, um Michelles Verwandte zu besuchen, und dann drei Tage in New York, damit die Kinder endlich mal ihre Tante Delia kennenlernten. Natürlich war ich zu früh am Flughafen, und im Terminal habe ich zuerst auf den Anzeigetafeln nachgeschaut, ob ihr Flug auch pünktlich war. Er wurde noch als pünktlich angezeigt, doch als ich zum Flugsteig hinaufging, auf dem die Maschine eintreffen sollte, wurden die Leute, die zum Schalter gingen, von Flughafenpersonal in Empfang genommen. Sie sprachen leise mit den Leuten und führten einige in eine Privatlounge. Dann kam dieser junge Mann zu mir, und bevor er den Mund aufmachte, wußte ich, was er sagen würde. Ich wollte ihn gar nicht erst sprechen lassen. Ich sagte: ›Nein, sagen Sie es nicht, wagen Sie es ja nicht, das zu sagen.‹ Als er trotzdem etwas sagen wollte, drehte ich mich von ihm weg, und als er mir eine Hand auf den Arm legte, schüttelte ich sie ab. Ich hätte ihn geschlagen, damit er bloß den Mund hielt, aber sie waren mittlerweile zu dritt, er und zwei Frauen, und sie nahmen mich in die Zange, drängten sich ganz dicht an mich. Es war, als wollte ich deshalb nicht, daß sie es mir sagten, weil es dann Wirklichkeit wurde, und wenn sie es *nicht* sagten, war es keine Wirklichkeit, dann war es nie geschehen.«

Sie schwiegen alle, lauschten den Stimmen der Erinnerung des vergangenen Jahres, den Stimmen von Fremden mit schrecklichen Nachrichten.

»Mom hat es lange Zeit schrecklich schwer genommen«, sagte Clarise schließlich. Sie sprach so liebevoll von ihrer Schwiegermutter, als wäre Nora ihre eigene Mutter. »Sie war erst dreiundfünfzig, und ohne Tom wollte sie einfach nicht weiterleben. Sie …«

»… standen sich sehr nahe«, beendete Bob den Satz. »Aber als wir Mom letzte Woche besucht haben, ging es ihr viel besser. Sie war wirklich ganz oben. Sie war so verbittert gewesen, deprimiert und verbittert, doch auf einmal war sie wieder voller Leben. Vor dem Unglück war sie immer eine fröhliche Frau gewesen, eine …«

»… Frau, die auf die Menschen zuging«, setzte Clarise den Satz für ihn fort, als würden ihre Gedanken auf genau demselben Gleis verlaufen. »Und plötzlich war letzte Woche wieder die Frau da, die wir immer gekannt hatten … und die wir im vergangenen Jahr vermißt hatten.«

Als Joe klar wurde, daß sie von Nora Vadance sprachen, als wäre sie tot, verspürte er eine schreckliche Angst. »Was ist passiert?«

Clarise hatte aus einer Tasche ihrer Khakishorts ein Kleenex gezogen. Sie trocknete sich die Augen ab. »Letzte Woche hat sie gesagt, sie wisse, daß Tom nicht ewig tot wäre, daß niemand auf ewig tot wäre. Sie kam uns so *glücklich* vor. Sie hat …«

»… geradezu gestrahlt«, sagte Bob und nahm die Hand seiner Frau in die seine. »Joe, wir wissen wirklich nicht warum … die Depression war vorüber, und zum erstenmal seit einem Jahr war sie voller Pläne … aber vor vier Tagen hat meine Mom … hat sie Selbstmord begangen.«

Die Beerdigung war am Vortag gewesen. Bob und Clarise wohnten nicht in diesem Haus. Sie blieben nur bis Dienstag, packten Noras Kleidung und persönliche Sachen zusammen, um sie an Verwandte und die Heilsarmee weiterzugeben.

»Es ist so schwer«, sagte Clarise und krempelte den rechten Ärmel ihres weißen Hemds nach oben und wieder herunter, während sie sprach. »Sie war so ein netter Mensch.«

»Ausgerechnet jetzt hab' ich hier wirklich nichts zu suchen«, sagte Joe und erhob sich aus dem Sessel. »Das ist nicht der richtige Zeitpunkt.«

Bob Vadance erhob sich schnell und streckte beinahe hilfesuchend eine Hand aus. »Nein, bitte«, sagte er fast flehend. »Setzen Sie sich wieder. Wir brauchen eine Pause ... vom Packen. Vom Sortieren. Mit Ihnen zu sprechen ... na ja ...« Er zuckte die Achseln. Er schien nur noch aus Armen und Beinen zu bestehen, die zuvor anmutig gewesen waren, jetzt aber nicht mehr. »Wir alle wissen, wie es ist. Es ist einfacher ...«

»... weil wir alle wissen, wie es ist«, beendete Clarise den Satz.

Nach kurzem Zögern setzte Joe sich wieder in den Sessel. »Ich habe bloß ein paar Fragen ... die vielleicht nur Ihre Mutter hätte beantworten können.«

Nachdem Clarise den rechten Ärmel gerichtet hatte, krempelte sie den linken hoch und dann wieder herunter. Sie mußte ihre Hände beschäftigen, während sie sprach. Vermutlich hatte sie Angst, daß ihre Hände sie anderenfalls verleiten würden, die Trauer auszudrücken, die sie unter Kontrolle zu halten versuchte – vielleicht, indem sie ihre Haare drehte oder daran zerrte, oder indem sie die Hände zu Fäusten ballte und auf irgend etwas einschlug. »Joe ... diese Hitze ... hätten Sie gern etwas Kaltes zu trinken?«

»Nein, danke. Bringen wir es schnell hinter uns, dann bin ich verschwunden. Ich wollte Ihre Mutter fragen, ob sie in letzter Zeit von jemandem Besuch bekommen hat. Von einer Frau, die sich Rose nennt.«

Bob und Clarise wechselten einen Blick. »Ist das zufällig eine Schwarze?« fragte Bob dann.

Joe durchlief ein Zittern. »Ja. Klein, etwa eins sechzig, aber sie ... strahlt etwas Besonderes aus.«

»Mom wollte uns nicht viel über diese Rose erzählen«, sagte Clarise, »aber sie war einmal hier, und die beiden haben sich unterhalten. Ich hatte den Eindruck, als habe irgend etwas, das diese Rose gesagt hat, die Veränderung bei Mom bewirkt. Wir hielten die Frau für eine ...«

»... geistliche Beraterin oder so etwas«, vollendete Bob den Satz. »Zuerst gefiel uns gar nicht, was wir da hörten. Wir dachten, jemand wollte Mom ausnützen, weil sie so niedergeschlagen und verletzlich war. Wir dachten, es wäre vielleicht so ein New-Age-Wahnsinn, mit dem die Frau Mom beschwatzte, oder daß sie ... daß sie ...«

»... eine Betrügerin ist«, fuhr Clarise fort und beugte sich von dem Sofa vor, um das Seidenblumengesteck auf dem Tisch zu ordnen. »Jemand, der Mom ausnehmen oder ihr irgendeinen Blödsinn einreden wollte.«

»Doch als Mom von Rose gesprochen hat, war sie so ...«

»... voller Frieden. Es hatte nicht den Anschein, daß diese Rose Schaden anrichten konnte, wo Mom sich danach doch viel besser fühlte. Auf jeden Fall ...«

»... hat Mom gesagt, die Frau würde sie nicht noch einmal aufsuchen«, fuhr Bob fort. »Mom meinte, dank Rose wüßte sie nun, daß Dad irgendwo in Sicherheit ist. Er sei gar nicht gestorben, es sei gar nicht das Ende. Dad sei irgendwo in Sicherheit, und es ginge ihm gut.«

»Mom wollte uns nicht sagen, wie sie auf diesen Gedanken gekommen war, wo sie doch nie in die Kirche gegangen ist«, fügte Clarise hinzu. »Sie wollte uns auch nicht sagen, wer Rose ist, oder was sie ihr erzählt hat.«

»Eigentlich hat Mom uns nicht viel über diese Frau erzählt«, bestätigte Bob. »Nur, daß es jetzt noch ein Geheimnis bleiben müsse, nur noch kurze Zeit, aber daß es schließlich ...«

»... jeder erfahren würde.«

»Was würde schließlich jeder erfahren?« fragte Joe.

»Daß Dad irgendwo in Sicherheit ist, vermute ich, und daß es ihm gut geht.«

»Nein«, sagte Clarise. Sie war mit den Seidenblumen fertig, lehnte sich auf dem Sofa zurück und faltete die Hände im Schoß. »Ich glaube, sie hat damit mehr gemeint. Ich glaube, sie wollte damit sagen, daß jeder weiß, daß kein Mensch einfach nur stirbt, sondern daß wir ... uns an irgendeinen sicheren Ort begeben.«

Bob seufzte. »Ich will ganz ehrlich zu Ihnen sein, Joe. Wir waren ein wenig nervös, als meine Mutter dieses übersinnliche Zeug redete. Sie war immer so vernünftig, auf dem Boden der Tatsachen. Aber es machte sie glücklich, und nach den schrecklichen Ereignissen des vergangenen Jahres ...«

»... haben wir uns gedacht, daß es keinen Schaden anrichten könnte.«

Mit Spiritualismus hatte Joe nicht gerechnet. Er war enttäuscht, wenn nicht sogar verzweifelt. Er hatte erwartet, Dr. Rose Tucker wüßte, was in Wirklichkeit mit Flug 353 geschehen war, und daß sie bereit sei, die Verantwortlichen beim Namen zu nennen. Er wäre nie auf den Gedanken gekommen, daß sie lediglich Mystizismus anzubieten hatte, geistlichen Beistand.

»Wissen Sie, ob sie die Adresse oder Telefonnummer dieser Rose hatte?«

»Nein«, sagte Clarise. »Ich glaube nicht. Mom tat so ... geheimnisvoll. Zeig ihm das Foto«, sagte sie zu ihrem Mann.

»Es steht noch in Moms Schlafzimmer«, sagte Bob und stand auf. »Ich hole es.«

»Was für ein Foto?« fragte Joe Clarise, als Bob aus dem Wohnzimmer ging.

»Eine komische Sache. Diese Rose hat Nora das Foto gegeben. Es ist ziemlich unheimlich, aber es gab Mom Trost. Es ist ein Foto von Toms Grab.«

Es handelte sich um ein ganz normales, mit einer Polaroidkamera geschossenes Farbfoto, das Thomas Lee Vadances Grabstein zeigte. Auf dem Stein stand sein Name, Geburts- und Todestag und die Inschrift »geliebter Ehemann und Vater«.

In der Erinnerung sah Joe Rose Marie Tucker auf dem Friedhof: *Ich bin noch nicht bereit, mit Ihnen zu sprechen.*

»Mom hat den Rahmen gekauft«, sagte Clarise. »Sie wollte das Bild hinter Glas haben. Es war ihr sehr wichtig, daß es nicht beschädigt wurde.«

»Als wir sie letzte Woche hier besucht haben, trug sie es ganze drei Tage überall mit sich herum«, sagte Bob. »Wenn sie in der Küche kochte, im Wohnzimmer saß und fernsah, wenn wir draußen auf dem Patio gegrillt haben – immer hatte sie das Foto dabei.«

»Sogar, wenn wir aus essen waren«, sagte Clarise. »Sie hat es in der Handtasche mitgenommen.«

»Es ist doch nur ein Foto«, sagte Joe verwirrt.

»Nur ein Foto«, stimmte Bob Vadance zu. »Mom hätte jederzeit ein anderes machen können – doch aus irgendeinem Grund bedeutete dieses Foto mehr für sie, weil diese Rose es aufgenommen hatte.«

Joe ließ einen Finger über den glatten, versilberten Rahmen und das Glas gleiten, als wäre er Hellseher und könne die Bedeutung des Fotos erfassen, indem er eine nachklingende übersinnliche Energie von ihm aufnahm.

»Als Mom es uns zum erstenmal zeigte«, sagte Clarise, »betrachtete sie uns mit einer ganz seltsamen ... Erwartung. Als hätte sie ...«

»... mit einer viel stärkeren Reaktion von uns gerechnet«, schloß Bob den Satz ab.

Joe stellte das Foto auf den Tisch und runzelte die Stirn. »Mit einer stärkeren Reaktion? Inwiefern?«

»Das wissen wir auch nicht«, sagte Clarise. Sie nahm das Foto und polierte den Rahmen und das Glas mit ihrem Hemdzipfel. »Als wir nicht so auf das Foto reagierten, wie Mom es sich erhofft hatte, fragte sie uns, was wir darauf sehen.«

»Einen Grabstein«, sagte Joe.

»Dads Grab«, gab Bob ihm recht.

Clarise schüttelte den Kopf. »Mom schien mehr darin zu sehen.«

»Mehr? Was denn?«

»Das wollte sie uns nicht sagen, aber sie ...«

»... meinte, der Tag würde kommen, an dem wir das Foto anders sehen«, beendete Bob den Satz.

Joe erinnerte sich, wie Rose auf dem Friedhof die Kamera mit beiden Händen umklammerte und zu ihm aufschaute: *Sie werden es sehen, genau wie die anderen.*

»Wissen Sie, wer diese Rose ist?« fragte Clarise. »Warum erkundigen Sie sich bei uns nach ihr?«

Joe erzählte ihnen, daß er der Frau auf dem Friedhof begegnet war, sagte aber nichts von den Männern in dem weißen Lieferwagen. In Joes redigierter Fassung der Geschichte war Rose mit einem Wagen davongefahren, und er hatte sie nicht aufhalten können.

»Aber aus dem, was sie zu mir gesagt hat ... ich dachte, sie hat vielleicht die Familien einiger anderer Absturzopfer besucht. Sie sagte mir, ich solle nicht verzweifeln, ich würde es sehen, wie die anderen es gesehen hätten, aber sie wäre noch nicht bereit, mit mir zu sprechen. Das Problem ist nur, ich wollte nicht so lange warten, bis sie bereit ist. Falls diese Rose mit anderen Leuten gesprochen hat, wollte ich wissen, was sie ihnen gesagt hat ... was sie ihnen zu sehen half.«

»Was immer es auch war«, sagte Clarise, »Mom hat sich danach besser gefühlt.«

»Wirklich?« fragte Bob.

»Eine Woche lang schon«, sagte Clarise. »Eine Woche war sie glücklich.«

»Um dann Selbstmord zu begehen«, sagte Bob.

Als ehemaliger Reporter hatte Joe langjährige Erfahrung darin, Opfern und ihren Familien schwierige Fragen zu stellen, sonst wäre es ihm bestimmt nicht so leicht gefallen, Bob und Clarise dazu zu bringen, eine andere düstere Möglichkeit in Betracht zu ziehen, die sie neuem Schmerz aussetzen würde. Doch wenn man die Ereignisse dieses außergewöhnlichen Tages in Betracht zog, mußte diese Frage einfach gestellt werden. »Sind Sie ganz sicher, daß es Selbstmord war?«

Bob wollte etwas sagen, konnte es aber nicht und wandte den Kopf ab, um blinzelnd seine Tränen zurückzuhalten.

Clarise ergriff die Hand ihres Mannes. »Es gibt keinen Zweifel«, sagte sie zu Joe. »Nora hat Selbstmord begangen.«

»Hat sie einen Abschiedsbrief hinterlassen?«

»Nein«, sagte Clarise. »Nichts, was uns helfen würde zu verstehen.«

»Sie war sehr glücklich, haben Sie gesagt. Geradezu strahlend. Falls ...«

»Sie hat eine Videokassette hinterlassen«, sagte Clarise.

»Sie meinen, sie hat sich darauf verabschiedet?«

»Es ist dieses seltsame ... dieses schreckliche ...« Clarise schüttelte den Kopf, verzog vor Abscheu das Gesicht und suchte nach Worten, mit denen sie das Video beschreiben konnte. Dann: »Es ist dieses *Ding.*«

Bob ließ die Hand seiner Frau los und stand auf. »Ich bin kein großer Trinker, Joe, aber um das durchzustehen, brauche ich einen Drink.«

»Ich will Ihr Leid nicht noch verschlimmern …«, sagte Joe bestürzt.

»Nein, ist schon in Ordnung«, versicherte Bob ihm. »Wir alle haben diesen Absturz hinter uns, sind gemeinsame Überlebende, gewissermaßen eine Familie, und in der Familie sollte man über alles sprechen können. Wollen Sie auch einen Drink?«

»Klar.«

»Clarise, erzähle ihm nichts über das Video, bis ich zurück bin. Ich weiß, du glaubst, es sei einfacher für mich, wenn du darüber sprichst, solange ich nicht dabei bin, aber so ist es nicht.«

Bob Vadance betrachtete seine Frau voller Zärtlichkeit, und als sie »Ich warte, bis du wieder da bist!« zu ihm sagte, war ihre Liebe für Joe so offensichtlich, daß er den Blick abwenden mußte. Er wurde zu sehr daran erinnert, was er verloren hatte.

Nachdem Bob das Zimmer verlassen hatte, machte Clarise sich wieder daran, das Seidenblumengesteck zu ordnen. Dann stützte sie die Ellbogen auf die nackten Knie und begrub das Gesicht in den Händen.

»Er ist ein guter Mann«, sagte sie, als sie schließlich wieder zu Joe aufschaute.

»Ja, er ist sehr nett.«

»Ein guter Ehemann, ein guter Sohn. Die Leute kennen ihn nicht – sie sehen nur den Jagdflieger, der im Golfkrieg gedient hat, den harten Burschen. Aber er ist auch sanft. Kann richtig sentimental sein, genau wie sein Vater.«

Joe wartete darauf, was Clarise ihm in Wirklichkeit sagen wollte.

»Bis jetzt wollten wir noch keine Kinder haben«, fuhr sie nach einer Pause fort. »Ich bin dreißig, Bob zweiunddreißig. Wir dachten immer, daß wir noch reichlich Zeit hätten, und es gab so viel, was wir zuvor noch tun wollten. Aber jetzt werden unsere Kinder aufwachsen, ohne jemals Bobs Eltern gekannt zu haben, und sie waren so *gute* Menschen.«

»Es ist nicht Ihre Schuld«, sagte Joe. »Das liegt nicht in unseren Händen. Wir sind nur Reisende in diesem Zug. Wir fahren ihn nicht, auch wenn wir es uns gern vorstellen.«

»Sind Sie wirklich so … ergeben, wie Sie reden?«

»Ich arbeite daran.«

»Und machen Sie Fortschritte?«

»Scheiße, nein.«

Sie lachte leise.

Joe hatte seit einem Jahr niemand mehr zum Lachen gebracht – abgesehen von Roses Freundin am Telefon an diesem Tag. Obwohl Schmerz und Ironie Clarises kurzes Lachen färbten, lag auch Erleichterung darin. Und Joe, der dieses Lachen bewirkt hatte, spürte mit einem Mal eine Verbindung mit dem Leben, die sich ihm lange entzogen hatte.

»Joe«, sagte Clarise nach einem Augenblick, »könnte diese Rose ein schlechter Mensch sein?«

»Nein. Genau das Gegenteil.«

Auf ihr sommersprossiges Gesicht, das von Natur aus so offen und vertrauensvoll war, legte sich nun der Schatten eines Zweifels. »Sie sind sich offenbar sehr sicher.«

»Das wären Sie auch, wenn Sie die Frau gesehen hätten.«

Bob Vadance kehrte mit drei Gläsern, einer Schüssel mit Eiswürfeln, einem Liter Seven-up und einer Flasche Seagram's Seven Crown zurück. »Ich fürchte, ich habe keine große Auswahl«, entschuldigte er sich. »Niemand in der Familie trinkt viel – aber wenn wir uns mal einen genehmigen, mögen wir es schlicht und einfach.«

»Das ist völlig in Ordnung«, sagte Joe und nahm seinen 7-and-7 entgegen, als der Drink fertig war.

Sie probierten ihre Getränke – Bob hatte sie sehr stark gemixt –, und für einen Moment war nur das Klicken von Eis zu hören.

»Wir wissen, daß es Selbstmord war«, sagte Clarise. »Sie hat ihn auf Video aufgenommen.«

»Wer hat wen aufgenommen?« fragte Joe, der nicht verstanden hatte.

»Nora, Bobs Mutter«, sagte Clarise. »Sie hat ihren eigenen Selbstmord auf Video aufgenommen.«

Zwielicht verdunstete in einem Dampf purpurroten und violetten Lichts, und vor den Fenstern des gelben und weißen Wohnzimmers vereinigte sich die Nacht mit diesem Neondunst.

Schnell und prägnant und mit löblicher Selbstbeherrschung

enthüllte Clarise, was sie über den schrecklichen Tod ihrer Schwiegermutter wußte. Sie sprach leise, und doch war jedes Wort glockenklar und schien in Joe widerzuhallen und nachzuschwingen, bis die Vibrationen in seinem Innern ihn allmählich zum Zittern brachten.

Diesmal beendete Bob Vadance keinen einzigen Satz seiner Frau. Die ganze Zeit blieb er still und schaute weder Clarise noch Joe an. Er starrte auf seinen Drink und nippte häufig daran.

Der kompakte Sanyo-Achtmillimeter-Camcorder, der die Tat aufgezeichnet hatte, war Tom Vadances Spielzeug gewesen. Vor seinem Tod an Bord des Fluges 353 hatte die Videokamera im Schrank in seinem Arbeitszimmer gelegen.

Die Kamera war einfach zu bedienen. Fuzzy-logic-Technik justierte automatisch die Verschlußzeit und Schärfe. Obwohl Nora keine große Erfahrung damit gehabt hatte, wäre es ihr möglich gewesen, die wichtigsten Handgriffe in ein paar Minuten zu erlernen.

Die Nikad-Batterie hatte nach einem Jahr im Schrank nicht mehr viel Saft gehabt. Daher hatte Nora Vadance sich die Zeit genommen, sie aufzuladen, was auf ein ernüchterndes Maß an Vorsatz hinwies. Die Polizei fand den WS-Adapter und das Aufladegerät in eine Steckdose auf der Küchenzeile eingestöpselt.

Am Dienstagmorgen dieser Woche ging Nora auf den Patio hinter dem Haus und stellte den Camcorder auf einen Tisch. Sie benützte zwei Taschenbücher als Unterlage, um die Kamera in die gewünschte Höhe zu bringen, und schaltete sie dann ein.

Während die Kassette schon lief, stellte Nora Vadance in dreieinhalb Meter Entfernung von der Linse einen Gartenstuhl mit Kunststoffriemen auf den Boden. Sie kehrte zum Camcorder zurück, um durch den Sucher zu schauen und sich zu überzeugen, daß der Stuhl in der Bildmitte stand.

Nachdem sie dann wieder zum Stuhl gegangen war und ihn noch ein Stück verschoben hatte, zog sie sich vor der Kamera aus, zwar nicht wie eine Stripperin, doch ohne das geringste Zögern, so, als wollte sie ein Bad nehmen. Sie faltete ihre Bluse, ihre Hose und ihre Unterwäsche ordentlich zusammen und legte alles neben dem Stuhl auf den mit Platten ausgelegten Boden des Hofes.

Dann verschwand sie nackt aus dem Kamerabereich. Offenbar ging sie ins Haus, in die Küche. Als sie nach vierzig Sekunden zurückkehrte, hielt sie ein Tranchiermesser in der Hand. Sie setzte sich auf den Stuhl, das Gesicht der Kamera zugewandt.

Dem vorläufigen Gutachten des Gerichtsmediziners zufolge nahm sich Nora Vadance – bei guter Gesundheit und zuvor anscheinend im Vollbesitz der geistigen Kräfte, nachdem sie gerade erst die lange währende depressive Phase nach dem Tode ihres Ehemanns überwunden hatte – gegen zehn nach acht am Dienstagmorgen das Leben. Sie packte den Griff des Tranchiermessers mit beiden Händen und trieb die Klinge mit brutaler Gewalt tief in ihren Unterleib. Sie zog sie heraus und fügte sich eine weitere Stichwunde zu. Beim drittenmal zog sie die Klinge von links nach rechts und weidete sich geradezu selbst aus. Sie ließ das Messer fallen, sank auf dem Stuhl zusammen und verblutete in weniger als einer Minute.

Der Camcorder filmte die Leiche bis zum Ende der Zwanzigminutenkassette.

Zwei Stunden später, um halb elf, entdeckte Takashi Mishima, ein sechsundsechzigjähriger Gärtner, auf seiner planmäßigen Runde die Leiche und rief sofort die Polizei.

Als Clarise fertig war, konnte Joe nur »Mein Gott!« sagen.

Bob schenkte Whiskey nach. Seine Hände zitterten, und die Flasche klirrte an jedem Glas.

»Ich nehme an, die Polizei hat das Band«, sagte Joe schließlich.

»Ja«, sagte Bob. »Bis die Anhörung oder gerichtliche Untersuchung der Todesursache abgeschlossen ist, oder wie immer das heißt.«

»Dann hoffe ich, daß man Ihnen geschildert hat, was auf dem Band zu sehen ist. Ich hoffe, keiner von Ihnen mußte es sich anschauen.«

»Ich habe es nicht gesehen«, sagte Bob. »Aber Clarise.«

Sie starrte in ihr Glas. »Sie haben uns erzählt, was auf dem Band zu sehen ist ... aber weder Bob noch ich konnten es glauben, obwohl die Leute doch von der Polizei waren und keinen Grund hatten, uns zu belügen. Also ging ich am Freitagmorgen vor der Beerdigung aufs Revier und sah mir das Band an. Wir mußten es wissen. Und jetzt wissen wir es. Wenn sie uns die Kassette zurückgeben, werde ich sie vernichten. Bob soll sie nie sehen. Nie.«

Clarise stieg dramatisch in Joes Achtung, obwohl er bereits großen Respekt vor dieser Frau empfand.

»Einige Dinge sind mir noch unklar«, sagte er. »Wenn Sie nichts gegen ein paar weitere Fragen haben ...«

»Schießen Sie los«, sagte Bob. »Wir stellen uns auch jede Menge Fragen, tausend beschissene Fragen.«

»Zuerst einmal ... hatten Sie den Eindruck, Clarise, daß Nora irgendwie unter Zwang gehandelt hat?«

Clarise schüttelte den Kopf. »Man kann doch niemanden zwingen, sich so etwas anzutun, oder? Nicht mit bloßem psychischem Druck oder Drohungen. Außerdem war sonst niemand im Bereich der Kamera – nicht einmal die Schatten anderer Personen. Noras Blicke sind nicht zu irgend jemandem außerhalb des Kamerabereichs geglitten. Sie war allein.«

»Als Sie das Videoband beschrieben haben, Clarise, hörte es sich so an, als hätte Nora die Tat ... wie eine Maschine vollzogen.«

»So hat sie die meiste Zeit auch ausgesehen. Kein Ausdruck. Das Gesicht war völlig ... schlaff.«

»Die meiste Zeit? Dann gab es also einen Augenblick, in dem sie Gefühle zeigte?«

»Zweimal. Nachdem sie sich fast völlig entkleidet hatte, zögerte sie, bevor sie ... ihr Höschen auszog. Sie war eine sittsame Frau, Joe. Das macht die ganze Sache ja noch unheimlicher.«

Bob hatte die Augen geschlossen und drückte sich das kalte Glas mit 7-and-7 an die Stirn. »Selbst wenn ...«, sagte er. »Selbst wenn wir akzeptieren, daß Mom geistig so verwirrt war, daß sie sich so etwas antun konnte, kann man sich kaum vorstellen, daß sie sich nackt auf Video aufnahm ... oder wollte, daß man sie so findet.«

»Der Hof wird von einem hohen Zaun umschlossen«, sagte Clarise. »An dem dichte Bougainvillea wachsen. Die Nachbarn hätten Nora nicht sehen können. Aber Bob hat recht ... sie hätte nicht gewollt, daß man sie so findet. Auf jeden Fall hat sie gezögert, bevor sie ihr Höschen auszog. In diesem Moment verschwand diese tote, schlaffe Miene, und für einen ganz kurzen Augenblick legte sich dieser schreckliche Ausdruck auf ihr Gesicht.«

»Schrecklich inwiefern?« fragte Joe.

Als Clarise die Erinnerung an das abscheuliche Video heraufbeschwor, verzog sie das Gesicht. Dann beschrieb sie den Moment, als sähe sie ihn erneut: »Ihr Blick ist ausdruckslos, leer, die Lider ein wenig schwer ... und plötzlich reißt sie die Augen weit auf, und es liegt Tiefe im Blick, wie in ganz normalen Augen. Ihr Gesicht *verzerrt* sich. Zuerst war es völlig unbeteiligt, aber jetzt wird es vor Emotionen geradezu *zerrissen*. Schock. Sie sieht so schockiert, so entsetzt aus. Ein verlorener Ausdruck, der einem das Herz zerreißt. Aber er hält nur eine, zwei Sekunden an, vielleicht auch drei, und dann zittert sie, und der Blick ist fort, fort, und sie ist wieder so ruhig wie eine Maschine. Sie zieht ihr Höschen aus, faltet es zusammen und legt es beiseite.«

»Hatte sie irgendwelche Medikamente genommen?« fragte Joe. »Gibt es irgendeinen Grund zu der Annahme, daß sie eine Überdosis irgendeines Mittels genommen hat, das einen Dämmerzustand oder eine starke Persönlichkeitsveränderung herbeiführen könnte?«

»Ihr Arzt hat uns gesagt, daß er Nora keine Medikamente verschrieben hat«, antwortete Clarise. »Doch aufgrund ihres Verhaltens auf dem Videoband vermutet die Polizei, daß Drogen im Spiel sind. Der Gerichtsmediziner führt noch Untersuchungen durch.«

»Was völlig lächerlich ist«, sagte Bob energisch. »Meine Mutter hätte nie Drogen genommen. Sie hat nicht mal Aspirin geschluckt. Sie war so *unschuldig*, Joe, daß man glauben könnte, sie hätte nicht einmal all die Veränderungen zum Schlechten mitbekommen, die in den letzten dreißig Jahren auf der Welt eingetreten sind. Man hätte glauben können, Mom würde Jahrzehnte in der Vergangenheit leben und wäre glücklich, dort zu sein.«

»Man hat eine Autopsie vorgenommen«, sagte Clarise. »Kein Gehirntumor, keine krankhafte Veränderung des Gehirns, nichts, was ihre Tat erklären könnte.«

»Sie haben erwähnt, daß Nora noch ein zweites Mal Gefühle gezeigt hat.«

»Kurz bevor sie ... bevor sie sich erstochen hat. Es war nur ein Aufflackern, noch kürzer als beim erstenmal. Wie ein Anfall. Ihr ganzes Gesicht verzerrte sich, als wollte sie schreien. Augenblicke später war es vorbei, und ihr Gesicht blieb ausdruckslos, bis ... bis zum Ende.«

Joe schreckte eine Erkenntnis auf, die ihm entgangen war, als Clarise das Video beschrieben hatte. »Sie meinen«, sagte er, »sie hat *nie* geschrien, nicht ein einziges Mal?«

»Nein. Kein einziges Mal.«

»Aber das ist unmöglich.«

»Ganz am Ende, als sie das Messer fallenläßt ... kann man ein leises Geräusch hören, das von ihr stammt, kaum mehr als ein Seufzen.«

»Der Schmerz ...« Joe brachte es nicht über sich zu sagen, daß Nora Vadance unerträgliche Schmerzen gehabt haben mußte.

»Aber sie hat nie geschrien«, beharrte Clarise.

»Selbst eine unwillkürliche Reaktion wäre ...«

»Stumm. Sie war stumm.«

»Das Mikrofon hat funktioniert?«

»Es ist ein eingebautes Mikro«, erklärte Bob, »das Geräusche aus allen Richtungen aufnimmt.«

»Auf dem Video«, sagte Clarise, »kann man nur andere Geräusche hören. Das Kratzen des Gartenstuhls auf dem Beton, als Nora ihn verschiebt. Vogelgezwitscher. Ein traurig klingender Hund, der in der Ferne bellt. Aber keinen Laut von ihr.«

Als Joe aus der Haustür trat, schaute er in den Abend hinaus, wobei er halbwegs damit rechnete, einen weißen Lieferwagen oder ein anderes verdächtig aussehendes Fahrzeug vor dem Haus der Vadances am Straßenrand geparkt zu sehen. Aus dem Haus nebenan drangen leise Beethoven-Klänge. Die Luft war warm, doch eine leichte Brise kam aus dem Westen und brachte den Wohlgeruch nachtblühenden Jasmins mit sich.

Soweit Joe erkennen konnte, hatte diese freundliche Nacht nichts Bedrohliches an sich.

»Als man Nora fand«, sagte Joe, als Clarise und Bob ihm auf die offene Veranda folgten, »hatte sie da das Foto von Toms Grab bei sich?«

»Nein«, sagte Bob. »Es stand auf dem Küchentisch. Ganz hinten, sie hatte es nicht mitgenommen.«

»Wir fanden es auf dem Tisch, als wir aus San Diego hier eintrafen«, erinnerte Clarise sich. »Neben Noras Frühstücksteller.«

»Sie hatte gefrühstückt?« fragte Joe erstaunt.

»Ich weiß, was Sie denken«, sagte Clarise. »Warum hat sie sich die Mühe gemacht, sich ein Frühstück zu machen, wenn sie Selbstmord begehen wollte? Es ist sogar noch unheimlicher, Joe. Sie hat sich ein Omelett mit Cheddarkäse, gehackten Schalotten und gekochtem Schinken gemacht. Dazu Toast. Und ein Glas frisch gepreßter Orangensaft. Sie hatte halb aufgegessen, als sie aufstand und mit dem Camcorder hinausging.«

»Die Frau auf dem Video, die Sie beschrieben haben, war tief deprimiert oder in irgendeinem veränderten Bewußtseinszustand. Wie hat sie da die geistige Klarheit oder die Geduld haben können, sich ein so üppiges Frühstück zu machen?«

»Es kommt noch etwas hinzu«, sagte Clarise. »Die *Los Angeles Times* lag aufgeschlagen neben ihrem Teller ...«

»... und sie hatte gerade die Comics gelesen«, beendete Bob den Satz.

Einen Augenblick lang schwiegen sie und dachten über das Undenkbare nach.

»Jetzt dürfte Ihnen klar sein«, sagte Bob schließlich, »was ich gemeint habe, als ich sagte, auch wir hätten tausend Fragen.«

Als wären sie Freunde, die sich schon seit Urzeiten kannten, legte Clarise die Arme um Joe und drückte ihn an sich. »Ich hoffe, diese Rose ist ein so guter Mensch, wie Sie glauben. Ich hoffe, Sie finden diese Frau. Und was immer sie Ihnen zu sagen hat, ich hoffe, es bringt Ihnen etwas Frieden, Joe.«

Bewegt erwiderte er ihre Umarmung. »Danke, Clarise.«

Bob hatte ihre Adresse und Telefonnummer in Miramar auf eine Seite aus einem Notizblock geschrieben. Er gab Joe den zusammengefalteten Zettel. »Für den Fall, daß Sie weitere Fragen haben ... oder irgend etwas in Erfahrung bringen, das uns vielleicht hilft, es zu verstehen.«

Sie gaben sich die Hände. Aus dem Händedruck wurde eine brüderliche Umarmung.

»Was werden Sie jetzt tun, Joe?« fragte Clarise.

Er schaute auf das Leuchtzifferblatt seiner Armbanduhr. »Es ist erst kurz nach neun. Ich werde versuchen, heute abend noch mit einer der anderen Familien zu sprechen.«

»Passen Sie auf sich auf«, sagte sie.

»Mach' ich.«

»An der Sache stimmt etwas nicht, Joe. Irgend etwas stimmt ganz und gar nicht.«

»Ich weiß.«

Bob und Clarise standen noch auf der Veranda, Seite an Seite, und schauten Joe hinterher, als er losfuhr.

Obwohl er mehr als die Hälfte seines zweiten 7-and-7 getrunken hatte, spürte er keine Wirkung des Alkohols. Er hatte nie ein Foto von Nora Vadance gesehen, doch die Vorstellung, die er von einer gesichtslosen Frau auf einem Gartenstuhl mit einem Tranchiermesser hatte, war ernüchternd genug, um die doppelte Menge des Whiskeys zu neutralisieren, den er getrunken hatte.

Die Metropole leuchtete, ein strahlender Pilz, der an der Küste schwärte. Wie Sporenwolken erhob sich das schmutziggelbe Leuchten und verschmierte den Himmel. Nur einige wenige Sterne waren zu sehen: eisiges, fernes Licht.

Vor einer Minute noch hatte der Abend freundlich gewirkt, und Joe hatte nichts darin gesehen, was es zu fürchten galt. Nun aber *dräute* die Dunkelheit, und Joe schaute immer wieder in den Rückspiegel.

KAPITEL 8

Charles und Georgine Delmann wohnten in einem riesigen georgianischen Haus auf einem Grundstück von einem halben Morgen in Hancock Park. Zwei Magnolien rahmten den Eingang der Auffahrt ein; die Pflanzen waren von kniehohen Buchshecken flankiert, die so gepflegt waren, daß man glauben konnte, Heerscharen von Gärtnern hätten sie mit Nagelscheren beschnitten. Die äußerst starre Geometrie des Hauses und Grundstücks enthüllte ein Bedürfnis nach Klarheit und das Vertrauen in die Überlegenheit der menschlichen Ordnung über den Aufruhr der Natur.

Die Delmanns waren Ärzte. Er war Internist, der sich auf Kardiologie spezialisiert hatte; sie war Internistin und zugleich Fachärztin für Augenkrankheiten. Die Delmanns waren ziemlich bekannte Leute, weil sie nicht nur ihre eigenen Praxen unterhielten, sondern Kliniken in East Los Angeles und South Central gegründet hatten und nebenher leiteten, in denen Kinder kostenlos behandelt wurden.

Beim Absturz der 747-400 hatten die Delmanns ihre achtzehnjährige Tochter Angela verloren, die von einem sechswöchigen Workshop an einer Universität in New York City zurückkehrte, an dem die Teilnahme nur auf Einladung möglich war und der zur Vorbereitung ihres Studium an der Kunsthochschule in San Francisco gedient hatte. Offensichtlich war Angela eine talentierte, sehr vielversprechende Malerin gewesen.

Georgine Delmann persönlich öffnete die Tür. Joe erkannte sie anhand ihres Fotos in einem der Artikel in der *Post* über den Absturz. Sie war Ende Vierzig, groß und schlank, mit prächtig leuchtender dunkler Haut, vollem, lockigem dunklem Haar und lebhaften Augen, violettschwarz wie reife Pflaumen. Sie besaß eine wilde Schönheit, die sie beflissen zähmte, indem sie eine Brille mit stählernem Gestell statt Kontaktlinsen trug, kein Make-up, graue lange Hosen und eine weiße Bluse, deren Stil eher maskulin anmutete.

Joe stellte sich vor, und noch bevor er sagen konnte, daß seine Familie an Bord des Fluges 353 gewesen war, rief Georgine zu seinem Erstaunen: »Mein Gott, wir haben gerade von Ihnen gesprochen!«

»Von mir?«

Sie ergriff seine Hand, zog ihn über die Schwelle ins Foyer mit Marmorfußboden, stieß mit der Hüfte die Tür zu und nahm dabei keine Sekunde den erstaunten Blick von ihm. »Lisa hat uns von Ihrer Frau und Ihren Töchtern erzählt, und daß Sie einfach verschwunden sind, alle Brücken hinter sich abgebrochen haben. Aber jetzt sind Sie hier. Sie sind hier.«

»Lisa?« sagte er verwirrt.

Zumindest an diesem Abend konnten die nüchterne, strenge Ärzte-Verkleidung und die Brille mit stählernem Gestell nicht die sprühenden Tiefen von Georgine Delmanns natürlicher Überschwenglichkeit verbergen. Sie warf die Arme um Joe und gab ihm einen so temperamentvollen Kuß auf die Wange, daß er auf den Fersen rückwärts schwankte. Dann schaute sie ihm ins Gesicht und suchte seinen Blick. »Sie hat auch mit Ihnen gesprochen, nicht wahr?« sagte sie aufgeregt.

»Lisa?«

»Nein, nein, nicht Lisa. *Rose.*«

Eine unerklärliche Hoffnung hüpfte wie ein immer wieder aufspringender Stein über die teichdunkle Oberfläche seines Herzens. »Ja. Aber ...«

»Kommen Sie, kommen Sie mit.« Sie nahm wieder seine Hand und zog ihn aus dem Foyer und in einen Gang, der in den rückwärtigen Teil des Hauses führte. »Wir sind da hinten«, sagte sie, »am Küchentisch – ich und Charlie und Lisa.«

Bei den Treffen der *Compassionate Friends* hatte Joe niemals ein Elternteil gesehen, das ein Kind verloren hatte und zu solch einem *Überschäumen* imstande gewesen war. Er hatte überhaupt noch nicht von einem solchen Menschen gehört. Eltern, die junge Kinder verloren hatten, mußten normalerweise fünf oder sechs Jahre lang – manchmal sogar ein Jahrzehnt oder noch länger – gegen die Überzeugung ankämpfen, sie selbst sollten tot sein statt ihrer Nachkommen, und es sei verderbt oder selbstsüchtig – oder sogar unerträglich schändlich –, ihre Kinder überlebt zu haben. Bei Leuten, die eine achtzehnjährige Tochter verloren hatten wie die Delmanns, war es kaum anders. Es war nicht einmal anders bei sechzigjährigen Eltern, die ein dreißigjähriges Kind verloren hatten. Das Alter hatte nichts damit zu tun. Der Verlust eines Kindes ist in jedem Stadium des Lebens unnatürlich, so *falsch*, daß es schwer fällt, im Leben wieder einen Sinn zu entdecken. Selbst wenn man die Situation endlich akzeptiert und ein gewisses Maß an Glück wiedergefunden hat, bleibt Freude oft für immer flüchtig, wie ein Versprechen auf Wasser in einem ausgetrockneten Brunnen, der einst übervoll gewesen war, nun aber nur noch den dumpfen, modrigen Geruch vergangener Feuchtigkeit enthielt.

Doch hier war Georgine Delmann, mit gerötetem Gesicht und überschwenglich, mädchenhaft aufgeregt, während sie Joe zum Ende des Ganges und durch eine Schwingtür zog. Sie schien sich binnen eines kurzen Jahres nicht nur von dem Verlust ihrer Tochter erholt, sondern ihn sogar transzendiert zu haben.

Die Hoffnung, die kurz in Joe aufgeflackert war, erlosch wieder; dafür stellte sich bei ihm der Eindruck ein, daß Georgine Delmann entweder nicht mehr bei Verstand oder ein unvorstellbar kalter Mensch war. Ihre offensichtliche Freude schockierte ihn.

Die Lampen in der Küche waren gedämpft, doch Joe konnte immerhin ausmachen, daß das Zimmer mit seinem Marmorboden, den Schränken aus Ahornholz und den zuckerbraunen steinernen Arbeitsflächen zwar groß, aber trotzdem gemütlich war. An Halterungen hoch an der Wand glänzten Kupfertöpfe und -pfannen und weitere Küchenutensilien; sie baumelten dort wie Girlanden von Tempelglocken, die auf die Vesperstunde warteten.

Georgine Delmann führte Joe durch die Küche zu einem Eßtisch in der Nische eines Erkerfensters.

»Charlie, Lisa«, sagte sie, »seht mal, wer da ist! Es ist fast ein Wunder, nicht wahr?«

Hinter den abgeschrägten Glasfenstern lag ein Hof mit einem Teich, den die Außenbeleuchtung in eine Szene wie aus einem Bilderbuch voller Funkeln und Glitzern verwandelt hatte. Auf dem ovalen Tisch standen auf dieser Seite des Fensters drei dekorative gläserne Öllampen, auf deren schwimmenden Dochten Flammen tanzten.

Neben dem Tisch stand ein großer, gutaussehender Mann mit dichtem silbernem Haar: Dr. Charles Delmann.

»Charlie«, sagte Georgine, als sie mit Joe im Schlepptau zum Tisch ging, »das ist Joe Carpenter. *Der* Joe Carpenter.«

Charlie Delmann betrachtete Joe mit einem Ausdruck, in dem so etwas wie tiefes Erstaunen lag, als er vortrat und ihm kräftig die Hand schüttelte. »Was geschieht hier, mein Sohn?«

»Ich wünschte, ich wüßte es«, sagte Joe.

»Etwas Seltsames und Wunderbares geschieht«, sagte Delmann, der genauso von Gefühlen bewegt zu sein schien wie seine Frau.

Von einem Stuhl am Tisch erhob sich jene Lisa, auf die Georgine sich bezogen hatte. Ihr blondes Haar wurde vom züngelnden Licht der Öllampen vergoldet. Sie war in den Vierzigern, hatte das glatte Gesicht eines College-Mädchens und Augen vom Farbton verblichener Jeans, die mehr als einen Vorhof der Hölle gesehen hatten.

Joe kannte sie gut. Lisa Peccatone. Sie arbeitete für die *Post*. Eine ehemalige Kollegin. Als Frau, die Enthüllungsjournalismus betrieb und sich auf Stories über besonders schändliche Verbrecher spezialisiert hatte – Massenmörder, Kinderschänder, Vergewaltiger, die ihre Opfer verstümmelten –, wurde sie von einer Besessenheit getrieben, die Joe nie so ganz hatte begreifen können. Lisa durchstreifte die düstersten Kammern des menschlichen Herzens; sie sah sich gezwungen, in Geschichten aus Blut und Wahnsinn einzutauchen und in den bedeutungslosesten Akten menschlicher Brutalität Bedeutung zu suchen.

Joe spürte, daß Lisa vor langer Zeit unsägliche Kränkungen erlitten hatte, mit einer Bestie auf den Schultern aus ihrer Kindheit gekommen war und diese dämonische Kreatur nur dadurch abschütteln konnte, indem sie zu *verstehen* versuchte, was niemals verstanden werden konnte. Sie war einer der freundlichsten Menschen, die Joe jemals gekannt hatte, und einer der zerrissensten – brillant und zutiefst aufgewühlt, furchtlos aber gehetzt, und fähig, so schöne Prosa zu schreiben, daß sie das Herz eines Engels höher schlagen oder Entsetzen in der hohlen Brust eines Teufels auslösen konnte. Joe bewunderte sie zutiefst. Sie war eine seiner besten Freundinnen, und doch hatte er sie mitsamt all seinen anderen Freunden aufgegeben, als er seiner verstorbenen Familie auf einen Friedhof des Herzens gefolgt war.

»Joey«, sagte sie, »du nichtswürdiger Mistkerl, bist du wieder bei der Arbeit, oder bist du nur hier, weil du Teil der Story bist?«

»Ich bin bei der Arbeit, *weil* ich Teil der Story bin. Aber ich werde nicht mehr schreiben. Ich habe nicht mehr viel Vertrauen in die Macht der Feder.«

»Ich habe nicht viel Vertrauen in irgend etwas anderes.«

»Was hast du hier zu suchen?« fragte er.

»Wir haben Lisa erst vor ein paar Stunden angerufen«, sagte Georgine. »Wir haben sie gebeten, zu uns zu kommen.«

»Nehmen Sie es uns nicht übel«, sagte Charlie und versetzte Joe einen Klaps auf die Schulter, »aber von allen Journalisten und Journalistinnen, die wir kennen, ist Lisa die einzige, vor der wir große Achtung haben.«

»Seit fast zehn Jahren«, sagte Georgine, »arbeitet sie acht Stunden die Woche freiwillig in einer unserer Kliniken, in der sozial benachteiligte Kinder kostenlos behandelt werden.«

Das hatte Joe nicht von Lisa gewußt, und er hätte auch niemals damit gerechnet.

Sie konnte ein schiefes, verlegenes Lächeln nicht unterdrücken. »Ja, Joey, ich bin eine richtige Mutter Theresa. Aber mach jetzt bloß nicht meinen Ruf kaputt, indem du den Leuten bei der *Post* was davon erzählst. Klar, du Arschloch?«

»Ich möchte ein Glas Wein. Sonst noch jemand? Einen guten Chardonnay, vielleicht einen Cakebread oder einen Grgich Hills«, sagte Charlie begeistert. Er hatte sich von der unangemessen guten Laune seiner Frau anstecken lassen, als hätten sie sich an diesem düsteren Abend versammelt, um den Absturz des Fluges 353 zu *feiern.*

»Nicht für mich«, sagte Joe, dessen Verwirrung wuchs.

»Ich trinke eins«, sagte Lisa.

»Ich auch«, sagte Georgine. »Ich hole die Gläser.«

»Nein, Schatz, du bleibst hier bei Joe und Lisa sitzen«, sagte Charlie. »Ich kümmere mich um alles.«

Als Joe und die Frauen auf Stühlen um den Tisch Platz nahmen, ging Charlie zum anderen Ende der Küche.

Georgines Gesicht wurde vom Licht der Öllampen erhellt. »Das ist unglaublich, einfach unglaublich. Rose hat auch mit ihm gesprochen, Lisa.«

Lisa Peccatones Gesicht lag halb im Lampenlicht, aber auch halb im Schatten. »Wann, Joe?«

»Heute, auf dem Friedhof. Sie hat die Gräber Michelles und der

Kinder fotografiert und gesagt, sie sei noch nicht bereit, mit mir zu sprechen ... und ging davon.«

Joe beschloß, den Rest seiner Geschichte für sich zu behalten, bis er die ihre gehört hatte – zum einen, um ihre Enthüllungen schneller zu erfahren; zum anderen, um dafür zu sorgen, daß ihre Geschichten nicht zu sehr von dem gefärbt wurden, was er enthüllt hatte.

»Sie kann es nicht gewesen sein«, sagte Lisa. »Sie ist beim Absturz umgekommen.«

»So lautet die offizielle Version.«

»Wie sah sie aus, die Frau?«, wollte Lisa wissen.

Joe schilderte die üblichen äußeren Merkmale, verwandte aber genauso viel Zeit auf den Versuch, die einzigartige Ausstrahlung der Frau zu schildern, den Magnetismus, der mit den Kraftfeldern ihrer Persönlichkeit den Raum um sie herum zu krümmen schien.

Das Auge der im Schatten liegenden Hälfte von Lisas glattem Gesicht war dunkel und rätselhaft, aber das vom Licht der Lampe erhellte Auge verriet gefühlsmäßigen Aufruhr, der auf Joes Beschreibung zurückzuführen war. »Rosie war schon immer charismatisch. Schon auf dem College.«

»Du kennst sie?« fragte Joe erstaunt.

»Wir haben mal gemeinsam die UCLA besucht. Wir waren Zimmergefährtinnen. Im Laufe der Jahre haben wir uns immer mal wieder gesehen.«

»Deshalb haben Charlie und ich uns vor kurzem entschlossen, Lisa anzurufen«, sagte Georgine. »Wir wußten, daß eine Freundin von ihr an Bord des Fluges 353 war. Aber erst mitten in der Nacht, Stunden, nachdem Rose wieder gegangen war, fiel Charlie ein, daß Lisas Freundin ebenfalls Rose hieß. Wir wußten, es mußte sich um ein und dieselbe Person handeln, und wir haben den lieben langen Tag überlegt, was wir wegen Lisa unternehmen sollen.«

»Wann war Rose hier?« fragte Joe.

»Gestern abend«, sagte Georgine. »Sie erschien, als wir gerade aus essen wollten. Sie nahm uns das Versprechen ab, niemandem zu sagen, was sie uns erzählte ... nicht, bis sie Gelegenheit gehabt hatte, einige andere Familien der Opfer hier in LA aufzusuchen. Doch Lisa war im letzten Jahr so niedergeschlagen gewesen, und da sie und Rose so gute Freundinnen waren, konnte es wohl keinen Schaden anrichten, wenn wir es ihr verrieten.«

»Ich bin nicht als Reporterin hier«, sagte Lisa zu Joe.

»Du bist immer und überall Reporterin.«

»Das hat Rose uns gegeben.«

Aus ihrer Hemdtasche zog sie ein Foto und legte es auf den Tisch. Es war eine Aufnahme von Angela Delmanns Grabstein.

»Was sehen Sie darauf, Joe?« sagte Georgine mit vor Erwartung leuchtenden Augen.

»Die richtige Frage wäre wohl, was *Sie* sehen.«

Irgendwo anders in der Küche öffnete Charlie Delmann Schubläden und durchstöberte, offensichtlich auf der Suche nach einem Korkenzieher, ihren klappernden Inhalt.

»Wir haben es Lisa schon gesagt.« Georgine warf einen Blick durch das Zimmer. »Ich warte lieber, bis Charlie wieder hier ist, damit er es Ihnen sagt.«

»Es ist verdammt unheimlich, Joey«, sagte Lisa, »und ich weiß nicht genau, was ich davon halten soll, was die Delmanns gesagt haben. Ich weiß nur, daß es mir eine Scheißangst macht.«

»Angst?« fragte Georgine erstaunt. »Lisa, meine Liebe, wie in aller Welt kann Ihnen das Angst machen?«

»Du wirst schon sehen«, sagte Lisa zu Joe. Diese Frau, die normalerweise mit der Härte von Granit gesegnet war, zitterte wie ein Schilfrohr. »Aber ich garantiere dir, Charlie und Georgine sind zwei der besonnensten Leute, die ich kenne. Sachlich, vernünftig. Halte dir das immer vor Augen, wenn du ihre Geschichte gehört hast.«

Georgine nahm die Polaroidaufnahme und betrachtete sie sehnsuchtsvoll, als wollte sie das Foto nicht nur in ihrem Gedächtnis einbrennen, sondern das Bild gleichsam absorbieren, zu einem Teil ihres Körpers machen und nur das leere Papier zurücklassen.

Seufzend setzte Lisa zu einer Enthüllung an. »Ich hab' dem Rätsel meinen eigenen unheimlichen Beitrag hinzuzufügen, Joey. Heute vor einem Jahr war ich auf dem LAX und wartete darauf, daß Rosies Maschine landete.«

Georgine schaute von dem Foto auf. »Das haben Sie uns ja gar nicht erzählt.«

»Ich wollte es gerade«, sagte Lisa, »als Joey klingelte.«

Am anderen Ende der Küche löste sich mit einem leisen Knall ein störrischer Korken aus einer Weinflasche, und Charlie Delmann grunzte zufrieden.

»Ich habe dich an diesem Abend auf dem Flughafen nicht gesehen, Lisa«, sagte Joe.

»Ich hab' mich bedeckt gehalten. Ich war wegen Rosie fix und fertig, hatte aber auch eine Heidenangst.«

»Du wolltest sie dort abholen?«

»Rosie rief mich von New York aus an und bat mich, mit Bill Hannett zum LAX zu kommen.«

Hannett war der Fotograf, dessen Bilder der von Natur und Mensch hervorgerufenen Katastrophen an den Wänden der Empfangshalle der *Post* hingen.

Lisas hellblaue Augen kündeten nun von Besorgnis. »Rosie mußte unbedingt mit einem Reporter sprechen, und ich war der einzige Zeitungsmensch, den sie kannte.«

»Charlie«, sagte Georgine, »du mußt herkommen und dir das anhören.«

»Ich höre es ja, ich höre es ja«, versicherte Charlie ihr. »Ich schenke nur noch ein. Kleinen Augenblick.«

»Rosie gab mir auch eine Liste – sie wollte, daß noch sechs weitere Leute kamen«, sagte Lisa. »Alte Freunde. Es gelang mir, an diesem Abend fünf von ihnen kurzfristig aufzutreiben und mitzuschleppen. Sie sollten es bezeugen.«

»Was bezeugen?« fragte Joe gespannt.

»Das weiß ich nicht. Sie war sehr vorsichtig. Aufgeregt, wirklich *aufgeregt* wegen irgendwas, aber auch verängstigt. Sie sagte, sie würde mit irgend etwas aus diesem Flugzeug steigen, das uns alle, ja die ganze Welt für immer verändern würde.«

»Die Welt verändern?« sagte Joe. »Heutzutage glaubt jeder Politiker mit einem Programm und jeder Schauspieler, der was auf sich hält, er könne die Welt verändern.«

»Ach, aber in diesem Fall hatte Rose recht«, sagte Georgine. Mühsam zurückgehaltene Tränen der Aufregung oder der Freude schimmerten in ihren Augen, als sie Joe das Foto vom Grabstein erneut zeigte. »Es ist wundervoll.«

Falls Joe in das Loch des Weißen Kaninchens gefallen war, hatte er von dem Sturz nichts mitbekommen, aber das Gebiet, in dem er sich nun befand, wurde zunehmend surrealistischer.

Die Flammen der Öllampen, die bislang gleichmäßig gebrannt hatten, flackerten und wanden sich in den hohen Glasabzügen und wurden von einem Sog nach oben gezogen, den Joe nicht wahrnehmen konnte.

Salamander aus gelbem Licht schlängelten sich über die zuvor dunkle Seite von Lisas Gesicht. Als sie die Lampen anschaute, waren ihre Augen so gelb wie Monde, die tief über dem Horizont hingen.

Die Flammen sanken rasch wieder zusammen, und Lisa sagte: »Ja, klar, es hörte sich melodramatisch an. Aber Rosie ist keine Schwätzerin. Und sie *hat* sechs oder sieben Jahre lang an einer Sache von enormer Bedeutung gearbeitet. Ich habe ihr geglaubt.«

Zwischen der Küche und dem Gang gab die Schwingtür ihr unverwechselbares Geräusch von sich. Charlie Delmann hatte das Zimmer ohne Erklärung verlassen.

»Charlie?« Georgine erhob sich von ihrem Stuhl. »Wo ist er denn jetzt schon wieder? Ist doch nicht zu fassen, daß er das verpaßt.«

»Als ich ein paar Stunden, bevor Rosie an Bord von Flug 353 ging, mit ihr telefonierte«, sagte Lisa zu Joe, »hat sie mir gesagt, sie würden nach ihr suchen. Sie glaubte nicht, daß sie damit rechneten, Rosie würde in LA auftauchen. Aber nur für den Fall, daß sie herausfanden, welchen Flug sie genommen hatte, nur für den Fall, daß sie auf Rosie warteten, wollte sie, daß *wir* auch dort waren, damit wir sie von dem Augenblick an, da sie das Flugzeug verließ, in die Mitte nahmen und verhinderten, daß sie Rose zum Schweigen brachten. Sie wollte mir die Story direkt in der Ankunftshalle geben.«

»Sie?« fragte Joe. »Wer wollte Rosie zum Schweigen bringen?«

Georgine hatte zwei, drei Schritte getan, um nachzusehen, wohin Charlie gegangen war, doch ihr Interesse an Lisas Geschichte gewann die Oberhand, und sie kehrte zu ihrem Stuhl zurück.

»Rosie hat von den Leuten gesprochen, für die sie arbeitet«, sagte Lisa.

»Teknologik.«

»Du warst heute sehr fleißig, Joey.«

»Fleißig damit beschäftigt, die Sache zu begreifen«, sagte er, und sein Verstand schwamm durch einen Sumpf von Erklärungen.

»Du und ich und Rosie, wir hängen alle zusammen. Die Welt ist doch klein, was?«

Joe empfand Übelkeit bei der Vorstellung, daß es Menschen gab, die so skrupellos waren, dreihundertneunundzwanzig Unschuldige zu töten, nur um ihr eigentliches, eines Ziel zu eliminieren. »Gott im Himmel, Lisa«, flüsterte er, »sag mir, daß du nicht wirklich glaubst, daß dieses Flugzeug zum Absturz gebracht wurde, nur weil Rose Tucker darin saß.«

Lisa schaute auf das schimmernde blaue Licht des Teiches hinaus und dachte lange nach, bevor sie antwortete. »An diesem Abend war ich davon überzeugt. Aber dann ... bei den Ermittlungen hat man keine Spur von einer Bombe gefunden. Man hat gar keine wahrscheinliche Ursache feststellen können. Falls überhaupt, war es ein Zusammenspiel eines kleinen mechanischen Fehlers und menschlichen Versagens des Piloten.«

»Zumindest ist das die offizielle Version.«

»Ich habe unauffällig das National Transportation Safety Board überprüft. Nicht so sehr seine Arbeit bei diesem Absturz, sondern ganz allgemein. Diese Leute haben einen makellosen Ruf, Joey. Sie sind in Ordnung. Keine Korruption. Sie stehen sogar ziemlich hoch über den Politikern.«

»Aber ich glaube«, sagte Georgine, »Rose ist der Ansicht, daß sie selbst für den Absturz verantwortlich sei. Sie ist überzeugt davon, daß *sie* der Grund für die Katastrophe war.«

»Aber selbst wenn Rose auch nur indirekt für den Tod Ihrer Tochter verantwortlich ist«, fragte Joe, »wieso finden Sie diese Frau dann so wundervoll?«

Georgines Lächeln unterschied sich nicht von dem, mit dem sie Joe an der Haustür begrüßt – und bezaubert – hatte. Doch in seiner zunehmenden Verwirrung kam Joe ihr Ausdruck so seltsam und beunruhigend vor wie das Lächeln eines Clowns, dem man nach Mitternacht in einer nebelverhangenen Gasse begegnete, beunruhigend, weil es so völlig fehl am Platz war. »Wollen Sie wissen warum, Joe?« sagte sie durch ihr beunruhigendes Lächeln. »Weil es das Ende der Welt ist, wie wir sie kennen.«

»Wer *ist* Rose Tucker?« wandte Joe sich verzweifelt an Lisa. »Und welche Stellung hat sie bei Teknologik?«

»Sie ist Genetikerin, und zwar eine brillante.«

»Spezialisiert auf Forschung über rekombinante DNA.« Georgine hielt wieder die Polaroidaufnahme in die Höhe, als müsse Joe auf der Stelle begreifen, in welchem Zusammenhang das Foto eines Grabsteins und die Gentechnologie stünden.

»Ich habe nie herausgefunden«, sagte Lisa, »was genau sie bei

Teknologik getan hat. Das wollte sie mir ja heute abend vor einem Jahr sagen, wenn sie in LA landete. Aber nach dem, was sie gestern Georgine und Charlie erzählt hat … kann ich es mir so ziemlich denken. Ich weiß nur nicht, wie ich es glauben soll.«

Joe wunderte sich über ihre seltsame Ausdrucksweise: nicht ob, sondern *wie* sie es glauben sollte.

»Was ist Teknologik – abgesehen von dem, was es zu sein scheint?« fragte er.

Lisa lächelte zögernd. »Du hast eine gute Nase, Joey. Das Jahr, in dem du nicht mehr gearbeitet hast, hat deinen Geruchssinn nicht abgestumpft. Rosie hat im Laufe der Jahre einige Andeutungen fallen lassen, verschwommene Hinweise. Ich glaube, du hast es mit einer Eigenart in der kapitalistischen Welt zu tun – mit einer Firma, die nicht pleite gehen kann.«

»Nicht pleite gehen?« fragte Georgine.

»Weil ein großzügiger Partner hinter ihr steht, der für alle Verluste aufkommt.«

»Das Militär?« fragte Joe.

»Oder irgendeine Abteilung der Regierung. Irgendeine Organisation mit tieferen Taschen, als irgendein einzelner Mensch auf der Welt sie hat. Wenn ich Rosie richtig verstanden habe, wurde dieses Projekt nicht nur mit hundert Millionen Dollar an Mitteln für Forschung und Entwicklung gegründet. Wir sprechen hier von ganz großem Kapital, das dahinter steckt. Von Milliarden.«

Aus dem Obergeschoß kam der Knall eines Schusses.

Obwohl die Natur des Geräuschs von den dazwischenliegenden Räumen gedämpft wurde, war sie unverkennbar.

Die drei sprangen gleichzeitig auf, und Georgine sagte: »Charlie?«

Vielleicht, weil er erst vor kurzem mit Bob und Clarise in diesem fröhlichen gelben Wohnzimmer in Culver City gesessen hatte, dachte Joe sofort an die nackte Nora Vadance auf dem Gartenstuhl, die das Tranchiermesser mit beiden Händen umklammerte, die Spitze auf ihren Unterleib gerichtet.

Als der Nachhall des Schusses verklungen war, kam Joe die Stille, die sich über das Haus legte, so tödlich wie der unsichtbare und gewichtslose Regen radioaktiver Strahlung in der Grabesstille nach einem Atomschlag vor.

»Charlie!« rief Georgine mit wachsender Beunruhigung.

Als sie zur Tür gehen wollte, hielt Joe sie zurück. »Nein, warten Sie, warten Sie. Ich gehe. Rufen Sie die Polizei, und ich gehe.«

»Joey ...«, sagte Lisa.

»Ich weiß, was es zu bedeuten hat«, sagte er so scharf, daß er jede weitere Diskussion unterband.

Er hoffte, daß er sich irrte, daß er nicht wußte, was hier geschah, daß es nichts mit dem zu tun hatte, was Nora Vadance sich angetan hatte. Doch wenn er recht hatte, konnte er nicht zulassen, daß Georgine als erste am Schauplatz war. Dann sollte es ihr erspart bleiben, daß sie die Auswirkungen sah, jetzt und auch später.

»Ich weiß, was es zu bedeuten hat. Ruf die Polizei an«, wiederholte Joe, während er die Küche durchquerte und die Schwingtür zum Korridor aufstieß.

Im Foyer wurde das Licht des Kronleuchters trüber und hellte sich wieder auf, wurde trüber und hellte sich wieder auf, wie die flackernde Beleuchtung in einem dieser alten Gefängnisfilme, wenn der Anruf des Gouverneurs zu spät kommt und der Verurteilte bereits auf dem elektrischen Stuhl schmort.

Joe rannte zum Fuß der Treppe; dann wurden seine Schritte jedoch von der Furcht gebremst, als er zum ersten Stock hinaufging, von der Angst, tatsächlich das vorzufinden, was er erwartete.

Eine Selbstmordepidemie war eine genauso irrationale Vorstellung wie all jene, die diese verqueren Spinner ausheckten, die den Bürgermeister für einen Roboter hielten und glaubten, rund um die Uhr von boshaften Außerirdischen beobachtet zu werden. Joe konnte einfach nicht begreifen, wie Charlie Delmann innerhalb von nur zwei Minuten aus einem nahezu euphorischen Zustand in schwarze Verzweiflung verfallen konnte – so, wie Nora Vadance plötzlich von einem opulenten Frühstück und den Comicseiten in der Tageszeitung aufgestanden war, um sich selbst auszuweiden, ohne einen erklärenden Abschiedsbrief zu hinterlassen.

Doch wenn Joe hinsichtlich der Bedeutung des Schusses recht behielt, bestand eine winzige Chance, daß der Arzt noch lebte. Vielleicht hatte er sich mit nur einem Schuß nicht ins Jenseits befördern können. Vielleicht konnte man ihn noch retten.

Die Aussicht, ein Menschenleben zu retten, nachdem so viele wie Wasser durch Joes Hände geglitten waren, drängte ihn trotz seiner Furcht weiter voran. Bei den restlichen Stufen nahm er immer zwei auf einmal.

Im ersten Stock ging er an unbeleuchteten Zimmern und verschlossenen Türen vorüber, ohne ihnen mehr als einen kurzen Blick zu gönnen. Aus einer halb offenstehenden Tür am Ende des Ganges fiel rötliches Licht.

Hinter einem kleinen Vorraum lag das Schlafzimmer der Delmanns. Es war mit modernen, elfenbeinfarbenen Polstermöbeln eingerichtet. Die anmutigen hellgrünen Rundungen von Töpferwaren aus der Zeit der Sungdynastie, die auf Glasregalen standen, verliehen dem Raum eine gewisse friedliche Heiterkeit.

Dr. Charles Delmann lag ausgestreckt auf einem chinesischen Kufenbett. Quer auf ihm lag eine Mossberg-Schrotflinte vom Kaliber zwölf mit abgesägtem Lauf und Pistolengriff. Dank des kurzen Laufs hatte er sich die Mündung in den Mund stecken und problemlos den Abzug betätigen können. Selbst in dem schwachen Licht erkannte Joe, daß es überflüssig war, nach dem Puls zu fühlen.

Die einzige Beleuchtung stammte von der blaßgrünen Lampe auf dem hinteren der beiden Nachttische. Das Licht war rötlich, da der Schirm mit Blut bespritzt war.

An einem Samstagabend vor zehn Monaten hatte Joe bei der Recherche über eine Story das städtische Leichenschauhaus aufgesucht, in dem die in Plastiksäcke gehüllten Leichen auf den Rollbahren und die nackten auf den Autopsie-Tischen dem Augenmerk der überarbeiteten Pathologen harrten. Abrupt überkam ihn die irrationale Überzeugung, daß die Leichen um ihn herum die seiner Frau und Kinder waren; sie *alle* waren Michelle und die Mädchen, als hätte es ihn in eine Szene in einem Science-Fiction-Film über Klone verschlagen. Und aus den körpergroßen Schubladen der rostfreien Kühlschränke, in denen weitere Leichen darauf warteten, an einen neuen Bestimmungsort gebracht zu werden, drangen die gedämpften Stimmen Michelles, Chrissies und der kleinen Nina und baten ihn, sie in die Welt der Lebenden zu entlassen. Neben ihm öffnete ein Mitarbeiter der Gerichtsmedizin einen Leichensack, und Joe schaute auf das winterweiße Gesicht einer Toten hinab, deren geschminkter Mund wie das auf Schnee zerdrückte Blatt eines Weihnachtssterns aussah, und er sah Michelle, Chrissie, Nina. Die blinden blauen Augen der Toten waren Spiegel seines galoppierenden Wahnsinns. Joe war aus dem Leichenschauhaus gestürmt und hatte bei Caesar Santos, seinem Redakteur, seine Kündigung eingereicht.

Nun wandte er sich rasch von dem Bett ab, bevor eins der geliebten Gesichter über dem des toten Arztes erschien.

Joe vernahm ein unheimliches Pfeifen, und für einen Augenblick glaubte er, Delmann versuche verzweifelt, durch sein zerschmettertes Gesicht einzuatmen. Dann wurde ihm klar, daß er sein eigenes schroffes Atmen hörte.

Auf dem näheren der beiden Nachttische blinkten die grünen Leuchtziffern einer Digitaluhr. Die Zeitveränderungen erfolgten in einem hektischen Tempo: zehn Minuten mit jedem Blinken, die Stunden rasten durch den frühen Abend in den Nachmittag zurück.

Joe hatte das verrückte Gefühl, die nicht richtig funktionierende Uhr – die von einer verirrten Schrotkugel getroffen worden sein mußte – könnte auf magische Weise alle Ereignisse ungeschehen machen und bewirken, daß Delmann von den Toten auferstand, während die Schrotkugeln rückwärts in den Lauf prasselten und das zerfetzte Fleisch sich wieder zusammenfügte, und Joe sich einen Augenblick später auf dem sonnigen Strand von Santa Monica wiederfand, und dann in der mondtiefen Nacht in seinem Einzimmerapartment, während er mit Beth in Virginia telefonierte, und immer weiter zurückglitt, immer weiter zurück, bis Flug 353 noch nicht in Virginia abgestürzt war.

Von unten kam ein Schrei, der in Joes verzweifelter Phantasievorstellung implodierte. Dann ein weiterer Schrei.

Er dachte, es sei Lisa. Knallhart, wie sie war, hatte sie wahrscheinlich noch nie im Leben geschrien, doch dies war ein Schrei des grellen Entsetzens.

Joe hatte die Küche vor höchstens einer Minute verlassen. Was hatte in einer Minute, so schnell, geschehen können?

Er griff nach der Schrotflinte, wollte sie von der Leiche wegnehmen. Im Magazin befanden sich vielleicht noch weitere Patronen.

Nein. Das ist der Schauplatz eines Selbstmords. Wenn ich die Waffe wegnehme, sieht er wie der Tatort eines Mords aus. Mit mir als Verdächtigem.

Er rührte die Waffe nicht an.

Aus dem schwachen, blutgefilterten Licht lief Joe auf den Korridor, auf dem totenstille Schatten wachten, hin zu dem gewaltigen Kronleuchter, der in einem ewigen kristallenen Regen über der Treppe zum Foyer hing.

Die Schrotflinte war nutzlos. Joe wäre ohnehin nicht imstande gewesen, sie abzufeuern. Außerdem ... wer war denn schon im Haus, außer Georgine und Lisa? Niemand. Niemand.

Er hielt sich am Geländer fest, um nicht das Gleichgewicht zu verlieren, als er unter der Kristallglaskaskade konischer Tränen die Treppe hinunterstürmte, manchmal zwei, manchmal drei Stufen auf einmal nahm. Seine Handfläche, naß vor kaltem Schweiß, glitt über das Mahagoni.

Als er mit dröhnenden Schritten durch den Korridor im Erdgeschoß lief, hörte er klimpernde Musik, und als er durch die Schwingtür stürmte, sah er pendelnde Kupfertöpfe und -pfannen, die an den Halterungen schwangen und sanft gegeneinander schlugen.

In der Küche war es noch genauso dämmrig wie zu dem Zeitpunkt, als Joe sie verlassen hatte. Das Licht der Halogenlampe unter der Decke war so gedämpft, daß man es beinahe als erloschen bezeichnen konnte.

Am anderen Ende des Zimmers stand Lisa vor dem zitternden Schein der drei dekorativen Öllampen auf dem Tisch, die Fäuste gegen die Schläfen gedrückt, als bemühe sie sich, einem Druck standzuhalten, der ihren Schädel platzen zu lassen drohte. Sie schrie nicht mehr, sondern schluchzte, stöhnte und flüsterte zitternd Worte, bei denen es sich um *O Gott, o Gott!* handeln mochte.

Georgine war nicht zu sehen.

Während das Kupfergeläute wie die leise, dissonante Musik in einem Traum von Trollen verebbte, eilte Joe auf Lisa zu. Aus dem Augenwinkel sah er kurz die offene Weinflasche, die Charlie Delmann auf der Arbeitsfläche in der Mitte des Zimmers hatte stehen lassen. Neben der Flasche standen drei Gläser mit Chardonnay. Die zitternden Oberflächen schimmerten juwelenähnlich, und Joe fragte sich flüchtig, ob etwas in dem Wein gewesen war – Gift, eine Chemikalie oder Droge.

Als Lisa sah, daß Joe auf sie zulief, nahm sie die Hände von den Schläfen und öffnete zitternd nasse und rote Fäuste, Rosenblütenblätter, die vor Tau tropften. Erschütternde Geräusche kamen über ihre Lippen, aus denen rein animalische Empfindungen sprachen, die unverfälschtes Leid und ein so grelles Entsetzen ausdrückten, wie keine Worte es vermocht hätten.

Am Ende der Arbeitsfläche in der Mitte des Zimmers lag Georgine Delmann vor Lisa auf dem Boden, in der Fötuslage zusammengekrümmt, jedoch nicht in der Erwartung einer Ungeborenen, was das Leben bringen mochte, sondern in einer Umschlingung des Todes. Obwohl es eigentlich unmöglich war, hatte sie beide Hände noch immer um den Griff des Messers gekrampft, das ihre kalte Nabelschnur bildete. Ihr Mund hatte sich zu einem Schrei verzogen, der nie über ihre Lippen gekommen war. Ihre Augen, in denen letzte Tränen standen, waren weit aufgerissen, doch ohne Tiefe.

Der Gestank der Ausweidung traf Joe mit solcher Wucht, daß es ihn an den Rand eines Angstanfalls trieb: Plötzlich hatte er das Gefühl zu fallen, aus großer Höhe zu fallen. Wenn er diesem Gefühl nachgab, würde er niemandem mehr nützen, konnte er weder Lisa helfen noch sich selbst.

Es fiel Joe leicht, die Augen von dem entsetzlichen Anblick auf dem Boden zu nehmen. Viel größere Mühe bereitete es ihm, vom Abgrund des gefühlsmäßigen Zerfalls zurückzuweichen.

Er wandte sich Lisa zu, um sie in die Arme zu nehmen, sie zu trösten, sie von ihrer toten Freundin wegzuziehen, doch Lisa hatte ihm nun den Rücken zugewandt.

Glas zersplitterte. Joe zuckte zusammen. Verwirrt, erschreckt glaubte er im ersten Moment, irgendein tödlicher Widersacher sei durch die Fenster in die Küche eingedrungen.

Doch es waren keine Fenster zerbrochen, sondern gläserne Öllampen, die Lisa wie Flaschen an ihren hohen Abzügen gepackt hielt. Sie hatte die bauchigen Unterteile gegeneinander geschlagen, aus denen eine dickflüssige Ölgischt geschleudert worden war.

Helle Flammenpunkte schimmerten auf der Tischoberfläche, wurden größer, verwandelten sich in grelle Feuerteiche.

Joe packte Lisa und versuchte, sie vom Feuer wegzureißen, das auf dem Tisch förmlich explodierte, doch sie entwand sich ihm stumm und ergriff die dritte Lampe.

»Lisa!«

Stein und Bronze entzündeten sich auf der Polaroidaufnahme von Angela Delmanns Grab; Abbild und Medium rollten sich wie ein schwarzes, verbranntes Blatt zusammen.

Lisa kippte die dritte Lampe um und goß das Öl und den darin schwimmenden Docht über die Vorderseite ihres Kleids.

Für einen Augenblick war Joe vom Schock wie gelähmt.

Das Öl überspülte Lisa, doch irgendwie rutschte der brennende Flammenpunkt in den Ausschnitt ihres Kleids und zur Taille hinab und wurde vom Stoff gelöscht.

Auf dem Tisch überlappten die brennenden Pfützen sich, und geschmolzene Bäche flossen nach allen Rändern. Ein glühender Nieselregen tropfte zischend auf den Boden.

Joe streckte die Hand wieder nach Lisa aus, doch als griffe sie in ein Waschbecken, schöpfte sie zwei Handvoll Flammen vom Tisch und spritzte sie gegen ihre Brust. Als Lisas ölgetränkte Kleidung in Flammen aufging, riß Joe die Hand von ihr zurück und rief: *»Nein!«*

Ohne einen Schrei, den sie zumindest als Reaktion auf Georgines Selbstmord zustande gebracht hatte, ohne ein Stöhnen oder auch nur ein Wimmern hob sie die Hände, auf denen Flammenbälle loderten. Kurz stand sie wie die antike Göttin Diana da, die glühende Monde auf ihren Handflächen balancierte, und führte die Hände dann an ihr Gesicht, an ihr Haar.

Joe taumelte von der brennenden Frau zurück, von dem Anblick, der sein Herz versengte, von dem schrecklichen Gestank, der ihn verdorren ließ, von einem unlösbaren Geheimnis, das ihm nicht mehr die geringste Hoffnung ließ. Er prallte gegen Vitrinen.

Lisa blieb wundersamerweise stehen, während ihre flammende Gestalt von jeder Scheibe des großen Erkerfensters reflektiert wurde. So ruhig, als stünde sie in einem kühlen Regen, drehte sie sich um, als wollte sie Joe durch ihren Rauchschleier betrachten. Zum Glück konnte er nichts von ihrem Gesicht erkennen.

Von Schrecken gelähmt, wurde Joe klar, daß er als nächster sterben würde, nicht durch die Flammen, die zu seinen Füßen über den Marmorboden leckten, sondern durch eigene Hand, auf irgendeine Weise, die so scheußlich sein würde wie eine selbst zugefügte Schußwunde, eine Selbstausweidung oder Selbstverbrennung. Noch hatte die Selbstmordepidemie ihn nicht infiziert; sie würde ihn aber in dem Augenblick befallen, da Lisa endgültig tot war und zu Boden sank – und doch konnte er sich nicht rühren.

In einen Wirbel stürmischer Flammen eingehüllt, schleuderte Lisa Lichtphantome und Schattengeister von sich, welche die Wände hinaufkrochen und über die Decke ausschwärmten, und einige Schatten waren Schatten, andere waren sich entrollende Rußbänder.

Das Kreischen der Feuermeldeanlage in der Küche ging Joe durch Mark und Bein und brach das lähmende Eis in seinem Inneren auf. Er wurde aus der Trance gerissen.

Er lief mit den Phantomen und Geistern fort aus dieser Hölle, vorbei an Kupfertöpfen, die an der Wand hingen und wie helle, leere Gesichter im Licht einer Schmiede aussahen, vorbei an drei Gläsern mit Chardonnay, auf dem nun Reflexionen von Flammen funkelten, so daß er wie roter Bordeaux aussah.

Während Joe durch die Schwingtür, den Korridor entlang und durch das Foyer stürmte, fühlte er, daß ihm noch etwas anderes als nur das Gellen des Feuermelders dicht auf den Fersen war, als sei der Mörder doch in der Küche gewesen, hätte so still in einer dunklen Ecke gestanden, daß man ihn nicht bemerken konnte. Als Joe nach dem Griff der Haustür faßte, rechnete er damit, daß eine Hand sich auf seine Schulter legte, ein lächelnder Angreifer ihn herumriß und attackierte.

Doch von hinten kam weder eine Hand noch eine heiße Druckwelle, wie Joe vielleicht erwartet hatte, sondern eine zischende Kälte, die zuerst auf seinem Nacken eine Gänsehaut hervorrief und sich dann durch seinen Schädel bis zum höchsten Punkt seiner Wirbelsäule zu bohren schien. Seine Panik war so groß, daß er sich nicht erinnerte, die Tür geöffnet oder das Haus verlassen zu haben, doch als er das Frösteln schließlich abschüttelte, fand er sich auf der Veranda wieder.

Er eilte den Ziegelweg zwischen den makellosen Buchsbaumhecken entlang. Als er die zwei Magnolien erreichte, bei denen es sich um Zwillinge zu handeln schien und unter deren glänzenden Blättern große Blumen wie weiße Affengesichter hervorlugten, warf er einen Blick zurück. Er wurde doch nicht verfolgt.

Vom gedämpften Gellen des Feuermelders im Haus der Delmanns abgesehen, war auf der Wohnstraße alles still: im Moment herrschte kein Verkehr, und es war niemand zu sehen, der an diesem warmen Augustabend noch einen Spaziergang machte. Der Tumult hatte auch niemanden auf den Rasen oder die Veranda seines Hauses gelockt. Hier waren die Grundstücke so groß und die stattlichen Häuser solide und mit so dicken Mauern errichtet, daß die

Schreie wahrscheinlich nicht die Aufmerksamkeit der Nachbarn erregt und man den Schuß wohl für das Zuschlagen einer Autotür oder die Fehlzündung eines Lastwagens gehalten hatte.

Joe überlegte, ob er auf das Eintreffen der Feuerwehr und Polizei warten sollte, konnte sich jedoch nicht vorstellen, daß es ihm gelingen würde, überzeugend zu schildern, was sich in nur drei oder vier höllischen Minuten in diesem Haus zugetragen hatte. Als er diese fiebertraumhaften Ereignisse erlebte, waren sie ihm wie Halluzinationen vorgekommen – von dem Augenblick an, da er den Schuß hörte, bis zu dem Moment, da Lisa sich in Flammen gehüllt hatte. Nun kamen Joe diese Erlebnisse wie Bruchstücke eines Traums vor, der unter dem permanenten Alptraum seines Lebens schlummerte.

Das Feuer würde viele der Beweise vernichten, daß es Selbstmorde gewesen waren, und die Polizei würde ihn festhalten und befragen – wahrscheinlich unter Mordverdacht. Sie würde ihn als geistig verwirrten Mann einstufen, der nach dem Verlust seiner Familie aus der Bahn geraten war, keiner Arbeit nachging und in einem Zimmer über einer Garage hauste; ein abgemagerter Halbirrer mit gehetztem Blick, der im Kofferraum seines Wagens, unter dem Ersatzreifen, zwanzigtausend Dollar in Scheinen versteckt hatte. Diese Umstände und sein psychologisches Profil würden nicht gerade dazu beitragen, daß man ihm glaubte, selbst dann nicht, hätte seine Geschichte nicht den Rahmen jeder vernünftigen Erklärung gesprengt.

Bevor man Joe wieder auf freien Fuß setzen würde, hätten Teknologik und die Partner der Firma ihn längst gefunden. Sie hatten versucht, ihn niederzuschießen, nur weil Rose ihm *vielleicht* etwas erzählt hatte, das er nicht wissen sollte – und nun wußte er mehr als damals, auch wenn er sich nicht den geringsten Reim darauf machen konnte. Zog man die wahrscheinlichen Verbindungen von Teknologik mit politischen und militärischen Mächten in Betracht, würde Joe höchstwahrscheinlich bei einer sorgsam eingefädelten Schlägerei im Gefängnis ums Leben kommen, die von anderen Häftlingen inszeniert wurde, die ordentlich dafür kassierten. Sollte er das Gefängnis überleben, würde man ihn nach seiner Freilassung verfolgen und bei erster Gelegenheit eliminieren.

Joe mußte sich zusammenreißen, um nicht panisch loszurennen

und damit Aufmerksamkeit auf sich zu lenken. Er ging zu seinem Honda auf der anderen Straßenseite.

Im Haus der Delmanns explodierten Küchenfenster. Nach dem kurzen Klirren und Scheppern von Glas war das Gellen des Feuermelders deutlich lauter zu vernehmen als zuvor.

Joe warf einen Blick zurück und sah, daß sich aus dem hinteren Teil des Hauses Feuer wand. Das Lampenöl wirkte als Brandbeschleuniger: Direkt hinter der Haustür, die Joe hatte offenstehen lassen, leckten bereits Flammenzungen über die Wände des Korridors im Erdgeschoß.

Er setzte sich in den Wagen. Zog die Tür zu.

An seiner rechten Hand war Blut. Nicht sein Blut.

Schaudernd öffnete er die Konsole zwischen den Sitzen, riß eine Handvoll Tücher aus einer Kleenexschachtel und rieb sich die Hand ab. Er stopfte die zusammengeknüllten Tücher in die Papiertüte, in der die Burger von McDonald's gesteckt hatten.

Beweismittel, dachte Joe, obwohl er sich keines Verbrechens schuldig gemacht hatte.

Die Welt war auf den Kopf gestellt worden. Lügen waren Wahrheit, Wahrheit war eine Lüge, Fakten waren Fiktion, das Unmögliche war möglich, und Unschuld war Schuld.

Er wühlte in seinen Taschen nach dem Schlüssel. Ließ den Motor an.

Durch das herausgebrochene hintere Fenster hörte Joe nun über das Jaulen mehrerer Feuermelder hinweg die Stimmen von Nachbarn, die einander irgend etwas zuriefen, ängstliche Schreie in der Sommernacht.

Joe hoffte, daß die Aufmerksamkeit der Leute auf das Haus der Delmanns gerichtet war und niemand ihn beachtete. Er schaltete die Scheinwerfer ein und fuhr los.

Das schöne alte georgianische Haus war nun das Domizil von Drachen, in dem strahlende Wesenheiten mit brandstifterischem Atem von einem Zimmer zum anderen streiften. Während die Toten in Leichentüchern aus Flammen eingehüllt lagen, klangen die zahlreichen Sirenen in der Ferne wie Klagelieder.

Joe fuhr in eine Nacht davon, die zu seltsam geworden war, als daß man sie noch begreifen konnte, in eine Welt, die nicht mehr die zu sein schien, in die er hineingeboren worden war.

DRITTER TEIL

Nullpunkt

KAPITEL 9

In diesem Halloweenlicht im August, das so orange war wie das von Kürbislaternen, aber aus Gruben im Sand emporzusteigen schien, wirkten selbst die Unschuldigen wie verderbte Heiden.

Insgesamt zehn Lagerfeuer loderten auf einem Strandstück, auf dem man offene Feuer entfachen durfte. Große Familien hatten sich um einige dieser Feuergruben geschart; an anderen fanden Parties von Teenagern und Studenten statt.

Joe ging von einem Feuer zum nächsten. Dieses Strandstück suchte er nachts besonders gern auf, um sich vom Meer therapieren zu lassen, auch wenn er sich normalerweise von den Lagerfeuern fern hielt.

An einigen Stellen des Strandes war die Lautstärke des Geschnatters fast unerträglich, und barfüßige Pärchen tanzten zu alten Songs der Beach Boys auf der Stelle. An einer anderen Stelle wiederum saßen ein Dutzend Zuhörer gebannt im Sand, während ein stämmiger Mann mit einer weißen Haarmähne mit widerhallender Stimme eine Gespenstergeschichte erzählte.

Die Ereignisse des Tages hatten Joes Wahrnehmung verändert, so daß er den Eindruck hatte, die Welt durch eine sonderbare Brille zu betrachten, die er an einer Losbude auf einem geheimnisvollen Rummelplatz gewonnen hatte, der in flüsterleisen schwarzen Karawanen von einem Ort zum anderen zog – eine Brille, deren Gläser die Welt nicht verzerrten, sondern eine geheimnisvolle Dimension dahinter enthüllten, die rätselhaft und kalt und furchterregend war.

Die Tanzenden in Badekleidung, deren nackte Gliedmaßen im Flammenschein wie geschmolzene Bronze aussahen, schüttelten die Schultern und rollten die Hüften, gingen in die Knie und wiegten sich, bewegten die geschmeidigen Arme wie Schwingen oder krallten die Finger in die leuchtende Luft, und für einen Augenblick hatte Joe den Eindruck, daß jeder von ihnen zwei Wesen verkörperte. Sie alle waren Menschen aus Fleisch und Blut, aber jeder war zugleich eine Marionette, und alle wurden von einem unsichtbaren Puppenspieler bewegt, so daß sie an ihren Fäden ausgelassene Posen einnahmen, mit Glasaugen blinzelten, ein hölzernes Lächeln zeigten und mit den Stimmen verborgener Bauchredner lachten – nur zu dem einen Zweck, Joe glauben zu machen, diese Welt sei gütig und habe es verdient, daß man sich an ihr erfreut.

Joe ging an einer Gruppe von zehn oder zwölf jungen Männern in Badehosen vorüber. Ihre abgelegten Surfanzüge glitzerten wie Stapel von Robbenfellen oder gehäutete Aale oder irgendwelche anderen Meeresfrüchte. Ihre senkrecht stehenden Surfbretter warfen Stonehenge-Schatten auf den Sand, und ihr Testosteronspiegel war so hoch, daß er in der Luft zu stehen schien und die jungen Burschen nicht laut und lärmend, sondern langsam und leise werden ließ, beinahe schlafwandlerisch vor triebhaften männlichen Phantasien.

Die Tänzer, der Geschichtenerzähler und seine Zuhörer, die Surfer und alle anderen, an denen Joe vorüberging, beobachteten ihn mißtrauisch. *Das* war keine Einbildung. Obwohl die Blicke zumeist verstohlen waren, war Joe sich ihrer bewußt.

Es hätte ihn nicht überrascht, würden alle hier am Strand für Teknologik arbeiten, oder für die Leute, die hinter Teknologik standen, wer immer sie sein mochten.

Joe watete schon tief im Sumpf der Paranoia, war aber geistig noch klar genug, um zu wissen, daß er die unbeschreiblichen Dinge mit sich trug, die er im Haus der Delmanns erlebt hatte, und daß diese entsetzlichen Geschehnisse sich in seinem Äußeren widerspiegelten. Das Erlebte zeichnete sein Gesicht, malte einen stumpfen Schimmer der Verzweiflung auf seine Augen, meißelte seinen Körper, ließ den Zorn und das Entsetzen in seinen Bewegungen erkennen. Die Leute hier am Strand sahen einen zutiefst gepeinigten Menschen, und als Bewohner dieser Stadt wußten sie genau, welche Gefahr ein solcher Mensch darstellen konnte.

Joe sah ein Lagerfeuer, um das mindestens zwanzig völlig stille junge Männer und Frauen mit rasierten Köpfen standen. Alle trugen saphirblaue Roben und weiße Tennisschuhe, und alle hatten einen goldenen Ring im linken Ohr. Die Männer waren bartlos. Die Frauen trugen kein Make-up. Viele von ihnen, Frauen wie Männer, waren auffallend attraktiv und so elegant gekleidet, daß Joe beim

Anblick der Gruppe unwillkürlich ein Name einfiel: Kult der Kinder von Beverly Hills.

Er verharrte ein paar Minuten bei ihnen und betrachtete sie, wie sie in meditativem Schweigen das Feuer betrachteten. Als einige zu Joe hinüberschauten, zeigten sie keine Furcht vor dem, was sie an ihm sahen oder in ihm spürten. Ihre Augen waren stille Teiche, in denen Joe seichte Wasser der Akzeptanz und die heitere Ruhe wie von Mondlicht auf Wasser sah – vielleicht aber auch nur, weil er genau das sehen *mußte*.

Er hatte die Papiertüte von McDonald's dabei, in der sich die Umhüllungen zweier Cheeseburger, ein leerer Limobecher aus Plastik und die Kleenextücher befanden, mit denen er das Blut von seinen Händen gerieben hatte. Beweismittel. Er warf die Tüte ins Lagerfeuer und beobachtete die Kultanhänger, wie diese beobachteten, wie die Tüte in Flammen aufging, schwarz wurde und verschwand.

Als er davonging, fragte er sich kurz, was diese jungen Leute für den Sinn des Lebens hielten. Joe hätte gern geglaubt, daß diese mit blauen Roben bekleideten Gläubigen in der verrückten Spirale und dem Auf und Ab der modernen Existenz eine Wahrheit entdeckt und einen Zustand der Erleuchtung erreicht hatten, der ihrem Dasein Bedeutung verlieh. Er fragte sie aber nicht danach, aus Angst, ihre Antwort sei nur eine weitere Version derselben traurigen Sehnsucht und des Wunschdenkens, auf der die Hoffnung so vieler anderer beruhte.

Hundert Meter von den Lagerfeuern entfernt, dort, wo am Strand die Nacht herrschte, kauerte Joe sich in den rhythmisch rauschenden Ausläufern der Brandung nieder und wusch sich im nur zentimetertiefen Salzwasser die Hände. Er nahm nassen Sand und schrubbte sie damit ab, um mögliche verbliebene Rückstände von Blut aus den Hautfalten an seinen Knöcheln und unter den Fingernägeln fortzuscheuern.

Nachdem er sich die Hände ein zweites Mal abgespült hatte, ging er ins Meer, ohne sich vorher die Mühe zu machen, die Socken und Nikes auszuziehen oder die Jeans aufzurollen. Er trat in die schwarze Flut und blieb stehen, nachdem er die Linie überschritten hatte, auf der die ruhigen Wellen sich brachen. Hier reichte ihm das Wasser bis über die Knie.

Die sanfte Brandung trug nur dünne, ausgefranste, phosphoreszierende Schaumkronen mit sich. Obwohl der Abendhimmel klar war und von Mondschein erhellt wurde, wälzte das Meer sich seltsamerweise nur hundert Meter entfernt schon nackt und schwarz und unsichtbar dahin.

Da Joe die beruhigende Aussicht verwehrt blieb, die ihn an den Strand gelockt hatte, mußte er Trost in der wogenden Flut suchen, die gegen seine Beine drückte, und in dem leisen, dumpfen Grollen der gewaltigen Maschinerie des Wassers. Ewige Rhythmen, bedeutungslose Bewegungen, der Friede der Gleichgültigkeit.

Er versuchte, nicht darüber nachzudenken, was im Haus der Delmanns geschehen war. Diese Ereignisse waren unbegreiflich. Darüber nachzudenken konnte keine Erklärung liefern.

Es bestürzte Joe, daß er keine Trauer und nur so wenig Schmerz empfand, daß die Delmanns und Lisa tot waren. Bei Treffen der *Compassionate Friends* hatte er erfahren, daß Eltern nach dem Verlust eines Kindes oft die beunruhigende Erfahrung gemacht hatten, am Leid anderer nicht mehr teilhaben zu können. Wenn sie im Fernsehen Berichte über schwere Autounfälle, Brände in Wohnhäusern oder schreckliche Morde sahen, saßen sie wie betäubt und unberührt da. Musik, die einst ihre Herzen, Kunst, die einst ihre Seele gerührt hatte, erzielte nun keine Wirkung mehr. Einige überwanden diesen Verlust an Sensibilität in einem oder zwei Jahren, andere in fünf oder zehn, manche hingegen – niemals.

Die Delmanns schienen nette Leute gewesen zu sein, doch Joe hatte sie praktisch gar nicht gekannt.

Lisa war eine Freundin. Nun war sie tot. Na und? Jeder starb früher oder später. Die eigenen Kinder. Die Frau, die die große Liebe des Lebens gewesen war. Jeder.

Seine Hartherzigkeit machte Joe angst. Er kam sich widerlich vor. Doch er konnte sich nicht zwingen, den Schmerz anderer zu empfinden. Nur seinen eigenen.

Er hoffte, das Meer würde bewirken, daß er die Verluste, die er erlitten hatte, so gleichgültig hinnehmen konnte, als wären es die Verluste anderer.

Und doch fragte er sich, was für ein roher, brutaler Mensch aus ihm wurde, wenn nicht einmal mehr Michelles, Chrissies und Ninas Tod eine Rolle für ihn spielte. Zum erstenmal zog er in Betracht, daß völlige Gleichgültigkeit bei ihm vielleicht keinen inneren Frieden bewirkte, sondern die uneingeschränkte Fähigkeit, Böses zu tun.

Die stark frequentierte Tankstelle und der angeschlossene Supermarkt, der rund um die Uhr geöffnet hatte, lagen drei Querstraßen von Joes Motel entfernt. Draußen, in der Nähe der Toiletten, befanden sich zwei öffentliche Fernsprecher.

Ein paar fette Motten, weiß wie Schneeflocken, kreisten unter den kegelförmigen Lampen, die am Dachgesims des Gebäudes angebracht waren. Die stark vergrößerten und verzerrten Schatten ihrer Flügel flitzten in Steig- und Sturzflügen über die weiße Stuckmauer.

Joe hatte sich nie die Mühe gemacht, die Kreditkarte seiner Telefongesellschaft zurückzugeben, und so tätigte er mit Hilfe der Karte mehrere Ferngespräche, die er nicht von seinem Motelzimmer aus führen konnte, wenn er darauf hoffen wollte, dort weiterhin ungefährdet wohnen zu können.

Er wollte mit Barbara Christman sprechen, der Chefermittlerin bei der Untersuchung des Fluges 353. Hier an der Westküste war es dreiundzwanzig Uhr; in Washington, D.C., war es zwei Uhr morgens. Christman würde natürlich nicht in ihrem Büro sein, und falls Joe zu dieser Stunde irgendeinen Diensthabenden des National Transportation Safety Board erreichen konnte – was anzunehmen war –, würde der ihm nie und nimmer Barbara Christmans Privatnummer geben.

Trotzdem ließ Joe sich von der Auskunft die Nummer der Vermittlung des NTSB geben und rief dort an. Die neue automatische Telefonanlage der Behörde bot Anrufern umfassende Möglichkeiten, darunter die, zahlreichen Mitarbeitern des NTSB – auch leitenden Ermittlern und gehobenen Verwaltungsangestellten – Nachrichten auf ihren jeweiligen Anrufbeantwortern zu hinterlassen. Die Bandansage teilte Joe mit, daß er weitergeleitet würde, wenn er die Initiale des ersten Vornamens und die ersten vier Buchstaben des Nachnamens der Person eingab, die er zu sprechen wünsche. Doch wenngleich Joe sorgfältig B-C-H-R-I eingab, wurde er nicht mit einem Anrufbeantworter verbunden. Vielmehr teilte eine Tonbandstimme ihm mit, daß es einen solchen Anschluß nicht gab. Joe versuchte es noch einmal, mit demselben Ergebnis.

Entweder arbeitete Barbara Christman nicht mehr bei der NTSB, oder die Telefonanlage funktionierte nicht richtig.

Obwohl jede Untersuchung eines Absturzes von einem ranghohen Ermittler aus der NTSB-Zentrale in Washington geleitet wurde, konnten die anderen Angehörigen des sogenannten Go-Teams aus Spezialisten in Außenstellen im ganzen Land ausgewählt werden: Anchorage, Atlanta, Chicago, Denver, Fort Worth, Los Angeles, Miami, Kansas City, New York City und Seattle. Im Computer der *Post* hatte Joe eine Liste der meisten, aber nicht aller Angehörigen des Teams gefunden, das den Absturz von Flug 353 untersucht hatte, doch er wußte nicht, woher die Leute kamen.

Da die Absturzstelle sich etwa hundertsechzig Kilometer südlich von Denver befand, ging er davon aus, daß man zumindest einige Mitglieder des Teams aus der dortigen Zweigstelle hinzugezogen hatte. Anhand seiner Liste von elf Namen bat er die Auskunft in Denver um die jeweiligen Telefonnummern.

Er bekam die Nummern von drei Anschlüssen. Die anderen acht Personen hatten ihre Nummern entweder nicht eintragen lassen, oder sie stammten nicht aus dem Großraum Denver.

Das unaufhörliche Anschwellen und Schrumpfen und erneute Anschwellen der Mottenschatten auf der Stuckwand der Tankstelle nagte an Joes Gedächtnis. Die Schatten erinnerten ihn an irgend etwas, und ihm wurde zunehmend klar, daß diese noch flüchtige Erinnerung wichtig war. Einen Augenblick lang betrachtete er eindringlich die dahinfegenden Schatten, die so amorph wie die geschmolzenen Formen in einer Lavalampe waren, doch er konnte den Zusammenhang nicht herstellen.

Obwohl es in Denver schon nach Mitternacht war, rief Joe die drei Männer an, deren Nummern man ihm gegeben hatte. Der erste war der Meteorologe des Go-Teams, der die Wetterlage unmittelbar vor dem Absturz untersucht hatte. Ein Anrufbeantworter meldete sich, und Joe hinterließ keine Nachricht. Der zweite war der Leiter des Sonderteams, das die Trümmerstücke auf metallurgische Hinweise untersucht hatte. Der Mann war mürrisch – wahrscheinlich hatte der Anruf ihn geweckt – und verstockt. Der dritte Mann, Mario Oliveri, gab Joe schließlich den Hinweis auf Barbara Christman, den er brauchte.

Oliveri war Leiter jener Abteilung des Teams, die überprüft

hatte, ob menschliches Versagen vorlag und die Besatzung oder die Fluglotsen Fehler gemacht hatten.

Trotz der späten Stunde und des Umstands, zu Hause gestört worden zu sein, war Oliveri freundlich und erklärte, eine Nachteule zu sein, die nie vor eins zu Bett ging. »Aber Sie haben gewiß Verständnis dafür, Mr. Carpenter, daß ich mit Reportern nicht über Angelegenheiten unserer Behörde und die Einzelheiten von Untersuchungen spreche. Die sind der Öffentlichkeit ohnehin zugänglich.«

»Deshalb rufe ich nicht an, Mr. Oliveri. Ich kann eine Ihrer leitenden Ermittlerinnen nicht erreichen, mit der ich dringend sprechen muß. Ich hoffe, Sie können mir sagen, wie ich diese Frau erreichen kann. Mit dem Anrufbeantworter in ihrem Büro in Washington stimmt etwas nicht.«

»Eine Ermittlerin? Wir haben zur Zeit keine leitende Ermittlerin. Alle sechs sind Männer.«

»Barbara Christman.«

»Ah, Christman. Die ist schon vor Monaten in den Vorruhestand gegangen.«

»Haben Sie ihre Telefonnummer?«

Oliveri zögerte. Dann: »Leider nicht.«

»Aber vielleicht können Sie mir ja sagen, ob Christman in Washington selbst oder einem Vorort wohnt. Wenn ich weiß, wo sie wohnt, finde ich vielleicht ihre Nummer heraus ...«

»Ich habe gehört, daß sie nach Colorado zurückgekehrt ist«, sagte Oliveri. »Sie fing vor vielen Jahren in der Zweigstelle in Denver an, wurde dann nach Washington versetzt und hat sich dort zur leitenden Ermittlerin hochgearbeitet.«

»Also wohnt sie jetzt in Denver?«

Erneut schwieg Oliveri, als bereite schon das bloße Thema Barbara Christman ihm Unbehagen. »Ich glaube, sie kommt aus Colorado Springs«, sagte er schließlich. »Das liegt etwa hundert Kilometer südlich von Denver.«

Und keine sechzig Kilometer von jener Wiese entfernt, auf der die 747 mit einem Donnerschlag aufgeprallt war.

»Dann wohnt sie jetzt in Colorado Springs?« fragte Joe.

»Das weiß ich nicht.«

»Wenn sie verheiratet ist, könnte die Nummer unter dem Namen ihres Mannes eingetragen sein.«

»Sie ist schon seit vielen Jahren geschieden. Mr. Carpenter … ich frage mich, ob …«

Langen Sekunden verstrichen, doch Oliveri gelang es nicht, seinen Gedankengang zu Ende zu führen. Joe drängte ihn behutsam: »Sir?«

»Hat das etwas mit dem Flug Nationwide 353 zu tun?«

»Ja, Sir. Heute abend vor einem Jahr.«

Oliveri verfiel erneut in Schweigen.

»Ist an dem Absturz von Flug 353«, fragte Joe schließlich, »irgend etwas … ungewöhnlich?«

»Wie ich schon sagte, die Ergebnisse unserer Ermittlung liegen der Öffentlichkeit vor.«

»Das habe ich nicht gefragt.«

Die Leitung wurde von einem so tiefen Schweigen ausgefüllt, daß Joe fast geglaubt hätte, nicht mit Denver, sondern mit der Rückseite des Mondes verbunden zu sein.

»Mr. Oliveri?«

»Ich habe Ihnen wirklich nichts mehr zu sagen, Mr. Carpenter. Aber falls mir noch etwas einfällt … können Sie mir eine Nummer geben, unter der ich Sie erreichen kann?«

Statt Oliveri seine momentane Situation zu erklären, sagte Joe: »Falls Sie ein ehrlicher Mann sind, könnten Sie sich in Gefahr bringen, wenn Sie mich anrufen. Ein paar verdammt unangenehme Leute könnten sich plötzlich für Sie interessieren, wenn sie wüßten, daß wir miteinander in Verbindung stehen.«

»Was für Leute?«

Joe ignorierte die Frage. »Falls Sie sich an noch etwas erinnern … oder falls Sie sich irgendwas vom Gewissen reden wollen … denken Sie in Ruhe darüber nach. Ich melde mich in ein, zwei Tagen noch einmal.«

Joe hängte ein.

Motten fegten im Sturzflug dahin. Flogen gegen die Lampen über ihm. Fliegende Klischees: Licht zieht Motten an.

Joe konnte die nebelhafte Erinnerung noch immer nicht fassen.

Er rief die Auskunft in Colorado Springs an. Die Telefonistin gab ihm die Nummer einer Barbara Christman.

Sie hob nach dem zweiten Klingelzeichen ab. Ihre Stimme hörte sich nicht so an, als hätte sie schon geschlafen.

Vielleicht hatten einige der Ermittler, die über das unbeschreibliche Schlachtfeld einer großen Luftfahrtkatastrophe geschritten waren, hin und wieder Schwierigkeiten mit dem Einschlafen.

Joe nannte seinen Namen, erklärte, wo seine Familie an diesem Abend vor einem Jahr gewesen war und ließ durchblicken, noch immer als Reporter für die *Post* zu arbeiten.

Ihr Schweigen war so kalt wie das Oliveris und schien ebenfalls den weiten Weg vom Mond bis zu Joe zurückgelegt zu haben. »Sind Sie hier?« fragte sie dann.

»Wie bitte?«

»Von wo rufen Sie an? Sind Sie hier in Colorado Springs?«

»Nein. In Los Angeles.«

»Oh«, sagte sie, und Joe glaubte, einen ganz schwachen Seufzer des Bedauerns zu hören, als sie das Wort hauchte.

»Miss Christman«, sagte er, »Ich würde Ihnen gern einige Fragen über den Flug 353 ...«

»Es tut mir leid«, unterbrach sie ihn. »Ich weiß, Sie haben furchtbar darunter gelitten, Mr. Carpenter. Ich kann mir Ihren Schmerz nicht einmal annähernd vorstellen, und ich weiß, daß man es mitunter sehr schwer verarbeiten kann, wenn Familienangehörige bei einer dieser schrecklichen Katastrophen umgekommen sind, aber ich kann Ihnen nichts sagen, was Ihnen helfen würde, diesen Schicksalsschlag hinzunehmen oder ...«

»Ich will diese Sache nicht hinnehmen, Miss Christman. Ich will herausfinden, was mit diesem Flugzeug *wirklich* geschehen ist.«

»Für Menschen in Ihrer Lage, Mr. Carpenter, ist es nicht ungewöhnlich, Zuflucht in Verschwörungstheorien zu suchen, weil einem der Verlust sonst so sinnlos, so zufällig und unerklärlich vorkommt. Einige Leute glauben, wir würden die Unfähigkeit der Fluggesellschaft vertuschen oder wären von der Pilotenvereinigung bestochen worden und würden Beweise unterschlagen, daß die Besatzung betrunken war oder Drogen genommen hat. Es war nur ein Unfall, Mr. Carpenter. Aber würde ich noch so lange mit Ihnen telefonieren und versuchen, Ihnen das deutlich zu machen – ich würde Sie doch nicht überzeugen und Sie nur in Ihrer Verleugnungsphantasie bestärken. Sie haben mein tiefstes Mitgefühl, wirklich, aber Sie müssen nicht mit mir, sondern mit einem Therapeuten sprechen.«

Bevor Joe antworten konnte, legte Barbara Christman auf.

Er wählte erneut ihre Nummer. Obwohl er es vierzigmal klingeln ließ, hob sie nicht wieder ab.

Für den Augenblick hatte er alle Möglichkeiten ausgeschöpft, die sich ihm per Telefon boten.

Auf halbem Weg zu seinem Honda blieb er stehen. Er drehte sich um und betrachtete erneut die Seitenmauer der Tankstelle, auf der die aufgeblähten, unheimlich verzerrten Schatten der Motten auf den weißen Stuck geworfen wurden, wie alptraumhafte Phantome, die durch die bleichen Nebel einer Vision glitten.

Motten werden vom Licht anzogen. Drei Lichtpunkte, Flammen, in drei Öllampen. Hohe Glasschächte.

Joe erinnerte sich, wie die drei Flammen in den Glasabzügen höher sprangen. Gelbes Lampenlicht schimmerte auf Lisas ernstem Gesicht, und Schatten jagten im Haus der Delmanns die Wände der Küche hinauf.

Als es geschehen war, hatte Joe lediglich gedacht, ein wandernder Sog habe die Flammen in den Lampen in die Höhe gezogen, obwohl die Luft in der Küche völlig unbewegt gewesen war. Nun, im nachhinein, stellte sich bei ihm der Eindruck ein, daß die sich schlangengleich windenden Flammen, die sich mehrere Zentimeter von den drei Dochten erhoben hatte, auf irgendeine Weise wichtiger waren, als er bislang vermutete.

Der Vorfall hatte eine bestimmte Bedeutung.

Er beobachtete die Motten, dachte aber über die Dochte in den Öllampen nach. Er stand neben der Tankstelle, sah aber die Küche mit ihren Ahornschränken und den zuckerbraunen Arbeitsflächen aus Granit um sich herum.

Die Erleuchtung stieg in ihm nicht empor, wie die Flammen in den Öllampen für einen winzige Augenblick in die Höhe gezüngelt waren. So sehr Joe sich auch bemühte, er konnte die Bedeutung, die er ahnte, nicht greifen.

Er war müde, erschöpft, mitgenommen vom Schock des Tages. Bis er sich ausgeruht hatte, konnte er weder seinen Sinnen noch seinen Ahnungen vertrauen.

Als Joe im Motel auf dem Bett lag, ausgestreckt auf dem Rücken, den Kopf auf einem Schaumstoffkissen, das Herz auf einem Felsblock harter Erinnerungen, aß er einen Schokoriegel, den er an der Tankstelle gekauft hatte.

Bis zum letzten Bissen schmeckte er überhaupt nichts. Erst mit dem letzten Stück Schokolade breitete sich der Geschmack von Blut in seinem Mund aus, als hätte er sich in die Zunge gebissen.

Doch seine Zunge war nicht verletzt, und ihn plagte der vertraute Geschmack von Schuld. Ein weiterer Tag war zu Ende, und er lebte immer noch, ohne sein Überleben rechtfertigen zu können.

Bis auf das bleiche Mondlicht an der geöffneten Balkontür und den grünen Leuchtziffern der Digitaluhr war es dunkel im Zimmer. Joe starrte die Lampe unter der Decke an, die undeutlich auszumachen war – und das auch nur, weil die konvexe Glasscheibe vom Mondschein leicht mattiert wurde. Die Lampe schwebte wie ein Besucher aus dem Geisterreich über ihm.

Joe dachte an den leuchtenden Chardonnay in den drei Gläsern auf der Theke in der Küche der Delmanns. Nein, nein, am Wein konnte es nicht gelegen haben. Charlie hatte vielleicht davon gekostet, bevor er einschenkte, doch Georgine und Lisa hatten ihre Gläser nicht angerührt.

Gedanken schossen ihm durch den Kopf, flatterten umher wie erregte Motten und suchten Licht in der Dunkelheit seines Verstandes.

Joe wünschte sich, mit Beth in Virginia sprechen zu können. Aber vielleicht hatte man ihr Telefon angezapft und verfolgte seinen Anruf zurück, um ihn aufzuspüren. Außerdem befürchtete er, Beth und Henry in Gefahr zu bringen, wenn er ihnen irgend etwas darüber erzählte, was ihm zugestoßen war, seit er am Strand herausgefunden hatte, daß man ihn beschattete.

Eingelullt vom mütterlichen Herzgeräusch der rhythmischen Brandung, niedergezogen von Müdigkeit, fragte er sich, warum er der Selbstmordepidemie im Haus der Delmanns entgangen war, und glitt dann in einen Schlaf voller Alpträume.

Später erwachte er benommen in der Dunkelheit, auf der Seite liegend, mit dem Gesicht zum Wecker auf dem Nachttisch. Die grünen Leuchtziffern erinnerten ihn an die Uhr in Charlie Delmanns blutigem Schlafzimmer: Die Zeit sprang in Sätzen von zehn Minuten zurück.

Joe hatte angenommen, eine verirrte Schrotkugel hätte die Uhr getroffen und beschädigt. Nun, in der Ohnmacht des Schlafes, wurde ihm klar, daß es eine ganz andere Erklärung für diese Zeitsprünge gab – viel geheimnis- und bedeutungsvoller, als eine bloße Bleikugel es sein konnte.

Die Uhr und die Öllampen.

Blitzende Ziffern, springende Flammen.

Verbindungen.

Bedeutung.

Kurz ergriffen die Träume wieder von ihm Besitz, doch lange vor Anbruch der Dämmerung riß der Wecker ihn aus dem Schlaf. Joe hatte nicht einmal dreieinhalb Stunden geschlafen, doch nach einem Jahr ruheloser Nächte fühlte er sich sogar durch diesen unruhigen Schlummer erfrischt.

Als er sich nach einer kurzen Dusche anzog, betrachtete er die Digitaluhr. Was hatte er gesehen, als er kurz aufgewacht war? Was hatte sich ihm enthüllt? Joe konnte es genauso wenig erfassen wie in der Nacht, als er von Schlaf getränkt gewesen war.

Während die Küste noch auf die Dämmerung wartete, fuhr Joe zum International Airport von Los Angeles.

Er kaufte ein Tagesticket für einen Hin- und Rückflug nach Denver. Er würde rechtzeitig wieder in LA eintreffen, daß er seine Verabredung um achtzehn Uhr mit Demi – die mit der sexy-rauchigen Stimme – in dem Café in Westwood einhalten konnte.

Als Joe zum Flugsteig ging – seine Maschine war bereits aufgerufen worden –, sah er am Eincheckschalter eines Fluges nach Houston zwei junge Männer in blauen Roben. Ihre rasierten Köpfe, die goldenen Ringe in den linken Ohrläppchen und die weißen Tennisschuhe identifizierten sie als Mitglieder desselben Kults, dem auch die Gruppe angehört hatte, der Joe erst ein paar Stunden zuvor bei den Lagerfeuern am Strand begegnet war.

Einer der Männer war schwarz, der andere weiß, und beide hatten NEC-Laptops bei sich. Der Schwarze schaute auf seine Uhr, bei der es sich um eine goldene Rolex zu handeln schien. Wie immer ihr religiöser Glaube beschaffen sein mochte – mit den Hare Krishna schienen sie nicht viel gemein zu haben, und ein Armutsgelübde hatten sie offensichtlich auch nicht abgelegt.

Obwohl Joe zum erstenmal wieder einen Fuß in ein Flugzeug

setzte, seit er vor einem Jahr die Nachricht vom Tod Michelles und der Mädchen erhalten hatte, war er auf dem Flug nach Denver nicht nervös. Anfangs befürchtete er, wieder einen Angstanfall zu erleiden und den Absturz von Flug 353 zu durchleben, wie schon so oft, doch bereits nach ein paar Minuten wußte er, daß es ihm erspart bleiben würde.

Joe hatte keine Angst davor, bei einem Absturz zu sterben. So verrückt es auch sein mochte: Würde er auf genau dieselbe Weise ums Leben kommen wie seine Frau und die Töchter, würde er den langen Sturz zur Erde ruhig und furchtlos über sich ergehen lassen, denn ein solches Schicksal würde ihm wie eine willkommene Rückkehr zum Gleichgewicht im Universum erscheinen. Dann hätte sich ein Kreis geschlossen; dann wäre ein Unrecht endlich wiedergutgemacht.

Viel größere Sorgen bereitete ihm, was er am Ende seiner Reise von Barbara Christman erfahren würde.

Joe war sicher, daß sie die Vertraulichkeit eines Telefonats scheute, aber unter vier Augen mit ihm sprechen würde. Er glaubte nicht, sich den Anflug von Enttäuschung in ihrer Stimme nur eingebildet zu haben, als er ihr gesagt hatte, er riefe sie nicht aus Colorado Springs an. Außerdem hatte ihre Bemerkung, wie gefährlich es sei, an Verschwörungstheorien zu glauben und wie dringend erforderlich, daß er sich einer Trauertherapie unterzog, zwar mitfühlend und wohlformuliert angehört; dennoch hatte Joe den Eindruck, die Worte seien weniger für ihn als für die Ohren möglicher Lauscher bestimmt gewesen.

Falls Barbara Christman eine Last mit sich herumschleppte, von der sie sich befreien wollte, lag die Aufklärung des Geheimnisses von Flug 353 vielleicht in Reichweite.

Joe wollte die ganze Wahrheit wissen, *mußte* sie wissen, fürchtete sich aber davor, sie zu erfahren. Sollte er herausfinden, daß Menschen, nicht das Schicksal, für den Tod seiner Familie verantwortlich waren, würde der Friede der Gleichgültigkeit niemals für ihn zu erlangen sein. Der Weg zu *dieser* Wahrheit war kein Aufstieg zum sanften Licht inneren Friedens, sondern ein Abstieg in die Dunkelheit, das Chaos, den Mahlstrom.

Er holte die Ausdrucke der vier Artikel über Teknologik hervor, die er sich in der *Post* an Randy Colways Computer besorgt hatte.

Doch der Stil der Wirtschaftsseite war so trocken – und Joes Aufnahmefähigkeit nach nur dreieinhalb Stunden Schlaf so gering –, daß er sich nicht darauf konzentrieren konnte.

Während des Fluges über die Mojavewüste und die Rockies döste er immer wieder ein: zwei Stunden und fünfzehn Minuten verschwommer Träume, die von Öllampen und dem Leuchten von Digitalweckern entfacht wurden und in denen die Erkenntnis, was wirklich geschehen war, über Joe hinweggespült zu werden schien, so daß er noch immer begierig auf Antworten war, als er aufwachte.

In Denver war die Luftfeuchtigkeit ungewöhnlich hoch und der Himmel bewölkt. Im Westen lagen die Berge unter langsam vorrückenden Lawinen aus Morgennebel begraben.

Um einen Wagen zu mieten, hatte Joe außer seinem Führerschein eine Kreditkarte vorzeigen müssen. Doch er hatte eine Barkaution hinterlegt, um die Karte nicht benutzen zu müssen; denn für die Leute, die ihn aufspüren wollten, hinterließ die Karte vielleicht eine Plastikgeldspur, der sie folgen konnten.

Obwohl niemand im Flugzeug oder auf dem Flughafen sich auffällig für ihn interessiert zu haben schien, hielt Joe an einem Einkaufszentrum unweit des Flughafens und suchte den Wagen innen und außen, unter der Motorhaube und im Kofferraum nach einem Sender wie jenem ab, den er am Tag zuvor an seinem Honda gefunden hatte. Doch der gemietete Ford war sauber.

Vom Einkaufszentrum aus schlug er einen verworrenen Kurs über Haupt- und Nebenstraßen ein und hielt dabei im Rückspiegel nach einem Beschatter Ausschau. Als er sicher war, nicht verfolgt zu werden, fuhr er auf die Interstate 25 und in südliche Richtung.

Kilometer um Kilometer trieb Joe den Ford immer schneller voran und ignorierte schließlich sogar die Geschwindigkeitsbegrenzung. Er war sicher, Barbara Christman tot aufzufinden, falls er ihr Haus nicht rechtzeitig erreichte. Gestorben durch eigene Hand. Geopfert. Mit aufgeschlitztem Bauch. Oder weggeschossenem Hinterkopf.

KAPITEL 10

In Colorado Springs entdeckte Joe Barbara Christmans Anschrift im Telefonbuch. Sie wohnte in einem Haus, das eine Mischung aus viktorianischem und Queen-Anne-Stil darstellte – winzig zwar, aber ein wahres Schmuckstück, üppig im Stil der englischen Hochgotik verziert.

Als sie Joe auf sein Klingeln die Tür öffnete, ergriff sie das Wort, bevor er Gelegenheit hatte, sich vorzustellen. »Noch früher, als ich Sie erwartet habe.«

»Sind Sie Barbara Christman? Ich möchte …«

»Nicht hier.«

»Ich bin nicht sicher, ob Sie wissen, wer ich …«

»Doch, das weiß ich. Aber nicht hier.«

»Wo?«

»Ist das Ihr Wagen da am Straßenrand?« fragte sie.

»Der Mietwagen. Der Ford.«

»Fahren Sie eine Querstraße weiter. Nein, zwei. Warten Sie da. Ich hole Sie ab, und dann steigen Sie in meinen Wagen um.«

Sie schloß die Tür.

Joe blieb noch einen Augenblick auf der Veranda stehen und überlegte, ob er noch einmal klingeln sollte. Dann kam er zu dem Schluß, daß die Frau wohl kaum die Absicht hatte, vor ihm davonzulaufen.

Zwei Querstraßen südlich vom Haus Barbara Christmans parkte er neben dem Spielplatz einer Grundschule. Niemand benützte die Schaukeln, Wippen und Klettergerüste. Sonst hätte Joe anderswo geparkt, um nicht das glockenhelle Gelächter von Kindern hören zu müssen.

Er stieg aus und schaute nach Norden. Von der Frau war noch nichts zu sehen.

Joe blickte auf seine Armbanduhr. Zehn Minuten vor zehn, Pacific-Time. Hier war es eine Stunde später.

In acht Stunden mußte er wieder in Westwood sein, um sich mit Demi zu treffen – und mit Rose.

Über die verschlafene Straße wehte eine leichte, warme Brise und suchte in den Kronen der Kiefern nach verborgenen Vögeln.

Unter einem Himmel, der im Westen grauweiß vor sich senkendem Nebel und im Osten düster vor heranziehenden metallgrauen Gewitterwolken war, schien der Tag eine schwere Last unheilvoller Omen mit sich zu bringen. Auf Joes Nacken bildete sich eine Gänsehaut, und plötzlich kam er sich so ungeschützt vor wie eine Zielscheibe mit roten Ringen auf einem Schießstand.

Aus südlicher Richtung näherte sich ein Chevrolet. Joe sah drei Männer darin sitzen. Unauffällig ging er zur Beifahrerseite des Mietwagens, um Deckung zu haben, falls sie das Feuer auf ihn eröffneten. Doch die Männer fuhren vorbei, ohne auch nur in seine Richtung zu schauen.

Eine Minute später traf Barbara Christman in einem smaragdgrünen Ford Explorer ein. Sie roch schwach nach Bleiche und Seife. Offenbar hatte sie die große Wäsche gemacht, als Joe bei ihr klingelte.

»Ich frage mich, Miss Christman«, sagte er, als sie von der Grundschule in südliche Richtung fuhren, »wo Sie ein Foto von mir gesehen haben.«

»Habe ich nie«, erwiderte sie. »Und nennen Sie mich Barbara.«

»Also, Barbara ... woher wußten Sie dann, wer ich war, als Sie vorhin die Tür aufgemacht haben?«

»Mich hat seit ewigen Zeiten kein Fremder mehr besucht. Und als Sie letzte Nacht noch mal gerufen haben und ich nicht drangegangen bin, haben Sie es mindestens dreißigmal klingeln lassen.«

»Vierzigmal.«

»Selbst ein beharrlicher Mensch würde nach dem zwanzigsten Klingeln aufgeben. Sie haben nicht aufgegeben. Da wußte ich, daß Sie nicht bloß beharrlich, sondern vielleicht schon besessen sind. Ich wußte, Sie würden bald bei mir aufkreuzen.«

Sie war etwa fünfzig Jahre alt, trug Rockports, verblichene Jeans und eine veilchenblaue Baumwollbluse. Ihr dichtes weißes Haar sah aus, als sei es von einem guten alten Friseur geschnitten worden, statt von einem Schickeria-Coiffeur gestylt. Sie war sonnengebräunt, hatte ein breites Gesicht, das so offen und einladend war wie ein goldenes Weizenfeld in Kansas, und kam ihm ehrlich und vertrauenswürdig vor. Ihr Blick war fest, und Joe gefielen die Aura der Tüchtigkeit, die sie verbreitete, und die forsche Selbstsicherheit in ihrer Stimme.

»Vor wem haben Sie Angst, Barbara?«

»Ich weiß nicht, wer sie sind.«

»Ich werde die Antwort irgendwo herausfinden«, sagte er warnend.

»Ich sage Ihnen die Wahrheit, Joe. Ich habe nie erfahren, wer sie sind. Aber diese Leute ziehen an Fäden, von denen ich nie geglaubt hätte, daß man überhaupt daran ziehen *kann.*«

»Um die Ergebnisse der NTSB-Ermittlung zu manipulieren?«

»Das NTSB ist integer, glaube ich. Noch. Aber diese Leute konnten ... sie konnten einige Beweise verschwinden lassen.«

»Was für Beweise?«

Barbara bremste, um vor einer roten Ampel zu halten. »Was hat Sie eigentlich nach so langer Zeit argwöhnisch werden lassen, Joe?« fragte sie. »Was ist Ihnen an der Sache nicht geheuer vorgekommen?«

»Ich hab' die Geschichte geglaubt – bis ich die einzige Überlebende kennenlernte.«

Sie schaute ihn verdutzt an, als hätte er in einer Fremdsprache gesprochen, die ihr völlig unbekannt war.

»Rose Tucker«, sagte er.

In ihren haselnußbraunen Augen schien keine Täuschung zu liegen, dafür aber ehrliche Verwirrung in ihrer Stimme, als sie sagte: »Wer ist das?«

»Sie war an Bord des Fluges 353. Gestern hat sie die Gräber meiner Frau und Töchter besucht. Ich habe sie dort überrascht.«

»Unmöglich. Niemand hat überlebt. Niemand hätte überleben *können.*«

»Sie stand auf der Passagierliste.«

Barbara starrte ihn sprachlos an.

»Und einige gefährliche Leute machen Jagd auf sie – und jetzt auch auf mich«, fuhr er fort. »Vielleicht dieselben Leute, die Beweise verschwinden ließen.«

Hinter ihnen plärrte eine Hupe. Die Ampel war auf grünes Licht umgesprungen.

Als Barbara anfuhr, griff sie zu den Schaltern auf dem Armaturenbrett und stellte die Luftzufuhr der Klimaanlage kleiner, als würde sie plötzlich frösteln. »Niemand hätte überleben können«, beharrte sie. »Das war kein normaler Senkflug, nach dem die Maschine aufprallt, vielleicht noch einmal hochgeschleudert wird und dann weiterrutscht. In solchen Fällen besteht eine mehr oder weniger große Chance, daß jemand überlebt, je nach Aufschlagswinkel und einer Menge anderer Faktoren. Bei Flug 353 handelte sich um einen katastrophalen, fast senkrechten Absturz mit der Nase voraus.«

»Senkrecht mit der Nase voraus? Ich dachte immer, die Maschine sei ins Schlingern geraten und auseinandergebrochen.«

»Haben Sie keine Zeitungsberichte gelesen?«

Er schüttelte den Kopf. »Das konnte ich nicht. Ich nahm einfach an ...«

»Es war kein Aufprall, nach dem die Maschine wieder hochgeschleudert wurde«, wiederholte Barbara. »Sie hat sich fast senkrecht in den Boden gebohrt. Ganz ähnlich wie im September 1994 bei Hopewell. Eine 737 der USAir ging auf dem Weg nach Pittsburgh im Verwaltungsbezirk Hopewell runter und wurde einfach ... ausgelöscht. Beim Flug 353 muß es genauso ... es tut mir leid, Joe, aber es muß gewesen sein, als hätte man im Zentrum einer Explosion gestanden. Der Explosion eine sehr großen Bombe.«

»Es gab einige Überreste, die man nie identifizieren konnte.«

»Es blieb sehr wenig übrig, das man überhaupt identifizieren konnte. Die Auswirkungen eines solchen Absturzes ... es ist grausiger, als Sie sich vorstellen können, Joe. So schlimm, daß Sie es nicht wissen wollen, glauben Sie mir.«

Er mußte an die winzigen Särge denken, in denen man ihm die Überreste seiner Familienangehörigen überführt hatte, und die Kraft dieser Erinnerung preßte sein Herz zu einem kleinen Stein zusammen.

»Ich will darauf hinaus«, sagte er schließlich, als er wieder sprechen konnte, »daß es eine Anzahl von Passagieren gab, von denen die Pathologen nicht die geringsten Überreste finden konnten. Menschen, die binnen eines Augenblicks einfach ... zu existieren aufhörten. Verschwanden.«

»Das galt für die große Mehrzahl der Passagiere«, sagte Barbara, bog auf den State Highway 115 ab und fuhr unter einem Himmel, der so hart war wie ein Eisenkessel, in südliche Richtung.

»Vielleicht hat diese Rose Tucker sich bei dem Aufprall nicht einfach ... nicht einfach aufgelöst wie die anderen. Vielleicht ist sie verschwunden, weil sie die Absturzstelle verlassen hat.«

»Verlassen?«

»Die Frau, der ich begegnet bin, war nicht entstellt oder verkrüppelt. Sie schien den Absturz ohne die kleinste Narbe überstanden zu haben.«

Barbara schüttelte unerbittlich den Kopf. »Dann hat die Frau Sie belogen, Joe. Dreist gelogen. Dann war sie nicht in diesem Flugzeug. Dann treibt sie irgendein perverses Spiel mit Ihnen.«

»Ich glaube ihr.«

»Warum?«

»Wegen gewisser Dinge, die ich gesehen habe.«

»Was für Dinge?«

»Ich glaube nicht, daß ich es Ihnen sagen sollte. Denn wenn Sie es erst wissen ... hängen Sie vielleicht genauso tief in der Sache drin wie ich. Ich will Sie nicht mehr in Gefahr bringen als unbedingt nötig. Ich habe Ihnen vielleicht schon Schwierigkeiten eingebrockt, indem ich einfach nur hierher gekommen bin.«

Sie schwieg eine Zeitlang. »Wenn Sie tatsächlich glauben, daß es eine Überlebende gibt«, sagte sie dann, »müssen Sie etwas sehr Außergewöhnliches gesehen haben.«

»So seltsam, daß Sie es sich nicht vorstellen können.«

»Ich ... ich kann trotzdem nicht glauben, daß jemand das überlebt hat«, sagte sie.

»Gut. Das ist auch sicherer für Sie.«

Sie hatten Colorado Springs verlassen und waren durch Vororte in eine zunehmend ländlichere Gegend gefahren, in der hauptsächlich Ranches angesiedelt waren. Im Osten wurden die Hochebenen immer karger und trockener. Im Westen erhob das Land mit seinen Feldern und Wäldern sich allmählich zu Gebirgsausläufern, die zum Teil von grauem Nebel verhüllt wurden.

»Sie fahren doch nicht ziellos durch die Gegend, oder?« fragte Joe.

»Wenn Sie ganz verstehen wollen, was ich Ihnen sagen werde, wird es Ihnen helfen, wenn Sie die Stelle sehen.« Sie wandte den

Blick von der Straße ab und schaute Joe an, und in ihren freundlichen Augen war die Besorgnis um ihn offensichtlich. »Meinen Sie, Sie schaffen das, Joe?«

»Wir fahren ... dorthin.«

»Ja. Falls Sie es durchstehen können.«

Joe schloß die Augen und bemühte sich, die aufwallende Angst zu unterdrücken. In seiner Einbildung hörte er das Kreischen der Triebwerke des Flugzeugs.

Die Absturzstelle lag etwa fünfzig bis sechzig Kilometer südwestlich von Colorado Springs.

Barbara Christman nahm ihn zu der Wiese mit, auf der die 747 wie ein Glasgefäß zerschmettert war.

»Nur, wenn Sie es verkraften«, sagte sie sanft.

Die Substanz seines Herzens schien sich zu verdichten, bis es schließlich wie ein Schwarzes Loch in seiner Brust war.

Der Explorer wurde langsamer. Barbara wollte auf die Standspur des Highways fahren.

Joe schlug die Augen auf. Selbst das von Gewitterwolken gefilterte Licht kam ihm zu hell vor. Er zwang sich, nicht mehr auf das Tosen der Flugzeugtriebwerke in seinem Kopf zu hören.

»Nein«, sagte er. »Halten Sie nicht an. Fahren wir weiter. Ich schaffe das schon. Ich hab' nichts mehr zu verlieren.«

Sie bogen vom State Highway zuerst auf eine Schotterstraße ab, dann auf eine völlig unbefestigte Fahrspur, die nach Westen durch einen Wald hoher Pappeln führte, deren Äste sich wie grünes Feuer himmelwärts bogen. Die Pappeln wichen schließlich Lärchen und Birken, die dann, als der Weg immer schmaler und der Wald zunehmend dichter wurde, von weißen Kiefern abgelöst wurden.

Der Fahrweg wies mehr und mehr Schlaglöcher auf, wurde immer zerfurchter und schlängelte sich zwischen den Bäumen hindurch, als wäre er seine Aufgabe leid und hätte die Orientierung verloren. Schließlich wurde die Fahrspur von Unkraut überwuchert und rollte sich unter einem Baldachin aus Ästen von Nadelbäumen wie zur Ruhe zusammen.

»Von hier aus müssen wir zu Fuß weiter«, sagte Barbara, als sie die Handbremse zog und den Motor abstellte. »Es ist nicht mal einen Kilometer weit, und es gibt hier kaum Unterholz.«

Obwohl der Wald nicht so dicht und ursprünglich war wie die gewaltigen Kiefern-, Fichten- und Tannenbestände auf den nebelverhangenen Bergen, die sich im Westen erhoben, war die Zivilisation so weit von hier entfernt, daß die schwermütige Stille an die in einer menschenleeren Kirche erinnerte. Dieses besinnliche Schweigen, in dem das leise Knirschen ihrer Schritte auf den Kiefernnadeln und das Knacken von Zweigen ertönten, war für Joe genauso bedrückend wie das eingebildete Tosen von Düsentriebwerken, das ihn manchmal in Angstanfälle stürzte. Es war eine Stille voller unheimlicher, bedrohlicher Erwartungen.

Er folgte Barbara durch einen Säulengang hoher Bäume unter grünen Gewölben. Selbst am späten Vormittag waren die Schatten so tief wie im Kreuzgang eines Klosters.

Die Luft roch frisch nach Kiefern. Und gleichzeitig muffig nach Giftpilzen und natürlichem Mulch.

Mit jedem Schritt sickerte ein Frösteln, so feucht wie Eis, aus Joes Knochen und durch sein Fleisch, dann aus seiner Stirn, der Kopfhaut, dem Nacken, der Krümmung der Wirbelsäule. Der Tag war warm, aber Joe nicht.

Schließlich konnte er das Ende der Baumreihen sehen, eine offene Fläche hinter der letzten der weißen Kiefern. Obwohl der Wald allmählich eine klaustrophobische Reaktion in Joe auslöste, zögerte er nun, das dichte Grün zu verlassen und sich der Enthüllung zu stellen, die dahinter auf ihn wartete.

Zitternd folgte er Barbara zwischen den letzten Bäumen hindurch zum unteren Ende einer sanft ansteigenden Wiese. Die Lichtung war in Nord-Süd-Richtung dreihundert Meter breit – und von der Ostseite, von der sie gekommen waren, bis zum bewaldeten Kamm am Westrand doppelt so lang.

Die Trümmer waren längst fortgeräumt, schienen aber noch auf der Wiese zu spuken.

Der schmelzende Schnee des vergangenen Winters und die heftigen Regenfälle des Frühlings hatten eine heilende Breipackung aus Gras auf das zerfetzte, verbrannte Land gelegt. Doch das Gras und die verstreuten gelben Wildblumen konnten nicht die schrecklichste Wunde in der Erde verbergen: eine eiförmige Vertiefung mit zerklüfteten Rändern von etwa neunzig mal sechzig Metern. Dieser gewaltige Krater lag hügelaufwärts, im nordwestlichen Viertel der Wiese.

»Die Aufschlagstelle«, sagte Barbara Christman.

Sie schritten Seite an Seite und gingen in Richtung der Stelle, wo sich fast eine Dreiviertelmillion Pfund kreischend aus dem Nachthimmel in die Erde gebohrt hatte, doch Joe fiel rasch hinter Barbara zurück und blieb schließlich stehen. Seine Seele war so ausgehöhlt wie diese Wiese, gepflügt von Schmerz.

Barbara ging zu Joe zurück und legte wortlos eine Hand in die seine. Er hielt sie fest, und sie machten sich wieder auf den Weg.

Als sie sich der Aufschlagstelle näherten, sah Joe die vom Feuer geschwärzten Bäume am nördlichen Waldrand, die auf dem Foto in der *Post* den Hintergrund der Trümmerlandschaft gebildet hatten. Einige Kiefern waren von den Flammen sämtlicher Nadeln beraubt worden; ihre Äste waren verkohlte Stummel. Ungefähr zwanzig versengte Espen, so spröde wie Holzkohle, drückten dem trostlosen Himmel einen Stempel scharf umrissener geometrischer Formen auf.

Sie blieben am unterminierten Rand des Kraters stehen. Stellenweise lag der unebene Erdboden so tief unter ihnen, als befänden sie sich im zweiten Stock eines Gebäudes. Obwohl sich an den schrägen Wänden einige stoppelige Grasflächen gebildet hatten, wuchs auf dem Grund der Vertiefung keins. Dort waren unter einer dünnen Schicht aus Erde und braunen Blättern, die der Wind abgelagert hatte, zerschmetterte graue Steinplatten zu sehen.

»Das Flugzeug prallte mit einer solchen Wucht auf«, sagte Barbara, »daß es Erdreich wegsprengte, das sich im Laufe von Jahrtausenden angesammelt hat, und trotzdem noch die Felssohle darunter zerschmetterte.«

Joe wurde von der Wucht des Absturzes noch heftiger erschüttert, als er erwartet hatte. Er wandte seine Aufmerksamkeit dem düsteren Himmel zu und versuchte, tief durchzuatmen.

Ein Adler tauchte aus dem Nebel über den Bergen im Westen auf. Er flog auf einem Kurs nach Osten, der so schnurgerade war wie eine Breitengradlinie auf einer Landkarte, und zeichnete sich als Silhouette vor der grauweißen Bewölkung ab. Er war fast so dunkel wie Poes Rabe, schien dann aber so bleich wie ein Geist zu werden, als er unter jenem Teil des Himmels entlangglitt, der von den sich noch immer verdichtenden Unwetterwolken blauschwarz gemalt wurde.

Joe drehte sich um und beobachtete den Vogel, als er über sie hinweg und davon flog.

»Flug 353«, sagte Barbara, »war genau auf Kurs und hatte keinerlei Probleme gemeldet, als er das Navigationsfunkfeuer Goodland passierte, das sich etwa dreihundert Kilometer östlich von Colorado Springs befindet. Als die Maschine hier abstürzte, war sie vierundvierzig Kilometer vom Kurs abgewichen.«

Barbara Christman ermutigte Joe, sie auf einer gemächlichen Umrundung des Kraterrands zu begleiten. Dabei faßte sie die bislang bekannten Fakten über die abgestürzte 747 zusammen, vom Start bis zur Katastrophe.

Nach dem Start vom John F. Kennedy International Airport in New York City wäre Flug 353 mit Ziel Los Angeles normalerweise einem Flugkorridor gefolgt, der etwas südlich von der Route lag, für die man sich an jenem Augustabend aufgrund von Gewittern im gesamten Süden und Tornadowarnungen im südlichen Mittelwesten entschieden hatte. Von noch größerer Bedeutung war, daß die Gegenwinde im nördlicheren Korridor beträchtlich schwächer als die im südlicheren waren; indem man den Weg des geringsten Widerstands wählte, konnten die Flugzeit und der Treibstoffverbrauch beträchtlich verringert werden. Folglich teilte der leitende Flugstreckenplaner von Nationwide die Maschine der Flugroute 146 zu.

Nach dem Start vom JFK, der nur mit vier Minuten Verspätung erfolgte, führte der Nonstopflug nach LAX hoch über das nördliche Pennsylvania hinweg, über Cleveland, die südliche Krümmung des Eriesees und das südliche Michigan. Die Maschine hielt sich südlich von Chicago und überquerte auf dem Weg von Illinois nach Iowa in Höhe der Stadt Davenport den Mississippi. In Nebraska flog sie über das Navigationsfunkfeuer Lincoln hinweg und schlug dann einen Kurs Südwest zum nächsten großen Funkfeuer ein, das sich bei Goodland im nordwestlichen Zipfel von Kansas befand.

Der zerschmetterte Flugschreiber, den man aus den Trümmern hatte bergen können, verriet schließlich, daß der Pilot die richtige Kurskorrektur vorgenommen hatte, die ihn von Goodland zum nächsten großen Funkfeuer bei Blue Mesa in Colorado führen sollte. Doch etwa einhundertachtzig Kilometer hinter Goodland ging irgend etwas schief. Obwohl die 747 weder an Höhe, noch an Geschwindigkeit verlor, verließ sie die zugewiesene Flugbahn 146 um sieben Grad in westsüdwestlicher Richtung.

Zwei Minuten lang geschah nichts weiter – und dann nahm das Flugzeug eine plötzliche Richtungsänderung um drei Grad nach rechts vor, als hätte der Pilot endlich erkannt, daß er vom Kurs abgewichen war. Doch nur drei Sekunden später erfolgte eine ebenso plötzliche Richtungsänderung um vier Grad nach links.

Die Analyse sämtlicher dreißig Parameter, die von diesem Flugschreibermodell aufgezeichnet wurden, schienen zu bestätigen, daß diese Richtungsänderungen entweder ein Gieren der Maschine gewesen waren oder zu einem Gieren führten. Zuerst waren der Schwanz nach links – backbord – geschwungen und die Nase nach rechts – nach steuerbord –, dann der Schwanz nach rechts und die Nase nach links: ein Schlittern in der Luft, beinahe, wie ein Auto beim Abbremsen auf eisglatter Straße ins Schleudern geraten kann.

Die Datenanalyse nach dem Absturz gab ebenfalls Anlaß zur Vermutung, daß der Pilot diese abrupten Richtungsänderungen durch wechselseitige Seitenruderbetätigung herbeigeführt hatte – was keinen Sinn ergab. Praktisch jedes Gieren resultiert aus Bewegungen des Heckruders, der vertikalen Flügelfläche im Schwanz, doch Piloten von Passagiermaschinen vermeiden aus Rücksicht auf ihre Fluggäste den Einsatz dieses Ruders. Ein starkes Gieren führt zu einer lateralen Beschleunigung, die stehende Passagiere von den Füßen reißen, Essen und Getränke zu Boden schleudern und einen allgemeinen Zustand der Furcht, ja Panik verursachen kann.

Captain Delroy Blane und sein Kopilot, Victor Santorelli, waren Veteranen mit insgesamt zweiundvierzig Jahren Erfahrung als Piloten von Passagierflugzeugen. Für sämtliche Richtungsänderungen hätten sie die Querruder an den Tragflächenenden des Flugzeugs benützt, mit denen man die Maschine sanft in eine Kurve legen kann. Nur im Fall eines Triebwerkausfalls beim Start oder bei starkem Gegenwind bei der Landung hätten sie auf die Seitenruder zurückgegriffen.

Der Flugdatenschreiber hatte aufgezeichnet, daß acht Sekunden nach dem ersten Gieren eine weitere abrupte Richtungsänderung um drei Grad mit der Nase nach links und zwei Sekunden später ein noch schärferer Schwenk um sieben Grad, ebenfalls nach links erfolgt waren. Beide Triebwerke liefen mit voller Leistung und waren weder für die Richtungsänderungen noch für die nachfolgende Katastrophe verantwortlich.

Als der Vorderteil des Flugzeugs scharf nach backbord schwenkte, bewegte die Steuerbordtragfläche sich dabei schneller durch die Luft und wurde abrupt angehoben, wodurch die Backbordtragfläche nach unten gedrückt wurde. Während der nächsten schicksalhaften zweiundzwanzig Sekunden wuchs der seitliche Neigungswinkel auf einhundertsechsundvierzig Grad an, während die Nase um vierundachtzig Grad nach unten kippte.

In dieser unglaublich kurzen Zeitspanne verließ die 747 ihre parallel zur Erdoberfläche verlaufende Flugbahn und setzte zu einem tödlichen Rollen in der Luft an, während die Nase fast senkrecht nach unten wies.

So erfahrene Piloten wie Blane und Santorelli hätten das Gieren normalerweise rasch korrigieren müssen, bevor es zu einem Rollen kam. Selbst dann noch hätten sie die Maschine aus der Rollbewegung hochziehen können, bevor es zu dem tödlichen Steilflug kam. Die Experten, die untersucht hatten, ob menschliches Versagen für den Absturz verantwortlich war, hatten die Situation durchgespielt: Bei jedem nur vorstellbaren Szenario hätte der Flugkapitän das Steuerruder hart nach rechts ziehen und die Querruder benützen müssen, um die 747 wieder auf Höhenflug zu bringen.

Statt dessen – vielleicht wegen eines unerklärlichen Versagens der hydraulischen Systeme, das die Bemühungen der Piloten zunichte machte – drehte Flug Nationwide 353 sich mit dem Kopf voraus in einen steilen Sturzflug. Da beide Triebwerke noch arbeiteten, schlug das Flugzeug wie eine *Rakete* auf der Wiese ein, ließ Erdreich auseinanderspritzen, das sich im Laufe von Jahrtausenden angesammelt hatte, als sei es Wasser, und bohrte sich mit einer solchen Wucht in die Felssohle, daß die stählernen Turbinenschaufeln der Pratt-&-Whitney-Triebwerke zerrissen, als bestünden sie aus Balsaholz. Der Donnerschlag war so laut, daß alle gefiederten Bewohner der Bäume bis zur halben Höhe an den Hängen des fernen Pikes Peak aufgeschreckt wurden.

Als Barbara und Joe den Einschlagskrater zur Hälfte umrundet hatten, blieben sie stehen. Nun schauten sie nach Osten, zu den vorbeiziehenden Gewitterwolken, doch ihre Gedanken galten weniger den bevorstehenden Blitzen als dem kurzen Donnerschlag in jener Nacht vor einem Jahr.

Drei Stunden nach dem Absturz startete die Maschine mit den Mitgliedern des Untersuchungsteams, die aus Washington hinzugezogen wurden, vom National Airport. Sie machten die Reise in einem Gulfstream-Jet der Federal Aviation Administration, der Bundesluftfahrtbehörde.

Noch in der Nacht hatten Polizei und Feuerwehr des Pueblo County festgestellt, daß es keine Überlebenden gab. Die Einsatzkräfte zogen sich zurück, um keine Beweise zu vernichten, die das NTSB möglicherweise zur Feststellung der Unfallursache benötigte, und sicherten den Umkreis der Absturzstelle ab.

Bei Tagesanbruch landete das Go-Team in Pueblo, Colorado; dieser Ort lag näher an der Absturzstelle als Colorado Springs. Dort wurden sie von örtlichen Angestellten der FAA erwartet, die bereits den Flugschreiber und das automatische Tonbandgerät aus dem Cockpit der 747 sichergestellt hatten. Beide Geräte sendeten Funksignale aus, die problemlos lokalisiert werden konnten; daher war trotz der Dunkelheit und der relativen Abgeschiedenheit der Absturzstelle die rasche Bergung der Geräte aus den Trümmern möglich gewesen.

»Die Datenschreiber wurden mit dem Gulfstream nach Washington gebracht, um dort in den Labors des NTSB untersucht zu werden«, sagte Barbara. »Ihre Stahlmäntel waren schwer beschädigt, teilweise sogar aufgerissen, doch wir hofften, den Geräten noch Daten entnehmen zu können.«

Das Untersuchungsteam des NTSB wurde in einer Karawane allradgetriebener Fahrzeuge, die vom Personal der Bezirksverwaltung gefahren wurden, zu einer ersten Untersuchung zur Absturzstelle gebracht. Der gesicherte Umkreis erstreckte sich bis zu der Schotterstraße, die vom State Highway 115 abzweigte, und in der Nähe dieser Abzweigung hatten sich an beiden Seiten der befestigten Straße Feuerwehr- und Polizeifahrzeuge eingefunden, Krankenwagen, triste Limousinen von Staats- und Bundesbehörden, Fahrzeuge der Gerichtsmedizin und Hunderte von Autos und Kleinlastern, die den ehrlich Betroffenen, den Neugierigen und den Leichenfledderern gehörten.

»Es ist immer ein Chaos«, sagte Barbara. »Jede Menge Übertragungswagen von Fernsehgesellschaften mit Satellitenschüsseln. Fast hundertfünfzig Presseleute. Als sie uns kommen sahen, sind sie auf uns los, wollten Erklärungen haben. Aber wir wußten ja noch nichts. Wir sind direkt zur Absturzstelle weitergefahren.«

Ihre Stimme wurde schwächer. Sie steckte die Hände in die Taschen ihrer Jeans.

Es ging kein Wind. Zwischen den Wildblumen flogen keine Bienen umher. Der Wald in unmittelbarer Umgebung war voller regloser Mönchbäume, die Schweigegelübde abgelegt hatten.

Joe wandte den Blick von den schwarzen, noch stummen Gewitterwolken, aus denen jeden Moment der Donner grollen konnte, und blickte in den Krater, in dem der Donner des Fluges 353 jetzt nur noch eine Erinnerung war, die das zerschmetterte Gestein tief in sich barg.

»Es geht schon«, versicherte er Barbara, wenn auch mit schwerer Zunge. »Erzählen Sie weiter. Ich muß wissen, wie es gewesen ist.«

Barbara schwieg noch eine Zeitlang, sammelte ihre Gedanken und überlegte, wieviel sie ihm sagen durfte. »Wenn man mit einem Go-Team eintrifft«, fuhr sie schließlich fort, »ist der erste Eindruck immer derselbe. Immer. Der Geruch. Diesen Gestank vergißt man niemals. Gasolin. Schwelender Kunststoff und Plastik – selbst die neuen Thermoplastikverbindungen und Phenolplastik brennen unter extremen Umständen. Man riecht den Gestank versengter Isolierungen, geschmolzenen Gummis und ... verbrannten Fleisches, und den der biologischen Abfälle aus den aufgerissenen Toilettentanks und der Leichen.«

Joe zwang sich, weiterhin in die Grube zu schauen, da er diesen Ort mit einer neuen Kraft verlassen mußte, die es ihm ermöglichte, allen Widrigkeiten zum Trotz Gerechtigkeit zu suchen, ganz gleich, wie mächtig seine Widersacher sein mochten.

»Normalerweise«, sagte Barbara, »findet man selbst bei den schrecklichsten Abstürzen noch einige Trümmerstücke, die groß genug sind, daß man sich vorstellen kann, wie das Flugzeug einmal ausgesehen hat. Eine Tragfläche. Das Leitwerk. Einen längeren Teil des Rumpfs. Je nach Aufprallwinkel bleiben manchmal sogar die Nase und das Cockpit größtenteils unversehrt.«

»Und beim Flug 353?«

»Die Trümmer waren dermaßen zerfetzt und verdreht und zusammengepreßt, daß man auf den ersten Blick unmöglich erkennen konnte, daß es sich um ein Flugzeug gehandelt hatte. Wir glaubten zuerst, ein Großteil der Maschine müsse irgendwo anders heruntergegangen sein. Aber sie war hier über die Wiese verstreut, teilweise über die bewaldeten Hügel im Westen und Norden. Es war alles da ... aber kaum ein Teil war größer als eine Autotür. Auf den ersten Blick konnte ich lediglich den Teil eines Triebwerks und ein dreisitziges Passagiermodul erkennen.«

»War das der schlimmste Absturz, den Sie je gesehen haben?«

»Ich habe nie einen schlimmeren gesehen. Nur zwei andere, die vielleicht ähnlich schrecklich waren – darunter der 1994 in Pennsylvania, Hopewell, Flug USAir 427, mit Zielort Pittsburgh. Der Flug, den ich schon einmal erwähnt habe. Ich habe die Ermittlungen damals zwar nicht geleitet, war aber dabei.«

»Die Leichen bei diesem Absturz. Wie sahen Sie aus, als Sie eintrafen?«

»Joe ...«

»Sie haben gesagt, niemand hätte überleben können. Warum sind Sie sich dessen so sicher?«

»Sie wollen das *Warum* nicht wissen.« Als Joe sie anschaute, wandte sie den Blick ab. »Das sind Bilder, die einen im Schlaf verfolgen, Joe. Sie schleifen einen Teil Ihrer Seele ab.«

»Was war mit den Leichen?« beharrte er.

Mit beiden Händen schob sie ihr weißes Haar vom Gesicht zurück. Sie schüttelte den Kopf und steckte die Hände wieder in die Taschen.

Joe atmete tief ein, zitternd aus und wiederholte seine Frage. »Was war mit den Leichen? Ich muß alles wissen, was ich erfahren kann. Jede Einzelheit könnte hilfreich sein. Und selbst wenn es mir keine Hilfe ist ... wird es meinen Zorn wach halten. Und im Augenblick, Barbara, brauche ich diesen Zorn, um überhaupt weitermachen zu können.«

»Keine Leiche war unversehrt.«

»Keine einzige?«

»Nicht einmal annähernd unversehrt.«

»Wie viele von den dreihundertunddreißig konnten die Pathologen identifizieren? Bei wie vielen haben sie wenigstens ein paar Zähne oder Körperteile gefunden, irgend etwas, das ihnen verriet, um wen es sich handelte?«

Barbaras Stimme war ausdruckslos, bemüht gefühllos, aber fast ein Flüstern. »Ich glaube, bei gut einhundert.«

»Gebrochene und abgetrennte Gliedmaßen, Verstümmelungen«, sagte er und versetzte sich selbst mit jedem einzelnen Wort einen furchtbaren Schlag.

»Viel schlimmer. Die gewaltige Aufprallenergie, die in einem einzigen Augenblick freigesetzt wird ... man konnte die meisten biologischen Überreste nicht einmal als menschlich erkennen. Aufgrund der Blut- und Gewebekontamination war das Risiko infektiöser Krankheiten sehr hoch, und wir mußten uns wieder zurückziehen und konnten die Absturzstelle später nur in biologischer Schutzkleidung betreten. Jedes Trümmerstück mußte natürlich davongekarrt und von den Konstruktionsspezialisten dokumentiert werden – und um diese Leute zu schützen, mußten wir an der Schotterstraße vier Dekontaminationsstationen einrichten. Die meisten Trümmer mußten dort präpariert werden, bevor wir sie in einen Hangar auf dem Flughafen von Pueblo bringen konnten.«

»Es war also fast so, als hätte man einen Baumstamm durch eine Papiermühle geschoben«, sagte Joe brutal, um sich zu beweisen, daß sein Schmerz niemals die Oberhand über seinen Zorn bekommen würde, bis seine Suche beendet war.

»Das reicht, Joe. Weitere Einzelheiten können Ihnen *auf keinen Fall* helfen.«

Die Wiese war so völlig geräuschlos, daß sie der Zündungspunkt der gesamten Schöpfung hätte sein können, von der aus Gottes Kraft vor Urzeiten zu den fernsten Enden des Universums geflossen war und nur ein stummes Vakuum zurückgelassen hatte.

Ein paar fette Bienen verzichteten, geschwächt von der Augusthitze, die Joes Frösteln nicht durchdringen konnte, auf ihre übliche pfeilschnelle Dringlichkeit und torkelten lahm von einer Wildblume zur anderen über die Wiese, als flögen sie im Schlaf und setzten den kollektiven Traum, Nektar zu sammeln, in die Tat um. Die trägen Bestäuber übten ihre Arbeit aus, ohne daß Joe ein Summen hörte.

»Und die Ursache«, fragte er, »war ein Versagen der Hydraulikkontrolle – diese Sache mit dem Ruder, dem Gieren und dann dem Rollen?«

»Sie haben wirklich nichts darüber gelesen, oder?«

»Ich konnte es nicht.«

»Eine Bombe, anormale Wetterverhältnisse, Turbulenzstrudel durch ein anderes Flugzeug und verschiedene andere Faktoren konnten ziemlich schnell als mögliche Unfallursache eliminiert werden«, sagte Barbara. »Und die Konstruktionsspezialisten, nicht weniger als neunundzwanzig Personen, untersuchten die Trümmer in dem Hangar in Pueblo acht Monate lang, ohne eine wahrscheinliche Ursache feststellen zu können. Zum Beispiel eine Funktionsstörung der Gierdämpfer. Oder ein Versagen der elektronischen Türverschlüsse. Eine Zeitlang vermuteten sie ein Triebwerksversagen. Und eine Funktionsstörung der Schubumkehrer. Aber dann haben sie diese Vermutungen fallen lassen, und es wurde keine offizielle wahrscheinliche Unfallursache genannt.«

»Ist das ungewöhnlich?«

»Ja. Aber manchmal *kommen* wir einfach nicht dahinter. Wie 1994 beim Hopewell-Absturz. Übrigens auch bei einer anderen 737, die 1991 beim Landeanflug auf Colorado Springs abstürzte. Auch da gab es keine Überlebenden. So was kommt also schon mal vor, und dann stehen wir dumm da.«

Joe wurde klar, daß Barbara Christmans Worte eine beunruhigende Einschränkung enthalten hatten: keine *offizielle* wahrscheinliche Unfallursache.

Dann ging ihm noch ein Licht auf: »Sie haben vor sieben Monaten beim NTSB ihren Abschied eingereicht und sind in den Vorruhestand gegangen. Das hat mir Mario Oliveri erzählt.«

»Mario. Tüchtiger Mann. Er war bei dieser Untersuchung Leiter des Teams, das ermitteln sollte, ob menschliches Versagen vorlag. Aber ich habe die Kündigung schon vor fast neun Monaten eingereicht.«

»Wenn die Konstruktionsspezialisten die Trümmer acht Monate nach dem Absturz noch immer untersucht haben ... warum sind Sie dann nicht geblieben, bis sämtliche Nachforschungen abgeschlossen waren? Immerhin haben Sie die Untersuchung ursprünglich ja geleitet.«

»Ich bin ausgestiegen«, gestand sie. »Als alles aus dem Ruder lief, als Beweise verschwanden, als ich anfing, deshalb Theater zu machen ... da haben sie mir Daumenschrauben angelegt. Zuerst wollte ich bleiben, aber ich wurde einfach nicht damit fertig, bei einer Täuschung mitzumachen. Ich konnte auch nicht das Richtige tun und aus der Schule plaudern, und deshalb bin ich ausgestiegen. Ich bin nicht stolz darauf. Aber ich habe etwas zu verlieren, Joe. Das Schicksal könnte mir etwas nehmen.«

»Das Schicksal könnte Ihnen etwas nehmen. Ein Kind?«

»Denny. Er ist jetzt dreiundzwanzig, kein Baby mehr, aber sollte ich ihn je verlieren ...«

Joe wußte nur allzu gut, wie sie diesen Satz beendet hätte. »Man hat Ihren Sohn bedroht?«

Obwohl Barbara in den Krater schaute, sah sie eher eine mögliche Katastrophe als die Auswirkung einer realen, eher eine persönliche Tragödie als eine, bei der es dreihundertunddreißig Tote gegeben hatte.

»Es ist zwei Wochen nach dem Absturz passiert«, sagte sie. »Ich war in San Francisco, wo Delroy Blane gewohnt hatte, der Captain von Flug 353. Damals habe ich eine ziemlich eingehende Ermittlung über seine persönliche Vorgeschichte geleitet. Wir wollten feststellen, ob es irgendwelche Anzeichen für psychologische Probleme gab.«

»Haben Sie etwas gefunden?«

»Nein. Blane kam mir absolut zuverlässig vor. Die Untersuchung fand während der Zeit statt, als ich am energischsten darauf drängte, an die Öffentlichkeit zu gehen und zu sagen, was mit bestimmten Beweisen geschehen war. Ich wohnte in einem Hotel. Normalerweise leide ich nicht unter Schlafstörungen. Um halb drei morgens knipste jemand die Lampe auf meinem Nachttisch ein und hielt mir eine Pistole vors Gesicht.«

Nachdem Barbara jahrelang daran gewöhnt war, auf Anrufe zu warten, die sie in ein Go-Team beriefen, kannte sie keine Schlafmüdigkeit mehr. Sie reagierte auf das Klicken des Lampenschalters und die Lichtflut so, wie sie auf das Klingeln des Telefons reagiert hätte: Sie war sofort hellwach.

Als sie den Eindringling erblickte, hätte sie vielleicht aufgeschrien, hätte der Schock ihr nicht die Stimme und den Atem verschlagen.

Der Bewaffnete, ein Mann von etwa vierzig Jahren, hatte große, traurige Augen – Jagdhundaugen –, eine Nase, die von den allmählichen Auswirkungen von zwanzig Jahren Trinkerei rot gefärbt war, und einen sinnlichen Mund. Seine dicken Lippen schlossen sich nie ganz, als warteten sie auf das nächste Vergnügen, dem sie nicht widerstehen konnten – eine Zigarette, Whiskey, Plätzchen oder eine weibliche Brust.

Seine Stimme war so weich und mitfühlend wie die eines Bestattungsunternehmers, aber alles andere als salbungsvoll. Er wies Barbara darauf hin, daß die Pistole mit einem Schalldämpfer ausgestattet war. Sollte sie versuchen, um Hilfe zu rufen, versicherte er ihr, würde er ihr das Gehirn aus dem Kopf pusten, ohne befürchten zu müssen, man könne den Schuß auf dem Flur oder in den Nachbarzimmern hören.

Sie öffnete den Mund, um ihn zu fragen, wer er sei und was er wolle.

Er brachte sie mit einer Bewegung der Waffe zum Schweigen und setzte sich auf die Bettkante.

Er habe nichts gegen sie persönlich, sagte er, und es würde ihm leid tun, wenn er sie töten müsse. Außerdem würde man vielleicht unangenehme Fragen stellen, sollte die leitende Ermittlerin der Untersuchung über den Absturz des Fluges 353 ermordet aufgefunden werden.

Die Bosse dieses Mannes, der keiner Sinnenfreude abgeneigt zu sein schien, konnten sich zu diesem Zeitpunkt keine unangenehmen Fragen über dieses Thema leisten.

Barbara merkte, daß ein zweiter Mann im Zimmer war. Er hatte in der Ecke neben der Badezimmertür gestanden, auf der anderen Seite des Bettes, auf dem nun der Bewaffnete saß.

Der zweite Mann war zehn Jahre jünger als sein Kumpan. Sein glattes rosa Gesicht und die Chorknabenaugen ließen ihn völlig unschuldig wirken. Dieser Eindruck wurde allerdings durch ein nervöses, boshaftes Lächeln Lügen gestraft, das kam und ging wie das Züngeln einer Schlange.

Der ältere zog die Bettdecke von Barbara zurück und bat sie höflich aufzustehen. Sie müßten ihr etwas erklären, sagte er, und wollten sichergehen, daß sie auch richtig wach und aufmerksam war. Es hingen Menschenleben davon ab, sagte der Mann, daß sie verstand und glaubte, was er und sein Kollege ihr zu sagen hätten.

Barbara stand in ihrem Schlafanzug gehorsam auf, während der jüngere Mann mit einem raschen, nervösen Lächeln zum Schreibtisch ging, den Stuhl darunter hervorzog und ihn verkehrt herum vor das Fußende des Bettes stellte. Barbara tat wie geheißen und setzte sich.

Sie hatte sich gefragt, wie die Männer hereingekommen waren, denn sie hatte an der Zimmertür den Riegel zurückgeschoben und obendrein die Sicherheitskette vorgelegt. Nun sah sie, daß beide Türen zwischen diesem Hotelzimmer und dem benachbarten – für Gäste, die mehr Platz brauchten, konnten sie zu einer Suite zusammengelegt werden – offenstanden. Doch damit war das Rätsel nicht gelöst, denn Barbara wußte genau, daß die Tür auf dieser Seite durch einen Riegel gesichert gewesen war, als sie schlafen ging.

Auf Anweisung des älteren Mannes holte der jüngere eine Rolle Klebeband und eine Schere hervor. Er drückte Barbaras Handgelenke fest auf die Armlehnen des Stuhls und zog das Band mehrmals um die Lehnen und Gelenke.

Obwohl Barbara Angst davor hatte, gefesselt zu werden und völlig hilflos zu sein, leistete sie keinen Widerstand, denn sie glaubte, daß der Mann mit den traurigen Augen seine Drohung in die Tat umsetzen würde, sie aus nächster Nähe in den Kopf zu schießen. Mit seinem sinnlichen Mund hatte er die Worte *das Gehirn aus dem Kopf pusten* genauso genossen, als fiele er über ein köstliches Konfekt her.

Als der jüngere Mann einen zwanzig Zentimeter langen Streifen Klebeband abschnitt, ihn fest auf Barbaras Mund drückte und dieses Stück dann befestigte, indem er einen längeren Streifen zweimal um ihren Kopf wickelte, geriet sie für einen Augenblick in Panik, riß sich dann aber zusammen. Die Männer würden ihr nicht die Nase zuhalten und sie ersticken. Wären die Kerle gekommen, sie zu ermorden, wäre sie längst tot.

Als der jüngere Mann sich mit einem zaghaften Lächeln in eine schattige Ecke zurückzog, nahm der Genießer gegenüber von Barbara auf dem Fuß des Bettes Platz. Ihre Knie waren nur ein paar Zentimeter voneinander entfernt.

Der Mann legte die Pistole auf das zerwühlte Laken und zog ein Messer aus seiner Jackentasche. Ein Schnappmesser. Er ließ die Klinge vorspringen.

In Barbara brandete erneut Furcht auf, doch wegen des Klebebandes konnte sie nur schnell und flach atmen. Das Pfeifen in der Nase, das sie von sich gab, erheiterte den Mann, der vor ihr saß.

Aus einer anderen Jackentasche zog er eine runde Packung Gouda hervor. Mit dem Messer entfernte er die Zellophanumhüllung und schälte dann die rote Wachshaut ab, die verhinderte, daß der Käse Schimmel ansetzte.

Während er mit der teuflisch scharfen Klinge dünne Scheiben vom Käse abschnitt und aß, erklärte er Barbara, er wisse, wo ihr Sohn, Denny, wohnte und arbeitete. Er nannte ihr beide Adressen.

Er wußte auch, daß Denny seit dreizehn Monaten, neun Tagen und – er sah auf die Uhr und rechnete nach – fünfzehn Stunden mit Rebekah verheiratet war. Er wußte, daß Rebekah im sechsten Monat mit ihrem ersten Kind schwanger ging, einem Mädchen, daß sie Felicia nennen wollten.

Um zu verhindern, daß Denny und seiner Frau irgendein Unheil widerfuhr, sollte Barbara die offizielle Version der Geschichte akzeptieren, was mit dem Cockpittonband des Fluges 353 geschehen sei – eine Geschichte, die sie in Diskussionen mit ihren Kollegen zurückgewiesen hatte und nun widerlegen wollte. Außerdem erwartete man von ihr, daß sie vergaß, was sie auf der restaurierten Fassung dieses Tonbands gehört hatte.

Falls sie weiterhin die Wahrheit über das Geschehen herausfinden wollte oder versuchte, ihre Befürchtungen der Presse oder der Öffentlichkeit gegenüber zum Ausdruck zu bringen, würden Denny und Rebekah verschwinden. Im tiefen Keller einer privaten Redoute, der schalldicht und für lange und schwierige Verhöre eingerichtet war, würden der Genießer und seine Kollegen Denny fesseln und mit Klebeband verhindern, daß er die Augen schließen konnte. Und dann müsse er dabei zuzusehen, wie sie Rebekah und das ungeborene Kind töteten.

Anschließend würden sie ihm zehn Tage lang täglich einen Finger amputieren – und alle nötigen Maßnahmen treffen, um die Blutungen, den Schock und die Infektionsgefahr unter Kontrolle zu halten. Sie würden ihn wach und bei Bewußtsein halten, doch Tag für Tag würde immer weniger von ihm übrigbleiben. Am elften und zwölften Tag würden sie ihm die Ohren amputieren.

Sie hatten für einen ganzen Monat derartige chirurgische Eingriffe geplant.

Immer, wenn sie Denny einen weiteren Körperteil entfernten, würden sie ihm sagen, daß sie ihm kein Leid mehr zufügen und ihn sofort seiner Mutter übergeben würden, sobald diese sich bereit erklärte, Schweigen in einer bestimmten Sache zu bewahren – was außerdem im Interesse der nationalen Sicherheit lag. Hier ging es um überaus wichtige Belange der Landesverteidigung.

Damit würden sie ihm allerdings nicht die volle Wahrheit sagen. Das mit dem nationalen Interesse traf zwar zu, zumindest aus ihrer Sicht, auch wenn sie Barbara natürlich nicht erklären konnten, wieso die Informationen, die sie besaß, eine Bedrohung für ihr Land darstellten. Gelogen war hingegen, daß Barbara mit ihrer Kooperation Dennys Freilassung bewirken konnte, denn sobald sie ihr Schweigegelübde erst einmal gebrochen hatte, würde sie keine zweite Chance mehr bekommen und ihren Sohn nie wiedersehen. Sie würden Denny belügen, um damit zu erreichen, daß er sich im letzten Monat seines Lebens verzweifelt fragte, wieso seine Mutter ihm so starrköpfig derart unerträgliche Schmerzen und schreckliche Verstümmelungen aufgebürdet hatte. Wenn er am Ende dann halb oder ganz wahnsinnig war und jeden Glauben verloren hatte, würde er sie wild verfluchen und Gott anflehen, sie in der Hölle schmoren zu lassen.

Während der Genießer an dem winzigen Rad Gouda herumschnitt und den Käse von der gefährlichen Klingenspitze aß, versicherte er Barbara, daß niemand – weder die Polizei, noch das fraglos clevere FBI, noch das mächtige Militär der Vereinigten Staaten – auf Dauer Dennys und Rebekahs Sicherheit garantieren konnten. Er behauptete, für eine Organisation mit so unerschöpflichen Machtmitteln und weitreichenden Verbindungen zu arbeiten, daß sie jede Behörde, jedes Amt, ob nun das eines Staates oder des Bundes, kompromittieren und dazu bringen konnte, ihren Wünschen nachzugeben.

Er bat sie zu nicken, falls sie ihm glaubte.

Sie glaubte ihm. Aufs Wort. Ohne Vorbehalt. In seiner verführerischen Stimme, die jede seiner schrecklichen Drohungen auf der

Zunge zergehen zu lassen schien, um ihr Aroma und ihre Schärfe auszukosten, lag die stille Zuversicht und selbstgefällige Überlegenheit eines Größenwahnsinnigen, der mit der Dienstmarke einer geheimen Behörde ausgestattet ist, ein stattliches Gehalt und zahlreiche Zusatzleistungen bekommt und weiß, daß er sich darauf verlassen kann, im Alter eine großzügige Pension zu erhalten.

Dann fragte er Barbara, ob sie kooperieren wolle.

Voller Schuld und Erniedrigung, aber auch mit völliger Aufrichtigkeit, nickte sie erneut. Ja. Sie würde kooperieren. Ja.

Der Mann betrachtete ein bleiches Käseoval auf der Spitze der Klinge, das wie ein winziges Fischfilet aussah, und sagte, er wolle sie von seiner Entschlossenheit überzeugen, ihre Mitarbeit durchzusetzen – so sehr überzeugen, daß sie gar nicht erst auf den Gedanken kam, das Versprechen zu brechen, das sie ihm soeben gegeben hatte. Daher würden er und sein Partner, wenn sie nun das Hotel verließen, aufs Geratewohl einen Angestellten oder einen Gast auswählen – jemand, der ihnen zufällig über den Weg lief – und diese Person auf der Stelle töten. Drei Schüsse: zwei in die Brust, einen in den Kopf.

Fassungslos protestierte Barbara hinter dem Knebel, verzerrte ihr Gesicht, um das Klebeband zu verdrehen und ihren Mund freizubekommen. Doch es war grausam stramm gezogen, und die Klebefläche war fest auf ihre Lippen gedrückt, so daß sie sich nur durch ein gequältes, ersticktes, wortloses Flehen äußern konnte. Sie wollte nicht für den Tod eines anderen Menschen verantwortlich sein. Es gab keinen Grund, daß die beiden Männer beweisen mußten, wie ernst es ihnen war. Kein Grund. Sie *glaubte* es ihnen bereits.

Ohne den Blick der großen, traurigen Augen von ihr zu nehmen, ohne ein weiteres Wort zu sagen, aß der Genießer langsam den Käse auf.

Sein fester Blick schien einen Energierückfluß zu verursachen und alle Kraft aus Barbara herauszusaugen. Trotzdem konnte sie nicht zur Seite schauen.

Als der Mann den letzten Happen gegessen hatte, wischte er die Messerklinge am Laken ab. Dann schob er sie in den Griff zurück und steckte die Waffe ein.

Während er mit der Zunge über die Zähne fuhr und sie dann langsam im Mund rollte, sammelte er das Zellophan und die rote

Wachsschale ein. Er erhob sich vom Bett und warf den Abfall in den Mülleimer neben dem Schreibtisch.

Der jüngere Mann trat aus der Ecke, die in den Schatten lag. Sein dünnlippiges, aber eifriges Lächeln schien nicht mehr unsicher zu flackern; es war starr.

Hinter dem Klebeband versuchte Barbara noch immer, gegen den Mord an einem Unschuldigen zu protestieren, als der ältere Mann zu ihr zurückkehrte und ihr mit der Kante seiner rechten Hand einen harten Schlag in den Nacken versetzte.

Eine sprühende Dunkelheit legte sich auf ihr Sehfeld, und sie sank nach vorn. Sie spürte, daß der Stuhl zur Seite kippte. Sie war bewußtlos, bevor ihr Kopf auf den Teppich schlug.

Vielleicht zwanzig Minuten lang träumte sie von abgetrennten Fingern in konservierenden roten Wachshüllen. In krabbenrosa Gesichtern reihten sich Münder, die zu einem zerbrechlichen Lächeln verzogen waren, wie Perlen an einer Kette, die weißen Zähne sprangen heraus und prasselten zu Boden, doch in den schwarzen Halbmonden zwischen den geschwungenen rosa Lippen bildeten sich neue Perlen, und das Auge eines Chorknaben blinzelte blau. Sie sah auch Jagdhundaugen, so schwarz und glänzend wie Blutegel, in denen sie nicht ihr Spiegelbild, sondern Reflexionen von Dennys schreiendem, ohrlosem Gesicht ausmachte.

Als Barbara das Bewußtsein wiedererlangte, saß sie zusammengesunken auf dem Stuhl, den jemand aufgerichtet hatte. Entweder der Genießer oder sein Begleiter mit den perlweißen Zähnen hatten Mitleid mit ihr gehabt.

Ihre Gelenke waren auf eine Weise an die Stuhllehnen gefesselt, daß sie sich losreißen konnte, wenn sie sich mit aller Kraft bemühte. Sie brauchte keine zehn Minuten, um die rechte Hand zu befreien, und das Band um die linke war noch schneller gelöst.

Mit ihrer Nagelschere trennte sie das Band durch, das man ihr um den Kopf geschlungen hatte. Als sie es behutsam von den Lippen zog, riß es viel weniger Haut ab, als sie erwartet hatte.

Nachdem sie frei war und wieder sprechen konnte, fand sie sich mit dem Hörer in der Hand am Telefon wieder. Doch ihr fiel niemand ein, den sie anzurufen wagte, und so legte sie wieder auf.

Es war sinnlos, den Nachtportier des Hotels zu warnen, daß einer seiner Kollegen oder Gäste in Gefahr war. Falls der Bewaffnete seine Drohung wahr gemacht hatte, sie mit einem sinnlosen Mord zu beeindrucken, hatte er bereits abgedrückt. Er und sein Begleiter würden das Hotel schon vor mindestens einer halben Stunde verlassen haben.

Der pochende Schmerz im Nacken ließ Barbara zusammenzucken, als sie zur Verbindungstür mit dem Nachbarzimmer ging. Sie öffnete und betrachtete das Türblatt. Auf der Rückseite befand sich dort, wo sich vorn, in Barbaras Zimmer, der Riegel befand, eine verschraubte abnehmbare Messingplatte, die von der anderen Seite Zugriff auf den Mechanismus des Schlosses an ihrer Tür ermöglichte. Die Zwischentür des anderen Zimmers verfügte nicht über eine solche zusätzliche Platte.

Das leuchtende Messing sah neu aus. Barbara war sicher, daß der Bewaffnete und sein Begleiter die Platte angebracht hatten, kurz bevor sie hier eingezogen war – entweder insgeheim oder mit Hilfe eines Hotelangestellten. Die Kerle hatten einen Portier bestochen oder gezwungen, ihr dieses Zimmer und kein anderes zu geben.

Barbara trank nur selten, aber jetzt holte sie sich eine kleine Flasche Wodka und eine kalte Flasche Orangensaft aus der Minibar. Ihre Hände zitterten so heftig, daß sie den Inhalt der Flaschen kaum in ein Glas schütten konnte. Sie kippte den Screwdriver mit einem Zug herunter, öffnete noch eine Wodkaflasche, mixte sich einen zweiten Drink, trank einen Schluck davon – und ging ins Badezimmer und übergab sich.

Sie kam sich unrein vor. Knapp eine Stunde vor Anbruch der Morgendämmerung duschte sie ausgiebig und rieb sich so kräftig und mit so heißem Wasser ab, daß ihre Haut rot wurde und unerträglich brannte.

Obwohl Barbara wußte, daß es sinnlos war, das Hotel zu wechseln, da die Männer sie jederzeit finden konnten, wenn sie wollten, konnte sie hier nicht länger bleiben. Sie packte ihre Sachen und ging eine Stunde nach Tagesanbruch zur Rezeption hinunter, um ihre Rechnung zu bezahlen.

In der prunkvollen Lobby wimmelte es von Beamten der Polizei von San Francisco – Uniformierte wie auch Detectives in Zivil.

Der schockierte Portier erklärte Barbara, irgendwann nach drei Uhr morgens sei ein junger Zimmerkellner in einem Flur in der

Nähe der Küche, zu dem nur das Personal Zutritt habe, erschossen worden. Zwei Kugeln in die Brust und eine in den Kopf.

Die Leiche sei erst später entdeckt worden, weil niemand die Schüsse gehört habe.

Von einer Furcht getrieben, die sie wie eine unhöfliche Hand in den Rücken zu schubsen schien, zahlte Barbara die Rechnung und ließ sich von einem Taxi zu einem anderen Hotel bringen.

Der Himmel war strahlend blau. Der berühmte Nebel der Stadt zog sich bereits über die Bucht zurück und bildete hinter der Golden-Gate-Brücke, die Barbara von ihrem neuen Zimmer aus teilweise sehen konnte, eine sich auftürmende Palisade.

Sie war Luftfahrttechnikerin. Pilotin. Sie hatte an der Columbia University ihren Magister in Betriebswirtschaft gemacht. Sie hatte hart gearbeitet, um zum derzeit einzigen weiblichen leitenden Ermittler für die Ursache von Flugzeugabstürzen beim National Transportation Safety Board zu werden. Als ihr Ehemann sie vor siebzehn Jahren hatte sitzen lassen, hatte sie Denny allein großgezogen, und sie hatte ihre Sache gut gemacht. Nun schien alles, was sie erreicht hatte, von der Hand eines Mannes, der sich jeder Sinnenfreude hingab, aufgepflückt und zusammen mit dem Zellophan und der roten Wachsschicht zusammengeknüllt und in den Mülleimer geworfen worden zu sein.

Nachdem Barbara alle Termine für diesen Tag abgesagt hatte, hing sie das *Bitte-nicht-stören*-Schild an die Tür. Sie zog die Vorhänge zu und rollte sich auf dem Bett ihres neuen Zimmers zusammen.

Zitternde Furcht wurde rasch zu zitternder Trauer. Sie weinte hemmungslos um den toten Zimmerkellner, dessen Namen sie nicht kannte, um Denny und Rebekah und die ungeborene Felicia, deren Leben nun auf Dauer an seidenen Fäden zu hängen schienen, um den Verlust ihrer eigenen Unschuld und Selbstachtung, um die dreihundertunddreißig Menschen an Bord des Fluges 353, um vereitelte Gerechtigkeit und verlorene Hoffnung.

Plötzlich wehte ein Windstoß ächzend über die Wiese und spielte mit Espenblättern, wie der Teufel, der Seelen zählte und dann achtlos fortwarf.

»Ich kann das nicht zulassen«, sagte Joe. »Ich kann nicht zulassen, daß Sie mir erzählen, was auf dem Tonband im Cockpit zu hören war, wenn Sie damit das Risiko eingehen, daß Ihr Sohn und seine Familie solchen Leuten in die Hände fallen.«

»Diese Entscheidung haben nicht Sie zu treffen, Joe.«

»Verdammter Mist, kommen Sie mir nicht so.«

»Als Sie mich aus Los Angeles anriefen, habe ich mich dumm gestellt, weil ich davon ausgehen muß, daß mein Telefon angezapft ist und jedes Wort aufgenommen wird. Aber ehrlich gesagt, glaube ich gar nicht, daß man meine Gespräche mithört. Ich glaube, diese Leute sind der Ansicht, es sei nicht *nötig*, das Telefon anzuzapfen, weil sie mittlerweile wissen, daß sie mich mundtot gemacht haben.«

»Wenn das geringste Risiko besteht ...«

»Und ich weiß genau, daß ich nicht beschattet werde. Mein Haus steht nicht unter Beobachtung. Das hätte ich längst gemerkt. Nachdem ich mitten in den Nachforschungen in den Ruhestand gegangen bin, das Haus in Bethesda verkauft habe und nach Colorado Springs zurückkehrte, haben diese Leute mich abgeschrieben, Joe. Sie hatten mich zerbrochen, und sie wußten es.«

»Mir kommen Sie nicht zerbrochen vor.«

Dankbar für das Kompliment tätschelte sie seine Schulter. »Ich habe mich wieder halbwegs gefangen. Aber wie dem auch sei, wenn man Sie nicht verfolgt hat ...«

»Ganz sicher nicht. Ich habe diese Typen gestern abgeschüttelt. Heute morgen kann mir niemand vom LAX hierher gefolgt sein.«

»Dann wird wohl auch niemand erfahren, weshalb wir hier sind oder was ich Ihnen mitteile. Ich bitte Sie nur, nie zu verraten, daß Sie es von mir erfahren haben.«

»Das würde ich Ihnen niemals antun. Aber Sie gehen trotzdem ein gewaltiges Risiko ein«, sagte er besorgt.

»Ich mußte monatelang damit leben und hatte Zeit genug, darüber nachdenken, und ich habe den Eindruck ... Wahrscheinlich glauben diese Leute, ich hätte Denny gegenüber einige Andeutungen gemacht, damit er weiß, in welcher Gefahr er sich befindet, und auf der Hut ist.«

»Und, haben Sie?«

»Kein Wort. Was für ein Leben würden Denny und Rebekah führen, wenn sie es wüßten?«

»Kein normales.«

»Aber Dennys, Rebekahs, Felicias und auch mein Leben werden so lange an seidenen Fäden hängen, bis diese Vertuschung auffliegt. Unsere einzige Hoffnung ist, daß jemand den Ballon platzen läßt, denn dann spielt das Wenige, das ich über diese Sache weiß, keine Rolle mehr.«

Die Gewitterwolken waren nun nicht mehr nur im Osten. Wie eine Armada sich nähernder Raumschiffe in einem Film über futuristische Kriegsführung lösten sich bedrohlich schwarze Gewitterspeere langsam aus dem weißen Nebel über ihnen.

»Wenn ich jetzt nicht rede«, fuhr Barbara fort, »werden diese Leute sich in ein, zwei Jahren entschließen, die letzten Kleinigkeiten zu erledigen, egal ob ich bis dahin den Mund gehalten habe oder nicht. Dann wird Flug 353 ein so alter Hut sein, daß niemand meinen oder Dennys Tod oder den einer Handvoll anderer Leute damit in Verbindung bringen wird. Wenn denen, die über belastende Informationen verfügen, dann irgend etwas zustößt, wird niemand Verdacht schöpfen. Diese Leute, wer immer sie auch sein mögen ... verdammt noch mal, sie werden sich endgültig absichern, indem sie hier einen Autounfall, dort einen Brand inszenieren. Einen vorgetäuschten Raubüberfall, der einen Mord vertuschen soll. Einen Selbstmord.«

Durch Joes Kopf huschten die schrecklichen Wachtraumbilder einer brennenden Lisa, einer tot auf dem Küchenboden liegenden Georgine, eines vom blutgesprenkelten Licht gefärbten Charlie.

Er konnte Barbaras Einschätzung nicht widersprechen. Wahrscheinlich hatte sie es genau richtig erkannt.

In einem Himmel, der darauf wartete, endlich brüllen und krachen zu können, bildeten sich bedrohliche Gesichter in den Wolken, blind und mit offenen Mündern, erstickt vor Wut.

Barbara tat ihren ersten schicksalhaften Schritt hin zu ihrer Enthüllung. »Der Flugschreiber und das Cockpittonband wurden mit der Gulfstream nach Washington gebracht und befanden sich um drei Uhr Ostküstenzeit in den dortigen Labors.«

»Während Sie hier mit der Ermittlung gerade erst angefangen hatten.«

»Genau. Minh Tran – ein Elektroniker beim NTSB – und ein paar Kollegen öffneten den Fairchild-Recorder. Er ist fast so groß wie ein

Schuhkarton und wird von einem Mantel aus rostfreien Stahl umhüllt, der einen Zentimeter dick ist. Sie haben ihn vorsichtig mit einer Spezialsäge aufgeschnitten. Der Recorder hatte einen so heftigen Aufprall überstehen müssen, daß er um fast zehn Zentimeter zusammengequetscht war. Der Stahl hatte sich wie Karton gewellt. Eine Ecke war aufgerissen, was zu einem kleinen Bruch geführt hatte.«

»Und er funktionierte noch?«

»Nein. Der Recorder war völlig zerstört. Aber in dem größeren Kasten befindet sich das stählerne Speichermodul. Es enthält das Tonband. Es war ebenfalls aufgerissen. Eine kleine Menge Feuchtigkeit war bis ins Speichermodul eingedrungen, aber das Band war nicht völlig zerstört. Es mußte getrocknet und aufbereitet werden, aber das dauerte nicht lange. Dann versammelten Minh und ein paar andere sich in einem schalldichten Tonstudio, um das Band von Anfang an abzuhören. Bis zum Unfall wurden fast drei Stunden lang alle Gespräche im Cockpit aufgezeichnet …«

»Sie haben das Band nicht einfach bis zu den letzten paar Minuten vorlaufen lassen?«

»Nein. Irgend etwas in einer früheren Phase des Fluges – etwas, das den Piloten zu diesem Zeitpunkt unwichtig vorkam – könnte Hinweise enthalten, die uns vielleicht verstehen helfen, was wir in den Augenblicken unmittelbar vor dem Absturz hören.«

Der warme Wind war immer mehr aufgefrischt und mittlerweile so stark geworden, daß er den gemächlichen Flug der lethargischen Bienen von einer Blüte zur nächsten vereitelte. Sie ergaben sich dem aufziehenden Sturm und kehrten zu ihren in den Wäldern verborgenen Stöcken zurück.

»Manchmal bekommen wir ein Cockpittonband, das völlig wertlos für uns ist«, fuhr Barbara fort. »Die Aufnahmequalität ist aus irgendeinen Grund so schlecht, das man kein Wort versteht. Vielleicht ist das Band alt und abgenutzt. Vielleicht handelt es sich bei dem Mikrofon um ein altes, freistehendes Modell, oder es hat nicht richtig funktioniert, zu viele Vibrationen. Vielleicht war der Aufnahmekopf abgenützt, was zu Verzerrungen führt.«

»Man sollte doch meinen, daß diese Geräte täglich gewartet oder jede Woche ausgetauscht werden, wenn sie so wichtig sind.«

»Sie vergessen dabei, daß Flugzeugabstürze sehr selten sind, prozentual am gesamten Flugaufkommen. Man muß Kosten und Flugverzögerungen berücksichtigen. Außerdem wird die Passagierluftfahrt von Menschen betrieben, Joe. Und welches von Menschen betriebene Unternehmen arbeitet schon auf dem optimalen Niveau?«

»Schon kapiert.«

»Bei diesem Absturz gibt es eine gute, aber auch eine schlechte Nachricht«, sagte Barbara. »Sowohl Delroy Blane als auch Santorelli benützten Kopfhörer mit Auslegermikrofonen, die wirklich verdammt gut sind, viel besser als freistehende Mikros. Einschließlich des Deckenmikrofons im Cockpit standen uns damit drei Kanäle zur Verfügung. Die schlechte Nachricht: Das Band war nicht neu. Es war oft überspielt worden und in schlechterem Zustand, als uns lieb sein konnte. Noch schlimmer war, daß die Feuchtigkeit stellenweise eine Korrosion der Aufnahmeoberfläche hervorgerufen hatte.«

Aus einer Gesäßtasche ihrer Jeans zog sie einige zusammengefaltete Zettel, gab sie Joe aber noch nicht.

»Als Minh Tran und die anderen sich das Band anhörten, stellten sie fest, daß einige Stellen des Bandes klar verständlich, andere dagegen so voll von kratzigem Rauschen und dermaßen verstümmelt waren, daß sie nur jedes vierte oder fünfte Wort verstehen konnten.«

»Was ist mit der letzten Minute?«

»Die gehörte zu den schlechtesten Abschnitten des Bandes. Man einigte sich darauf, das Band zu reinigen und wiederherzustellen. Anschließend wollte man die Aufnahme so gut wie möglich elektronisch aufbessern. Bruce Laceroth, der Aufsichtsratsvorsitzende des NTSB, hatte sich das ganze Band angehört und rief mich um viertel nach sieben abends östlicher Zeit in Pueblo an, um mich über den Zustand der Aufnahme zu informieren. Man wollte das Band die Nacht über einlagern und sich am Morgen wieder an die Arbeit machen. Es war deprimierend.«

Hoch über ihnen kehrte der Adler aus dem Osten zurück, hob sich dabei bleich vor den schwangeren Leibern der Wolken ab. Er flog auf geradem Kurs und zielstrebig und schien die Last des bevorstehenden Unwetters auf seinen Schwingen zu spüren.

»Natürlich war schon der ganze Tag deprimierend gewesen«,

sagte Barbara. »Wir hatten aus Denver Kühlwagen angefordert, um sämtliche menschlichen Überreste von der Unglücksstelle zu bergen. So wird es immer gemacht, bevor man sich mit den Trümmern des Flugzeugs selbst befaßt. Es gab die üblichen organisatorischen Gespräche – eine ermüdende Sache, weil sehr viele interessierte Parteien stets versuchen, die Ermittlungen zu beeinflussen, um ihre Interessen so weit als möglich zu wahren – die Fluggesellschaft, der Hersteller der Maschine, der Lieferant der Triebwerke, die Pilotengewerkschaft und zahlreiche andere Gruppen. So ist nun mal die menschliche Natur – keiner will's gewesen sein. Also muß man ziemlich diplomatisch vorgehen, aber auch verdammt zäh, um die Ermittlung wirklich unparteiisch durchführen zu können.«

»Und die Medien waren auch da«, sagte Joe und verdammte seine eigene Branche, damit Barbara es nicht tun mußte.

»Sie waren überall. Ich hatte am Vorabend sowieso kaum drei Stunden geschlafen, als der Anruf kam, daß ich ein Go-Team leiten müsse. Und unterwegs nach Pueblo, in der Gulfstream des NTSB, hatte ich auch kein Auge zubekommen. Als ich mich kurz vor Mitternacht endlich aufs Ohr haute, kam ich mir wie eine wandelnde Leiche vor – aber in Washington war Minh Tran noch immer an der Arbeit.«

»Der Elektroniker, der den Recorder öffnete?«

Barbara starrte die zusammengefalteten Blätter an, die sie aus ihrer Gesäßtasche gezogen hatte, und drehte sie immer wieder in den Händen. »Das mit Minh muß ich Ihnen erklären«, sagte sie. »Seine Eltern waren vietnamesische Boat People. Hatten nach dem Fall Saigons erst die Kommunisten überlebt, dann auf hoher See die Piraten und sogar einen Taifun. Minh war damals zehn, hat also schon früh gelernt, daß das Leben ein Kampf ist. Es ist für ihn *selbstverständlich*, hundertzehn Prozent geben zu müssen, um zu überleben und es zu etwas zu bringen.«

»Ich habe Freunde ... hatte Freunde, die ebenfalls vietnamesische Immigranten sind«, sagte Joe. »Viele von ihnen haben eine Arbeitsmoral, die einen Ackergaul umbringen würde.«

»Genau. Als alle anderen Laborangestellten um viertel nach sieben nach Hause gingen, hatten sie schon einen langen Tag hinter sich. Die Leute vom NTSB leben praktisch für ihren Beruf ... aber das gilt für Minh um so mehr. Er ging nicht nach Hause. Er zog sich zum Abendessen irgendwas aus dem Automaten und blieb, um das Tonband zu säubern und dann an der letzten Minute der Aufnahme zu arbeiten. Digitalisierte die Aufzeichnungen, gab sie in einen Computer ein und versuchte dann, das Rauschen und die anderen Nebengeräusche von den Stimmen der Piloten und den anderen Cockpitgeräuschen zu trennen. Das Rauschen trat in so regelmäßigen Schichten auf, daß der Computer es ziemlich schnell bereinigen konnte. Da der Recorder starke Signale von den Auslegermikrofonen erhalten hatte, konnte Minh die Stimmen der Piloten aus den Abfallgeräuschen herausfiltern. Was er hörte, war ... außergewöhnlich. Verrückt.«

Sie gab Joe die zusammengefalteten Blätter.

Er nahm sie entgegen, faltete sie aber nicht auseinander. Er hatte Angst, was er darauf finden würde.

»Minh rief mich um zehn vor vier morgens an, Washingtoner Zeit«, sagte Barbara. »In Pueblo war es da zehn vor zwei. Ich hatte den Hotelportier angewiesen, keine Anrufe durchzustellen, weil ich dringend Schlaf brauchte, aber Minh konnte den Mann trotzdem überreden. Er spielte das Band für mich ab ... und wir sprachen darüber. Ich habe immer ein Diktiergerät dabei, weil ich von allen Konferenzen Aufnahmen mache und sie dann abtippen lasse. Also holte ich mein Gerät und hielt es ans Telefon, um selbst eine Kopie anzufertigen. Ich wollte nicht warten, bis Minh mir per Kurier ein sauberes Band schickte. Nachdem Minh aufgelegt hatte, setzte ich mich in meinem Zimmer an den Schreibtisch und hörte mir die letzten Wortwechsel zwischen den Piloten vielleicht zehn–, zwölfmal an. Dann holte ich mein Notizbuch und machte von Hand eine Niederschrift, weil man beim Lesen manchmal einen anderen Eindruck über gewisse Dinge bekommt als beim Zuhören. Gelegentlich sehen die Augen Nuancen, die das Ohr nicht wahrnimmt.«

Joe wußte nun, was er in der Hand hielt. Aufgrund der Dicke des Papier konnte er sagen, daß es sich um drei Blätter handelte.

»Minh hatte mich zuerst angerufen«, sagte Barbara. »Danach wollte er Bruce Laceroth anrufen, den damaligen Aufsichtsratsvorsitzenden des NTSB, und dann die fünf Mitglieder des Aufsichtsrats, und ihnen das Band ebenfalls vorspielen. Dieses Vorgehen war zwar nicht üblich, aber das Ergebnis von Minhs Untersuchung war seltsam und beispiellos. Ich bin sicher, daß Minh mindestens einen dieser Leute erreicht hat – obwohl alle abstreiten, daß er sie angerufen hatte. Die Wahrheit werden wir nie erfahren, denn Minh Tran starb kurz vor sechs Uhr an diesem Morgen, etwa zwei Stunden, nachdem er mich in Pueblo angerufen hatte, bei einem Brand im Labor.«

»Großer Gott.«

»Ein Brand mit sehr starker Hitzeentwicklung. Mit *unmöglich* starker Hitzeentwicklung.«

Als Joe die Bäume betrachtete, die die Wiese umstanden, erwartete er, in den tiefen Schatten des Waldes die bleichen Gesichter von Beobachtern auszumachen. Als er und Barbara hier eintrafen, war ihm der Ort sehr abgeschieden vorgekommen, doch nun fühlte Joe sich so ungeschützt und verletzbar, als stünde er mitten auf einer Kreuzung in Los Angeles.

»Lassen Sie mich raten«, sagte er. »Die Originalaufnahme der Cockpit-Tonbänder wurde bei diesem Brand vernichtet.«

»Angeblich zu Pulver verbrannt, spurlos verschwunden, unwiederbringlich verloren«, sagte Barbara.

»Was ist mit dem Computer, der die digitalisierte Version bearbeitet hat?«

»Ausgeglühter Schrott. Keine Daten mehr zu retten.«

»Aber Sie haben Ihre Kopie noch?«

Barbara schüttelte den Kopf. »Als ich zu einem Arbeitsfrühstück ging, ließ ich die Kassette in meinem Hotelzimmer zurück. Der Inhalt der Cockpitaufnahme war so explosiv, daß ich ihn vorerst keinem Teammitglied verraten wollte. Bis wir die Sache gründlich überdacht hatten, mußten wir genau darauf achten, wann und wo wir die Aufnahme veröffentlichten.«

»Warum?«

»Der Pilot war tot, aber sein Ruf stand auf dem Spiel. Es wäre ein verheerender Schlag für seine Familie, würde man ihm die Schuld geben. Wir mußten uns absolut sicher sein. Wenn Captain Blane die Schuld an der Katastrophe trug, war mit Schadensersatzklagen in Höhe von acht-, wenn nicht sogar neunstelligen Dollarbeträgen zu rechnen. Wir mußten mit gebührender Sorgfalt vorgehen. Nach dem Frühstück wollte ich Mario mit auf mein Zimmer nehmen, damit er sich das Band anhört. Nur er und ich.«

»Mario Oliveri«, sagte Joe – der Mann in Denver, der ihm am Vorabend verraten hatte, daß Barbara in den Ruhestand gegangen und nach Colorado Springs zurückgekehrt war.

»Ja. Da er der Chef jener Abteilung unseres Teams war, das Untersuchungen über menschliches Versagen vornahm, legte ich zu dem Zeitpunkt größeren Wert auf Marios Eindruck als auf den irgendeines anderen Spezialisten. Doch wir hatten gerade zu Ende gefrühstückt, als man uns über das Feuer im Labor informierte – über den armen Minh. Als ich mit Mario auf mein Zimmer zurückkehrte, war die Kopie des Bandes, die ich gemacht hatte, leer.«

»Gestohlen und durch ein anderes ersetzt.«

»Oder einfach auf meinem Gerät gelöscht. Ich vermute, Minh hat jemandem verraten, daß ich die Aufnahme per Telefon mitgeschnitten habe.«

»In diesem Augenblick müssen Sie es gewußt haben.«

Sie nickte. »Daß etwas nicht stimmte. Daß irgend etwas zum Himmel stank.«

Ihr Haarschopf war so weiß wie die Federn auf dem Kopf des Adlers, der über sie hinweggeflogen war, doch bis zu diesem Augenblick war sie Joe jünger als fünfzig vorgekommen. Nun kam sie ihm plötzlich älter vor.

»Irgend etwas stimmte nicht«, sagte er, »aber Sie wollten es nicht so recht glauben.«

»Das NTSB war mein Leben. Ich war stolz darauf, dieser Behörde anzugehören. Ich bin es noch immer, Joe. Es sind verdammt gute Leute.«

»Haben Sie Mario gesagt, was auf dem Band war?«

»Ja.«

»Wie hat er reagiert?«

»Erstaunt. Ungläubig, denke ich.«

»Haben Sie ihm Ihre Niederschrift gezeigt?«

Sie schwieg einen Moment. Dann: »Nein.«

»Warum nicht?«

»Mir sträubten sich die Federn.«

»Sie haben niemandem vertraut.«

»Ein so starkes Feuer ... da muß ein Brandbeschleuniger im Spiel gewesen sein.«

»Brandstiftung«, sagte Joe.

»Aber niemand hat die Möglichkeit zur Sprache gebracht. Außer mir. Ich hatte nicht das geringste Vertrauen in die Seriosität der Untersuchung dieses Laborbrandes. Nicht die Spur.«

»Was hat die Autopsie ergeben? Wurde Minh ermordet und das Feuer anschließend gelegt, um die Sache zu vertuschen ...«

»Falls ja, konnte man es nicht beweisen, weil von Minhs Körper kaum etwas übriggeblieben war. Er wurde praktisch eingeäschert. Aber ... er war ein wirklich netter Kerl, Joe. Ein feiner Kerl. Er hat seinen Job geliebt, weil er glaubte, er könnte mit seiner Arbeit Menschenleben retten, weitere Abstürze verhindern. Ich hasse diese Leute, wer immer sie auch sind.«

Zwischen den weißen Kiefern am Fuß der Wiese, in der Nähe der Stelle, an der Joe und Barbara die Lichtung betreten hatten, bewegte sich etwas: Ein Schatten glitt durch tiefere Schatten, Graubraun vor Purpurrot.

Joe hielt den Atem an. Er kniff die Augen zusammen, konnte aber nicht erkennen, was er da gesehen hatte.

»Ich glaube, es war nur ein Reh«, sagte Barbara.

»Und wenn es keins war?«

»Dann sind wir tot, ob wir dieses Gespräch nun weiterführen oder nicht«, sagte sie in einem so nüchternen Tonfall, der verriet, in welch öder und paranoider Welt sie seit dem Absturz von Flug 353 lebte.

»Hat es bei niemandem Verdacht erregt«, sagte Joe, »daß Ihr Tonband gelöscht wurde?«

»Die anderen waren allesamt der Auffassung, daß es an der Übermüdung gelegen hat. In der Nacht des Absturzes nur drei Stunden Schlaf – und in der nächsten dann auch nur ein paar Stunden, bevor Minh anrief und mich weckte. Die arme Barbara mit den müden roten Augen. Ich hatte mir das Band immer wieder angehört, immer wieder, und schließlich mußte ich auf den falschen Knopf gedrückt und das Band gelöscht haben, ohne zu merken, was ich tat. Verstehen Sie?« Ihr Gesicht verzog sich vor Sarkasmus. »Ist doch klar, wie es passiert sein muß.«

»Ist es möglich, daß Sie das Band tatsächlich versehentlich gelöscht haben?«

»Ausgeschlossen.«

Obwohl Joe die drei Seiten auseinanderfaltete, wollte er sie noch nicht lesen. »Warum hat man Ihnen nicht geglaubt, als Sie sagten, was Sie auf dem Band gehört haben? Es waren schließlich Ihre Kollegen. Sie wußten doch, daß Sie ein verantwortungsbewußter Mensch sind.«

»Vielleicht haben einige von ihnen mir geglaubt und wollten es nicht zugeben. Vielleicht haben einige es nur auf meine Erschöpfung zurückgeführt. Ich hatte mich damals schon seit Wochen mit einer Ohrenentzündung herumgeschlagen, die mir schon lange vor Pueblo zu schaffen machte. Vielleicht spielte auch das eine Rolle. Ich weiß es nicht. Und zwei oder drei Kollegen konnten mich einfach nicht ausstehen. Wer wird schon von allen gemocht? Ich nicht. Zu ehrgeizig. Zu eigensinnig. Aber das spielte sowieso keine Rolle mehr – denn ohne Tonband gab es keinen Beweis für die Gespräche zwischen Blane und Santorelli.«

»Wann haben Sie jemandem gesagt, daß Sie eine wörtliche Niederschrift angefertigt haben?«

»Das habe ich mir aufgespart. Ich wollte den richtigen Augenblick abwarten, den richtigen ... Zusammenhang, um es zu erwähnen. Ich wollte warten, bis bei der Ermittlung eine bestimmte Einzelheit an den Tag kam, die meine Angaben darüber stützte, was auf dem Tonband aufgezeichnet war.«

»Weil Ihre Abschrift allein kein richtiger Beweis ist.«

»Genau. Klar, es ist besser als nichts, besser, als würde ich nur aus dem Gedächtnis kramen, aber ich mußte meine Aussage mit irgend etwas untermauern. Dann besuchten mich diese beiden Widerlinge in dem Hotel in San Francisco, und danach ... Na ja, danach war ich kein begeisterter Kreuzritter mehr.«

Aus dem Wald im Osten sprangen zwei Rehe gleichzeitig auf die Wiese, ein Bock und eine Damgeiß. Sie liefen schnell über ein Stück der Lichtung und verschwanden zwischen den Bäumen am nördlichen Rand.

Die Gänsehaut auf Joes Schultern zuckte und kribbelte noch immer vor Besorgnis.

Die Bewegung, die er zuvor kurz wahrgenommen hatte, mußte von den beiden Tieren verursacht worden sein. Doch aus ihrem eiligen Sprung auf die Wiese schloß er, daß sie im Wald von irgend etwas – oder irgend jemandem – aufgescheucht worden waren.

Joe fragte sich, ob er sich an irgendeinem Fleck auf der Welt noch einmal sicher fühlen würde. Aber er kannte die Antwort schon, während die Frage ihm noch durch den Kopf ging: Nein.

Nirgendwo.

Nie mehr.

»Wen haben Sie in Verdacht?« fragte er. »Jemand im NTSB? Wen hat Minh angerufen, nachdem er mit Ihnen telefoniert hatte? Denn diese Person hat ihm wahrscheinlich befohlen, nichts darüber verlauten zu lassen – und dann dafür gesorgt, daß Minh umgebracht und alle Beweise verbrannt wurden.«

»Es hätte jeder von den Leuten sein können, die Minh noch anrufen wollte. Sie alle waren seine Vorgesetzten, und er hätte ihre Anweisungen befolgt. Ich wünschte, Bruce Laceroth wäre keiner von diesen Leuten, denn ich habe ihn immer für grundehrlich gehalten. Er fing wie wir anderen ganz unten an und hat sich hochgearbeitet. Die fünf Aufsichtsratsmitglieder dagegen wurden vom Präsidenten ernannt und vom Senat für fünf Jahre Amtszeit bestätigt.«

»Politische Opportunisten.«

»Nein, eigentlich hat sich die große Mehrzahl der Aufsichtsratsmitglieder im Laufe der Jahre als ziemlich geradlinig erwiesen. Die Leute haben wirklich immer versucht, ihr Bestes zu geben. Die meisten von ihnen haben der Behörde Ehre gemacht, und die anderen haben wir einfach über uns ergehen lassen. Natürlich ist manchmal auch ein wandelnder Schleimhaufen in Nadelstreifenanzug darunter.«

»Was ist mit den derzeitigen Vorsitzenden und Vizevorsitzenden? Sie haben gesagt, Minh Tran wollte sie anrufen. Nur mal angenommen, er konnte Laceroth nicht erreichen ...«

»Sie sind nicht die idealen Angestellten im öffentlichen Dienst. Derzeitige Vorsitzende ist Maxine Wulce. Anwältin, jung und politisch ehrgeizig, auf der Jagd nach einer Spitzenposition. Eine ziemlich unangenehme Vertreterin. Sie kann mir gestohlen bleiben. Ich würde Ihnen nicht mal zwei Cents für sie geben.«

»Und der Vizevorsitzende?«

»Hunter Parkman. Ist nur durch politische Gönnerschaft an den Posten gekommen. Stammt aus altem Geldadel, ist also nicht auf den Job angewiesen. Aber es gefällt ihm, vom Präsidenten ernannt worden zu sein, und auf Partys spricht er gern über Flugzeugabstürze. Für Parkman würde ich Ihnen fünfzehn Cents geben.«

Obwohl Joe weiterhin den Wald am Fuß der Wiese beobachtet hatte, konnte er keine weitere Bewegung mehr zwischen den Bäumen ausmachen.

Weit im Osten pulsierte kurz die Vene eines Blitzes im Muskel des Unwetters.

Joe zählte die Sekunden zwischen dem silbernen Aufzucken und dem Grollen des Donners, berechnete mit Hilfe dieser Zeit die Entfernung und kam zum Schluß, daß das Gewitter noch knapp zehn Kilometer von ihnen entfernt war.

»Ich habe Ihnen nur eine Fotokopie der Abschrift gegeben, die ich in jener Nacht angefertigt habe«, sagte Barbara. »Das Original habe ich an einem sicheren Ort versteckt. Gott allein weiß warum. Schließlich werde ich es nie benützen.«

Joe wurde geradezu zerrissen von dem wütenden Verlangen, die Niederschrift zu lesen – und der Furcht davor. Er spürte, daß er in den Gesprächen zwischen Flugkapitän Blane und Kopilot Santorelli neue Dimensionen des Schreckens entdecken würde, den seine Frau und Töchter hatten ertragen müssen.

Schließlich richtete Joe seine Aufmerksamkeit auf die erste Seite, und Barbara schaute über seine Schulter, während er mit einem Finger am Text entlangglitt, damit sie wußte, welche Stelle er gerade las.

Schritte des Kopiloten Santorelli, der von der Toilette zu seinem Sitz zurückkehrt. Seine ersten Äußerungen werden vom Mikrofon an der Decke des Cockpits aufgenommen, dann setzt er seinen Kopfhörer mit dem Auslegermikrofon auf.

SANTORELLI: Wenn wir in LA (unverständlich), werd' ich mir (unverständlich) Hummus, Tabbouleh und Lebne reinschaufeln, bis ich platze, schön mit Käse überbacken, 'nen großen Teller Kebab. Ich kenne da dieses armenische Restaurant, das ist hervorragend. Stehst du auch auf die Küche aus dem Mittleren Osten?

Drei Sekunden Schweigen.

SANTORELLI: Roy? Stimmt was nicht?

Zwei Sekunden Schweigen.

SANTORELLI: Was soll das? Was haben wir ... Roy, hast du den Autopiloten ausgeschaltet?
BLANE: Einer von ihnen heißt Dr. Louis Blom.
SANTORELLI: Was?
BLANE: Einer von ihnen heißt Dr. Keith Ramlock.
SANTORELLI: (mit deutlicher Besorgnis) Was zeigt die McDoo an? Warst du im FMC, Roy?

Als Joe nachfragte, erklärte Barbara: »Die 747-400 verfügt über eine digitalisierte Avionik. Das Instrumentenbrett, das die Daten anzeigt, besitzt sechs der größten Kathodenstrahlröhren, die je hergestellt wurden. Und McDoo bedeutet MCDU, *multifunction control and display unit*, Vielzweck-Kontroll-und-Anzeige-Gerät. Neben jedem Pilotensitz befindet sich eins. Sie sind miteinander verbunden, damit alles, was der eine Pilot eingibt, auch auf dem Gerät des anderen erscheint. Diese Einheiten ermöglichen den Zugriff auf den Honeywell/Sperry-FMC, den Flug-Management-Computer. Der Pilot gibt den Flugplan und das Ladeformular mit der Tastatur der MCDU ein. Auch alle Flugplanänderungen während des Fluges werden mit den McDoos ausgeführt.«

»Also kommt Santorelli vom Klo zurück und sieht, daß Blane Veränderungen am Flugplan vorgenommen hat. Ist das ungewöhnlich?«

»Das hängt vom Wetter ab, von Turbulenzen, unerwartetem Flugverkehr, Warteschleifen wegen Überlastung des Zielflughafens ...«

»Aber zu diesem Zeitpunkt, kurz nach der Hälfte eines Kontinentalflugs, bei ziemlich guten Wetter, und während alles offensichtlich routinemäßig und wie am Schnürchen läuft?«

Barbara nickte. »Ja, Santorelli wird sich gefragt haben, warum sie unter diesen Umständen Flugplanänderungen vornehmen. Aber ich glaube, die Besorgnis in seiner Stimme rührt eher daher, daß Blane nicht antwortet und er etwas Ungewöhnliches auf der McDoo gesehen hat, eine Flugplanänderung, die keinen Sinn ergab.«

»Was für eine Änderung kann das gewesen sein?«

»Wie ich schon sagte, sie sind um sieben Grad vom Kurs abgewichen.«

»Und Santorelli hätte das nicht gemerkt, als er auf der Toilette war?«

»Die Kursänderung erfolgte, kurz nachdem Santorelli das Cockpit verlassen hatte, und es war eine allmähliche, sehr sanfte Kurve. Vielleicht hat er etwas gespürt, aber er konnte nicht wissen, daß die Abweichung so groß war.«

»Wer sind diese Doktoren – Blom und Ramlock?«

»Ich habe nicht die geringste Ahnung. Aber lesen Sie weiter. Es wird noch unheimlicher.«

BLANE: Die machen schlimme Sachen mit mir.
SANTORELLI: Captain, was ist hier los?
BLANE: Die sind gemein zu mir.
SANTORELLI: He, hast du gehört, was ich gesagt habe?
BLANE: Die sollen damit aufhören.

»Jetzt verändert sich Blanes Stimme«, sagte Barbara. »Sie war schon die ganze Zeit ziemlich seltsam, aber als er ›Die sollen damit aufhören‹ sagt, schwingt ein Zittern darin mit, eine Unsicherheit, als hätte er ... na ja, nicht direkt Schmerzen, aber gefühlsmäßiges Leid.«

SANTORELLI: Captain ... Roy, ich übernehme jetzt.
BLANE: Zeichnen wir auf?
SANTORELLI: Was?
BLANE: Die sollen aufhören, mir weh zu tun.
SANTORELLI: (besorgt) Ich bringe das ...
BLANE: Zeichnen wir auf?
SANTORELLI: Ich bringe das jetzt wieder in Ordnung ...

Ein hartes Geräusch, wie ein Schlag. Ein Stöhnen, anscheinend von Santorelli. Noch ein Schlag. Santorelli verstummt.

BLANE: Zeichnen wir auf?

Während der Kesselpaukenschlag eines Donners im Osten eine Ouvertüre trommelte, sagte Joe: »Er hat seinen Kopiloten bewußtlos geschlagen?«

»Mit der Faust oder einem stumpfen Gegenstand, den er vielleicht aus seiner Flugtasche geholt und neben seinem Sessel versteckt hat, als Santorelli auf der Toilette war, um auf alles vorbereitet zu sein.«

»Vorsatz. Verdammt, was hat das zu bedeuten?«

»Er hat ihn wahrscheinlich ins Gesicht geschlagen, denn Santorelli war sofort weg. Er schweigt zehn oder zwölf Sekunden, und dann« – sie zeigte auf die Abschrift – »hören wir ihn stöhnen.«

»Gott im Himmel.«

»Auf dem Tonband verliert Blanes Stimme nun das Zittern, die Unsicherheit. Jetzt liegt eine Verbitterung darin, bei der man eine Gänsehaut bekommt.«

> BLANE: Die sollen aufhören, oder wenn ich die Möglichkeit kriege ... wenn ich die Möglichkeit kriege, bringe ich jeden um. Jeden. Bestimmt. Ich werde es tun. Ich bringe jeden um, und es wird mir gefallen.

Die Abschrift raschelte in Joes Händen.

Er dachte an die Passagiere von Flug 353: Einige dösten in ihren Sitzen, andere lasen, arbeiteten auf Laptops, blätterten Zeitschriften durch, strickten, sahen sich den Film an, tranken etwas, machten Pläne für die Zukunft. Alle waren ruhig im Gefühl der Sicherheit; keiner ahnte etwas von den schrecklichen Ereignissen im Cockpit.

Vielleicht hatte Nina den Fensterplatz, schaute zu den Sternen hinaus oder auf die Oberseite der Wolkenschicht unter ihnen; sie saß gern am Fenster. Michelle und Chrissie spielten vielleicht eine Partie Go Fish oder Old Maid; sie hatten mehrere solcher Spiele mit auf die Reise genommen.

Joe quälte sich nur selbst. Das konnte er gut, weil ein Teil von ihm der Ansicht war, er habe es verdient, gequält zu werden.

Er zwang sich, diese Gedanken zu verdrängen. »Um Gottes willen, was war mit Blane los?« fragte er. »Drogen? Hat er sich mit irgendeinem Zeug das Gehirn gebraten?«

»Nein. Diese Möglichkeit wurde ausgeschlossen.«

»Wie?«

»Es ist immer unser erstes Ziel, Überreste des Piloten zu finden, um sie auf Drogen und Alkohol überprüfen zu können. In diesem Fall hat es eine Weile gedauert«, sagte sie, während sie mit einer weit ausholenden Handbewegung auf die versengten Kiefern und Espen hügelaufwärts zeigte, »weil ein Großteil der organischen Überreste einhundert Meter weit bis in den Wald westlich und nördlich von der Aufschlagstelle verstreut worden war.«

Eine innere Dunkelheit bedrängte Joes Sehfeld, bis er die Welt schließlich durch einen Tunnel zu betrachten schien. Er biß sich so heftig auf die Zunge, daß fast Blut floß, atmete langsam und tief ein und versuchte, vor Barbara zu verheimlichen, wie sehr ihn diese Einzelheiten erschütterten.

Barbara steckte die Hände in die Hosentaschen und trat einen Stein in den Krater. »Müssen Sie das wirklich unbedingt wissen, Joe?«

»Ja.«

Sie seufzte. »Wir fanden den Teil einer Hand, die wir für die Blanes hielten, wegen eines halb geschmolzenen Eherings, der sich mit dem Ringfinger verbunden hatte, ein ziemlich einzigartiger goldener Ring. Es gab noch ein paar Gewebefunde. Damit konnten wir ihn identifizieren ...«

»Fingerabdrücke ...«

»Nein, die waren verbrannt. Aber Blanes Vater lebt noch, und so konnte das DNA-Bestimmungslabor der Streitkräfte mittels einer Blutprobe, die sein Vater zur Verfügung stellte, eine Übereinstimmung der DNA feststellen und bestätigen, daß es sich um Blanes Gewebe handelte.«

»Eindeutig?«

»Hundertprozentig. Dann gingen die Überreste an die Toxikologen. Sowohl bei Blane als auch bei Santorelli fand man winzige Mengen Äthanol, aber das war nur eine Folge der Zersetzung. Das Stück von Blanes Hand lag mehr als drei Tage in diesem Wald, bis wir es fanden. Santorellis Überreste vier Tage. Mit einer gewissen Äthanolfreisetzung auf Grund des Gewebeverfalls war zu rechnen. Aber ansonsten waren alle toxikologischen Tests negativ. Die beiden waren clean und nüchtern.«

Joe versuchte, Barbaras Abschrift mit den Ergebnissen der toxikologischen Untersuchung in Einklang zu bringen. Er konnte es nicht.

»Welche anderen Möglichkeiten gibt es? Ein Schlaganfall?«

»Nein. Auf dem Band, das ich gehört habe, klingt es wirklich nicht danach«, sagte Barbara. »Blane spricht klar und deutlich, keineswegs verschwommen. Und obwohl es total verrückt ist, was er sagt, klingen seine Worte zusammenhängend – keine Vertauschungen von Worten, keine Einfügungen unpassender Begriffe.«

»Verdammt, was ist dann mit ihm passiert?« sagte Joe verzweifelt. »Ein Nervenzusammenbruch? Ein psychotischer Anfall?«

Barbara war nicht minder ratlos und verzweifelt als Joe. »Woher soll der so plötzlich gekommen sein? Captain Delroy Michael Blane war, psychologisch gesehen, der robusteste Mensch, den man sich vorstellen kann. Ein absolut gefestigter Mann.«

»Nicht absolut.«

»Ein absolut gefestigter Mann«, beharrte sie. »Hat alle psychologischen Tests der Fluggesellschaft bestanden. Treuer Familienvater und Gatte. Ein Mormone, in seiner Kirche aktiv. Kein Alkohol, keine Drogen, kein Glücksspiel. Joe, es gibt auf der ganzen Welt keinen Menschen, der ihn auch nur ein einziges Mal bei einem abweichenden Verhalten beobachtet hat. Allen Berichten zufolge war er nicht nur ein guter Mensch, nicht nur ein gefestigter Mensch – sondern auch ein *glücklicher.*«

Blitze schimmerten auf. Weit im Osten schepperten Donnerräder über die stählernen Schienen.

Barbara deutete auf die Abschrift und zeigte Joe, wo die 747 die erste plötzliche Kursänderung um drei Grad vorgenommen hatte, mit der Nase nach rechts, was schließlich das Rollen ausgelöst hatte. »Zu diesem Zeitpunkt hat Santorelli gestöhnt, war aber noch nicht wieder voll bei Bewußtsein. Und unmittelbar vor dem Manöver hat Kapitän Blane gesagt: ›Das macht Spaß.‹ Auf dem Band waren noch andere Geräusche zu hören – hier, das Scheppern und Klirren kleiner, loser Gegenstände, die aufgrund der plötzlichen seitlichen Beschleunigung durch die Luft flogen.«

Das macht Spaß.

Joe konnte den Blick nicht von diesen Worten abwenden.

Barbara blätterte die Seite für ihn um. »Drei Sekunden später nimmt das Flugzeug eine weitere abrupte Richtungsänderung vor, um vier Grad mit der Nase nach links. Außer dem Scheppern, Klirren konnte man nun Geräusche des Flugzeugs hören – ein dumpfes Pochen und ein tiefes Vibrieren. Und Captain Blane lacht.«

»Er lacht«, sagte Joe fassungslos. »Er stürzte mit der Maschine ab und lachte?«

»Man kann das Gelächter auch nicht als *verrückt* bezeichnen. Es war ... ein vergnügtes Lachen, als hätte er wirklich Spaß.«

Das macht Spaß.

Acht Sekunden nach dem ersten Gieren kam es zu einer weiteren abrupten Richtungsänderung von drei Grad, die Nase nach links, nur zwei Sekunden später gefolgt von einer heftigen Verschiebung um sieben Grad, die Nase nach rechts. Blane lachte, als er das erste Manöver ausführte, und sagte beim zweiten: *Oh, Mann!*

»Da hob sich die Tragfläche auf der Steuerbordseite und zwang die auf der Backbordseite hinab«, sagte Barbara. »Innerhalb von zweiundzwanzig Sekunden hatte das Flugzeug sich um hundertsechsundvierzig Grad geneigt, und die Nase zeigte um vierundachtzig Grad nach unten.«

»Da war es aus und vorbei.«

»Nein. Sie hatten ein gewaltiges Problem, aber es war noch nicht hoffnungslos. Sie hätten das Flugzeug noch immer hochziehen können. Vergessen Sie nicht, sie befanden sich auf über zwanzigtausend Fuß Höhe. Das hätte für ein Manöver gereicht, die Maschine wieder in eine horizontale Lage zu bringen.«

Weil Joe nie einen Zeitungsartikel über den Absturz gelesen oder einen Fernsehbericht gesehen hatte, war er stets davon ausgegangen, daß die Kabine sich in eine Hölle aus Feuer und Rauch verwandelt hatte. Als er vor kurzem erkannt hatte, daß den Passagieren *dieser* Schrecken erspart geblieben war, hatte er gehofft, der lange Weg nach unten sei nicht so entsetzlich gewesen wie der imaginäre Absturz, den er bei einigen seiner Angstanfälle erlebt hatte. Nun fragte er sich jedoch, was schlimmer gewesen wäre: ein Schwall Rauch und die augenblickliche Erkenntnis des bevorstehenden Todes, oder saubere Luft und die grauenhaft dünne, falsche Hoffnung einer Kurskorrektur in letzter Minute – und damit der Rettung.

Die Abschrift wies darauf hin, daß im Cockpit Alarmsirenen erklungen waren. Ein Höhenalarm. Eine Tonbandstimme, die wiederholt vor *Verkehr!* warnte, weil sie durch Luftkorridore herabsanken, die anderen Flugzeugen vorbehalten waren.

»Was hat dieser Hinweis auf den ›Kratzer-Alarm‹ zu bedeuten?«

»Der gibt ein laut rasselndes Scharren von sich, ein unheimliches Geräusch, das niemand überhören kann. Er warnt die Piloten davor, daß das Flugzeug den Auftrieb verloren hat und durchzusacken beginnt.«

Von der Faust des Schicksal umklammert, die ihn hinunter zur Erde riß, hörte Kopilot Victor Santorelli abrupt zu nuscheln auf. Er kam wieder zu Bewußtsein. Vielleicht sah er Wolken, die an den Scheiben vorbeipeitschten. Oder die 747 war bereits unterhalb der hohen Wolkendecke, und er sah ein gespenstisches Panorama der anstürmenden Landschaft Colorados, die schwach in Grautönen leuchtete, von staubigem Perlen- bis hin zu Kohlengrau, während der goldene Glanz der Stadt Pueblo im Süden sprühte. Oder vielleicht verrieten ihm die Kakophonie der Alarmsirenen und die vorüberrasenden Datenanzeigen auf den Monitoren binnen eines Lidschlags alles, was er wissen mußte. Er hatte *O Gott!* gesagt.

»Seine Aussprache war feucht und nasal«, sagte Barbara, »was bedeuten könnte, daß Blane ihm die Nase gebrochen hat.«

Obwohl Joe nur die Abschrift las, konnte er Santorellis Entsetzen und die hektische Entschlossenheit zu überleben in seiner Stimme hören.

SANTORELLI: O Gott. O Gott, nein.
BLANE: (Gelächter) Juchuu. Dann mal los, Dr. Ramlock. Dr. Blom, dann mal los.
SANTORELLI: Zieh hoch!
BLANE: (Gelächter) Juchuu. (Gelächter) Juchuu. Zeichnen wir auf?
SANTORELLI: Zieh doch hoch!

Santorelli atmet schwer und pfeifend. Er stöhnt, kämpft mit irgend etwas, vielleicht mit Blane, aber es hört sich eher an, als würde er sich bemühen, die Kontrolle über das Handrad zurückzuerlangen. Falls Blanes Atmung schneller ging, ist auf dem Band nichts davon zu hören.

SANTORELLI: Scheiße, Scheiße!
BLANE: Zeichnen wir auf?

»Warum fragt er ständig, ob ihr Gespräch aufgezeichnet wird?« fragte Joe verblüfft.

Barbara schüttelte den Kopf. »Keine Ahnung.«

»Wie viele Jahre Erfahrung als Pilot hatte er?«

»Über zwanzig.«

»Dann sollte er doch wissen, daß das Mikrofon in der Cockpitdecke ununterbrochen aufzeichnet. Oder?«

»Ja, das sollte er wissen. Aber er ist nicht mehr bei Verstand, nicht wahr?«

Joe las die letzten Worte der beiden Männer.

SANTORELLI: Zieh hoch!
BLANE: Oh, Mann!
SANTORELLI: Heilige Mutter Gottes ...
BLANE: Oh, ja.
SANTORELLI: Nein.
BLANE: (kindliche Aufregung) Oh, ja.
SANTORELLI: Susan.
BLANE: Jetzt. Sieh doch!

Santorelli fängt zu schreien an.

BLANE: Cool.

Santorellis Schrei hält dreieinhalb Sekunden an, bis zum Ende der Aufnahme, die durch den Aufprall herbeigeführt wird.

Wind fegte über das Gras der Wiese. Der Himmel war geschwollen von sintflutartigem Regen, der endlich einsetzen wollte. Die Natur war in der Stimmung, alles gründlich zu reinigen.

Joe faltete die drei Seiten zusammen und steckte sie in eine Jackentasche.

Eine Zeitlang konnte er nicht sprechen.

In der Ferne Blitze. Donner. In Bewegung geratene Wolken.

Schließlich schaute Joe in den Krater hinab. »Santorellis letztes Wort war ein Name«, sagte er.

»Susan.«

»Wer ist das?«

»Seine Frau.«

»Hab' ich mir gedacht.«

Am Ende keine inständigen Bitten an Gott mehr, kein Flehen ums Überleben. Am Ende ein düsteres Hinnehmen. Ein liebevoll gesprochener Name, voller Bedauern und schrecklicher Sehnsucht, aber vielleicht auch mit einem gewissen Maß an Hoffnung. Und vor dem geistigen Auge nicht die grausame Erde, die sich unaufhaltsam nähert, oder die Dunkelheit danach, sondern ein in Ehren gehaltenes Gesicht.

Wieder konnte Joe eine Zeitlang nicht sprechen.

KAPITEL 11

Barbara Christman führte Joe vom Einschlagskrater den grasbewachsenen Hang hinauf in nördliche Richtung, zu einer Stelle, die kaum zwanzig Meter von der Gruppe toter, verkohlter Espen entfernt war.

»Irgendwo hier, in diesem Bereich, wenn ich mich recht entsinne«, sagte sie. »Aber was spielt das für eine Rolle?«

Als Barbara am Morgen nach dem Absturz an der Unglücksstelle eintraf, hatten die zerschmetterten und verstreuten Trümmer der 747-400 keine Ähnlichkeit mehr mit einem Flugzeug gehabt. Nur zwei Wrackstücke waren sofort zu erkennen gewesen: ein Teil eines Triebwerks und eine dreiteilige Passagiersitz-Einheit.

»Drei Sitze, nebeneinander?« fragte er.

»Ja.«

»Aufrecht?«

»Ja. Worauf wollen Sie hinaus?«

»Konnten Sie identifizieren, aus welchem Teil des Flugzeugs die Sitze stammten?«

»Joe ...«

»Aus welchem Teil des Flugzeugs?« wiederholte er geduldig.

»Es waren keine Sitze aus der ersten Klasse, und aus der Business-Klasse aus dem Haupt- oder Oberdeck konnten sie auch nicht stammen, weil dort nur zweisitzige Einheiten verwendet werden. Die Mittelreihen in der Economy-Klasse haben vier Sitze, also mußten sie aus den rechten oder linken Fensterreihen der Economy-Klasse stammen.«

»Waren sie beschädigt?«

»Natürlich.«

»Stark?«

»Nicht so stark, wie man erwarten konnte.«

»Verbrannt?«

»Nicht völlig.«

»Aber teilweise?«

»Soweit ich mich erinnern kann ... wir haben nur ein paar kleine Brandflecken und ein wenig Ruß gefunden.«

»Dann waren die Polster praktisch intakt?«

Ihr breites, klares Gesicht bewölkte sich vor Besorgnis. »Joe, diesen Absturz hat niemand überlebt.«

»Waren die Polster unversehrt?« bedrängte er sie.

»Wenn ich darüber nachdenke ... sie waren leicht zerrissen. Aber nicht der Rede wert.«

»Blut auf den Polstern?«

»Das weiß ich nicht mehr.«

»Leichen auf den Sitzen?«

»Nein.«

»Leichenteile?«

»Nein.«

»Waren die Sicherheitsgurte noch an den Sitzen befestigt?«

»Ich weiß es nicht mehr. Ich glaube schon.«

»Wenn die Sicherheitsgurte noch befestigt waren ...«

»Nein, die Vorstellung ist einfach lächerlich ...«

»Michelle und die Mädchen sind in der Economy-Klasse geflogen«, sagte Joe.

Barbara nagte auf der Lippe, wandte den Blick von ihm ab und schaute zu dem aufziehenden Gewitter hinüber. »Joe, Ihre Familie saß nicht auf diesen Plätzen.«

»Das weiß ich«, versicherte er ihr. »Das weiß ich.«

Aber wie sehr er es sich *wünschte*.

Sie schaute ihm wieder in die Augen.

»Sie sind tot«, sagte Joe. »Tot. Ich will ihren Tod nicht verleugnen, Barbara.«

»Also wollen Sie wieder auf diese Rose Tucker zurückkommen.«

»Wenn ich herausfinden kann, welchen Sitzplatz sie gehabt hat, und falls sie in der Economy-Klasse rechts oder links in einer Fensterreihe gesessen hat ... das wäre wenigstens eine kleine Bestätigung.«

»Bestätigung wofür?«

»Für ihre Geschichte.«

»Bestätigung«, sagte Barbara ungläubig.

»Daß sie überlebt hat.«

Barbara schüttelte den Kopf.

»Sie haben Rose nicht gesehen«, sagte er. »Sie ist keine Schwindlerin. Ich halte sie nicht für eine Lügnerin. Sie hat unglaubliche ... Kraft, Präsenz.«

Der Wind trug den Ozongeruch des Gewitters im Osten heran, den Geruch jenes Theatervorhangs, der sich stets unmittelbar senkte, bevor der Regen seinen Auftritt hatte.

»Sie sind sechs Kilometer tief gestürzt«, sagte Barbara im Tonfall leiser Verzweiflung, »in gerader Linie, mit der Nase voran. Sie sind nicht aufgeprallt und wieder hochgeschleudert worden, nein – das ganze verdammte Flugzeug wurde geradezu um Rose Tucker herum *zerschmettert*, wobei eine unglaubliche Energie freigesetzt wurde ...«

»Das habe ich durchaus verstanden.«

»Ich will weiß Gott nicht grausam sein, Joe – aber verstehen Sie es *wirklich*? Verstehen Sie es, nach allem, was Sie gehört haben? Rose sitzt gewissermaßen mitten in einer Bombe von gewaltiger Explosivkraft. Die Aufschlagswucht ist so groß, daß sie Stein pulverisiert. Die anderen Passagiere und die Besatzung ... in den meisten Fällen wird das Fleisch in einem winzigen Augenblick buchstäblich von den Knochen *geschält*, so sauber entfernt, als hätte man sie abgekocht. Zerfetzt. Aufgelöst. Es ist von einem Moment zum anderen einfach nicht mehr da. Und die Knochen selbst zersplittern und werden wie Salzstangen zermahlen. Im nächsten Augenblick, während das Flugzeug sich noch in die Wiese bohrt, explodiert verspritztes Gasolin – ein so feiner Sprühnebel, als käme er aus einer Spraydose. Überall Feuer. Feuergeysire, Feuerbäche, sich dahinwälzende Feuerfluten, vor denen es kein Entrinnen gibt. Rose Tucker ist nicht wie eine Pusteblume in ihrem Sitz hochgeschleudert worden und dann einfach durch das Inferno davongeschritten.«

Joe betrachtete den Himmel, und er betrachtete das Land zu seinen Füßen, und das Land war heller als der Himmel.

»In den Fernsehnachrichten sieht man Fotos oder Filme von einer Stadt«, sagte er, »die von einem Tornado heimgesucht wurde. Alles wurde eingeebnet und zu so feinem Schutt zermahlen, daß man ihn fast durch ein Sieb streichen kann – und mitten in dieser Alptraumlandschaft ist ein Haus stehengeblieben, das nichts oder kaum etwas abbekommen hat.«

»Das ist ein Wetterphänomen, eine Laune des Sturms. Aber hier geht es schlicht und einfach um Physik, Joe. Gesetze von Materie und Bewegung. In der Physik gibt es keine Launen. Wäre diese verdammte Stadt sechs Kilometer tief abgestürzt, würde auch dieses eine Haus, das alles überstanden hat, in Schutt und Asche liegen.«

»Einigen Familien der Opfer ... Rose hat ihnen irgend etwas gezeigt, das ihnen Mut machte.«

»Was?«

»Das weiß ich nicht, Barbara. Ich will es sehen. Ich will, daß Rose es mir auch zeigt. Aber der springende Punkt dabei ist ... die Leute glauben Rose, wenn sie ihnen sagt, sie sei an Bord dieses Flugzeugs gewesen. Ach was, es ist mehr als nur ein Glaube.« Er erinnerte sich an Georgine Delmanns strahlende Augen. »Es ist eine felsenfeste Überzeugung.«

»Dann ist sie eine Schwindlerin, die ihresgleichen sucht.«

Joe zuckte nur mit den Achseln.

Ein paar Kilometer entfernt vibrierte die Stimmgabel eines Blitzes und zerriß die Gewitterwolken. Im Osten schlug grauer Regen auf den Boden ein.

»Aus irgendeinem Grund«, sagte Barbara, »kommen Sie mir nicht wie ein frommer Mensch vor.«

»Bin ich auch nicht. Michelle ist mit den Kindern jede Woche in die Sonntagsschule und die Kirche gegangen, aber ich habe sie nicht begleitet. Wir haben sonst *alles* gemeinsam gemacht, bis auf diese Kirchenbesuche.«

»Lehnen Sie die Religion ab?«

»Nein. Ich kann ihr einfach keine Begeisterung entgegenbringen, kein Interesse. Ich war Gott gegenüber immer so gleichgültig, wie er mir gegenüber gleichgültig zu sein schien. Nach dem Absturz ... da tat ich den letzten Schritt meiner ›geistlichen Reise‹, den von Desinteresse hin zu Ungläubigkeit. Ich kann die Vorstellung eines gütigen Gottes unmöglich in Einklang bringen mit dem, was mit den Leuten an Bord dieses Flugzeugs geschehen ist ... und uns anderen, die sie jetzt bis ans Ende ihres Lebens vermissen werden.«

»Warum glauben Sie denn so beharrlich an dieses Wunder, wenn Sie solch ein Atheist sind?«

»Ich behaupte keineswegs, daß Rose Tuckers Überleben ein Wunder war.«

»Verdammt noch mal, was soll es denn *sonst* gewesen sein? Nur Gott höchstpersönlich und eine ganzes Rettungsteam von Engeln könnte Rose Tucker an einem Stück aus diesem Flugzeug geholt haben«, beharrte Barbara mit einem Anflug von Sarkasmus.

»Es geht nicht um göttliche Einmischung. Es gibt eine andere Erklärung, die ziemlich erstaunlich, aber auch logisch ist.«

»Unmöglich«, sagte sie starrköpfig.

»Unmöglich? Na ja … genau so unmöglich wie alles, was in diesem Cockpit mit Captain Blane geschehen ist.«

Sie hielt seinem Blick stand, während sie in den tiefen und geordneten Dateien ihres Gehirns nach einer Antwort suchte. Sie fand aber keine.

»Was soll diese Rose Ihnen denn sagen«, fragte sie statt dessen, »wenn Sie an gar nichts glauben? Was erwarten Sie von ihr? Sie haben gesagt, die Frau hätte den Angehörigen anderer Opfer ›Mut gemacht‹. Gehen Sie nicht davon aus, daß es sich um Dinge geistlicher Natur handelt?«

»Nicht unbedingt.«

»Was sonst kann es sein?«

»Ich habe keine Ahnung.«

Sie wiederholte Joes Worte, färbte sie aber mit deutlich herauszuhörender Verzweiflung. »›Erstaunlich, aber auch logisch‹.«

Er wandte den Blick von ihr ab, schaute zu den Bäumen am nördlichen Rand des Feldes und sah dann, daß es bei den vom Feuer verdorrten Espen, die sich dort zusammendrängten, eine einzige Überlebende gab, die wieder Laubwerk trug. Statt des charakteristisch glatten Stamms hatte sie eine schuppige schwarze Rinde, was einen betörenden Kontrast ergeben würde, wenn ihre Blätter im Herbst wieder ein leuchtendes Gelb annahmen.

»Erstaunlich, aber auch logisch«, gab er ihr recht.

Näher als je zuvor zuckte ein Blitz leiterförmig den Himmel hinab, und das Dröhnen des Donners senkte sich Sprosse um Sprosse.

»Wir sollten gehen«, sagte Barbara. »Hier gibt es sowieso nichts mehr zu sehen.«

Joe folgte ihr die Wiese hinab, blieb aber am Rand des Einschlagskraters noch einmal stehen.

Bei seinen wenigen Teilnahmen an den Treffen der *Compassio-*

nate Friends hatte Joe andere trauernde Eltern vom Nullpunkt sprechen hören. Der Nullpunkt war die Todesstunde des Kindes, nach der jedes zukünftige Ereignis datiert wurde, das kurze Blinzeln, während dessen der vernichtende Verlust alle inneren Meßgeräte wieder auf Null stellte. Es war der Augenblick, in dem die schäbige Schachtel voller Hoffnungen und Wünsche – die einem einst wie eine wundervolle Truhe voller strahlender Träume vorgekommen war – auf den Kopf gestellt und in einen Abgrund ausgeleert wurde und man mit null Erwartungen zurückblieb. Ein einziges Ticken einer Uhr – *tick, tick* – und die Zukunft war kein Königreich voller Möglichkeiten und Wunder mehr, sondern ein Joch der Verpflichtung, und die unerreichbare Vergangenheit war der einzige gastliche Ort, an dem man noch leben konnte.

Joe hatte über ein Jahr an diesem Nullpunkt verbracht, während die Zeit in beide Richtungen von ihm zurückwich und weder zu den Tagen davor noch zu denen dahinter zählte. Er hätte genauso gut in einem Behälter mit flüssigem Stickstoff schweben und tief im Kälteschlaf liegen können.

Nun stand er an einem anderen Nullpunkt, dem physikalischen, an dem seine Frau und Töchter umgekommen waren. Er wünschte sie sich so sehnlich zurück, daß dieses Verlangen wie Adlerklauen an seinen Eingeweiden riß. Aber endlich wollte er auch noch etwas anderes haben: Gerechtigkeit für sie. Gerechtigkeit, die ihrem Tod zwar keinen Sinn mehr geben konnte, aber dem seinen.

Er mußte sich völlig von diesem Kälteschlafbett erheben, das Eis aus seinen Knochen und Adern schütteln und durfte sich erst wieder niederlegen, nachdem er die Wahrheit aus dem Grab gewühlt hatte, in dem sie verscharrt worden war. Um der Frauen willen, der er verloren hatte, würde er Paläste anzünden, Königreiche vernichten, ja die ganze Welt verwüsten, wenn die Wahrheit sich nur auf diese Weise finden ließ.

Nun verstand Joe Carpenter den Unterschied zwischen Gerechtigkeit und bloßer Rache: Wahre Gerechtigkeit würde ihm keine Erleichterung von seinem Schmerz bringen, kein Gefühl des Triumphs; sie würde ihm lediglich erlauben, aus dem Nullpunkt zu treten und in Frieden zu sterben, nachdem seine Aufgabe vollendet war.

Durch das Gewölbe der Koniferen flatterten erste weiße Schwingen des Gewitterleuchtens, dann weitere, und noch mehr, als würde der tobende Himmel ein vielfaches Licht ausstrahlen. Donner und der Ansturm des Windes peinigten Joes Ohren, und Tausende gefiederter Schatten senkten sich im Sturzflug hernieder und zitterten zwischen den Baumstämmen und auf dem Waldboden.

Gerade, als Joe und Barbara den Ford Explorer am unkrautüberwucherten Ende des unbefestigten Weges erreichten, setzte zwischen den Kiefern zischend und prasselnd starker Regenfall ein. Rasch quetschten sie sich in den Wagen. Ihr Haar und ihre Gesichter glitzerten, als wären sie mit Juwelen geschmückt, und Barbaras veilchenblaue Bluse war mit Flecken gesprenkelt, die so dunkel waren wie Pflaumensaft.

Was immer die Rehe aus ihrer Deckung aufgescheucht hatte – sie hatten es nicht entdeckt. Doch Joe war mittlerweile ziemlich sicher, daß es ein anderes Tier gewesen war. Als er zum Wagen lief, um nicht in den Regen zu geraten, hatte er lediglich wildlebende Wesen gespürt, die ihm auswichen, und nicht die viel tödlichere Bedrohung, die von Menschen ausging.

Trotzdem schienen die dicht beieinander stehenden Koniferen die ideale Architektur für einen Hinterhalt zu bieten. Stille Lauben, Markisen, Verstecke, gründunkle Schlupfwinkel.

Als Barbara den Motor anließ und den Weg zurückfuhr, den sie gekommen waren, saß Joe angespannt neben ihr. Suchte den Wald ab. Wartete auf die Kugel.

»Die beiden Männer«, sagte er, als sie die Schotterstraße erreichten, »von denen Blane auf dem Cockpittonband gesprochen hat …«

»Dr. Blom und Dr. Ramlock.«

»Haben Sie herauszufinden versucht, wer sie sind, und eine Suche nach ihnen eingeleitet?«

»Als ich in San Francisco war, habe ich Delroy Blanes Hintergrund überprüft. Nach persönlichen Problemen gesucht, die einen kritischen psychologischen Zustand bei ihm hätten hervorrufen können. Ich habe mich bei seiner Familie und seinen Freunden erkundigt, ob jemand schon mal die Namen Blom und Ramlock gehört hatte. Doch keiner kannte sie.«

»Sie haben Blanes persönliche Unterlagen überprüft, seinen Terminkalender, die Kontoauszüge?«

»Ja. Nichts. Und Blanes Hausarzt behauptet, er habe seinen Patienten nie an Spezialisten mit diesen Namen überwiesen. Es gibt im Großraum San Francisco keine Allgemeinmediziner, Psychiater oder Psychologen mit diesen Namen. Ich habe es dabei bewenden lassen. Denn danach wurde ich in meinem Hotelzimmer von diesen Arschlöchern geweckt, die mir eine Pistole unter die Nase hielten und mir sagten, ich solle mich da raushalten.«

Bis zum Ende des Schotterweges und noch ein ganzes Stück auf dem State Highway, auf dessen Asphaltdecke silberner Regen einen zischenden und schäumenden Tanz aufführte, wahrte Barbara besorgtes Schweigen und hatte die Stirn gerunzelt. Aber es lag nicht daran – Joe konnte es spüren –, weil sie sich des unfreundlichen Wetters wegen auf das Fahren konzentrieren mußte.

Das Gewitter war vorbeigezogen. Nun legte das Unwetter seine ganze Kraft in den Wind und Regen.

Joe lauschte dem monotonen Pochen der Scheibenwischer.

Er lauschte auch auf die vom Wind gepeitschten Tropfen, die gegen die Frontscheibe schlugen. Zuerst hatte er ihr Geräusch für ein bedeutungsloses, zufälliges Prasseln gehalten, doch allmählich stellte sich bei ihm der Eindruck ein, sogar im Rhythmus des Regens verborgene Muster wahrnehmen zu können.

Barbara hatte vielleicht kein Muster, aber offenbar ein faszinierendes Puzzlestück entdeckt, das ihr bislang nicht aufgefallen war, denn unvermittelt sagte sie: »Mir ist da etwas Eigenartiges eingefallen, aber …«

Joe wartete.

»… aber ich will Sie in Ihrer unheimlichen Wahnvorstellung nicht ermutigen.«

»Wahnvorstellung?«

Sie warf ihm einen Blick zu. »Die Vorstellung, es könne eine Überlebende gegeben haben.«

»Ermutigen Sie mich«, sagte er. »Ich habe im vergangenen Jahr nicht viel Ermutigung bekommen.«

Sie zögerte, seufzte dann aber. »Nicht weit von hier wohnt ein Rancher. Als damals Flug 353 abstürzte, lag er im Bett und schlief. Die Explosion weckte ihn. Und dann klingelte jemand an seiner Tür.«

»Wer?«

»Am nächsten Tag rief der Rancher den Countysheriff an, und dessen Mitarbeiter leiteten ihn an die Kommandostelle unserer Ermittlungsabteilung weiter. Aber die Aussage des Mannes kam mir damals nicht wichtig vor.«

»Wer ist mitten in der Nacht an seiner Tür erschienen?«

»Eine Zeugin«, sagte Barbara.

»Des Absturzes?«

»Angeblich.«

Sie schaute ihn an, richtete ihre Aufmerksamkeit dann aber rasch wieder auf die regennasse Straße.

In Anbetracht dessen, was Joe ihr erzählt hatte, schien diese Erinnerung für Barbara langsam, aber stetig beunruhigender zu werden. Sie kniff die Augenwinkel zusammen, als bemühte sie sich, deutlicher in die Vergangenheit zu schauen und nicht durch den Wolkenbruch, und preßte die Lippen zusammen, als überlegte sie, ob sie mehr sagen sollte.

»Eine Zeugin des Absturzes«, bedrängte Joe sie.

»Ich kann mich nicht mehr erinnern, warum sie ausgerechnet zu dieser Ranch ging, oder was sie dort wollte.«

»Sie?«

»Die Frau, die behauptete, den Absturz des Flugzeugs gesehen zu haben.«

»Da ist noch mehr, nicht wahr?« sagte Joe.

»Ja. Wenn ich mich recht entsinne, war sie eine Schwarze.«

Für einen Moment verschlug es Joe den Atem. »Hat sie dem Rancher ihren Namen genannt?«

»Das weiß ich nicht.«

»Vielleicht erinnert er sich noch daran, falls sie ihren Namen genannt hat.«

Bei der Abzweigung vom State Highway wurde die Auffahrt zur Ranch von großen weißen Pfosten flankiert, die ein Schild trugen, das sich über den Fahrweg spannte. Darauf stand mit anmutigen grünen Buchstaben auf weißem Hintergrund: LOOSE CHANGE RANCH. Und darunter, mit kleineren Lettern und handgemalt: *Jeff and Mercy Ealing*. Das Tor stand offen.

Zu beiden Seiten der Schotterstraße erstreckten sich weiße

Ranchzäune, welche die Felder in kleinere Weiden unterteilten. Sie fuhren an einer großen Reitkoppel, Übungsplätzen und zahlreichen weißen Ställen mit grünen Tür- und Fensterrahmen vorbei.

»Ich selbst war letztes Jahr nicht hier«, sagte Barbara, »aber einer meiner Leute hat mir Bericht erstattet. Jetzt fällt es mir wieder ein. Es ist eine Pferderanch. Sie züchten und verkaufen hier Galopper, die bei Rennen starten. Und Araber. Show- und Zirkuspferde.«

Auf den Weiden, deren Gras abwechselnd vom Sturm hochgepeitscht und vom Regen niedergedrückt wurde, standen zur Zeit keine Pferde. Die Reitkoppel und die Übungsplätze waren verlassen.

Bei einigen Ställen standen die oberen Hälften der quergeteilten Türen an den einzelnen Boxen offen. Hier und da spähten Pferde aus der Sicherheit ihrer Quartiere in den Sturm hinaus. Einige waren fast so dunkel wie die Boxen, in denen sie standen, andere waren hell oder gefleckt.

Das große und stattliche Ranchhaus – weiße Schindeln mit grünen Schlagläden, umrahmt von Espengruppen – hatte die breiteste Vorderveranda, die Joe je gesehen hatte. Unter dem schweren Mantel der Dunkelheit, den die Gewitterwolken hinabhängen ließen, wurden einige Fenster von gelbem Schein ausgefüllt, der so willkommenheißend war wie Kaminfeuer.

Barbara parkte den Wagen am Rand der runden Auffahrt. Sie und Joe liefen durch den Regen – der zuvor warm wie Badewasser gewesen, nun aber kälter geworden war – zur geschützten Veranda. Das Tor schwang mit dem Ächzen von Scharnieren und dem Quietschen einer abgenützten Spannfeder nach innen – so in sich abgerundete Geräusche, daß sie seltsam angenehm waren; sie kündeten von Zeit, die sanft und langsam verstrichen war, eher von liebenswürdiger Nachlässigkeit als von Verfall.

Die Veranda war mit grün gepolsterten weißen Korbstühlen möbliert, und Farne ergossen sich in grünen Kaskaden aus schmiedeeisernen Ständern.

Die Haustür stand offen, und ein Mann von etwa sechzig Jahren wartete in einem schwarzen Regenmantel auf einer Seite der Veranda. Die wettergegerbte Haut seines sonnengebräunten Gesichts war zerfurcht und von Altersglanz überzogen, wie das Leder einer lange benützten Satteltasche. Seine blauen Augen waren so aufmerksam und freundlich wie sein Lächeln. Er sprach ziemlich laut, um sich über das Trommeln des Regens auf dem Dach verständlich zu machen. »Morgen. Schöner Tag für Enten.«

»Sind Sie Mr. Ealing?« fragte Barbara.

»Das bin zufällig ich«, sagte ein anderer Mann in einem schwarzen Regenmantel, der soeben auf der offenen Schwelle erschien.

Er war fünfzehn Zentimeter größer und zwanzig Jahre jünger als der Mann, der die Bemerkung über das Wetter gemacht hatte. Doch ein Leben auf dem Pferderücken, in heißer Sonne, trockenem Wind und der Kälte des Winters, furchte bereits die glatten, harten Ebenen der Jugend und verliehen ihm das angenehm gezeichnete und reizvolle Gesicht, das von großer Erfahrung und ländlicher Weisheit kündete.

Barbara stellte sich und Joe vor, erklärte, daß er ein Kollege sei, und gab vor, noch für das National Transportation Safety Board zu arbeiten.

»Nach einem Jahr stochern Sie noch immer darin herum?«

»Wir konnten die Unfallursache nicht ermitteln«, sagte Barbara. »Und wir schließen eine Akte gern erst dann, wenn wir genau wissen, was passiert ist. Wir möchten Ihnen ein paar Fragen über die Frau stellen, die an diesem Abend an Ihre Tür geklopft hat.«

»Klar, ich erinnere mich.«

»Könnten Sie sie beschreiben?« fragte Joe.

»Eine winzige Lady. Um die Vierzig. Hübsch.«

»Schwarz?«

»Ja, genau. Es war aber noch ein anderer Einschlag drin. Mexikanisch vielleicht. Oder eher chinesisch. Vielleicht auch vietnamesisch.«

Joe fiel das asiatische Aussehen von Roses Tuckers Augen ein. »Hat sie Ihnen ihren Namen genannt?«

»Wahrscheinlich«, sagte Ealing. »Aber ich erinnere mich nicht mehr, wie sie hieß.«

»Wann nach dem Absturz ist sie hier aufgetaucht?« fragte Barbara.

»War nicht viel später.« Ealing trug einen Ledersattel, der irgendwie einer Arzttasche ähnelte. Er wechselte ihn von der rechten Hand in die linke. »Das Geräusch des abstürzenden Flugzeugs hat mich geweckt, noch bevor die Maschine aufschlug. So laut hab' ich hier in der Gegend noch nie ein Flugzeug gehört. Aber wir wußten, woran es liegen mußte. Ich stand auf, und Mercy schaltete das Licht an. ›O Gott‹, sagte ich, und dann hörten wir's auch schon. Klang wie 'ne Sprengung in einem weit entfernten Steinbruch. Das Haus zitterte sogar ein bißchen.«

Der ältere Mann trat ungeduldig von einem Fuß auf den anderen.

»Wie geht es ihr, Ned?« fragte Ealing.

»Nicht gut«, sagte Ned. »Gar nicht gut.«

Jeff Ealing schaute auf die lange Auffahrt, deren Ende im strömenden Regen kaum auszumachen war.

»Verdammt, wo bleibt Doc Sheely?« sagte er und fuhr mit einer Hand sein langes, schmales Gesicht hinunter, wodurch es noch länger zu werden schien.

»Wenn wir zu einem ungünstigen Zeitpunkt gekommen sind ...«, sagte Barbara.

»Wir haben eine kranke Stute, aber ein paar Minuten kann ich erübrigen«, sagte Ealing und kehrte zum Abend des Absturzes zurück. »Mercy rief die Feuerwehr von Pueblo County an, und ich zog mich schnell an und fuhr mit dem Pickup zur Hauptstraße, in Richtung Süden. Ich wollte herausfinden, wo die Maschine runtergekommen war, und ob ich helfen konnte. Das Feuer war am Himmel zu sehen – nicht direkt, aber der Widerschein. Als ich die Gegend erreichte, versperrte schon ein Wagen des Sheriffs die Abzweigung von der Staatsstraße. Kurz darauf kam ein zweiter. Sie haben 'ne Straßensperre errichtet und auf die Such- und Rettungsmannschaften gewartet. Sie sagten mir, ich könnte nichts tun. Das könnten nur ausgebildete Helfer. Also fuhr ich nach Hause.«

»Wie lange waren Sie fort?« fragte Joe.

»Können nicht mehr als fünfundvierzig Minuten gewesen sein. Dann saß ich hier mit Mercy vielleicht eine halbe Stunde in der Küche und trank einen Koffeinfreien mit einem Schuß Bailey's. Ich war hellwach, hörte mir die Nachrichten im Radio an und fragte mich, ob es sich noch lohnte, mich wieder aufs Ohr zu hauen, als wir das Klopfen an der Haustür hörten.«

»Also ist die Frau eine Stunde und fünfzehn Minuten nach dem Absturz hier aufgetaucht«, sagte Joe.

»So ungefähr.«

Das Motorengeräusch eines sich nähernden Fahrzeugs wurde

vom schweren Wolkenbruch und dem zitternden Chor der vom Wind geschüttelten Espen gedämpft. Sie bemerkten den Wagen erst, als er sie fast erreicht hatte. Ein Jeep Cherokee. Als er auf den runden Wendeplatz vor dem Haus fuhr, zerfetzten seine Scheinwerfer den strömenden Regen wie mit silbernen Schwertern.

»Gott sei Dank!« rief Ned und zog die Kapuze seines Regenmantels über. Die Schwingtür sang, als er sie aufstieß und in den Sturm hinauslief.

»Doc Sheely ist da«, sagte Jeff Ealing. »Ich muß ihm bei der Stute helfen. Aber Mercy weiß sowieso mehr über die Frau als ich. Gehen Sie rein und sprechen Sie mit ihr.«

Mercy Ealings ergrauendes blondes Haar war mit drei Spangen in Form von Schmetterlingen festgesteckt. Doch sie hatte gerade Kekse gebacken, und ein paar krause Locken hatten sich gelöst und hingen in Spiralen bis auf ihre geröteten Wangen hinab.

Sie wischte sich die Hände an der Schürze und dann gründlicher an einem Spültuch ab und bestand darauf, daß Barbara und Joe am Eßtisch in der geräumigen Küche Platz nahmen, während sie ihnen Kaffee einschenkte. Dazu reichte sie einen Teller mit einer Riesenportion frisch gebackener Kekse.

Die Hintertür stand offen und gewährte den Blick auf eine nicht überdachte Veranda. Im Zimmer war der rhythmische Regen nur gedämpft zu vernehmen, wie das Trommeln für einen Trauerzug, der auf dem Highway vorübermarschierte.

Die Luft war warm und roch nach Hafermehlbackteig, Schokolade und gerösteten Walnüssen.

Der Kaffee war gut, die Kekse noch besser.

An der Wand hing ein Bildkalender mit christlichen Motiven. Das Gemälde für den Monat August zeigte Jesus, wie er am Strand mit zwei Fischern sprach, den Brüdern Petrus und Andreas, die ihre Netze fallen lassen und ihm folgen würden, um Menschen zu fischen.

Joe kam sich vor, als wäre er durch eine Falltür in eine andere Wirklichkeit gestürzt als die, in der er seit einem Jahr lebte – von einem kalten, seltsamen Ort in die normale Welt mit ihren kleinen alltäglichen Problemen und Arbeiten und dem wohltuend schlichten Glauben an die Richtigkeit aller Dinge.

Während Mercy nach den Keksen in den beiden Öfen sah, rief sie sich den Abend des Absturzes in Erinnerung. »Nein, nicht Rose. Sie hieß Rachel Thomas.«

Dieselben Initialen, erkannte Joe. Vielleicht hatte Rose, als sie sich vom Ort der Katastrophe entfernt hatte, bereits vermutet, daß man das Flugzeug zum Absturz gebracht hatte, weil sie an Bord gewesen war. Vielleicht wollte sie ihre Feinde glauben machen, sie sei tot. Daß sie dieselben Initialen benützte, half ihr wahrscheinlich, sich den falschen Namen einzuprägen, den sie genannt hatte.

»Sie fuhr gerade von Colorado Springs nach Pueblo, als sie das Flugzeug direkt über ihr abstürzen sah«, fuhr Mercy fort. »Das arme Ding bekam einen solchen Schrecken, daß es auf die Bremse trat und der Wagen ins Schleudern geriet. Gott sei Dank hatten sie die Sicherheitsgurte angelegt. Der Wagen kam von der Straße ab, raste die Böschung runter und überschlug sich.«

»War sie verletzt?« fragte Barbara.

Mercy schaufelte Klumpen dicken Teigs auf eingefettete Backbleche. »Nein, es ging ihr soweit gut. Sie war mit dem Schrecken davongekommen. Es war nur eine kleine Böschung. Rachels Kleidung war verdreckt, voller Gras und Unkraut, aber sie selbst war unverletzt. Klar, sie zitterte wie Espenlaub, aber ihr war nichts passiert. Sie war so ein süßes Ding, sie tat mir so leid.«

»Sie hat also damals behauptet, eine Zeugin zu sein«, sagte Barbara bedeutungsvoll zu Joe.

»Oh, ich glaube nicht, daß sie sich das nur ausgedacht hat«, sagte Mercy. »Sie hatte den Absturz ganz bestimmt beobachtet. Sie war völlig durcheinander.«

Eine Uhr summte. Mit einem entschuldigenden Achselzucken schob Mercy eine Hand in einen wattierten Küchenfäustling und zog ein Tablett mit duftenden braunen Keksen aus dem Ofen.

»Die Frau hat Sie an diesem Abend also um Hilfe gebeten?« fragte Barbara.

Mercy stellte das heiße Aluminiumblech zum Abkühlen auf einen Backofenrost. »Sie wollte ein Taxiunternehmen in Pueblo anrufen, aber ich habe ihr gesagt, die würden nicht für Geld und alle guten Worte hier heraus kommen.«

»Sie wollte keinen Abschleppdienst anrufen?« fragte Joe.

»Sie dachte, zu dieser späten Stunde würde bestimmt kein Abschleppdienst aus Pueblo kommen. Sie wollte am nächsten Morgen mit dem Abschleppwagen zum Unfallort zurückfahren.«

»Was hat sie getan, als Sie ihr sagten, zu dieser Stunde sei kein Taxi zu bekommen?« fragte Barbara.

»Ich habe sie selbst nach Pueblo gefahren«, sagte Mercy, während sie ein Tablett mit rohen Teigtropfen in den Ofen schob.

»Den ganzen weiten Weg nach Pueblo?« fragte Barbara.

»Na ja, Jeff mußte früher aufstehen als ich, und Rachel wollte nicht hier bei uns bleiben, und wenn man tüchtig Gas gibt, ist man schon in einer Stunde da«, sagte Mercy und schloß die Ofentür.

»Das war außergewöhnlich freundlich von Ihnen«, sagte Joe.

»Wirklich? Nein, finde ich nicht. Der liebe Gott möchte, daß wir Samariter sind. Deshalb sind wir auf der Welt. Wenn man Menschen in solch einer Notlage begegnet, muß man ihnen helfen. Und diese Lady war wirklich sehr nett. Den ganzen Weg nach Pueblo hat sie nur über die armen Leute an Bord dieses Flugzeugs gesprochen. Sie war völlig mit den Nerven herunter, richtig verzweifelt. Beinahe so, als wär's ihre Schuld gewesen, was mit den armen Leuten passiert ist, nur weil sie das Flugzeug ein paar Sekunden vor dem Aufprall gesehen hat. Jedenfalls war es keine große Sache, sie nach Pueblo zu fahren … aber die Rückfahrt in dieser Nacht war die reinste Hölle, weil Unmengen von Autos zur Absturzstelle fuhren. Polizeiwagen, Krankenwagen, Feuerwehrwagen. Und jede Menge Gaffer. Standen mit ihren Autos und Pickups am Straßenrand. Haben wohl gehofft, Blut zu sehen. Ich krieg' das kalte Grausen, wenn ich solche Leute sehe. Eine Tragödie kann in den Menschen das Beste, aber auch das Schlechteste zum Vorschein bringen.«

»Hat Rachel Ihnen auf dem Weg nach Pueblo gezeigt, wo genau ihr Wagen von der Straße abgekommen ist?« fragte Joe.

»Sie war zu durcheinander, um im Dunkeln die genaue Stelle wiederzufinden. Und wir konnten ja nicht alle Nase lang anhalten, um nachzusehen, ob es die richtige Böschung war, sonst hätten wir das arme Mädchen nie nach Hause und ins Bett gekriegt.«

Eine andere Uhr summte.

Mercy stülpte wieder den wattierten Handschuh über und öffnete die Tür des zweiten Ofens. »Sie war fix und fertig, hatte ganz müde Augen. Mit einem Abschleppwagen hatte sie nichts mehr im Sinn. Sie wollte nur noch nach Hause, ins Bett.«

Joe war überzeugt davon, daß es gar keinen Wagen gegeben hatte. Rose war von der brennenden Wiese in den Wald gelaufen, nahezu blind, als sie die lodernden Flammen hinter sich ließ und ins Dunkel eintauchte, aber verzweifelt entschlossen, schnell zu verschwinden, bevor jemand herausfand, daß sie noch lebte. Irgendwie hatte sie felsenfest daran geglaubt, die 747 sei wegen ihr zum Absturz gebracht worden war. Verängstigt, in einem Schockzustand, entsetzt über das Grauen, hätte sie sich lieber in der Wildnis verirrt und wäre an Hunger oder Erschöpfung gestorben, als von einem Rettungsteam entdeckt und vielleicht in die Hände ihrer unheimlichen, mächtigen Feinde gegeben zu werden. Kurz darauf hatte sie durch schieres Glück einen Höhenrücken erreicht, von dem aus sie zwischen den Bäumen die fernen Lichter der Loose Change Ranch sehen konnte.

Barbara schob ihre leere Tasse Kaffee zurück. »Mercy«, sagte sie, »wo haben Sie diese Frau in Pueblo abgesetzt? Erinnern Sie sich an die Adresse?«

Mercy zog das Backblech halb aus dem Ofen, um nachzusehen, ob die Kekse schon gar waren. »Sie hat mir keine Adresse genannt, mich einfach von einer Straße zu anderen dirigiert, bis wir das Haus erreichten.«

Da es unwahrscheinlich war, daß Rose in Pueblo jemanden kannte, hatte sie zweifellos aufs Geratewohl irgendein Haus ausgewählt.

»Haben Sie gesehen, wie sie hineinging?«

»Ich wollte warten, bis sie die Tür aufgeschlossen und das Haus betreten hatten. Aber sie hat mir gedankt, mir Gottes Segen gewünscht und gesagt, ich solle schnell wieder nach Hause zurückfahren.«

»Würden Sie das Haus wiederfinden?« fragte Barbara.

Mercy gelangte zu dem Schluß, daß die Kekse noch eine Minute vertragen konnten, schob das Blech wieder in den Ofen und zog den Handschuh aus. »Klar«, sagte sie. »Ein schönes, großes Haus in einer wirklich netten Gegend. Aber es war nicht Rachels Haus. Es gehörte ihrem Partner, mit dem sie in Pueblo die Praxis führte. Habe ich Ihnen gesagt, daß sie Ärztin war?«

»Aber Sie haben nicht gesehen, daß sie dieses Haus betrat?« fragte Joe. Er vermutete, daß Rose gewartet hatte, bis Mercy außer

Sichtweite war, um dann in die Innenstadt zu gehen und sich irgendein Transportmittel zu suchen.

Mercys Gesicht war von der Hitze des Ofens rot und feucht. Sie riß zwei Küchentücher von einer Rolle und tupfte sich den Schweiß von der Stirn. »Nein«, erwiderte sie. »Wie ich schon sagte, ich setzte sie vor dem Haus ab, und sie gingen zur Tür.«

»Sie?«

»Das arme, kleine, müde Ding. So ein süßer Schatz. Die Tochter von Rachels Partner.«

Erschrocken warf Barbara Joe einen Blick zu und beugte sich dann auf ihrem Stuhl zu Mercy vor. »Sie hatte ein Kind dabei?«

»Einen richtigen kleinen Engel, müde, aber gar nicht quengelig.«

Joe fiel plötzlich ein, daß Mercy »Sicherheitsgurte« erwähnt hatte, in der Mehrzahl, und auch ein paar andere Dinge, die plötzlich eine wortwörtlichere Interpretation verlangten, als er es für erforderlich gehalten hatte. »Sie meinen, Rose ... Rachel hatte ein Kind dabei?«

»Ja, habe ich das nicht gesagt?« Mercy schaute verwirrt drein und warf das feuchte Papiertuch in einen Abfalleimer.

»Wir ... wir wußten gar nicht, daß sie ein Kind bei sich hatte«, sagte Barbara.

»Ich habe es Ihnen gesagt«, erwiderte Mercy, erstaunt über Barbaras Verwirrung. »Als vor einem Jahr dieser Mann von Ihrer Behörde kam, habe ich ihm alles über Rachel und das kleine Mädchen erzählt, und daß Rachel alles gesehen hat.«

Barbara blickte Joe an. »Das ist mir entfallen«, sagte sie. »Es war sowieso schon eine Leistung, daß ich mich überhaupt an diese Ranch erinnert habe.«

Joe Herz machte einen Satz, ruckte an wie ein Rad, das lange auf einer verrosteten Achse stillgestanden hatte.

Mercy ahnte nichts von der schockhaften Wirkung, die ihre Enthüllung auf Joe hatte, und öffnete die Backofentür, um wieder nach den Keksen zu sehen.

»Wie alt war das Mädchen?« fragte er.

»Hm, vielleicht vier oder fünf«, sagte Mercy.

Eine Vorahnung legte sich auf Joes Augen, und als er sie schloß, wimmelte es in der Dunkelheit hinter seinen Lidern vor Möglichkeiten, die in Betracht zu ziehen er Angst hatte.

»Können Sie … können Sie es beschreiben?«

»Sie war ein ganz süßes kleines Püppchen«, sagte Mercy. »Wirklich niedlich – aber das sind sie in diesem Alter ja alle, nicht wahr?«

Als Joe die Augen wieder öffnete, starrte Barbara ihn an, und in ihrem Blick lag tiefes Mitleid. »Vorsicht, Joe«, sagte sie. »Was Sie sich da erhoffen, ist vollkommen unmöglich.«

Mercy stellte das heiße Backblech voller fertiger Kekse auf einen zweiten Rost.

»Welche Farbe hatte ihr Haar?« fragte Joe.

»Sie war ein kleiner Blondschopf.«

Er ging um den Tisch, bevor ihm überhaupt klar wurde, daß er sich vom Stuhl erhoben hatte.

Mercy nahm einen Küchenspachtel und schaufelte die Kekse von dem kühleren der beiden Bleche auf einen großen Teller.

Joe ging zu ihr. »Mercy, welche Farbe hatten die Augen dieses kleinen Mädchens?«

»Daran erinnere ich mich wirklich nicht.«

»Denken Sie nach.«

»Blau, nehme ich an«, erwiderte sie und schob den Spachtel wieder unter ein paar Kekse.

»Nehmen Sie an?«

»Na ja, sie war blond.«

Es erstaunte ihn selbst, als er Mercy den Spachtel aus der Hand nahm und neben das Blech legte. »Sehen Sie mich an, Mercy. Es ist wichtig.«

»Immer mit der Ruhe, Joe«, warnte Barbara ihn wieder vom Tisch aus. »Immer mit der Ruhe.«

Er wußte, er sollte lieber auf sie hören. Gleichgültigkeit war seine einzige Verteidigung. Gleichgültigkeit war seine Freundin, sein Trost. Hoffnung ist ein Vogel, der immer fliegt, das Licht, das immer erlischt, ein Stein, der einen zu Boden zieht, wenn man ihn nicht mehr tragen kann. Doch mit einer Rücksichtslosigkeit, die ihm angst machte, fühlte er, wie er sich diesen Stein auf die Schultern lud, ins Licht trat, nach den weißen Flügeln griff.

»Mercy«, sagte er, »nicht alle blonden Kinder haben blaue Augen, oder?«

Mercy Ealing sah ihm ins Gesicht und ließ sich von seiner Eindringlichkeit in den Bann schlagen. »Na ja … wahrscheinlich nicht.«

»Einige haben auch grüne Augen, nicht wahr?«

»Ja.«

»Und wenn Sie darüber nachdenken, haben Sie bestimmt auch schon Blondinen mit braunen Augen gesehen.«

»Nicht viele.«

»Aber einige«, sagte er.

Wieder stellte sich bei ihm eine Vorahnung ein. Sein Herz war jetzt ein bockendes Pferd, und eisenbeschlagene Hufe hämmerten gegen die Stallbretter, die seine Rippen waren.

»Sind Sie sicher«, sagte er, »daß dieses kleine Mädchen blaue Augen hatte?«

»Nein. Ganz und gar nicht.«

»Waren ihre Augen vielleicht grau?«

»Ich weiß es nicht mehr.«

»Denken Sie nach. Versuchen Sie sich zu erinnern.«

Mercys Augen schauten plötzlich unscharf, als die Erinnerung ihren Blick in die Vergangenheit zog, doch schon einen Moment später schüttelte sie den Kopf. »Ich kann auch nicht sagen, ob sie grau waren.«

»Sehen Sie meine Augen an, Mercy.«

Sie tat wie geheißen.

»Sie sind grau«, sagte er.

»Ja.«

»Sie haben einen ungewöhnlichen Grauton.«

»Ja.«

»Mit einem winzigen Hauch Violett darin.«

»Ich sehe ihn«, sagte sie.

»Könnte dieses Mädchen ... Mercy, könnte dieses Mädchen Augen wie die meinen gehabt haben?«

Sie schien zu wissen, welche Antwort er hören wollte, wenn sie auch nicht den Grund dafür wissen konnte. Da sie eine gutherzige Frau war, hätte sie ihm den Gefallen gern getan. Doch schließlich sagte sie: »Ich weiß es wirklich nicht. Ich kann es nicht genau sagen.«

Beklommenheit überkam Joe, doch sein Herz hämmerte weiterhin so heftig, daß er zitterte.

Er hielt seine Stimme ganz ruhig. »Stellen Sie sich das Gesicht des Mädchens vor«, sagte er und legte die Hände auf Mercys Schultern. »Schließen Sie die Augen und stellen Sie sich vor, Sie würden es wieder sehen.«

Sie schloß die Augen.

»Auf der linken Wange«, sagte Joe. »Neben dem Ohrläppchen. Nur zwei Zentimeter vom Ohrläppchen entfernt. Ein kleines Muttermal.«

Mercys Augen zuckten hinter den Lidern, als sie sich bemühte, ihre Erinnerung aufzupolieren.

»Eher ein Leberfleck als ein Muttermal«, sagte Joe. »Nicht erhoben, sondern ganz flach. Etwa wie eine Mondsichel geformt.«

»Kann sein, daß sie so einen Schönheitsfleck hatte«, sagte Mercy nach langem Zögern, »aber ich weiß es beim besten Willen nicht mehr.«

»Ihr Lächeln. Ein bißchen schief, der linke Mundwinkel höher als der rechte.«

»Ich kann mich nicht erinnern, daß sie gelächelt hat. Sie war so müde ... und ein wenig benommen. Süß, aber verschlossen.«

Joe fiel kein weiteres hervorstechendes Merkmal ein, das Mercy Ealings Gedächtnis auf die Sprünge helfen könnte. Er hätte sie stundenlang mit Geschichten über den Anmut seiner Tochter unterhalten können, ihren Liebreiz, ihren Humor und den melodischen Klang ihres Lachens. Er hätte ausführlich von ihrer Schönheit sprechen können: der glatte Bogen ihrer Stirn, das Kupfergold ihrer Brauen und Wimpern, ihre kecke Nase, die muschelähnlichen Ohren, die Verbindung aus Zartheit und starrköpfiger Stärke in ihrem Gesicht, die manchmal bewirkte hatte, daß ihm vor Liebe das Herz im Leib schmerzte, wenn er sie im Schlaf beobachtete, die Wißbegier und unverkennbare Intelligenz, die jede ihrer Fragen prägte. Doch das alles waren rein subjektive Eindrücke, und ganz gleich, wie detailliert solche Beschreibungen auch sein mochten, sie konnten Mercy nicht zu den Antworten führen, die Joe von ihr zu erhalten hoffte.

Er nahm die Hände von ihren Schultern.

Sie schlug die Augen auf.

Joe ergriff den Küchenspachtel, den er ihr abgenommen hatte. Dann legte er ihn wieder neben das Blech. Er hatte nicht gewußt, was er tat.

»Es tut mir leid«, sagte sie.

»Schon gut. Ich hatte gehofft ... gedacht ... ich weiß es nicht. Ich bin mir nicht sicher, was ich gedacht habe.«

Selbstbetrug war ein Anzug, der ihm nicht besonders gut paßte, und noch während er Mercy Ealing belog, stand er nackt vor sich und wurde sich schmerzlich bewußt, was er gehofft und gedacht hatte. Er hatte wieder einen Anfall von Suchverhalten durchlebt. Diesmal war er zwar niemand in einen Supermarkt gefolgt, hatte keine eingebildete Michelle durch ein Einkaufszentrum oder Kaufhaus verfolgt und war auch nicht zum Zaun eines Schulhofs gelaufen, um eine Chrissie näher zu betrachten, die dann doch nicht Chrissie war, doch tief in seinem Herzen war es trotzdem ein Suchverhalten gewesen. Der Zufall, daß dieses geheimnisvolle Kind im Alter seiner Tochter war und ihre Haarfarbe besaß, hatte ausgereicht, ihn wieder Hals über Kopf falschen Hoffnungen nachjagen zu lassen.

»Es tut mir leid«, sagte Mercy, die deutlich spürte, daß seine Stimmung sich rapide verdüsterte. »Ihre Augen, der Schönheitsfleck, das Lächeln ... da klingelt bei mir einfach nichts. Aber ich erinnere mich an ihren Namen. Rachel nannte sie Nina.«

Hinter Joe sprang Barbara so schnell am Tisch auf, daß sie ihren Stuhl umstieß.

KAPITEL 12

In der Ecke der Veranda erzeugte das Wasser, das durch das Überlaufrohr zum Boden schoß, ein Gurgeln von Phantomstimmen, die eifrig und streitsüchtig, guttural und flüsternd Fragen in unbekannten Sprachen ausspuckten.

Joes Beine fühlten sich an, als bestünden sie aus Gummi. Er stützte sich mit beiden Händen auf dem nassen Geländer ab. Regen fuhr unter dem Dachgesims auf die Veranda und peitschte ihm ins Gesicht.

Als Antwort auf seine Frage zeigte Barbara zu den niedrigen Hügeln und dem Wald im Südwesten. »Die Absturzstelle lag dort.«

»Wie weit?«

Mercy stand in der offenen Küchentür. »Vielleicht knapp ein Kilometer Luftlinie. Vielleicht etwas mehr.«

Über die zerfetzte Wiese in den Wald, in dem das Feuer in diesem verregneten Sommer schnell erloschen war, und eilig weiter in die Finsternis der Bäume, und hastig durch das dünne Unterholz, während die Augen sich widerwillig der Dunkelheit anpaßten, hatte Rose das Kind womöglich geführt - oder meist getragen -, vielleicht bis zu einem Wildwechsel, der ein leichtes Vorankommen ermöglichte, vielleicht quer über eine andere Wiese zur Kuppe des Hügels, von dem aus man die Lichter der Ranch sehen konnte. Ein Kilometer Luftlinie, aber doppelt oder dreimal so weit, wenn man den Höhenlinien des Geländes und den Wegen der Rehe folgte.

»Zwei Kilometer zu Fuß«, sagte Joe.

»Unmöglich«, sagte Barbara.

»Sehr wohl möglich. Sie hätte es schaffen können.«

»Ich spreche nicht von dem Fußmarsch.« Barbara wandte sich an Mercy. »Mrs. Ealing«, sagte sie, »Sie waren uns jetzt schon eine große Hilfe, eine sehr große Hilfe, aber mein Kollege und ich müssen hier draußen kurz eine vertrauliche Angelegenheit besprechen.«

»Oh, natürlich, ich verstehe. Lassen Sie sich ruhig Zeit«, sagte

Mercy, riesig neugierig, aber viel zu höflich, um sich einzumischen. Sie trat von der Schwelle und schloß hinter sich die Küchentür.

»Bloß zwei, vielleicht drei Kilometer«, wiederholte Joe.

»In der Horizontalen«, sagte Barbara, trat dicht neben ihn und legte ihm eine Hand auf die Schulter. »Fast drei Kilometer in der Horizontalen, aber über sechs Kilometer, wenn man das Auf und Ab der Hügellandschaft berücksichtigt. Sie dürfen die Höhenmeter nicht vergessen. Aber das sind unsinnige Gedankenspielereien. Das *andere* ist ein Ding der Unmöglichkeit, Joe.«

Er kämpfte mit sich selbst. Um von Überlebenden auszugehen, brauchte er einen religiösen Glauben oder irgend etwas, das dem sehr nahe kam, und Joe hatte sich freiwillig – und auch aus Notwendigkeit – entschieden, keinen Glauben zu haben. Vertrauen in einen Gott zu setzen, verlangte von ihm, eine Bedeutung in dem Leid zu sehen, das der Schußfaden der menschlichen Erfahrung war, und das konnte er nicht. Ging er andererseits davon aus, daß die Menschheit erfolgreich nach gottgleicher Macht greifen konnte, so daß dieses Wunder des Überlebens ein Ergebnis der wissenschaftlichen Forschung war, mit der Rose Tucker sich befaßt hatte, erforderte dies einen gewissen Glauben an den transzendenten Geist der Menschheit, ihre Güte, ihre wohltätige geniale Begabung – Schadrach, der Schadrach aus dem Feuerofen rettete, Lazarus, der Lazarus aus dem Grab auferstehen ließ. Doch nach vierzehn Jahren als Polizeireporter kannte Joe die Menschen viel zu gut, um vor dem Altar der Ersten Kirche der Gottbegnadeten Menschheit niederzuknien. Die Menschen hatten die geniale Begabung, ihre Verdammnis herbeizuführen, aber nur wenige waren imstande, ihre Erlösung zu bewirken.

Barbaras Hand lag noch immer auf Joes Schulter. »Zuerst soll ich glauben, daß es bei diesem Holocaust eine Überlebende gab«, sagte sie zu ihm, zwar streng, aber eher im Sinne eines schwesterlichen Ratschlags, »und jetzt sind es schon zwei. Ich stand in den rauchenden Trümmern, und ich *weiß*, wie gering die Chance ist, daß jemand den Absturz überlebt und sich dann auf eigenen Füßen von der Unglücksstelle entfernt hat. Milliarden zu eins.«

»Zugegeben.«

»Nein – kleiner als zig Milliarden zu eins. Astronomisch, ja unermeßlich gering.«

»Na schön.«

»Es ist schlichtweg ausgeschlossen, daß *zwei* Personen den Absturz überstanden haben. Dafür gibt es nicht die geringste, nicht mal eine unendlich kleine Chance.«

»Ich habe Ihnen viel nicht erzählt«, sagte er, »und den Großteil werde ich Ihnen jetzt auch nicht erzählen, weil es wahrscheinlich sicherer für Sie ist, wenn Sie es nicht wissen. Nur soviel ... diese Rose Tucker ist eine Wissenschaftlerin, die seit Jahren an einer großen Sache arbeitet, an einer geheimen und *verdammt* großen Sache, die von der Regierung oder dem Militär finanziert wird.«

»Und was für eine Sache ist das?«

»Das weiß ich nicht. Aber bevor sie in New York ins Flugzeug stieg, rief sie eine Reporterin in Los Angeles an, eine alte Freundin von ihr, und vereinbarte mit ihr ein Interview in Gegenwart von Zeugen, direkt am Flugsteig des LAX. Sie hat gesagt, sie würde etwas mitbringen, das die Welt für immer verändert.«

Barbara schaute ihm in die Augen, offensichtlich auf der Suche nach einem Anzeichen dafür, daß er es mit dieser Phantasievorstellung, die Welt über Nacht zu verändern, nicht ernst meinte. Sie war eine Frau, die sich der Logik und Vernunft verschrieben hatte, von Fakten und Details beeindrucken ließ, und die Erfahrung hatte sie gelehrt, daß man Lösungen meist mit der Geschwindigkeit einer Spannerlarve fand, in unzähligen aufeinanderfolgenden kleinen Schritten. Als Ermittlerin hatte sie sich jahrelang mit Rätseln beschäftigt, mit Puzzles, die aus buchstäblich Millionen von Einzelteilen bestanden und wesentlich komplizierter waren als praktisch jeder Mordfall, dem ein Detective je zugeteilt worden war, mit Geheimnissen des menschlichen Verhaltens und technischem Versagens – Geheimnisse, die nicht durch Wunder, sondern durch harte, zähe Arbeit aufgeklärt wurden.

Da Enthüllungsjournalismus Barbaras Arbeit sehr ähnlich war, deutete Joe den Blick in ihren Augen richtig.

»Was wollen Sie damit sagen?« bedrängte sie ihn. »Daß Rose Tucker eine Plastikflasche aus ihrer Handtasche zog, als das Flugzeug sich auf die Seite legte und in den Sturzflug überging, eine neue Wunderlotion herausdrückte, die dem Benützer wie eine Art Sonnencreme befristete Unverwundbarkeit verleiht, und sich schnell damit einrieb?«

Joe hätte fast gelacht. Zum erstenmal seit Ewigkeiten hätte er gern gelacht. »Nein, natürlich nicht.«

»Was dann?«

»Keine Ahnung. Irgend etwas.«

»Ja. Hirngespinste.«

»Irgend etwas«, beharrte er.

Nachdem das Schmiedefeuer der Blitze inzwischen erloschen und das Krachen der Donnerschläge verstummt waren, hatten die aufgewühlten Wolken eine eisendunkle Schönheit.

In der Ferne wurden die niedrigen, bewaldeten Hügel vom Nebel der Rätsel eingehüllt – die Hügel, über die Rose Tucker an jenem Abend zur Ranch gekommen war, unberührt von Feuer und Vernichtung.

Ein pfeifender Wind ließ die Pappeln und Espen tanzen, und hinter den Feldern wirbelten Regenwogen wie Röcke bei einer Tarantella.

Joe hatte wieder Hoffnung. Es fühlte sich gut an. Erhebend. Natürlich war Hoffnung gerade deshalb gefährlich. Das glorreiche Emporschwingen, das süße Gefühl des Schwebens, das stets zu kurz war, und dann der schreckliche Fall, der um so verheerender war, weil er in so großer Höhe begann.

Aber vielleicht war es schlimmer, niemals zu hoffen.

Joe war von Staunen erfüllt, von aufkeimender Erwartung.

Aber auch von Angst.

»Irgend etwas«, beharrte er.

Er nahm die Hände vom Geländer. Seine Beine zitterten nicht mehr. Er wischte sich die nassen Hände an der Jeans ab. Er rieb sein regennasses Gesicht mit dem Ärmel seiner Sportjacke trocken.

Dann drehte er sich zu Barbara um. »Irgendwie hat sie es unversehrt bis hinunter auf die Wiese geschafft«, sagte er, »und dann die knapp drei Kilometer zur Ranch. Drei Kilometer in einer Stunde und fünfzehn Minuten, das ist auch im Dunkeln zu schaffen, selbst wenn man ein kleines Kind tragen oder mitziehen muß.«

»Ich möchte nicht immer die Nadel sein, die Ihren Ballon zum Platzen bringt ...«

»Dann lassen Sie es bleiben.«

»... aber eins müssen Sie noch in Betracht ziehen.«

»Ich höre.«

Barbara zögerte. Dann: »Nehmen wir mal rein theoretisch an, daß es Überlebende gab. Daß diese Frau an Bord des Flugzeugs war. Sie heißt Rose Tucker ... aber sie hat Mercy und Jeff Ealing gesagt, ihr Name sei Rachel Thomas.«

»Und?«

»Wenn sie den Ealings ihren wirklichen Namen verschweigt, warum hat sie ihnen dann Ninas richtigen genannt?«

»Diese Leute, die hinter Rose her sind ... sie sind nicht hinter Nina her. Nina ist ihnen völlig gleichgültig.«

»Falls diese Leute herausfinden, daß Rose das Mädchen irgendwie gerettet hat – und falls sie das Mädchen dank dieser seltsamen, weltverändernden Sache retten konnte, die sie zum Interview in Los Angeles mitbringen wollte –, ist das Mädchen in genauso großer Gefahr wie Rose vermutlich selbst.«

»Kann sein. Ich habe keine Ahnung. Das ist mir im Augenblick auch egal.«

»Was ich damit sagen will – Rose hätte auch bei Nina einen falschen Namen benützt, wenn sie tatsächlich irgend etwas Weltbewegendes ...«

»Nicht unbedingt.«

»Ganz sicher«, beharrte Barbara.

»Ja, und?«

»Also *ist* Nina vielleicht ein falscher Name.«

Er kam sich vor, als hätte sie ihm eine Ohrfeige versetzt, und antwortete nicht.

»Vielleicht heißt das Kind, das an dem Abend zu diesem Haus kam, in Wirklichkeit Sarah oder Mary oder Jennifer ...«

»Nein«, sagte Joe fest.

»Genau, wie Rachel Thomas ein falscher Name ist.«

»Wenn das Kind nicht Nina war, wäre es ein erstaunlicher Zufall, daß Rose sich ausgerechnet den Namen meiner Tochter aus den Fingern gesogen hat. Und Sie sprechen von Chancen von einer Milliarde zu eins!«

»Vielleicht waren an Bord dieses Flugzeugs mehrere kleine blonde Mädchen, die vier, fünf Jahre alt waren.«

»Und zwei davon heißen Nina? *Mein Gott*, Barbara.«

»*Falls* es Überlebende gab, und falls eine von ihnen ein kleines blondes Mädchen war«, sagte Barbara, »müssen Sie sich zumindest auf die Möglichkeit gefaßt machen, daß es sich nicht um Nina handelt.«

»Ich weiß«, sagte Joe, war aber wütend auf sie, weil sie ihn gezwungen hatte, es auszusprechen. »Ich weiß.«

»Wirklich?«

»Ja, natürlich.«

»Ich mache mir Sorgen um Sie, Joe.«

»Danke«, sagte er sarkastisch.

»Ihre Seele ist zerrissen.«

»Mir geht es gut.«

»Sie könnten sehr leicht zerbrechen.«

Er zuckte mit den Achseln.

»Nein«, sagte sie, »schauen Sie sich doch an.«

»Mir geht es besser als vorher.«

»Vielleicht war das Mädchen gar nicht Nina.«

»Vielleicht war das Mädchen gar nicht Nina«, gestand er ein und haßte Barbara dieses erbarmungslosen Beharrens wegen, obwohl er wußte, daß sie sich wirklich Sorgen um ihn machte und ihm diese Wirklichkeitspille als Impfstoff gegen den völligen Zusammenbruch verschrieb, den er vielleicht erleiden würde, falls seine Hoffnungen sich schließlich doch nicht erfüllten. »Ich bin bereit, die Möglichkeit zu akzeptieren, daß dieses Mädchen nicht Nina gewesen ist. Fühlen Sie sich jetzt besser? Ich werde damit fertig. In Ordnung?«

»Das sagen Sie, aber es stimmt nicht.«

Er funkelte sie wütend an. »Es stimmt.«

»Vielleicht weiß ein winziger Teil Ihres Herzens, eine dünne Faser, daß sie nicht unbedingt Nina ist, aber der Rest pocht bereits, *rast* vor Überzeugung, daß sie es doch ist.«

Er fühlte, daß seine Augen angesichts der wahnsinnigen Erwartung einer wundersamen Wiedervereinigung leuchteten – ach was, brannten.

Doch in Barbaras Augen sah er eine Traurigkeit, die ihn so wütend machte, daß er sie beinahe geschlagen hätte.

Mercy machte Teigbällchen mit Erdnußbutter. Eine neu erwachte Neugier – und Vorsicht – lag in ihren Augen. Sie hatte durch die

Scheibe das emotionsgeladene Gespräch auf der Veranda beobachtet. Vielleicht sogar durch das Glas ein paar Worte aufgeschnappt, ohne daß sie bewußt hatte lauschen wollen.

Trotzdem war sie eine Samariterin, und im Monat August erinnerten sie Jesus und Andreas und Simon Petrus daran, und sie wollte den beiden Fremden noch immer helfen, falls es ihr möglich war.

»Nein, eigentlich hat das Mädchen nie seinen Namen genannt. Rachel hat es vorgestellt. Das arme Kind hat keine zwei Wörter gesprochen. Es war so müde, so schläfrig. Vielleicht hatte es einen Schock, der Wagen hatte sich ja überschlagen. O nein, verletzt war es nicht. Es hatte keinen Kratzer abbekommen. Aber das kleine Gesicht war so weiß und glänzend wie Kerzenwachs. Hatte ganz schwere Augen, war gar nicht richtig bei Sinnen. Fast wie in einer Art Trance. Ich habe mir Sorgen um die Kleine gemacht, aber Rachel meinte, daß dem Mädchen nichts passiert sei, und Rachel war schließlich Ärztin, und da hab' ich's dabei bewenden lassen. Das kleine Püppchen hat im Auto geschlafen, die ganzen Weg nach Pueblo.«

Mercy rollte ein Teigbällchen zwischen den Handflächen. Sie legte die helle Kugel auf ein Backblech und drückte sie behutsam mit einem Daumen ein.

»Rachel hatte übers Wochenende ihre Familie in Colorado Springs besucht und Nina mitgenommen, weil Ninas Eltern zu ihrem Hochzeitstag eine Kreuzfahrt gemacht haben. Jedenfalls habe ich es so verstanden.« Mercy füllte eine braune Papiertüte mit den abgekühlten Keksen, die sie auf den Teller gelegt hatte.

»Es kam mir ziemlich ungewöhnlich vor – ich meine, daß eine schwarze Ärztin und ein weißer Arzt hier in der Gegend eine Gemeinschaftspraxis unterhalten. Man sieht hier auch nicht jeden Tag eine Schwarze mit einem weißen Kind. Aber ich nahm das als Zeichen dafür, daß die Welt endlich besser wird, toleranter, liebevoller.«

Sie faltete das obere Ende der Tüte zweimal zusammen und gab sie Barbara.

»Danke, Mercy.«

»Es tut mir wirklich leid«, sagte Mercy Ealing zu Joe, »daß ich Ihnen keine größere Hilfe sein konnte.«

»Sie waren uns eine sehr große Hilfe«, versicherte er ihr. Er lächelte. »Und dann geben Sie uns noch so viele Kekse mit auf den Weg.«

Mercy schaute zum Küchenfenster, das sich in der Seite des Hauses befand, nicht in der Rückwand. Durch die Regenschleier war dort ein Stall zu sehen.

»Wenn man ein paar leckere Kekse ißt, fühlt man sich gleich besser, nicht wahr?« sagte sie. »Aber ich wünschte, ich könnte heute mehr für Jeff tun, als nur Kekse zu backen. Er liebt diese Stute sehr.«

Joe warf einen Blick auf den Kalender mit den religiösen Motiven. »Wie halten Sie an Ihrem Glauben fest, Mercy? Wie schaffen Sie das in einer Welt, in der es so viel Tod gibt? In der Flugzeuge vom Himmel fallen und einem Lieblingsstuten genommen werden? Ohne Grund.«

Mercy schien Joes Frage weder zu überraschen noch zu beleidigen. »Das weiß ich nicht. Manchmal ist es schwer, nicht wahr? Ich war früher wütend, weil wir keine Kinder bekommen konnten. Ich hatte einige Fehlgeburten und gab dann einfach auf. Manchmal will man den Himmel anschreien. Und in manchen Nächten liegt man wach. Aber dann denke ich ... na ja, auch dieses Leben hat seine Freuden. Und die Erde ist sowieso nur ein Ort, den wir auf dem Weg zu einem besseren durchwandeln müssen. Wenn wir ewig leben, spielt es keine so große Rolle, was uns auf Erden widerfährt.«

Joe hatte auf eine interessantere Antwort gehofft. Auf eine einsichtsvollere. Scharfsinnigere. Auf eine Lebensweisheit. Etwas, woran er glauben konnte.

»Die Stute ist Jeff sehr wichtig«, sagte er. »Und Ihnen auch, weil sie Jeff so viel bedeutet.«

Mercy nahm einen weiteren Teigklumpen, rollte ihn zu einem bleichen Mond, einem winzigen Planeten zusammen, und lächelte. »Ach«, sagte sie, »würde ich es verstehen, Joe, wäre ich nicht mehr ich. Dann wäre ich Gott. Und dessen Job will ich ganz bestimmt nicht haben.«

»Wieso?«

»An seinem Ende der Leitung muß einem noch trauriger zumute sein als an unserem, meinen Sie nicht auch? Er kennt unsere Möglichkeiten, muß aber immer wieder mit ansehen, wie wir versagen, uns gegenseitig die schlimmsten Grausamkeiten antun. Er muß den Haß und die Lügen sehen, den Neid und die Gier und das endlose

Begehren. Wir sehen nur die häßlichen Dinge, die um uns herum geschehen, aber Gott sieht sie alle, auf der ganzen Welt. Sein Platz bietet eine viel traurigere Aussicht als unserer.«

Sie legte den Teigball auf das Backblech und drückte ihn mit dem Daumen sanft ein: ein Augenblick des freudigen Wartens darauf, gebacken und gegessen zu werden und die Stimmung zu heben.

Der Pickup des Tierarztes stand noch auf der Auffahrt, direkt hinter dem Explorer. Ein Weimaraner lag auf der Ladefläche des Fahrzeugs. Als Joe und Barbara in den Ford stiegen und die Türen zuschlugen, hob der Hund den edlen silbergrauen Kopf und beäugte sie durch das Heckfenster des Jeeps.

Als Barbara den Schlüssel ins Zündschloß steckte und den Motor anließ, war die feuchte Luft bereits vom Geruch der Hafermehl-Schokoladenkekse und ihrer feuchten Jeans erfüllt. Ihr Atem beschlug rasch die Windschutzscheibe.

»Falls es Nina ist, Ihre Nina«, sagte Barbara, während sie darauf wartete, daß die Klimaanlage das Glas klar machte, »wo ist sie dann das ganze Jahr über gewesen?«

»Irgendwo bei Rose Tucker.«

»Und warum sollte Rose Ihre Tochter von Ihnen fernhalten? Warum eine so schreckliche Grausamkeit?«

»Es ist keine Grausamkeit. Sie sind selbst auf die Antwort gekommen, draußen auf der hinteren Veranda.«

»Warum habe ich den Eindruck, daß Sie mir nur zuhören, wenn ich Scheiße rede?«

»Weil Nina gemeinsam mit Rose überlebt hat, *wegen* Rose überlebt hat«, sagte Joe, »sind Roses Feinde jetzt auch hinter Nina her. Hätte sie mir Nina nach Hause geschickt, wäre das Mädchen jetzt ebenfalls eine Gejagte. Rose will nur erreichen, daß Nina nicht gefährdet wird.«

Die perlenartige Kondensation wich bis an die Ränder der Windschutzscheibe zurück.

Barbara schaltete die Scheibenwischer ein.

Der Weimaraner beobachtete sie noch immer durch die Heckscheibe des Jeep Cherokee, ohne sich zu erheben. Seine Augen waren von einem leuchtenden Bernstein.

»Rose sorgt dafür, daß Nina in Sicherheit ist«, wiederholte Joe. »Deshalb muß ich so viel wie möglich über Flug 353 herausfinden und so lange am Leben bleiben, bis ich die Geschichte beweisen und eine Riesenstory darüber bringen kann. Wenn erst einmal alles aufgedeckt ist und die Mistkerle, die hinter der Sache stecken, ruiniert oder auf dem Weg ins Gefängnis oder in die Gaskammer sind, ist Rose in Sicherheit, und Nina kann ... sie kann zu mir zurückkommen.«

»Falls diese Nina Ihre Nina ist«, erinnerte sie ihn.

»Ja, falls sie es ist.«

Unter dem ernsten gelben Blick des Hundes fuhren sie am Cherokee vorbei und umkreisten das ovale Beet mit blauem und lila Rittersporn, um das die Auffahrt führte.

»Meinen Sie, wir hätten Mercy bitten sollen, uns das Haus in Pueblo zu zeigen, vor dem sie Rose und das Mädchen damals abgesetzt hat?« fragte Barbara.

»Sinnlos. Da ist nichts für uns zu holen. Sie haben dieses Haus gar nicht betreten. Sobald Mercy außer Sicht war, sind sie weitergegangen. Rose hat sich von Mercy nur in die nächste größere Stadt bringen lassen, um von dort aus weiterzureisen. Vielleicht hat sie einen vertrauenswürdigen Freund in Los Angeles oder sonstwo angerufen. Wie viele Einwohner hat Pueblo?«

»Etwa hunderttausend.«

»Das reicht allemal. Es gibt viele Möglichkeiten, eine Stadt dieser Größe zu verlassen. Mit dem Bus, vielleicht mit dem Zug, einem Mietwagen, ja sogar mit dem Flugzeug.«

Als sie die Schotterauffahrt zu der geteerten Straße entlang fuhren, sah Joe drei Männer in Regenmänteln mit Kapuzen aus einem Stall hinter einem Übungsplatz kommen. Jeff Ealing, Ned und der Tierarzt.

Sie ließen sowohl die obere als auch die untere Hälfte der quergeteilten Tür der Box offenstehen. Kein Pferd folgte ihnen.

Die Männer blieben dicht zusammen, um sich gegenseitig vor dem Wolkenbruch zu schützen, und gingen mit gesenkten Köpfen zum Haus, als bildeten sie eine Prozession von Mönchen. Man mußte kein Hellseher sein, um zu erkennen, daß sie die Schultern nicht nur unter der Last des Sturms hängen ließen, sondern auch unter dem Gewicht der Niederlage.

Ein Anruf bei der Abdeckerei. Eine geliebte Stute, die abgeholt und verarbeitet werden mußte. Ein weiterer unvergeßlicher Sommernachmittag auf der Loose Change Ranch.

Joe hoffte, daß die Jahre, die harte Arbeit, die Fehlgeburten keine Kluft zwischen Jeff und Mercy Ealing aufgerissen hatten. Er hoffte, daß sie sich noch in dieser Nacht umarmen würden.

Das graue Licht des Unwetters war so schwach, daß Barbara die Scheinwerfer einschaltete. Als sie den State Highway erreichten, funkelte der silberne Regen in den Zwillingsstrahlen wie Abschälmesser.

In Colorado Springs hatte sich auf dem Spielplatz der Grundschule, neben dem Joe seinen Mietwagen abgestellt hatte, ein Netzwerk flacher Teiche gebildet. Im graugespülten Licht, das von dem regengekräuselten Wasser reflektiert wurde, kamen Joe die Klettergerüste und die Wippen und die kunstvoll gearbeiteten Schaukeln eigenartig vor, ganz und gar nicht wie Spielplatzgeräte, sondern wie ein Stahlrohr-Stonehenge, das noch geheimnisvoller als die uralten Megalithen und Trilithen auf der Ebene von Salisbury in England war.

Wohin er auch schaute – die Welt war eine andere geworden als die, in der er sein ganzes Leben verbracht hatte. Die Veränderung hatte am Vortag begonnen, als er zum Friedhof gefahren war. Seitdem schien sich mit zunehmender Stärke und Geschwindigkeit eine *Verschiebung* zu vollziehen, als würde die Welt der Einsteinschen Gesetze sich mit einem Universum überschneiden, in dem die Regeln von Energie und Materie so andersartig waren, daß sie selbst die klügsten Mathematiker und die stolzesten Physiker vor Rätsel stellten.

Diese neue Realität war bestechend schöner als die alte – und zugleich furchterregender. Joe wußte, daß die Veränderung subjektiv war und sich nie mehr umkehren würde. Nichts auf dieser Seite des Todes würde ihm je wieder schlicht und einfach erscheinen; die glatteste Oberfläche verbarg nun eine unergründliche Tiefe und Komplexität.

Barbara hielt neben Joes Mietwagen am Straßenrand an, zwei Querstraßen von ihrem Haus entfernt. »Tja, ich glaube, mehr können wir wohl nicht tun.«

»Danke, Barbara. Sie sind ein großes Risiko eingegangen ...«

»Ich möchte nicht, daß Sie sich Sorgen darüber machen. Haben Sie verstanden? Es war meine Entscheidung.«

»Ohne Ihre Freundlichkeit und Ihren Mut gäbe es nicht die geringste Hoffnung, daß ich dieser Sache auf den Grund gehen kann. Sie haben mir heute eine Tür geöffnet.«

»Und wohin führt diese Tür?« fragte sie besorgt.

»Vielleicht zu Nina.«

Barbara sah müde, verängstigt und traurig aus. Sie wischte sich mit einer Hand übers Gesicht. Jetzt sah sie nur noch verängstigt und traurig aus.

»Joe, vergessen Sie nicht, was ich gesagt habe. Wohin Sie von hier aus auch gehen, denken Sie daran, meiner Stimme in Ihrem Hinterstübchen zu lauschen, der Stimme einer alte Nervensäge, die ihnen ständig in den Ohren liegt und Ihnen sagt: Selbst wenn zwei Menschen den Absturz irgendwie überlebt haben, ist es verdammt unwahrscheinlich, daß einer davon Ihre Nina ist. Schwingen Sie das Schwert nicht gegen Sie selbst. Achten Sie darauf, sich nicht den Boden unter den eigenen Füßen wegzuziehen.«

Er nickte.

»Versprechen Sie es mir.«

»Versprochen.«

»Sie ist tot, Joe.«

»Vielleicht.«

»Hüllen Sie Ihr Herz in einen Panzer.«

»Wir werden sehen.«

»Und jetzt gehen Sie lieber«, sagte sie.

Er öffnete die Tür und stieg in den Regen aus.

»Viel Glück«, sagte Barbara.

»Danke.«

Er schlug die Tür zu, und sie fuhr davon.

Als Joe seinen Mietwagen aufschloß, hörte er, daß die Bremsen des Explorers keine halbe Querstraße entfernt kreischten. Als er hochschaute, fuhr der Ford im Rückwärtsgang auf ihn zu. Die roten Rücklichter schimmerten auf dem glatten Asphalt.

Sie stieg aus dem Explorer, kam zu ihm, legte die Arme um ihn und drückte ihn an sich. »Sie sind ein lieber Mensch, Joe Carpenter.«

Er erwiderte die Umarmung, wußte jedoch nicht, was er sagen sollte. Er mußte daran denken, daß er sie am liebsten geschlagen hätte, als sie ihm so heftig widersprochen hatte, daß Nina noch leben könne. Er schämte sich für den Haß, den er in diesem Augenblick für sie empfunden hatte, schämte sich und war verlegen – aber auch von ihrer Freundschaft gerührt, die ihm nun mehr bedeutete, als er sich jemals hätte vorstellen können, als er gestern an ihrer Tür klingelte.

»Wie kann es sein«, sagte sie staunend, »daß ich Sie erst seit wenigen Stunden kenne und trotzdem den Eindruck habe, daß Sie mein Sohn sind?«

Sie verließ ihn zum zweitenmal.

Als sie davonfuhr, stieg er in seinen Wagen.

Er beobachtete den Explorer im Rückspiegel, bis er zwei Querstraßen hinter ihm nach links auf die Einfahrt zu Barbaras Haus abbog und in der Garage verschwand.

Auf der anderen Straßenseite leuchteten die weißen Stämme der Papierbirken wie lackierte Türpfosten, und die tiefen, mißmutigen Schatten zwischen ihnen waren wie offene Türen in Zukünfte, die man am besten unbesucht ließ.

Völlig durchnäßt und ohne jede Rücksicht auf die Geschwindigkeitsbegrenzung fuhr Joe nach Denver zurück. Er schaltete abwechselnd Heizung und Klimaanlage ein, um seine Kleidung zu trocknen.

Die Aussicht, Nina zu finden, elektrisierte ihn geradezu.

Trotz allem, was er zu Barbara gesagt hatte, trotz allem, was er ihr versprochen hatte, wußte er, daß Nina noch lebte. In dieser sich unheimlich veränderten Welt gab es endlich *eine* feste Gewißheit: Nina lebte, Nina war irgendwo dort draußen. Sie war ein warmer Glanz auf seiner Haut, ein Teil des Lichtspektrums, das seine Augen nicht wahrnehmen konnten, wie Infrarot und Ultraviolett. Doch wenn er Nina auch nicht sehen konnte, spürte er, daß sie in die Welt hinausleuchtete.

Dieses Gefühl ähnelte keineswegs jenem unheilvollen Empfinden, das ihn so oft zum Suchverhalten angetrieben hatte, zu dieser irren Jagd auf Gespenster. Diesmal war die Hoffnung nicht wie flüchtiger Nebel, sondern wie ein Stein in seiner Hand.

Damit kam Joe dem Glück näher, als es im vergangenen Jahr je der Fall gewesen war. Doch jedesmal, wenn sein Herz zu sehr vor euphorischer Aufregung anschwoll, wurde seine Stimmung von einem stechenden Schmerz gedämpft. Selbst wenn er Nina fand – *falls* er sie fand –, würde er damit nicht Michelle und Chrissie zurückbekommen. Sie hatte er für immer verloren, und es kam ihm herzlos vor, *zu* glücklich darüber zu sein, nur eine seiner drei Frauen wiederzufinden.

Trotzdem tobte das schmerzliche Bedürfnis, seine jüngste Tochter zu finden, nun viel stärker in ihm, als daß man es noch als bloßen Zwang oder gar Besessenheit bezeichnen konnte. Der Wunsch, die Wahrheit aufzudecken, der ihn bewogen hatte, nach Colorado zu fliegen, verblaßte dagegen fast zur Bedeutungslosigkeit.

Auf dem International Airport in Denver gab Joe den Mietwagen beim Autoverleih zurück, bezahlte die Rechnung bar und bekam das unterschriebene Kreditkartenformular zurück. Er war fünfzig Minuten vor dem planmäßigen Start seines Flugzeugs wieder im Terminal.

Er hatte einen Bärenhunger. Abgesehen von zwei Keksen in Mercys Küche hatte er seit den beiden Cheeseburgern am Vorabend auf dem Weg zu den Vadances und später einem Schokoriegel nichts mehr gegessen.

Er fand in der Nähe seines Terminals ein Restaurant und bestellte ein Clubsandwich mit Pommes frites und eine Flasche Heineken.

Schinken hatte noch nie so gut geschmeckt wie jetzt. Er leckte Mayonnaise von seinen Fingerspitzen. Die Pommes waren angenehm knusprig, und wenn er in die knackigen eingelegten Dillgurken biß, spritzte saurer Saft heraus. Zum erstenmal seit August letzten Jahres verzehrte er eine Mahlzeit nicht bloß, er *genoß* sie geradezu.

Auf dem Weg zum Flugsteig – Joe hatte noch zwanzig Minuten Zeit – machte er plötzlich einen Abstecher zur Herrentoilette. Er glaubte, sich übergeben zu müssen.

Als er die Toilettenkabine betreten und die Tür hinter sich verriegelt hatte, legte seine Übelkeit sich wieder. Statt sich zu übergeben, lehnte er sich mit dem Rücken an die Tür und weinte.

Er hatte seit vielen Monaten nicht mehr geweint und wußte nicht, warum er es ausgerechnet jetzt wieder tat. Vielleicht, weil die Vorstellung, Nina wiederzusehen, ihn vor Glück unbeherrscht zittern ließ. Oder vielleicht auch, weil er Angst davor hatte, sie doch nicht zu finden, oder sie ein zweites Mal zu verlieren. Vielleicht trauerte er erneut um Michelle und Chrissie. Vielleicht hatte er zu viele schreckliche Einzelheiten darüber in Erfahrung gebracht, was mit Flug 353 und den Menschen an Bord geschehen war.

Vielleicht war es auch alles zusammen.

Seine Gefühle waren mit Joe wie eine Rakete durchgegangen, und er mußte sich unbedingt zusammenreißen. Es würde ihm bei der Suche nach Rose und Nina nicht helfen, wenn er wild zwischen Euphorie und Verzweiflung schwankte.

Mit roten Augen, aber gefaßt, betrat er das Flugzeug nach Los Angeles, gerade als der letzte Aufruf kam.

Als die 737 startete, machte Joes Herz zu seiner Überraschung einen Höllenlärm in seinen Ohren, der wie schnelle Schritte klang, die eine Treppe herunterstürmten. Er umklammerte die Sitzlehnen, als könne er vorwärts geschleudert werden und der Länge nach zu Boden schlagen.

Auf dem Flug nach Denver hatte er keine Angst gehabt, nun aber hielt der Schrecken ihn fest in den Klauen. Während der Reise nach Osten hätte er den Tod willkommen geheißen, da das Unrecht, seine Familie überlebt zu haben, schwer auf seiner Seele lastete – doch nun, Richtung Westen, hatte er einen Grund, weiterzuleben.

Selbst als die Maschine die Reisehöhe erreicht hatte und nur noch die Flughöhe beibehielt, fiel Joes Nervosität nicht von ihm ab. Er konnte sich nur allzu gut vorstellen, wie der eine Pilot sich zum anderen umdrehte und sagte: *Zeichnen wir auf?*

Da Joe Captain Delroy Blane sowieso nicht aus dem Kopf bekam, zog er die drei zusammengefalteten Seiten mit Barbaras Abschrift aus der Innentasche seiner Jacke. Wenn er sie noch einmal durchlas, fiel ihm vielleicht etwas auf, das er zuvor übersehen hatte. Außerdem mußte er sich irgendwie beschäftigen, notfalls auch damit.

Der Flug war keineswegs ausgebucht, ein Drittel der Sitze waren leer. Joe hatte einen Fensterplatz ohne direkten Nachbarn und damit die Zurückgezogenheit, die er benötigte.

Auf seine Bitte brachte eine Stewardeß ihm einen Kugelschreiber und einen Notizblock.

Während er die Niederschrift durchlas, schrieb er lediglich Blanes Teil des Dialogs in Blockbuchstaben auf. Wenn er den zunehmend hektischeren Aussagen Victor Santorellis und Barbaras Beschreibung der Geräusche und Pausen keine Aufmerksamkeit schenkte, entdeckte er in den Worten des Captains vielleicht Nuancen, die ihm sonst entgangen wären.

Als Joe fertig war, faltete er Barbaras Abschrift zusammen und steckt sie zurück in seine Jackentasche. Dann las er, was er auf den Notizblock geschrieben hatte:

Einer von ihnen heißt Dr. Louis Blom.

Einer von ihnen heißt Dr. Keith Ramlock.

Die machen schlimme Sachen mit mir.

Die sind gemein zu mir.

Die sollen damit aufhören.

Zeichnen wir auf?

Die sollen aufhören, mir weh zu tun.

Zeichnen wir auf?

Zeichnen wir auf?

Die sollen aufhören, oder wenn ich die Möglichkeit kriege … wenn ich die Möglichkeit kriege, bringe ich jeden um. Jeden. Bestimmt. Ich werde es tun. Ich bringe jeden um, und es wird mir gefallen.

Das macht Spaß.

Juchuu. Dann mal los, Dr. Ramlock. Dr. Blom, dann mal los.

Juchuu. Zeichnen wir auf?

Oh, Mann!

Oh, ja.

Oh, ja.

Jetzt. Sieh doch!

Cool.

Joe entdeckte nichts Neues in dem Material, doch etwas, das ihm schon zuvor aufgefallen war, wurde noch deutlicher, wenn man Blanes Dialog für sich allein las. Obwohl der Captain mit der Stimme eines Erwachsenen sprach, klang einiges von dem, was er sagte, eindeutig kindlich.

Die machen schlimme Sachen mit mir. Die sind gemein zu mir. Die sollen damit aufhören. Die sollen aufhören, mir weh zu tun.

Das war weder die Ausdrucksweise noch die Wortwahl, mit der die meisten Erwachsenen einen Peiniger beschuldigen oder um Hilfe bitten würden.

Blanes längster Satz, die Drohung, *jeden zu töten, und es wird mir gefallen,* war ebenfalls bockig und kindlich – besonders, da unmittelbar darauf die Feststellung folgte: *Das macht Spaß.*

Juchuu. Dann mal los ... Juchuu. Oh, Mann! Oh, ja.

Blanes Reaktion auf das Rollen und den Sturzflug der 747 war wie die eines Jungen, der gespannt darauf wartete, daß der Achterbahnwaggon die höchste Stelle des Gleises erreichte und dann die erste rasante Sturzfahrt begann, bei der sich einem der Magen umdrehte. Barbara zufolge hatte der Flugkapitän nicht verängstigt geklungen, und in seinen Worten lag nicht mehr Entsetzen als in seinem Tonfall.

Jetzt. Sieh doch!

Diese Worte waren dreieinhalb Sekunden vor dem Aufprall gesprochen worden, während Blane beobachtete, wie die nächtliche Landschaft hinter der Scheibe wie eine schwarze Rose erblühte. Er schien keine Angst, sondern ein gewisses Staunen zu empfinden.

Cool.

Joe starrte dieses letzte Wort lange an, bis der Schauder, den es hervorrief, vergangen war und er all die Implikationen mit einem gewissen Abstand überdenken konnte.

Cool.

Bis zum Ende hatte Blane wie ein Junge auf einem Kirmeskarussell reagiert. Er hatte seinen Passagieren und seiner Crew genauso wenig Interesse entgegengebracht, wie ein gedankenloses und boshaftes Kind es den Insekten entgegenbringen mochte, die es mit Streichhölzern quälte.

Cool.

Doch sogar ein gedankenloses Kind, das so selbstsüchtig war, wie es nur die sehr jungen und die unheilbar unreifen sein können, hätte zumindest ein bißchen Angst um *sich selbst* gezeigt. Selbst jemand, der fest zum Selbstmord entschlossen war und von einem hohen Sims in die Tiefe sprang, hätte vor Todesangst, wenn nicht Bedauern, laut aufgeschrien, während er dem Straßenpflaster entgegenstürzte. Doch in welchem veränderten Bewußtseinszustand dieser Flugkapitän sich auch immer befunden haben mochte, er beobachtete den heranrasenden Tod anscheinend ohne jede Angst, ja sogar voller Freude, als könne er keine körperliche Gefahr für sich erkennen.

Cool.

Delroy Blane. Familienoberhaupt. Treuer Gatte. Frommer Mormone. Gefestigt, liebevoll, freundlich, mitfühlend. Erfolgreich, glücklich, gesund. Er hatte alles, wofür sich zu leben lohnte. Und war von den toxikologischen Untersuchungen von dem Verdacht entlastet worden, unter Drogen gestanden zu haben.

Was stimmt nicht mit diesem Bild?

Cool.

Ein sinnloser Zorn stieg in Joe empor. Er richtete sich nicht auf Blane, der sicherlich ebenfalls ein Opfer war – obwohl es anfangs nicht den Anschein gehabt hatte. Es handelte sich vielmehr um den siedenden Zorn seiner Kindheit und Pubertät, der nicht zielgerichtet war und daher wahrscheinlich anschwellen würde wie der Dampf in einem Schnellkochtopf ohne Druckventil, der heißer und heißer wurde.

Joe steckte den Notizblock in seine Jackentasche.

Seine Hände ballten sich zu Fäusten. Es fiel ihm nicht leicht, sie wieder zu öffnen. Er wollte auf irgend etwas einschlagen. Ganz gleich, auf was. Bis er es zerbrach. Bis seine Knöchel aufrissen und bluteten.

Dieser blinde Zorn erinnerte Joe stets an seinen Vater.

Frank Carpenter war kein aufbrausender Mensch gewesen. Ganz im Gegenteil. Er hatte nie die Stimme gehoben, außer vor Erheiterung, Überraschung und Freude. Er war ein guter Mensch – unerklärlich gut und merkwürdig optimistisch, wenn man bedachte, welches Leid ihm das Schicksal aufgebürdet hatte.

Joe hingegen war *wegen* seines Vaters ständig zornig gewesen.

Er konnte sich nicht an einen Dad mit zwei Beinen erinnern. Frank hatte das linke verloren, als seinem Auto ein Pickup in die Seite gerast war, den ein Neunzehnjähriger mit einer abgelaufenen Versicherungspolice gelenkt hatte. Joe war damals noch keine drei Jahre alt gewesen.

Als Frank und Donna, Joes Mutter, geheiratet hatten, besaßen sie kaum mehr als ihre letzten beiden Gehälter und ihre Arbeitskleidung. Um Geld zu sparen, hatten sie für ihren Wagen nur die obligatorische Haftpflichtversicherung abgeschlossen. Der betrunkene Fahrer hatte kein Vermögen, und Frank Carpenter hatte für den Verlust seines Beines keinen Cent von einer Versicherungsgesellschaft erhalten.

Das Bein wurde auf halber Höhe zwischen Knie und Hüfte amputiert. Zu jener Zeit hatte es noch keine Prothesen gegeben, die ein fehlendes Glied auch nur halbwegs ersetzen konnten. Außerdem war ein künstliches Bein mit einem funktionsfähigen Kniegelenk teuer. Frank bewegte sich schließlich auch nur mit einem Bein und einer Krücke so wendig und schnell, daß er scherzeshalber immer sagte, er wolle bei einem Marathon mitlaufen.

Joe hatte sich nie geschämt, weil sein Vater anders als andere Männer war. Er kannte seinen Dad nicht als Einbeinigen mit seltsam schlingerndem Gang, sondern als Mann, der ihm Gutenachtgeschichten erzählte, bei Uncle Wiggly und anderen Spielen schier unermüdlich und als Softball-Trainer überaus geduldig war.

In die erste ernsthafte Prügelei war Joe mit sechs Jahren geraten, als er in die erste Klasse ging. Ein Junge namens Les Olner hatte

Joes Vater als »dummen Krüppel« bezeichnet. Obwohl Olner ein Rabauke war und größer als Joe, war seine überlegene Größe ein unzureichender Vorteil gegenüber der wilden, animalischen Wut, mit der er konfrontiert wurde. Joe verprügelte Olner schrecklich, wollte ihm sogar das rechte Auge ausschlagen, damit er wußte, wie es war, nur mit einem statt mit zweien leben zu müssen, doch ein Lehrer zerrte Joe von dem besiegten Gegner weg, bevor er ihn auf einem Auge blenden konnte.

Damals verspürte Joe keine Reue. Auch heute nicht. Er war auch nicht stolz darauf. Er *war* nun mal so.

Donna wußte, daß es ihrem Mann einen ziemlichen Schlag versetzen würde, sollte er erfahren, daß sein Junge sich seinetwegen Schwierigkeiten eingebrockt hatte. Donna setzte eine Strafe für Joe fest, und er nahm sie hin. Seinem Vater verheimlichten sie den Zwischenfall.

Das war der Anfang von Joes geheimem Leben des stillen Zorns und der periodischen Gewaltausbrüche gewesen. Als Halbwüchsiger hielt er stets nach Gelegenheiten Ausschau, sich zu prügeln, und fand sie normalerweise auch immer, doch er wählte Zeitpunkt und Ort so aus, daß sein Dad nichts davon erfuhr.

Frank Carpenter war Dachdecker, aber mit nur einem Bein konnte man keine Leitern hinaufsteigen und von Gesimsen auf Regenrinnen klettern. Es war Frank zuwider, Erwerbsunfähigkeitsrente zu beziehen, doch eine Zeitlang lebte die Familie davon – bis Frank eine Möglichkeit fand, aus seinem Talent für Holzarbeiten einen Beruf zu machen.

Er fertigte Schmuckkästchen an, Lampensockel und andere Gegenstände mit kompliziert gemusterten Intarsien aus exotischen Hölzern, und fand Geschäfte, die seine Erzeugnisse verkauften. Eine Weile verdiente er ein paar Dollar mehr, als seine Erwerbsunfähigkeitsrente ihm einbrachte, auf die er daraufhin verzichtete.

Donna arbeitete als Näherin in einer Schneiderei mit angeschlossener chemischer Reinigung. Jeden Tag, wenn sie von der Arbeit nach Hause kam, war ihr Haar wegen der Feuchtigkeit der Dampfpressen ganz kraus, und ständig roch sie nach Benzin und anderen flüssigen Lösungsmitteln. Wenn Joe bis zum heutigen Tage eine chemische Reinigung betrat, rief ihm der erste Atemzug lebhaft das Haar seiner Mutter und ihre honigbraunen Augen in Erinnerung, von denen er als Kind geglaubt hatte, sie hätten ursprünglich ein dunkleres Braun gehabt und seien vom Dampf und den Chemikalien gebleicht worden.

Drei Jahre nach dem Verlust des Beins stellten sich erst in Franks Fingerknöcheln, dann auch in den Handgelenken Schmerzen ein. Die Diagnose lautete auf chronischen Gelenkrheumatismus.

Eine bösartige Sache, diese Krankheit. Und bei Frank schritt sie ungewöhnlich schnell voran, ein Feuer, das sich in ihm ausbreitete: über die Wirbelsäulengelenke im Nacken, die Schultern, Hüften, das verbliebene Knie.

Er mußte seine Holzarbeiten aufgeben. Er bekam Unterstützung durch Regierungsprogramme, doch es war nie genug und stets mit jenen Demütigungen verbunden, die Bürokraten mit haßerfüllter – und oft unbewußter – Großzügigkeit verteilten.

Auch die Kirche half. Die örtlichen Gemeinde gewährte die Almosen wesentlich mitfühlender, und es war auch nicht so erniedrigend, sie anzunehmen. Frank und Donna waren katholisch. Joe begleitete sie treu, aber ohne Glauben zur Messe.

Innerhalb von zwei Jahren saß Frank, der bereits durch den Verlust eines Beins behindert wurde, im Rollstuhl.

Die medizinischen Kenntnisse haben in den letzten dreißig Jahren einen dramatischen Fortschritt genommen, doch zu jener Zeit waren die Behandlungsmöglichkeiten noch nicht so wirksam, wie sie es heute sind – besonders nicht bei einem so schweren Fall wie Frank. Nichtsteroide Entzündungshemmer, Goldsalzinjektionen und viel später dann Penicillamin. Die Osteoporose schritt trotzdem voran. Weitere Knorpel- und Sehnenmasse fiel der chronischen Entzündung zum Opfer. Der Muskelschwund setzte sich fort. Die damals zur Verfügung stehenden Corticosteroide, die eine Reaktion des Immunsystems unterdrückten, verlangsamten die Deformation der Gelenke und den damit einhergehenden erschreckenden Funktionsverlust zwar ein wenig, hielten sie aber nicht auf.

Als Joe dreizehn war, gehörte es zu seinem regelmäßigen Tagesablauf, seinen Vater anzuziehen und zu baden, wenn seine Mutter zur Arbeit war. Von Anfang an empfand er niemals Abscheu vor den Aufgaben, die ihm zufielen; zu seinem Erstaunen entdeckte er eine Zärtlichkeit in seinem Inneren, die ein Gegengewicht zu dem allgegenwärtigen Zorn darstellte, den er auf Gott richtete, aber, so unzulänglich es auch sein mochte, an jenen unglücklichen Jungen ausließ, mit denen er sich regelmäßig prügelte. Frank empfand es lange als beschämend, bei so persönlichen Dingen auf die Hilfe seines Sohnes angewiesen zu sein, doch schließlich brachte die geteilte Herausforderung des Badens, Ankleidens und der Toilettengänge sie einander näher und vertieften die Gefühle, die sie sich entgegenbrachten.

Als Joe sechzehn war, erkrankte Frank an fibröser Ankylose. An mehreren Gelenken hatten sich große rheumatische Knoten gebildet, darunter einer von der Größe eines Golfballs an seinem rechten Handgelenk. Sein linker Ellbogen wurde von einem Knoten verunstaltet, der fast so groß wie der Softball war, den er beim Training auf dem Hof so viele hunderte Male geworfen hatte, als Joe sechs Jahre alt war und in die Little League kam.

Franks Lebenszweck bestand nun ausschließlich darin, Joes Leistungen zu heben, und so war er trotz eines Teilzeitjobs bei McDonald's ein ausgezeichneter Schüler. Als Quarterback des Footballteams seiner High School war er ein Star. Frank übte nie irgendeinen Druck auf Joe aus, hielt ihn nie an, sich selbst immer wieder zu übertreffen. Joes Antrieb war Liebe.

Im Sommer dieses Jahres trat er dem Jugendsportprogramm des CVJM bei: der Boxliga. Er machte rasche Fortschritte, und der Trainer mochte Joe und sagte, er habe Talent. Doch bei seinen ersten beiden Übungskämpfen hämmerte er noch auf seine Gegner ein, nachdem sie bereits in den Seilen hingen und längst geschlagen und wehrlos waren. Man mußte Joe von ihnen wegzerren. Für die anderen Jungen war das Boxen Freizeitbeschäftigung, oder auch Selbstverteidigung, doch für Joe war es eine Therapie gegen seinen Zorn. Er wollte niemanden verletzen, keine bestimmte Person, tat es aber trotzdem; folglich wurde er aus dem Team ausgeschlossen.

Franks chronische Perikarditis, die von dem chronischen Gelenkrheumatismus herrührte, führte zu einer virulenten Infektion des Herzbeutels, die wiederum schließlich zu Herzversagen führte. Frank starb zwei Tage vor Joes achtzehntem Geburtstag.

In der Woche nach dem Trauergottesdienst ging Joe nach Mitternacht in die Kirche, als sie verlassen war. Er hatte zuviel Bier getrunken. Er besprühte alle Kreuzwegstationen mit schwarzer

Farbe. Er kippte eine Porzellanstatue der Jungfrau Maria um und zerschlug etwa zwanzig rubinrote Glasscheiben des Votivkerzenständers.

Er hätte einen noch viel größeren Schaden angerichtet, hätte ihn nicht rasch das Gefühl der Sinnlosigkeit seines Tuns überwältigt. Er konnte Gott kein Erbarmen lehren. Er konnte seinem Schmerz nicht mit einer solchen Kraft Ausdruck verleihen, daß er den stählernen Schleier zwischen dieser Welt und der nächsten durchdringen konnte – falls es eine nächste Welt gab.

Joe sank auf der vordersten Bankreihe zusammen und weinte.

Doch er blieb nicht einmal eine Minute dort sitzen, denn plötzlich spürte er, daß er seine Machtlosigkeit eingestand, indem er in der Kirche weinte. So lächerlich es sein mochte – es kam ihm wichtig vor, daß man seine Tränen nicht irrtümlicherweise darauf zurückführte, daß er die Grausamkeit akzeptierte, mit der das Universum beherrscht wurde.

Joe verließ die Kirche, ohne daß er jemals wegen Vandalismus zur Rechenschaft gezogen wurde. Er hatte keine Schuldgefühle, was seine Tat anging, war aber – wieder einmal – auch nicht stolz darauf.

Eine Zeitlang ließ er sich gehen; dann besuchte er das College, wo er mit seiner jugendlichen Kraft und seinem Durchsetzungsvermögen gut aufgehoben war, vor allem, weil die Hälfte aller Studenten sich ebenfalls gehen ließ.

Seine Mutter starb nur drei Jahre später, im Alter von siebenundvierzig Jahren. Lungenkrebs, der sich auf das Lymphsystem ausgeweitet hatte. Sie hatte nie geraucht. Sein Vater auch nicht. Vielleicht waren die Dämpfe des Benzins und der anderen Lösungsmittel in der chemischen Reinigung die Ursache. Vielleicht waren es Erschöpfung, Einsamkeit und ein Ausweg.

An dem Abend, an dem sie starb, saß Joe im Krankenhaus neben ihrem Bett, hielt ihre Hand, legte kalte Kompressen auf ihre Stirn und schob Eisscheiben in ihren ausgetrockneten Mund, wenn sie darum bat, während sie sporadisch sprach und nur halbwegs zusammenhängend von einem Abendessen mit anschließendem Tanz der Knights of Columbus erzählte, zu dem Frank sie ausgeführt hatte, als Joe zwei Jahre alt gewesen war, im Jahr vor dem Unfall und der Amputation. Damals spielte eine Big Band mit achtzehn tollen Musikern, und zwar richtige Tanzmusik und nicht diesen Rock 'n' Roll, zu dem man nur auf der Stelle herumzappeln konnte. Sie und Frank hatten sich den Foxtrott, Swing und Cha-Cha-Cha zwar nur selbst beigebracht, waren aber nicht schlecht. Auf die Bewegungen des anderen eingespielt. Wie sie gelacht hatten. Da waren auch Ballons, oh, Hunderte von Luftballons, die in einem Netz unter der Decke hingen. Auf der Mitte eines jeden Tisches stand ein weißer Plastikschwan mit einer dicken Kerze darin, die von roten Chrysanthemen umrahmt war. Zum Nachtisch gab es Eiscreme in einem Zuckerschwan. Es war eine Nacht der Schwäne. Die Ballons waren rot und weiß, und es waren Hunderte. Als Frank sie bei einem langsamen Tanz an sich drückte, flüsterte er ihr ins Ohr, sie sei die schönste Frau im Saal, und, ja, wie sehr er sie liebte. Ein sich drehender Ballsaal-Kronleuchter warf Splitter aus buntem Licht durch den Raum, die roten und weißen Ballons schwebten langsam zu Boden, und der Zuckerschwan schmeckte nach Mandeln, während er zwischen den Zähnen knirschte. Am Abend des Tanzes war sie neunundzwanzig Jahre alt gewesen, und sie genoß während der letzten Stunde ihres Lebens diese Erinnerung und keine andere, als wäre es das letzte schöne Erlebnis, an das sie sich erinnern konnte.

Joe ließ sie auf dem Friedhof derselben Kirche begraben, in der er zwei Jahre zuvor randaliert hatte. Der Kreuzgang war restauriert worden. Eine neue Statue der Heiligen Jungfrau wachte über die nun wieder vollständige Anzahl der Votivscheiben des gestuften Gestells.

Später machte Joe seiner Trauer durch eine Kneipenschlägerei Luft. Ihm wurde die Nase gebrochen, aber der andere kam nicht so glimpflich davon.

Joe blieb ein Herumtreiber, bis er Michelle kennenlernte. Als er sie von ihrer ersten Verabredung nach Hause brachte, meinte Michelle, er habe ein wilde Ader, so breit wie eine Straße. Als Joe die Bemerkung als Kompliment auffaßte, erklärte sie, nur ein Vollidiot, ein wegen des Hormonstoßes durchgeknallter Pubertierender oder ein Affe im Zoo könne so beschränkt sein, daß er stolz darauf wäre.

In den nächsten Wochen und Monaten lehrte sie Joe allein durch ihr Beispiel alles, was seine Zukunft formen sollte. Daß Liebe das Risiko des Verlustes wert war. Daß Zorn am meisten dem schadet, der ihn hegt. Daß sowohl Verbitterung als auch wahres Glück Entscheidungen sind, die man selbst trifft, und kein Zustand, den das Schicksal einem auferlegt. Daß man Friede finden kann, wenn man Dinge hinnimmt, die sich nicht ändern lassen. Daß Freunde und die Familie das Blut des Lebens sind, und daß der Sinn des Daseins in Fürsorge und Verpflichtung liegt.

Sechs Tage vor ihrer Hochzeit ging Joe abends allein in die Kirche, auf deren Friedhof seine Eltern begraben waren. Er schätzte die Höhe des Schadens ab, den er vor Jahren angerichtet hatte, und stopfte ein Bündel Hundertdollarscheine in den Klingelbeutel.

Joe machte diese Spende nicht aufgrund von Schuldgefühlen, oder weil er seinen Glauben wiedergefunden hatte. Er machte sie für Michelle, obwohl sie weder von dem Vandalismus noch von der Wiedergutmachung jemals erfahren sollte.

Danach hatte Joes Leben angefangen.

Und vor einem Jahr aufgehört.

Nun war Nina wieder in der Welt, wartete darauf, gefunden, nach Hause geholt zu werden.

Die Hoffnung, Nina zu finden, gab Joe ein Werkzeug in die Hand, seinen Zorn zu entschärfen. Denn um Nina zurückzuholen, mußte er sich völlig in der Gewalt haben.

Zorn schadet am meisten dem, der ihn hegt.

Joe schämte sich, weil er alles, was Michelle ihn gelehrt hatte, so schnell und vollständig vergessen hatte. Mit dem Absturz von Flug 353 war auch er abgestürzt, senkrecht aus dem Himmel gefallen, in den Michelle ihn mit ihrer Liebe gehoben hatte, und in den Sumpf der Verbitterung zurückstürzt. Sein Zusammenbruch entehrte sie, und nun verspürte er den Stachel einer Schuld, der so stark brannte, als hätte er Michelle mit einer anderen Frau betrogen.

Nina, Spiegel ihrer Mutter, gab ihm Anlaß und Gelegenheit, sich wieder zu einem Spiegelbild jenes Menschen zusammenzufügen, der er vor dem Absturz gewesen war. Er konnte wieder zu einem Mann werden, der würdig war, Ninas Vater zu sein.

Nei-na, Nie-na, wo ist die da?

Langsam blätterte er die Schatztruhe in seinem Gedächtnis durch, in der Bilder von Nina aufbewahrt waren, und die Wirkung war beruhigend. Allmählich entspannten sich seine zu Fäusten geballten Hände.

Joe begann die letzte Flugstunde, indem er zwei der vier Ausdrucke der Artikel über Teknologik las, die er sich am vergangenen Nachmittag mit Hilfe des Computers der *Post* besorgt hatte.

Im zweiten Artikel stieß er auf eine Information, die ihn verwunderte. Neununddreißig Prozent der Aktien von Teknologik, der größte Anteil, gehörten Nellor et Fils, einer schweizerischen Holdinggesellschaft, die kapitalintensive Anteile an Firmen hielt, die im Bereich der Medikamentenforschung, der medizinischen Forschung, des medizinischen Verlagswesens, des allgemeinen Verlagswesens und der Film- und Fernsehindustrie tätig waren.

Bei Nellor et Fils hatten Horton Nellor und sein Sohn Andrew den größten Teil des Familienvermögens investiert, von dem man annahm, daß es mehr als vier Milliarden Dollar betrug. Natürlich war Nellor kein Schweizer, sondern Amerikaner. Er hatte seine Operationsbasis schon vor langer Zeit ins Ausland verlegt. Und vor über zwanzig Jahren hatte Horton Nellor die *Los Angeles Post* gegründet. Sie gehörte ihm noch immer.

Eine Zeitlang drehte und wendete Joe seine Gedanken, als wolle er an einem faszinierend geformten Stück Treibholz herumschnitzen und müsse überlegen, wie er es am besten anstellen sollte. Wie bei unbearbeitetem Holz wartete hier etwas darauf, von der Hand des wahren Künstlers entdeckt zu werden; Joes Messer waren sein Verstand und seine journalistischen Instinkte.

Horton Nellors Investitionen waren weit gestreut, so daß es vielleicht gar nichts zu bedeuten hatte, daß ihm sowohl Anteile von Teknologik als auch die *Post* gehörten. Wahrscheinlich ein reiner Zufall.

Die *Post* gehörte ihm allein, und in diesem Fall war Nellor kein stiller Teilhaber, dem es nur auf Profit ankam: Durch seinen Sohn übte er Kontrolle auf die redaktionelle Philosophie und die Politik der Berichterstattung seiner Zeitung aus. Mit Teknologik, Inc., hingegen war er vielleicht nicht so eng verbunden. Sein Aktienanteil an diesem Unternehmen war zwar groß, doch er besaß keine Kontrollmehrheit, so daß er womöglich nicht in die täglichen Entscheidungen eingebunden war, sondern die Aktien lediglich als Kapitalanlage betrachtete.

In diesem Fall mußte Nellor nicht unbedingt persönlich über die höchst geheimen Forschungsarbeiten informiert sein, die Rose Tucker und ihre Kollegen betrieben hatten. Und dann trug er auch nicht unbedingt irgendeine Verantwortung für das Schicksal von Flug 353.

Joe erinnerte sich an das Gespräch, das er am Vortag mit Dan Shavers geführt hatte, dem Kolumnisten der Wirtschaftsredaktion der *Post*. Shavers hatte die leitenden Angestellten von Teknologik ätzend charakterisiert als: »... berüchtigt dafür, daß sie Geld nur so scheffeln, und sie halten sich für eine Art Geschäftsadel, sind aber nicht besser als wir. Auch sie sind dem verantwortlich, dem man gehorchen muß.«

Der, dem man gehorchen muß. Horton Nellor. Als Joe sich den Rest des kurzen Gesprächs in Erinnerung rief, wurde ihm klar, Shavers war davon ausgegangen, daß Joe von Nellors Anteilen an Teknologik gewußt hatte. Und der Kolumnist schien angedeutet zu haben, daß Nellor seinen Willen bei Teknologik genauso durchsetzte, wie es bei der *Post* der Fall war.

Dann fiel Joe etwas ein, das Lisa Peccatone in der Küche der Delmanns gesagt hatte, als die Beziehung zwischen Teknologik und Rose Tucker zur Sprache kam: *Du und ich und Rosie, wir hängen alle zusammen. Die Welt ist doch klein, was?*

Damals hatte er gedacht, Lisas ziele darauf ab, daß Flug 353 zu einem entscheidenden Punkt im Kreisbogen ihrer aller Leben geworden war. Vielleicht hatte Lisa in Wirklichkeit gemeint, daß sie alle für ein und denselben Mann arbeiteten.

Joe hatte Horton Nellor, der im Laufe seines Lebens zu einer Art Einsiedler geworden war, nie kennengelernt. Er hatte natürlich Fotos von ihm gesehen. Der Milliardär, mittlerweile Ende Sechzig, hatte silbergraues Haar, ein rundes Gesicht und angenehme, aber irgendwie verschwommene Gesichtszüge. Er sah aus wie ein Fladenbrot, auf das der Bäcker mit Zuckerguß das Gesicht eines Großvaters gepinselt hatte.

Es war nicht leicht, sich Nellor als Mörder vorzustellen. Er war als großzügiger Menschenfreund bekannt. Er besaß nicht den Ruf eines Mannes, der Profikiller anheuern oder Morde anordnen würde, um sein Imperium zu vergrößern.

Doch man konnte Menschen nicht mit Äpfeln und Apfelsinen

vergleichen: Der Geschmack der Schale gab nicht unbedingt Auskunft über den des Fruchtfleisches.

Die Tatsache blieb bestehen, daß Joe und Michelle für denselben Mann gearbeitet hatten, der nun Rose Tucker umbringen wollte und der – auf eine noch unbegreifliche Art und Weise – offensichtlich den Absturz von Flug Nationwide 353 herbeigeführt hatte. Das Geld, mit dem Joe lange Zeit seine Familie ernährt hatte, stammte aus derselben Quelle, die für ihren Tod bezahlt hatte.

Joes Reaktion auf diese Enthüllung war ein so kompliziert verknotetes Gedankengebilde, daß er es nicht so schnell entwirren konnte – und es war so düster, daß er die gesamte Gestalt zu erkennen vermochte.

Fettige Finger der Übelkeit schlossen sich wie ein Treibnetz um seine Eingeweide.

Obwohl er vielleicht eine halbe Stunde lang aus dem Fenster schaute, bekam er nicht mit, daß die Wüste in Vororte und die Vororte in die Stadt übergingen. Völlig erstaunt bemerkte Joe schließlich, daß sie mit dem Landeanflug zum LAX begonnen hatten.

Nachdem die Maschine aufgesetzt hatte, zum Flugsteig gerollt war und die Gangway das Flugzeug und das Terminal wie eine Nabelschnur verband, warf Joe einen Blick auf seine Armbanduhr, überschlug die Entfernung nach Westwood und schätzte, daß er für sein Treffen mit Demi mindestens eine halbe Stunde zu früh dort eintreffen würde. Gut. Er wollte Zeit genug haben, um den Treffpunkt erst einmal aus einiger Entfernung von der anderen Straßenseite aus zu beobachten, bevor er dorthin ging.

Was Demi betraf, schätzte Joe sie als zuverlässig ein. Schließlich war sie Roses Freundin. Er hatte ihre Nummer von Rose persönlich bekommen, die bei der *Post* eine Nachricht für ihn hinterlassen hatte. Aber er war nicht in der Stimmung, irgend jemandem zu vertrauen.

Denn schließlich … auch wenn Rose Tuckers Motive rein gewesen sein mochten, selbst wenn sie Nina bei sich behalten hatte, um zu verhindern, daß Teknologik das Mädchen entführte oder tötete, *hatte* sie Joes Tochter ein Jahr lang von ihm ferngehalten. Schlimmer noch: Sie hatte ihn in dem Glauben gelassen, Nina sei tot – wie Michelle und Chrissie. Vielleicht wollte Rose ihm aus Gründen, die er noch nicht kannte, sein kleines Mädchen *nie mehr* zurückgeben.

Vertraue niemandem!

Als Joe sich von seinem Sitz erhob und zum vorderen Ausgang in Bewegung setzte, bemerkte er einen Mann in weißen Hosen, einem weißen Hemd und einem weißen Panamahut, der von einem Sitz weiter vorn in der Kabine aufstand und einen Blick zu ihm zurückwarf. Der Bursche war etwa fünfzig Jahre alt, stämmig gebaut und hatte eine dichte weiße Haarmähne, die ihn wie einen alternden Rockstar aussehen ließ, besonders mit diesem Hut.

Das war kein Fremder.

Einen Augenblick dachte Joe, der Mann habe vielleicht eine gewisse, bescheidene Prominenz – ein Musiker in einer bekannten Band oder ein Charakterschauspieler vom Fernsehen. Dann aber war er sich plötzlich sicher, daß er ihn nicht auf dem Bildschirm oder einer Bühne gesehen hatte, sondern irgendwo anders, erst vor kurzer Zeit und unter bedeutsamen Umständen.

Mr. Panama wandte nach einem Sekundenbruchteil des Blickkontakts das Gesicht ab, trat auf den Gang und schritt nach vorn. Wie Joe hatte er kein Handgepäck dabei, als habe er für den Morgen den Hin- und für den Nachmittag den Rückflug gebucht.

Acht oder zehn Passagiere standen zwischen dem Tagesreisenden und Joe. Er befürchtete, den Mann aus den Augen zu verlieren, bevor ihm wieder eingefallen war, wo er ihn schon einmal gesehen hatte. Doch er konnte sich auf dem schmalen Gang nicht an den Passagieren vor ihm vorbeidrängen, ohne einen Aufruhr zu veranstalten, zumal Mr. Panama dann bemerkt hätte, daß jemand sich für ihn interessierte.

Als Joe versuchte, den auffallenden Hut irgendwo unterzubringen, zog er eine Niete, doch als er sich den Mann ohne Hut vorstellte und sich auf das lange, weiße Haar konzentrierte, dachte er an den Kult der Kinder von Beverly Hills, an die jungen Leute in den blauen Roben und mit den kahlrasierten Köpfen. Der Zusammenhang entzog sich ihm, kam ihm absurd vor.

Dann dachte er an das Lagerfeuer am Strand, an dem die Kultmitglieder am vergangenen Abend gestanden hatten und in das er die McDonald's-Tüte mit den Papiertüchern geworfen hatte, die noch feucht von Charlie Delmanns Blut gewesen waren. Und an die geschmeidigen Tänzer in Badekleidung um ein weiteres Lagerfeuer. An ein drittes Feuer und die Versammlung der Surfer im Totemring ihrer senkrecht aufgestellten Bretter. Und an ein weiteres Feuer, um das ein Dutzend gespannte Zuhörer saßen, während ein stämmiger Mann mit einem breiten, charismatischen Gesicht und einer weißen Haarmähne mit volltönender Stimme eine Geistergeschichte erzählte.

Dieser Mann. Der Geschichtenerzähler.

Joe hatte nicht den geringsten Zweifel, daß es sich um ein und dieselbe Person handelte.

Und er wußte, es war fast ausgeschlossen, daß sein Weg und der dieses Mannes sich sowohl gestern abend am Strand und dann wieder hier in diesem Flugzeug rein zufällig gekreuzt hatten. In dieser verschwörerischsten aller Welten war alles maßgeblich ineinander verschlungen.

Sie mußten ihn schon seit Wochen oder Monaten beschattet, überwacht und darauf gewartet haben, daß Rose Kontakt mit ihm aufnahm, als er sie schließlich, am Samstagmorgen, am Strand von Santa Monica bemerkt hatte. Während dieser Zeit hatten sie herausgefunden, wo er sich regelmäßig herumtrieb. Und das waren nicht viele Orte: seine Wohnung, ein paar Coffeeshops, der Friedhof und einige bevorzugte Strände, die er aufsuchte, um vom Meer die Gleichgültigkeit zu erlernen.

Nachdem er Wallace Blick kampfunfähig geschlagen hatte, in den Kastenwagen der Kerle eingedrungen und dann vom Friedhof geflüchtet war, hatten sie ihn verloren. Er hatte den Sender an seinem Wagen entdeckt, hatte ihn auf den vorbeifahrenden Laster der Gärtnerei geworfen und sie damit abgeschüttelt. Sie hätten ihn in der *Post* fast wieder erwischt, doch er war ihnen um ein paar Minuten entwischt.

Also hatten sie seine Wohnung, die Coffeeshops, die Strände überwacht und darauf gewartet, daß er irgendwo auftauchte. Die Leute, die sich von der Gespenstergeschichte unterhalten ließen, waren gewöhnliche Strandbesucher gewesen, doch der Geschichtenerzähler, der sich in ihre Zusammenkunft eingeschmeichelt hatte, war alles andere als gewöhnlich.

Sie hatten Joe am vergangenen Abend auf dem Strand wiederentdeckt. Er kannte den entsprechenden Ausdruck aus dem Beschattungsslang: Sie hatten ihn am Strand *zurückgewonnen.* Waren ihm zu dem Supermarkt gefolgt, von dem aus er Mario Oliveri in

Denver und Barbara in Colorado Springs angerufen hatte. Waren ihm zu seinem Motel gefolgt.

Sie hätten ihn dort töten können. Leise und unauffällig. Während er schlief, oder nachdem sie ihm eine Pistole an den Kopf gedrückt und dann geweckt hatten. Sie hätten es so deichseln können, daß es wie eine Überdosis Drogen ausgesehen hätte – oder wie Selbstmord.

In der Hitze des Gefechts hatten sie auf dem Friedhof auf ihn geschossen; aber nun hatten sie es nicht mehr eilig, ihn zu töten. Weil er sie vielleicht, nur vielleicht, wieder zu Rose Marie Tucker führen würde.

Offensichtlich wußten sie nicht, daß Joe während der Stunden, da sie den Kontakt mit ihm verloren hatten, unter anderem bei den Delmanns gewesen war. Wüßten sie, daß er gesehen hatte, was mit den Delmanns und Lisa passiert war, würden sie ihn wahrscheinlich – auch wenn er es nicht verstand – beseitigen. Kein Risiko eingehen. Ihn ausschalten, um »größeren Schaden zu verhindern«, wie man es in ihrer Branche ausdrückte.

In der Nacht hatten sie einen anderen Sender an seinem Wagen angebracht. In der Stunde vor Tagesanbruch waren sie ihm dann zum LAX gefolgt, stets in ausreichender Entfernung, um nicht Gefahr zu laufen, entdeckt zu werden. Dann nach Denver. Vielleicht noch weiter.

Großer Gott!

Was hatte die Rehe im Wald aufgescheucht?

Joe kam sich dumm und leichtsinnig vor, obwohl er wußte, daß er weder das eine noch das andere war. Er konnte nicht davon ausgehen, bei diesem Spiel mit ihnen mithalten zu können. *Dieses* Spiel hatte er noch nie zuvor gespielt, während sie es täglich taten.

Aber er wurde besser darin. Er wurde besser.

Ein Stück weiter den Gang entlang erreichte der Geschichtenerzähler die Tür und verschwand in die Nabelschnur des Ausstiegs.

Joe wollte seinen Beschatter nicht verlieren, aber es war zwingend erforderlich, daß sie weiterhin glaubten, er hätte sie nicht bemerkt.

Barbara Christman war in schrecklicher Gefahr. Er mußte sofort zu einem Telefon und sie anrufen. Unbemerkt.

Er täuschte Geduld und Langeweile vor und trottete mit den anderen Passagieren weiter. In dem Durchstieg, der viel breiter war als der Gang im Flugzeug, glitt Joe schließlich an den anderen Fluggästen vorbei, ohne den Anschein zu erwecken, daß er beunruhigt sei oder es eilig habe. Er merkte erst, daß er die Luft angehalten hatte, als er vor Erleichterung tief ausatmete, weil er den Geschichtenerzähler wieder vor sich ausmachte.

In der riesigen Abfertigungshalle herrschte lebhafter Betrieb. Die Stuhlreihen vor den Flugsteigen waren mit Passagieren gefüllt, die in den schnell dahinschwindenden letzten Stunden des Wochenendes noch den Spätnachmittagsflug erwischen wollten. Eintreffende Passagiere strömten plaudernd, lachend, streitend oder in mißmutigem Schweigen aus anderen Flugsteigen oder durch die Halle, schlurften, schritten schnell aus, schlenderten, humpelten oder drängten sich durch die Menge. Joe sah Einzelreisende, Paare, ganze Familien, Schwarze und Weiße und Asiaten und Latinos und vier riesenhafte Samoaner, die alle schwarze, flache Hüte trugen, wunderschöne Frauen mit schwarzblauen Augen, anmutig wie Weiden, in türkisblauen oder rubinroten oder saphirgrünen Saris, andere in Umhängetüchern und wieder andere in Jeans, Männer in Straßenanzügen, Männer in Shorts und hellen Polohemden, vier junge chassidische Juden, die (aber freudig) über das mystischste aller Dokumente stritten (eine Autobahnkarte des Großraums Los Angeles), Soldaten in Uniform, kichernde Kinder und quengelnde Kinder und zwei gelassene Männer in den Achtzigern in Rollstühlen, zwei großgewachsene arabische Prinzen in Akals und Kufiyahs und fließenden Jallabahs, denen grimmige Bodyguards vorausgingen und ein ganzer Hofstaat folgte, krebsrote Touristen auf der Rückreise, die den beißenden Geruch medizinischer Lotionen zur Linderung von Sonnenbrand mit sich brachten, bleiche Touristen, an denen noch der feuchte Geruch eines bewölktes Landes haftete – und, wie ein weißes Boot, das seltsam ruhig durch einen Taifun fuhr, den Mann mit dem Panamahut, der gravitätisch durch das polygene Meer segelte.

Was Joe betraf, konnten sie alle Verkleidungen tragen, konnte jeder einzelne von ihnen ein Spitzel von Teknologik oder einer anderen ihm unbekannten Einrichtung sein – und alle betrachteten ihn verstohlen, machten mit Trickkameras, die in ihren Handtaschen und Diplomatenkoffern und Reisetaschen versteckt waren,

Fotos von ihm und beratschlagten mit Hilfe verborgener Mikrofone, ob sie ihn weitergehen lassen oder auf der Stelle niederschießen sollten.

Nie zuvor hatte Joe sich in einer Menschenmenge so allein gefühlt.

Voller Furcht vor dem, was mit Barbara geschehen könnte – vielleicht sogar in diesem Augenblick schon geschah –, versuchte er, den Geschichtenerzähler im Auge zu behalten und gleichzeitig ein Telefon ausfindig zu machen.

VIERTER TEIL

Weißes Licht

KAPITEL 13

Der öffentliche Münzfernsprecher, einer in einer Gruppe von vieren, befand sich nicht in einer Zelle, sondern in einer von der Wand abgetrennten kleinen Nische, die beim Telefonieren ein gewisses Maß an Privatsphäre bot.

Als Joe auf dem Tastenfeld Barbaras Nummer in Colorado Springs eingab, knirschte er mit den Zähnen, als könne er den Lärm im Terminal, in dem es von Menschen wimmelte, einfach abbeißen und zu einer Stille zerkauen, die es ihm ermöglichte, sich zu konzentrieren. Er mußte überdenken, was er Barbara sagen wollte, hatte aber weder die Zeit noch die Ruhe, um die bestmöglichen Worte zu suchen, und befürchtete, einen Fehler zu begehen, der ihr noch größere Schwierigkeiten einbrachte.

Selbst wenn Barbaras Telefon am gestrigen Abend nicht angezapft gewesen war – nun, nach Joes Besuch bei ihr, wurde es ganz bestimmt überwacht. Er mußte sie vor der Gefahr warnen und gleichzeitig die Lauscher überzeugen, daß Barbara ihr Schweigegelübde nicht gebrochen hatte, das ihre und Dennys Sicherheit garantierte.

Als in Colorado das Freizeichen erklang, warf Joe einen Blick zu dem Geschichtenerzähler hinüber, der ein Stück weiter die Halle hinunter – und auf der anderen Seite des Terminals – Stellung bezogen hatte. Er stand vor dem Eingangs eines Zeitschriften- und Andenkenladens, rückte nervös seinen Panamahut zurecht und unterhielt sich mit einem Hispano in braunen Hosen, einem grünen Madrashemd und einer Dodgers-Mütze.

Von den Reisenden zwischen ihnen abgeschirmt, gab Joe vor, den beiden Männern gar keine Beachtung zu schenken, während sie – nicht so überzeugend – so taten, als beobachteten sie ihn ebenfalls nicht. Ihre übertriebene Zuversicht verleitete die Männer zur Leichtfertigkeit. Wenngleich sie Joe vielleicht zugestanden, beharrlich und clever zu sein, hielten sie ihn im Grunde für einen

Trottel von Zivilisten, dem diese Sache haushoch über den Kopf gewachsen war.

Womit sie vollkommen recht hatten. Doch Joe hoffte, ein bißchen mehr drauf zu haben, als seine Gegner glaubten. Er war ein Mann, der von väterlicher Liebe getrieben wurde – und deshalb gefährlich. Ein Mann mit einer Leidenschaft für eine Gerechtigkeit, die ihrer Welt fremd war – eine Welt, in der die Situation die Ethik bestimmte und in der es nur eine Moral gab: die der Zweckmäßigkeit.

Barbara hob nach dem fünften Klingeln ab, als Joe bereits zu verzweifeln drohte.

»Ich bin es, Joe Carpenter«, sagte er.

»Ich war gerade ...«

»Hören Sie«, warf Joe ein, bevor Barbara irgend etwas sagen konnte, das Lauschern das Ausmaß der Enthüllungen verriet, die sie ihm gemacht hatte, »ich wollte Ihnen nur noch einmal dafür danken, daß Sie mich zur Absturzstelle geführt haben. Es war nicht leicht für mich, aber ich mußte es einfach tun. Ich mußte diese Stelle sehen, will ich jemals Frieden finden. Es tut mir leid, daß ich Sie mit Fragen darüber gelöchert habe, was *wirklich* mit dem Flugzeug geschehen ist. Ich war wohl ein bißchen ... verrückt. Mir sind in letzter Zeit einige seltsame Dinge zugestoßen, und da ist wohl die Phantasie mit mir durchgegangen. Sie hatten recht, als Sie sagten, daß die meisten Dinge genau so sind, wie sie zu sein scheinen. Aber man kann nicht so einfach akzeptieren, daß man seine Familie wegen einer so dummen Sache wie ein Unfall verloren hat, eines technischen oder menschlichen Versagens oder sonst was. Man hat irgendwie das Gefühl, daß etwas viel Bedeutenderes als nur ein Unfall dahinterstecken muß, weil ... na ja, weil *sie* so eine Bedeutung für einen hatten. Verstehen Sie? Man glaubt, irgendwo müßten Verbrecher auf der Lauer liegen ... daß es nicht einfach nur Schicksal sein kann, weil *Gott* so etwas nicht zulassen würde. Aber als Sie sagten, nur im Film würden überall Verbrecher lauern, haben Sie mich nachdenklich gemacht. Wenn ich darüber hinwegkommen will, muß ich es hinnehmen, daß so etwas passieren kann, und daß niemand die Schuld daran trägt. Das Leben ist ein einziges Risiko, nicht wahr? Gott *läßt* unschuldige Menschen sterben, läßt Kinder sterben. So einfach ist das.«

Joe wartete gespannt, was sie sagen würde, ob sie die eindringliche Warnung verstanden hatte, die er ihr auf so indirekte Weise übermitteln wollte.

»Ich hoffe, Sie finden Frieden, Joe«, sagte Barbara nach kurzem Zögern. »Das hoffe ich wirklich. Sie haben sehr viel Mut aufbringen müssen, um dorthin zu fahren, direkt zur Aufschlagstelle. Und man braucht auch Mut dazu, die Tatsache zu akzeptieren, daß letztlich niemand eine Schuld daran trägt. Solange Sie sich in die Vorstellung verrennen, daß es irgendeinen Verantwortlichen gibt, der zur Rechenschaft gezogen werden muß ... tja, nun, solange sind Sie voller Rachedurst. Solange hat der Heilungsprozeß noch nicht eingesetzt.«

Sie hatte verstanden.

Joe schloß die Augen und versuchte, seine entwirrten Nerven wieder zu einem festen Bündel zusammenzuziehen.

»Es ist nur so ...«, sagte er. »Wir leben in einer seltsamen Zeit, in der es einfach ist, an irgendwelche gewaltigen Verschwörungen zu glauben.«

»Einfacher, als harte Wahrheiten zu akzeptieren. In Wirklichkeit hadern Sie nicht mit den Piloten oder der Wartungscrew. Auch nicht mit den Fluglotsen oder den Leuten, die das Flugzeug gebaut haben. In Wirklichkeit wollen Sie sich mit Gott anlegen.«

»Und diesen Streit kann ich nicht gewinnen«, sagte er und öffnete die Augen.

Vor dem Zeitungskiosk beendeten der Geschichtenerzähler und der Dodgers-Fan ihr Gespräch. Der Geschichtenerzähler ging davon.

»Wir dürfen nicht erwarten, daß wir den Grund verstehen«, sagte Barbara. »Wir müssen einfach darauf vertrauen, daß es einen Grund *gibt*. Wenn Sie lernen, das zu akzeptieren, finden Sie vielleicht wirklichen Frieden. Sie sind ein sehr netter Mensch, Joe. Sie verdienen es nicht, solche Qualen zu erleiden. Ich werde für Sie beten.«

»Danke, Barbara. Danke für alles.«

»Viel Glück, Joe.«

Beinahe hätte er ihr ebenfalls viel Glück gewünscht, doch diese beiden Worte hätten den Lauschern vielleicht zu viel verraten.

»Leben Sie wohl«, sagte er statt dessen.

Noch immer gespannt wie ein Flitzbogen, hängte er ein.

Indem Joe nach Colorado geflogen war und einfach an Barbaras Tür geklopft hatte, hatte er Barbara, ihren Sohn und dessen Familie in schreckliche Gefahr gebracht – auch wenn er es damals noch nicht wissen konnte. Nun konnte Barbara alles mögliche zustoßen – oder auch gar nichts –, und Joe spürte, wie sich ein Frösteln der Schuld in seinem Inneren ausbreitete.

Andererseits hatte er durch seinen Flug nach Colorado erfahren, daß Nina wie durch ein Wunder lebte. Er war bereit, für die bloße Hoffnung, sie wiederzusehen, die moralische Verantwortung für hundert Tote auf sich zu nehmen.

Er wußte genau, wie ungeheuerlich es war, das Leben seiner Tochter kostbarer einzuschätzen als das von hundert Fremden – zweihundert, eintausend. Es war ihm egal. Er würde töten, um Nina zu retten, falls er dazu gezwungen wurde. Er würde jeden töten, der sich ihm in den Weg stellte. Ganz gleich, wie viele.

War es nicht *das* menschliche Dilemma, davon zu träumen, Teil einer großen Gemeinschaft zu sein, sich angesichts des immerwährenden Todes jedoch stets zuerst für die eigenen Belange und die der Familie einzusetzen? Und schließlich war Joe nur allzu menschlich.

Er verließ die Nische mit den Münzfernsprechern und ging durch die Halle zum Ausgang. Als er das obere Ende der Rolltreppen erreichte, warf er einen kurzen Blick zurück.

Der Dodgers-Fan folgte ihm in diskreter Entfernung, gut getarnt durch die Durchschnittlichkeit seiner Kleidung und seines Verhaltens. Er wob sich so geschickt in die Menge ein, daß er nicht auffälliger war als ein einzelner Faden in einem bunten Mantel.

Auf der Rolltreppe und auf dem Weg durch das untere Geschoß des Terminals sah Joe nicht mehr zurück. Entweder war der Dodgers-Fan noch hinter ihm, oder er hatte Joe einem anderen Agenten übergeben, wie schon der Geschichtenerzähler.

Angesichts ihrer gewaltigen Möglichkeiten würden sie am Flughafen ein beträchtliches Kontingent an Einsatzkräften zusammengezogen haben. Hier konnte er ihnen unmöglich entwischen.

Joe blieb noch genau eine Stunde bis zur Verabredung mit Demi, die ihn hoffentlich zu Rose Tucker führen würde. Wenn er es nicht rechtzeitig zum Treffpunkt schaffte, hatte er keine Möglichkeit, noch einmal Verbindung mit der Frau aufzunehmen.

Seine Armbanduhr schien so laut wie eine Standuhr zu ticken.

In den Rorschachflecken an den Wänden des riesigen, trostlosen Betonklotzes von Parkhaus verschmolzen gequälte Gesichter zu den mutierten Gestalten seltsamer Tiere und alptraumhaften Landschaften. Motorengeräusche von Autos in anderen Gängen, auf anderen Etagen hallten wie das Grollen eines Ungeheuers durch diese von Menschenhand geschaffenen Höhlen.

Joes Honda stand noch da, wo er ihn abgestellt hatte.

Obwohl es sich bei den meisten Fahrzeugen im Parkhaus um Pkws handelte, standen drei Kastenwagen – keiner davon weiß –, ein alter VW-Bus mit Vorhängen hinter den Fenstern und ein Pickup mit Wohnmobilaufbau so nahe bei seinem Wagen, daß sie als Überwachungsposten dienen konnten. Joe widmete keinem dieser Fahrzeuge einen zweiten Blick.

Er öffnete den Kofferraum, stellte sich so hin, daß er mit seinem Körper jedem Beobachter die Sicht verdeckte, und schaute rasch unter dem Ersatzreifen nach, ob das Geld noch dort lag. Er hatte zweitausend Dollar mit nach Colorado genommen, den Großteil aber im Honda liegen lassen. Er befürchtete, der braune Umschlag der Bank mit dem Messingverschluß sei verschwunden, aber er lag noch genau dort, wo er ihn versteckt hatte.

Joe schob den Umschlag unter seinen Hosenbund. Er überlegte, ob er auch den kleinen Koffer mitnehmen sollte, aber wenn er ihn auf den Beifahrersitz legte, würden die Leute, die ihn beobachteten, sich nicht von dem kleinen Schauspiel täuschen lassen, das er für sie inszenieren wollte.

Als er hinter dem Lenkrad saß, nahm er den Umschlag aus dem Hosenbund, öffnete ihn und steckte die Bündel mit den Hundertdollarscheinen in verschiedene Taschen seiner Kordsamtjacke. Er faltete den leeren Umschlag zusammen und legte ihn ins Handschuhfach.

Als er aus der Parkbucht rangierte und davonfuhr, folgte ihm keines der verdächtigen Fahrzeuge. Jedenfalls nicht sofort. Sie brauchten sich nicht zu beeilen. Ein Sender, der irgendwo im Honda versteckt war, schickte ein Signal aus, dem das Beschattungsteam folgen konnte und das ständigen Sichtkontakt überflüssig machte.

Joe fuhr die drei Etagen zum Ausgang hinunter. Vor den Kassenhäusern standen Schlangen anderer Fahrzeuge.

Während Joes Honda langsam nach vorn rückte, als Wagen um

Wagen abgefertigt wurde, schaute er wiederholt in den Rückspiegel. Gerade als er das Kassenhaus erreichte, sah er, daß der Pickup mit dem Wohnmobilaufbau sich sechs Fahrzeuge hinter ihm ans Ende der Schlange setzte.

Als er vom Flughafen fuhr, hielt er die Geschwindigkeit knapp unter dem Tempolimit und versuchte nicht, noch über Ampeln zu kommen, die vor ihm auf Gelb umsprangen. Er wollte die Entfernung zwischen ihm und seinen Verfolgern nicht zu groß werden lassen.

Über städtische Straßen, nicht die Freeways, hielt er auf den Westen der Stadt zu. Block um Block fuhr er durch ein heruntergekommenes Geschäftsviertel und hielt nach einer Stelle Ausschau, die für sein Vorhaben geeignet war.

Der Sommertag war warm und klar, und der Sonnenschein wurde von nahezu identischen parabolischen Regenbögen auf der schlierigen Windschutzscheibe unregelmäßig zerstreut. Das seifige Wasser der Scheibenwaschanlage und die Wischer säuberten das Glas ein wenig, aber nicht ausreichend.

Während Joe mit zusammengekniffenen Augen in das grelle Licht starrte, hätte er beinahe die Gebrauchtwagenhandlung übersehen. *Gem Fittich Auto Sales.* Der Sonntag war ein bevorzugter Tag für den Autokauf, und der Laden war noch geöffnet, wenn auch vielleicht nicht mehr lange.

Joe erkannte, daß er genau danach gesucht hatte. Er lenkte den Wagen an den rechten Bordstein und hielt einen halben Häuserzug hinter der Gebrauchtwagenhandlung.

Er kam vor einer Autowerkstatt zu stehen, die sich auf Getriebe spezialisiert hatte. Sie befand sich in einem verwahrlosten Gebäude aus Stuck und zerfurchtem Stahl, das von einem launischen Tornado *zusammengesetzt* worden zu sein schien, der dabei Teile zahlreicher anderer Gebäude verwendet hatte, die er zuvor zerrissen hatte. Zum Glück war der Laden geschlossen; Joe wollte nicht, daß irgendein guter Samariter von Mechaniker zu seiner Rettung herbeieilte.

Er stellte den Motor ab und stieg aus.

Der Pickup mit dem Wohnmobilaufbau war auf der Straße hinter ihm noch nicht in Sicht gekommen.

Joe eilte nach vorn zum Wagen und öffnete die Motorhaube.

Der Honda war nutzlos für ihn geworden. Diesmal hatten sie den Sender bestimmt so gut versteckt, daß er Stunden brauchen würde, um das Ding zu finden. Also konnte er nicht mit dem Honda nach Westwood fahren und seine Verfolger zu Rose führen, aber er konnte den Wagen auch nicht einfach stehenlassen, denn dann wußten sie, daß er ihnen auf die Schliche gekommen war.

Er mußte den Honda auf eine Weise unbrauchbar machen, die nicht nach Sabotage, sondern nach einem echten technischen Versagen aussah. Irgendwann würden seine Verfolger die Motorhaube öffnen, und wenn sie dann sahen, daß Zündkerzen fehlten oder die Verteilerkappe abgerissen worden war, würden sie wissen, daß er sie hereingelegt hatte.

Und dann würde Barbara Christman in größeren Schwierigkeiten stecken als je zuvor. Dann nämlich würde ihnen klar sein, daß Joe den Geschichtenerzähler im Flugzeug erkannt hatte und wußte, daß sie ihm nach Colorado gefolgt waren. Und sein Telefongespräch am Flughafen nur dazu gedient hatte, Barbara zu warnen und die Lauscher davon zu überzeugen, daß sie ihm nichts Wichtiges gesagt hatte, obgleich sie ihm in Wirklichkeit alles gesagt hatte.

Vorsichtig zog Joe das Zündkontrollmodul heraus, ließ es aber locker in der Halterung stecken. Bei einer beiläufigen Inspektion konnte man nicht feststellen, daß es absichtlich gelöst worden war. Selbst wenn sie später suchten, bis sie das Problem gefunden hatten, würden sie wahrscheinlich davon ausgehen, daß das Modul sich von allein gelockert hatte, und nicht vermuten, daß Joe daran herumgefummelt hatte. Zumindest würden sie Zweifel haben – was Barbara ein wenig Schutz bot.

Der Pickup mit dem Wohnmobilaufsatz fuhr an Joe vorbei.

Er schaute nicht zu dem Fahrzeug hinüber, nahm es aber aus dem Augenwinkel wahr.

Eine oder zwei Minuten lang tat er so, als würde er verschiedene Teile des Motors in Augenschein nehmen. Drückte gegen dieses. Wackelte an jenem. Kratzte sich am Kopf.

Er ließ die Motorhaube offen, setzte sich wieder hinter das Lenkrad und versuchte, den Honda anzulassen, hatte aber natürlich kein Glück.

Er stieg wieder aus und schaute erneut unter die Motorhaube.

Er bemerkte, daß der Pickup am Ende des Häuserblocks an den

Straßenrand gefahren war. Er hatte auf dem kleinen Parkplatz vor einem leerstehenden Fabrikgebäude gehalten, an dessen Wand das große Schild eines Maklers angebracht war: *Zu verkaufen.*

Joe inspizierte den Motor noch eine Minute und verfluchte ihn für den Fall, daß sie Richtmikrofone auf ihn justiert hatten, inbrünstig und phantasievoll.

Schließlich schlug er die Motorhaube zu und schaute besorgt auf die Uhr. Für einen Augenblick blieb er unentschlossen stehen. Sah wieder auf die Uhr. Sagte: »Scheiße!«

Er ging die Straße in die Richtung zurück, aus der er gekommen war. Als er die Gebrauchtwagenhandlung erreichte, zögerte er der Wirkung wegen; dann ging er direkt zum Büro des Verkäufers.

Gem Fittich Auto Sales wollte mit zahlreichen, kreuz und quer verlaufenden, an hohen Ständern befestigten Bändern auf sich aufmerksam machen, an denen gelbe, weiße und rote Plastikfähnchen hingen, die ein sonniger Sommer ausgebleicht hatte. In der aufkommenden Brise schnalzten sie wie die schlagenden Flügel eines hartnäckig über das Gelände streichenden Schwarms Bussarde über gut dreißig Autos hinweg, von denen einige in ordentlichem Zustand, manche nur noch Rostlauben waren.

Das Büro befand sich in einem kleinen, gelb gestrichenen Fertighaus mit roten Türen. Durch das große Schaufenster sah Joe einen Mann, der sich auf einem Drehsessel lümmelte. Die Füße, die in bequemen Halbschuhen steckten, hatte er auf den Schreibtisch gelegt. Er schaute auf einen kleinen Fernseher.

Als Joe die zwei Stufen hinaufstieg und durch die offene Tür ging, hörte er einen Sportreporter, der mit blumigen Worten ein Baseball-Spiel kommentierte.

Das Gebäude bestand aus einem einzigen großen Raum mit einer abgetrennten Toilette in einer Ecke, die man durch eine halb geöffnete Tür sehen konnte. Die beiden Schreibtische, die vier Stühle und die metallenen Aktenschränke an der Wand waren billig, aber alles war sauber und ordentlich.

Joe hatte auf Staub, Unordnung und ein Gefühl stiller Verzweiflung gehofft.

Der Verkäufer war in den Vierzigern, sah fröhlich aus, hatte rotblondes Haar und trug braune Baumwollhosen und ein gelbes Polohemd. Er schwang die Füße vom Schreibtisch, stand auf und streckte die Hand aus. »Howdy! Hab' Sie gar nicht ranfahren hören. Ich bin Gem Fittich.«

Joe schüttelte ihm die Hand. »Joe Carpenter«, sagte er. »Ich brauche einen Wagen.«

»Da sind Sie bei mir richtig.« Fittich griff zu dem tragbaren Fernsehgerät, das auf seinem Schreibtisch stand.

»Nein, schon gut, lassen Sie es ruhig an«, sagte Joe.

»Wenn Sie ein Fan sind, wollen Sie das vielleicht nicht sehen. Die kriegen gerade einen gehörigen Tritt in den Hintern verpaßt.«

Die Werkstatt nebenan verdeckte dem Überwachungsteam im Augenblick die Sicht auf Joe und Fittich. Doch wenn der kleine Campingwagen wieder auf der anderen Straßenseite auftauchte, womit Joe rechnete, und die Mikrofone auf die große Schaufensterscheibe richtete, mußte er die Lautstärke der Baseballübertragung vielleicht noch höher stellen, um den Lauschern einen Strich durch die Rechnung zu machen.

Er baute sich so auf, daß er mit Fittich sprechen und gleichzeitig an ihm vorbei auf den Platz mit den Gebrauchtwagen und die Straße schauen konnte. »Was ist der billigste fahrbare Untersatz, den Sie betriebsbereit draußen stehen haben?«

»Wenn Sie erst mal meine Preise kennen, wird Ihnen klar, daß Sie einen beträchtlichen Gegenwert bekommen, ohne auf den billigsten ...«

»Entscheiden Sie sich«, sagte Joe und zog ein paar Bündel Hundertdollarscheine aus einer Jackentasche. »Je nachdem, wie er sich auf einer Probefahrt macht, kaufe ich den billigsten Wagen, den Sie gerade draußen stehen haben. Hundert Prozent Barzahlung, keine Garantie erforderlich.«

Fittich gefiel der Anblick des Geldes. »Na ja, Joe, ich hab' da diesen Subaru. Ist zwar schon lange her, daß er aus der Fabrik gekommen ist, aber es steckt noch Leben drin. Keine Klimaanlage, aber Radio und ...«

»Wieviel?«

»Na ja, ich habe einiges an Reparaturen reinstecken müssen. Auf dem Preisschild steht zweitausendeinhundertfünfzig, aber ich lasse Ihnen den Wagen für neunzehnhundertfünfundsiebzig. Er ...«

Joe überlegte, ob er ein niedrigeres Angebot machen sollte, doch es kam auf jede Minute an, und angesichts des Vorschlags, den er Fittich machen würde, kam er zum Schluß, daß er sich kein Feilschen leisten konnte. Er unterbrach den Verkäufer. »Ich nehme ihn«, sagte er.

Nach einem enttäuschend schleppenden Tag beim Handel mit fahrbaren Untersätzen schwankte Gem Fittich eindeutig zwischen der freudigen Aussicht, einen Verkauf tätigen zu können, und dem Unbehagen über die Art und Weise, wie er den Abschluß zustande gebracht hatte. Er roch Ärger. »Wollen Sie keine Probefahrt machen?«

Joe legte zweitausend Dollar in Hundertern auf Fittichs Schreibtisch. »Genau darum geht es mir«, sagte Joe. »Und ich will die Probefahrt allein machen.«

Auf der anderen Straßenseite tauchte zu Fuß ein großgewachsener Mann auf. Er kam aus der Richtung, in der das kleine Wohnmobil stand, und blieb im Schatten einer überdachten Bushaltestelle stehen. Wenn er sich auf die Bank des Wartehäuschens setzte, wäre sein Blick auf das Büro des Gebrauchtwagenhändlers von den davor stehenden Autos verdeckt worden.

»Allein?« fragte Fittich verwirrt.

»Sie haben die volle Summe da auf dem Schreibtisch liegen«, sagte Joe. Er holte seinen Führerschein aus dem Portemonnaie und gab ihn Fittich. »Wie ich sehe, haben Sie ein Fotokopiergerät. Machen Sie eine Kopie davon.«

Der Typ an der Bushaltestelle trug lange Hosen und ein kurzärmeliges Hemd, und seine Hände waren leer. Also war er nicht mit einem weitreichenden Abhörgerät ausgerüstet; er paßte einfach nur auf.

Fittich schaute ebenfalls zu dem Mann hinüber. »Welchen Ärger brocke ich mir hier ein?«

Joe erwiderte den Blick des Verkäufers. »Gar keinen. Sie haben nichts damit zu tun. Sie verkaufen nur ein Auto.«

»Warum interessiert Sie der Bursche an der Bushaltestelle so?«

»Er interessiert mich nicht. Das ist nur irgendein Kerl.«

Fittich ließ sich nicht täuschen. »Wenn es hier wirklich um einen Verkauf geht, und nicht nur um eine Probefahrt, müssen wir staatliche Formulare ausfüllen, die Mehrwertsteuer berechnen und die Anmeldung beantragen.«

»Aber es geht nur um eine Probefahrt«, sagte Joe.

Er schaute auf seine Armbanduhr. Mittlerweile tat er nicht nur so, als wäre er wegen der Zeit besorgt; allmählich wurde sie wirklich knapp.

»Na schön, Mr. Fittich, Schluß mit dem Quatsch. Hören Sie, ich habe keine Zeit. Das ist für Sie sogar noch besser als ein Verkauf, denn es wird folgendermaßen ablaufen. Sie nehmen das Geld und legen es irgendwo ganz hinten in eine Schreibtischschublade. Keiner braucht zu erfahren, daß ich es Ihnen gegeben habe. Ich muß dringend irgendwo hin und fahre mit dem Subaru. Es ist nicht weit, nur in der West Side. Ich würde meinen eigenen Wagen nehmen, aber jemand hat einen Sender daran angebracht, und ich will nicht verfolgt werden. Ich lasse den Subaru in einer sicheren Gegend stehen, rufe Sie morgen an und sage Ihnen, wo Sie ihn finden. Sie holen ihn zurück, und damit habe ich Ihren billigsten Wagen einen Tag lang für zweitausend Dollar gemietet, steuerfrei. Der schlimmste Fall wäre, daß ich nicht anrufe. Dann haben Sie noch immer das Geld – und können den Diebstahl von der Steuer abschreiben.«

Fittich drehte den Führerschein immer wieder in der Hand. »Wird mich jemand fragen, warum ich Sie nur mit einer Kopie Ihres Führerscheins als Sicherheit eine Probefahrt machen ließ?«

»Der Typ machte einen ehrlichen Eindruck«, kaute Joe dem Gebrauchtwagenhändler vor, was er sagen konnte. »Sein Foto war auf dem Führerschein. Und ich konnte gerade nicht weg, weil ich einen Anruf von einem Kunden erwartete, der am Morgen da war und sich für das beste Stück interessierte, das ich draußen stehen habe. Ich wollte nicht riskieren, diesen Anruf zu verpassen.«

»Sie haben alles genau durchdacht«, sagte Fittich.

Sein Verhalten änderte sich. Der unbekümmerte, stets lächelnde Verkäufer war eine Puppe, aus der ein anderer Gem Fittich hervortrat, eine Version mit mehr Ecken und harten Kanten.

Er ging zu dem Fotokopiergerät und schaltete es ein.

Trotzdem spürte Joe, daß Fittich sich noch nicht endgültig entschieden hatte. »Selbst wenn die Leute hier auftauchten und Ihnen ein paar Fragen stellten, Mr. Fittich, haben sie nichts gegen Sie in der Hand – und sie werden sich auch nicht die Mühe machen, sich näher mit Ihnen zu befassen.«

»Handeln Sie mit Drogen?« fragte Fittich geradeheraus.

»Nein.«

»Denn ich hasse Drogenhändler.«

»Ich auch.«

»Sie treiben unsere Kinder in den Untergang und machen kaputt, was von unserem Land noch übriggeblieben ist.«

»Ich bin völlig Ihrer Meinung.«

»Nicht, daß überhaupt noch viel übrig ist.« Fittich schaute durch das Fenster zu dem Mann an der Bushaltestelle. »Sind das Cops?«

»Keine richtigen. Wieso?«

»Weil ich die Cops unterstütze. Ihr Job ist heutzutage schwer genug. Sie versuchen, Gesetz und Ordnung aufrechtzuerhalten, während einige der größten Verbrecher die von uns gewählten Beamten sind.«

Joe schüttelte den Kopf. »Die Burschen haben mit Ordnungshütern nicht das geringste zu tun.«

Fittich dachte eine Weile darüber nach. »Das war eine ehrliche Antwort«, sagte er dann.

»Ich bin so ehrlich zu Ihnen, wie ich es sein kann. Aber ich habe es eilig. Die Burschen glauben wahrscheinlich, ich wollte hier eine Werkstatt oder einen Abschleppwagen anrufen oder so was. Wenn ich diesen Subaru bekomme, brauche ich ihn *jetzt*, bevor die Typen dahinterkommen, was ich wirklich vorhabe.«

Fittich schaute wieder zum Fenster und zur Bushaltestelle auf der anderen Straßenseite. »Sind die Burschen von der Regierung?« fragte er.

»Im Grunde – ja.«

»Wissen Sie, warum das Drogenproblem immer größer wird?« sagte Fittich. »Weil die Hälfte unserer amtierenden Politiker bestochen worden ist und einfach beide Augen zudrückt. Ja, verdammt noch mal, ein paar von den Arschlöchern nehmen sogar selbst welche, und es ist ihnen scheißegal.«

Joe sagte nichts, aus Angst, er könnte das *Falsche* sagen. Er wußte nicht, aus welchem Grund Fittich so wütend auf die Behörden war. Er konnte leicht etwas Unpassendes erwidern, und dann würde Fittich ihn nicht mehr für einen kritischen Zeitgenossen halten, sondern für einen der Feinde.

Stirnrunzelnd machte Gem Fittich eine Kopie des Führerscheins. Er gab Joe die kunststoffbeschichtete Karte zurück, und der steckte sie wieder ins Portemonnaie.

Fittich ging zum Schreibtisch zurück und starrte auf das Geld. Daß er sich an dieser Sache beteiligte, schien ihm noch immer Unbehagen zu bereiten – nicht, weil er befürchtete, sich Ärger einzuhandeln, sondern weil er sich tatsächlich über den moralischen Aspekt Sorgen machte. Schließlich seufzte er, öffnete eine Schublade und legte die zweitausend Dollar hinein.

Aus einer anderen Schublade kramte er einen Schlüsselbund hervor und gab ihn Joe.

Der nahm ihn dankbar entgegen. »Wo steht er?« fragte er.

Fittich zeigte durch das Fenster auf den Wagen. »In einer halben Stunde werde ich wohl die Bullen anrufen und die Kiste als gestohlen melden, nur um mich abzusichern.«

»Ich verstehe. Mit etwas Glück bin ich dann schon dort, wo ich hin muß.«

»Verdammt, machen Sie sich keine Sorgen, die werden sowieso nicht danach suchen. Sie können eine Woche damit durch die Gegend fahren, ohne geschnappt zu werden.«

»Ich *werde* Sie anrufen, Mr. Fittich, und Ihnen sagen, wo genau der Wagen steht.«

»Ich glaube, das werden Sie wirklich. Mr. Carpenter«, sagte Fittich, als Joe zur offenen Tür ging. »Sagen Sie mal – glauben Sie an das Ende aller Dinge?«

Joe blieb auf der Schwelle stehen. »Wie bitte?«

Der Gem Fittich, der aus der Raupe des fröhlichen Verkäufers hervorgekommen war, hatte nicht nur härtere Ecken und Kanten, sondern auch sonderbare Augen – die nun anders waren noch vor kurzem. Allerdings war kein Zorn darin zu sehen, sondern ein zermürbender Schwermut. »Das Ende der Zeit in unserer Zeit, das Ende dieser Welt, die wir dermaßen herunterkommen ließen. Ganz plötzlich wird sie aufgerollt und wie ein alter, mottenzerfressener Teppich ausrangiert.«

»Eines Tages muß die Welt wohl ein Ende nehmen«, sagte Joe.

»Nicht eines Tages. Bald. Haben Sie nicht auch den Eindruck, daß Recht und Unrecht auf den Kopf gestellt wurden? Daß die Menschen beides nicht mehr so richtig auseinanderhalten können?«

»Ja.«

»Wachen Sie nicht auch manchmal mitten in der Nacht auf und fühlen, daß das Ende kommt? Wie eine tausend Kilometer hohe

Flutwelle, die über uns hängt, dunkler als die Nacht und eiskalt. Daß sie über uns hereinbrechen und uns alle hinwegfegen wird?«

»Ja«, sagte Joe leise und wahrheitsgemäß. »Ja, ich habe oft mitten in der Nacht dasselbe empfunden.«

Doch der Tsunami, die alles verschlingende Riesenwoge, die sich in den Stunden der Dunkelheit bedrohlich über Joe auftürmte, war rein persönlicher Natur: der Verlust seiner Familie, der so gigantische Wellen schlug, daß sie die Sterne verdeckten und verhinderten, daß er die Zukunft sehen konnte. Er hatte sich oft danach *gesehnt*, von der Flutwelle weggespült zu werden.

Er spürte, daß auch Fittich, der in eine tiefe moralische Erschöpfung gestürzt war, sich nach einer erlösenden Apokalypse sehnte. Die Entdeckung, daß er diese Melancholie mit dem Autoverkäufer gemeinsam hatte, erstaunte und verwirrte Joe.

Sie beunruhigte ihn auch, denn diese Erwartung des baldigen Endes aller Dinge war zutiefst unsozial und wies auf eine beträchtliche Störung hin. Es war eine Krankheit, von der er sich gerade unter großen Schwierigkeiten erholte, langsam erholte, und er fürchtete um eine Gesellschaft, in der eine so düstere Stimmung so weit verbreitet war.

»Seltsame Zeiten«, sagte Fittich, ganz ähnlich, wie Joe es vor kurzem zu Barbara gesagt hatte. »Sie machen mir angst.« Er setzte sich auf den Stuhl, legte die Füße auf den Schreibtisch und widmete seine Aufmerksamkeit wieder dem Baseball-Spiel. »Gehen Sie jetzt lieber.«

Während sich auf Joes Schultern eine Gänsehaut wie Kreppapier kräuselte, ging er hinaus und zu dem gelben Subaru.

Auf der anderen Straßenseite schaute der Mann an der Bushaltestelle ungeduldig nach rechts und links, als wäre er über die Unzuverlässigkeit der öffentlichen Transportmittel verstimmt.

Der Motor des Subaru sprang sofort an, hatte aber einen blechernen Klang. Das Lenkrad vibrierte leicht. Die Polster waren verschlissen, und ein Duftspray mit Kiefernholzgeruch konnte nicht ganz den sauren Gestank von Zigarettenrauch überdecken, der im Laufe der Jahre das Vinyl und den Teppich gesättigt hatte.

Ohne zu dem Mann an der Bushaltestelle zu schauen, lenkte Joe den Wagen vom Gelände. Er bog rechts ab und fuhr an seinem aufgegebenen Honda vorbei.

Der Pickup mit dem Wohnmobilaufbau parkte noch vor dem leerstehenden Fabrikgebäude.

Als Joe die Kreuzung direkt hinter dem Campingfahrzeug erreichte, herrschte kein Querverkehr. Er bremste zwar ab, hielt aber nicht, sondern drückte statt dessen abrupt das Gaspedal durch.

Im Rückspiegel sah er, daß der Mann von der Bushaltestelle zum Pickup lief, der bereits rückwärts auf die Straße setzte. Ohne den Sender, der ihnen den Weg wies, mußten sie Sichtkontakt halten und das Wagnis eingehen, Joe so dicht zu folgen, daß ihre Tarnung platzte – die sie noch zu haben glaubten.

Nach sechs Kilometern schüttelte Joe sie an einer großen Kreuzung ab, als er weiterfuhr, obwohl die Ampel ihm bereits gelbes Licht zeigte und gerade auf Rot umsprang. Als das Campingfahrzeug ihm zu folgen versuchte, machte der Querverkehr dem Fahrer einen Strich durch die Rechnung. Selbst über das Pfeifen und Rasseln des Subaro-Motors hörte Joe das scharfe Kreischen der Bremsen, als das Campingfahrzeug nur Zentimeter vor einem anderen Wagen schlitternd zum Stehen kamen.

Zwanzig Minuten später ließ Joe den Subaru in der Nähe des Campus der UCLA auf der Hilgarde Street stehen, so weit vom Treffpunkt mit Demi entfernt, wie er es gerade noch wagte. Rasch ging er zum Westwood Boulevard und mußte sich zusammenreißen, um nicht einfach loszulaufen, womit er ungewollte Aufmerksamkeit auf sich gelenkt hätte.

Noch vor nicht allzu langer Zeit war Westwood Village eine halbwegs ruhige Insel von malerischem Charme inmitten des turbulenten Meeres der Stadt gewesen, ein Mekka für Einkaufslustige und Theaterbesucher, ein Geschäftsviertel mit architektonisch eigenem Gepräge, dem vielleicht interessantesten der Stadt, wenngleich im Miniformat, gemessen am Moloch Los Angeles. An den von Bäumen gesäumten Straßen hatten damals florierende Schickimicki-Boutiquen gestanden, und Galerien, Restaurants, gut besuchte Theater, die die neuesten Dramen und Komödien aufführten, und Kinos, die Film-Kassenschlager zeigten. Hier hatte man sich vergnügen, sehen und gesehen werden können.

Doch als die Elite der Stadt sich entschloß – wie es immer wieder mal geschah –, gewisse Formen soziopathischen Verhaltens als legitimen Protest zu betrachten, nahm die Stadtstreicherei in Westwood Village zu; Gangmitglieder lungerten in Gruppen herum, und auf offener Straße wurde mit Drogen gehandelt. Bei Revierstreitigkeiten kam es zu mehreren Schießereien, und viele der lebenslustigen Käufer und Theaterbesucher gelangten zu dem Schluß, daß die Szene hier *zu* bunt war und man das Risiko einging, zum Opfer zu werden, wenn man sich hier sehen ließ.

Nun kämpfte Westwood darum, sich wieder vom Abgrund zu entfernen. Die Straßen waren etwas sicherer geworden als zu den schwärzesten Zeiten des Viertels. Doch viele Geschäfte und Galerien hatten noch geschlossen, und nicht alle leerstehenden Ladenlokale waren wieder vermietet worden. Wahrscheinlich dauerte es Jahre, bis die nachklingende Atmosphäre der Verzweiflung sich endgültig verflüchtigt hatte. Die Zivilisation wurde zwar genauso langsam errichtet wie ein Korallenriff, konnte aber mit erschreckender Schnelligkeit zerstört werden, selbst durch einen Windstoß guter Absichten, und alles, was einmal verloren gegangen war, konnte nur mit Entschlossenheit zurückgewonnen werden – wenn überhaupt.

In dem Gourmet-Café herrschte reger Betrieb. Durch die offene Tür wehten die köstlichen Düfte zahlreicher exotischer Kaffeesorten und die Klänge eines einsamen Gitarristen, der eine New-Age-Melodie spielte, die zwar heiter gestimmt und entspannend war, aber manche Akkorde auch bis zum Überdruß wiederholte.

Joe hatte vorgehabt, den Treffpunkt aus einiger Entfernung von der anderen Straßenseite auszukundschaften, war dafür aber zu spät eingetroffen. Um zwei Minuten nach sechs stand er, wie angewiesen, direkt vor dem Eingang des Cafés und wartete, daß man Kontakt mit ihm aufnahm.

Trotz des Verkehrslärms und der Gitarrenklänge hörte er ein leises, unmelodisches Klimpern und Klingeln. Aus Gründen, die er sich nicht erklären konnte, beunruhigte das Geräusch ihn sofort, und er schaute sich nervös nach der Ursache um.

Über der Tür war ein Windspiel angebracht, das aus mindestens zwanzig Löffeln verschiedener Größe und Beschaffenheit bestand. Sie schlugen in der leichten Brise gegeneinander.

Wie ein spitzbübischer Spielgefährte aus der Kindheit verspottete Joes Erinnerung ihn, indem sie ihn im tiefen, von Licht und

Schatten gesprenkelten Garten der Vergangenheit von einem Versteck zum anderen führte. Dann fielen ihm plötzlich die an Halterungen hoch an der Wand hängenden Kupfertöpfe und -pfannen in der Küche der Delmanns ein.

Als er nach Lisas Schrei aus Charlie Delmanns Schlafzimmer zurückgelaufen war, hatte er die Küchenutensilien leise klirren und scheppern hören, während er durch den Flur im Erdgeschoß eilte. Als er dann durch die Küchentür trat, sah er die Töpfe und Pfannen wie Pendel an ihren Haken schwingen.

Als er Lisa erreicht und Georgines Leiche auf dem Boden gesehen hatte, waren die Töpfe wieder verstummt. Aber was hatte diese Gegenstände überhaupt in Bewegung versetzt? Lisa und Georgine waren gar nicht in ihrer Nähe, sondern am anderen Ende des langen Zimmers gewesen.

Genau wie die aufblitzenden grünen Ziffern der Digitaluhr auf Charlie Delmanns Nachttisch, wie das Anschwellen der Flammen in den drei Öllampen auf dem Küchentisch besaß auch diese kupferne Musik irgendeine wichtige Bedeutung.

Joe kam sich vor, als würde ein energisches Klopfen des Begreifens jeden Augenblick das Ei seiner Unwissenheit aufschlagen.

Er hielt den Atem an und griff im Geiste nach dem flüchtigen Zusammenhang, der einen Sinn in diese Dinge brachte, stellte dann aber fest, daß die schalenzerbrechende Erkenntnis wieder zurückwich. Er versuchte, sie zurückzuholen. Doch so ärgerlich es auch war, sie blieb verschwunden.

Vielleicht war *nichts* davon wichtig: weder die Öllampen, noch die Digitaluhr, und auch nicht die scheppernden Töpfe. In einer Welt, die man durch Linsen der Paranoia sah – eine verzerrende Brille, die Joe seit anderthalb Tagen mit gutem Grund trug –, besaß jedes fallende Blatt, jedes Flüstern des Windes und jede Laubsägearbeit der Schatten eine unheilvolle Bedeutung, die in Wirklichkeit gar nicht vorhanden war. Er war nicht nur ein neutraler Beobachter, nicht nur ein Berichterstatter dieser Zeit, sondern ein Opfer, Mittelpunkt seiner Geschichte; deshalb konnte er seinen journalistischen Instinkten vielleicht nicht vertrauen, wenn er eine Bedeutung in diesen kleinen, wenn auch zugegeben seltsamen Details sah.

Über den Bürgersteig glitt auf Rollerblades ein großer schwarzer Junge entlang. Er war etwa im Collegealter, trug Shorts und ein

T-Shirt mit dem UCLA-Emblem. Joe, der sich noch immer den Kopf über Hinweise zerbrach, die vielleicht gar keine waren, schenkte dem Skater keine Beachtung, bis der Junge mit einer Drehung vor ihm anhielt und ihm ein Mobiltelefon in die Hand drückte.

»Das werden Sie brauchen«, sagte der Skater mit einer Baßstimme, die wie geschaffen für jede Doo-wop-Gruppe der fünfziger Jahre gewesen wäre.

Bevor Joe antworten konnte, rollte der Skater mit mächtigen Stößen seiner muskulösen Beine wieder davon.

Das Telefon in Joes Hand klingelte.

Er ließ den Blick über die Straße schweifen, suchte nach dem Beschattungsposten, von dem aus man ihn beobachtete, doch ihm fiel keiner auf.

Das Telefon klingelte erneut, und er drückte sich den Hörer ans Ohr. »Ja?«

»Wie heißen Sie?« fragte ein Mann.

»Joe Carpenter.«

»Auf wen warten Sie?«

»Ich weiß nicht, wie sie heißt.«

»Wie nennen Sie die Frau?«

»Demi.«

»Gehen Sie anderthalb Häuserblocks in südliche Richtung. Biegen Sie an der Ecke rechts ab und gehen Sie weiter, bis Sie zu einer Buchhandlung kommen. Sie hat noch geöffnet. Gehen Sie hinein und fragen Sie, wo die Biographien stehen.«

Der Anrufer legte auf.

Also würde es doch kein angenehmes Plauderstündchen bei einem Täßchen Kaffee geben, um sich kennenzulernen.

Wenn man dem Schild mit den Öffnungszeiten an der Glastür Glauben schenken konnte, schloß die Buchhandlung sonntags um sechs Uhr. Es war Viertel nach sechs. Durch die großen Schaufenster sah Joe, daß die Neonröhren im vorderen Teil des Ladens dunkel waren; nur ganz hinten leuchteten noch ein paar, doch als er die Tür öffnen wollte, stellte er fest, daß sie nicht abgeschlossen war.

In der Buchhandlung stand ein Verkäufer neben der Kasse. Er war schwarz, Ende Dreißig, so klein und drahtig wie ein Jockey, und hatte einen Schnurr- und Kinnbart. Hinter den dicken Gläsern seiner Hornbrille waren seine Augen so groß wie die eines beharrlichen Vernehmers in einem Traum von der Inquisition.

»Wo finde ich die Biographien?« fragte Joe.

Der Verkäufer kam um die Kasse herum und wies auf die rechte Ecke in rückwärtigen Teil des Ladens, in der hinter Reihen in Schatten liegender Regale Licht brannte.

Als Joe tiefer in das Labyrinth der Bücher eindrang, hörte er, daß hinter ihm die Ladentür abgeschlossen wurde.

Im Gang mit den Biographien wartete ein weiterer Schwarzer. Er war ein gewaltiger Ebenholzklotz – und schien imstande zu sein, eine unwiderstehliche Kraft auszuüben oder ein unbewegliches Hindernis zu bilden, was immer gerade nötig war. Sein Gesicht war so gelassen wie das Antlitz Buddhas.

»Spreizen Sie die Beine«, sagte er.

Sofort wußte Joe, daß er es mit einem Cop oder einem ehemaligen Cop zu tun hatte.

Gehorsam baute er sich vor einer Wand aus Büchern auf, spreizte weit die Beine, beugte sich vor, legte beide Hände auf die Regale und betrachtete die Rücken der gebundenen Bücher vor ihm. Eines davon erregte seine besondere Aufmerksamkeit: eine dicke Biographie des Schriftstellers Henry James.

Henry James.

Aus irgendeinem Grund kam ihm sogar dieser Name bedeutsam vor. *Alles* schien bedeutsam zu sein, war es aber nicht. Am wenigsten der Name eines schon lange toten Schriftstellers.

Der Cop filzte ihn schnell und gekonnt; offenbar suchte er nach einer Waffe oder einem Sender. »Zeigen Sie mir einen Ausweis«, sagte er, nachdem er weder das eine noch das andere gefunden hatte.

Joe drehte sich von den Regalen um und fischte seinen Führerschein aus dem Portemonnaie.

Der Cop verglich das Foto darauf mit Joes Gesicht, las die Angaben über seine Maße, verglich sie mit der Wirklichkeit und gab den Ausweis dann zurück. »Gehen Sie zum Kassierer.«

»Was?«

»Zu dem Burschen an der Kasse, als Sie hereinkamen.«

Der drahtige Mann mit dem Kinnbart wartete neben der Ladentür. Als er Joe kommen sah, schloß er sie auf.

»Haben Sie das Telefon noch?«

Joe wollte es ihm geben.

»Nein, behalten Sie es«, sagte der Kassierer. »Vor dem Laden steht ein schwarzer Mustang. Fahren Sie damit zum Wilshire und dann nach Westen. Man wird Kontakt mit Ihnen aufnehmen.«

Als der Kassierer die Tür öffnete und aufhielt, betrachtete Joe den Wagen. »Wem gehört er?«

Die vergrößerten Augen hinter den flaschenbodendicken Brillengläsern musterten Joe, als sei er eine Bakterie unter einem Mikroskop. »Was spielt es für eine Rolle, wem er gehört?«

»Keine, nehme ich an.«

Joe ging hinaus und stieg in den Mustang. Die Schlüssel steckten im Zündschloß.

Auf dem Wilshire Boulevard bog er in westliche Richtung ab. Der Wagen war fast so alt wie der Subaru, den er von Gem Fittich bekommen hatte. Der Motor hörte sich jedoch besser an, das Innere des Wagens war sauberer, und statt nach von Kieferndsuft überlagertem schalen Zigarettengestank roch es schwach nach einem Menthol-Aftershave.

Kurz nachdem Joe durch die Unterführung unter dem San Diego Freeway hindurchgefahren war, klingelte das Handy. »Ja?«

»Sie fahren bis zum Strand von Santa Monica«, sagte der Mann, der ihn zu der Buchhandlung geschickt hatte. »Wenn Sie dort angekommen sind, rufe ich wieder an und nenne Ihnen ein neues Ziel.«

»Alles klar.«

»Halten Sie unterwegs nirgendwo an. Haben Sie verstanden?«

»Ja.«

»Falls Sie doch anhalten, kriegen wir es raus.«

Sie waren irgendwo im Verkehr um ihn herum, vor oder hinter ihm – oder beides. Joe machte sich gar nicht erst die Mühe, nach ihnen zu suchen.

»Und versuchen Sie nicht, mit dem Mobiltelefon jemanden anzurufen«, sagte der Mann. »Auch das kriegen wir raus.«

»Ich verstehe.«

»Eine Frage noch. Der Wagen, den Sie fahren – warum wollten Sie wissen, wem er gehört?«

»Ein paar sehr unangenehme Arschlöcher sind auf der Suche

nach mir«, sagte Joe. »Wenn sie mich finden, will ich nicht, daß unschuldige Leute Ärger kriegen, nur weil ich ihren Wagen benützt habe.«

»Die ganze Welt besteht aus Ärger, Mann. Haben Sie das noch nicht mitgekriegt?« fragte der Anrufer und unterbrach die Verbindung.

Mit Ausnahme des Bullen – oder ehemaligen Bullen – in der Buchhandlung waren die Leute, die Rose Tucker versteckten und für ihre Sicherheit sorgten, Amateure mit beschränkten Mitteln im Vergleich zu den Schlägern, die für Teknologik arbeiteten. Aber es waren einfallsreiche und clevere Amateure, die unbestreitbar Talent für dieses Spiel hatten.

Joe hatte Santa Monica nicht einmal zur Hälfte durchquert, und das Meer lag noch weit vor ihm, als er vor seinem geistigen Auge einen Buchrücken sah – und den Namen *Henry James* darauf.

Henry James. Na und?

Dann fiel ihm der Titel eines der bekanntesten Werke von James ein. *The Turn of the Screw.* Die Drehung der Schraube. Es würde auf jeder Auswahlliste der berühmtesten Geistergeschichten aller Zeiten stehen.

Gespenster.

Das unerklärliche Auflodern der Flammen in den Öllampen, das Aufblitzen der Ziffern auf der Uhr, die klimpernden Töpfe und Pfannen – das alles kam Joe nun vor, als stünde es *doch* in irgendeinem Zusammenhang. Und als er sich diese Bilder ins Gedächtnis rief, war es leicht, ihnen im nachhinein eine übernatürliche Eigenschaft zuzuschreiben – obwohl er wußte, daß seine Phantasie die Erinnerungen in dieser Hinsicht vielleicht verstärkte.

Nun fiel ihm auch wieder ein, daß das Licht des Kronleuchters im Foyer mehrmals trüber geleuchtet und dann wieder heller geschienen hatte, als er nach dem Schuß, der Charlie Delmann getötet hatte, ins Obergeschoß gelaufen war. In dem furchterregenden anschließenden Tumult hatte er diese seltsame Beobachtung vergessen.

Nun wurde er an unzählige Séancen in alten Filmen und Fernsehserien erinnert, in denen das Öffnen der Tür zwischen dieser Welt und dem Reich der Geister durch das Pulsieren elektrischer

Lampen oder das Flackern von Kerzen ohne Vorhandensein eines Luftzugs symbolisiert wurde.

Geister.

Das war eine absurde Spekulation. Schlimmer als absurd. Verrückt. Es gab keine Geister oder Gespenster.

Doch nun fiel Joe ein weiterer beunruhigender Zwischenfall ein, der sich ereignet hatte, als er aus dem Haus der Delmanns geflüchtet war.

Er läuft aus der Küche, während hinter ihm der Feuermelder kreischt, durch den Korridor und das Foyer zur Tür. Seine Hand auf der Klinke. Von hinten kommt eine zischende Kälte, die eine Gänsehaut hervorruft, sich durch seinen Schädel zu bohren scheint. Dann läuft er über die Veranda, ohne sich daran erinnern zu können, die Tür geöffnet zu haben.

Dieser Vorfall schien irgendwie bedeutungsvoll gewesen zu sein, solange Joe ihn für bedeutungsvoll gehalten hatte – doch als die Skepsis sich wieder durchsetzte, schien dieser Augenblick jede Bedeutung zu verlieren. Ja, falls er etwas in seinem Nacken gespürt hatte, hätte es die Hitze des Feuers und keine durchdringende Kälte sein müssen. Und, ja, diese Kälte war anders gewesen als alles, was er je zuvor verspürt hatte: kein sich ausbreitendes Frösteln, sondern eher die Spitze eines Eiszapfens – wenn auch viel kleiner, wie ein stählernes Stilett, das man aus einer Tiefkühltruhe geholt hatte, ein Draht, eine *Nadel.* Eine Nadel, die in die höchste Stelle seines Rückgrats stach. Aber es war die subjektive Empfindung einer Berührung gewesen, die er *gespürt* hatte, nicht die nüchterne Beobachtung eines konkreten Phänomens mit den Augen einen Journalisten. Er war in einem Zustand maßloser Panik gewesen, und er hatte eine Menge seltsamer Dinge wahrgenommen; sie waren nichts weiter gewesen als eine normale physiologische Reaktion auf extremen Streß. Und was die paar Sekunden des Erinnerungsverlusts zwischen dem Augenblick betraf, da er die Hand auf die Klinke gelegt hatte, und jenem, als er sich auf der Veranda wiederfand … Nun, auch das ließ sich leicht durch Panik erklären, durch Streß und die blendende Macht des überwältigenden animalischen Überlebensinstinkts.

Kein Geist.

Ruhe in Frieden, Henry James.

Als er durch Santa Monica dem Meer entgegen fuhr, verflüchtigte sich Joes kurzes Bekennen zum Übernatürlichen, verlor jede Leidenschaft. Die Vernunft kehrte zurück.

Trotzdem kam ihm irgend etwas an der *Vorstellung* eines Geistes weiterhin bedeutsam vor. Er hatte das Gefühl, irgendwann eine rationale Erklärung gewinnen zu können, indem er das Übernatürliche berücksichtigte – eine beweisbare Theorie, die so logisch war wie die sorgfältig strukturierte Prosa Henry James'.

Eine Nadel aus Eis. Die sich in die grauen Zellen im Mittelpunkt des Rückgrats bohrte. Eine Injektion, ein schneller, kalter Spritzer von ... irgend etwas.

Hatte Nora Vadance diese geisterhafte Nadel gespürt, kurz bevor sie sich vom Frühstückstisch erhob, um den Camcorder zu holen?

Hatten die Delmanns sie gespürt?

Und Lisa?

Hatte auch Captain Delroy Blane sie gespürt, bevor er den Autopiloten ausschaltete, seinem Kopiloten die Faust ins Gesicht schlug und Flug 353 heiter und gelassen direkt in den Fels von Colorado bohrte?

Vielleicht kein Gespenst, aber irgend etwas, das genauso entsetzlich und übelwollend war wie ein böser Geist, der aus dem Abgrund der Verdammten zurückgekehrt war ... irgend etwas, das einem Geist sehr *ähnlich* war.

Als Joe zwei Querstraßen vom Pazifik entfernt war, klingelte das Handy zum drittenmal.

»Gut«, sagte der Anrufer, »biegen Sie jetzt nach rechts auf den Coast Highway ab und fahren Sie weiter, bis Sie wieder von uns hören.«

Zu Joes Linker lag das Sonnenlicht wie Zitronensauce über dem Meer, die in einem Topf köchelte und sich allmählich zu einem tieferen Gelb verdickte.

In Malibu klingelte das Telefon im Wagen erneut. Man nannte Joe eine Ausfahrt, die ihn zum *Santa-Fe-by-the-Sea* führte, einem Restaurant im Stil des amerikanischen Südwestens, das auf einem Steilhang lag und den Blick auf das Meer gewährte.

»Lassen Sie das Telefon auf dem Beifahrersitz liegen, und geben Sie das Auto dem Parkjungen. Er weiß, wer Sie sind. Auf Ihren

Namen wurde ein Tisch reserviert«, sagte der Anrufer und unterbrach die Verbindung zum letztenmal.

Das große Restaurant sah aus wie ein Gebäude aus ungebrannten Lehmziegeln, das man aus New Mexico hierher geschafft hatte, mit türkisen Fensterrahmen und Türen und Fußwegen aus roten Tonziegeln. Der landschaftsgärtnerisch gestaltete Garten bestand aus Kakteengruppen in Beeten aus weißen Kieselsteinen – und zwei großen baumartigen Andromeda mit dunkelgrünem Laubwerk und Sträußen weißer Blumen.

Der Parkwächter, ein Hispano, war weitaus stattlicher als jeder derzeitige oder ehemalige Latino-Filmstar und stellte einen verdrossen glühenden Blick zur Schau, den er zweifellos vor dem Spiegel einstudiert hatte, um ihn irgendwann einmal vor einer Kamera zu zeigen. Wie der Mann am Telefon versprochen hatte, erwartete er Joe und gab ihm keinen Aufbewahrungsschein für den Mustang.

Innen wußte das *Santa-Fe-by-the-Sea* durch massive Kiefernbalken unter der Decke zu gefallen, und durch einen vanillefarbigen Verputz und weitere rote Tonfliesen, mit denen der Fußboden ausgelegt war. Die Stühle und Tische und anderen Einrichtungsgegenstände, die den Stil des amerikanischen Südwestens glücklicherweise nicht bis zum äußersten trieben, waren Nachbildungen von J.-Robert-Scott-Modellen, aber nicht billig, und die Palette des Raumgestalters war auf Pastelltöne beschränkt geblieben, mit denen klassische Navajo-Motive dargestellt wurden.

Die Einrichtung hatte ein Vermögen gekostet, und Joe wurde sich bewußt, daß er im Vergleich zum Dekor ziemlich heruntergekommen aussah. Er hatte sich nicht mehr rasiert, seit er vor über zwölf Stunden nach Colorado aufgebrochen war. Da die meisten derzeitigen Filmstars und Regisseure sich wie ewig Heranwachsende kleideten, galten Jeans sogar in vielen eleganten Lokalen in Los Angeles als akzeptable Kleidung. Doch Joes neue Kordsamtjacke war zerknittert und ausgebeult vom Regen, und er hatte das zerzauste Aussehen eines Reisenden – oder eines Neureichen, der gerade von einem Besäufnis kam.

Die junge Empfangsdame, die so schön wie die berühmtesten Schauspielerinnen war und sich hier zweifellos nur den Lebensunterhalt verdiente, während sie auf die Filmrolle wartete, die ihr den Oscar einbringen würde, schien an seinem Äußeren nichts auszusetzen zu haben. Sie führte ihn zu einem Fenstertisch, der für zwei Personen gedeckt war.

Die gesamte Westwand des Gebäudes bestand aus Glas. Getönte Plastikjalousien dämpften das Licht der untergehenden Sonne. Der Blick auf die Küste, die sich nach Norden und nach Süden krümmte, war spektakulär – und das Meer war das Meer.

»Ihre Bekannte ist aufgehalten worden«, sagte die Empfangsdame und bezog sich damit offensichtlich auf Demi. »Sie bittet Sie, schon ohne sie zu speisen. Sie kommt dann später.«

Joe gefiel diese Entwicklung nicht. Sie gefiel ihm überhaupt nicht. Er wollte endlich mit Rose Verbindung aufnehmen, endlich erfahren, was sie ihm zu sagen hatte – endlich Nina finden.

Doch er spielte nach ihren Regeln. »Na schön. Danke.«

Hätte Tom Cruise sich einer kosmetischen Operation unterzogen, um sein Aussehen zu verbessern, wäre er vielleicht so stattlich wie Joes Kellner gewesen. Er hieß Gene, und ein Schönheitschirurg schien ihm ein Funkeln in jedes seiner gasflammenblauen Augen eingesetzt zu haben.

Nachdem Joe ein Corona bestellt hatte, ging er auf die Herrentoilette und zuckte zusammen, als er sich dort im Spiegel sah. Mit seinem Stoppelbart erinnerte er an einen der schurkischen Panzerknacker aus den alten Onkel-Dagobert-Comics. Er wusch sich Hände und Gesicht, kämmte sich und zog seine Jacke glatt. Trotzdem sah er noch immer aus, als sollte er nicht an einem Fenstertisch, sondern auf einer Müllkippe sitzen.

Als er wieder an seinem Tisch war, nippte er an dem eiskalten Bier und betrachtete die anderen Gäste, unter denen sich mehrere Prominente befanden.

Ein Held von Actionfilmen drei Tische weiter hatte einen noch stärkeren Stoppelbart als Joe, und sein Haar war verfilzt und zerzaust wie das eines kleinen Jungen, der gerade von einem Nickerchen erwacht war. Er trug zerrissene schwarze Jeans und ein gefälteltes Smokinghemd.

Noch näher saß ein für den Oscar nominierter und allgemein als heroinabhängig bekannter Schauspieler in einem exzentrischen Outfit, das er sich im Zustand chemikalisch erzeugter Glückseligkeit aus dem Kleiderschrank zusammengekramt hatte: schwarze Halbschuhe ohne Socken, grünkarierte Golfhosen, eine braun gemusterte Sportjacke und ein hellblaues Jeanshemd. Trotz dieser Zusammenstellung waren die blutunterlaufenen Augen und die geschwollenen, flammroten Lider das Farbigste an ihm.

Joe entspannte sich und genoß das Abendessen. Bei der Suppe waren Maismark und pürierte schwarze Bohnen so in den Teller gegossen worden, daß sie ein gelbes und schwarzes Ying-und-Yang-Muster bildeten. Der über Mesquiteholz gegrillte Lachs wurde mit einer heißen Soße aus Mango und rotem Paprika serviert. Alles war köstlich.

Während Joe aß, verbrachte er genauso viel Zeit damit, die Gäste zu betrachten, wie er auf das Meer hinausschaute. Selbst diejenigen, die keine Berühmtheiten waren, bildeten ein buntes Völkchen, waren zum Teil hinreißend schön und schienen sich im allgemeinen gegenseitig etwas vorzuspielen.

Los Angeles war die schillerndste, schäbigste, eleganteste, heruntergekommenste, cleverste, dümmste, schönste, häßlichste, vorausblickendste, zurückschauendste, geschäftlich ausgebuffteste, politisch ignoranteste, künstlerischste, verbrechensliebendste, von Bedeutung besessenste, geldgierigste, zurückgebliebenste und hektischste Stadt auf der Welt. Und ihre Stadtteile, mochten sie so verschieden sein wie Bel Air und Watts, waren sich im Prinzip auf eine unheimliche Weise gleich: in allen brodelte es vor derselben verrückten Gier, Hoffnung und Verzweiflung.

Als Joe das Abendessen mit einem Dessert aus Mangobrotpudding und Japalenoeiscreme beendet hatte, staunte er über die Erkenntnis, wie sehr er es genoß, diese Leute zu beobachten. Er und Michelle hatten manche Nachmittage damit verbracht, durch so verschiedene Gegenden wie den Rodeo Drive und den City Walk zu schlendern und nach »Entertainment auf zwei Beinen« Ausschau zu halten, doch im letzten Jahr hatte Joe sich nicht für andere Menschen interessiert, sondern nur für sich selbst und seinen Schmerz.

Die Erkenntnis, daß Nina noch lebte, und die Aussicht, sie zu finden, holten ihn langsam aus diesem Winkel hervor und gaben ihn dem Leben zurück.

Eine schwergewichtige Schwarze in einem weiten, roten und goldenen Kleid, die mit mindestens zwei Pfund Schmuck behangen war, hatte sich mit der Empfangsdame unterhalten und führte nun zwei Männer zu einem Tisch in Joes Nähe.

Beide neuen Gäste waren mit schwarzen Hosen, weißen Seidenhemden und schwarzen Lederjacken bekleidet, die so glatt wie Seide waren. Der ältere der beiden war um die Vierzig, hatte unglaublich traurige Augen und einen so sinnlichen Mund, daß er sofort einen einträglichen Vertrag bekommen hätte, für Revlon-Lippenstifte zu werben. Er wäre auch gut aussehend genug gewesen, um hier zu kellnern, hätte er nicht eine rote und von jahrelangem schwerem Trinken gezeichnete Nase gehabt und den Mund nie ganz geschlossen, was ihn ein wenig geistlos aussehen ließ. Sein blauäugiger, zehn Jahre jüngerer Begleiter hatte ein so rosafarbenes Gesicht, als hätte man es gerade abgekocht, und wurde von einem nervösen Lächeln geplagt, das er einfach nicht unter Kontrolle bekam, als wäre er fürchterlich unsicher.

Die gertenschlanke Brünette, die mit dem heroinabhängigen Filmstar zu Abend aß, zeigte sofort Interesse an dem Burschen mit dem Mick-Jagger-Mund, trotz dessen roter Knollennase. Sie blickte ihn so eindringlich und beharrlich an, daß er so schnell auf sie ansprang wie eine Forelle auf ein fettes Insekt, das auf der Oberfläche eines Baches tanzte – auch wenn man schwer sagen konnte, wer die Forelle und wer das zarte Häppchen war.

Der drogensüchtige Schauspieler bemerkte die Vernarrtheit seiner Begleiterin und starrte den Mann mit den melancholischen Augen nun ebenfalls an – auch wenn er ihm eher finstere Blicke zuwarf, als daß er flirtete. Plötzlich erhob er sich vom Tisch, wobei er fast seinen Stuhl umgestoßen hätte, und taumelte durch das Restaurant, als wollte er seinen Rivalen entweder schlagen oder sich auf ihn erbrechen. Statt dessen bog er vor dem Tisch der beiden Männer ab und verschwand in dem Gang, der zur Toilette führte.

Mittlerweile aß der Mann mit den traurigen Augen auf Polenta servierte Babyshrimps. Er spießte jedes winzige Krustentier mit der Gabelspitze auf und betrachtete es anerkennend, bevor er es mit obszönem Genuß von den Zinken sog. Während er gemächlich jeden Bissen goutierte, schaute er zu der Brünetten hinüber, als wolle er ihr sagen, daß er sie genauso öffnen und behandeln würde wie die Shrimps, sollte sie je mit ihm ins Bett steigen.

Entweder wurde die Brünette von dieser Aussicht erregt oder abgestoßen. Es war schwer zu sagen. Bei manchen Angelenos waren diese beiden Gefühle so untrennbar verflochten wie die Eingeweide inoperabler Siamesischer Zwillinge. Auf jeden Fall verließ sie den Tisch des süchtigen Schauspielers und zog einen Stuhl heran, um sich zu den beiden Männern in den Lederjacken zu setzen.

Joe fragte sich, wie interessant es noch werden würde, wenn der Schauspieler zurückkam – zweifellos mit glitzerndem weißem Staub an den Nasenrändern, denn Heroin war zur Zeit so rein, daß man es sniffen konnte. Doch bevor die Entwicklung ihren Lauf nehmen konnte, kam der Kellner, Gene mit den funkelnden Augen, und teilte Joe mit, das Essen ginge auf Kosten des Hauses, und Demi würde in der Küche auf ihn warten.

Erstaunt legte Joe ein Trinkgeld auf den Tisch und ging, nachdem Gene ihm den Weg erklärt hatte, zu dem Korridor, der zur Toilette und der Küche führte.

Endlich war die Dämmerung des Spätsommers da. Auf dem backblechflachen Horizont kochte eine Sonne, die wie rohes Eigelb aussah, einem dunkleren Farbton entgegen.

Als Joe durch das Restaurant ging, in dem mittlerweile alle Tische besetzt waren, löste das Tableau mit den drei Personen – die Brünette, die beiden Männer in Lederjacken – irgend etwas in seiner Erinnerung aus. Und als er den Gang zur Küche erreichte, hatte sich bei ihm ein verwirrendes, rätselhaftes Gefühl des Déjà-vu eingestellt.

Bevor Joe in den Gang trat, warf er noch einen Blick zurück. Er sah den Verführer mit erhobener Gabel, wie er mit seinen traurigen Augen einen aufgespießten Shrimp geradezu liebkoste, während die Brünette irgend etwas murmelte und der nervöse Mann mit dem rosa Gesicht zuschaute.

Joes Verwirrung verwandelte sich in Beunruhigung.

Einen Moment lang war ihm nicht klar, wieso sein Mund trocken wurde und sein Herz zu rasen anfing. Dann verwandelte sich die Gabel vor seinem geistigen Auge in ein Stilett, und der Shrimp wurde zu einer dünnen Scheibe Gouda.

Zwei Männer und eine Frau. Nicht in einem Restaurant, sondern in einem Hotelzimmer. Nicht diese Brünette, sondern Barbara Christman. Wenn nicht diese beiden Männer, dann zwei, die ihnen erstaunlich ähnlich sahen.

Natürlich hatte Joe die Männer in San Francisco nie gesehen und kannte nur Barbaras kurze, aber lebendige Beschreibungen.

Die Jagdhundaugen, die Nase, die »von den allmählichen Auswirkungen von zwei Jahrzehnten Trinkerei rot gefärbt war«, der dicklippige Mund. Der jüngere der beiden: rosafarbenes Gesicht und ein unentwegt flackerndes Lächeln.

Seit mehr als vierundzwanzig Stunden konnte Joe nicht mehr an Zufälle glauben.

So unmöglich es zu sein schien, Teknologik war *hier*.

Er eilte durch den Gang, durch eine von zwei Schwingtüren und in einen großen Vorraum, in dem Salate zubereitet wurden. Zwei weißgekleidete Männer, welche die Teller mit dem Grünzeug kunstfertig und schnell anrichteten, bedachten ihn mit keinem Blick.

Dahinter, in der Hauptküche, wartete die schwergewichtige Schwarze in dem wallenden Gewand auf ihn. Selbst ihr leuchtendes Kleid und die Unmengen von funkelndem Schmuck konnten ihre Angst nicht verbergen. Ihr Gesicht, das jeder Big Mama oder Jazzsängerin zur Ehre gereicht hätte, war hübsch und lebhaft und für Frohsinn geschaffen, aber nun war kein Lied oder Lachen in ihr.

»Ich heiße Mahalia. Tut mir wirklich leid, daß ich nicht mit Ihnen zu Abend essen konnte, vorzeigbarer Joe. Es wäre mir ein Vergnügen gewesen.« Ihre sexy-rauchige Stimme verriet sie als die Frau, die er Demi genannt hatte. »Aber wir mußten die Pläne ein wenig ändern. Folgen Sie mir, Süßer.«

Mit der beeindruckenden Erhabenheit eines großen Schiffes, welches das Dock verließ, rauschte Mahalia durch die makellos saubere Küche voller Chef-, Haupt- und Hilfsköche, die fleißig an der Arbeit waren, vorbei an Kochplatten, Öfen, Blechen und Grills, durch Dampf und Fleischrauch und den Geruch kurz angebratener Zwiebeln, der einem die Tränen in die Augen trieb.

»Dann wissen Sie von ihnen?« fragte Joe, während er ihr schnell folgte.

»Klar. War heute im Fernsehen. Die Nachrichtenleute zeigen einem Bilder, bei denen einem die Haare zu Berge stehen, und wollen einem anschließend Fritos verkaufen. Diese fürchterliche Sache verändert alles.«

Joe legte ihr einen Arm auf die Schulter und hielt sie fest. »Fernsehnachrichten?«

»Einige Leute wurden ermordet, nachdem Rosie mit ihnen gesprochen hat.«

Selbst bei dem großen Stab an Köchen, die wie weiße Schemen betriebsam um sie herumeilten, konnten sie sich unterhalten, ohne befürchten zu müssen, belauscht zu werden, denn das Scheppern der Töpfe, Klappern der Bratpfannen, Surren der Mixer, Zischen der Schneebesen, Klirren des Geschirrs, das Summen, Klimpern, Rasseln, Rauschen, Pfeifen, Scharren, Hacken und Brutzeln übertönte ihr Gespräch.

»In den Nachrichten nennen sie's zwar anders«, sagte Mahalia, »aber es war bestimmt Mord.«

»Das meine ich nicht«, sagte er. »Ich spreche von den Männern im Restaurant.«

Sie runzelte die Stirn. »Welche Männer?«

»Zwei, schwarze Hosen, weiße Seidenhemden, schwarze Lederjacken ...«

»Ich habe sie zu ihrem Tisch geführt.«

»Ja, genau. Ich habe sie gerade eben erkannt.«

»Böse Leute?«

»Sehr böse.«

Verwirrt schüttelte sie den Kopf. »Aber wir wissen, daß man Ihnen nicht gefolgt ist, Süßer.«

»Mir nicht, aber vielleicht *Ihnen*. Oder sonst jemandem, der Rose beschützt.«

»Es würde sogar dem Teufel verdammt schwer fallen, Rosie zu finden, würde er versuchen, über einen von uns an sie heranzukommen.«

»Aber irgendwie haben sie herausgefunden, wer Rosie seit einem Jahr versteckt, und jetzt umzingeln sie sie.«

»Niemand wird auch nur den kleinen Finger an Rosie legen«, sagte Mahalia mit finsterem Blick und einer schier kugelsicheren Zuversicht.

»Ist sie hier?«

»Sie wartet auf Sie.«

Eine kalte Flut spülte durch sein Herz. »Sie verstehen nicht – die beiden Männer im Restaurant sind bestimmt nicht allein gekommen. Draußen sind sicher noch mehr. Vielleicht sogar eine kleine Armee.«

»Ja, vielleicht, aber sie wissen nicht, mit wem sie es zu tun haben, Süßer.« Gewitterwolken der Entschlossenheit brauten sich auf ihrem dunklen Gesicht zusammen. »Wir sind Baptisten.«

Überzeugt, die Frau nicht richtig verstanden zu haben, eilte Joe ihr hinterher, als sie durch die Küche weiterging.

Am anderen Ende des großen Raumes traten sie durch eine offene Tür in eine blitzblanke Spülküche, in der Obst und Gemüse gewaschen und zurechtgeschnitten wurde, bevor man es dann in die Hauptküche weitergab. Da es schon verhältnismäßig spät war, waren diese Vorbereitungen längst abgeschlossen, und niemand hielt sich mehr hier auf.

Hinter der Spülküche befand sich ein Lagerraum mit Betonboden, in den die Lebensmittel angeliefert wurden. Es roch nach rohem Sellerie und Paprika, feuchtem Holz und Pappkarton. Auf Paletten an der Wand zur Rechten waren leere Obst- und Gemüsekisten und Kästen mit leeren Bierflaschen gestapelt.

Direkt vor ihnen befand sich unter einem Schild mit der roten Aufschrift EXIT eine breite, nun geschlossene Stahltür, hinter der die Lastwagen der Lieferanten offensichtlich parkten und ihre Waren entluden. Links davon befand sich ein Fahrstuhl.

»Rose ist unten.« Mahalia drückte auf den Knopf, und sofort glitten die Fahrstuhltüren auf.

»Was ist unter uns?«

»Tja, das war mal der Lastenaufzug zu einem Bankettsaal mit Terrasse, auf der man direkt am Strand große Parties feiern konnte, aber wir können sie nicht mehr so nützen wie der Vorbesitzer. Die Küstenkommission hat uns einige harte Auflagen gemacht. Jetzt ist der Saal nur noch ein Lagerraum. Sobald Sie runtergefahren sind, lasse ich einige Jungs die Paletten und leeren Kisten an diese Wand schieben. Wir werden den Fahrstuhl sorgfältig tarnen. Niemand wird sehen, daß es ihn überhaupt gibt.«

»Ja«, sagte Joe, dem es gar nicht gefiel, in die Ecke getrieben zu werden, »aber was ist, wenn sie nach dem Fahrstuhl suchen und ihn dann *doch* finden?«

»Ab sofort sag' ich nicht mehr vorzeigbarer Joe zu Ihnen. Ängstlicher Joe paßt viel besser.«

»Über kurz oder lang *werden* diese Leute nach dem Lift suchen. Sie werden nicht einfach bis zur Polizeistunde warten und dann nach Hause fahren. Gibt es einen anderen Ausgang, wenn ich erst mal da unten bin?« fragte er.

»Wir haben die Treppe vorn nicht abgerissen, über die früher die Gäste runtergingen. Jetzt hängen Paneele vor der Tür, mit Scharnieren dran, so daß man die Treppe gar nicht sieht. Aber wenn Sie da raufgehen, kommen Sie direkt neben dem Pult der Empfangsdame raus, und jeder kann Sie sofort sehen.«

»Das ist nicht so gut.«

»Also türmen Sie am besten durch die untere Tür auf die Veranda, falls was schiefgeht. Dahinter haben Sie den ganzen Strand, die ganze Küste.«

»Und wenn auch dieser Ausgang bewacht wird?«

»Er ist unten am Fuß der Klippe. Von oben kann man ihn gar nicht sehen. Sie sollten mal versuchen, sich zu entspannen, Süßer. Wir stehen auf der richtigen Seite, und das ist auch schon was wert.«

»Nicht viel.«

»Besorgter Joe.«

Er trat in den Fahrstuhl, blockierte die Tür aber mit dem Arm, bevor sie sich schließen konnte. »Was haben Sie mit dem Restaurant zu tun, Mahalia?«

»Es gehört zur Hälfte mir.«

»Das Essen war spitze.«

»Wenn Sie mich anschauen, muß Ihnen doch klar sein, daß ich das *weiß*«, sagte sie gutmütig.

»Und was haben Sie mit Rose zu tun?«

»Ich werd' Sie bald neugieriger Joe nennen. Vor etwa zweiundzwanzig Jahren hat Rosie meinen Bruder Louis geheiratet. Sie haben sich am College kennengelernt. Es hat mich eigentlich nicht überrascht, daß Louis klug genug war, um auf das College gehen zu können. Aber daß er genug Grips hatte, um sich in jemanden wie Rosie zu verlieben, das war ein Hammer. Später hat er sich natürlich doch als absoluter Trottel erwiesen, als er sich vier Jahre später von ihr scheiden ließ. Rosie konnte keine Kinder kriegen, und Kinder waren Louis wichtig – aber wenn er weniger Luft im Schädel und mehr gesunden Menschenverstand gehabt hätte, dann hätte er merken müssen, daß Rosie ein größerer Schatz war als ein ganzes Haus voller Babys.«

»Sie ist seit achtzehn Jahren nicht mehr Ihre Schwägerin, aber Sie setzen trotzdem so viel für sie aufs Spiel?«

»Warum nicht? Glauben Sie, Rosie hätte sich in einen Vampir verwandelt, als mein dämlicher Bruder Louis sich von ihr scheiden ließ? Sie ist dieselbe nette Frau geblieben, die sie schon damals war, als ich sie kennenlernte. Ich liebe sie wie eine Schwester. Und jetzt wartet sie, neugieriger Joe.«

»Noch etwas. Als Sie mir vorhin sagten, diese Leute wüßten nicht, mit wem sie es tu tun haben ... Haben Sie da nicht gesagt: ›Wir sind Baptisten‹?«

»Genau das habe ich gesagt. ›Knallhart‹ und ›Baptisten‹. Das geht in Ihrem Schädel nicht zusammen, stimmt's?«

»Na ja ...«

»Mama und Daddy haben unten in Mississippi dem Klan die Zähne gezeigt, als der noch viel gefährlicher war als heute, und meine Großeltern ebenfalls, und sie haben sich nie von der Angst unterkriegen lassen. Als ich ein kleines Mädchen war, mußten wir vor dem Golf von Mexiko ein paar Hurrikane über uns ergehen lassen, und Deltasturmfluten und Gehirnentzündung-Epidemien und schlechte Zeiten, in denen wir nicht wußten, wie wir am nächsten Tag Essen auf den Tisch bekommen sollten, aber wir haben es durchgestanden und trotzdem jeden Sonntag laut im Kirchenchor gesungen. Vielleicht sind die Ledernacken noch etwas härter als der durchschnittliche schwarze Baptist aus den Südstaaten, Joe, aber nicht viel.«

»Rose kann sich glücklich schätzen, eine Freundin wie Sie zu haben.«

»Ich bin die Glückliche«, sagte Mahalia. »Sie macht mir Mut – jetzt mehr denn je zuvor. Gehen Sie, Joe. Und bleiben Sie mit ihr unten, bis wir den Laden dichtmachen und eine Möglichkeit finden, Sie beide hier rauszuschmuggeln. Ich komme runter, sobald es soweit ist.«

»Bereiten Sie sich darauf vor, daß es schon vorher Ärger geben könnte«, warnte Joe.

»Los, ab mit Ihnen.«

Joe ließ die Türen zugleiten.

Der Fahrstuhl fuhr hinab.

KAPITEL 14

Hier endlich war nun Dr. Rose Marie Tucker, allein am anderen Ende des langen, schmalen Raumes, auf einem von vier Klappstühlen an einem vernarbten Arbeitstisch, vorgebeugt, die Unterarme auf dem Tisch, die Hände gefaltet. Sie wartete schweigend, die Augen ernst und voller Zärtlichkeit, diese winzige Überlebende, Hüterin von Geheimnissen, die Joe unbedingt in Erfahrung hatte bringen wollen, vor denen er nun jedoch plötzlich zurückschreckte.

In einigen der Beleuchtungskörper unter der Decke waren die Glühbirnen durchgebrannt, und die noch funktionierenden waren willkürlich ausgerichtet, so daß der Boden, über den Joe langsam dahinschritt, wie ein Unterwasserreich mit Licht und Schatten gesprenkelt war. Sein eigener Schatten ging ihm voraus, fiel dann zurück und ging im nächsten Augenblick wieder voraus, floß hier in einen dunklen Teich und verschwand wie eine Seele im Vergessen, nur um drei Schritte später wieder aus der Finsternis emporzuschwimmen. Er kam sich wie ein Verurteilter vor, der in die Betontiefen eines Gefängnisses eingetaucht war, aus dem es kein Entkommen gab, und durch den langen Gang mit den Todeszellen zum elektrischen Stuhl schritt – doch zugleich glaubte er an die Möglichkeit von Milde und Wiedergeburt.

In dem Maße, wie Joe sich der Enthüllung des Geheimnisses näherte, das Georgine und Charlie Delmann von der Verzweiflung zur Euphorie erhoben hatte, und er der Wahrheit über Nina näher kam, wühlten in seinem Kopf gegensätzliche Strömungen, und die Hoffnung schoß wie eine Schule leuchtend bunter Zierfische durch seine innere Dunkelheit.

An der Wand zur Linken standen Kisten mit Restaurantbedarf, hauptsächlich Papiertücher für die Toiletten, Kerzen für die Tische und große Mengen Reinigungsmittel. Die rechte Wand, hinter der Strand und Meer lagen, verfügte über zwei Türen und eine Reihe großer Fenster, doch die Küste war nicht zu sehen, da das Glas von metallenen Sicherheitsrolläden geschützt wurde. Der Bankettsaal kam ihm wie ein Bunker vor.

Er zog sich einen Stuhl heran und setzte sich Rose gegenüber an den Tisch.

Wie am Vortag auf dem Friedhof strahlte diese Frau eine so außergewöhnliche charismatische Kraft aus, daß ihre winzige Gestalt eine Quelle ständigen Erstaunens darstellte. Sie schien körperlich beeindruckender zu sein als Joe – und doch waren ihre Handgelenke so zierlich wie die eines zwölfjährigen Mädchens. Ihre magnetischen Blicke hielten ihn fest, berührten ihn, und irgendein Wissen in ihren Augen demütigte ihn, wie kein Mann ihn hätte demütigen können, und wäre er doppelt so groß wie Joe gewesen – und doch schienen ihre Gesichtszüge so zerbrechlich, ihr Hals so schmal, ihre Schultern so zart zu sein, daß sie ihm verletzlich wie ein Kind vorkam.

Joe streckte über den Tisch hinweg die Hand nach ihr aus.

Rose ergriff sie.

Schreckliche Angst und Hoffnung kämpften um Joes Stimme, und solange dieser Kampf tobte, konnte er ihr keine Fragen über Nina stellen.

»Es ist alles so furchtbar«, sagte Rose ernster, als sie auf dem Friedhof gewesen war. »Sie bringen alle um, mit denen ich spreche. Sie schrecken vor nichts zurück.«

Von der Verpflichtung entbunden, zuerst die entscheidende Frage nach seiner jüngeren Tochter zu stellen, fand Joe seine Stimme wieder. »Ich war in dem Haus in Hancock Park ... bei den Delmanns ... und Lisa ...«

Ihre Augen wurden vor Besorgnis größer. »Sie meinen doch nicht ... als es passierte?«

»Doch.«

Ihre kleine Hand drückte die seine fester. »Sie haben es gesehen?«

Er nickte. »Sie haben sich selbst umgebracht. Diese schreckliche ... Gewalt, dieser Wahnsinn.«

»Kein Wahnsinn. Kein Selbstmord. Mord. Aber wie, in Gottes Namen, haben Sie überlebt?«

»Ich bin weggelaufen.«

»Während die anderen noch getötet wurden?«

»Charlie und Georgine waren schon tot. Lisa stand noch im Flammen.«

»Also war Lisa noch nicht tot, als Sie geflohen sind?«

»Nein. Sie stand da und brannte, schrie aber nicht. Sie stand ... ganz still da, im Flammen gehüllt.«

»Dann sind Sie gerade noch rechtzeitig herausgekommen. Das ist für sich schon ein Wunder.«

»Wie, Rose? Wie hat man ihnen das angetan?«

Sie senkte den Blick von seinen Augen zu ihren umschlungenen Händen und beantwortete die Frage nicht. »Ich dachte«, sagte sie mehr zu sich selbst als zu Joe, »das sei genau die richtige Methode, mit meiner Arbeit anzufangen – indem ich den Familien, die bei diesem Flugzeugabsturz Angehörige verloren habe, die Neuigkeit mitteile. Doch statt dessen all dieses Blutvergießen ... wegen mir.«

»Sie waren wirklich an Bord von Flug 353?« fragte er.

Sie schaute ihm wieder in die Augen. »Economy-Klasse. Reihe sechzehn, Sitz B, der mittlere der drei Plätze der Fensterreihe.«

Die Wahrheit in ihrer Stimme war so offensichtlich wie Regen und Sonnenschein in einem grünen Grashalm.

»Sie haben sich tatsächlich ohne Verletzung von der Absturzstelle entfernt«, sagte Joe.

»Unversehrt«, sagte sie leise, wodurch sie das Wunder hervorhob, den Absturz überlebt zu haben.

»Und Sie waren nicht allein.«

»Wer hat Ihnen das gesagt?«

»Nicht die Delmanns. Auch keiner der anderen, mit denen Sie gesprochen haben. Sie alle haben Ihnen die Treue gehalten und keines der Geheimnisse verraten, die Sie ihnen anvertrauten. Daß ich es herausgefunden habe, geht auf den Abend des Absturzes selbst zurück. Erinnern Sie sich an Jeff und Mercy Ealing?«

Ein schwaches Lächeln legte sich auf Roses Lippen und verschwand wieder, als sie sagte: »Die Loose Change Ranch.«

»Ich war heute nachmittag dort«, sagte er.

»Es sind sehr nette Leute.«

»Sie führen ein schönes, ruhiges Leben.«

»Und Sie sind ein guter Reporter.«

»Wenn mir die Arbeit wichtig vorkommt.«

Ihre Augen waren mitternachtsdunkle, zugleich aber leuchtende

Teiche, und Joe konnte nicht sagen, ob die darin versunkenen Geheimnisse ihn ertränken oder ihm Auftrieb geben würden.

»All die Leute an Bord dieses Flugzeugs tun mir so leid«, sagte sie. »Es tut mir schrecklich leid, daß sie so früh gehen mußten. Ihre Familien tun mir so leid ... und Sie auch.«

»Sie haben nicht gewußt, daß Sie die Menschen in Gefahr brachten – oder?«

»O Gott, nein.«

»Dann ist es nicht Ihre Schuld.«

»Ich empfinde es aber so.«

»Sagen Sie es mir, Rose. Bitte. Ich habe einen sehr, sehr langen Weg zurückgelegt, um es zu hören. Sagen Sie mir, was Sie den anderen gesagt haben.«

»Aber alle, denen ich es gesagt habe, wurden ermordet. Nicht nur die Delmanns, sondern auch andere, ein halbes Dutzend.«

»Es ist mir völlig gleichgültig, ob ich mich damit in Gefahr begebe.«

»Aber mir nicht. Denn *ich* weiß, in welche Gefahr ich Sie damit bringe, und ich muß damit fertigwerden.«

»Sie bringen mich nicht in Gefahr. Nicht im geringsten. Ich bin sowieso schon tot«, sagte er. »Es sei denn, es gibt mir das Leben zurück, was Sie mir sagen.«

»Sie sind ein guter Mensch. In den vielen Jahren, die Ihnen bleiben, können Sie dieser verrückt gewordenen Welt noch sehr viel geben.«

»Nicht in meinem Zustand.«

Ihre Augen, diese Teiche, waren Substanz gewordenes Leid. Plötzlich jagten sie Joe so große Angst ein, daß er den Blick von ihnen abwenden wollte – es aber nicht konnte.

Ihr Gespräch hatte ihm Zeit gegeben, sich der Frage zu nähern, vor der er zuerst zurückgeschreckt war. Nun wußte er, daß er sie stellen mußte, bevor er wieder den Mut verlor. »Rose ... Wo ist meine Tochter Nina?«

Rose Tucker zögerte. Schließlich griff sie mit der freien Hand in eine Innentasche ihres marineblauen Blazers und zog ein Polaroidfoto hervor.

Joe sah, daß es sich um eine Aufnahme des bündig eingesetzten Grabsteins mit der Bronzetafel handelte, auf der die Namen seiner

Frau und Töchter standen – eines jener Fotos, die Rose am Vortag gemacht hatte.

Mit einem ermutigenden Drücken ließ sie seine Hand los und gab ihm das Foto.

Er starrte die Aufnahme an. »Sie ist nicht hier«, sagte er. »Nicht in der Erde. Michelle und Chrissie, ja. Aber nicht Nina.«

»Öffnen Sie Ihr Herz, Joe«, sagte sie beinahe flüsternd. »Öffnen Sie Ihr Herz und Ihren Geist. Was sehen Sie?«

Endlich machte sie ihm das verwandelnde Geschenk, das sie auch Nora Vadance, den Delmanns und anderen gebracht hatte.

Joe starrte auf die Polaroidaufnahme.

»Was sehen Sie, Joe?«

»Einen Grabstein.«

»Öffnen Sie Ihren Geist.«

Mit Erwartungen, die er nicht in Worte kleiden konnte, die aber trotzdem seinen Herzschlag beschleunigten, betrachtete Joe das Foto in seiner Hand. »Stein, Bronze ... das Gras darum herum.«

»Öffnen Sie Ihr Herz«, flüsterte sie.

»Ihre drei Namen ... die Jahreszahlen ...«

»Sehen Sie es sich genauer an.«

»Sonnenschein ... Schatten ...«

»Öffnen Sie Ihr Herz.«

Obwohl Roses Aufrichtigkeit offensichtlich war und außer Zweifel stand, kam Joe ihr kleines Mantra – *Öffnen Sie Ihren Geist, öffnen Sie Ihr Herz* – allmählich lächerlich vor, als wäre sie keine Wissenschaftlerin, sondern ein New-Age-Guru.

»Öffnen Sie Ihren Geist«, beharrte sie sanft.

Der Stein. Die Bronze. Das Gras darum.

»Schauen Sie nicht nur hin«, sagte sie. »*Sehen* Sie.«

Die süße Milch der Erwartung gerann allmählich, und Joe spürte, daß sein Gesichtsausdruck sauer wurde.

»Kommt Ihnen das Foto seltsam vor?« fragte Rose. »Nicht Ihren Augen ... Ihren Fingerspitzen? Fühlt es sich auf Ihrer Haut eigentümlich an?«

Er wollte schon verneinen, wollte ihr sagen, daß es sich genau wie das anfühlte, was es war, wie ein verdammtes Polaroidfoto, glatt und kalt – aber dann *fühlte* es sich eigenartig an.

Zuerst wurde er sich der komplizierten Beschaffenheit seiner

Haut in einem Ausmaß bewußt, das er nie zuvor erlebt oder für möglich gehalten hatte. Er spürte jeden Bogen, jede Schleife, jeden Wirbel, der sich gegen das Foto drückte, und jeder winzige Höhenrücken und jede gleichermaßen winzige Talsohle der Haut an seinen Fingern schien über eine Vielzahl außerordentlich empfindlicher Nervenenden zu verfügen.

Von der Polaroidaufnahme strömten mehr ertastbare Daten zu ihm, als er verarbeiten oder begreifen konnte. Er wurde von der Glätte des Fotos überwältigt, aber auch von den Tausenden mikroskopischer Vertiefungen in der Filmoberfläche, die mit bloßem Augen nicht zu sehen waren, und von dem *Gefühl* der Farbstoffe und Fixiermittel und anderer Chemikalien, aus denen das Foto vom Grabstein sich zusammensetzte.

Dann gewann das Bild der Polaroidaufnahme unter seiner Berührung, wenn auch nicht unter seinem Blick, plötzlich Tiefe, als wäre es nicht nur ein zweidimensionales Foto, sondern ein Fenster mit einer Aussicht auf das Grab, ein Fenster, durch das er greifen konnte. Er fühlte die warme Sommersonne auf seinen Fingern, fühlte Granit und Bronze und das Stechen von Gras.

Noch unheimlicher: Nun *fühlte* er eine Farbe, als hätten sich Drähte in seinem Gehirn berührt und seine Sinne durcheinandergebracht, und er sagte »Blau!« und *fühlte* augenblicklich einen blendenden Lichtstoß, und wie aus weiter Ferne hörte er sich »Hell!« sagen.

Das Gefühl von Bläue und Licht wurde schnell zu einer tatsächlichen visuellen Wahrnehmung: Der Bankettsaal verblich zu einem hellblauen Dunst.

Joe schnappte nach Luft und ließ das Foto fallen, als wäre es in seiner Hand zum Leben erwacht.

Die blaue Helligkeit schrumpfte mit einem *Sprung* zu einem kleinen Punkt im Zentrum seines Sehfelds zusammen, wie das Bild auf einem Fernsehschirm, wenn man das Gerät ausschaltete. Dieser Punkt wurde immer kleiner, bis das letzte Lichtpixel für einen Moment wie ein Stern in der Dunkelheit schwebte, dann aber geräuschlos implodierte und verschwand.

Rose Tucker beugte sich über den Tisch zu ihm vor.

Joe schaute in ihre gebieterischen Augen – und nahm etwas anderes wahr als das, was er zuvor darin gesehen hatte. Das Bedauern und Mitleid, ja. Das war geblieben. Das Mitgefühl und die Intelligenz lagen auch noch darin, in so hohem Maß wie zuvor. Aber nun sah er – oder glaubte es zumindest – einen Teil von ihr, der wie ein durchgegangener Gaul der Besessenheit zu einem Abgrund galoppierte, zu dem sie ihn mitziehen wollte.

»Joe«, sagte sie, als hätte sie seine Gedanken gelesen, »das, wovor Sie Angst haben, hat nichts mit mir zu tun. In Wirklichkeit haben Sie Angst davor, Ihren Geist für etwas zu öffnen, woran Sie Ihr ganzes Leben lang nicht glauben wollten.«

»Ihre Stimme«, sagte Joe, »das Flüstern, die eintönigen Formulierungen – *öffnen Sie Ihr Herz, öffnen Sie Ihren Geist* … wie ein Hypnotiseur.«

»Das glauben Sie doch selbst nicht«, sagte sie so ruhig wie eh und je.

»Etwas auf dem Polaroidfoto«, sagte er und hörte das Zittern der Verzweiflung in seiner Stimme.

»Was meinen Sie?« fragte Rose.

»Eine Chemikalie.«

»Nein.«

»Eine halluzinogene Droge. Die durch die Haut aufgenommen wird.«

»Nein.«

»Etwas, das ich durch die Haut aufgenommen habe«, beharrte er, »hat meinen Bewußtseinszustand verändert.« Er rieb sich die Hände an der Kordsamtjacke.

»Nichts auf dem Foto hätte *so schnell* durch Ihre Haut in Ihr Blut eindringen können. Nichts hätte in nur wenigen Sekunden Ihren Verstand beeinflussen können.«

»Ich weiß nicht, ob das stimmt.«

»Ich aber.«

»Ich bin kein Pharmakologe.«

»Dann konsultieren Sie einen«, sagte sie ohne Feindseligkeit.

»Scheiße.« Er war so irrational wütend auf Rose, wie er kurz zuvor auf Barbara Christman wütend gewesen war.

Um so aufgebrachter Joe wurde, desto größer wurde Roses Gelassenheit. »Was Sie erlebt haben, nennt man Synästhesie.«

»Was?«

Jetzt war Rose Tucker ganz Wissenschaftlerin. »Synästhesie«, sagte sie. »Die Reizempfindung eines Sinnesorgans, die eine Reizempfindung eines anderen hervorruft.«

»Kauderwelsch«, sagte er.

»Keineswegs. Zum Beispiel werden ein paar Takte einer bekannten Melodie angespielt, doch statt sie zu hören, sehen Sie vielleicht eine bestimmte Farbe oder riechen einen Duft, den Sie damit in Verbindung bringen. Auf die Allgemeinheit bezogen, tritt dieses Empfinden eher selten auf, doch die meisten Menschen erleben es, wenn sie diese Fotos zum erstenmal anfassen – und bei Mystikern ist es weit verbreitet.«

»Mystiker!« Beinahe hätte Joe auf den Boden gespuckt. »Ich bin kein Mystiker, Dr. Tucker. Ich bin Polizeireporter – oder war es mal. Für mich zählen nur Tatsachen.«

»Synästhesie ist nicht nur die Folge einer religiösen Manie, falls Sie das glauben, Joe. Sie ist eine wissenschaftlich dokumentierte Erfahrung, die selbst bei Ungläubigen auftritt, und einige durchaus kluge Menschen sind der Ansicht, daß sie einen flüchtigen Ausblick auf eine höhere Bewußtseinsebene bietet.«

Ihre Augen, die ihm vorher wie kalte Teiche vorgekommen waren, schienen nun glutheiß zu lodern, und als Joe hineinschaute, wandte er aus Angst, das Feuer könne sich auf ihn ausbreiten, sofort den Blick ab. Er war nicht sicher, ob er Böses darin sah oder es nur sehen wollte, und er war völlig verwirrt.

»Wenn es eine Droge auf dem Foto gewesen wäre, die durch die Haut dringt«, sagte Rose und sprach dabei so unerträglich sanft, wie der Teufel persönlich es wohl getan hätte, »hätte die Wirkung noch angehalten, nachdem Sie es aus der Hand gelegt haben.«

Er sagte nichts, wand und drehte sich in seinem inneren Aufruhr.

»Doch als Sie das Foto fallen ließen, war die Wirkung schlagartig fort. Denn das, womit Sie es hier zu tun haben, Joe, ist nicht so einfach zu erklären wie eine bloße Illusion.«

»Wo ist Nina?« fragte er.

Rose wies auf die Polaroidaufnahme, die noch dort auf dem Tisch lag, wo Joe sie fallen gelassen hatte. »Da. Sehen Sie.«

»Nein.«

»Haben Sie keine Angst.«

Zorn stieg in ihm empor, kochte geradezu. Es war jene wilde

Wut, die Joe zuvor schon verängstigt hatte. Sie machte ihm auch jetzt angst, doch er konnte sie nicht beherrschen.

»Verdammt, wo ist Nina?«

»Öffnen Sie Ihr Herz«, sagte sie leise.

»Das ist doch Quatsch.«

»Öffnen Sie Ihren Geist.«

»Bis mein Kopf ganz leer ist? Wollen Sie das erreichen?«

Rose ließ ihm Zeit, sich wieder unter Kontrolle zu bekommen. Dann: »Ich möchte gar nichts bei Ihnen erreichen, Joe. Sie haben mich gefragt, wo Nina ist. Sie wollen wissen, was mit Ihrer Familie geschehen ist. Ich gab Ihnen das Foto, damit Sie es sehen können. Damit Sie es sehen können.«

Ihr Wille war stärker als der seine, und nach einer Weile ertappte er sich, wie er das Foto wieder in die Hand nahm.

»Erinnern Sie sich an das Gefühl«, ermutigte sie ihn. »Lassen Sie es wiederkehren.«

Doch es kehrte nicht wieder, obwohl Joe das Foto in den Händen drehte, die Fingerspitzen über die glänzende Oberfläche kreisen ließ, sich zu konzentrieren versuchte. Aber er konnte den Stein, die Bronze, das Gras nicht fühlen. Er rief die Bläue und die Helligkeit, doch sie erschienen nicht.

Verächtlich und verzweifelt warf er das Foto zur Seite. »Ich weiß nicht, was ich damit anfangen soll.«

Mit einer Geduld, die einen zur Raserei bringen konnte, lächelte Rose mitfühlend und streckte die Hand nach ihm aus.

Joe weigerte sich, sie zu ergreifen.

Doch wenngleich ihn Roses Hang zum New Age verärgerte – denn nichts anderes konnte es sein –, hatte er irgendwie auch das Gefühl, Michelle und Chrissie und Nina im Stich gelassen zu haben, da es ihm nicht gelungen war, sich ein zweites Mal in dieser sinnestäuschenden blauen Helligkeit zu verlieren.

Aber was sollte das alles? Wenn sein Erlebnis nur eine Halluzination gewesen war, durch Chemikalien oder Hypnose herbeigeführt, war sie ohnehin bedeutungslos. Indem er sich erneut dem Wachtraum auslieferte, konnte er jene Menschen, die unwiederbringlich für ihn verloren waren, nicht zurückholen.

Querschläger einer Salve der Verwirrung schossen in seinem Geist hin und her.

»Alles in Ordnung«, sagte Rose. »Das durchdrungene Foto reicht normalerweise aus. Aber nicht immer.«

»Durchdrungen?«

»Alles in Ordnung, Joe. Alles in Ordnung. Gelegentlich gibt es jemanden ... jemand wie Sie ... und den kann dann nur der galvanische Kontakt überzeugen.«

»Ich weiß nicht, wovon Sie sprechen.«

»Die Berührung.«

»Welche Berührung?«

Statt ihm zu antworten, nahm Rose das Polaroidfoto in die Hand und schaute es an, als könne sie problemlos etwas erkennen, das Joe aus irgendeinem Grund nicht sehen konnte. Falls Aufruhr Roses Herz und ihren Geist durchdrangen, verbarg sie es gut, denn sie wirkte so ruhig wie ein Teich auf dem Lande in einem windstillen Zwielicht.

Ihre Gelassenheit machte Joe noch zorniger. »Wo ist Nina, *verdammt* noch mal? Wo ist mein kleines Mädchen?«

Sie steckte das Foto ruhig in ihre Jackentasche zurück.

»Joe«, sagte sie dann, »nehmen wir einmal an, ich gehörte zu einer Gruppe von Wissenschaftlern, die eine Reihe revolutionärer medizinischer Experimente vorgenommen haben, und nehmen wir überdies an, wir hätten unerwartet etwas entdeckt, womit wir beweisen können, daß es eine Art Leben nach dem Tode gibt.«

»Vielleicht lassen Sie sich von einem solchen Unsinn überzeugen. Aber ich bin nicht Sie.«

Roses Sanftheit war ein eigenartiger Kontrapunkt zu Joes Schärfe. »Die Vorstellung ist nicht so haarsträubend, wie Sie vielleicht glauben. Seit einigen Jahrzehnten lassen bestimmte Entdeckungen in der Molekularbiologie und in gewissen Zweigen der Physik immer deutlicher darauf schließen, daß das Universum *erschaffen* wurde.«

»Sie weichen meiner Frage aus. Wo halten Sie Nina versteckt? Warum haben Sie mich im dem Glauben gelassen, daß sie tot ist?«

Ihr Gesicht zeigte weiterhin eine fast unheimliche Ruhe. Ihre Stimme war noch immer ganz sanft und brachte einen tiefen inneren Frieden zum Ausdruck, eine fast meditative Ruhe. »Würden Sie den Beweis wirklich sehen wollen, wenn die Wissenschaft uns eine Möglichkeit gäbe, die Existenz eines Lebens nach dem Tode wahrzunehmen? Die meisten Menschen würden sofort *ja* sagen, ohne zu bedenken, daß ein solches Wissen sie für immer verändern würde. Es würde alles verändern, was sie für wichtig hielten, was als sie Sinn des Lebens betrachteten. Denn wie sieht es aus, wenn diese Enthüllung einen beängstigenden Aspekt hat? Was dann? Würden Sie diese Wahrheit sehen wollen – selbst wenn sie gleichermaßen erschreckend wie erhebend ist, gleichermaßen furchteinflößend wie freudig, zugleich wundervoll erhellend und zutiefst seltsam?«

»Für mich ist das nur unverständliches Geschwätz, Dr. Tucker, ein aufgeblasenes Nichts – wie das Heilen mit Kristallen und das Kanalisieren von Geistern und kleine grüne Männchen, die in fliegenden Untertassen Menschen entführen.«

»Schauen Sie nicht nur hin. Sehen Sie.«

Joe hatte genug. Er erhob sich vom Stuhl und ballte die Hände zu Fäusten. »Was haben Sie in diesem Flugzeug nach Los Angeles mitgebracht? Und warum haben Teknologik und seine Freunde dreihundertunddreißig Menschen getötet, um Sie aufzuhalten?«

»Ich versuche es Ihnen ja zu sagen.«

»Dann *sagen* Sie es mir!«

Sie schloß die Augen und faltete ihre kleinen braunen Hände, als wartete sie darauf, daß der Sturm in Joes Innerem vorüberzog – doch ihre Ruhe fachte die Winde seiner Erregung nur noch weiter an.

»Horton Nellor. Früher Ihr Boß, und auch meiner. Wie paßt er in diese Sache hinein?« fragte Joe.

Rose schwieg.

»Warum haben die Delmanns und Lisa und Nora Vadance und Captain Blane Selbstmord begangen? Und wie kann ihr Selbstmord Mord sein, wie Sie es behaupten? Wer sind diese Männer da oben? Verdammt noch mal, was hat das alles zu *bedeuten*?« Er zitterte. *»Wo ist Nina?«*

Rose schlug die Augen auf und betrachtete ihn mit plötzlicher Besorgnis; endlich war ihre Gelassenheit erschüttert worden. »Welche Männer da oben?«

»Zwei Schläger, die für Teknologik oder irgendeine verdammte Geheimpolizei oder sonst wen arbeiten.«

Sie schaute zum Restaurant. »Sind Sie sicher?«

»Ich habe sie beim Abendessen erkannt.«

Rose erhob sich rasch und starrte an die niedrige Decke, als befände sie sich in einem U-Boot, das außer Kontrolle in eine unendliche Tiefe sank, als würde sie den gewaltigen Druck berechnen und auf das erste Anzeichen eines Hüllenbruchs warten.

»Wenn zwei von ihnen schon im Haus sind, können Sie sich darauf verlassen, daß andere draußen warten«, sagte Joe.

»Großer Gott«, flüsterte sie.

»Mahalia legt sich bereits einen Plan zurecht, wie sie uns nach der Polizeistunde an den Kerlen vorbeischmuggeln kann.«

»Sie versteht das nicht. Wir müssen sofort hier raus.«

»Sie hat im Lagerraum Kisten vor den Fahrstuhl stellen lassen, um dessen Tür zu tarnen ...«

»Diese Männer und ihre verdammten Pistolen sind mir völlig egal«, sagte Rose und kam um das Ende des Tisches. »Wenn sie uns hier herunter folgen, werde ich schon damit fertig. Damit komme ich klar. Ich habe nichts dagegen, auf diese Weise zu sterben, Joe. Aber sie müssen gar nicht hier herunter kommen. Wenn sie wissen, das wir im Augenblick irgendwo in diesem Gebäude sind, können sie uns fernsteuern.«

»Was?«

»Uns fernsteuern«, sagte sie ängstlich und ging zu einer der Türen, die auf die Terrasse und zum Strand führten.

Joe folgte ihr verärgert. »Was soll das heißen«, fragte er, »uns fernsteuern?«

Die Tür wurde von zwei schweren Drehriegeln gesichert. Rose löste den oberen.

Joe legte die Hand auf das untere Schloß und verhinderte, daß sie es öffnen konnte. »Wo ist Nina?«

»Gehen Sie mir aus dem Weg«, verlangte sie.

»Wo ist Nina?«

»Joe, um Gottes willen ...«

Zum erstenmal kam Rose Tucker ihm verwundbar vor, und Joe wollte diesen Augenblick nutzen, um zu bekommen, was er sich am sehnlichsten wünschte. »Wo ist Nina?«

»Später. Ich verspreche es.«

»Sofort.«

Oben erklang ein lautes Scheppern.

Rose schnappte nach Luft, wandte sich von der Tür ab und richtete den Blick wieder auf die Decke, als könnte sie jeden Moment herabstürzen.

Joe vernahm, gedämpft durch den Fahrstuhlschacht, daß sich oben Stimmen in einem Streit hoben – Mahalias und die von mindestens zwei oder drei Männern. Er war sicher, daß das Scheppern von den leeren Kisten und Paletten stammte, die von der Kabinentür zurückgezerrt wurden.

Wenn die Männer in den Lederjacken den Fahrstuhl entdeckten und wußten, daß das Gebäude über ein Untergeschoß verfügte, würden sie vielleicht erkennen, daß sie einen Fluchtweg offengelassen hatten, indem sie den Strand nicht abgedeckt hatten. Vielleicht suchten andere Männer schon in diesem Augenblick einen Weg, auf dem sie den Steilhang von zwölf Metern hinabsteigen und diese Fluchtmöglichkeit abschneiden konnten.

Trotzdem war Joe rücksichtslos entschlossen, eine Antwort von Rose zu bekommen, koste es, was es wolle. Er starrte ihr mit wütender Beharrlichkeit ins Gesicht und bedrängte sie erneut: »Wo ist Nina?«

»Tot«, sagte sie, schien sich zwingen zu müssen, das Wort über die Lippen zu bringen.

»Verdammte Scheiße, das können Sie mir nicht erzählen.«

»Bitte, Joe …«

Er war wütend auf sie, weil sie ihn belog, wie so viele andere ihn im vergangenen Jahr belogen hatten. »Das können Sie mir nicht erzählen. Nichts da, verdammt noch mal. Ich habe mit Mercy Ealing gesprochen. Nina hat an diesem Abend noch gelebt, und sie lebt auch jetzt noch. Sie haben sie irgendwo versteckt!«

»Wenn sie wissen, daß wir in diesem Gebäude sind«, wiederholte Rose mit einer Stimme, die nun vor Dringlichkeit zitterte, »können sie uns *fernsteuern.* Wie die Delmanns! Wie Lisa! Wie Captain Blane!«

»Wo ist Nina?«

Der Fahrstuhlmotor erwachte rumpelnd zum Leben, und die Kabine fuhr summend durch den Schacht nach oben.

»Wo ist Nina?«

Die Lampen unter der Decke des Bankettsaals leuchteten plötzlich schwächer, wahrscheinlich, weil der Lift Energie von ihrem Stromkreis abzog.

Als das Licht trüber wurde, schrie Rose entsetzt auf, warf sich gegen Joe, versuchte, ihn von den Füßen zu reißen und zerrte hektisch an der Hand, mit der er den unteren Riegel umklammerte.

Ihre Nägel gruben sich in sein Fleisch, und er zischte vor Schmerz auf und ließ das Schloß los, und sie zerrte die Tür auf. Eine Brise, die nach dem Meer roch, wehte hinein, und Rose lief in die Nacht hinaus.

Joe stürmte ihr hinterher, auf die sechs Meter breite und fünfundzwanzig Meter lange erhöhte Holzterrasse, die über das Restaurant hinausragte. Sie vibrierte bei jedem Schritt wie eine Kesselpauke.

Die scharlachrote Sonne hatte sich auf der anderen Seite Japans ins Grab geblutet. Der Himmel und das Meer im Westen waren wie ein Rabe, der eine Krähe traf, so federartig glatt und sinnlich und einladend wie der Tod.

Rose hatte bereits das Geländer am Rand der Terrasse erreicht.

Joe folgte ihr und entdeckte zwei Treppen, die fünf oder sechs Meter tief zum Strand hinunterführten.

So dunkelhäutig und dunkel gekleidet, wie Rose war, verschmolz sie fast völlig mit der schwarzen Geometrie der Stufen unter ihm. Doch als sie den bleichen Sand erreichte, konnte Joe sie wieder deutlicher ausmachen.

Der Strand war an dieser Stelle über hundert Meter breit, und das phosphoreszierende Wälzen der Brandung erzeugte ein leises weißes Rauschen, das ihn wie ein Geist aus dem Meer umspülte. Dieser Strand war nicht zum Schwimmen oder Surfen geeignet, und weder rechts noch links waren Lagerfeuer oder auch nur Coleman-Lampen zu sehen.

Im Osten war der Himmel ein pustelartiges Gelb, welches das Schwarz überlagerte, erzeugt vom Leuchten der Stadt, so beharrlich wie bedeutungslos. Die von hoch oben hinabfallenden, blaßgelben Lichtrechtecke der Restaurantfenster warfen ein Muster auf einen Teil des Strandes.

Joe versuchte nicht, Rose aufzuhalten oder dazu zu bringen, nicht so schnell zu gehen. Statt dessen lief er neben ihr her, als er sie einholte, und verkürzte seine Schritte, um sie nicht hinter sich zu lassen.

Sie war seine einzige Verbindung zu Nina. Ihr offensichtlicher

Mystizismus verwirrte ihn, ihr plötzlicher Wandel von der seligen Ruhe zum abergläubischen Entsetzen, wie auch der Umstand, daß sie ihn nun belog, was Nina betraf, nachdem sie ihn auf dem Friedhof glauben gemacht hatte, ihm irgendwann die volle Wahrheit zu sagen. Doch sein Schicksal und das ihre waren untrennbar verbunden, weil nur sie ihn zu seiner jüngeren Tochter führen konnte.

Als sie durch den weichen Sand nach Norden liefen und an der Ecke des Restaurants vorüberkamen, stürmte jemand von rechts vorn auf sie zu, von der Klippe – ein Schatten in der Nacht, schnell und groß, wie das schemenhafte Ungeheuer, das uns in Alpträumen zusetzt und durch Traumkorridore verfolgt.

»Vorsicht«, warnte Joe, doch Rose hatte den näherkommenden Angreifer ebenfalls gesehen und wich ihm bereits aus.

Joe versuchte einzugreifen, als die heraneilende dunkle Gestalt die Richtung änderte, um Rose den Weg abzuschneiden – doch er wurde von einem zweiten Mann überrascht, der vom Meer her kam und den er gar nicht gesehen hatte. Der Kerl war so groß wie ein Gedrängehalbspieler im Profifootball, und beide stürzten so hart zu Boden, daß Joe eigentlich keine Luft mehr hätte bekommen dürfen, aber dem war nicht so, nicht ganz jedenfalls – er konnte atmen, wenn auch pfeifend –, weil der Sand, in dem sie landeten, tief und weich war und sich weit über der höchsten überlappenden Stelle der Brandung befand, die ihn zusammenpreßte.

Joe trat und schlug um sich, setzte rücksichtslos Knie und Ellbogen und die Füße ein, rollte sich unter dem Angreifer hervor und rappelte sich in dem Moment wieder auf, als er hörte, wie ein Stück weiter den Strand hinunter jemand Rose zurief: *»Bleib stehen, du Miststück!«* Dann fiel der Schuß, hart und laut. Joe wollte nicht über diesen Schuß nachdenken, der wie ein Peitschenknall über den Strand zur grollenden See hallte, wollte sich nicht vorstellen, daß Rose eine Kugel in den Kopf bekommen hatte, daß er seine Nina nun für immer verloren hatte, doch er konnte nichts dagegen tun – diese Gedanken und Ängste brannten wie Peitschenhiebe auf der Oberfläche seines Hirns. In diesem Augenblick rappelte sein Angreifer sich fluchend aus dem Sand auf, und als Joe herumwirbelte, um sich dem Mann zu stellen, kamen in seinem Inneren wieder die Gemeinheit und Brutalität hervor, die vor zwanzig Jahren dafür gesorgt hatten, daß er aus der Boxmannschaft des CVJM geflogen war; die grelle Zerstörungswut loderte in ihm auf, die ihn eine Kirche hatten schänden lassen. Er war jetzt ein Tier, ein gnadenloses Raubtier, schnell und wild wie eine Großkatze, und er reagierte, als wäre dieser Fremde persönlich dafür verantwortlich, daß der arme Frank von chronischem Gelenkrheumatismus verkrüppelt wurde, als hätte dieses Arschloch einen Fluch auf Frank gelegt, damit seine Gelenke anschwollen und entstellt wurden, als wäre dieser erbärmliche Schläger der *einzige Übeltäter*, der irgendwie einen Trichter in Captain Blanes Ohr geschoben und ein Elixier des Wahnsinns in seinen Kopf geschüttet hatte, und so trat Joe ihm zwischen die Beine, und als der Bursche aufstöhnte und einknickte, packte Joe den Kopf des Mistkerls und riß gleichzeitig ein Bein hoch, rammte dem Mann das Knie hart ins Gesicht, und noch einmal, ein Ballett der Gewalt, und Joe hörte das Knirschen, als die Knochen brachen und die Nase des Mannes verschwand, und fühlte den Biß der Zähne, die an seiner Kniescheibe zersplitterten. Der Bursche brach zusammen und blieb rücklings auf dem Strand liegen, würgte plötzlich und spuckte Blut, rang nach Atem und weinte wie ein kleines Kind, doch es reichte Joe noch immer nicht, denn jetzt hatte er alle Beherrschung verloren, war wilder als jedes wilde Tier, so wild wie ein Sturm, ein Zyklon aus Zorn und Trauer und Verzweiflung, und er trat dorthin, wo er die Rippen des Mannes vermutete, was ihm fast so weh tat wie dem gebrochenen Gegner, der den Tritt einsteckte, weil Joe nur Nikes und keine Schuhe mit harten Vorderkappen trug, und so versuchte er, auf dem Hals des Burschen herumzutrampeln und dessen Luftröhre zu zerquetschen, stampfte aber nur auf der Brust des Mannes herum – und er hätte es erneut versucht, er hätte den Burschen getötet, ohne daß ihm bewußt geworden wäre, was er tat, wäre ihm nicht ein dritter Angreifer ins Kreuz gesprungen.

Joe schlug bäuchlings in den Sand und spürte das Gewicht des neuen Gegners auf sich, mindestens zwei Zentner, die ihn zu Boden drückten. Er drehte den Kopf zur Seite, spuckte Sand aus und versuchte, den Mann abzuschütteln, aber diesmal *war* ihm die Luft aus den Lungen getrieben worden, und mit dem Atem hatte Joe all seine Kraft verloren und lag hilflos da.

Als er verzweifelt nach Luft schnappte, spürte er überdies, daß der Angreifer ihm einen kalten und stumpfen Gegenstand an die

Schläfe drückte, und er wußte bereits, was es war, bevor er die Drohung hörte.

»Wenn du willst, daß ich dir die Rübe wegpuste, tue ich's«, sagte der Fremde, und in seiner volltönenden Stimme lag eine schier mörderische Wut. »Ich tu's, du Arschloch.«

Joe glaubte ihm und gab jeden Widerstand auf, rang nur nach Atem.

Eine stumme Kapitulation genügte dem wütenden Mann nicht, der Joe niederdrückte. »Mach's Maul auf, du Arschloch. Soll ich dir den verdammten Schädel wegpusten? Soll ich?«

»Nein.«

»Soll ich?«

»Nein.«

»Wirst du dich benehmen?«

»Ja.«

»Ich hab' keine Geduld mehr.«

»Alles klar.«

»Arschloch«, sagte der Fremde verbittert.

Joe sagte nichts mehr, spuckte nur Sand aus und atmete tief ein, bekam mit der Luft seine Kraft zurück, versuchte aber, eine Wiederkehr des Anfalls von blindem Wahnsinn abzuwehren, der ihn vorhin überkommen hatte.

Wo ist Rose?

Der Mann, der Joe niederdrückte, atmete ebenfalls schwer und stieß dabei übel nach Knoblauch riechende Atemwolken aus. So ließ er Joe nicht nur Zeit, sich zu beruhigen, sondern nützte die Gelegenheit, ebenfalls wieder zu Kräften zu kommen. In den Knoblauchgestank mischte sich der Duft von Eau de Cologne mit Zitronenduft und Geruch von Zigarettenrauch.

Was ist mit Rose passiert?

»Wir werden jetzt aufstehen«, sagte der Mann. »Ich zuerst. Während ich aufstehe, halte ich dieses Ding auf Ihren Kopf gerichtet. Sie bleiben flach im Sand liegen, rühren keinen Muskel, bis ich zurückgetreten bin und Ihnen sage, daß Sie ebenfalls aufstehen dürfen.« Um seinen Worten Nachdruck zu verleihen, preßte er die Pistolenmündung fester an Joes Gesicht und drehte sie hin und her; die Innenseite von Joes Wange drückte schmerzhaft gegen seine Zähne. »Haben Sie verstanden, Carpenter?«

»Ja.«

»Ich kann Sie umlegen, und kein Schwein sagt was.«

»Ich bin ganz ruhig.«

»An mich kommt keiner ran.«

»Ich jedenfalls nicht.«

»Ich habe eine Dienstmarke, Arschloch.«

»Klar.«

»Wollen Sie sie sehen? Ich kann Ihnen die Anstecknadel ja durch Ihre verdammte Lippe drücken.«

Joe sagte nichts mehr.

Sie hatten nicht *»Polizei!«* gerufen, aber das bewies nicht, daß sie falsche Cops waren, nur, daß sie keine Aufmerksamkeit auf sich lenken wollten. Sie hofften, ihre Aufgabe schnell und sauber zu erledigen – und schon wieder weg zu sein, bevor sie den örtlichen Behörden ihre Anwesenheit erklären mußten, was ihnen zumindest jede Menge Papierkram einbrocken würde, mit dem sie ihre Zuständigkeit beweisen mußten, und vielleicht auch zu lästigen Fragen darüber führen würde, aufgrund welcher Gesetze sie vorgingen. Wenn sie keine Angestellten von Teknologik waren, stand irgendeine Bundesbehörde hinter ihnen. Aber sie hatten auch nicht *»FBI!«* oder *»DEA!«* oder *»ATF!«* gerufen, also gehörten sie wahrscheinlich einer geheimen Behörde an, die mit einem Teil jener vielen Milliarden Dollar finanziert wurde, welche die Regierung aus den Büchern abzweigte, dem berüchtigten Schwarzen Budget.

Schließlich erhob der Fremde sich von Joe, zuerst auf ein Knie, dann stand er auf und trat ein paar Schritte zurück. »Auf die Füße mit Ihnen.«

Joe tat wie geheißen und stellte erleichtert fest, daß seine Augen sich rasch an die Dunkelheit gewöhnten. Als er vor kaum zwei Minuten den Bankettsaal verlassen hatte und den Strand entlang gelaufen war, war ihm die Finsternis undurchdringlicher vorgekommen als jetzt. Und je schneller seine Augen sich an die Dunkelheit gewöhnten, desto eher konnte er einen Vorteil erkennen und ausnützen.

Auch wenn der Bewaffnete den kecken Panamahut nicht trug, war er trotz der Dunkelheit eindeutig wiederzuerkennen: der Geschichtenerzähler. In den weißen Hosen und dem weißen Hemd und mit dem langen weißen Haar schien er das spärliche Licht der Umgebung auf sich zu ziehen und leuchtete schwach wie ein Geisterwesen bei einer Séance.

Joe schaute hinauf zum *Santa-Fe-by-the-Sea*. Er sah die Silhouetten einiger Gäste an ihren Tischen, doch sie konnten wahrscheinlich nicht ausmachen, was sich auf dem Strand abspielte.

Der außer Gefecht gesetzte Agent, den Joe zwischen die Beine und ins Gesicht getreten hatte, lag ganz in der Nähe auf dem Sand. Er würgte nicht mehr, sondern atmete rasselnd und unter Schmerzen und spuckte noch immer Blut. Er versuchte, seinen Tränenfluß zu unterbinden, indem er nicht mehr schluchzte, sondern keuchend fluchte.

»Rose!« rief Joe.

»Klappe!« sagte der weißgekleidete Bewaffnete.

»Rose!«

»Halten Sie die Klappe, und drehen Sie sich um.«

Hinter dem Geschichtenerzähler tauchte ein weiterer Mann leise auf dem Sand auf. Er erwies sich nicht als weitere Teknologik-Drohne, sondern sagte: »Meine Desert Eagle vierundvierziger Magnum befindet sich nur zwei Zentimeter von Ihrem Hinterkopf entfernt.«

Der Geschichtenerzähler schien genauso überrascht zu sein wie Joe, dem von diesem Verlauf der Ereignisse geradezu *schwindlig* wurde.

»Sie wissen, welche Durchschlagskraft diese Waffe hat?« sagte der Mann mit der Magnum. »Sie wissen, was sie mit Ihrem Kopf anrichten wird?«

Noch immer schwach leuchtend wie ein Gespenst, nun aber auch so machtlos, sagte der Geschichtenerzähler: »Scheiße.«

»Ich werde Ihren Schädel pulverisieren, Ihren fetten Kopf einfach vom Hals wegschießen«, sagte der Neuankömmling. »Verlassen Sie sich darauf. Mit dem Ding kann man Türen zersplittern. Jetzt werfen Sie Ihre Waffe vor Joe auf den Sand.«

Der Geschichtenerzähler zögerte.

»Na los.«

Es gelang dem Geschichtenerzähler tatsächlich, sich mit Arroganz zu ergeben. Er warf die Pistole fort, als würde er sie plötzlich verachten. Sie fiel mit einem dumpfen Laut vor Joes Füßen in den Sand.

»Nehmen Sie die Waffe, Joe«, sagte der Retter mit der 44er.

Als Joe die Pistole aufhob, sah er, daß der Neuankömmling die Desert Eagle wie eine Keule benützte. Der Geschichtenerzähler sank auf die Knie, dann auf Hände und Knie. Er verlor das Bewußtsein aber erst, als er ein zweites Mal mit der Waffe geschlagen wurde, woraufhin er mit dem Gesicht den Sand pflügte und seine Nase wie eine Knolle einpflanzte. Der Fremde mit der 44er – ein ganz in Schwarz gekleideter Schwarzer – bückte sich und drehte den Kopf mit der weißen Haarpracht sanft zur Seite, um sicherzustellen, daß der bewußtlose Schläger nicht erstickte.

Der Agent, dem Joe das Knie ins Gesicht gerammt hatte, hörte zu fluchen auf. Nun, da kein Kollege ihn mehr hören konnte, fing er wieder jämmerlich zu schluchzen an.

»Kommen Sie, Joe«, sagte der Schwarze.

Joe war von Mahalia und ihrer seltsamen Ansammlung von Amateuren mehr beeindruckt als je zuvor. »Wo ist Rose?« fragte er.

»Hier entlang. Wir haben sie.«

Während das Schluchzen des kampfunfähigen Agenten unheimlich über den Strand hinter ihnen hallte, eilte Joe mit dem Schwarzen nach Norden, in die Richtung, in die er und Rose gelaufen waren, als man sie angegriffen hatte.

Er wäre fast über einen weiteren Bewußtlosen gestolpert, der im Sand lag. Dabei handelte es sich offensichtlich um den ersten Mann, der auf Rose zugestürmt war – der Mann, der geschossen hatte.

Rose war auf dem Strand, aber im pechschwarzen Schatten der Klippe. Joe konnte sie in der Dunkelheit kaum ausmachen, doch sie schien die Arme um ihren Oberkörper zu schlingen, als würde sie in dieser milden Sommernacht vor Kälte zittern.

Joe war ziemlich überrascht über die Woge der Erleichterung, die ihn durchspülte, als er Rose sah. Nicht, weil sie seine einzige Verbindung zu Nina darstellte, sondern weil er sich aufrichtig freute, daß sie noch lebte und in Sicherheit war. Obwohl sie ihn enttäuscht und erzürnt und zutiefst verwirrt hatte, war sie etwas Besonderes, denn er erinnerte sich auch an die Freundlichkeit in ihren Augen, als sie ihm auf dem Friedhof begegnet war, an ihre Zärtlichkeit und ihr Mitleid. Selbst in der Dunkelheit hatte sie, so klein sie auch sein mochte, eine außergewöhnliche Präsenz, eine geheimnisvolle Aura, aber auch eine Ausstrahlung der Wichtigkeit und außerordentlicher Weisheit – wahrscheinlich die gleiche Kraft, mit der sowohl große Feldherrn als auch heilige Frauen ihre Gefolgschaft dazu brachten, sich für sie zu opfern. Und hier und jetzt, am Ufer der nächtlichen See, konnte man beinahe glauben, daß Rose Tucker aus den Tiefen im Westen gestiegen war, das Wasser so selbstverständlich geatmet hatte, wie sie nun die Luft atmete, und mit wunderbaren Geheimnissen eines anderen Reiches an Land gekommen war.

Bei ihr war ein hochgewachsener Mann in dunkler Kleidung. Er war kaum mehr als eine gespenstische Gestalt – sah man von der Fülle lockigen blonden Haars ab, das schwach wie geschmeidige Stränge phosphoreszierenden Seetangs leuchteten.

»Ist alles in Ordnung mit Ihnen, Rose?« fragte Joe.

»Ich wurde ... nur etwas herumgestoßen«, sagte sie mit einer Stimme, die angespannt vor Schmerz war.

»Ich habe einen Schuß gehört«, sagte er besorgt. Er wollte sie berühren, wußte aber nicht genau, ob er es tun sollte. Dann stellte er plötzlich fest, daß er die Arme um sie gelegt hatte und sie an sich drückte.

Sie stöhnte vor Schmerz auf, und Joe ließ sie los. Doch sie legte kurz einen Arm um ihn und zog ihn an sich, um ihm zu zeigen, daß sie sich trotz ihrer Verletzungen darüber freute, daß er seiner Besorgnis Ausdruck verliehen hatte. »Mir geht es gut, Joe. Ich komme wieder in Ordnung.«

In der Ferne erklangen Schreie, oben auf der Klippe, neben dem Restaurant. Und hinter ihnen am Strand antwortete der kampfunfähige Agent und rief schwach um Hilfe.

»Wir müssen hier weg«, sagte der Blonde. »Sie kommen.«

»Wer seid ihr?« fragte Rose.

»Was denn?« fragte Joe erstaunt. »Sind das nicht Mahalias Leute?«

»Nein«, sagte Rose. »Ich habe sie noch nie zuvor gesehen.«

»Ich bin Mark«, sagte der Mann mit dem lockigen blonden Haar, »und das ist Joshua.«

Der Schwarze – Joshua – sagte etwas, das wie »Wir sind beide in finni feys« klang.

»Wer ... was?« fragte Joe. »Sie sind worin?«

»Schon gut, Joe«, sagte Rose. »Ich bin zwar überrascht, sollte es wahrscheinlich aber nicht sein.«

»Wir vermuten, daß wie auf derselben Seite stehen, Dr. Tucker«, sagte Joshua. »Auf jeden Fall haben wir dieselben Feinde.«

In der Ferne erklang – zuerst so leise wie das Murmeln eines Herzens, dann laut wie die sich nähernden Hufe des Rosses eines kopflosen Reiters – das *Whump-whump-whump* von Hubschrauberrotoren.

KAPITEL 15

Obwohl sie nur ihre Freiheit gestohlen hatten, liefen sie wie flüchtige Diebe an den Klippen entlang, die zuerst in die Höhe zu schießen schienen und dann wieder abfielen und sich dann wieder hoben, beinahe so, als spiegelten sie Joes Adrenalingehalt im Blut wider.

Während sie weiter flüchteten, Mark voran und Rose dicht hinter ihm, hörte Joe, daß Joshua aufgeregt mit jemandem redete. Er schaute über die Schulter und sah, daß der Schwarze in ein Handy sprach. Als Joe das Wort »Auto« hörte, wurde ihm klar, daß ihre Flucht geplant und koordiniert wurde, noch während sie sich entwickelte.

Gerade als sie davongekommen zu sein schienen, wurde das hämmernde Versprechen des Hubschraubers im Süden zur hellen Realität. Wie ein Strahl aus dem Juwelenauge des Gottes eines steinernen Tempels, der ob einer Entweihung erzürnt war, durchbohrte ein Suchscheinwerfer die Nacht und glitt über den Strand. Sein brennender Blick verlief in einem Bogen vom Sand am Fuß des Steilhangs zur schäumenden Brandung und wieder zurück und bewegte sich dabei erbarmungslos auf die Flüchtenden zu.

Der Sand am Fuß der Felswände war weich, so daß sie formlose Abdrücke darin hinterließen. Doch die Jäger im Helikopter würden ihnen anhand dieser Fußspuren nicht folgen können. Da dieser Sand nie geharkt wurde – anders als der eines gut besuchten öffentlichen Strandes – befanden sich die Abdrücke vieler anderer darin, die vor ihnen hier gegangen waren. Hätten sie sich der Brandung genähert, jenem Bereich, in dem die Flut den Sand zusammengedrückt und geglättet hatte, hätten sie ihren Weg so gut gekennzeichnet, als würden sie Leuchtkugeln abschießen.

Sie kamen an mehreren Treppen vorbei, die zu großen Häusern auf den Steilhängen über ihnen führten, einige aus Stein, der mit Stahl an die Felswand genietet war, andere aus Holz, das mit Bolzen an tiefen Pylonen und vertikalen Betonbalken befestigt war. Einmal warf Joe einen Blick zurück und sah, daß der Helikopter über einer Treppe schwebte; das Licht des Suchscheinwerfers schimmerte auf den Stufen und dem Geländer.

Er vermutete, daß ein weiterer Trupp ihrer Häscher bereits vom Restaurant aus nach Norden gefahren und dann zu Fuß zum Strand gelaufen war, um sich methodisch nach Süden vorzuarbeiten. Wenn Mark sie weiterhin über ein Strandstück wie dieses führte, würden der nach Norden fliegenden Hubschrauber und die nach Süden ziehenden Suchmannschaft sie irgendwann in die Zange nehmen.

Offensichtlich war Mark auf denselben Gedanken gekommen, denn plötzlich führte er sie zu einer eigenartigen Treppe aus Rotholz, die sich in einem hohen, kastenförmigen Gerüst befand. Das Gebilde erinnerte an eine frühe Startrampe aus der Zeit, als Cape Kennedy noch Cape Canaveral genannt wurde: Wenn die Rakete erst gestartet war, hatte die Konstruktion eine seltsame Leere umhüllt.

Als sie die Treppe hinaufstiegen, brachten sie naturgemäß keinen Abstand mehr zwischen sich und den Hubschrauber; der aber näherte sich weiterhin. Zwei, vier, sechs, acht Treppenfluchten, und sie erreichten einen Absatz, auf dem sie schrecklich exponiert zu sein schienen, deutlich zu sehen. Der Hubschrauber schwebte kaum hundertfünfzig Meter südlich von ihnen, höchstens dreißig Meter über dem Strand – und damit lediglich zwölf Meter über ihnen, während sie nun auf dem Kliff standen. Das Haus nebenan verfügte über keine Treppe zum Strand, womit diese Plattform noch auffallender wurde. Wenn der Pilot oder sein Kopilot nach rechts und zum oberen Ende des Steilhangs schaute, statt auf den vom Suchscheinwerfer erhellten Sand unter ihnen, ließ eine Entdeckung sich nicht vermeiden.

Der obere Treppenabsatz wurde von einem zwei Meter hohen, schmiedeeisernen und mit einem Tor versehenen Sicherheitszaun umgeben, dessen stachlige Spitzen scharf nach innen gebogen waren, um zu verhindern, daß unerwünschte Besucher sich über den Strand Zutritt zum Haus verschafften. Der Zaun war vor langer Zeit errichtet worden, als die Küstenkommission noch kein Auge auf solche Dinge geworfen hatte.

Der Hubschrauber befand sich jetzt nur noch gut hundert Meter südlich von ihnen und schwebte langsam in ihre Richtung. Sein kreischender Motor und die scheppernden Rotoren machten einen solchen Lärm, daß Joe sich seinen Begleitern nur hätte verständlich machen können, hätte er laut geschrien.

Es war nicht einfach, über den Zaun zu klettern, jedenfalls nicht in den zwei oder drei Minuten Gnadenfrist, die ihnen noch blieben. Joshua trat mit der durchschlagskräftigen Desert Eagle vor, sprengte mit einen Schuß das Schloß und trat das Tor auf.

Die Männer im Helikopter konnten den Schuß nicht gehört haben, und im Haus hatte man ihn höchstwahrscheinlich dem Höllenlärm zugerechnet, den der Hubschrauber machte. Überdies waren alle Fenster dunkel, und alles war so still, als wäre niemand zu Hause.

Durch das Tor betraten sie ein weitläufiges Grundstück, einen wahren Herrensitz mit niedrigen Buchsbaumhecken, steifen Rosengärten, schüsselförmigen, zur Zeit trockenen Springbrunnen, antiken Terrakotta-Fußwegen, die von Lampen in Gestalt bronzener Tulpen erhellt wurden, und zahlreichen Terrassen mit Kalksteinbalustraden, die hinauf zu einer Villa im mediterranen Stil führten. Joe sah Dattelpalmen und Feigenbäume. Gewaltige kalifornische Eichen wurden von Scheinwerfern angestrahlt, die im Garten standen: gebieterische, zuckerweiße und schwarze, vielgestaltige Gerüste aus Ästen.

Der geschickten Gartenbeleuchtung wegen lag kein Fleckchen in grellem Licht. Statt dessen war das romantische Gelände in komplizierte Schultertücher aus Schatten gehüllt, verschlungene Spitzen aus weichem Licht und harter Dunkelheit, in denen die vier Flüchtigen bestimmt nicht von den Piloten ausgemacht werden konnten, auch wenn der Hubschrauber nun fast über der Landspitze schwebte, auf der sich der Herrensitz befand.

Als sie die steinernen Stufen hinauf zur untersten Terrasse stiegen, hoffte Joe, daß die Bewegungsmelder der Alarmanlage nicht an den Außenseiten, sondern nur in den Zimmern des großen Hauses installiert waren. Wenn sie den Garten durchquerten und dabei Scheinwerfer aktivierten, die hoch in den Bäumen oder auf den Außenmauern des Geländes montiert waren, würde die plötzliche Lichtflut die Aufmerksamkeit der Piloten erregen.

Joe wußte, wie schwierig es sogar für einen einzelnen zu Fuß

Flüchtenden war, dem hellen Auge eines Suchhubschraubers der Polizei zu entkommen, wenn ein guter und entschlossener Pilot am Steuerknüppel saß – besonders in einer verhältnismäßig offenen Umgebung wie dieser, die nicht so viele Verstecke wie das Labyrinth einer Stadt bot. Sie hingegen waren zu viert, und hatte man sie erst einmal entdeckt, würde man sie nur allzu leicht festnageln können.

Früher am Abend war ein Wind mit dem Anmut von Möwenflügeln vom Meer gekommen; zur Zeit ging eine ablandige, etwas stärkere Brise. Es war einer jener heißen Winde, die Santa Anas genannt wurden und in den Bergen im Osten entstanden, draußen an der Schwelle der Mojavewüste. Sie waren trocken und stürmisch und zerrten seltsamerweise an den Nerven. Nun erhob sich ein lautes Flüstern von den Eichen, und die großen Wedel der Dattelpalmen zischten und klapperten und knarrten, als wollten die Bäume vor einem weiteren Sturm warnen, der bald aufziehen würde.

Joes Furcht vor einer Alarmanlage im Außenbereich schien ungerechtfertigt zu sein. Ohne Zwischenfall stiegen sie eine weitere kurze Treppe zur oberen Terrasse hinauf. Auch hier war die Umgebung leicht erhellt und an zahlreichen Stellen von Schatten durchzogen, die Schutz boten.

Hinter dem Rand der Klippe flog der Suchhubschrauber parallel zu ihnen langsam in nördliche Richtung. Die Aufmerksamkeit der Piloten blieb auf den Strand unter ihnen gerichtet.

Mark führte die Gefährten an einem riesigen Swimmingpool vorbei. Das ölschwarze Wasser schimmerte vor flüssigen Arabesken aus Silber, als würden Schulen seltsamer Fische mit leuchtenden Schuppen direkt unter der Oberfläche schwimmen.

Sie hatten das Ende des Pools noch nicht erreicht, als Rose stolperte. Beinahe wäre sie gestürzt, gewann dann aber ihr Gleichgewicht zurück. Schwankend blieb sie stehen.

»Alles in Ordnung?« fragte Joe besorgt.

»Ja, sicher, ich komme schon klar«, sagte sie, doch ihre Stimme war dünn, und sie schien noch immer unsicher auf den Beinen.

»Wie schlimm wurden Sie unten am Strand verletzt?« bedrängte Joe sie, während Mark und Joshua sich um sie scharten.

»Ich bin nur auf den Hintern gefallen«, sagte Rose. »Ein paar Prellungen.«

»Rose ...«

»Es geht mir gut, Joe. Es liegt nur am Laufen. Diese verdammten Treppen vom Strand hier herauf. Ich bin wohl nicht so gut in Form, wie ich's eigentlich sein sollte.«

Joshua sprach wieder mit gedämpfter Stimme in das Handy.

»Gehen wir weiter«, sagte Rose. »Na los, na los, weitergehen.«

Hinter dem Steilhang, über dem Strand, war der Hubschrauber fast an dem Anwesen vorbei.

Mark ging wieder voran, und Rose folgte ihm mit neuer Energie. Sie stürmten unter das Dach der gebogenen Loggia an der Rückwand, unter dem sie vor den Blicken der Hubschrauberinsassen geschützt waren, und dann weiter zur Ecke des Hauses.

Als sie im Gänsemarsch an der Seite der Villa über einen Fußweg gingen, der sich durch einen kleinen Hain von Melaleucae mit zotteliger Rinde schlängelte, wurden sie abrupt vom hellen Strahl einer großen Taschenlampe erfaßt. Ein Wachmann versperrte ihnen den Weg. »He«, sagte er, »wer sind Sie, verdammt ...«

Ohne das geringste Zögern setzte Mark sich in Bewegung, während der Strahl der Lampe von ihm zu Rose glitt. Der Fremde sprach noch, als Mark mit ihm zusammenprallte. Die Wucht war so gewaltig, daß beide Männer aufstöhnten.

Die Taschenlampe flog gegen den Stamm einer Melaleuca, fiel auf den Fußweg zurück und drehte sich auf dem Stein, ließ Schatten wirbeln wie ein Rudel Hunde, die ihren eigenen Schwänze nachjagten.

Mark riß den verblüfften Wachmann herum, nahm ihn in einen Hammergriff, zerrte ihn vom Weg und durch daneben liegende Blumenbeete und schleuderte ihn so fest gegen die Seitenwand des Hauses, daß die Fenster in der Nähe klapperten.

Joshua hob die Taschenlampe auf und richtete sie auf den Mann. Joe sah, daß sie von einem übergewichtigen, uniformierten Wächter von etwa fünfundfünfzig Jahren gestellt worden waren. Mark zwang ihn auf die Knie hinab und legte eine Hand auf seinen Hinterkopf, um sein Gesicht zu Boden und von ihnen fort zu drücken, damit er sie später nicht beschreiben konnte.

»Er ist unbewaffnet«, sagte Mark zu Joshua.

»Arschlöcher«, preßte der Wachmann erbittert hervor.

»Schulterhalfter?« fragte Joshua.

»Auch keins.«

»Die blöden Besitzer sind verdammte Pazifisten oder so was«, sagte der Wachmann. »Wollen keine Waffen auf dem Grundstück haben. Nicht mal ich darf eine tragen. Das hab' ich jetzt davon.«

»Wir werden Ihnen nichts tun«, sagte Mark, zog ihn rückwärts vom Haus und zwang ihn, sich auf den Boden zu setzen und den Rücken gegen einen Melaleucastamm zu lehnen.

»Sie machen mir keine Angst«, sagte der Wachmann, aber er klang verängstigt.

»Hunde?« fragte Mark.

»Überall«, sagte der Wächter. »Dobermänner.«

»Er lügt«, sagte Mark zuversichtlich.

Selbst Joe hatte den Bluff in der Stimme des Wachmanns gehört.

Joshua gab Joe die Taschenlampe. »Halten Sie sie auf den Boden gerichtet«, sagte er. Dann holte er aus einer kleinen Tasche am Gürtel Handschellen.

Mark befahl dem Wachmann, die Arme nach hinten um den Baum zu legen. Der Stamm war nur etwa fünfundzwanzig Zentimeter dick, so daß der Wächter sich nicht verrenken mußte. Joshua ließ die Handschellen um seine Gelenke zuschnappen.

»Die Cops sind schon unterwegs«, sagte der Wachmann hämisch.

»Zweifellos kommen sie auf Dobermännern angeritten«, sagte Mark.

»Arschloch«, sagte der Wächter.

Nun zog Mark eine Rolle Isolierband aus der Tasche. »Machen Sie den Mund zu«, sagte er zu dem Wachmann.

»Machen Sie ihn doch selbst zu«, erwiderte der Wächter, schwelgte ein letztes Mal in hoffnungslosem Mut, tat dann aber wie geheißen.

Joshua schlang das Isolierband dreimal um den Kopf des Wachmanns und über seinen Mund und zog es dann fest.

Mark löste einen Gegenstand vom Gürtel des Wächters, bei dem es sich um eine Fernbedienung zu handeln schien. »Kann man damit das Tor zur Auffahrt öffnen?«

Der Wachmann schnaubte einen Fluch durch seinen Knebel, der aber nur als sinnloses Gemurmel zu vernehmen war.

»Wahrscheinlich das Tor.«

»Ganz ruhig bleiben«, sagte Joshua zu dem Wächter. »Scheuern

Sie sich nicht die Handgelenke wund. Wir werden nicht ins Haus einbrechen. Wirklich nicht. Wir gehen hier nur durch.«

»Eine halbe Stunde, nachdem wir weg sind, rufen wir die Bullen an«, sagte Mark. »Die werden Sie dann befreien.«

»Schaffen Sie sich lieber einen Hund an«, riet Joshua ihm.

Mark nahm die Taschenlampe des Wachmannes und führte die anderen zur Vorderseite des Hauses.

Wer immer diese Burschen waren – Joe war froh, daß sie auf seiner Seite standen.

Das Grundstück war mindestens drei Morgen groß. Das riesige Haus stand sechzig Meter hinter der Mauer zur Straße. Im Mittelpunkt der Auffahrt, die vor dem Haus eine Schleife zog, befand sich ein vierstufiger Marmorspringbrunnen: vier breite, muschelförmige Schüsseln, jede getragen von drei springenden Delphinen, wobei Muscheln und Delphine mit jeder Stufe des Brunnens kleiner wurden. Die Schüsseln waren mit Wasser gefüllt, doch die Pumpe arbeitete nicht; das Wasser stürzte weder in Kaskaden herab, noch floß es über.

Mark führte die anderen zu den Delphinen. »Hier warten wir«, sagte er.

Die Delphine und Schüsseln erhoben sich in einem Teich mit einer sechzig Zentimeter hohen Mauer, die in einer breiten Kalksteinkrone endete. Rose setzte sich auf den Rand, dann auch Joe und Mark.

Joshua nahm die Fernbedienung, die er dem Wachmann weggenommen hatte, ging über die Auffahrt zum Tor und sprach dabei ins Handy.

Hunde warmer Santa-Ana-Winde jagten katzenschnelle Blätter und gekräuselte, papierähnliche Stücke Melaleucarinde über den Asphalt.

»Wie wußten Sie überhaupt von mir, Mark?« fragte Rose.

»Wenn ein Unternehmen mit einem Treuhandvermögen von einer Milliarde Dollar gegründet wird, wie das unsere«, sagte Mark, »dauert es nicht lange, bis es richtig in Fahrt kommt. Außerdem beschäftigen wir uns in erster Linie mit Computern und Datentechnologie.«

»Was für ein Unternehmen?« fragte Joe.

Die Antwort bestand aus derselben geheimnisvollen Bezeichnung, die Joshua schon auf dem Strand genannt hatte. »In finni feys.«

»Und was bedeutet das?«

»Später, Joe«, versprach Rose. »Fahren Sie fort, Mark.«

»Nun, vom ersten Tag an verfügten wir also über die Mittel, um weltweit alle vielversprechenden Entwicklungen in sämtlichen wissenschaftlichen Disziplin zu verfolgen, die vielleicht zu der Epiphanie führen werden, die wir erwarten.«

»Vielleicht«, sagte Rose. »Aber ihr seid erst seit zwei Jahren dabei, während der größte Teil meiner Forschungen in den letzten *sieben* Jahren durchgeführt wurde – unter den strengsten nur vorstellbaren Sicherheitsmaßnahmen.«

»Doktor, Sie waren auf Ihrem Gebiet eine der vielversprechendsten Wissenschaftlerinnen, bis Sie siebenunddreißig wurden – und dann schienen Ihre Forschungen plötzlich zu einem völligen Stillstand gekommen zu sein, abgesehen von kleinen Arbeiten in Fachzeitschriften hier und da. Sie waren ein Niagarafall der Kreativität – und sind dann über Nacht ausgetrocknet.«

»Und was schließen Sie daraus?«

»Es ist das typische Signaturmuster eines Wissenschaftlers, der vom Verteidigungsministerium oder irgendeiner Regierungsabteilung angeworben wurde, die genug Macht besitzt, einen völligen Informationsstop durchzusetzen. Sobald wir auf so etwas stoßen, versuchen wir herauszufinden, woran genau der betreffende Wissenschaftler arbeitet. Wir haben Sie, Rose, schließlich bei Teknologik ausfindig gemacht, aber nicht bei einer der bekannten und leicht zugänglichen Einrichtungen, sondern in einem großen, unterirdischen, biologisch gesicherten Komplex in der Nähe von Manassas, Virginia, der ›Project 99‹ genannt wird.«

Während Joe dem Gespräch aufmerksam lauschte, beobachtete er, wie am Ende der Auffahrt das reich verzierte elektrische Rolltor zur Seite glitt.

»Wieviel wissen Sie darüber, worum es bei Project 99 geht?« fragte Rose.

»Nicht genug«, sagte Mark.

»Wie können Sie überhaupt etwas darüber wissen?«

»Wenn ich sage, daß wir weltweit alle laufenden Forschungen im Auge behalten, meine ich damit nicht, daß wir uns auf die Publikationen und Datenbanken beschränken, die jeder wissenschaftlichen Bibliothek zur Verfügung stehen.«

»Damit haben Sie nett ausgedrückt«, sagte Rose ohne Feindseligkeit, »daß Sie in gesicherte Computersysteme eindringen, darin herumhacken und Verschlüsselungen knacken.«

»Wie dem auch sei, wir machen das nicht des Profits wegen. Die Informationen, an die wir herankommen, werden nicht wirtschaftlich ausgebeutet. Es ist lediglich unsere Mission, solche Nachforschungen anzustellen. Man hat uns eigens geschaffen, diese Suche vorzunehmen.«

Es erstaunte Joe, wie geduldig er war. Obwohl er einiges erfuhr, indem er diesem Gespräch lauschte – im Grund wurde das Geheimnis nur tiefgründiger. Doch er war bereit, auf Antworten zu warten. Das bizarre Erlebnis mit der Polaroidaufnahme im Bankettsaal hatte ihn erschüttert. Nachdem er nun Zeit gehabt hatte, über das Geschehen nachzudenken, kam die Synästhesie ihm nur wie das Vorspiel zu irgendeiner Enthüllung vor, die verheerender und demütigender sein würde, als er es sich bislang vorgestellt hatte. Er war auch weiterhin entschlossen, die Wahrheit herauszufinden, doch nun warnte ihn sein Instinkt, daß es wohl besser war, diese Enthüllungen in kleinen Wellen aufzunehmen statt in einem alles verwüstenden Tsunami.

Joshua war durch das offene Tor gegangen und stand am Rand des Pacific Coast Highway.

Über den Hügeln im Osten ging gelborange der angeschwollene Mond auf, von dem der warme Wind herabzuwehen schien.

»Sie waren nur einer von Tausenden von Forschern, deren Arbeit wir verfolgt haben«, sagte Mark, »obwohl Ihnen aufgrund der extremen Sicherheitsvorkehrungen bei Project 99 unser besonderes Interesse galt. Dann, vor einem Jahr, haben Sie Manassas mit irgend etwas verlassen – irgend etwas, das Project 99 entstammt, und über Nacht wurden Sie zur meistgesuchten Person des Landes. Selbst nachdem Sie angeblich in Colorado an Bord dieses Flugzeugs gestorben waren, suchte man noch nach Ihnen, mit gewaltigem Aufwand und zahlreichen Leuten. Man suchte hektisch nach einer Toten – und das kam uns ziemlich seltsam vor.«

Rose sagte nichts, das Mark hätte ermutigen können. Sie wirkte müde.

Joe nahm ihre Hand. Sie drückte die seine, als wollte sie ihm versichern, daß es ihr gut ging.

»Dann haben wir Berichte von einer gewissen geheimen Polizeibehörde abgefangen ... Berichte, die besagten, daß Sie noch lebten und im Großraum Los Angeles aktiv waren, Familien besuchten, die beim Flug 353 Angehörige verloren hatten. Daraufhin nahmen wir selbst Überwachungen vor. Wir verstehen uns ziemlich gut darauf. Einige von uns waren früher beim Militär. Auf jeden Fall könnte man sagen, daß wir die Beobachter beobachtet haben, die Leute wie Joe hier beschattet haben. Und jetzt ... es war wohl gut, daß wir so vorgegangen sind.«

»Ja. Vielen Dank«, sagte Rose. »Aber Sie wissen nicht, worauf Sie sich eingelassen haben. Es wartet nicht nur Ruhm auf Sie ... sondern auch eine schreckliche Gefahr.«

»Dr. Tucker«, beharrte Mark, »es gibt inzwischen über neuntausend von uns, und wir haben dem, was wir tun, unser Leben verschrieben. Wir haben keine Angst. Und nun glauben wir, daß Sie die Schnittstelle gefunden haben – und daß sie ganz anders ist als alles, was wir erwartet haben. Falls Sie wirklich diesen Durchbruch erzielten konnten ... falls die Menschheit sich an einem solchen Dreh- und Angelpunkt der Geschichte befindet, an dem sich alles radikal und für immer verändern wird ... dann sind *wir* Ihre natürlichen Verbündeten.«

»Dieser Ansicht bin ich auch«, gab sie ihm recht.

Sanft, aber beharrlich versuchte Mark, ihr die Vorzüge dieses Bündnisses schmackhaft zu machen. »Sie und wir, Doktor«, sagte er, »haben uns gegen diese Kräfte der Unwissenheit und der Furcht und des Eigeninteresses gewandt, die die Welt im Dunkeln halten wollen.«

»Vergessen Sie nicht, ich habe früher für sie gearbeitet.«

»Aber sich dann von ihnen abgewandt.«

Ein Wagen bog vom Pacific Coast Highway ab und hielt. Joshua stieg ein. Ein zweites Auto folgte ihm durch das Tor und die Auffahrt hinauf.

Rose, Mark und Joe erhoben sich, als die beiden Fahrzeuge – ein Ford, gefolgt von einem Mercedes – um den Brunnen fuhren und vor ihnen hielten.

Joshua stieg auf der Beifahrerseite aus dem Ford. Auch die Fahrerin stieg aus, eine junge Brünette. Der Mercedes wurde von einem etwa dreißig Jahre alten Asiaten gesteuert.

Sie versammelten sich vor Rose Tucker. Einen Augenblick standen alle schweigend da.

Der immer stärkere Wind sprach nun nicht mehr durch das Rascheln des Blätterwerks der Bäume, durch das grillenähnliche Zirpen der Zweige in den Büsche und durch die hohle, flötenähnliche Musik, die vom Dachgesims des Herrenhauses kam, sondern hatte jetzt eine eigene Stimme: ein unheimliches Wimmern, das schauerlich in den Ohren der Lauscher klang, ganz ähnlich dem gedämpften, aber erschreckend wehklagenden Heulen eines Kojotenrudels, das in der Nacht irgendwo in einer fernen Schlucht seine Beute zur Strecke brachte.

Im Licht der im Garten aufgestellten Scheinwerfer warf das erzitternde Grün unruhige Schatten, und der zunehmend bleiche Mond beobachtete sich selbst auf dem glänzenden Lack der Autos.

Als Joe die vier Personen betrachtete, während diese Rose betrachteten, wurde ihm klar, daß sie der Wissenschaftlerin nicht nur Neugier entgegenbrachten, sondern auch Staunen, vielleicht sogar Ehrfurcht, als stünden sie einem transzendenten Wesen gegenüber. Einer Heiligen.

»Es überrascht mich, Sie alle in Zivil zu sehen«, sagte Rose.

Sie lächelten, und Joshua sagte: »Als wir uns vor zwei Jahren daranmachten, diese Mission zu erfüllen, haben wir Stillschweigen darüber bewahrt. Wir wollten kein großes Medieninteresse erregen ... weil wir dachten, man würde uns größtenteils falsch verstehen. Wir haben allerdings nicht damit gerechnet, daß wir Feinde haben. Noch dazu so gewalttätige.«

»Und mächtige«, sagte Mark.

»Wir dachten, alle wollten die Antworten wissen, nach denen wir suchen – falls wir sie je finden würden. Nun wissen wir es besser.«

»Unwissenheit ist eine Glückseligkeit, für die manche Menschen töten würden«, sagte die junge Frau.

»Also haben wir vor einem Jahr begonnen, als Tarnung diese Roben zu tragen«, fuhr Joshua fort. »Die Leute halten uns für einen Kult – oder glauben es zumindest. Wir sind annehmbarer, wenn man uns als Fanatiker betrachtet, die man ordentlich in eine bestimmte Schublade stecken kann. Dann machen wir die Leute nicht ganz so nervös.«

Roben.

»Sie tragen blaue Roben«, sagte Joe erstaunt, »und rasieren sich die Köpfe.«

»Ja, einige von uns, seit einem Jahr«, sagte Joshua. »Und diejenigen, die sich auf diese Weise uniformiert haben, geben vor, unsere gesamte Mitgliedschaft zu sein. Das meinte ich damit, als ich sagte, daß die Roben eine Tarnung sind – die Roben, die rasierten Köpfe, die Ohrringe, die sichtbaren Symbole der Gemeinschaft. Wir anderen sind in den Untergrund gegangen, wo wir arbeiten können, ohne ständig überwacht zu werden.«

»Kommen Sie mit uns«, sagte die junge Frau zu Rose. »Wir wissen, daß Sie den Weg vielleicht gefunden haben, und wollen Ihnen helfen, ihn der Welt zu geben – ohne Einmischung.«

Rose trat zu ihr und legte ihr eine Hand auf die Wange, genauso, wie sie es auf dem Friedhof mit Joe getan hatte. »Vielleicht komme ich bald zu Ihnen, aber heute abend noch nicht. Ich brauche Zeit, um nachzudenken und Pläne zu schmieden. Und ich muß schnell zu einem jungen Mädchen, einem Kind, das im Mittelpunkt dessen steht, was hier geschieht.«

Nina, dachte Joe, und sein Herz erzitterte wie die Schatten der vom Wind geschüttelten Bäume.

Rose ging zu dem Asiaten und berührte auch ihn. »Soviel kann ich Ihnen sagen ... wir stehen an der Schwelle dessen, was Sie vorhergesehen haben. Wir werden durch diese Tür gehen, vielleicht nicht morgen oder übermorgen oder nächste Woche, doch in den kommenden Jahren.«

Sie ging zu Joshua. »Gemeinsam werden wir dafür sorgen, daß die Welt für immer verändert wird. Wir werden das Licht des Wissens in die große, dunkle Einsamkeit der menschlichen Existenz bringen. *In unserer Zeit.*«

Und schließlich trat sie zu Mark. »Ich nehme an, Sie haben zwei Wagen kommen lassen, weil Sie einen davon Joe und mir geben wollen.«

»Ja. Aber wir hatten gehofft ...«

Sie legte eine Hand auf seinen Arm. »Bald, aber nicht heute abend. Ich muß mich um eine dringende Angelegenheit kümmern,

Mark. Alles, was wir zu erreichen hoffen, hängt im Augenblick in der Schwebe, ist in schrecklicher Gefahr – bis ich das kleine Mädchen erreichen kann, das ich erwähnt habe.«

»Wo immer es auch ist, wir können Sie zu ihm bringen.«

»Nein. Joe und ich müssen allein zu ihr – und zwar schnell.«

»Sie können den Ford nehmen.«

»Danke.«

Mark zog einen Eindollarschein und gab ihn Rose. »Die Seriennummer dieses Scheins hat nur acht Ziffern. Lassen Sie die vierte aus. Die anderen sieben Zahlen stehen für eine Telefonnummer im Vorwahlbereich 310.«

Rose steckte den Geldschein in ihre Jeans.

»Wenn Sie bereit sind, zu uns zu kommen«, sagte Mark, »oder einmal in Schwierigkeiten stecken, aus denen Sie allein nicht herauskommen, fragen Sie unter dieser Nummer nach mir. Wir kommen dann zu Ihnen, ganz gleich, wo Sie sind.«

Sie gab ihm einen Kuß auf die Wange. »Wir müssen jetzt los.« Sie drehte sich zu Joe um. »Fahren Sie?«

»Ja.«

»Darf ich Ihr Handy haben?« fragte sie Joshua.

Er gab es ihr.

Wütende Windschwingen schlugen um sie zusammen, als sie in den Ford stiegen. Der Schlüssel steckte im Zündschloß.

Als Rose die Wagentür zuzog, sagte sie: »O Gott!«, beugte sich vor und rang nach Atem.

»Sie sind *doch* verletzt.«

»Ich habe Ihnen doch gesagt daß ich herumgestoßen wurde.«

»Wo tut es weh?«

»Wir müssen quer durch die Stadt«, sagte Rose, »aber ich will nicht an Mahalias Restaurant vorbeifahren.«

»Vielleicht haben Sie sich ein, zwei Rippen gebrochen.«

Sie beachtete ihn nicht, setzte sich gerade hin und konnte sofort leichter atmen. »Die Mistkerle werden es nicht riskieren«, sagte sie, »ohne Einwilligung der örtlichen Behörden eine Straßensperre zu errichten und den Verkehr zu überprüfen, und sie haben keine Zeit, die entsprechende Erlaubnis einzuholen. Aber Sie können Ihren Hintern darauf verwetten, Joe, daß sie auf vorüberfahrende Wagen achten.«

»Wenn Sie sich eine Rippe gebrochen haben, könnte sie sich in die Lunge bohren.«

»Joe, verdammt, wir haben keine *Zeit*. Wir müssen los, wenn wir unser Mädchen am Leben halten wollen.«

Er schaute sie an. »Nina?«

Sie erwiderte seinen Blick. »Nina«, sagte sie; dann aber legte sich ein ängstlicher Ausdruck auf ihr Gesicht, und sie wandte sich von ihm ab.

»Wir können von hier aus auf dem Pacific Coast Highway nach Norden fahren«, sagte er, »und dann auf der Kanan-Dume Road landeinwärts. Das ist eine Bezirksstraße, die in die Augora Hills heraufführt. Dort oben können wir die 101 in östliche Richtung zur 210 nehmen.«

»Worauf warten Sie dann noch?«

Mit vom Mondlicht gepuderten Gesichtern, das Haar vom Wind zerzaust, standen die vier Personen, die im Mercedes davonfahren würden, vor einem Hintergrund aus springenden steinernen Delphinen und gepeitschten Bäumen und schauten ihnen nach.

Dieser Anblick kam Joe erhebend und bedrohlich zugleich vor, doch er erkannte nicht, worauf dieser Eindruck zurückzuführen war. Er konnte keine seiner Wahrnehmungen in dieser Nacht identifizieren – eine Nacht, die mit einer unheimlichen Energie aufgeladen war, die sein Verständnis überstieg. Alles, worauf sein Blick fiel, schien eine monumentale Bedeutung zu haben, als befände er sich in einem erhöhten Bewußtseinszustand. Selbst der Mond wirkte anders als jeder Mond, den er je zuvor gesehen hatte.

Als Joe den Gang einlegte und langsam vom Springbrunnen davonfuhr, trat die junge Frau vor und legte eine Hand auf das Fenster neben Roses Tuckers Gesicht. Rose drückte auf der Innenseite der Scheibe ihre Handfläche dagegen. Die junge Frau weinte. Ihr hübsches Gesicht schimmerte vor mondhellen Tränen, und sie bewegte sich mit dem Wagen die Auffahrt entlang, lief schneller, als Joe beschleunigte, drückte bis zum Tor die Hand an die Scheibe und fiel erst dann zurück.

Joe kam sich vor, als habe er früher an diesem Abend vor einem Spiegel des Wahnsinns gestanden, die Augen geschlossen, und sei dann durch sein eigenes Spiegelbild in den Irrsinn getreten. Doch er wollte nicht durch die versilberte Oberfläche in die alte, graue

Welt zurückkehren. Er empfand den Wahnsinn als zunehmend angenehmer, vielleicht, weil er ihm das bot, was er am meisten begehrte und was er nur auf dieser Seite des Spiegels finden konnte – Hoffnung.

Rose Tucker saß neben ihm zusammengesunken auf dem Beifahrersitz. »Vielleicht ist das alles mehr, als ich verkraften kann, Joe«, sagte sie. »Ich bin schrecklich müde – und habe große Angst. Ich bin kein so außergewöhnlicher Mensch, daß ich tun kann, was getan werden muß, nicht einmal annähernd außergewöhnlich genug, um eine solche Last zu tragen.«

»Mir kommen Sie ziemlich außergewöhnlich vor«, sagte er.

»Ich werde es verpatzen«, sagte Rose, während sie auf dem Tastenfeld des Handys eine Telefonnummer eingab. »Ich scheiße mir vor Angst in die Hosen, daß ich nicht stark genug bin, um diese Tür zu öffnen und uns alle hindurch zu führen.« Sie drückte auf den Sendeknopf.

»Zeigen Sie mir die Tür. Sagen Sie mir, wohin sie führt, und ich helfe Ihnen«, entgegnete Joe und wünschte, Rose würde endlich aufhören, in Metaphern zu sprechen, und ihm die harten Fakten nennen. »Warum ist Nina so wichtig für alles, was geschieht? Wo ist sie, Rose?«

Jemand nahm das Gespräch entgegen, und Rose sagte: »Ich bin's. Bring Nina weg. Bring sie sofort weg.«

Nina.

Rose lauschte einen Moment, sagte dann aber nachdrücklich: »Nein, sofort. Bring sie sofort weg, in den nächsten fünf Minuten. Wenn du kannst, noch früher. Sie haben Mahalia mit mir in Verbindung gebracht ... ja, trotz aller Vorsichtsmaßnahmen, die wir ergriffen haben. Jetzt ist es nur noch eine Frage der Zeit, bis sie auch dich mit mir in Verbindung bringen. Es wird nicht mehr allzu lange dauern.«

Nina.

Joe bog vom Pacific Coast Highway auf die Bezirksstraße ab, die zu den Augora Hills führte, und fuhr durch ein zerzaustes, dunkles Bett aus Land, auf das der Santa-Ana-Wind Laken aus bleichem Staub legte.

»Bring sie nach Big Bear«, sagte Rose zu der Person am Telefon.

Big Bear. Seit Joe in Colorado mit Mercy Ealing gesprochen

hatte – konnte das wirklich erst knapp neun Stunden her sein? –, war Nina wieder auf der Welt, wie durch ein Wunder zurückgekehrt, aber in irgendeiner Ecke, in der er sie nicht finden konnte. Doch bald würde sie in Big Bear sein, in der Stadt an den Ufern des Big Bear Lake, einem Urlaubsort in den nahegelegenen San Bernardino Mountains, den Joe gut kannte. Nun kam ihm Ninas Rückkehr viel realer vor, da sie bald an einem Ort war, den er *benennen* konnte, über dessen Bürgersteige er gegangen war. Er wurde von einer so überwältigender Erwartung überflutet, daß er am liebsten geschrien hätte, um den Druck zu mindern. Doch er blieb still, drehte den Namen zwischen den Fingern seines Verstandes, drehte ihn immer wieder, als wäre er eine schimmernde Münze: *Big Bear.*

»Wenn ich kann«, sagte Rose ins Telefon. »Ich werde in ein paar Stunden dort sein. Ich habe euch lieb. Geht. Geht *sofort.*«

Sie beendete das Gespräch, legte das Telefon zwischen ihren Beinen auf den Sitz, schloß die Augen und lehnte sich gegen die Beifahrertür.

Joe bemerkte, daß Rose ihre linke Hand nur selten benützte. Sie lag auf ihrem Schoß. Selbst im schwachen Licht des Armaturenbretts konnte er sehen, daß die Hand unkontrolliert zitterte.

»Was ist mit Ihrem Arm los?«

»Lassen Sie es gut sein, Joe. Es ist nett von Ihnen, daß Sie sich Sorgen um mich machen, aber allmählich gehen Sie mir auf die Nerven. Ich komme wieder in Ordnung, sobald wir bei Nina sind.«

Joe schwieg fast einen Kilometer. Dann: »Sagen Sie mir alles. Ich habe verdient, es zu erfahren.«

»Ja, das haben Sie. Es ist keine lange Geschichte … aber wo fange ich an?«

KAPITEL 16

Große, borstige Steppenläuferbälle, von der gnadenlosen Sonne der Westküste ihres Grüns beraubt, der vernichtenden Trockenheit des kalifornischen Sommers wegen an den Wurzeln abgebrochen, vom kreischenden Santa-Ana-Wind aus der Erde gerissen, wurden durch die steilen Schluchten und über den schmalen Highway geweht, silbergrau im Scheinwerferlicht, ein seltsam melancholischer Anblick, Familien dorniger Skelette, die wie ausgehungerte und bedrängte Flüchtlinge vor schlimmeren Qualen flohen.

»Fangen Sie mit den Leuten an, die uns geholfen haben«, sagte Joe. »Was für einem Kult gehören sie an?«

Rose buchstabierte es für ihn: *Infiniface.*

»Ein Kunstwort«, sagte sie, »die Kurzform für ›Interface with the Infinite‹, Schnittstelle mit dem Unendlichen. Und es ist kein Kult, jedenfalls nicht in dem Sinne, wie Sie es meinen.«

»Was sind diese Leute dann?«

Statt sofort zu antworten, verlagerte Rose ihr Gewicht auf dem Sitz und versuchte, eine bequemere Position zu finden.

Sie schaute auf die Armbanduhr. »Können Sie schneller fahren?« fragte sie.

»Nicht auf dieser Straße. Sie sollten übrigens lieber den Sicherheitsgurt anlegen.«

»Nicht, solange meine linke Seite sich so schlimm anfühlt. Haben Sie schon mal von Loran Pollack gehört?« fragte sie, nachdem sie eine angenehmere Sitzhaltung gefunden hatte.

»Das Softwaregenie. Der Bill Gates für Arme.«

»Ja, so nennt die Presse ihn manchmal. Aber ich habe meine Zweifel, ob man den Begriff ›arm‹ im Zusammenhang mit jemandem benützen sollte, der mit nichts angefangen hat und mit zweiundvierzig Jahren schon sieben Milliarden Dollar schwer ist.«

»Wahrscheinlich nicht.«

Sie schloß die Augen und sank gegen die Tür, um ihre linke Seite noch mehr zu entlasten. Schweiß perlte auf ihrer Stirn, doch ihre Stimme war fest. »Vor zwei Jahren hat Loren Pollack mit einer Milliarde Dollar aus seinem Privatvermögen eine Stiftung gegründet und nannte sie Infiniface. Er ist der Ansicht, daß in vielen wissenschaftlichen Bereichen durch Forschungen, die von neuen Generationen superschneller Computer erleichtert werden, Entdeckungen ins Haus stehen, die uns der Realität eines Schöpfers gegenüberstellen werden.«

»Für mich hört sich das ganz nach einem Kult an.«

»Oh, viele Leute halten Pollack für einen Exzentriker. Aber er hat die einzigartige Fähigkeit, komplexe Forschungen aus einer breiten Vielzahl wissenschaftlicher Disziplinen zu erfassen – und er hat eine Vision. Es gibt in der modernen Physik nämlich eine ganze Bewegung, die Beweise für ein erschaffenes Universum sieht.«

»Was ist mit der Chaostheorie?« fragte Joe stirnrunzelnd. »Ich dachte, sie wäre zur Zeit der letzte Schrei.«

»Die Chaostheorie besagt nicht, daß das Universum zufällig entstanden und chaotisch ist. Es ist eine extrem breite Theorie, die unter anderem – aber nicht ausschließlich – seltsam komplexe Beziehungen in *scheinbar* chaotischen Systemen entdeckt hat. Zum Beispiel beim Wetter. Schauen Sie nur tief genug in ein beliebiges Chaos, und Sie finden verborgene Regelmäßigkeiten.«

»Eigentlich«, gestand Joe, »weiß ich gar nichts darüber – nur, wie der Begriff in Filmen benützt wird.«

»Die meisten Filme sind ein Ausbund von Dummheit – wie Politiker. Also ... wäre Pollack jetzt hier, würde er Ihnen erklären, daß vor lediglich achtzig Jahren die Wissenschaft die Behauptung der Religion verspottet hat, das Universum sei *ex nihilo* geschaffen worden, aus dem Nichts. Jeder wußte, daß man nicht irgend etwas aus dem Nichts erschaffen kann – ein Verstoß gegen alle Naturgesetze. Heutzutage verstehen wir mehr von der Molekularstruktur, und Forscher auf dem Gebiet der Teilchenphysik erschaffen ständig Materie *ex nihilo*.« Sie atmete zischend durch zusammengebissene Zähne ein, beugte sich vor, öffnete das Handschuhfach und stöberte darin herum. »Ich hatte auf ein Aspirin oder Excedrin gehofft. Ich hätte sie trocken gekaut.«

»Wir könnten irgendwo halten ...«

»Nein. Fahren Sie. Fahren Sie einfach. Es ist so weit nach Big

Bear …« Sie schloß das Handschuhfach, blieb aber vorgebeugt sitzen, als würde diese Position ihr Erleichterung verschaffen. »Auf jeden Fall sind Physik und Biologie die Disziplinen, die Pollack am stärksten faszinieren – besonders die Molekularbiologie.«

»Warum gerade die Molekularbiologie?«

»Je mehr wir auf molekularer Ebene von Lebewesen wissen, desto deutlicher wird, daß alles auf höchst intelligente Weise entworfen wurde. Sie, ich, Säugetiere, Fische, Insekten, Pflanzen, alles. Deshalb.«

»Augenblick mal. Werfen wir jetzt die Evolution über Bord?«

»Nicht ganz. Wohin die Molekularbiologie uns auch führen mag, könnte es nach wie vor einen Platz für Darwins Evolutionstheorie geben – in irgendeiner Form.«

»Sie sind doch keine dieser bibelgläubigen Fundamentalisten, die glauben, daß wir vor genau fünftausend Jahren im Garten Eden erschaffen wurden?«

»Wohl kaum. Aber Darwins Theorie entstand 1859 – zu einer Zeit, als wir noch keine Kenntnisse über die Atomstruktur besaßen. Darwin glaubte, die kleinste Einheit eines Lebewesens sei die Zelle – und die betrachtete er lediglich als einen anpassungsfähigen Albumenklumpen.«

»Albumen? Jetzt komme ich nicht mehr ganz mit.«

»Darwin war der Ansicht, der Ursprung der lebenden Grundsubstanz sei höchstwahrscheinlich auf einen chemikalischen Unfall zurückzuführen – und der Ursprung aller Arten wurde durch Evolution erklärt. Doch mittlerweile wissen wir, daß Zellen so überaus komplexe Strukturen sind, daß man unmöglich noch davon ausgehen kann, sie seien zufällig entstanden.«

»Wirklich? Meine Schulzeit liegt wohl schon lange zurück.«

»Selbst, was die Arten betrifft … Nun ja, die beiden Axiome der Darwinschen Theorie – die Kontinuität der Natur und anpassungsfähige Entwürfe – wurden in fast einhundertfünfzig Jahren nie auch nur durch eine einzige empirische Entdeckung bestätigt.«

»Jetzt komme ich wirklich nicht mehr mit.«

»Dann will ich es anders ausdrücken.« Rose beugte sich noch immer vor, schaute zu den dunklen Hügeln und dem ständig stärker werdenden Leuchten der sich dahinter ausbreitenden Vororte. »Wissen Sie, wer Francis Crick ist?«

»Nein.«

»Ein Molekularbiologe. 1962 bekam er gemeinsam mit Maurice Wilkins und James Watson den Nobelpreis für Medizin für die Entdeckung der dreidimensionalen Molekularstruktur der DNS – der Doppelhelix. Seitdem beruht jeder Fortschritt in der Genetik – und die gewiß zahllosen revolutionären Behandlungsmöglichkeiten von Krankheiten, die wir in den nächsten zwanzig Jahren erleben werden – unmittelbar auf den Arbeiten Francis Cricks und seiner Kollegen. Crick ist ein reiner Wissenschaftler, Joe, der rein gar nichts mit Spiritualismus oder Mystik zu tun hat. Aber wissen Sie, welche Möglichkeit er vor ein paar Jahren zur Diskussion gestellt hat? Daß das Leben auf der Erde durchaus von einer außerirdischen Intelligenz entworfen worden sein könnte.«

»Sogar Intellektuelle lesen den *National Enquirer*, was?«

»Die Sache ist die ... was wir heute über die Komplexität der Molekularbiologie wissen, konnte Crick nicht mit der Theorie der natürlichen Auslese in Einklang bringen. Er war aber nicht bereit, die Existenz eines Schöpfers in irgendeinem geistlichen Sinne anzuerkennen.«

»Also kommen die immer wieder gern gesehenen gottgleichen Außerirdischen ins Spiel.«

»Aber verstehen Sie denn nicht? Das führt doch völlig am Thema vorbei. Selbst wenn jede Lebensform auf diesem Planeten von Außerirdischen entworfen wurde ... wer hat *die Außerirdischen* entworfen?«

»Die alte Frage, ob zuerst das Huhn oder das Ei da war.«

Rose lachte leise, doch das Geräusch verwandelte sich in ein Husten, das sie nicht so schnell unterdrücken konnte. Sie lehnte sich zurück, wieder gegen die Tür – und funkelte Joe wütend an, als er anzudeuten wagte, sie bräuchte ärztliche Behandlung.

»Loren Pollack glaubt daran«, sagte sie, als sie wieder zu Atem gekommen war, »der Zweck des intellektuellen menschlichen Strebens – der Zweck der Wissenschaft – bestehe darin, das Universum besser begreifen zu lernen, nicht nur, um uns eine bessere physische Kontrolle über unsere Umwelt zu verschaffen oder die Neugier zu befriedigen, sondern um das Rätsel der Existenz zu lösen, das Gott uns gestellt hat.«

»Und indem wir es lösen, werden wir selbst wie Götter.«

Sie lächelte durch ihren Schmerz. »Jetzt haben Sie sich auf Pollacks Frequenz eingestellt. Pollack glaubt, wir leben in einer Zeit, in der irgendein bedeutender wissenschaftlicher Durchbruch beweisen wird, daß es einen Schöpfer gibt. Etwas, das ... eine Schnittstelle mit dem Unendlichen ist. Das wird der Wissenschaft ihre Seele zurückgeben – die Menschheit aus ihrer Furcht und ihrem Zweifel erheben, unsere Spaltung und unseren Haß heilen und uns schließlich zu einer Suche zusammenführen, die sowohl mit dem Geist als auch mit dem Verstand betrieben wird.«

»Wie in *Star Trek*.«

»Bringen Sie mich nicht wieder zum Lachen, Joe. Das tut zu weh.«

Joe dachte an Gem Fittich, den Gebrauchtwagenhändler. Sowohl Pollack als auch Fittich schienen das bevorstehende Ende der Welt zu spüren – der Welt, wie sie sie kannten –, doch die herannahende Flutwelle, die Fittich sah, war dunkel und kalt und drohte alles auszulöschen, während Pollack eine Welle aus reinstem Licht vorhersah.

»Also hat Pollack Infiniface gegründet«, fuhr Rose fort, »um diese Suche zu erleichtern, die weltweite Forschung im Auge zu behalten und dabei besonders auf Projekte zu achten, die ... nun ja, die metaphysischen Aspekte aufweisen, welche die Wissenschaftler selbst vielleicht gar nicht sehen. Um dafür zu sorgen, daß die Forscher sich über wichtige Entdeckungen austauschen. Um bestimmte Projekte zu ermutigen, die zu einem Durchbruch genau jener Natur führen können, den Pollack vorhersagt.«

»Infiniface ist also überhaupt keine Religion.«

»Nein. Pollack ist der Ansicht, daß alle Religionen in der Hinsicht stichhaltig sind, als daß sie die Existenz eines erschaffenen Universums und eines Schöpfers anerkennen – sich dann aber in ausgeklügelten Interpretationen darüber verzetteln, was Gott von uns erwartet. Pollacks Ansicht zufolge will er, daß wir zusammenarbeiten, um zu lernen, zu verstehen, die Schichten des Universums abzuschälen, Gott zu finden ... und dabei zu seinesgleichen zu werden.«

Mittlerweile hatten sie die dunklen Hügel verlassen und befanden sich wieder in den Vororten. Vor ihnen lag die Auffahrt zu dem Freeway, der sie quer durch die Stadt nach Osten bringen würde.

»Ich glaube an gar nichts«, sagte Joe, als er die Auffahrt hinauf und dann in Richtung Glendale und Pasadena fuhr.

»Ich weiß.«

»Kein liebender Gott würde ein solches Leid zulassen.«

»Pollack würde sagen, der Trugschluß Ihres Gedankengangs ist auf seine enge menschliche Perspektive zurückzuführen.«

»Vielleicht erzählt Pollack auch nur Scheiße.«

Joe konnte nicht sagen, ob Rose wieder zu lachen anfing oder diesmal sofort zu husten begann, doch sie brauchte länger als zuvor, um sich wieder unter Kontrolle zu bekommen.

»Sie müssen zu einem Arzt«, beharrte er.

Sie blieb unnachgiebig. »Nein. Irgendeine Verzögerung ... und Nina ist tot.«

»Zwingen Sie mich nicht zu einer Wahl zwischen ...«

»Wir *haben* keine Wahl. Darauf will ich ja hinaus. Wenn es heißt, ich oder Nina ... kommt sie zuerst. Denn sie ist die Zukunft. Sie ist die Hoffnung.«

Das beim ersten Erscheinen orangefarbene Antlitz des Mondes hatte seine Verlegenheit verloren und das nackte weiße Gesicht eines selbstgefällig amüsierten Mimen aufgesetzt, nachdem das Lampenfieber überwunden war.

Der Sonntagabendverkehr auf dem vom Mond verspotteten Freeway war ziemlich dicht; die Angelenos kehrten aus Vegas und anderen Orten in der Wüste zurück, während die Wüstenbewohner in die entgegengesetzte Richtung strömten, von der Stadt und ihren Stränden nach Hause fuhren: ewig rastlose Mengen, ewig auf der Suche nach einem größeren Glück – und oft fanden sie es auch, aber nur für ein Wochenende oder einen Nachmittag.

Joe fuhr so schnell und rücksichtslos, wie er es wagte, wechselte häufig die Spur, behielt aber stets in Erinnerung, daß sie nicht das Risiko eingehen durften, von der Highway Patrol angehalten zu werden. Der Wagen war weder auf seinen noch auf Roses Namen zugelassen. Selbst wenn sie beweisen konnten, daß sie ihn nur geborgt hatten, würden sie dabei wertvolle Zeit verlieren.

»Was ist Project 99?« fragte er sie. »Was, verdammt noch mal, wird in dieser unterirdischen Anlage bei Manassas getrieben?«

»Haben Sie schon mal vom Human Genome Project gehört?«

»Ja. Stand auf dem Titelbild von *Newsweek*. Wie ich es verstanden habe, will man herausfinden, was genau jedes menschliche Gen kontrolliert.«

»Das größte wissenschaftliche Unternehmen unserer Zeit«, sagte Rose. »Das Kartographieren aller hunderttausend menschlicher Gene und die detaillierte Aufstellung des DNS-Alphabets eines jeden einzelnen. Und sie machen unglaublich schnelle Fortschritte.«

»Sie finden heraus, wie man Muskeldystrophie heilen kann, multiple Sklerose ...«

»Krebs, alles ... mit der Zeit.«

»Und Sie hatten damit zu tun?«

»Nein. Nicht direkt. Bei Project 99 ... haben wir eine ausgefallenere Aufgabe. Wir suchen nach den Genen, auf die vermutlich außergewöhnliche Begabungen zurückzuführen sind.«

»Was – wie Mozart oder Rembrandt oder Michael Jordan?«

»Nein. Es geht nicht um schöpferische oder athletische Talente, sondern um paranormale Befähigungen. Telepathie. Telekinese. Pyrokinese. Die Liste ist lang und seltsam.«

Joes erste Reaktion war die eines Polizeireporters, nicht die eines Mannes, der vor kurzem das Phantastische mit eigenen Augen in Aktion gesehen hatte. »Aber solche Talente gibt es nicht. Das ist Science Fiction.«

»Es gibt Menschen, die bei einer Vielzahl von Tests, die übersinnliche Fähigkeiten enthüllen sollen, viel bessere Ergebnisse erzielen, als der Zufall es erklären kann. Vorhersage von Spielkarten. Von Münzwürfen. Gedankenbild-Übertragungen.«

»Diese Versuche, die man an der Duke University durchgeführt hat.«

»Die und andere. Wenn wir Menschen finden, die bei solchen Tests außergewöhnlich gut abschneiden, entnehmen wir ihnen Blutproben. Wir studieren ihre genetische Struktur. Oder auch bei Kindern in Poltergeist-Situationen.«

»Poltergeister?«

»Poltergeist-Phänomene – die Falschmeldungen mal ausgesiebt – sind gar keine Geister. In Häusern, in denen so etwas auftritt, befinden sich stets ein oder mehrere Kinder. Wir vermuten, daß die Gegenstände, die durchs Zimmer fliegen, und die ektoplasmischen Erscheinungen von diesen Kindern verursacht werden, indem sie unbewußt Kräfte ausüben, von denen sie nicht einmal ahnen, daß sie sie besitzen. Wenn wir solche Kinder entdecken, untersuchen wir ihr Blut, ihre genetische Ausstattung. Wir bauen eine Bibliothek ungewöhnlicher genetischer Profile auf, suchen nach gemeinsamen Mustern bei Menschen, die verschiedenste paranormale Erlebnisse hatten.«

»Und haben Sie etwas entdeckt?«

Rose schwieg, wartete vielleicht darauf, daß ein weiterer Schmerzanfall verging, obwohl ihr Gesicht eher von geistiger Qual als von körperlichem Leiden kündete. »Ja«, sagte sie schließlich, »ziemlich viel sogar.«

Joe wußte, was er im Innenspiegel hätte beobachten können, wäre es hell genug gewesen: Seine Bräune verblaßte, und sein Gesicht wurde so weiß wie der Mond. Denn plötzlich war ihm klar, womit Project 99 sich hauptsächlich beschäftigte. »Sie haben das nicht nur *studiert.*«

»Nicht nur. Nein.«

»Sie haben die Forschungsergebnisse angewendet.«

»Ja.«

»Wie viele Leute arbeiten am Project 99?«

»Mehr als zweihundert.«

»Sie erschaffen Ungeheuer«, sagte Joe wie betäubt.

»Menschen«, sagte Rose. »Wir erzeugen in einem Labor Menschen.«

Sie schwieg vielleicht einen, zwei Kilometer. »Ja«, sagte sie dann. Und nach weiterem langem Schweigen: »Obwohl die wahren Ungeheuer diejenigen von uns sind, die sie erschaffen.«

Das Gelände ist umzäunt und wird von patrouillierenden Wachmännern gesichert. Ein Schild am Highway identifiziert es als einen Denktank namens Quartermass Institute. Es vereinnahmt achtzehnhundert Morgen der scheinbar unberührten Landschaft Virginias: grasbewachsene Hügel, auf denen Rehe und Hirsche weiden, stille Birken- und Buchenwäldchen, in denen eine Vielzahl von Kleintieren geschützt vor den Gewehren der Jäger gedeihen, Teiche mit Enten und grasbewachsene Felder mit nistenden Regenpfeifern.

Obwohl die Sicherheitsvorkehrungen minimal zu sein scheinen, bewegt sich kein Tier, das größer als ein Kaninchen ist, über das

Gelände, ohne von Bewegungsmeldern, Wärmesensoren, Mikrofonen und Kameras überwacht zu werden, die einen nicht abreißenden Datenstrom zur ständigen Analyse an einen Cray-Computer weiterleiten. Unbefugte Besucher werden sofort verhaftet, und wenn einmal Jäger oder abenteuerlustige Teenager über den Zaun steigen, was selten genug der Fall ist, können sie normalerweise keine hundertfünfzig Meter weit auf das Gelände vordringen, bevor sie gestellt und in Gewahrsam genommen werden.

Fast genau in der geographischen Mitte dieses friedlichen Geländes liegt das Waisenheim, ein freudloses, dreistöckiges Ziegelgebäude, das an ein Krankenhaus erinnert. Zur Zeit wohnen achtundvierzig Kinder darin, von denen keines älter als sechs Jahre ist. Sie befinden sich hier, weil sie alle, vom rein chemischen Sinn einmal abgesehen, ohne Mütter und Väter geboren wurden. Keins von ihnen wurde beim Beischlaf empfangen, und keins hat die Welt durch die Gebärmutter einer Frau betreten. Als Föten wurden sie in mechanischen Gebärmüttern herangezogen, trieben in einem Fruchtwasser, das im Labor hergestellt wurde.

Wie die Versuchsratten und -affen, wie die Hunde, deren Schädel aufgeschnitten und Gehirne tagelang freigelegt werden, um Experimente mit dem zentralen Nervensystem durchzuführen, wie alle Tiere, welche die Kenntnisse der Menschheit vergrößern sollen, haben auch diese Waisen keine Namen. Namen hätten ihre Betreuer ermutigen können, gefühlsmäßige Beziehungen zu ihnen zu entwickeln. Die Betreuer – zu denen alle hier Tätigen gehören, von den Sicherheitsbeamten, die gleichzeitig als Köche arbeiten, bis hin zu den Wissenschaftlern, die diese Kinder auf die Welt gebracht haben – müssen moralisch unempfänglich und gefühlsmäßig unbeteiligt bleiben, um ihre Arbeit vernünftig zu erledigen. Dementsprechend sind die Kinder unter Bezeichnungen aus Buchstaben und Ziffern bekannt, die auf die jeweiligen Register in der Genprofil-Bibliothek des Project 99 hinweisen, mit deren Hilfe ihre besonderen Fähigkeiten ausgewählt wurden.

Hier im zweiten Stock, in der südwestlichen Ecke, sitzt ATX-12-23 in ihrem Zimmer. Sie ist vier Jahre alt, katatonisch und leidet an Inkontinenz. Sie wartet in ihren eigenen Ausscheidungen in ihrer Krippe, bis ihre Pflegerin sie säubert und umzieht, und niemals klagt sie. ATX-12-23 hat noch nie auch nur ein einziges Wort gesprochen oder auch nur ein Geräusch über die Lippen gebracht. Als Kleinkind hat sie nie geweint. Sie kann nicht laufen. Sie sitzt reglos da und starrt in die Ferne. Manchmal besabbert sie sich. Ihre Muskeln sind teilweise verkümmert, obwohl man dreimal in der Woche Bewegungsübungen mit ihr vornimmt. Wäre ihr Gesicht je von einem Ausdruck belebt worden, hätte man es als sehr hübsch bezeichnen können, doch die unaufhörliche Schlaffheit ihrer Züge läßt einen frösteln. Kameras erfassen jeden Zentimeter ihres Zimmers und zeichnen rund um die Uhr alles auf, was man als Verschwendung von Videoband betrachten könnte – würden sich nicht gelegentlich unbelebte Gegenstände um ATX-12-23 bewegen. Unterschiedlich gefärbte Gummibälle schweben durch die Luft und drehen sich, treiben von einer Wand zur anderen oder umkreisen manchmal zehn oder zwanzig Minuten lang den Kopf des Kindes. Jalousien heben und senken sich, ohne daß eine Hand sie berührt. Lampen leuchten dunkler oder heller, die Digitaluhr rast durch die Stunden, und ein Teddybär, den das Mädchen niemals angerührt hat, geht manchmal auf seinen gedrungenen Beinen durchs Zimmer, als wäre im Inneren irgendein Mechanismus eingebaut, der ihm diese Bewegungen ermöglicht.

Nun kommen Sie mit durch den zweiten Stock zum dritten Zimmer rechts von den Fahrstühlen, in dem ein fünfjähriger Junge wohnt, KSB-22-09, der weder körperlich noch geistig behindert ist. Er ist vielmehr ein lebhafter Rotschopf mit dem IQ eines Genies. Er lernt gern und wird täglich unterrichtet. Der Stoff wird eigens auf ihn abgestimmt und entspricht zur Zeit dem der neunten Klasse. Er hat zahlreiche Spielzeuge, Bücher und Videofilme und nimmt an streng überwachten Spielstunden mit den anderen Waisenkindern teil, da die Urheber des Projekts es für sehr wichtig erachten, daß alle Subjekte mit normalen geistigen und uneingeschränkten körperlichen Fähigkeiten – unter Berücksichtigung der beschränkten Möglichkeiten des Instituts – in einer so geselligen Atmosphäre wie möglich aufwachsen. Wenn KSB-22-09 sich sehr bemüht (und gelegentlich auch, wenn er sich überhaupt nicht bemüht), ist er mitunter imstande, kleine Gegenstände – Bleistifte, Kugellager, Büroklammern, bislang nichts größeres als ein Glas Wasser – verschwinden zu lassen. Einfach verschwinden zu lassen. Er schickt sie irgendwo hin, in das, was er das »Ganz Dunkle« nennt. Er ist nicht imstande, die Gegenstände zurückzuholen, und kann auch nicht erklären, was das Ganz Dunkle sein könnte - wenngleich er den Ort nicht mag. Man muß ihm Beruhigungsmittel verabreichen, damit er schlafen kann, denn er leidet häufig unter lebhaften Alpträumen, in denen er sich selbst unkontrolliert, Stück für Stück, in das Ganz Dunkle schickt - zuerst einen Daumen, dann einen Zeh, dann den linken Fuß, einen Zahn und noch einen; oder ein Auge ist aus einer plötzlich leeren Höhle verschwunden, und dann ein Ohr. In letzter Zeit leidet KSB-22-09 unter Gedächtnislücken und paranoiden Schüben, die, so vermutet man, im Zusammenhang mit dem Langzeitgebrauch der Sedativa stehen, die er jeden Abend bekommt, bevor er zu Bett geht.

Von den achtundvierzig Waisen, die im Institut wohnen, haben nur sieben irgendwelche paranormalen Kräfte gezeigt. Die anderen einundvierzig werden jedoch nicht als Fehlschläge betrachtet. Jeder der sieben Erfolge hat sein oder ihr Talent zum erstenmal in einem unterschiedlichen Alter gezeigt - manche waren erst elf Monate jung, manche schon fünf Jahre alt. Insofern bleibt die Möglichkeit bestehen, daß viele der einundvierzig Subjekte im Laufe der Jahre erblühen werden - vielleicht erst, sobald die dramatischen Veränderungen in der Körperchemie einsetzen, die von der Pubertät ausgelöst werden. Irgendwann müssen die Subjekte, die altern, ohne irgendein wertvolles Talent zu zeigen, natürlich aus dem Programm entfernt werden, denn selbst Project 99 stehen keine unbegrenzten finanziellen Möglichkeiten zur Verfügung. Die Urheber des Projekts haben allerdings noch keine Entscheidung über den optimalen Zeitpunkt der Versuchsabbrüche getroffen.

Obwohl er das von kaltem Schweiß nasse Lenkrad fest in den Händen hielt, obwohl das Geräusch des Motors vertraut war, obwohl der Freeway beständig unter den sich drehenden Reifen surrte, hatte Joe das Gefühl, in eine andere Dimension geglitten zu sein, die so trügerisch amorph und wider die Vernunft war wie die surrealen Landschaften auf Gemälden von Salvador Dalí.

Als sein Entsetzen immer stärker wurde, unterbrach er Rose. »Dieser Ort, den Sie beschreiben, ist die reinste Hölle. Sie ... Sie können doch nicht an einem solchen Projekt mitgewirkt haben. So ein Mensch sind Sie nicht.«

»Ach nein?«

»Nein.«

Ihre Stimme wurde dünner, während sie sprach, als hätte die Kraft, die sie aufrecht hielt, aus den Geheimnissen bestanden, die sie bewahrte, und als schwinde ihre Vitalität, während sie sie nun Stück für Stück enthüllte – so, wie Samson seine Kraft verloren hatte, Haarlocke um Haarlocke. In ihrer wachsenden Müdigkeit lag eine süße Erleichterung, wie eine Beichte sie zu spenden vermochte, und eine Schwäche, die sie bereitwillig zu akzeptieren schien – die aber dennoch von einer grauen Flut der Verzweiflung gefärbt wurde. »Wenn ich heute nicht mehr so ein Mensch bin ... muß ich damals einer gewesen sein.«

»Aber wie? Warum? Warum haben Sie sich auf solche ... solche Greueltaten eingelassen?«

»Aus Stolz. Um zu beweisen, daß ich so brillant war, wie sie annahmen ... brillant genug, um mich dieser noch nie dagewesenen Herausforderung zu stellen. Und aus Begeisterung. Der Reiz, bei einem Programm mitzuarbeiten, das sogar noch großzügiger finanziert wurde als das Manhattan Project. Warum haben diese Leute, die die Atombombe erfunden haben, daran gearbeitet ... obwohl sie wußten, was sie schufen? Weil andere, woanders auf der Welt, es tun werden, wenn wir es nicht tun. Also müssen wir es vielleicht tun, um uns vor ihnen zu retten?«

»Uns retten, indem wir unsere Seele verkaufen?« fragte er.

»Ich kann nichts zu meiner Verteidigung anführen, das mich jemals von der Schuld freisprechen könnte«, sagte Rose. »Aber es ist wahr ... als ich mich verpflichtete, gab es keinen Konsens, daß wir die Experimente so weit treiben, daß wir *anwenden* würden, was wir mit solchem ... Eifer gelernt haben. Wir sind nach und nach in diese Situation geraten ... rutschten einen schlüpfrigen Hang hinunter. Wir hatten anfangs gar nicht vor, die Kinder zu erschaffen, wollten das erste nur während des zweiten Drittels des Fötalstadiums beobachten ... und schließlich ist ein Fötus nach unserer Auffassung noch kein menschliches Wesen. Also war es nicht so, als hätten wir mit einem *Menschen* experimentiert. Und als wir einen von ihnen die normale Schwangerschaftszeit durchlaufen ließen ... es traten faszinierende Anomalien bei den EEG-Diagrammen auf, seltsame Gehirnwellenmuster, die auf bislang unbekannte Hirnfunktionen hinzuweisen schienen. Also mußten wir es am Leben halten, um zu sehen ... um zu sehen, was wir erreicht hatten, um festzustellen, ob wir die Evolution vielleicht einen gigantischen Schritt vorangetrieben hatten.«

»Großer Gott.«

Obwohl Joe diese Frau erst vor sechsunddreißig Stunden kennengelernt hatte, waren seine Gefühle für sie vielschichtig und intensiv gewesen. Zuerst hatte er sie nahezu verehrt, dann hatte er Furcht vor ihr empfunden, und nun brachte er ihr Widerwillen entgegen. Doch aus diesem Widerwillen erwuchs Mitleid, denn zum erstenmal sah er nun bei Rose eine der vielen Ausprägungen menschlicher Schwächen, die bei ihm in anderen Formen so überreichlich vorhanden waren.

»Schon ziemlich früh«, sagte sie, »*wollte* ich raus. Also bat man mich zu einem kleinen Plausch mit dem Direktor des Projekts, der mir dann klarmachte, daß es kein Zurück mehr gab. Ich hatte eine Lebensstellung angetreten. Jeder Versuch, Project 99 zu verlassen, kommt einem Selbstmord gleich – und man gefährdet damit auch das Leben anderer geliebter Menschen.«

»Aber hätten Sie sich nicht an die Presse wenden können? Die Zeitungen hätten die Story groß herausbringen und diese Leute damit zwingen können, das Projekt zu beenden.«

»Wahrscheinlich nicht ohne handfeste Beweise, und die hatte ich nicht. Ich konnte nur mit meiner Aussage aufwarten. Allerdings kamen offenbar einige meiner Kollegen auf die Idee, ganz allein alles zum Einsturz zu bringen. Einer von ihnen starb an einem Schlaganfall – genau zum richtigen Zeitpunkt. Ein anderer wurde von einem Straßenräuber dreimal in den Kopf geschossen – der nie gefaßt wurde. Eine Zeitlang ... war ich so deprimiert, daß ich in Betracht zog, Selbstmord zu begehen und ihnen die Mühe zu ersparen. Aber dann ... dann kam CCY-21-21 ...«

Ein Jahr vor CCY-21-21 wurde das männliche Subjekt SSW-89-58 geboren. Er zeigt in jeder Hinsicht außerordentliche Begabungen, und seine Geschichte ist für Sie von Bedeutung, weil Sie kürzlich Erfahrungen mit Menschen gemacht haben, die sich selbst ausweiden oder in Brand setzen – und wegen des Verlusts, den Sie in Colorado erlitten haben.

Als SSW-89-58 dreieinhalb Jahre alt ist, hat er die Sprachbefähigung eines durchschnittlichen College-Studenten im ersten Jahr und kann ein Buch von dreihundert Seiten in einer bis drei Stunden lesen, je nachdem, wie kompliziert der Text ist. Höhere Mathematik fällt ihm so leicht zu wie der Verzehr von Eiscreme, und das gilt auch für Fremdsprachen vom Französischen bis zum Japanischen. Seine körperliche Entwicklung verläuft ebenfalls beschleunigt, und mit vier Jahren ist er so groß und proportional entwickelt wie ein durchschnittlicher Siebenjähriger. Man erwartet bei ihm paranormale Talente, doch die Forscher sind überrascht von der großen Bandbreite seiner eher herkömmlichen Genialität – wozu unter anderem die Fähigkeit zählt, jedes beliebige Klavierstück zu spielen, nachdem er es einmal gehört hat – und seiner körperlichen Frühreife, für die keine genetische Auswahl getroffen wurde.

Als 89-58 erstmals paranormale Fähigkeiten zeigt, erweist er sich als unglaublich begabt. Seine erste verblüffende Leistung ist die Fernsicht. Wie zum Spiel beschreibt er Forschern die Zimmer in ihren Häusern, die er nie besucht hat. Er nimmt sie auf Rundgänge durch Museen mit, in denen er nie gewesen ist. Als man ihm das Foto eines Berges in Wyoming zeigt, in dem ein geheimes Verteidigungszentrum des Strategic Air Command verborgen ist, beschreibt er in allen Einzelheiten den Status der Raketen auf den Computermonitoren in der Zentrale. Man betrachtet 89-58 als Spionagemittel von unschätzbarem Wert – bis er, glücklicherweise Schritt für Schritt, herausfindet, daß er genauso leicht in den Verstand eines Menschen eindringen kann wie in einen fernen Raum. Er ergreift die geistige Kontrolle über seinen Hauptbetreuer, läßt den Mann sich ausziehen und durch die Gänge des Waisenhauses laufen, wobei er wie ein Hahn krähte. Als SSW-89-58 die Kontrolle über den Betreuer wieder aufgibt und man herausfindet, was er getan hat, wird er streng bestraft. Er nimmt die Strafe übel, nimmt sie zutiefst übel. In dieser Nacht vollzieht er eine Fernsicht des Hauses des Betreuers und dringt über eine Entfernung von siebzig Kilometern in den Verstand des Betreuers ein. Er benützt den Körper des Betreuers, der brutal seine Frau und Tochter ermordet und dann Selbstmord begeht.

Nach diesem Zwischenfall wird SSW-89-58 mit einer hohen

Dosis eines Beruhigungsmittels, das mit Hilfe eines Pfeilgewehrs verabreicht wird, unter Kontrolle gebracht. Zwei Angestellte von Project 99 kommen dabei ums Leben.

Danach wird 89-58 achtzehn Tage lang in einem von Medikamenten erzeugten Koma gehalten, während ein Team von Wissenschaftlern ein geeignetes Habitat für das Subjekt entwirft und dessen Konstruktion beaufsichtigt – eins, in dem man ihn am Leben erhalten, aber seine Kontrolle gewährleisten kann. Ein Teil der Mitarbeiter rät zur sofortigen Beseitigung von SSW-89-58, doch dieser Vorschlag wird nach reiflicher Überlegung abgelehnt. Zu irgendeinem Zeitpunkt wird jede Bemühung von Pessimisten in Frage gestellt.

Kommen Sie jetzt mit in den Sicherheitsraum in der südöstlichen Ecke der ersten Etage des Waisenhauses. Hier müßten Sie sich – wären Sie ein Mitarbeiter – der genauen Überprüfung durch drei Wachen unterziehen, denn dieser Posten ist niemals mit weniger Leuten bemannt, und zwar rund um die Uhr. Sie müßten die rechte Hand auf einen Scanner legen, der Sie anhand Ihrer Fingerabdrücke identifizieren würde. Sie müßten überdies in einen Retinascanner schauen, der Ihre Netzhautmuster mit denen vergleicht, die bei dem Scan aufgezeichnet wurden, dem Sie sich unterzogen haben, als Sie Ihren Arbeitsvertrag unterschrieben.

Von hier fahren Sie in einem Lift an fünf unterirdischen Stockwerken vorbei, in denen ein Großteil der Arbeit von Project 99 durchgeführt wird. Sie interessieren sich jedoch für das sechste und unterste Stockwerk, in dem Sie zum Ende eines langen Korridors und durch eine graue Metalltür gehen. Sie stehen in einem schlichten Raum mit einer einfachen, zweckmäßigen Einrichtung, in dem sich drei Wachmänner befinden, von denen sich keiner für Sie interessiert. Diese Männer arbeiten in Schichten von sechs Stunden, womit gewährleistet werden soll, daß sie nicht nur aufmerksam darauf achten, was in dem benachbarten Raum geschieht, sondern auch Nuancen im Verhalten ihrer Kollegen bemerken.

Eine Wand dieses Raumes verfügt über ein großes Fenster, durch das man ins angrenzende Zimmer schauen kann. Hinter dieser Glasscheibe werden Sie oft Dr. Louis Blom oder Dr. Keith Ramlock – oder beide – bei der Arbeit beobachten können, denn sie haben SSW-89-58 entworfen und überwachen die Nutzung und den Einsatz seiner Gaben. Sollten weder Dr. Blom noch Dr. Ramlock anwesend sein, halten sich mindestens drei andere Angehörige ihres unmittelbaren Stabs dort auf.

SSW-89-58 wird nie unbeaufsichtigt gelassen.

Sie wechselten von der Interstate 210 auf die Interstate 10, als Rose ihren Bericht unterbrach. »Joe«, sagte sie, »würden Sie die nächste Raststätte anfahren? Ich muß mal auf die Toilette.«

»Was ist los?«

»Nichts. Ich muß nur ... mal auf die Toilette. Ich verschwende diese Zeit nur ungern. Ich will so schnell wie möglich nach Big Bear. Aber ich will mir auch nicht in die Hosen machen. Es hat keine Eile. Irgendwann auf den nächsten Kilometern, okay?«

»Na schön.«

Und Rose führte ihn erneut durch ihre Version der Fernsicht des Project 99 in der Nähe von Manassas.

Bitte gehen Sie weiter durch die Verbindungstür und in den letzten Raum, in dem der komplizierte Eindämmungsbehälter steht, in dem 89-58 jetzt lebt und den Rest seines unnatürlichen Lebens verbringen wird, falls es nicht zu unvorhergesehenen und verhängnisvollen Entwicklungen kommt. Es handelt sich dabei um eine Art Tank, der ein wenig an die eisernen Lungen erinnert, in denen in primitiveren Jahrzehnten Opfer von Kinderlähmung am Leben erhalten wurden. 89-58 liegt in seinem Eindämmungsbehälter wie eine Pekannuß in ihrer Schale, wird völlig davon umschlossen, befindet sich zwischen den matratzenweichen Hälften einer eingefetteten Körperform, die jede Bewegung unmöglich macht – er kann nicht einmal den kleinen Finger rühren – und ihm nur noch erlaubt, das Gesicht zu verziehen, was aber sowieso niemand sehen kann. Durch eine Nasenklemme wird ihm Sauerstoff direkt aus Flaschen außerhalb des Eindämmungsbehälters zugeführt. Außerdem wird er von redundanten Infusionsnadeln durchbohrt, eine in jedem Arm und eine im linken Schenkel, durch die er lebenserhaltende Nährstoffe, ausgewogene Flüssigkeiten und eine Vielzahl von Medikamenten bekommt, die ihm zu verabreichen seine Betreuer für angebracht halten. Er ist zur effizienten Entsorgung von Stoffwechselprodukten dauerhaft kathetisiert. Sollte eine der Tropfinfusionen oder der anderen Verbindungen sich lösen oder ausfallen, werden die Betreuer sofort alarmiert und, obwohl alle Systeme doppelt vorhanden sind, umgehend Reparaturmaßnahmen eingeleitet.

Die Forscher und ihre Assistenten führen die notwendigen Gespräche mit 89-58 über ein telefonartiges System. Die muschelartige Körperform in dem stählernen Behälter, in der er liegt, ist mit Lautsprechern neben seinen Ohren und einem Mikrofon über seinem Mund ausgerüstet. Das Personal kann die Worte von 89-58 zu einem Hintergrundflüstern dämpfen, aber er verfügt nicht über die Möglichkeit, sich den Worten zu verschließen, die zu *ihm* dringen. Eine ausgeklügelte Videovorrichtung ermöglicht es, Bilder über Glasfasern auf zwei Linsen zu übertragen, die auf die Augenhöhlen von 89-58 montiert sind; infolgedessen kann man ihm Fotos – und, wenn nötig, auch die geographischen Koordinaten von Gebäuden und Orten zeigen, in denen er Fernsichtungen vornehmen soll. Manchmal zeigt man ihm Fotos von Personen, gegen die er die eine oder andere Maßnahme ergreifen soll.

Während einer Fernsichtung beschreibt 89-58 mit lebhaften Einzelheiten, was er an dem fernen Ort sieht, zu dem sie ihn geschickt haben, und beantwortet pflichtbewußt Fragen, die seine Betreuer ihm stellen. Indem sie seinen Herzschlag, den Blutdruck, die Atemfrequenz, die Gehirnwellen und die Bewegung der Lider überwachen, können sie mit einer Genauigkeit von mehr als neunundneunzig Prozent sofort erkennen, wenn 89-58 lügt. Des weiteren stellen sie ihn von Zeit zu Zeit auf die Probe, indem sie ihn an ferne Orte schicken, über die sie bereits umfangreiche und zuverlässige Informationen gesammelt haben; seine Antworten werden dann mit dem Material verglichen, das sich in ihren Akten befindet.

Er war einmal böse gewesen. Man vertraut ihm nicht.

Wenn man 89-58 anweist, in den Verstand einer bestimmten Person einzudringen und dieses Individuum entweder zu eliminieren oder zu benützen, um ein anderes zu eliminieren – bei dem es sich meistens um einen Ausländer handelt –, wird der Auftrag als »nasse Mission« bezeichnet. Dieser Ausdruck wird zum einen benützt, weil Blut vergossen wird, hauptsächlich jedoch, weil 89-58 nicht in die relative Trockenheit ferner Räume vorstößt, sondern in die schmutzig-trüben Tiefen eines menschlichen Geistes. Wenn 89-58 eine nasse Mission durchführt, beschreibt er sie Dr. Blom oder

Dr. Ramlock; mindestens einer von ihnen ist während solch eines Ereignisses immer anwesend. Nach zahlreichen solcher Missionen sind Blom, Ramlock und ihre Kollegen imstande, eine Täuschung wahrzunehmen, noch bevor der Polygraph Probleme anzeigt.

Videodarstellungen der elektrischen Aktivität im Gehirn von 89-58 geben den Betreuern eindeutigen Aufschluß über die Tätigkeiten, mit denen er gerade befaßt ist. Wenn er lediglich Fernsichtungen betreibt, unterscheiden die Muster sich signifikant von denen, die entstehen, wenn er nasse Missionen durchführt. Falls er nur den Auftrag hat, irgendeinen fernen Ort zu beobachten, und dabei ungehorsam ist und den Geist eines Menschen an diesem Ort übernimmt, entweder um zu rebellieren oder auch nur aus Spaß an der Freude, erkennen seine Betreuer das sofort.

Wenn SSW-89-58 sich einem Befehl widersetzt, die Parameter eines Auftrags überschreitet oder andere Anzeichen von Rebellion zeigt, kann er auf vielfache Weise bestraft werden. Elektrische Kontakte in der Körperform – und in seinem Katheter – können aktiviert werden, um empfindlichen Stellen an seinem gesamten Körper, vom Kopf bis zu den Füßen, schmerzhafte Schocks zu versetzen. Seine Ohren können einem durchdringenden elektronischen Kreischen von unerträglicher Lautstärke ausgesetzt werden. Seiner Luftzufuhr können problemlos widerwärtige Gerüche beigemischt werden. Eine Vielzahl von Medikamenten steht zur Verfügung, mit denen schmerzhafte und beängstigende körperliche Symptome erzeugt werden können – etwa heftige Muskelkrämpfe oder Nervenentzündungen –, die keine Gefahr für das Leben dieses kostbaren Subjekts darstellen. Eine einfache, aber wirksame Disziplinarmaßnahme besteht auch darin, klaustrophobische Panik herbeizuführen, indem man seine Luftzufuhr unterbindet.

Wenn 89-58 gehorsam ist, so kann er auf fünf verschiedene Arten belohnt werden. Obwohl er die grundlegenden Nährstoffe – Kohlehydrate, Proteine, Vitamine, Mineralien – mittels Tropfinfusion erhält, kann ein Strohhalm aus der Körperhülle und zwischen seine Lippen ausgefahren werden, um ihm zu ermöglichen, wohlschmeckende Flüssigkeiten zu genießen, von Coca Cola über Apfelsaft bis hin zu Kakao. Da er am Klavier ein Wunderkind ist und großes Vergnügen an der Musik findet, kann man ihn überdies mit allen möglichen Stücken belohnen, von den Beatles bis hin zu

Beethoven. Drittens können ganze Filme in die Linsen vor seinen Augen übertragen werden – und aus so einer intimen Perspektive scheint er praktisch mitten in dem filmischen Erlebnis zu sein. Viertens kann man ihm stimmungsaufhellende Drogen injizieren, die ihn in mancher Hinsicht zum glücklichsten Jungen auf der Welt machen. Fünftens, und das gefällt ihm am besten, erlaubt man ihm manchmal, Orte mit seiner Fernsicht zu besuchen, die er gern sehen möchte, und während dieser wunderschönen Expeditionen, bei denen er nur von seinen eigenen Interessen geleitet wird, erlebt er die Freiheit – zumindest soviel, wie er sich darunter vorstellen kann.

Da 89-58 immer nur einen fremden Geist beherrschen kann, werden der Eindämmungsbehälter und sein Bewohner ständig von mindestens drei Angehörigen des Personals bewacht. Sollte einer der drei plötzlich gewalttätig werden oder ein ungewöhnliches Verhalten zeigen, könnte einer der beiden anderen 89-58 mit einem einfachen Knopfdruck durch die Tropfinfusion eine ausreichende Dosis Beruhigungsmittel verabreichen, um ihn praktisch sofort in Tiefenschlaf zu versetzen, in dem er völlig hilflos ist. Für den unwahrscheinlichen Fall, daß dies nicht gelingen sollte, kann man dem Sedativum durch Betätigen eines Panikknopfs eine letale Dosis Nervengift beimischen, das in drei bis fünf Sekunden tötet.

Den drei Wachen auf der anderen Seite des Beobachtungsfensters stehen ähnliche Knöpfe zur Verfügung, die sie nach eigenem Ermessen betätigen können.

SSW-89-58 kann keine Gedanken lesen. Er ist kein Telepath. Er kann nur die Persönlichkeit des Menschen unterdrücken, den er bewohnt, und die Kontrolle über dessen Körper übernehmen. Das Personal von Project 99 ist sich nicht einig darüber, ob der Mangel an telepathischen Fähigkeiten eine Enttäuschung oder ein Segen ist.

Wenn 89-58 auf eine nasse Mission geschickt wird, muß er außerdem wissen, wo sein Opfer sich befindet, bevor er in seinen Geist eindringen kann. Er kann nicht von sich aus die Weltbevölkerung absuchen, sondern muß von seinen Betreuern geleitet werden, die seine Beute vorher lokalisieren müssen. Erst, nachdem man 89-58 ein Bild des Gebäudes oder Fahrzeugs gezeigt hat, in dem das Zielobjekt sich befindet – und nachdem dieser Ort geographisch von seinem Geist erfaßt wurde –, kann er handeln.

Bislang ist er auch auf die Mauern dieses Gebildes beschränkt und kann den Gesuchten nicht über die Begrenzungen des Objekts hinaus verfolgen, das man ihm ursprünglich gezeigt hat. Niemand weiß, warum es diese Beschränkung gibt, auch wenn es an Theorien nicht mangelt. Vielleicht liegt es daran, daß das unsichtbare psychische Ich, das lediglich irgendeine Wellenenergie darstellt, auf offene Flächen ähnlich reagiert wie gespeicherte Wärme in einem heißen Stein, den man in einen kalten Raum legt: Sie strahlt aus, zerstreut sich, löst sich auf und kann nicht in kohärenter Form erhalten werden. 89-58 ist imstande, auch im Freien Fernsichtungen zu betreiben, aber nur für eine jeweils kurze Zeitspanne. Diese Unzulänglichkeit ist den Betreuern von 89-58 ein Dorn im Auge, doch sie glauben und hoffen, daß diesbezügliche Fähigkeiten des Subjekts sich mit der Zeit verbessern können.

Wenn Sie den Anblick ertragen, können sie zweimal wöchentlich beobachten, wie der Eindämmungsbehälter geöffnet wird, damit die Betreuer das Subjekt säubern können. Während dieser Prozedur ist 89-58 stets betäubt – und bleibt mit dem Panikknopf verbunden. Man wäscht ihn gründlich mit einem Schwamm, behandelt Hautreizungen, entfernt die wenigen festen Ausscheidungsstoffe, die er produziert, aus dem Darm, säubert seine Zähne, untersucht die Augen auf Entzündungen, spült sie mit Antibiotika und führt weitere Pflegemaßnahmen durch. Obwohl man die Muskeln von 89-58 täglich mit Schwachstromstößen stimuliert, um eine minimale lebenserhaltende Muskelmasse zu gewährleisten, erinnert er an eines der verhungernden Kinder aus einem jener Länder der Dritten Welt, die von Trockenheiten und politischem Dilettantismus gebeutelt werden. Er ist so bleich wie eine Leiche auf dem Tisch eines Gerichtsmediziners, verdorrt, mit elfenhaften Knochen, die nahezu filigran geworden sind, da sie nicht benützt werden; und wenn er unbewußt die schwachen Finger um die Hände der Pfleger krümmt, ist sein Griff nicht fester als der eines neugeborenen Babys, das versucht, den Daumen seiner Mutter festzuhalten.

Manchmal murmelt er während dieser tiefen Sedation wortlos, aber verzweifelt vor sich hin, wimmert und weint sogar, als triebe er durch einen weichen, traurigen Traum.

An der Shell-Tankstelle standen nur drei Fahrzeuge an den Selbstbedienungs-Zapfsäulen. Die Fahrer kümmerten sich um ihre Wagen, schauten zu Boden und zogen die Köpfe ein, um zu verhindern, daß der Wind ihnen Sand in die Augen blies.

Die Beleuchtung war so hell wie die einer Filmkulisse, und wenngleich Joe und Rose nicht von jener Art Polizeibehörde gesucht wurden, die ihre Fotos an die örtlichen Nachrichtensender verteilte, zog Joe es vor, sich von dem grellen Licht fernzuhalten. Er parkte an der Seite des Gebäudes, in der Nähe der Toiletten, wo dräuende Schatten überlebten.

Joe befand sich in einem gefühlsmäßigen Aufruhr. Er hatte den Eindruck, man habe ihm das Herz durchbohrt, denn nun kannte er die genaue Ursache des katastrophalen Absturzes, die Identität des Mörders und die verqueren Einzelheiten. Das Wissen war wie ein Skalpell, das den dünnen Schorf abschabte, der sich über seinem Schmerz gebildet hatte. Seine Trauer fühlte sich frisch an; der Verlust schien noch nicht so lange zurückzuliegen, wie es in Wirklichkeit der Fall war.

Er stellte den Motor ab und saß sprachlos da.

»Ich begreife nicht, wie sie herausfinden konnten, daß ich an Bord dieses Flugzeugs war«, sagte Rose. »Ich habe alle Vorsichtsmaßnahmen ergriffen ... Aber ich wußte es, als er die Passagierkabine per Fernsichtung betrachtete, nach uns suchte, weil das Licht plötzlich schwächer wurde, meine Armbanduhr verrückt spielte und sich bei mir das verschwommene Gefühl einer *Präsenz* einstellte – Zeichen, die ich zu deuten gelernt hatte.«

»Ich habe eine Ermittlerin des National Transportation Safety Board kennengelernt, die die Aufzeichnung des Cockpit-Tonbands gehört hatte, bevor es im Tonlabor bei einem Feuer verbrannte, das wie gerufen kam. Dieser Junge war im Kopf des Flugkapitäns, Rose. Ich verstehe das nicht ... warum hat er nicht einfach nur *Sie* ausgeschaltet?«

»Er mußte uns beide erwischen, das war sein Auftrag. Mich und das Mädchen. Während er mich problemlos hätte töten können, wäre es bei dem Mädchen nicht ganz so einfach gewesen.«

»Nina?« sagte Joe völlig verwirrt. »Warum waren sie damals schon an ihr interessiert? Sie war doch nur ein ganz normaler Passagier, oder? Ich dachte, später wären diese Leute hinter Nina her gewesen, weil sie ... na ja, weil sie mit Ihnen überlebt hat.«

Rose erwiderte Joes Blick nicht. »Holen Sie mir den Schlüssel für die Damentoilette, Joe. Wären Sie so nett? Es dauert nur eine Minute. Den Rest erzähle ich Ihnen auf dem Weg nach Big Bear.«

Er ging in den Verkaufsraum und ließ sich vom Kassierer den Schlüssel geben. Als er zum Ford zurückkehrte, war Rose ausgestiegen. Sie lehnte sich gegen einen vorderen Kotflügel, den Rücken gebogen und die Schultern zum Schutz vor dem pfeifenden Santa-Ana-Wind hochgezogen. Den linken Arm drückte sie gegen die Brust; die Hand zitterte noch immer. Mit der Rechten zog sie das Revers ihres Blazers zusammen, als ließe der warme Augustwind sie frieren.

»Würden Sie mir bitte die Tür aufschließen?« sagte sie.

Joe ging zur Damentoilette. Als er die Tür aufgeschlossen und das Licht eingeschaltet hatte, war Rose neben ihn getreten.

»Ich mache schnell«, versprach sie und schlüpfte an ihm vorbei.

Bevor die Tür zufiel, konnte er in der Helligkeit einen kurzen Blick auf ihr Gesicht werfen. Sie sah nicht gut aus.

Den Schwestern in Nervenkliniken und psychiatrischen Abteilungen zufolge reagierte eine größere Zahl ihrer verwirrtesten Patienten heftiger auf die Santa-Ana-Winde als auf den Anblick des Vollmonds hinter einem vergitterten Fenster. Es war nicht nur das unheilvolle Geräusch, das wie die Schreie eines überirdischen Jägers und der überirdischen Tiere klang, die er verfolgte; es war auch der unterschwellige, alkalische Geruch der Wüste und die sonderbare elektrische Ladung, die sich von denen unterschied, die andere – nicht so trockene – Winde in die Luft abgaben.

Joe erkannte, warum Rose den Blazer geschlossen und sich darin eingehüllt hatte. In dieser Nacht konnten sowohl der Mond als auch der Santa-Ana-Wind den Funken einer Voodooströmung im Rückgrat entfachen – und ein elternloser Junge ohne Namen, der in einem stählernen Sarg lebte und sich unsichtbar durch eine Welt potentieller Opfer bewegte, die nichts von ihm wußten.

Zeichnen wir auf?

Der Junge hatte von dem Cockpit-Tonband gewußt – und einen Hilferuf darauf hinterlassen.

Einer von ihnen heißt Dr. Louis Blom. Einer von ihnen heißt Dr. Keith Ramlock. Die machen schlimme Sachen mit mir. Die sind gemein zu mir. Die sollen damit aufhören. Die sollen aufhören, mir weh zu tun.

Was auch immer 89-58 sein mochte – Soziopath, Psychotiker, Mörder –, er war auch ein Kind. Ein Ungeheuer, eine Abscheulichkeit, ein Schreckgespenst, aber auch ein Kind. Er hatte nicht darum gebeten, geboren zu werden, und falls er böse war, hatten sie ihn dazu gemacht, indem sie ihn keine menschlichen Werte gelehrt, sondern ihn als reine Waffe mißbraucht, ihn für Mord belohnt hatten. Er war ein Ungeheuer, aber ein mitleiderregendes, verloren und allein in einem Labyrinth des Jammers.

Mitleiderregend, aber gefährlich. Und noch immer da draußen. Er wartete darauf, daß man ihm sagte, wo er Rose Tucker finden konnte. Und Nina.

Das macht Spaß.

Das Junge genoß das Töten. Joe vermutete, daß seine Betreuer den Jungen vielleicht gar nicht angewiesen hatten, alle Passagiere an Bord des Fluges Nationwide 353 zu töten, sondern daß er selbst es getan hatte, als Akt der Rebellion – und weil es ihm Spaß machte.

Sie sollen aufhören, oder wenn ich die Möglichkeit kriege ... wenn ich die Möglichkeit kriege, bringe ich jeden um. Jeden. Bestimmt. Ich werde es tun. Ich bringe jeden um, und es wird mir gefallen.

Als Joe sich an diese Worte der Abschrift erinnerte, spürte er, daß der Junge sich nicht nur auf die Passagiere des zum Absturz verurteilten Flugzeugs bezog. Zu diesem Zeitpunkt hatte er bereits die Entscheidung getroffen, *jeden* zu töten. Er sprach nicht nur von dreihundertdreißigfachem Mord, sondern von einer Tat wahrhaft apokalyptischen Ausmaßes.

Was konnte er bewerkstelligen, wenn man ihm die Fotos und die geographischen Koordinaten nicht nur eines Verteidigungszentrum des Strategic Air Command gab, sondern die eines Silos mit Atomraketen?

»Großer Gott«, flüsterte Joe.

Irgendwo in der Nacht wartete Nina. In den Händen eines von Roses Freunden, aber unzureichend geschützt. Verletzbar.

Rose schien sehr lange zu brauchen.

Joe klopfte an die Toilettentür und rief Roses Namen, doch sie antwortete nicht. Er zögerte, klopfte erneut, und als sie schwach »Joe!« rief, stieß er die Tür auf.

Sie hockte auf dem Rand der Toilettenschüssel. Den marineblauen Blazer und die weiße Bluse hatte sie ausgezogen; letztere lag blutgetränkt im Waschbecken.

Joe war bislang nicht aufgefallen, daß sie blutete. Die Dunkelheit und der Blazer hatten das Blut vor ihm verborgen.

Als er den Raum betrat, sah er, daß Rose aus nassen Papiertaschentüchern eine Art Kompresse gebildet hatte. Sie drückte sie über ihrer Brust gegen den linken Brustmuskel.

»Dieser Schuß am Strand«, sagte er wie betäubt. »Sie wurden getroffen.«

»Ein glatter Durchschuß«, sagte sie. »Im Rücken habe ich eine Austrittswunde. Alles schön sauber. Ich habe nicht mal stark geblutet, und der Schmerz ist erträglich. Warum also werde ich schwächer?«

»Innere Blutungen«, vermutete Joe und zuckte zusammen, als er die Austrittswunde in ihrem Rücken betrachtete.

»Ich kenne mich mit Anatomie aus«, sagte sie. »Der Schuß hat mich genau an der richtigen Stelle getroffen. Es hätte nicht besser kommen können. Größere Blutgefäße können nicht verletzt worden sein.«

»Vielleicht hat die Kugel einen Knochen getroffen und ist gesplittert. Der Splitter ist vielleicht nicht ausgetreten und hat einen anderen Weg genommen.«

»Ich hatte solchen Durst. Habe versucht, Wasser aus dem Hahn zu trinken. Ich bin fast ohnmächtig geworden, als ich mich nach vorn beugte.«

»Jetzt reicht's!« sagte Joe. Sein Herz raste. »Wir müssen Sie zu einem Arzt bringen.«

»Bringen Sie mich zu Nina.«

»Rose, verdammt ...«

»Nina kann mich heilen«, sagte sie, und als sie sprach, wandte sie den Blick schuldbewußt von ihm ab.

»Sie heilen?« wiederholte er erstaunt.

»Vertrauen Sie mir. Nina kann, was kein Arzt kann, was niemand sonst auf der Erde kann.«

In diesem Augenblick erkannte Joe auf irgendeiner Ebene zumindest eins von Rose Tuckers verbliebenen Geheimnissen, doch er konnte es sich nicht erlauben, diese dunkle Perle des Wissens hervorzuholen und zu untersuchen.

»Helfen Sie mir, die Bluse und den Blazer anzuziehen, und dann fahren wir weiter. Bringen Sie mich in Ninas Hände. In ihre heilenden Hände.«

Obwohl Joe beinahe schlecht vor Sorge war, tat er, was sie von ihm verlangte. Als er sie anzog, fiel ihm ein, daß sie ihm am Samstagmorgen auf dem Friedhof fast überlebensgroß vorgekommen war. Jetzt war sie so klein.

Durch einen heißen, krallenden Wind, der den Gesang von Wölfen nachahmte, stützte sie sich auf dem gesamten Rückweg zum Wagen auf ihn.

Als er ihr auf den Beifahrersitz geholfen hatte, bat sie ihn, ihr etwas zu trinken zu besorgen.

Aus einem Automaten vor der Tankstelle zog er eine Dose Pepsi und eine Dose Orangensaft. Rose entschied sich für den Saft, und Joe öffnete ihr die Dose.

Bevor Rose sie entgegennahm, gab sie ihm zwei Dinge: Die Polaroidaufnahme der Gräber seiner Familie und den zusammengefalteten Dollarschein, dessen Seriennummer – ohne die vierte Ziffer – die Telefonnummer bildete, unter der Mark von Infiniface bei einem Notfall zu erreichen war. »Und bevor Sie losfahren, will ich Ihnen sagen, wie Sie zur der Hütte in Big Bear gelangen – für den Fall, daß ich nicht durchhalte, bis wir dort sind.«

»Reden Sie keinen Unsinn. Sie schaffen das schon.«

»Hören Sie zu«, sagte sie und strahlte wieder das Charisma aus, das Aufmerksamkeit gebot.

Er hörte zu, während sie ihm den Weg erklärte.

»Und was Infiniface betrifft«, sagte sie, »ich vertraue ihnen, und sie *sind* meine natürlichen Verbündeten – und Ninas –, wie Mark es gesagt hat. Aber ich befürchte, man kann sie zu leicht infiltrieren. Deshalb wollte ich sie heute abend nicht mitkommen lassen. Aber wenn wir nicht verfolgt werden, ist dieser Wagen sauber, und vielleicht reichen ihre Sicherheitsvorkehrungen doch aus. Falls das Schlimmste eintreten sollte und Sie nicht wissen, an wen Sie sich wenden sollen … sie sind vielleicht Ihre größte Hoffnung.«

Seine Brust spannte sich, und sein Hals wurde ganz trocken, als sie sprach, und schließlich sagte er: »Ich will nichts mehr davon hören. Ich werde Sie rechtzeitig zu Nina bringen.«

Roses rechte Hand zitterte nun ebenfalls, und Joe war nicht

sicher, daß sie die Dose Orangensaft halten konnte. Aber sie schaffte es und trank durstig.

»Ich wollte Sie nie verletzten, Joe«, sagte sie, als er auf den San Bernardino Freeway zurück und wieder in östliche Richtung fuhr.

»Sie haben mich nicht verletzt.«

»Aber ich habe etwas Schreckliches getan.«

Er schaute sie an. Er wagte nicht zu fragen, was sie getan hatte. Er hielt diese leuchtende schwarze Perle des Wissens tief in der Tasche seines Verstandes versteckt.

»Hassen Sie mich nicht zu sehr.«

»Ich hasse Sie überhaupt nicht.«

»Meine Motive waren gut. Sie sind immer gut gewesen. Sicher nicht makellos, als ich die Stelle bei Project 99 annahm. Aber diesmal waren meine Motive gut, Joe.«

Während Joe aus dem Lichtsturm von Los Angeles und der Vororte fuhr, der Dunkelheit der Berge entgegen, in der Nina weilte, wartete er darauf, daß Rose ihm sagte, warum er sie hassen sollte.

»Also«, sagte sie, »dann will ich Ihnen von dem einzigen wahren Erfolg des Projekts erzählen ...«

Fahren wir nun von diesem kleinen Blick in die Hölle im tiefsten der sechs unterirdischen Stockwerke mit dem Fahrstuhl hinauf und lassen den Jungen in seinem Eindämmungsbehälter zurück. Fahren wir wieder ganz hinauf bis zum Sicherheitsraum, in dem der Abstieg begann. Doch es geht noch weiter, in die südöstliche Ecke des Erdgeschosses, wo CCY-21-21 wohnt.

Sie wurde ein Jahr nach 89-58 ohne Leidenschaft empfangen, doch sie war nicht das Werk der Doktoren Blom und Ramlock, sondern das Rose Tuckers. Sie ist ein hübsches Kind, zierlich, mit einem schönen Gesicht, goldenem Haar und amethystfarbigen Augen. Obwohl die Mehrzahl der Waisen, die hier wohnen, von durchschnittlicher Intelligenz sind, hat CCY-21-21 einen ungewöhnlich hohen IQ, vielleicht noch höher als 89-58, und sie lernt gern. Sie ist ein stilles Mädchen voller Anmut und natürlichem Charme, doch in den ersten drei Jahren ihres Lebens zeigte sie keine übersinnlichen Fähigkeiten.

Als sie dann an einem sonnigen Nachmittag im Mai an einer beaufsichtigten Spielstunde mit anderen Kindern auf dem Rasen des

Waisenhauses teilnimmt, findet sie einen Spatzen mit einem gebrochenen Flügel und einem zerfetzten Auge. Er liegt im Gras unter einem Baum, flattert schwach und wird vor Angst reglos, als sie ihn in ihre kleinen Hände nimmt. Weinend läuft das Mädchen mit dem Vogel zum nächsten Betreuer und fragt, wie man dem Tier helfen kann. Der Spatz ist mittlerweile so schwach und von Furcht gelähmt, daß er kaum mehr den Schnabel öffnen kann, und er gibt nicht das leiseste Geräusch von sich. Der Vogel liegt im Sterben; der Betreuer erkennt, daß man nichts für ihn tun kann, doch das Mädchen will den bevorstehenden Tod des Spatzen nicht wahrhaben. Es setzt sich auf den Boden, hält den Vogel sanft in der linken Hand und streichelt ihn vorsichtig mit der rechten, singt ihm leise ein Lied von Robin Rotkehlchen vor – und in kaum einer Minute ist der Spatz kerngesund. Die gebrochen Flügelknochen werden wieder fest, und das zerfetzte Auge heilt zu einer hellen, klaren Kugel. Der Vogel singt – und fliegt davon.

CCY-21-21 wird zum Mittelpunkt eines Wirbelwinds erfreuter Aufmerksamkeit. Rose Tucker, die vom Alptraum des Project 99 fast zum Selbstmord getrieben worden war, wird wiedergeboren wie der Vogel und tritt von dem Abgrund zurück, in den sie angestrengt geschaut hatte. In den nächsten fünfzehn Monaten wird die heilende Kraft von 21-21 erforscht. Zuerst handelt es sich um ein schwankendes Talent, das sie nicht nach Belieben ausüben kann, doch Monat für wunderbaren Monat lernt sie, ihre Gabe herbeizurufen und zu beherrschen, bis sie sie anwenden kann, wann immer man es von ihr verlangt. Die Mitarbeiter von Project 99, die ein medizinisches Problem haben, gehen zu ihr – und strotzen vor Gesundheit. Einige ausgewählte Politiker, Militärs und deren Familienangehörige, die an lebensbedrohenden Krankheiten leiden, werden insgeheim zu dem Kind gebracht, um geheilt zu werden. Einige Angehörige des Project 99 halten 21-21 für ihren kostbarsten Besitz – während andere Subjekt 89-58 trotz der beträchtlichen Kontrollprobleme, die er mit sich bringt, auf lange Sicht für das interessantere und wertvollere Eigentum halten.

Nun gleiten wir durch die Zeit voran zu einem Regentag im August, fünfzehn Monate nach der Heilung des verletzten Spatzen. Bei einem Genetiker des Projekts namens Amos wurde Pankreaskrebs diagnostiziert, eine der tödlichsten Formen der Krankheit. Während das Mädchen Amos mit einer einzigen sanften und anhaltenden Berührung heilt, entdeckt es neben der bösartigen eine weitere Krankheit, die zwar nicht körperlicher Natur ist, aber trotzdem schwächt. Vielleicht war Amos wegen der Dinge, die er beim Project 99 gesehen hat – vielleicht auch wegen zahlreicher anderer Gründe, die sich im Laufe seiner fünfzig Lebensjahre angesammelt hatten –, zu dem Schluß gekommen, daß das Leben weder Sinn noch Bedeutung hat, daß uns kein anderes Schicksal als die Leere erwartet, daß wir nur Staub im Wind sind. Die Dunkelheit in ihm ist schwärzer als der Krebs, und das Mädchen heilt auch sie, ganz einfach, indem es Amos das Licht Gottes und die seltsamen dimensionalen Gitter von Welten zeigt, die sich jenseits der unseren befinden.

Nachdem Amos diese Dinge gesehen hat, ist er dermaßen von Freude und Ehrfurcht überwältigt, daß er abwechselnd lacht und weint. In den Augen der anderen im Zimmer – zwei Wissenschaftlern mit Namen Janice und Vincent – scheint Amos von einer beunruhigenden Hysterie ergriffen worden zu sein. Als Amos das Mädchen dazu drängt, Janice in dasselbe Licht zu führen, das sie ihm gezeigt hat, wendet es die Gabe erneut an.

Doch Janice reagiert anders als Amos. Gedemütigt und verängstigt bricht sie voller Reue zusammen. Sie schlägt die Nägel in ihre Haut, aus Bedauern darüber, was für ein Leben sie geführt hat, und aus Trauer um diejenigen, die sie verraten und denen sie geschadet hat, und ihre Qualen sind beängstigend.

Tumult.

Rose wird gerufen. Janice und Amos werden zur Beobachtung und Untersuchung isoliert. Was hat das Mädchen getan? Was Amos erzählt, hört sich wie das glückliche Geplapper eines harmlosen Geistesgestörten an – und nicht das von einem kühlen Wissenschaftler, der noch vor wenigen Minuten in einer deprimierten, wenn nicht sogar düsteren Gemütsverfassung war.

Verwirrt und besorgt über die so grundverschiedenen Reaktionen, die Amos und Janice gezeigt haben, zieht das Mädchen sich zurück und wird schweigsam. Rose arbeitet mehr als zwei Stunden lang unter vier Augen mit 21-21, bevor es ihr schließlich gelingt, 21-21 die erstaunliche Erklärung zu entlocken. Das Kind sagt, es könne nicht begreifen, warum die Enthüllung, die sie Amos und

Janice gemacht hat, die beiden völlig überwältigte, oder warum Janices Reaktion eine Mischung aus Euphorie und Selbstgeißelung gewesen sei. 21-21 besitzt die vollständige Erkenntnis ihrer Stellung und ihres Zwecks im Universum, ein umfassendes Verständnis der Schicksalsleiter, die sie durch die Unendlichkeit erklimmen wird – mit dem sicheren Wissen, daß sie in ihren Genen ewiges Leben trägt. Deshalb kann sie nicht begreifen, was für eine verheerende Kraft diese Enthüllung hat, wenn sie sie jenen bringt, die ihr Leben im Schlamm des Zweifels und dem Staub der Verzweiflung verbracht haben.

In der Erwartung, lediglich dem übersinnliche Äquivalent einer Laterna Magica zu begegnen, nur die niedliche Vorstellung eines Kindes von Gott zu sehen zu bekommen, bittet Rose das Mädchen, es ihr ebenfalls zu zeigen. Und sie bekommt es zu sehen. Und wird für immer verändert. Denn als die Hand des Kindes sie berührt, wird sie der Existenz geöffnet, allumfassend und vollkommen. Rose kann nicht beschreiben, was sie erlebt, und noch während Sturzfluten der Freude sie durchbranden und all den Kummer und das Leid ihres bisherigen Lebens davonspülen, wird sie zugleich von Entsetzen durchflutet, denn sie wird sich nicht nur des Versprechens einer strahlenden Ewigkeit bewußt, sondern auch der *Erwartungen*, die sie in all den Tagen des Lebens erfüllen muß, das sie in dieser und den kommenden Welten führen wird. Es sind Erwartungen, die ihr angst machen, weil sie nicht weiß, ob sie ihnen jemals gerecht werden kann. Wie Janice wird Rose sich glasklar jeder Gemeinheit und Unfreundlichkeit, jeder Lüge und jeden Betrugs bewußt, die sie je begangen hat, und sie erkennt, daß sie noch immer zur Selbstsucht, Kleinkariertheit und Grausamkeit imstande ist; sie sehnt sich danach, ihre Vergangenheit zu transzendieren, noch während sie vor Furcht zittert, welche innere Kraft dafür erforderlich ist.

Als die Vision verblaßt und Rose sich wie zuvor im Zimmer des Mädchens wiederfindet, hegt sie nicht den geringsten Zweifel daran, daß das, was sie gesehen hat, real war, die Wahrheit in ihrer reinsten Form, und nicht nur die durch übersinnliche Kräfte übertragene Illusion eines Kindes. Fast eine halbe Stunde lang kann sie nicht sprechen, sondern sitzt zitternd da, das Gesicht in den Händen begraben.

Allmählich werden ihr die Implikationen dessen klar, was hier geschehen ist. Es sind im Grunde zwei. Erstens: Wenn man der Welt diese Enthüllung bringen kann – und sei es auch nur so vielen Menschen, wie das Mädchen berühren kann –, wird alles, was jetzt ist, vergehen. Sobald man *gesehen* hat – es nicht nur glaubt oder hofft, sondern tatsächlich *gesehen* hat –, daß es ein Leben nach dem Tod gibt, selbst wenn dessen Natur zutiefst geheimnisvoll und so furchterregend wie herrlich bleibt, kommt einem alles unbedeutend vor, was einmal wichtig war. Plötzlich gibt es in Hülle und Fülle breite Prachtstraßen wunderbarer Möglichkeiten, wo zuvor nur eine einzige Gasse durch die Dunkelheit führte. Die Welt, wie wir sie kennen, endet. Zweitens: Manche Menschen werden das Ende der alten Ordnung nicht willkommen heißen – Menschen, die sich selbst gelehrt haben, durch Macht und den Schmerz und die Erniedrigung anderer zu gedeihen. Die Welt ist sogar voll von diesen Menschen, und sie werden die Gabe des Mädchens zurückweisen. Sie werden das Mädchen fürchten, und alles, was es verheißt. Und sie werden es entweder unter Beruhigungsmittel setzen und in einem Eindämmungsbehälter isolieren – oder es töten.

Sie ist so begabt wie jeder Messias – aber sie ist ein Mensch. Sie kann den gebrochenen Flügel eines Vogels heilen und seinem geblendeten Auge die Sehkraft zurückgeben. Sie kann den Krebs eines von Krankheit halb zerfressenen Mannes heilen. Aber sie ist kein Engel in einem Gewand, das sie unverwundbar macht. Sie ist ein Mensch aus Fleisch und Blut. Ihre kostbare Macht ruht in dem zarten Gewebe ihres einzigartigen Gehirns. Wenn man ihr in den Hinterkopf schießt, wird sie sterben wie jedes andere Kind; wenn sie tot ist, kann sie sich nicht selbst heilen. Auch wenn ihre Seele in andere Reiche übergehen wird, wird sie diesem unruhigen Ort fehlen, der sie so dringend braucht. Dann wird die Welt sich nicht verändern, der Friede wird nicht den Aufruhr ablösen, und Einsamkeit und Verzweiflung werden kein Ende haben.

Rose ist schon bald davon überzeugt, daß die Direktoren von Project 99 beschließen werden, das Kind zu beseitigen. In dem Augenblick, da ihnen klar wird, was dieses kleine Mädchen ist, werden sie es töten.

Wahrscheinlich noch vor Anbruch der Nacht.

Ganz bestimmt noch vor Mitternacht.

Sie werden nicht bereit sein, das Risiko einzugehen, das Mädchen einem Eindämmungsbehälter anzuvertrauen. Der Junge, 89-58, hat nur die Kraft der Zerstörung, 21-21 hingegen die Kraft der Erleuchtung, und das ist die bei weitem gefährlichere.

Sie werden das Mädchen erschießen, die Leiche mit Benzin tränken, sie anzünden und später die versengten Knochen verscharren.

Rose muß handeln – und zwar schnell. Das Mädchen muß aus dem Waisenhaus geschmuggelt und versteckt werden, bevor man es beseitigen kann.

»Joe?«

Die schwarzen Berge schoben sich am Horizont dunkel vor dem Sternenhimmel aneinander, als hätten sie sich in diesem Augenblick aus der Erdkruste erhoben.

»Joe, es tut mir leid.« Ihre Stimme war schwach. »Es tut mir so leid.«

Sie fuhren auf dem State Highway 30 in nördliche Richtung, befanden sich östlich von der Stadt San Bernardino, noch achtzig Kilometer von Big Bear entfernt.

»Joe, ist alles in Ordnung?«

Er konnte nicht antworten.

Es herrschte nur schwacher Verkehr. Die Straße führte in Wälder hinauf. Pappeln und Kiefern zitterten unablässig im Wind.

Er konnte nicht antworten. Er konnte nur fahren.

»Als Sie unbedingt glauben wollten, das kleine Mädchen in meiner Begleitung sei Ihre Nina, habe ich Sie in dem Glauben belassen.«

Joe kannte den Grund zwar nicht, doch Rose täuschte ihn noch immer. Ihm war nicht klar, warum sie weiterhin die Wahrheit verbarg.

»Nachdem sie uns im Restaurant gefunden hatten«, sagte Rose, »brauchte ich Ihre Hilfe. Besonders, nachdem ich angeschossen wurde, habe ich Sie gebraucht. Doch als ich Ihnen das Foto gab, öffneten Sie ihm nicht das Herz und den Geist. Sie waren so ... zerbrechlich. Ich befürchtete, wenn Ihnen klar wurde, daß es gar nicht Ihre Nina war, würden Sie einfach ... aufhören. Auseinanderbrechen. Gott möge mir verzeihen, Joe, aber ich brauchte Sie. Und nun braucht das Mädchen Sie.«

Nina brauchte ihn. Nicht irgendein Mädchen, das in einem Labor entstanden war und die Gabe besaß, seine seltsamen Phantasien auf andere zu übertragen und den Geist der Leichtgläubigen zu trüben. Nina brauchte ihn. *Nina.*

Wenn er Rose Tucker nicht vertrauen konnte, wem dann?

Es gelang ihm, drei Worte über die Lippen zu bringen: »Erzählen Sie weiter.«

Erneut Rose. Im Zimmer von 21-21. Fieberhaft überlegt sie, wie sie das Mädchen durch ein Sicherheitssystem schleusen kann, das dem jeden Gefängnisses überlegen ist.

Als sie darauf kommt, ist die Antwort augenfällig und elegant.

Im Erdgeschoß des Waisenhauses gibt es drei Ausgänge. Rose und das Mädchen gehen Hand in Hand zu der Tür, die das Hauptgebäude mit dem daneben liegenden zweistöckigen Parkhaus verbindet.

Ein bewaffneter Wachmann beobachtet eher verblüfft als argwöhnisch, wie sie näher kommen. Den Waisen ist es nicht einmal unter Aufsicht gestattet, die Garage zu betreten.

Als 21-21 ihre winzige Hand ausstreckt und *Schütteln* sagt, lächelt der Wachmann und tut wie geheißen – und empfängt die Gabe. Erfüllt von plötzlichem unglaublichem Staunen, setzt er sich und zittert unbeherrscht, weint vor Freude, aber auch vor tiefer Reue, genau wie Rose im Zimmer des Mädchens zitterte und weinte.

Es ist nicht weiter schwierig, den Knopf auf der Konsole des Wachmanns zu drücken, das elektronische Schloß der Tür zu öffnen und weiterzugehen.

Ein weiterer Posten wartet auf der Garagenseite der Verbindungstür. Der Anblick des Kindes verblüfft ihn. Es greift nach ihm, und sein Erstaunen, hier ein Kind zu sehen, ist nichts im Vergleich zu dem, das nun folgt.

Ein dritter Wachmann ist am Garagentor postiert. Vom Anblick des Mädchens in Roses Wagen beunruhigt, beugt er sich durch die offene Scheibe vor, um eine Erklärung zu verlangen – und das Mädchen berührt sein Gesicht.

Zwei weitere Bewaffnete bewachen das Tor am Highway. Alle Barrieren fallen, und Virginia liegt vor ihnen.

Die Flucht wird nie wieder so einfach sein. Sollte man sie nun stellen, wird man das Angebot des Mädchens, einem die Hand zu reichen, mit Schüssen erwidern.

Nun kommt es darauf an, die Gegend so schnell wie möglich zu verlassen, bevor die Sicherheitsabteilung von Project 99 bemerkt, was mit fünf ihrer Leute geschehen ist. Man wird Rose und das Mädchen verfolgen, vielleicht sogar mit Unterstützung durch örtliche, staatliche und Bundesbehörden. Rose fährt wie verrückt, rücksichtslos, mit einem aus der Verzweiflung geborenen Geschick, das sie zuvor nie gekannt hat.

Obwohl 21-21 kaum so groß ist, daß sie durch die Beifahrerscheibe schauen kann, betrachtet sie fasziniert die vorüberziehende Landschaft und sagt schließlich: *Wow, hier draußen ist es aber wirklich groß.*

Rose lacht und sagt: *Schatz, du hast noch gar nichts gesehen.*

Ihr wird klar, daß sie die Nachricht so schnell wie möglich verbreiten muß: Sie will die Medien benützen, um die Heilkräfte von 21-21 zu demonstrieren und danach die größere Gabe aufzuzeigen, die das Mädchen zuteil werden lassen kann. Nur die Kräfte der Unwissenheit und Dunkelheit profitieren von der Geheimhaltung. Rose ist der Ansicht, daß 21-21 erst in Sicherheit sein wird, sobald die Welt von ihr weiß, sie akzeptiert und nicht zuläßt, daß man sie in Gewahrsam nimmt.

Roses ehemalige Vorgesetzten werden damit rechnen, daß sie sich so schnell wie möglich und im großen Stil an die Öffentlichkeit wendet. Sie haben großen Einfluß auf die Medien – der gleichzeitig jedoch so unaufdringlich ist wie ein Netz von Wolkenschatten auf der Oberfläche eines Teiches, womit er um so wirksamer wird. Sie werden versuchen, Rose so schnell wie möglich ausfindig zu machen, nachdem sie wieder aufgetaucht ist, bevor sie der Welt von 21-21 berichten kann.

Rose kennt eine Reporterin, von der sie annimmt, daß sie verläßlich ist: Lisa Peccatone, eine alte Freundin vom College, die in Los Angeles bei der *Post* arbeitet.

Rose und das Mädchen werden nach Südkalifornien fliegen müssen – je früher, desto besser. Project 99 ist ein Gemeinschaftsunternehmen der Privatwirtschaft, Teilen des Verteidigungsministeriums und anderer mächtiger Kräfte in der Regierung. Es wäre einfacher, eine Lawine mit einer Feder aufzuhalten, als ihrer gemeinsamen Macht zu widerstehen, und sie werden bald alle ihnen zur Verfügung stehenden Mittel einsetzen, um Rose und das Mädchen aufzuspüren.

Es ist zu gefährlich, von Dulles oder dem National Airport in Washington zu fliegen. Rose zieht Baltimore, Philadelphia, New York und Boston in Betracht. Sie entscheidet sich für New York.

Sie kommt zu dem Schluß, daß sie um so sicherer ist, je mehr Bezirks- und Staatsgrenzen sie überschreitet, und fährt nach Hagerstown, Maryland, und von dort aus nach Harrisburg, Pennsylvania, ohne daß es zu einem Zwischenfall kommt. Doch von Meile zu Meile wächst ihre Befürchtung, ihre Verfolger könnten eine Fahndung nach ihrem Wagen ausgeschrieben haben, und man würde sie trotz der Entfernung stellen, die sie zwischen sich und Manassas bringt. In Harrisburg läßt Rose den Wagen stehen, und sie und das Mädchen fahren mit dem Bus nach New York City weiter.

Als sie an Bord des Fluges Nationwide 353 in der Luft sind, fühlt Rose sich in Sicherheit. Unmittelbar nach der Landung auf dem LAX wird sie Lisa und die Leute treffen, die Lisa zusammengetrommelt hat – und die Medienberichterstattung wird ihren Anfang nehmen.

Als Rose das Ticket kaufte, ließ sie durchblicken, mit einem Weißen verheiratet zu sein, und gab 21-21 als ihre Stieftochter aus; ganz spontan entschied sie sich für den Namen »Mary Tucker«. Diese Angaben wurden in die Passagierliste übernommen. Rose hat vor, den Medien gegenüber anfangs den Projektnamen von CCY-21-21 zu benützen, weil die Ähnlichkeit mit den Bezeichnungen für KZ-Häftlinge Project 99 im öffentlichen Verständnis am besten charakterisieren und sofort Mitgefühl für das Kind erwecken wird. Ihr ist jedoch klar, daß sie irgendwann gemeinsam mit 21-21 einen bleibenden Namen auswählen muß – der angesichts der einzigartigen historischen Bedeutung des Lebens dieses Kindes einen guten Klang haben sollte.

Auf der anderen Seite des Gangs sitzen eine Mutter und deren zwei Töchter, die nach Hause fliegen, nach Los Angeles. Michelle, Chrissie und Nina Carpenter.

Nina, die in etwa das Alter und die Größe von 21-21 hat, beschäftigt sich mit einem kleinen elektronischen Computerspiel namens *Pigs and Princes*, das für Kinder im Vorschulalter entwickelt wurde.

21-21 beobachtet Nina über den Gang hinweg; die Geräusche und Bilder auf dem kleinen Monitor faszinieren sie. Als Nina dies sieht, fordert sie »Mary« auf, sich mit ihr auf ein paar freie Plätze in der Nähe zu setzen, wo sie sich gemeinsam an dem Spiel versuchen können. Zuerst zögert Rose, es zu erlauben – aber sie weiß, daß 21-21 weit über ihr Alter hinaus intelligent ist und verstanden hat, daß sie nichts über ihre Herkunft verlauten lassen darf, also gibt sie nach. Es ist die erste freie und unbeeinflußte Spielstunde im Leben von 21-21, ihr erstes *richtiges* Spiel. Nina ist ein Kind von großem Charme, freundlich und gesellig. Obwohl 21-21 ein Genie mit den Lesefertigkeiten einer College-Anfängerin ist, eine Heilerin mit wunderbaren Kräften und buchstäblich die Hoffnung der Welt, ist sie schon bald von Nina bezaubert, will Nina *sein*, so absolut cool wie Nina sein, und ahmt unbewußt Ninas Gesten und Sprechweise nach.

Sie haben einen Spätflug von New York genommen, und nach ein paar Stunden wird Nina müde. Sie umarmt 21-21 und überläßt *Pigs and Princes* mit Michelles Erlaubnis ihrer neuen Freundin, bevor sie auf ihren Platz neben ihrer Mutter und Schwester zurückkehrt und dann einschläft.

Voller Freude kehrt 21-21 zu ihrem Platz neben Rose zurück und drückt das kleine elektronische Spiel an ihre Brust, als wäre es ein unermeßlicher Schatz. Sie will nicht mehr damit spielen, weil sie Angst hat, sie könne es kaputt machen; sie will, daß es immer so bleibt, wie Nina es ihr geschenkt hat.

Sie hatten mittlerweile die Kleinstadt Running Lake hinter sich gelassen, waren noch immer viele Kilometer von Big Bear entfernt, folgten den Höhenrücken der Canyons, in denen der Wind geboren wurde, und wurden von peitschenden Koniferen bombardiert, die Zapfen auf den Asphalt schleuderten. Joe weigerte sich, die Implikationen von Pigs and Princes in Betracht zu ziehen. Während Rose ihre Geschichte erzählte, hatte er nur mühsam die Selbstbeherrschung aufgebracht, seinen Zorn im Zaum zu halten. Ihm war klar, er hatte keinen Grund, auf diese Frau oder auf das Kind mit dem Konzentrationslagernamen wütend zu sein, doch er war trotzdem aufgebracht – vielleicht auch nur, weil er wußte, daß er im Zorn wachsam und auf Draht war, wie in seiner Jugend, in der Trauer aber ganz und gar nicht.

»Wie paßt Horton Nellor in die ganze Sache hinein?« sagte er, um nicht mehr an kleine, spielende Mädchen denken zu müssen. »Mal abgesehen davon, daß ihm ein großer Brocken von Teknologik gehört und diese Firma tief in Project 99 verstrickt ist?«

»Nur insofern, als daß Arschlöchern wie ihm, die zahlreiche Verbindungen haben, die ... Zukunft gehört.« Rose hielt die Dose Pepsi zwischen den Knien und zerrte mit der rechten Hand am Verschluß. Sie hatte kaum noch genug Kraft und Koordination, um sie zu öffnen. »Die Zukunft gehört ... wenn Nina nicht ... wenn sie nicht alles ändert.«

»Mächtige Konzerne, die Regierung, große Medien ... das alles ist jetzt ein Ungeheuer, das sich vereint hat, um die anderen auszubeuten. Ist es das? Radikales Geschwätz.«

Die Aluminiumdose schepperte an Roses Zähnen, und ein Rinnsal Pepsi floß ihr Kinn hinunter. »Die interessieren sich nur für Macht. Sie glauben nicht ... an Gut und Böse.«

»Es gibt nur Ereignisse.«

Obwohl sie gerade einen großen Schluck Pepsi getrunken hatte, hörte ihre Kehle sich trocken an. Ihre Stimme brach. »Und was diese Ereignisse bedeuten ...«

»... hängt nur davon ab, wie man sie dreht.«

Joe verspürte weiterhin einen blinden Zorn auf Rose, weil sie so beharrlich darauf pochte, daß er endlich einsah, was mit seiner Nina geschehen war, aber er konnte es nicht ertragen, Rose wieder anzuschauen und zu sehen, wie sie schwächer wurde. Er blickte nach vorn auf die Straße, wo Schauer aus Kiefernnadeln fielen und Schwaden von Staub wirbelten, und trat aufs Gaspedal, fuhr so schnell, wie er es gerade noch riskierte.

Die Coladose glitt aus Roses Hand, fiel zu Boden und rollte unter ihren Sitz, verschüttete das restliche Pepsi. »Ich schaffe es nicht, Joe.«

»Wir sind bald da.«

»Muß Ihnen erzählen, wie es war ... als das Flugzeug runterging.«

Sechs Kilometer abwärts, wobei sie ständig schneller werden. Die Triebwerke kreischen, die Tragflächen knarren, der Rumpf pocht. Schreiende Passagiere werden von der Schwerkraft so hart in die

Sitze gedrückt, daß viele nicht einmal die Köpfe heben können – einige beten, andere übergeben sich, weinen, fluchen, rufen die vielen Namen Gottes, die Namen geliebter und weit entfernter Menschen. Eine Ewigkeit des Stürzens, sechs Kilometer, aber es kommt einem vor, als fielen sie vom Mond hinunter …

… und dann befindet Rose sich in einer Bläue, einer stillen, hellen Bläue, als wäre sie ein fliegender Vogel, doch es liegt keine dunkle Erde unter ihr, überall nur Bläue. Kein Gefühl von Bewegung. Weder warm noch kalt. Eine makellose hyazinthblaue Sphäre mit ihr als Mittelpunkt. Schweben. Warten. Ein tiefer Atemzug in ihren Lungen. Sie versucht, den schalen Atem auszustoßen, kann es aber nicht, kann es nicht, bis …

… bis sie praktisch mit einem Schrei ausatmet und sich auf der Wiese wiederfindet, noch auf ihrem Sitz, wie betäubt und unfähig, sich zu bewegen. 21-21 sitzt neben ihr. Der Wald in der Nähe brennt. Auf allen Seiten lecken Flammen an Ansammlungen verzerrter Trümmer. Die Wiese ist eine unbeschreibliche Leichenhalle. Und die 747 ist *verschwunden.*

Im vorletzten Augenblick hat das Mädchen sich und Rose unter monumentaler Aufbietung ihrer übersinnlichen Kräfte aus dem zum Untergang verurteilten Flugzeug an einen anderen Ort transportiert, in eine Dimension außerhalb von Raum und Zeit, und sie während einer schrecklichen Minute der katastrophalen Zerstörung in diesem geheimnisvollen, schützenden Limbus gehalten. 21-21 ist vor Erschöpfung fast bewußtlos, zittert unbeherrscht und kann nicht sprechen. Ihre Augen, die von den Reflexionen der vielen Feuer in der Nähe erhellt werden, schauen wie die eines autistischen Kindes in die Ferne. Anfangs kann sie nicht gehen, nicht einmal aufstehen, und so muß Rose sie aus dem Sitz heben und tragen.

Rose steht da, hält das Mädchen in den Armen, kann aber keinen einzigen Schritt tun, während sie um die Toten weint, die durch die Nacht verstreut wurden, vor Entsetzen über das schreckliche Blutvergießen zittert und fassungslos darüber staunt, noch am Leben zu sein. Ein *Hurrikan* verschiedener Gefühle schüttelt sie durch. Dann erinnert sie sich an das Flackern der Lampen in der Passagierkabine, an das Rasen der Zeiger ihrer Armbanduhr, und sie ist sicher, daß der Pilot Opfer einer nassen Mission war, von dem Jungen ferngesteuert wurde, der tief unter der Landschaft Virginias in einer stählernen

Kapsel lebt. Diese Erkenntnis treibt sie von der Absturzstelle fort, um die brennenden Bäume herum in den vom Mondlicht erhellten Wald. Sie watet durch wucherndes Unterholz, dann einen Wildwechsel entlang, der von silbernem Licht und Schatten gesprenkelt wird, auf eine andere Wiese, dann auf einen Höhenrücken, auf dem sie die Lichter der Loose Change Ranch sieht.

Als sie das Ranchgebäude erreicht, hat das 21-21 sich ein wenig erholt, doch Erschöpfung und Leid sitzen immer noch tief. Sie kann jetzt wieder gehen, ist aber lethargisch, in Gedanken versunken, beinahe schon geistesabwesend. Als sie sich dem Haus nähern, sagt Rose dem Mädchen, es solle daran denken, daß es Mary Tucker heißt, aber 21-21 sagte: *Ich heiße Nina. Die will ich sein.*

Das sind die letzten Worte, die sie spricht – vielleicht für immer. Nachdem Rose bei Freunden in Südkalifornien untergekommen ist, schläft das Mädchen in den ersten Monaten nach dem Absturz täglich zwölf bis vierzehn Stunden. Wenn es wach ist, zeigt es an nichts Interesse. Es sitzt stundenlang da, schaut aus einem Fenster oder betrachtet ein Bild in einem Bilderbuch oder starrt ins Leere. Es hat keinen Appetit, nimmt ab. Es ist bleich und schwach, und selbst die amethystfarbigen Augen scheinen einen Teil ihrer Farbe zu verlieren. Offensichtlich hat die Anstrengung, sie und Rose während des Absturzes in das blaue Anderswo und wieder hinaus zu schaffen, sie zutiefst ausgelaugt, vielleicht sogar fast umgebracht. Nina zeigt keine übersinnlichen Fähigkeiten mehr, und Rose verliert den Mut.

Gegen Weihnachten zeigt Nina jedoch allmählich wieder Interesse an ihrer Umwelt. Sie sieht fern. Sie liest wieder Bücher. Im Laufe des Winters schläft sie weniger und ißt mehr. Ihre Haut gewinnt den früheren Glanz zurück, und die Farbe ihrer Augen wird wieder tiefer. Sie spricht noch immer nicht, wirkt aber zunehmend *zusammenhängender.* Rose ermutigt sie, ihr selbst auferlegtes Exil völlig zu verlassen, indem sie ihr jeden Tag von dem Guten erzählt, das sie tun kann, und von der Hoffnung, die sie anderen zu geben vermag.

In einer Schublade der Kommode in dem Schlafzimmer, das Rose sich mit dem Mädchen teilt, bewahrt sie eine Ausgabe der *Los Angeles Post* auf, jene Ausgabe, welche die gesamte obere Hälfte der Titelseite dem Schicksal des Fluges Nationwide 353 widmet. Die Zeitung hilft Rose, sich an die verrückte Brutalität ihrer Feinde zu erinnern. Eines Tages im Juli, acht Monate nach der Katastrophe, findet sie Nina, wie sie auf der Bettkante sitzt und die Zeitung auf einer Seite aufgeschlagen hat, auf der Fotos einiger der Opfer des Absturzes abgedruckt sind. Das Mädchen berührt das Foto von Nina Carpenter, die ihr Pigs and Princes geschenkt hat, und lächelt.

Rose setzt sich neben sie und fragt, ob sie traurig sei und sich an ihre tote Freundin erinnere.

Das Mädchen schüttelt verneinend den Kopf. Dann führt es Roses Hand zu dem Foto, und als Roses Fingerspitzen das Zeitungspapier berühren, stürzt sie in eine blaue Helligkeit, die der Zuflucht ähnelt, in die sie im Augenblick vor dem Flugzeugabsturz versetzt wurde, nur daß *dieser* Ort voller Bewegung, Wärme, Gefühl ist.

Hellseher behaupten schon seit langem, auf ganz gewöhnlichen Gegenständen einen Rückstand übersinnlicher Energie wahrnehmen zu können, den Menschen zurückließen, die diese Objekte berührt haben. Manchmal unterstützen sie die Polizei bei der Suche nach Mördern, indem sie Kleidungsstücke anfassen, die das Opfer zum Zeitpunkt der Tat trug. Mit der Energie in diesem Foto ist es ganz ähnlich, aber auch völlig anders – sie wurde nicht von Nina zurückgelassen, sondern *durchdringt* das Zeitungspapier, als hätte sie einen eigenen Willen.

Rose hat das Gefühl, in ein Meer aus blauem Licht gestürzt zu sein, ein Meer, in dem sich Schwimmer tummeln, die sie zwar nicht sehen kann, wenngleich sie *fühlt*, daß sie neben ihr schweben und um sie herumgleiten. Dann scheint ein Schwimmer Rose zu *durchdringen* und dabei einen Augenblick zu verweilen, und sie weiß, daß sie bei der kleinen Nina Carpenter ist, dem Mädchen mit dem schiefen Lächeln, das Pigs and Princes verschenkt hat, das zwar tot ist, aber in Sicherheit, zwar tot, aber nicht ewig verloren, sondern lebt und glücklich ist, in einem Anderswo hinter dieser schwärmenden blauen Helligkeit, die eigentlich gar kein Ort ist, sondern eine Schnittstelle zwischen verschiedenen Existenzphasen.

Rose ist so tief bewegt wie damals, als sie zum erstenmal Kenntnis vom Nachleben bekam, in dem Zimmer im Waisenhaus; sie zieht die Hand von dem Foto Nina Carpenters zurück und sitzt eine Zeitlang schweigend und demütig da. Dann nimmt sie ihre Nina in die Arme, drückt das Mädchen fest an sich und wiegt es. Sie kann nicht sprechen, doch es braucht ohnehin keine Worte.

Nun, da diese besondere Kraft des Mädchens wiedergeboren ist, weiß Rose, was sie tun, wo sie mit ihrer Arbeit anfangen muß. Sie will nicht das Risiko eingehen, sich noch einmal an Lisa Peccatone zu wenden. Sie glaubt nicht, daß ihre alte Freundin sie wissentlich verraten hat, vermutet aber, daß die Leute von Project 99 durch Lisas Verbindung mit der *Post* – und durch die Verbindung der *Post* mit Horton Nellor – erfahren haben, daß Rose Flug 353 genommen hat. Solange Rose und Nina als tot gelten, müssen sie ihren geisterhaften Status nützen, um so lange wie möglich tätig zu sein, ohne die Aufmerksamkeit ihrer Feinde auf sich zu ziehen. Zuerst bittet Rose das Mädchen, das große Geschenk der ewigen Wahrheit allen Freunden zu machen, die ihnen während dieser elf Monate der gefühlsmäßigen Verlorenheit Unterkunft gegeben haben. Dann wird sie mit den Ehemännern und Ehefrauen und Eltern und Kindern jener Kontakt aufnehmen, die bei dem Absturz umgekommen sind, und ihnen sowohl die Kenntnis von der Unsterblichkeit als auch Visionen ihrer Familienangehörigen in der blauen Schnittstelle bringen. Mit etwas Glück werden diese Menschen ihre Nachricht so weit verbreiten, daß man sie nicht mehr unterdrücken kann, wenn die Leute entdeckt werden.

Rose hat die Absicht, mit Joe Carpenter anzufangen, kann ihn aber nicht ausfindig machen. Seine Kollegen bei der *Post* haben ihn aus den Augen verloren. Er hat das Haus in Studio City verkauft. Seine Telefonnummer ist nicht eingetragen. Sie sagen, er sei ein gebrochener Mann. Er sei fortgegangen, um zu sterben.

Also muß Rose woanders mit der Arbeit anfangen.

Da die *Post* nur von einem Teil der aus Südkalifornien stammenden Opfer Fotos veröffentlichte und Rose nicht so leicht an Bilder der anderen herankommt, entschließt sie sich, auf Porträtaufnahmen zu verzichten. Statt dessen findet sie mit Hilfe der Todesanzeigen in den Zeitungen heraus, wo die Opfer begraben liegen, und macht Schnappschüsse ihrer Gräber. Es erscheint ihr nur angemessen, daß es sich bei dem durchdrungenen Bild um das eines Grabsteins handelt, daß diese düsteren Gedenksteine aus Bronze und Granit zu Schwellen werden, durch welche die Empfänger der Bilder erfahren, daß der Tod nicht mächtig und schrecklich ist, sondern daß jenseits dieser bitteren Phase der Tod selbst stirbt.

Hoch in den Bergen, in denen der Wind pfiff und Wellen der vom Mond versilberten Koniferen Nadeln auf die Fahrbahn regnen ließen, und noch immer über dreißig Kilometer vom Big Bear Lake entfernt, sprach Rose Tucker so leise, daß man sie über das Brummen des Motors und das Summen der Reifen kaum verstehen konnte. »Joe, würden Sie meine Hand halten?«

Er konnte sie nicht ansehen, wollte sie nicht ansehen, wagte es nicht, sie auch nur eine Sekunde lang anzusehen, weil er von der kindisch abergläubischen Vorstellung überwältigt wurde, sie würde wieder gesund, ganz gesund, solange er nicht mit Blicken die schreckliche Wahrheit bestätigte, die er in ihrer Stimme hörte. Doch er schaute hin.

Sie war so klein, zusammengesunken auf ihrem Sitz, sich gegen die Tür lehnend, den Hinterkopf gegen das Fenster, so klein in seinen Augen, wie 21-21 ihr vorgekommen sein mußte, als sie mit dem Mädchen an ihrer Seite aus Virginia geflohen war. Selbst im schwachen Licht des Armaturenbretts waren ihre großen und ausdrucksvollen Augen wieder so zwingend wie damals, als Joe sie zum erstenmal auf dem Friedhof gesehen hatte, voller Mitgefühl und Freundlichkeit – und einer seltsam leuchtenden Freude, die ihm angst machte.

Seine Stimme zitterte stärker als die ihre. »Es ist nicht mehr weit.«

»Zu weit«, flüsterte sie. »Halten Sie einfach meine Hand.«

»Ach du Scheiße.«

»Es ist alles in Ordnung, Joe.«

Der Randstreifen des Highways erweiterte sich zu einem Aussichtspunkt mit mehreren Parkplätzen. Er hielt den Wagen vor einem Ausblick auf Dunkelheit an: der harte Nachthimmel, die eisige Scheibe eines Mondes, der Kälte statt Licht zu verbreiten schien, und eine gewaltige Schwärze von Bäumen und Felsen und steil abfallenden Schluchten.

Er öffnete Roses Sicherheitsgurt, beugte sich über die Konsole und nahm ihre Hand. Ihr Griff war schwach.

»Sie braucht Sie, Joe.«

»Ich bin kein Held, Rose. Ich bin nichts.«

»Sie müssen sie verstecken … sie verbergen …«

»Rose …«

»Geben Sie ihr Zeit ... damit ihre Kraft stärker werden kann.«

»Ich kann niemanden retten.«

»Ich hätte nicht so früh mit der Arbeit anfangen sollen. Der Tag wird kommen, an dem sie ... nicht so verletzbar ist. Verstecken Sie sie ... lassen Sie ihre Kraft wachsen. Sie wird es wissen ... wenn der Augenblick gekommen ist.«

Seine Hand entglitt ihr allmählich.

Er legte beide Hände um die ihre, hielt sie fest, wollte nicht zulassen, daß sie ihm entglitt.

Während ihre Stimme immer schwächer wurde, schien sie sich von ihm zurückzuziehen, obwohl sie sich nicht bewegte: »Öffnen ... öffnen Sie ihr Ihr Herz, Joe.«

Ihre Lider flatterten.

»Rose, bitte nicht.«

»Es ist alles gut.«

»Bitte. Nicht.«

»Bis später, Joe.«

»Bitte.«

»Bis später.«

Dann war er allein in der Nacht. Er hielt allein in der Nacht ihre kleine Hand, während der Wind ein hohles Trauerlied spielte. Als er endlich dazu imstande war, küßte er sie auf die Stirn.

Rose hatte ihm den Weg genau erklärt, und die Hütte war nicht schwer zu finden. Sie lag weder in der Stadt Big Bear Lake, noch irgendwo am Seeufer, sondern höher an den nördlichen Hängen, tief zwischen Kiefern und Birken. Die aufgerissene und von vielen Schlaglöchern übersäte Asphaltstraße führte zu einer unbefestigten Auffahrt, an deren Ende ein kleines, weißes Schindelhaus mit einem Holzschindeldach lag.

Ein grüner Jeep Wagoneer stand neben der Hütte. Joe parkte hinter dem Jeep.

Die Hütte besaß eine tiefe, erhöhte Veranda, auf der Seite an Seite drei Rohrschaukelstühle standen. Ein stattlicher Schwarzer, groß und athletisch gebaut, stand am Geländer; seine ebenholzfarbene Haut wurde von zwei nackten gelben Glühbirnen auf der Veranda mit einem messingfarbenen Ton überzogen.

Das Mädchen wartete auf der obersten der vier Stufen, die von der Auffahrt zur Veranda hinaufführten. Es war blond und etwa sechs Jahre alt.

Joe zog die Pistole unter dem Fahrersitz hervor, die er dem weißhaarigen Geschichtenerzähler nach der Schlägerei am Strand weggenommen hatte. Als er ausstieg, schob er die Waffe unter seinen Hosenbund.

Der Wind kreischte und zischte durch die nadelbewehrten Zähne der Kiefern.

Er ging zu der kleinen Treppe.

Das Kind war zwei der vier Stufen herabgestiegen. Es starrte an Joe vorbei zum Ford. Es wußte, was passiert war.

Auf der Veranda fing der Schwarze zu weinen an.

Das Mädchen sprach zum erstenmal seit einem Jahr, seit jenem Augenblick vor dem Ranchgebäude der Ealings, als es Rose gesagt hatte, es wolle Nina genannt werden. Während es zum Wagen schaute, sagte es mit weicher, leiser Stimme nur ein Wort: »Mutter.«

Das Haar der Kleinen hatte denselben Farbton wie Ninas Haar. Sie hatte so zierliche Knochen wie Nina. Aber ihre Augen waren nicht grau wie Ninas, und so sehr Joe sich auch bemühte, Ninas Gesicht vor sich zu sehen – er konnte sich nicht einreden, daß sie seine Tochter war.

Trotzdem war er wieder dem Suchverhalten verfallen, hatte gesucht, was für immer verloren war.

Der Mond im Himmel war ein Dieb; sein Leuchten war kein eigenes Strahlen, sondern eine schwache Reflexion der Sonne. Und wie der Mond war auch dieses Mädchen eine Diebin – nicht Nina, sondern nur eine Reflexion Ninas, die nicht mit Ninas strahlendem Licht leuchtete, sondern mit einem bleichen Feuer.

Ganz gleich, ob sie bloß ein im Labor erzeugter Mutant mit seltsamen Geisteskräften oder tatsächlich die Hoffnung der Welt war, Joe haßte sie in diesem Augenblick, und er haßte sich selbst, weil er das Mädchen haßte – aber er haßte es trotzdem.

KAPITEL 17

Heißer Wind schnaufte an den Fenstern, und die Hütte roch nach Kiefern, Staub und der schwarzen Holzkohle der behaglichen Feuer des letzten Winters, die die Ziegelwände des großen Kamins überzog.

Die Stromleitungen hingen so locker herab, daß sie im Wind schwangen. Gelegentlich schlugen sie gegen das Haus und ließen die Lampen pochen und flackern. Jede zaghafte Verdunklung erinnerte Joe an die pulsierenden Lampen im Haus der Delmanns, und seine Haut prickelte vor Entsetzen.

Der Besitzer der Hütte war der große Schwarze, der auf der Veranda in Tränen ausgebrochen war. Er war Louis Tucker, Mahalias Bruder, der sich vor achtzehn Jahren von Rose hatte scheiden lassen, als sich erwiesen hatte, daß sie keine Kinder bekommen konnte. In ihrer dunkelsten Stunde hatte Rose sich an ihn gewandt. Und obwohl Louis eine Frau und Kinder hatte, die er liebte, war offensichtlich, daß er nach all dieser Zeit auch Rose noch liebte.

»Wenn Sie wirklich glauben, daß sie nicht tot ist, sondern nur weitergezogen«, sagte Joe kalt, »warum weinen Sie dann um sie?«

»Ich weine um mich«, sagte Louis. »Weil sie von hier fortgegangen ist und ich jetzt so lange warten muß, bis ich sie wiedersehe.«

Zwei Koffer standen im vorderen Zimmer, direkt neben der Tür. Sie enthielten die Habseligkeiten des Mädchens.

Es stand am Fenster, schaute zu dem Ford hinaus, und das Leid zog sich um sie zusammen wie ein Trauergewand.

»Ich habe Angst«, sagte Louis. »Rose wollte hier oben bei Nina bleiben, aber das halte ich jetzt für zu gefährlich. Ich will es nicht hoffen – aber die Leute haben mich vielleicht gefunden, bevor ich das letzte Versteck mit Nina verlassen habe. Ich dachte damals ein paarmal, ein und derselbe Wagen sei hinter uns. Aber dann ist er uns nicht mehr gefolgt.«

»Das müssen die Leute auch nicht. Mit den Geräten, die ihnen zur Verfügung stehen, können sie Ihnen aus vielen Kilometern Entfernung folgen.«

»Und dann, kurz bevor Sie auf die Auffahrt gebogen sind, ging ich auf die Veranda, weil ich dachte, ich hätte einen Hubschrauber gehört. Hier oben in den Bergen, bei diesem Wind – was soll man davon halten?«

»Sie sollten lieber von hier verschwinden«, pflichtete Joe ihm bei.

Als der Wind die Stromleitungen gegen das Haus schlug, ging Louis zum Kamin und wieder zurück, eine Hand gegen die Stirn gedrückt, als versuche er, so lange nicht an Roses Tod zu denken, bis er sich darüber im klaren war, was er jetzt tun sollte. »Ich dachte, Sie und Rose ... na ja, ich dachte, Sie beide würden die Kleine aufnehmen. Und wenn diese Leute jetzt hinter mir her sind, wäre sie bei Ihnen dann nicht sicherer?«

»Wenn die Leute hinter Ihnen her sind«, sagte Joe, »ist jetzt hier keiner von uns mehr sicher. Es gibt keinen Ausweg.«

Die Leitungen klatschten gegen das Haus, immer wieder, und die Lichtstärke schwankte, und Louis ging zum Kamin und nahm einen batteriebetriebenen, langstieligen Butananzünder von dem gekachelten Vorsprung.

Das Mädchen drehte sich mit weit aufgerissenen Augen vom Fenster um und sagte: *»Nein.«*

Louis Tucker drückte auf den Zündknopf des Butanbrenners, und blaue Flammen sprangen aus der Düse. Lachend setzte er sein Haar und dann sein Hemd in Brand.

»Nina!« rief Joe.

Das Mädchen lief zu ihm.

Der Gestank von verbranntem Haar breitete sich im Zimmer aus.

In Flammen stehend, ging Louis zur Eingangstür, um ihnen den Weg zu versperren.

Joe zog die Pistole aus dem Hosenbund, zielte – und konnte nicht abdrücken. Der Mann vor ihm war in Wirklichkeit nicht Louis Tucker; es war der Junge, das *Ding*, das über fünftausend Kilometer hinweg von Virginia nach ihnen griff. Und es bestand nicht die geringste Möglichkeit, daß Louis die Herrschaft über seinen Körper zurückerlangen und diese Nacht überleben würde. Trotzdem zögerte Joe, einen Schuß abzugeben, denn in dem Moment, da Louis tot war, würde der Junge jemand anderen fernsteuern.

Das Mädchen war vermutlich unberührbar, konnte sich mit seinen eigenen paranormalen Kräften schützen. Also würde der Junge Joe benützen – und die Pistole in Joes Hand –, um dem Mädchen aus nächster Nähe in den Kopf zu schießen.

»Das macht *Spaß*«, sagte der Junge mit Louis' Stimme, als die Flammen sein Haar versengten, als seine Ohren verkohlten und aufsprangen, als die Stirn und Wangen Blasen schlugen. *»Spaß«*, sagte er, seine Spritztour in Louis Tucker genießend, versperrte aber noch immer den Ausgang zur Veranda.

Vielleicht konnte Nina sich im Augenblick der höchsten Gefahr sich an diesen sicheren, hellen blauen Ort versetzen, wie sie es getan hatte, unmittelbar bevor die 747 in die Wiese gerast war. Vielleicht würden die auf sie abgefeuerten Kugeln einfach dort, wo sie gerade noch gestanden hatte, nur Luft durchdringen. Doch es bestand die Möglichkeit, daß sie sich noch nicht voll erholt hatte, noch nicht imstande war, eine so anstrengende Leistung zu vollbringen, und wenn doch, daß es sie diesmal buchstäblich zu Tode erschöpfen würde.

»Hinten raus!« rief Joe. »Geh, geh!«

Nina lief zur Tür zwischen dem Vorderraum und der Küche im hinteren Teil der Hütte.

Joe folgte ihr rückwärts gehend, hielt die Pistole auf den brennenden Mann gerichtet, obwohl er gar nicht die Absicht hatte, die Waffe zu benützen.

Ihre einzige Hoffnung war, daß der Junge ihnen aus lauter »Spaß« an seinem Tun Gelegenheit gab, die Hütte zu verlassen, ins Freie zu gelangen, wo seine Fähigkeit der Fernsichtung und Fernsteuerung Rose Tucker zufolge sehr viel geringer war. Sobald er das Spielzeug überdrüssig wurde, das Louis Tucker war, würde er sofort in Joes Geist hinüberwechseln.

Der Junge, das Ding, ließ den Butanbrenner fallen, während die Flammen sich über die Ärmel seines Hemdes und die Hosen herab ausbreiteten, sagte »Oh, ja, oh, wow!« und folgte ihnen.

Joe erinnerte sich nur allzu deutlich an das Gefühl der eiskalten Nadel, die in sein Gehirn einzudringen schien, als ihm am vergangenen Abend mit knapper Not die Flucht aus dem Haus der Delmanns gelungen war. Diese ihn heimsuchende Energie jagte ihm mehr Angst ein als die Aussicht, von den feurigen Armen dieses schlurfenden Schreckgespensts umschlungen zu werden.

Hektisch zog er sich in die Küche zurück und schlug dabei die Tür zu, was allerdings völlig sinnlos war, da keine Tür – keine Mauer, kein stählerner Tresorraum – den Jungen aufhalten konnte, wenn er Louis' Hülle aufgab und körperlos wurde.

Nina schlüpfte zur Hintertür der Hütte hinaus, und der Wind stürmte hechelnd und winselnd wie ein Wolfsrudel an ihr vorbei und in die Hütte hinein.

Als Joe dem Mädchen in die Nacht hinaus folgte, hörte er, wie die Wohnzimmertür in die Küche krachte.

Hinter der Hütte befand sich ein kleiner Hof mit natürlichem, in Büscheln wachsendem Gras. Die Luft war voll von windgepeitschten Blättern, Kiefernnadeln, Sand. Hinter einem Picknicktisch und vier Stühlen, alles aus Rotholz, ragte wieder der Wald auf.

Nina lief bereits auf die Bäume zu, stapfte mit den kurzen Beinen. Ihre Turnschuhe erzeugten auf der hartgebackenen Erde klatschende Geräusche. Sie brach durch hohes Unkraut am Waldrand und verschwand in der Finsternis zwischen den Kiefern und Birken.

Joe hatte fast so große Angst davor, das Mädchen im Dunkeln zu verlieren, wie vor dem Jungen in dem brennenden Mann. Er lief zwischen die Bäume, riß einen Arm hoch, um Kiefernäste abzuwehren, die vielleicht so tief hingen, daß sie ihm in die Augen peitschten, und rief den Namen des Mädchens.

Aus der Nacht hinter ihm erklang die Stimme Louis Tuckers, undeutlich aufgrund der Verheerungen, die das sich ausbreitende Feuer seinen Lippen bereits zugefügt hatte, aber trotzdem noch verständlich – die skandierten Worte einer kindlichen Herausforderung: »Hier komme ich, hier komme ich, hier komme ich, ob ihr bereit seid oder nicht, hier komme ich, ob ihr bereit seid oder nicht!«

Durch einen schmalen Spalt zwischen den Bäumen fiel eine Kaskade aus Mondlicht, und Joe erblickte das vom Wind gepeitschte blonde Haar des Mädchens, das in einem bleichen Feuer leuchtete, die Reflexion von reflektiertem Licht, rechts von ihm und nur sechs oder acht Meter voraus. Er stolperte über einen verfaulenden Baumstamm, rutschte auf etwas Schleimigem aus, fuchtelte mit den Armen, um das Gleichgewicht zu halten, berührte stachliges, hüfthohes Unterholz und stellte fest, daß Nina den ausgetretenen Weg eines Wildwechsels gefunden hatte.

Als er das Mädchen einholte, hellte die Dunkelheit um sie herum sich abrupt auf. Salamander aus orangenem Licht glitten die Baumstämme hinauf und peitschten mit den Schwänzen gegen die glänzenden Äste der Kiefern und Birken.

Joe drehte sich um und sah in zehn Metern Entfernung den besessenen Körper Louis Tuckers, der von Kopf bis Fuß brannte, aber noch stand, ruckend und zuckend durch den Wald torkelte, von Baum zu Baum prallte, sechs Meter entfernt, kaum noch lebend. Er setzte den Teppich aus trockenen Kiefernnadeln in Brand, über den er schlurfte, und das dornige Unterholz und die Bäume, an denen er vorbeikam. Nun war er nur noch viereinhalb Meter entfernt. Der Wind trug den Gestank verbrannten Fleisches heran. Der Junge, das Ding, rief etwas Hämisches, doch die Worte waren verstümmelt und unverständlich.

Obwohl Joe die Pistole mit beiden Händen festhielt, zitterte sie, aber er gab trotzdem einen Schuß ab, zwei, vier, sechs, und mindestens vier Kugeln trafen das brennende Schreckgespenst. Es wurde zurückgeschleudert und stürzte und bewegte sich nicht mehr, zuckte nicht mal mehr. Das Feuer und die Kugeln hatten es getötet.

Louis Tucker war kein Mensch mehr, sondern eine brennende Leiche. Die Hülle beherbergte keinen Verstand mehr, den der Junge satteln und reiten und quälen konnte.

Wo war er?

Joe drehte sich zu Nina um – und verspürte einen vertrauten eisigen Druck an seinem Nacken, ein beharrliches Stechen, nicht so scharf wie damals, als es ihn auf der Schwelle des Hauses der Delmanns fast erwischt hatte, vielleicht deshalb gedämpft, weil draußen im Freien die Kraft des Jungen in der Tat nachließ. Doch die übersinnliche Spritze war nicht so stumpf, daß sie unwirksam war. Sie stach noch immer. Sie bohrte sich in ihn.

Joe schrie.

Das Mädchen ergriff seine Hand.

Das eiskalte Gefühl riß seine Fänge aus Joe und *raste* davon, als wäre es eine aufflatternde Fledermaus.

Taumelnd umklammerte Joe den Nacken mit einer Hand, überzeugt, er würde aufgerissenes und blutendes Fleisch finden, doch er war nicht verletzt. Und sein Verstand war auch nicht vergewaltigt worden.

Ninas Berührung hatte ihn davor bewahrt, übernommen zu werden, ferngesteuert.

Mit einem Kreischen wie von einer Todesfee schoß ein Falke zwischen den hohen Ästen eines Baumes hervor und stieß wie ein Sturzkampfflugzeug auf das Mädchen hinab, krallte nach ihrem Kopf, hackte nach ihrem Haar, schlug mit den Schwingen. Der Schnabel klickte unentwegt. Nina schrie und bedeckte das Gesicht mit den Händen, und Joe schlug mit einem Arm auf den Angreifer ein. Der wahnsinnige Vogel flog hoch und jagte davon – aber es war natürlich kein normaler Vogel, und nicht nur der Wind und das gefräßige Feuer, das schnell durch den Wald hinter ihnen vordrang, hatten ihn wahnsinnig gemacht.

Dann, mit einem wütenden Kreischen, griff er wieder an, der neueste Gastkörper eines Besuchers aus Virginia. Wie ein Pfeil schoß er durch das Mondlicht herab; sein messerscharfer Schnabel war so tödlich wie ein Stilett, und er war zu schnell, um von einer Kugel zur Strecke gebracht werden zu können.

Joe ließ die Pistole fallen, kniete auf dem Wildwechsel nieder und zog die Kleine schützend an sich. Drückte ihr Gesicht gegen seine Brust. Der Vogel hatte es auf ihre Augen abgesehen. Würde versuchen, ihr die Augen auszuhacken. Pick-pick-pick durch die schutzlosen Höhlen, um das wertvolle Gehirn dahinter zu erreichen. Verletze das Gehirn, und ihre Kraft kann sie nicht retten. Reiße ihre Gabe aus der grauen Masse, und sie bricht in Krämpfen auf dem Boden zusammen.

Der Vogel griff wieder an, schlug eine Klaue in den Ärmel von Joes Jacke, durch den Kordsamt, durchbohrte die Haut seines Unterarms, stöberte mit dem anderen in Ninas blondem Haar. Seine Schwingen trommelten, als er auf ihren Kopf einhackte, wütend, weil ihr Gesicht geschützt war. Nun hackte er auf Joes Hand ein, versuchte sie wegzuschlagen, hielt den Ärmel und das Haar fest, entschlossen, sich nicht vertreiben zu lassen. Und er hackte weiter, pickte jetzt *Joe* ins Gesicht, hatte es auf die Augen abgesehen, großer Gott, ein aufblitzender Schmerz, als er ihm die Wange aufriß. Pack ihn. Halte ihn auf. Zerschmettere ihn. Schnell. Pick, der vorstoßende Kopf, der blutige Schnabel, pick, diesmal hatte er Joes

Stirn erwischt, über dem rechten Auge. Mit dem nächsten Stoß würde er ihn bestimmt blenden. Joe schlang die Hände um den Vogel, und die Krallen rissen am Aufschlag des Jackenärmels, zerrten an seinem Handgelenk, die Schwingen schlugen ihm ins Gesicht, und der Vogel riß den Kopf auf und nieder, der verdammte Schnabel schlug auf ihn ein, doch Joe zwang ihn zurück, und die gekrümmte gelbe Spitze schnappte zwei Zentimeter vor seinem Auge zusammen, die Knopfaugen schauten wütend und blutrot in den Reflexionen des Feuers. Drück ihn, drück das Leben aus ihm raus, während sein rasenden Herz an deiner unbarmherzigen Handfläche ins Stottern gerät. Seine Knochen waren dünn und hohl und so leicht, daß er anmutig fliegen konnte – aber damit konnte man die Knochen auch leichter brechen. Joe fühlte, wie die Brust des Tiers zusammensank, und er schleuderte den Vogel von dem Mädchen weg, sah, wie er über den Wildwechsel taumelte, kampfunfähig, aber noch am Leben. Er schlug schwach mit den Flügeln, konnte sich aber nicht in die Nacht erheben.

Joe schob Ninas zerzaustes Haar von ihrem Gesicht zurück. Ihr war nichts geschehen. Ihre Augen waren nicht getroffen worden. Sie war völlig unverletzt, und Joe verspürte plötzlich gewaltigen Stolz, daß er den Vogel daran gehindert hatte, sie zu erwischen.

Blut sickerte aus seiner aufgerissenen Stirn, um die Krümmung der Augenhöhle und in den Augenwinkel, und trübte seine Sicht. Blut floß aus der Wunde an seiner Wange, tropfte von seiner aufgehackten, brennenden Hand, von seinem aufgerissenen Gelenk.

Er hob die Pistole auf, schob den Sicherungshebel vor und schob die Waffe wieder unter den Hosenbund.

Im Wald ringsum erklang ein lautes Blöken des animalischen Schreckens und verstummte abrupt wieder, und dann durchschnitt ein scharfes Kreischen die Nacht, glitt über dem Heulen des Windes den Hang herab. Irgend etwas kam.

Vielleicht hatte der Junge in dem Jahr, als Rose auf der Flucht gewesen war, sein Talent besser in den Griff bekommen, und vielleicht fiel es ihm nun leichter, jemanden im Freien fernzusteuern. Oder die Energie seines Psychogeistes, mit der er eine Verbindung eingehen konnte, strahlte tatsächlich etwas aus wie die Wärme eines Steins, wie Rose es erklärt hatte, verteilte sich aber nicht schnell genug, um diesem Angriff ein schnelles Ende zu bereiten.

Wegen des stürmischen Windes und des Feuers, das wie ein Schnellzug dröhnte, konnte Joe nicht genau sagen, aus welcher Richtung der Schrei gekommen war, und nun schlich der Junge, vom Fleisch seines Gastkörpers umgeben, sich leise heran.

Joe schob das Mädchen vom Wildwechsel, hielt es noch immer in den Armen. Sie mußten in Bewegung bleiben, und bis Joes Kraft erschöpft war, kamen sie schneller durch den Wald voran, wenn er das Mädchen trug, statt es an der Hand zu führen.

Sie war so klein. Es machte ihm angst, wie klein sie war, fast so zerbrechlich wie die für den Flug geschaffenen Knochen des Falken.

Sie klammerte sich an ihn, und er versuchte, ein Lächeln zustande zu bringen. In dem höllisch springenden Licht wirkten seine flackernden Augen und das gezwungene Grinsen wahrscheinlich eher verängstigend als beruhigend.

Der verrückte Junge in seiner neuen Inkarnation war nicht die einzige Bedrohung, mit der sie es zu tun hatten. Der explosive Santa-Ana-Wind warf helle Fetzen, Laken, ja große, wogende *Segel* aus Feuer über die Flanke des Berges. Die Kiefern waren nach dem heißen, regenlosen Sommer trocken, in ihrer Rinde hatte sich Terpentinöl angesammelt, und sie brachen so bereitwillig in Flammen aus, als würden sie aus benzingetränkten Lumpen bestehen.

Feuerwälle von mindestens hundert Metern Breite versperrten den Rückweg zur Hütte. Sie konnten nicht um das Feuer herum und dahinter gelangen, da es sich schneller ausbreitete, als sie durch das Unterholz und das unwegsame Gelände laufen konnten.

Zugleich näherte das Feuer sich ihnen. Schnell.

Joe stand mit Nina in den Armen da, wie gefesselt und entsetzt vom Anblick der hoch aufragenden Feuerwand, und ihm wurde klar, daß ihnen keine andere Wahl blieb, als das Auto aufzugeben. Sie mußten die Berge zu Fuß verlassen.

Mit einem heißen Zischen, wie ein tödlicher Schuß aus einer futuristischen Plasmawaffe, ergossen sich erzürnte, vom Wind angestachelte Flammentropfen durch die Baumkronen direkt über ihnen. Die Kiefernäste explodierten, und brennende Massen von Nadeln und Zapfen stürzten durch die tieferen Zweige hinab, setzten alles in Brand, was sie berührten, und plötzlich befanden Joe und Nina sich in einem Tunnel aus Feuer.

Er eilte mit dem Mädchen in den Armen weiter, fort von der Hütte, den schmalen Wildwechsel entlang. Flüchtig erinnerte er sich an Geschichten von Leuten, die in Kalifornien in Buschfeuer geraten waren und zu Fuß nicht mehr fliehen konnten, ja mitunter nicht einmal mehr in ihren *Autos*, wenn der Wind besonders heftig war. Vielleicht konnten die Flammen sich durch diesen dichten Wald nicht so schnell vorwärts fressen wie durch trockenes Gebüsch. Vielleicht lieferten die Kiefern ihnen aber auch mehr Nahrung als bei einem Buschfeuer die Mesquitesträucher und Bärentraube und Gras.

Joe und das Mädchen waren dem Feuertunnel gerade entkommen, als sich am Himmel über ihnen kräuselnd weitere Flammenfahnen entfalteten, und erneut entzündeten sich die Baumkronen vor ihnen. Brennende Nadeln schwärmten wie strahlende Bienen herab, und Joe befürchtete, daß sein Haar Feuer fangen würde, Ninas Haar, ihre Kleidung. Der Tunnel wurde so schnell länger, wie sie hindurchlaufen konnten.

Nun machte Joe der Rauch zu schaffen. Als das Feuer rasch stärker wurde, erzeugte es eigene Winde, die das ihre zur Kraft der Santa Anas beitrugen, sich zu einem Feuersturm entwickelten, und die Blasen werfenden Böen wehten zuerst Rauchfetzen über den Wildwechsel, dann erstickende Schwaden.

Der abgeschiedene Pfad führte aufwärts, und wenngleich der Neigungswinkel nicht groß war, geriet Joe schneller aus der Puste, als er es erwartet hatte. Die unglaublich sengende Hitze preßte ihm wahre Schweißbäche aus den Poren. Während er nach Atem rang, beißende Dämpfe und schmierigen Ruß einatmete, würgte, keuchte, vom Geschmack des Feuers verdickten und gesäuerten Speichel ausspuckte und dabei Nina verzweifelt festhielt, erreichte er einen Höhenrücken.

Die Pistole in seinem Hosenbund drückte sich beim Laufen schmerzhaft in seinen Magen. Hätte er Nina mit nur einer Hand tragen können, hätte er die Waffe herausgezogen und weggeworfen. Er befürchtete jedoch, daß er zu schwach war, um sie nur mit einem Arm zu halten, daß er sie fallenlassen würde, und so ertrug er den Druck des Stahls.

Als er den schmalen Kamm überquerte und dem abfallenden Pfad folgte, stellte er fest, daß der Wind auf dieser Seite des Höhenrückens nicht so stark war. Obwohl die Flammen über die Kuppe brandeten, ließ die Geschwindigkeit, mit der die Feuerfront voranschritt, nun so weit nach, daß Joe die Brandzone und den Rauch hinter sich lassen konnte. Die saubere Luft war so süß, daß er ob ihres kühlen, klaren Geschmacks aufstöhnte.

Joe wurde lediglich vom hohen Adrenalingehalt in seinem Blut vorangetrieben, hatte die Grenzen seiner normalen Leistungsfähigkeit schon längst überschritten, doch ohne die stärkende Wirkung der Panik wäre er vielleicht zusammengebrochen, bevor er den höchsten Punkt des Kamms erreicht hätte. Seine Beinmuskeln schmerzten. Seine Arme wurden unter dem Gewicht des Mädchens schwer wie Blei. Aber noch waren sie nicht in Sicherheit, und so lief er stolpernd und schwankend weiter, blinzelte Tränen der Erschöpfung aus seinen vom Rauch brennenden Augen, lief trotzdem unbeirrt voran – bis der schnaubende Kojote ihn von hinten ansprang, wild nach seinem Hohlkreuz schnappte, aber nur Falten der Kordsamtjacke zwischen die Kiefer bekam.

Der Aufprall von siebzig oder achtzig Pfund wölfischer Wut ließen Joe taumeln. Beinahe wäre er der Länge nach auf den Wildwechsel gefallen, Nina unter sich, hätte der schwere Körper des Kojoten, der sich in der Jacke festgebissen hatte, kein Gegengewicht gebildet und ihn aufrecht gehalten.

Die Jacke zerriß, und der Kojote ließ sie los und fiel zurück.

Joe kam schlitternd zum Stehen, setzte Nina ab, wirbelte zu dem Raubtier herum und riß die Pistole aus dem Hosenbund, dankbar, daß er sie doch nicht weggeworfen hatte.

Vom Feuer auf dem Kamm erhellt, stand der Kojote Joe gegenüber. Er ähnelte stark einem Wolf, war aber schlanker, langgliedriger, hatte größere Ohren und eine schmalere Schnauze; die schwarzen Lefzen waren von entblößten Fangzähnen zurückgezogen, und er war furchterregender, als ein Wolf es gewesen wäre, vor allem, da der Geist des bösartigen Jungen sich wie eine Schlange in seinem Schädel ringelte. Seine stechend blickenden Augen leuchteten gelb.

Joe zog den Abzug durch, doch es löste sich kein Schuß. Der Sicherungshebel!

Der Kojote glitt schnell, aber vorsichtig, auf Joe zu, blieb geduckt, schnappte nach seinen Knöcheln, und Joe tänzelte hektisch zurück, um nicht gebissen zu werden, und schob dabei den Sicherungshebel zurück.

Das Tier schlich um ihn herum, schnaubte, schnappte, und Schaum flog von seinen Lefzen. Seine Zähne gruben sich in Joes rechte Wade.

Er schrie vor Schmerz auf, drehte sich herum, versuchte, dabei auf das verdammte Biest zu schießen, doch der Kojote drehte sich mit ihm, zerrte wild am Fleisch der Wade seines Opfers, bis Joe glaubte, von dem lodernden Schmerz ohnmächtig zu werden, der elektrischen Schlägen gleich sein Bein hinauf bis in seine Hüfte zuckte.

Abrupt ließ der Kojote los und schreckte vor Joe zurück, schien plötzlich von Furcht und Verwirrung gepackt.

Joe wirbelte zu dem Tier herum, verfluchte es und zielte mit der Pistole darauf.

Der Vierbeiner hatte jede Angriffslust verloren. Er winselte und beäugte die umgebende Nacht mit offensichtlicher ängstlicher Verwirrung.

Joe hielt den Finger am Abzug, zögerte aber noch.

Der Kojote legte den Kopf zurück, betrachtete den sanft leuchtenden Mond und winselte erneut. Dann starrte er zum Kamm des Hügels.

Das Feuer war nur noch knapp hundert Meter entfernt. Der versengende Wind frischte plötzlich auf, und die Flammen stoben höher in die Nacht hinauf.

Der Körper des Kojoten versteifte sich, und das Tier richtete die Ohren auf. Als das Feuer erneut vorwärts preschte, stürmte der Kojote an Joe und Nina vorbei, ohne auf sie zu achten, und verschwand mit langen, behenden Sätzen in dem Canyon unter ihnen.

Der Junge war endlich von der entleerenden Weite dieser freien Flächen besiegt worden und hatte die Kontrolle über das Tier verloren, und Joe spürte, daß nun nichts Geisterhaftes mehr im Wald lauerte.

Der Feuersturm wälzte sich wieder auf sie zu, blendende Flammenwellen, eine verheerende Flut, die durch den Wald brach.

Joe konnte das verletzte Bein nicht mehr belasten und humpelte schlimm. Es war völlig ausgeschlossen, daß er Nina weiterhin trug, doch sie nahm seine Hand, und sie eilten, so schnell sie konnten, der urzeitlichen Dunkelheit entgegen, die aus dem Boden zu quellen und die Kronen der Koniferen in den Tiefen der Schlucht zu ertränken schien.

Joe hoffte, daß sie eine Straße fanden. Geteert oder gepflastert oder auch unbefestigt – es spielte keine Rolle. Nur ein Weg hinaus, irgendeine Straße, ein Pfad, solange er sie von dem Feuer fort führte und sie in eine Zukunft brachte, in der Nina sicher war.

Sie hatten noch keine zweihundert Meter zurückgelegt, als hinter ihnen ein Donnerschlag erklang, doch als Joe sich in Erwartung eines weiteren Angriffs umdrehte, sah er nur eine Herde Rotwild, die vor den Flammen in ihre Richtung floh. Zehn, zwanzig, dreißig Tiere trennten sich anmutig und flink mit dröhnendem Hufschlag vor ihm und Nina. Die Ohren aufgerichtet und wachsam, die ölschwarzen Augen so glänzend wie Spiegel, die gefleckten Flanken zitternd, wirbelten sie wiehernd und schnaubend Wolken bleichen Staubs auf und waren dann verschwunden.

Mit hämmerndem Herzen und überwältigt von einem Aufruhr verschiedenster Gefühle, ging Joe in den Hufabdrücken der Tiere den Pfad hinab. Das Mädchen hielt er noch immer an der Hand. Er tat ein halbes Dutzend Schritte, bevor ihm auffiel, daß sein verletztes Bein nicht mehr schmerzte. Auch am Handgelenk und im Gesicht, die ihm der Schnabel des Falken aufgerissen hatten, spürte er keinen Schmerz mehr. Und er blutete nicht mehr.

Unterwegs, oder während die verängstigten Tiere an ihnen vorbeigestürmt waren, hatte Nina ihn geheilt.

KAPITEL 18

Am zweiten Jahrestag des Absturzes von Flug Nationwide 353 saß Joe Carpenter an einem stillen Strand in Florida, im Schatten einer Palme, und beobachtete das Meer. Hier rollten die Fluten sanfter als in Kalifornien ans Ufer, leckten mit tropischer Trägheit über den Sand, und der Ozean kam ihm ganz und gar nicht wie eine Maschine vor.

Er war ein anderer Mann als der, der in den San Bernardino Mountains vor dem Feuer geflohen war. Sein Haar war jetzt länger und sowohl von Chemikalien als auch von der Sonne gebleicht. Er hatte sich als schlichte Verkleidung einen Schnurrbart wachsen lassen. Er war sich seines Körpers viel bewußter als noch vor einem Jahr, und er spürte und sah, daß er sich dieser Tage ganz anders bewegte: mit einer neuen Leichtigkeit, mit entspannter Anmut, ohne den aufgestauten, hemmenden Zorn und die Anspannung der Vergangenheit.

Er besaß Ausweise und Unterlagen, die auf einen neuen Namen ausgestellt waren: Geburtsurkunde, Sozialversicherungskarte, drei Kreditkarten großer Unternehmen, einen Führerschein. Die Dokumente waren gefälscht, doch die Spezialisten von Infiniface fertigten keine *falschen* Papiere für Personen an, die es tatsächlich gab, sondern setzten ihre Computerkenntnisse ein, um das System so zu manipulieren, daß es *echte* Papiere für Leute ausspuckte, die in Wirklichkeit gar nicht existierten.

In Joe hatten sich auch innere Veränderungen vollzogen, und die schrieb er Nina zu – wenngleich er sich auch weiterhin weigerte, das größte Geschenk zu empfangen, das sie ihm machen konnte. Sie hatte ihn nicht durch ihre Berührung, sondern durch ihr Beispiel verändert, durch ihre Freude und Freundlichkeit, durch ihr Vertrauen in ihn, durch ihre Liebe für das Leben und für ihn und das ruhige Vertrauen in die Richtigkeit aller Dinge. Sie war erst sechs Jahre alt, aber in mancher Hinsicht so alt wie die Zeit, weil sie durch eine Nabelschnur aus Licht mit der Unendlichkeit verbunden war, falls sie tatsächlich war, was alle von ihr annahmen.

Sie wohnten in einer Kommune von Infiniface-Mitgliedern jener Kategorie, die keine Roben trugen und ihre Köpfe nicht rasierten. Das große Haus stand ein gutes Stück vom Strand entfernt und wurde fast zu jeder Tagesstunde vom leisen Klappern von Computertastaturen erfüllt. In einer oder zwei Wochen würden Joe und Nina zu einer anderen Gruppe weiterziehen und ihr das Geschenk bringen, das nur dieses Kind machen konnte, denn sie reisten ständig unauffällig weiter, um in aller Stille das Wort zu verbreiten. Wenn das Mädchen in einigen Jahren aufgrund ihrer herangereiften Kraft weniger angreifbar geworden war, würde die Zeit kommen, der Welt das Wort mitzuteilen.

Nun, an diesem Jahrestag des Verlusts, kam sie zu Joe an den Strand, trat unter die sanft schwankende Palme, wie er es gewußt hatte, und setzte sich neben ihn. Zur Zeit war ihr Haar braun. Sie trug rosa Shorts und ein weißes Top mit einem blinzelnden Donald Duck auf der Brust – so gewöhnlich im Aussehen wie jede beliebige Sechsjährige auf der Welt. Sie zog die Knie hoch, schlang die Arme um die Beine und schwieg eine Zeitlang.

Sie beobachteten, wie eine große, langbeinige Sandkrabbe auf der Suche nach einem Nistplatz über den Strand kroch und sich eingrub.

»Warum willst du nicht dein Herz öffnen?« fragte sie schließlich.

»Das werde ich. Wenn die Zeit gekommen ist.«

»Wann wird das sein?«

»Wenn ich gelernt habe, nicht zu hassen.«

»Wen haßt du?«

»Eine lange Zeit – dich.«

»Weil ich nicht deine Nina bin.«

»Ich hasse dich nicht mehr.«

»Ich weiß.«

»Ich hasse mich selbst.«

»Warum?«

»Weil ich solche Angst habe.«

»Du hast vor nichts Angst«, sagte sie.

Er lächelte. »Ich habe eine Todesangst vor dem, was du mir zeigen kannst.«

»Warum?«

»Die Welt ist so grausam. Sie ist so hart. Wenn es einen Gott gibt, hat er meinen Vater mit einer Krankheit gequält und ihn dann jung zu sich genommen. Er hat Michelle genommen, meine Chrissie, meine Nina. Er hat zugelassen, daß Rose stirbt.«

»Das ist ein Übergang.«

»Ein verdammt bösartiger.«

Sie schwieg eine Weile.

Die See flüsterte gegen den Strand. Die Krabbe bewegte sich, streckte einen Augenstiel heraus, um die Welt zu betrachten, und entschloß sich weiterzuziehen.

Nina stand auf und ging zu der Sandkrabbe. Normalerweise waren diese Geschöpfe scheu und huschten davon, wenn man sich ihnen näherte. Diese lief nicht in Deckung, sondern beobachtete Nina, während sie auf die Knie ging und das Tier betrachtete. Sie streichelte die Schale der Krabbe. Sie berührte eine der Scheren, und die Krabbe zwickte sie nicht.

Joe sah zu – und staunte.

Schließlich kam das Mädchen zurück und setzte sich neben Joe, und die große Krabbe verschwand im Sand.

»Wenn die Welt so grausam ist«, sagte das Mädchen, »kannst du mir helfen, sie in Ordnung zu bringen. Und ich glaube, wenn Gott will, das wir das tun, ist er doch nicht grausam.«

Joe antwortete nicht auf ihre Argumentation.

Das Meer war ein schillerndes Blau. Der Himmel krümmte sich und begegnete ihm an einer unsichtbaren Naht.

»Bitte«, sagte sie. »Bitte nimm meine Hand, Daddy.«

Sie hatte ihn nie zuvor »Daddy« genannt, und seine Brust zog sich zusammen, als er das Wort hörte.

Er sah in ihre amethystfarbigen Augen. Und wünschte, sie wären grau wie die seinen. Aber sie waren es nicht. Sie war mit ihm aus dem Wind und Feuer gekommen, aus Dunkelheit und Schrecken, und er vermutete, daß er genauso ihr Vater war, wie Rose Tucker ihre Mutter gewesen war.

Er nahm ihre Hand.

Und wußte.

Eine Zeitlang war er nicht auf einem Strand in Florida, sondern mit Michelle und Chrissie und Nina in einer hellen Bläue. Er sah nicht, welche Welten hinter dieser warteten, wußte aber über jeden Zweifel hinaus, daß es sie gab, und ihre Seltsamkeit verängstigte ihn, machte ihm aber auch Mut.

Ihm wurde klar, daß das ewige Leben kein Glaubensbekenntnis war, sondern ein universelles Gesetz, das genauso Gültigkeit besaß wie jedes andere Naturgesetz. Das Universum ist eine effiziente Schöpfung: Materie wird zu Energie; Energie wird zu Materie; eine Energieform wird in eine andere verwandelt; das Gleichgewicht ändert sich ständig, doch das Universum ist ein geschlossenes System, aus dem kein Partikel Materie, keine Energiewelle je verloren geht. Die Natur verabscheut Verschwendung nicht nur, sondern verbietet sie. Der menschliche Verstand und Geist können in ihrer edelsten Ausprägung die materielle Welt zum Besseren verwandeln; wir können sogar das Menschsein verwandeln, die ursprüngliche Furcht überwinden, die wir empfanden, als wir in Höhlen lebten und beim Anblick des Mondes erschauerten, und einen Zustand erreichen, aus dem wir die Ewigkeit betrachten und darauf hoffen können, die Werke Gottes zu verstehen. Licht kann sich nicht *willentlich* in Stein verwandeln, und Stein kann sich nicht zu Tempeln aufschichten. Nur der menschliche Geist kann aus eigenem Willen handeln und sich bewußt ändern; er ist das einzige in der gesamten Schöpfung, das nicht gänzlich der Gnade äußerer Kräfte unterworfen ist, und daher die mächtigste und wertvollste Energieform im Universum. Eine Zeitlang mag der Geist zu Fleisch werden, doch wenn diese Existenzphase beendet ist, wird er erneut in körperlosen Geist verwandelt.

Als Joe aus dieser Helligkeit zurückkehrte, aus dem blauen Anderswo, blieb er eine Zeitlang zitternd und mit geschlossenen Augen sitzen, so tief in diese enthüllte Wahrheit versunken, wie die Krabbe sich in den Sand gegraben hatte.

Schließlich schlug er die Augen auf.

Seine Tochter lächelte ihn an. Ihre Augen waren amethystfarben, nicht grau. Ihre Gesichtszüge waren nicht die der anderen Nina, die er so sehr geliebt hatte. Sie war jedoch kein bleiches Feuer, wie es zuvor den Anschein gehabt hatte, und er fragte sich, wie er seinem Zorn hatte erlauben können, ihn davon abzuhalten, sie so zu sehen, wie sie wirklich war. Sie war ein leuchtendes Licht, fast blendend in seiner Helligkeit, wie seine Nina es gewesen ist – wie wir alle es sind.

Titel der Originalausgabe: Sole Survivor
Originalverlag:
Alfred A. Knopf, Inc., New York / Random House
of Canada Limited, Toronto

Aus dem Amerikanischen von Uwe Anton
Redaktionelle Bearbeitung: Wolfgang Neuhaus

Schutzumschlag- und Einbandgestaltung:
DYADEsign, Düsseldorf, unter Verwendung eines Fotos
der Bildagentur Astrofoto
Satz: Kremerdruck GmbH, Lindlar-Hartegasse
Gesetzt aus der 10 Punkt Rotis Serif
Druck und Einband: Spiegel Buch GmbH, Ulm

Printed in Germany
ISBN 3-7857-0923-4

1 3 5 4 2